Margaret Atwood

Immense romancière mais aussi poète et essayiste, Margaret Atwood, née en 1939 à Ottawa (Canada), a compris la stature du « grand écrivain ». Qui a eu la chance et le privilège de la rencontrer n'a plus le moindre doute là-dessus, car si pour une part son œuvre roborative est là pour en témoigner, sa riche personnalité finit d'en attester. Aussi Margaret Atwood est-elle à plus d'un égard – prosaïquement dit – un personnage qui fascine. Si ses romans les plus récents – la trilogie comprenant *Le Dernier Homme*, *Le Temps du déluge* et *Madd Addam* – ont considérablement élargi le cercle de ses lecteurs de langue française, *La Servante écarlate*, cette « utopie négative », reste l'un de ses hauts faits d'armes dans le combat qu'elle a mené et continue de mener pour la femme. Son souci pour l'écologie, sa vision du monde, alliés à son écriture d'une virtuosité inouïe, ont placé les livres de Margaret Atwood parmi les joyaux de la collection « Pavillons ».

Œil-de-chat

Margaret Atwood

Œil-de-chat

Traduit de l'anglais (Canada)
par Hélène Filion

PAVILLONS POCHE

Robert Laffont

Les lignes de « Memory of Fire » : Genesis de Eduardo Galeano (Pantheon Books, une filiale de Random House Inc., New York) : 1985 sont reproduites avec autorisation. Des lignes de la chanson « Coming in on a Wing and a Prayer » de Jimmy McHugh et Harold Adamson © 1943 (renouvelé 1970) Robbins Music Corp. Tous droits à Robbins Music Corp. attribués à SBK Catalogue Partnership. Tous droits contrôlés et gérés par SBK Robbins Catalog, Inc. Copyright international réservé. Tous droits réservés, reproduit avec permission.

Titre original : CAT'S EYE

ISBN 978-2-221-19897-1
(éditions originales :
ISBN 0-7710-0817-1 McClelland & Stewart, Toronto
ISBN 0-7475-0304-4 Bloomsbury Publishing Ltd., Londres
ISBN 0-385-26007-5 Doubleday & Co, Inc. New York)

Ce livre est dédié à S.

« Lorsque les Tukanas lui coupèrent la tête, la vieille femme recueillit son propre sang dans ses mains et le souffla vers le soleil.

“Mon âme entre en toi aussi ! ” s’écria-t-elle.

Depuis lors, celui qui tue reçoit dans son corps, sans le vouloir ou le savoir, l’âme de sa victime. »

Eduardo GALEANO
Mémoire du feu
1. Les naissances

« Pourquoi nous rappelons-nous le passé, et non le futur ? »

Stephen W. HAWKING
Une brève histoire du temps

Ceci est une œuvre de fiction. Bien que sa forme soit celle d'une autobiographie, elle n'en est pas une. Les lieux et les temps ont été inventés par pure convenance au récit et, à l'exception de personnages publics, toute ressemblance avec des personnes en vie ou mortes ne peut être que fortuite. Les opinions exprimées sont celles des personnages et ne doivent être confondues avec celles de l'auteur.

Les peintures et les autres œuvres d'art contemporaines évoquées dans ce livre sont purement fictives. Elles ont néanmoins été inspirées par des créateurs d'œuvres plastiques tels que : Joyce Wieland, Jack Chambers, Charles Patcher, Erica Heron, Gail Geltner, Dennis Burton, Louis de Niverville, Heather Cooper, William Kurulek, Greg Curnoe, la potière pop-surréaliste Lenore M. Atwood, ainsi que la Isaacs Gallery, la vraie.

Les aspects relatifs à la physique et à la cosmologie s'appuient sur les livres passionnants que Paul Davis, Carl Sagan, John Gribbin et Stephen W. Hawking ont écrits sur ces sujets, et les remarques éclairées sur les morceaux infinitésimaux de Corde sont dues à mon neveu, David Atwood.

I. Poumon d'acier

1.

Le temps n'est pas une ligne, mais une dimension ; comme les dimensions de l'espace. Si l'on peut modifier l'espace, on peut aussi modifier le temps. Et si l'on en savait suffisamment, on pourrait aller plus vite que la lumière, remonter dans le temps, et exister à deux endroits à la fois.

C'est mon frère Stephen qui m'a appris cela, à l'époque où il enfilait son chandail rouge foncé effiloché pour étudier et se tenait sur la tête afin que le sang irrigue mieux son cerveau et le nourrisse. Je ne comprenais pas ce qu'il voulait dire, alors, mais peut-être ne l'expliquait-il pas très bien. Il prenait déjà ses distances par rapport à l'imprécision des mots.

C'est à ce moment-là que je me suis mise à imaginer le temps comme une forme, comme une chose que l'on pouvait voir, une série de transparents liquides superposés. On ne regarde pas en arrière le long du temps, mais plutôt au travers, comme dans de l'eau. Parfois, ceci remonte à la surface, parfois cela, et d'autres fois, rien. Mais rien ne disparaît.

2.

— Stephen dit que le temps n'est pas une ligne, rapportai-je. Cordelia lève les yeux au ciel, comme je m'y attendais.

— Et alors ? dit-elle. Cette réponse nous convient à toutes deux. Elle remet le temps à sa place tout comme Stephen qui nous qualifie d'« adolescentes », comme si lui-même n'en était pas un.

Cordelia et moi sommes dans un tramway, en direction du centre de la ville, comme c'est notre habitude à chaque samedi de l'hiver. Le tramway sent l'haleine recyclée et la laine mouillée. Cordelia, assise nonchalamment, me pousse du coude de temps à autre, en fixant les gens de ses yeux gris-vert, opaques et scintillants comme du métal. Elle arrive à soutenir le regard de n'importe qui ; jeu auquel j'arrive presque à l'égaler. Nous sommes impertinentes et spirituelles ; nous avons treize ans.

Nous sommes vêtues de longs manteaux de laine ceinturés, cols relevés pour imiter les actrices de cinéma, et de bottes de caoutchouc dont le haut est retourné, avec à l'intérieur de grosses chaussettes d'ouvriers. Dans nos poches se trouvent les fichus que nos mères nous obligent à porter et que nous enlevons dès qu'elles ont tourné le dos. Pas question de se couvrir la tête. Nos lèvres se veulent dures, marquées au crayon rouge, brillantes comme du vernis à ongles. Nous croyons être des amies.

Dans le tramway, il y a toujours des femmes âgées, du moins est-ce ainsi que nous les voyons. Et il y en a de toutes sortes. Quelques-unes sont vêtues de façon respectable : manteau de tweed Harris, gants assortis, et chapeau de bon ton garni de petites plumes aux couleurs vives fichées coquettement sur le côté. D'autres sont plus pauvres, exotiques, et portent un fichu noir drapé autour de la tête et des épaules. D'autres encore sont bouffies, courtaudes, ont les lèvres serrées et les bras chargés de sacs à provisions ; celles-là, nous les associons aux soldes, aux bonnes affaires du sous-sol. Cordelia reconnaît les vêtements bon marché du premier coup d'œil. « De la gabardine, dit-elle. Moche. »

Puis il y a celles qui ne sont pas résignées, celles qui essaient encore de séduire. Elles ne sont pas nombreuses, mais aisément reconnaissables. Elles portent un ensemble rouge vif ou violet, des boucles d'oreilles pendantes et un chapeau du genre accessoire de théâtre. Leur combinaison, de couleur inhabituelle, suggestive, dépasse souvent le bord de la jupe. Tout ce qui n'est pas blanc est suggestif. Elles ont les cheveux teints blond platine, bleu pastel, ou encore, plus étonnant contre leur peau parcheminée, en noir terne de vieille fourrure. Leur bouche rouge est trop grande, barbouillée, leurs yeux grossièrement soulignés. Celles-là sont plus susceptibles de penser tout haut. L'une marmonne « mouton, mouton », comme dans un refrain, tandis qu'une autre vise nos jambes de son parapluie en observant « nues ».

Celles-là, nous les aimons bien. Elles font preuve d'une certaine gaieté, d'invention, et se moquent pas mal de ce que les autres pensent. Nous avons l'impression qu'elles s'en sont sorties, sans trop savoir de quoi et nous sommes convaincues que leur accoutrement bizarre, leurs tics verbaux sont volontaires. Nous croyons que, le temps venu, nous aurons aussi la possibilité de faire des choix.

— C'est à ça que je ressemblerai, dit Cordelia. Mais moi, j'aurai un pékinois et je chasserai les enfants de ma pelouse. J'aurai aussi une houlette.

— J'aurai un bébé iguane, dis-je, et je ne porterai que des vêtements couleur lie-de-vin. C'est un mot que je viens tout juste d'apprendre.

Aujourd'hui je m'interroge : savaient-elles de quoi elles avaient l'air ? Peut-être s'agissait-il de troubles de la vision ? À moi aussi, il m'arrive maintenant d'avoir ce genre de problèmes. Trop près de la glace, je ne suis qu'une tache floue ; trop éloignée, je ne vois plus les détails. Qui sait quels genres de visages je me compose ? De quels tableaux abstraits je me grime. Et même lorsque je me place à la bonne distance, je varie encore. Je suis transitionnelle ; certains jours, je parais la trentaine fatiguée, d'autres, la cinquantaine alerte. Tout dépend de la lumière et du coup d'œil.

Je mange dans des restaurants de couleur rose qui avantagent mon teint. Les jaunes vous donnent un teint de jaunisse. Je passe vraiment du temps à y penser et cette vanité commence même à m'embêter. J'arrive à comprendre pourquoi les femmes finissent par abdiquer. Mais je n'en suis pas encore là.

Ces derniers temps, je me suis surprise à siffloter ou à marcher dans la rue, la bouche légèrement entrouverte, en marmonnant un peu. Seulement un peu, mais cela peut être le début, la faille dans la façade qui s'écroulera, éventuellement, pour laisser transparaître quoi ? Quelle excentricité ? Quelle folie ?

Mis à part Cordelia, je n'avouerais jamais cela à qui que ce soit. Mais quelle Cordelia ? Celle que je viens d'évoquer, celle aux bottes à revers et au col relevé ou celle d'avant, ou bien la suivante ? Une seule image ne suffit jamais à résumer une personne.

Que dirais-je à Cordelia si je la revoyais ? La vérité, ou plutôt ce qui me donnerait bonne figure ?

Cette dernière hypothèse, puisque j'éprouve encore ce besoin. Je ne l'ai pas vue depuis longtemps. Et je ne m'y attends pas non plus. Mais depuis que je suis revenue ici, je ne peux pratiquement pas déambuler le long d'une rue sans la voir tourner au coin ou entrer quelque part. Inutile de dire que ces fragments, ces aperçus de sa personne – une épaule, beige, habillée de poils de chameau, le profil d'un visage, le mollet d'une jambe – appartiennent à des femmes qui, vues dans leur ensemble, ne forment pas encore une Cordelia.

Je n'ai aucune idée de ce à quoi elle ressemblerait aujourd'hui. Est-elle grosse, a-t-elle les seins qui tombent, des petits poils gris aux commissures des lèvres ? Peu probable : elle les enlèverait. Porte-t-elle des montures de lunettes à la mode ? S'est-elle fait remonter les paupières ? Se fait-elle faire des mèches ou une teinture ? Toutes ces choses sont possibles puisque nous avons atteint la ligne de passage, la zone intermédiaire où nous croyons que, sous un éclairage discret, ces petits trucs feront encore illusion.

J'imagine Cordelia en train d'examiner les poches naissantes sous les yeux, la peau, de très près, relâchée et fripée comme aux coudes. Elle soupire et applique une crème appropriée. Car Cordelia sait toujours ce qui est approprié. Elle examine ses mains qui commencent à se rider, à se gauchir, comme les miennes. Les petites déformations s'installent : le flétrissement de la bouche ; la ligne naissante du double menton que l'on peut apercevoir dans la vitre obscurcie d'un wagon de métro. Mais personne ne remarque ces choses, sauf, bien entendu, celles qui y regardent de très près. Et Cordelia et moi avons l'habitude d'y regarder de très près.

Elle laisse tomber la serviette de toilette, de couleur verte, d'un vert d'eau délavé fait pour s'harmoniser avec les yeux, jette un regard par-dessus l'épaule et voit les bourrelets de chair à la taille, les fesses relâchées comme des fanons et, se retournant, la touffe sèche du pubis. Je l'imagine en maillot de bain, tout aussi vert, en train de suer à grosses gouttes dans un gymnase. Je sais ce qu'elle dirait de cela, de tout cela. Et comme nous avions ri, écœurées et ravies à la fois, lorsque nous avions découvert la cire à épiler de ses sœurs aînées, figée et truffée de poils dans un petit pot. Les bizarreries du corps ont toujours fasciné Cordelia.

Je m'imagine la rencontrant par hasard, habillée peut-être d'un vieux manteau, d'un chapeau de laine en forme de couvre-théière. Assise au bord du trottoir, munie de deux sacs en plastique bourrés de tout ce qu'elle possède, elle se marmonne des choses. *Cordelia ! Ne me reconnais-tu pas ?* dis-je. Bien sûr qu'elle me reconnaît. Mais elle n'en montre rien. Elle se lève plutôt, repart, instable sur ses pieds enflés, chaussés de bas sortant de ses bottes de caoutchouc trouées, et jette un regard par-dessus l'épaule.

Je tire quelque satisfaction à imaginer cela, et davantage encore. J'observe la scène d'une fenêtre ou, pour mieux voir, d'un balcon. Un homme poursuit Cordelia, la bourre de coups – je n'arrive pas à distinguer les traits du visage – et la jette sur le pavé. Je n'arrive pas à aller plus loin.

Il vaut mieux imaginer une tente à oxygène. Cordelia est inconsciente. On m'a fait venir, trop tard, à son chevet. Il y a des fleurs au parfum fétide en train de se faner dans un vase, des tubes dans son nez et dans ses bras, le bruit d'une respiration mourante. Je lui tiens la main. Elle a le visage bouffi, blanc comme de la pâte crue et de grands cernes jaunes sous ses yeux clos. Les paupières ne bougent pas, mais il y a une légère pression des doigts – est-ce un effet de mon imagination ? Je reste là, assise, à me demander si je vais retirer les tubes ou la prise de courant. Aucune activité cérébrale, disent les médecins. Est-ce que je pleure ? Et qui m'aurait fait venir ici ?

Ou mieux encore, je me représente un poumon d'acier. Je n'en ai jamais vu moi-même, mais les journaux ont montré de ces enfants emprisonnés dans un poumon d'acier, à l'époque où les gens contractaient encore la polio. Ces images – le cylindre du poumon d'acier, la gigantesque saucisse de métal, la tête sortant à l'une des extrémités, toujours celle d'une fille, les cheveux répandus sur l'oreiller, les yeux agrandis, comme voilés – m'ont toujours plus fascinée que celles de ces autres enfants allant jouer sur la glace mince, s'y engouffrant, s'y noyant, ou encore courant sur la voie ferrée et se faisant arracher bras et jambes par des trains. On attrapait la polio sans savoir ni où ni comment, et on se retrouvait subitement dans un poumon d'acier. On avait peut-être mangé ou respiré quelque chose, ou encore on l'avait attrapée en touchant de l'argent souillé par les autres. On ne pouvait pas savoir.

Les poumons d'acier servaient à nous effrayer et à justifier les interdictions. Pas de piscines publiques, pas de foules en été. *Est-ce que tu veux passer le reste de tes jours dans un poumon d'acier ?* disaient-ils. Quelle question stupide ; bien que pour moi, cette vie d'inertie et d'apitoiement avait peut-être un charme secret.

Donc, Cordelia est dans un poumon d'acier, forcée de respirer comme on joue de l'accordéon : une respiration mécanique et sifflante. Elle a toute sa conscience, mais elle est incapable de bouger ou de parler. J'entre dans la chambre en bougeant et en parlant. Nos yeux se rencontrent.

Cordelia doit bien être quelque part. Peut-être se trouve-t-elle à moins d'un kilomètre de moi, ou même à un pâté de maisons. Mais je ne sais pas du tout ce que je ferais si je la rencontrais par hasard, dans le métro par exemple, assise en face de moi ou attendant sur le quai en train de lire des affiches publicitaires.

Debout, côte à côte, nous regarderions une large bouche rouge s'arrondissant autour d'une barre de chocolat et je me tournerais lentement vers elle en lui disant : *Cordelia. C'est moi, Elaine.* Se retournerait-elle avec un petit cri théâtral ? Ou bien, m'ignorerait-elle ?

Ou l'ignorerais-je, moi, si l'occasion s'en présentait ? Ou irais-je vers elle, muette, mettrais-je mes bras autour d'elle ? Ou bien la prendrais-je par les épaules pour la secouer, encore et encore ?

Il me semble descendre depuis des heures vers le centre de la ville où les tramways ne roulent plus désormais. C'est le soir, l'un de ces grands lavis grisâtres, de la poussière liquide, un décor d'automne. Un temps qui, en tout cas, m'est encore familier.

Je suis arrivée à l'endroit où nous descendions du tramway. Je marche dans la neige fondante du mois de janvier, dans le vent sifflant monté du lac jusqu'aux bâtiments aux toits plats dépourvus de style qui incarnaient pour nous ce qui se rapprochait le plus de l'image de la ville. Mais cette partie n'est plus plate, sans style, d'apparence pauvre et décente à la fois. Les façades de brique restaurées sont décorées de lettrage au néon, il y a beaucoup de finitions extérieures en cuivre, de nombreux immeubles, beaucoup d'argent. Plus avant, se trouvent les hautes tours oblongues de verre, immenses pierres tombales de lumière froide. Actifs gelés.

Encore que je ne regarde pas tellement les tours, ou les gens à la mode avec leur accoutrement : importations, cuir artisanal, daim, et Dieu sait quoi encore. Non, je garde les yeux fixés sur le trottoir, je flaire une piste.

Je sens ma gorge se serrer, j'ai une douleur à la mâchoire. Je me ronge les ongles à nouveau. Il y a du sang ; un goût qui me rappelle les « sucettes à l'orange », les boules de gomme à un sou, la réglisse rouge, les cheveux mâchouillés, et la glace sale.

II. Papier d'argent

3.

Je suis couchée à même le sol, sur un futon, et recouverte d'un édredon. Futon, édredon ! Nous en avons fait du chemin ! Je me demande si Stephen a jamais su ce qu'étaient un futon et un édredon. Probablement pas. Si on avait prononcé le mot *futon* devant lui, il est possible qu'il eût regardé son interlocuteur comme s'il était un faible d'esprit ou que lui-même fût sourd. Le monde des futons, ça ne voulait rien dire pour lui.

À l'époque où il n'y avait ni futon ni édredon, un cornet de crème glacée coûtait cinq *cents*. Aujourd'hui, avec un peu de chance, il en coûte un dollar, et il n'est même pas aussi gros. C'est ça la différence entre avant et maintenant : quatre-vingt-quinze *cents*.

Je suis au milieu de ma vie. J'imagine cela comme un lieu, le milieu d'un fleuve, le milieu d'un pont, à moitié traversé, à moitié parcouru. Je suis censée avoir accumulé des choses : possessions, responsabilités, expérience et sagesse. Je suis censée être une personne de poids.

Et pourtant, depuis que je suis revenue ici, ce n'est pas l'impression que j'ai. Je me sens plutôt légère, comme si je muais et que je perdais des molécules, du calcium de mes os, des globules ; comme si je me rétrécissais, ou m'emplissais d'air froid ou d'une neige qui tombe doucement.

Malgré toute cette légèreté, je descends au lieu de monter. Ou plutôt, je suis entraînée vers le bas, dans les entrailles de ce lieu, comme dans de la boue liquide.

La réalité est simple : je hais cette ville. Je la hais depuis si longtemps que je n'arrive pas à me rappeler avoir jamais éprouvé d'autres sentiments à son égard.

Autrefois il était à la mode de dire à quel point elle était ennuyeuse. Premier prix : une semaine à Toronto ; deuxième prix : deux semaines à Toronto. Toronto la bonne, Toronto la pure où l'on ne servait pas de vin le dimanche. Tous ceux qui y vivaient disaient qu'elle était provinciale, prétentieuse et ennuyeuse. Reconnaître ces caractéristiques, c'était à la fois manifester sa perspicacité et sa différence.

Aujourd'hui, il est bien vu de dire à quel point tout a changé. Ces jours-ci, dans les journaux, on parle même un peu trop de ville internationale : de tous ces restaurants exotiques, de théâtre, de boutiques. C'est censé être New York sans les ordures, et les vols avec agression. Les Torontois avaient l'habitude d'aller passer les fins de semaine à Buffalo : les hommes pour voir les femmes nues et boire de la bière après les heures de fermeture, les femmes pour faire des courses. Ils en revenaient excités et soûls, portant leurs vêtements les uns par-dessus les autres dans le but de déjouer la douane. À présent, la circulation se fait en sens inverse.

Je n'ai jamais cru à aucune de ces versions : Toronto l'ennuyeuse, Toronto l'internationale. Pour moi, Toronto n'a jamais été ennuyeuse. Ce qualificatif ne convient pas pour décrire pareille misère, pareil enchantement.

Et je ne peux croire qu'elle ait tellement changé. Hier, dans le taxi qui m'amenait à l'aéroport, en passant devant les usines et les entrepôts à l'architecture plate et sans âme, où il y avait autrefois des fermes plates et sans âme, après des kilomètres de prudence et de pragmatisme, en traversant le centre de la ville et son côté clinquant, ses marquises à l'européenne et ses pavés, j'ai pu le constater. Sous l'opulence, et l'artifice, se trouve toujours la vieille ville aux rues bordées de lourdes maisons de brique rouge, aux porches soutenus par des colonnes semblables à des tiges blanc cassé de champignons vénéneux, aux fenêtres comme des yeux intéressés et vigilants. Une ville malveillante, mesquine, vindicative et implacable.

De quelque façon que je l'imagine, je m'y sens toujours perdue.

Mis à part tout cela, j'ai, bien sûr, une vraie vie. J'ai parfois du mal à y croire parce qu'elle ne ressemble pas à la vie dont je pourrais m'arranger, à la vie à laquelle je pourrais avoir droit. Cela s'ajoute à une autre de mes convictions qui veut que tous les gens de mon âge soient vraiment des adultes, alors que moi je fais semblant.

Je vis dans une maison qui a des rideaux et une pelouse, en Colombie britannique, à l'endroit le plus éloigné de Toronto où il m'était possible de me rendre sans me noyer. Là-bas, l'irréalité du paysage me réconforte : les montagnes carte postale du genre coucher de soleil et message mièvre, les maisons de type chaumière paraissant avoir été construites dans les années 1930 par les Sept Nains, et les immenses limaces, bien plus grosses que nature. Même la pluie y est par trop abondante et je n'arrive pas à y croire. J'imagine que ces choses sont aussi vraies, aussi oppressantes pour les gens qui sont nés là que pour moi. Mais les bons jours, j'éprouve encore un sentiment de vacances, de fugue. Les mauvais jours, je ne prête attention ni à cela, ni au reste.

J'ai un mari, qui n'est pas le premier, et dont le nom est Ben. Il n'a rien d'un artiste et cela me convient tout à fait. Il dirige une agence de voyages, spécialisée dans le Mexique. Le fait de pouvoir offrir des billets bon marché pour le Yucatan n'est pas la moindre de ses qualités. À cause de l'agence, il ne m'a pas accompagnée cette fois-ci, les mois précédant les Fêtes étant très bousculés.

J'ai aussi deux grandes filles. Leurs prénoms sont Sarah et Anne, deux prénoms sages. L'une est presque médecin, l'autre est comptable. Des choix tout aussi sages. Je crois aux choix sensés, si différents de la plupart des miens. Et je crois aussi à des prénoms sensés pour les enfants. À cause de ce qui est arrivé à Cordelia.

Parallèlement à ma vraie vie, j'ai une carrière qui, elle, ne peut être qualifiée de tout à fait vraie. Je suis peintre. Un état que j'ai déjà indiqué sur mon passeport, dans un moment de défi, parce que l'autre état disponible était celui de *ménagère*. Cela me semble étrange d'être devenue peintre. Il m'arrive certains jours d'en éprouver un sentiment d'inconfort. Les gens respectables ne deviennent pas peintre : seulement les gens prétentieux, extravertis, démonstratifs. Le mot *artiste* me met mal à l'aise aussi ; je préfère le mot *peintre*, évocateur d'une activité plus sérieuse. La plupart des gens de ce pays vous le diront, un artiste, c'est quelqu'un de médiocre, d'un peu fainéant. Si l'on dit que l'on est peintre, l'on se fait regarder d'une manière curieuse. À moins que l'on ne peigne la faune ou la flore, ou que l'on ne tire beaucoup d'argent de la peinture. Moi, j'en gagne juste assez pour provoquer l'envie des autres peintres, mais pas suffisamment pour envoyer promener tout le monde.

Encore que, la plupart du temps, je me sente comblée et que je croie l'avoir échappé belle.

C'est ma carrière qui explique pourquoi je suis sur ce futon, sous cet édredon. Je dois assister à une rétrospective de mes œuvres, la première. La galerie s'appelle Sub-Versions, un de ces jeux de mots qui avaient l'habitude de m'enchanter avant qu'ils ne deviennent à la mode. Je devrais me réjouir de cette rétrospective. Et pourtant j'en éprouve des sentiments mêlés : je n'aime pas l'idée d'être suffisamment âgée et reconnue pour en mériter une, même si elle a lieu dans une galerie alternative gérée par un groupe de femmes. Je trouve cela invraisemblable et inquiétant : la rétrospective d'abord, la morgue ensuite. Mais j'ai aussi le cafard parce que l'Art Gallery d'Ontario l'a refusée. Ils se tournent plutôt vers des étrangers, des hommes décédés.

L'édredon se trouve dans un studio qui appartient à mon premier mari, Jon. Son domicile est ailleurs et ça m'intrigue de trouver cet édredon ici. Jusqu'à présent, je me suis abstenue de fouiller dans son armoire à pharmacie, dans l'espoir d'y repérer des épingles à cheveux, des désodorisants pour femme, comme je l'aurais fait autrefois. Mais cela ne me regarde plus et je laisse les épingles à cheveux à sa femme de marbre.

Le fait d'habiter ici est peut-être stupide, trop rétrospectif. Mais nous n'avons jamais perdu contact grâce à Sarah qui est aussi sa fille. Après la période des cris et de la vaisselle cassée, nous nous sommes installés dans une sorte d'amitié à distance, toujours plus facile de loin que de près. Quand il a entendu parler de la rétrospective, il a offert son appartement. Selon lui, le tarif d'une chambre d'hôtel à Toronto, même de deuxième classe, commence à être indécent. La direction de la galerie Sub-Versions avait sans doute prévu pour moi un séjour à l'hôtel. Mais je n'aime pas les hôtels stériles, leurs baignoires trop récurées. Je n'aime pas y entendre l'écho de ma propre voix, surtout la nuit. Je préfère la mue, le désordre et la saleté personnelle de gens comme moi, comme Jon. Des gens de passage, des nomades.

Le studio de Jon est situé au sud de King's Street, à proximité du lac. Cette rue était jadis l'un de ces endroits où on ne se rendait jamais, un lieu d'entrepôts délabrés, de camions pétaradants et de ruelles sinistres. Mais tout cela a changé. Les artistes ont envahi la place ; de fait, la première vague est venue puis s'est retirée, et les noms inscrits sur plaque de cuivre, les conduits de chaleur peints en rouge vif, les études d'avocats l'ont à nouveau submergée. Le studio de Jon, qui est situé au cinquième et dernier étage de l'un de ces entrepôts, n'existera plus très longtemps dans son état actuel. Des rails d'éclairage ont commencé à envahir les plafonds ; les étages inférieurs ont été dépouillés de leur linoléum ; il s'y dégage une odeur de détergent au pin, de relents de vomi et de pisse qui couvre les larges planches de parquet traitées au jet de sable. Si je sais tout cela, c'est que j'ai dû me taper les cinq étages puisqu'ils n'ont pas encore installé d'ascenseur.

Jon m'a laissé la clé dans une enveloppe, sous le paillasson, et un mot où il est écrit : *Tous mes vœux*. Cela prouve à quel point il s'est adouci, ou ramolli. Ce genre de souhaits, ça ne ressemble pas au Jon que j'ai connu. En ce moment, il est à Los Angeles, occupé à tourner une histoire de meurtres à la chaîne. Mais il sera revenu à temps pour le vernissage.

Notre dernière rencontre remonte à la cérémonie de la remise des diplômes au collège de Sarah, il y a quatre ans. Il avait pris l'avion pour venir sur la côte et, par bonheur, sans sa femme, qui ne m'aime guère. Bien que nous ne nous soyons jamais rencontrées, je n'ignore pas son sentiment à mon égard. Pendant la cérémonie, les discours de circonstance, suivis du thé et des petits gâteaux, nous nous sommes comportés comme de bons et dignes parents. Nous avons invité les deux filles à dîner et nous nous sommes bien tenus. Nous nous sommes même habillés selon les vœux de Sarah : je portais un tailleur, souliers assortis et tout le bazar, tandis que Jon avait mis un costume et une cravate, une vraie de vraie. Je lui ai dit qu'il ressemblait à un croque-mort.

Le lendemain, nous nous sommes éclipsés pour un déjeuner en tête à tête et nous nous sommes soûlés. Ce mot, *soûlés*, presque désuet, dit bien pour moi de quel genre de rencontre il s'agissait. D'une rétrospective. J'y pense encore comme à une escapade, même si, bien entendu, Ben était au courant. Encore que lui-même n'irait jamais déjeuner avec sa première femme.

— Mais tu m'as toujours dit à quel point ce mariage avait été pénible, me fait remarquer Ben étonné.

— Ça l'était. C'était horrible.

— Alors pourquoi tiens-tu tant à déjeuner avec lui ?

— C'est difficile à expliquer, j'avais dit, mais peut-être pas. Nous avons vécu ensemble quelque chose comme un accident de circulation, mais c'est une expérience commune. Nous avons survécu l'un à l'autre, à la fois requins et bateaux de sauvetage l'un pour l'autre. Ce qui n'est pas rien.

Autrefois, Jon faisait des montages. Il se servait de pièces de bois et de cuir récupérées dans les poubelles, ou bien il mettait en pièces des violons, de la vaisselle, puis il en recollait les morceaux dans l'état où ils s'étaient brisés ; il appelait ça des motifs éclatés. Il fut aussi un temps où il entourait des troncs d'arbres de longueurs de ruban coloré, puis les photographiait. À une autre époque, il avait fait une réplique d'un moule à pain qui respirait grâce à un petit moteur électrique. Le moule était recouvert de ses mèches de cheveux et de celles de ses amis. Je crois même qu'il y avait de mes propres cheveux puisque je l'avais déjà surpris en train d'en retirer quelques-uns de ma brosse.

À présent, il fait des effets spéciaux pour le cinéma, pour gagner sa vie d'artiste. Le studio est parsemé de ses œuvres à demi achevées ; sur l'établi où il garde ses peintures, ses colles, ses couteaux et ses pinces, il y a une main et un bras faits de résine synthétique, les artères se tortillant à l'extrémité coupée, et des courroies pour attacher le tout. Et, sur le parquet, des moules creux de jambe, de pied, comme des porte-parapluies du type patte d'éléphant. Il y a aussi un morceau de visage à la peau noircie et fanée, conçu de façon à s'ajuster au visage de l'acteur. Un monstre, tordu par les autres, prêt à la revanche.

Jon m'a avoué qu'il n'était pas sûr que ce jeu de massacre avec des parties de corps humain lui convienne. C'est trop violent, cela n'ajoute rien à la bonté humaine. En vieillissant, il commence à y croire à la bonté humaine, ce qui est nouveau. J'ai même trouvé de la tisane dans son armoire à provisions. Il prétend vouloir réaliser des animaux sympathiques pour des spectacles destinés aux enfants. Mais, selon lui, il faut bien manger et les parties de corps démembrés sont plus en demande.

J'aimerais qu'il soit là, lui ou Ben, ou n'importe quel homme de ma connaissance. J'ai perdu le goût des étrangers. À une certaine époque, je me serais jetée sur l'occasion, sur la possibilité d'émotions fortes, mais à présent, je pense aux complications, aux ennuis. À cet impossible exploit qui consiste à enlever ses vêtements avec grâce. Aux mots qu'il faut inventer pour après et qui ne doivent pas sonner faux à nos propres oreilles. Pis encore, à ce nouveau monde intime qu'il faut affronter, les ongles de pieds, les trous d'oreilles, les poils de nez. Il se pourrait bien qu'à notre âge, nous revenions à la pruderie de notre enfance.

Je m'extirpe de sous l'édredon avec l'impression de ne pas avoir dormi. Je farfouille dans les sacs de tisane : Rosée de citron, Tonnerre du matin, et les écarte en faveur d'un café noir infect. Puis je me retrouve au milieu de la grande pièce sans savoir comment je suis revenue de la cuisinette. Il s'agit d'un petit saut dans le temps, un peu comme des parasites sur l'écran, probablement un décalage horaire : couchée tard la nuit, droguée tôt le matin. De l'Alzheimer précoce.

Je m'assois à la fenêtre, en buvant mon café, en me rongeant les ongles et je regarde cinq étages plus bas. Vus sous cet angle, les piétons apparaissent comme écrasés, des enfants difformes. Aux alentours, ce sont des boîtes aux toits plats, des entrepôts, et derrière eux, la plaine des voies ferrées où avaient lieu les manœuvres d'aiguillage, avance, recule, unique spectacle qu'offraient ici les dimanches d'autrefois. Plus loin, c'est le lac Ontario, tout plat, un zéro au début, et un à la fin, gris d'ardoise et gorgé de venin. Même sa pluie est carcinogène.

Je fais ma toilette dans la petite salle de bains crasseuse de Jon en résistant à l'envie d'ouvrir l'armoire à pharmacie. La pièce est barbouillée de traces de doigts et peinte d'un blanc défraîchi, ce qui n'arrange pas le teint. Jon n'aurait pas l'impression d'être un artiste sans une certaine touche de saleté autour de lui. Je lorgne vers le miroir, je me recompose un visage : avec mes lentilles de contact, j'en suis trop rapprochée ; sans elles, j'en suis trop éloignée. J'ai l'habitude de faire ces séances, une lentille sur le bout de la langue, froide et mince comme l'extrémité d'une goutte de citron et il se pourrait bien qu'un jour je l'oublie et que je m'étouffe. Une manière bien indigne de mourir. Je devrais me procurer des verres à double foyer. Mais alors, j'aurais l'air d'une vieille bique.

J'enfile mon survêtement bleu pastel, mon déguisement de non-artiste, et je descends les quatre volées de marches en essayant de me donner l'air alerte et occupé. Je pourrais être une femme d'affaires, sortie pour son jogging, ou la directrice d'une banque, qui prend son jour de congé. Je me dirige vers le nord, puis vers l'est dans Queen's Street, un autre endroit où nous n'allions jamais. On le disait habité d'ivrognes sales, de « robineux », disions-nous, car ils buvaient de la robine, l'alcool à frictionner les malades. On disait aussi d'eux qu'ils dormaient dans les cabines téléphoniques et qu'ils vomissaient sur les chaussures des gens dans les tramways. À présent, ce ne sont que galeries d'art, librairies et boutiques bourrées de vêtements noirs et de chaussures bizarres. Les hauts et les bas de la mode.

Je décide de me rendre à la galerie que je ne connais pas encore puisque tout s'est fait par l'entremise du téléphone et du courrier. Je n'ai pas l'intention d'y entrer, de m'y présenter, pas encore. Je me contenterai de passer devant, de la regarder simplement, comme une ménagère, une touriste, quelqu'un qui fait du lèche-vitrines. Les galeries sont des endroits impressionnants ; on y évalue, on y juge. Il faut me préparer à les affronter.

Mais avant d'arriver à la galerie, je me retrouve face à un panneau de bois pressé masquant une démolition.

On y a peint au jet pulvérisé, par défi à Toronto la propre, *Du lard ou moi, ma jolie*. Et en réponse, au-dessous : *De quel lard tu parles ? Où est-ce que t'en trouves ?* Juste à côté, il y a une affiche. Ou plutôt une fiche volante d'un violet agressif, au lettrage noir rehaussé de vert : *Rétrospective Risley*. C'est le nom de famille uniquement, comme pour un garçon. Et c'est aussi mon nom et mon visage, en plus ou moins ressemblant. Il s'agit bien d'une photographie que j'ai expédiée à la galerie. Sauf qu'à présent, je porte la moustache.

La personne qui a dessiné cette moustache savait ce qu'elle faisait. Il ou elle : cela n'est pas exclu. C'est une moustache fournie, aux pointes recourbées, comme celle d'un cavalier, avec une barbiche élégante qui se marie bien avec mes cheveux.

J'imagine que je devrais en être offusquée. S'agit-il d'un simple gribouillage, d'un commentaire politique, ou encore d'un geste d'agression ? Est-ce à rapprocher de : *Kilroy was here*[1] ou de : *Fous le camp* ? Je me rappelle avoir déjà dessiné ce genre de moustache ; la méchanceté que j'y mettais, le désir de ridiculiser, de dégonfler et le sentiment de puissance. Il s'agissait de défigurer, de déprécier le visage de quelqu'un d'autre. Si j'étais plus jeune, je m'en offusquerais.

---

1. Voir dessin page 163.

Mais là, je regarde la moustache et je me dis : *Ce n'est pas si mal.* Après tout, une moustache, c'est un peu un déguisement. Je l'examine sous différents angles, comme si je m'apprêtais à en acheter une. La perspective s'en trouve changée. Je pense aux hommes et à leurs poils faciaux et aux possibilités de déguisement et de dissimulation constamment à leur portée. Je pense aux moustachus, et combien ils doivent se sentir nus, diminués, sans moustache. Bien des gens auraient avantage à porter la moustache.

Puis, tout à coup, je suis au septième ciel. J'ai enfin réussi à avoir un visage sur lequel on peut dessiner une moustache : un visage qui invite aux moustaches. Un visage public, une figure qui vaut d'être défigurée. C'est toute une réussite. Après tout, j'ai enfin quelque chose de moi-même, peu importe quoi, après tout.

Je me demande si Cordelia verra cette affiche. Je me demande si elle me reconnaîtra en dépit de la moustache. Peut-être viendra-t-elle au vernissage ? Elle passera la porte et je me retournerai, vêtue de noir comme il se doit pour une artiste peintre, l'air prospère, tenant à la main un verre d'un vin à peu près buvable. Et je n'en renverserai pas une goutte.

4.

Avant Toronto, j'étais heureuse.

Jusque-là, nous n'avions pas de domicile fixe ; ou alors nous en avions tellement qu'il était difficile de se les rappeler tous. Nous passions beaucoup de temps dans notre immense Studebaker à basse suspension, sur les routes de l'arrière-pays ou celles à deux voies du nord, en contournant lac après lac, coteau après coteau, les lignes blanches courant au milieu du chemin et, de chaque côté, de grands poteaux ou des plus courts, pour le téléphone, les fils donnant l'impression d'un mouvement ascendant et descendant.

Je suis seule à l'arrière parmi les valises, les boîtes de carton pour la nourriture, les manteaux et cette odeur de vapeur de nettoyage à sec que dégage le revêtement intérieur de la voiture. Mon frère Stephen est assis à l'avant, près de la vitre entrouverte. Il sent les pastilles de menthe, qui s'ajoute à son odeur habituelle, celle du crayon au plomb et de sable mouillé. Il lui arrive de vomir dans un sac de papier ou sur le bord de la route si mon père a le temps d'arrêter la voiture. Il a mal au cœur en voiture, et moi pas, ce qui explique pourquoi il doit s'asseoir à l'avant. C'est le seul point faible que je lui connaisse.

De ma position inconfortable à l'arrière, j'ai un bon aperçu des oreilles de ma famille. Celles de mon père pointent sous le rebord de son vieux chapeau de feutre qui sert à le protéger des brindilles, de la sève et des chenilles. Elles sont larges, molles avec des lobes allongés. Elles me rappellent celles des lutins ou celles, couleur chair, des personnages secondaires genre bon chien dans les bandes dessinées de Mickey Mouse. Ma mère porte les cheveux relevés et fixés aux tempes, ce qui laisse voir ses oreilles à l'arrière. Elles sont étroites, les extrémités supérieures fragiles, ourlées délicatement comme des anses de tasses en porcelaine, bien qu'elle-même ne soit pas frêle. Quant à celles de mon frère, elles sont rondes comme des abricots séchés, ou encore comme celles des extraterrestres tout verts à la tête ovoïde, qu'il dessine aux crayons de couleur. Autour et par-dessus, jusque sur la nuque, ses cheveux blond foncé, raides, poussent en mèches épaisses. Il a horreur d'aller chez le coiffeur.

En voiture, il m'est difficile de souffler quelque chose à l'oreille de mon frère. De toute manière, il ne peut me répondre, puisqu'il est obligé de fixer l'horizon ou les lignes blanches de la chaussée qui viennent vers nous par lentes ondulations.

Nous sommes en temps de guerre, les routes sont pratiquement désertes, bien que de temps à autre un camion passe, chargé de troncs d'arbres ou de bois de charpente, laissant dans son sillage une odeur de sciure. À l'heure du déjeuner, nous nous installons près de la route où nous étendons un tapis de sol parmi les blanches immortelles parcheminées et les épis aux lobes violacés. Nous mangeons le goûter de maman : pain et sardines, ou pain et fromage, ou pain et mélasse ou pain et confiture à défaut d'autre chose. Viande et fromage sont rares. Ils sont rationnés. Chacun possède son carnet de rationnement avec ses tickets de couleur.

Notre père allume un petit feu de camp pour faire bouillir l'eau du thé dans une gamelle. Après le déjeuner, nous disparaissons dans la nature, un par un, des morceaux de papier hygiénique dans nos poches. Parfois, d'autres morceaux de papier se trouvent déjà là, se désintégrant parmi les fougères et les feuilles mortes, mais la plupart du temps, il n'y en a pas. Je m'accroupis, attentive au bruit éventuel d'un ours qui surgirait par-derrière, tandis que le feuillage des asters m'égratigne le haut des jambes. Puis je fais disparaître le papier hygiénique sous des branchages, de l'écorce et des fougères mortes. Notre père dit que nous devons laisser les lieux comme si nous n'y étions jamais passés.

Il marche dans la forêt portant une hache à la main, un sac à dos et une grande boîte de bois munie d'une courroie de cuir. Il va d'un arbre à l'autre, la tête levée vers les cimes. Puis il étend une toile goudronnée sur le sol et entoure le tronc de l'arbre choisi. Il ouvre la boîte où se trouvent des fioles en rangées. Il frappe le tronc de l'arbre du dos de sa hache.

L'arbre tremble sur sa base ; des feuilles, des brindilles et des chenilles en descendent, s'arrêtent sur son chapeau de feutre gris puis atterrissent sur la toile goudronnée. Stephen et moi, nous nous accroupissons pour recueillir les chenilles rayées de bleu, fraîches et veloutées comme le museau des chiens. Nous les déposons dans les fioles remplies d'un liquide à faible teneur en alcool. Nous les voyons se tortiller, puis sombrer.

Mon père contemple sa moisson de chenilles comme si lui-même les avait cultivées. Il examine les feuilles mâchonnées et dit : « Belle infestation ». Il est plein d'entrain, il est plus jeune que je ne le suis aujourd'hui.

L'odeur de l'alcool persiste sur mes doigts : froide, légère et piquante comme une aiguille d'acier. Cela sent les cuvettes en émail blanc. La nuit, lorsque je regarde les étoiles froides, blanches et nettes, je me dis qu'elles ont peut-être la même odeur.

À la tombée du jour nous nous arrêtons à nouveau pour monter la tente constituée d'une grosse toile et de mâts de bois. Nos sacs de couchage sont kaki, épais et couverts de bosses. Ils nous semblent toujours un peu humides. En dessous, nous glissons un tapis de sol et un matelas gonflable qui nous rend tout étourdis lorsque nous soufflons pour le gonfler et nous laisse un arrière-goût de vieilles bottes de caoutchouc ou de pneus usagés empilés au fond d'un garage. Nous mangeons autour d'un feu plus éclatant au fur et à mesure que poussent aux arbres des ombres, telles des branches plus foncées. Puis nous rampons sous la tente et nous déshabillons à l'intérieur de nos sacs de couchage. La lampe de poche projette un rond sur la toile, un cercle pâle qui en entoure un autre plus sombre, comme une cible. La tente sent le goudron, le kapok, le papier d'emballage suintant le fromage et l'herbe foulée. Au matin, la végétation est couverte de rosée.

Parfois, nous habitons dans un motel mais seulement lorsqu'il est trop tard pour repérer un endroit où monter la tente. Les motels sont toujours loin de tout, campés contre le pan sombre d'une forêt, leur enseigne lumineuse clignotant dans la nuit obscure et uniforme comme les lumières des navires ou des oasis. Devant, il y a de hautes pompes à essence, coiffées de disques lumineux semblables à des lunes pâles ou des nimbes, la tête en moins. Chacun des disques présente un coquillage ou une étoile, une feuille d'érable orangée ou une rose blanche. Les motels ou les pompes à essence sont souvent vides ou fermés : l'essence est rationnée et les gens ne voyagent que s'ils y sont obligés.

Ou encore, nous habitons dans des maisonnettes appartenant à d'autres gens ou au gouvernement, dans des camps de bûcherons vacants, ou dans deux tentes montées, l'une pour recevoir les provisions, l'autre pour dormir. L'hiver, nous demeurons dans des municipalités ou des villes plus au nord : Sault-Sainte-Marie, North Bay ou Sudbury, dans des appartements qui sont en réalité à l'étage supérieur de la maison de quelqu'un d'autre, ce qui nous oblige à ne pas faire de bruit avec nos chaussures sur le parquet. Nos meubles sortent du garde-meuble. Si ce sont toujours les mêmes, ils ne nous semblent pourtant jamais familiers.

Dans ces endroits, il y a des cuvettes blanches et inquiétantes où les choses disparaissent en une minute dans un grondement. À notre arrivée dans les villes, mon frère et moi allons souvent aux toilettes. Nous y jetons des choses, comme des morceaux de macaroni, juste pour le plaisir de les voir disparaître. Il y a aussi des sirènes de raids aériens. Nous tirons les rideaux et éteignons les lumières même si notre mère nous affirme que la guerre ne viendra jamais jusqu'à nous. Elle s'infiltre par la radio lointaine et crachotante, les voix de Londres étouffées par les parasites. Lorsqu'ils écoutent, nos parents ont l'air de douter, leurs lèvres se serrent : peut-être sommes-nous en train de perdre.

Mon frère ne le croit pas. Il croit que nous sommes du bon côté et que, par conséquent, nous gagnerons. Il collectionne les cartes des paquets de cigarettes sur lesquelles il y a des avions. Il connaît le nom de chacun des avions.

Mon frère possède aussi un marteau, du bois et son propre couteau de poche. Il taille, il cogne : il fabrique un fusil. Il cloue deux morceaux de bois à angle droit, puis fixe la détente à l'aide d'un autre clou. Il en possède plusieurs ainsi que des poignards et des épées dont il colore la lame couleur de sang avec des crayons rouges. S'il est à court de rouge, le sang sera orange. Il chante :

Coming in on a wing and a prayer,
Coming in on a wing and a prayer,
Though there's one motor gone
We will still carry on,
Coming in on a wing and a prayer[1].

Il chante avec entrain, et moi je trouve cette chanson triste. J'ai vu les avions sur les cartes, mais je ne sais toujours pas comment ils volent. Je pense que les avions sont comme les oiseaux et que les oiseaux ont besoin de deux ailes. C'est ce que mon père raconte l'hiver avant le dîner, en levant son verre quand il y a d'autres hommes autour de la table : « On ne peut pas

1. Avec une aile, et une prière / Avec une aile, et une prière / Même si un moteur a flanché / Nous poursuivrons / Avec une aile, et une prière.

voler avec une seule aile. » Donc, dans la chanson, la prière est inutile.

Stephen me donne un fusil et un couteau et nous jouons à la guerre. C'est son jeu favori. Pendant que nos parents montent la tente, font le feu ou cuisinent, nous nous glissons derrière les arbres, les buissons et visons au travers du feuillage. Je suis simple soldat et je dois lui obéir. Il me fait signe d'avancer, de reculer, de garder la tête baissée, pour ne pas être décapitée par l'ennemi.

— T'es morte, dit-il.

— Non, j'suis pas morte.

— Si, t'es morte. Ils t'ont eue. Couche-toi par terre !

Inutile de discuter avec lui puisqu'il peut voir l'ennemi et moi pas. Je dois me coucher sur le sol détrempé, recroquevillée contre une souche pour ne pas être trop mouillée, et cela jusqu'à ce que le moment soit venu pour moi de revenir à la vie.

Parfois, au lieu de jouer à la guerre, nous partons à la chasse dans la forêt. Nous déplaçons des rondins et des grosses roches pour voir ce qu'il y a dessous. Nous y trouvons des fourmis, des vers, des scarabées, des grenouilles, des crapauds, des couleuvres et même, avec un peu de chance, des salamandres. Nous nous abstenons d'y toucher. Par expérience, nous savons que si nous les déposons dans des bocaux, et que nous les oubliions au soleil sur la lunette arrière de la voiture, ils mourront. Alors, nous nous contentons de regarder, d'observer les fourmis cacher en panique leurs chrysalides emmaillotées, les couleuvres se glisser dans l'obscurité. Puis, nous replaçons les rondins là où ils étaient, à moins que nous n'ayons besoin de quelques-unes de nos découvertes pour la pêche.

De temps en temps, nous nous chamaillons. Mais jamais je ne gagne : Stephen est plus grand, plus fort que moi et je tiens plus que lui à nos jeux. Nous nous querellons à voix basse, loin à l'écart, conscients du fait que si nous sommes surpris, nous serons punis tous les deux. C'est pourquoi, nous ne nous dénonçons jamais l'un l'autre... Nous savons, pour y avoir goûté, que les fruits de la trahison ne sont guère attrayants.

Secrètes, ces querelles ont un attrait supplémentaire : celui de ces vilains mots qui nous sont interdits, comme fesse, l'attrait du complot, de la connivence. Nous nous marchons sur les pieds, nous nous pinçons les bras, attentifs à ne pas crier, loyaux jusque dans l'outrage.

Combien de temps avons-nous vécu ainsi, comme des nomades aux confins de la guerre ?

Aujourd'hui, nous avons voyagé longtemps et nous montons la tente assez tard. Nous sommes près de la route, au bord d'un lac anonyme aux berges irrégulières. Les arbres le long des berges paraissent deux fois plus grands dans l'eau : les feuilles des peupliers virent au jaune de l'automne. Le soleil s'attarde dans un long coucher frisquet, écarlate, saumon, puis d'un rouge vif et irréel de mercurochrome. La lumière rose demeure à la surface, tremblote, s'atténue, puis disparaît. C'est une nuit claire et sans lune, remplie d'étoiles aseptisées. La Voie lactée est aussi visible qu'il se peut ; un signe de mauvais temps.

Nous ne nous arrêtons pas à ces choses puisque Stephen m'apprend à voir dans le noir, à la façon d'un commando. On ne sait jamais quand cela pourra servir, dit-il. On ne peut pas utiliser de lampe de poche ; il faut demeurer immobile, jusqu'à ce que nos yeux s'habituent à l'obscurité. C'est à ce moment-là que les contours des choses se précisent, grisâtres, miroitants, fantomatiques, comme s'ils se condensaient à partir de l'air. Stephen me dit d'avancer lentement, un pied après l'autre, attentive à ne pas écraser de brindilles. Il me dit aussi de respirer lentement. « S'ils t'entendent, ils te tuent », murmure-t-il.

Il rampe à côté de moi, silhouette découpée contre le lac, tache d'eau plus sombre. Je perçois la lueur d'un œil ; puis il disparaît. C'est un de ses trucs.

Je sais qu'il épie le feu et mes parents qui vacillent telles des ombres aux visages flous. Je suis seule avec le battement de mon cœur, avec ma respiration trop forte. Mais il a raison : à présent je peux voir dans le noir.

Telles sont mes visions des morts.

5.

Je fête mes huit ans dans un motel. En cadeau, je reçois un appareil photographique de marque Brownie, une boîte noire rectangulaire munie d'une poignée sur le dessus et d'un trou rond à l'arrière pour regarder.

C'est moi qui suis sur la première photographie prise avec l'appareil. Je suis appuyée au chambranle de la porte blanche du motel qui est fermée et identifiée par un numéro 9 de métal. Je suis habillée d'un pantalon déformé aux genoux et d'un veston trop court aux poignets. En dessous, je le sais même si on ne le voit pas, je porte le vieux tricot rayé jaune et brun de mon frère. Beaucoup de mes vêtements lui ont appartenu. J'ai la peau très très blanche, à cause de la surexposition de la pellicule, la tête penchée sur le côté, les poignets nus et ballants. On dirait une de ces vieilles photos d'immigrants. J'ai l'air de quelqu'un qui a été planté là, devant la porte, et à qui on a dit de ne pas bouger.

De quoi avais-je l'air, qu'est-ce que je voulais ? J'arrive difficilement à me le rappeler. Est-ce que je voulais un appareil photographique pour mon anniversaire ? Probablement pas, même si j'étais heureuse d'en avoir reçu un.

Je voudrais d'autres cartes des boîtes de céréales Nabisco, des cartes grises à colorier, à découper et à plier pour en faire des maisons de ville. Et puis, je voudrais des cure-pipes. Dans un de nos livres intitulé : *Passe-temps pour jours de pluie*, on nous montre comment fabriquer un émetteur-récepteur à l'aide de deux boîtes de conserve et d'un bout de ficelle ; un bateau propulsé avec un peu d'huile à lubrifier déposée dans un trou prévu à cet effet ; un chiffonnier de poupées avec des boîtes d'allumettes miniatures et différents animaux : chien, mouton, chameau, assemblés à partir de cure-pipes. Mais le bateau et le chiffonnier ne me disent rien, seulement les cure-pipes. Je n'en ai jamais vu encore.

Je voudrais du papier argenté des paquets de cigarettes. J'en ai déjà pas mal, mais j'en veux encore plus. Mes parents ne fument pas et je dois les ramasser là où je peux en trouver, c'est-à-dire aux abords des stations-service et dans les herbes folles à proximité des motels. J'ai cette manie de ramasser ce qui traîne par terre. Lorsque j'en trouve un, je le nettoie, le repasse et le place entre les pages de mon livre de lecture. Je ne sais pas encore ce que j'en ferai, mais lorsque j'en aurai suffisamment, ce sera à coup sûr quelque chose d'extraordinaire.

Je voudrais un ballon. La guerre est finie et ils sont de nouveau disponibles. Un hiver, j'avais attrapé les oreillons, et ma mère en avait déniché un pour moi au fond de sa malle. Elle avait dû le ranger là avant la guerre, se doutant bien qu'il n'y en aurait plus de sitôt. Elle le gonfla. C'était bleu, transparent et rond comme une lune à soi. Mais le caoutchouc en était ramolli et il creva presque tout de suite. J'ai eu beaucoup de peine. Je voudrais un autre ballon, un qui n'éclatera pas cette fois.

Je voudrais des amis, des ami-es, des filles. Je sais que ça existe, j'en ai vu dans mes livres. Si je n'en ai jamais eu, c'est que nous ne sommes jamais restés suffisamment longtemps au même endroit.

La plupart du temps, il fait froid et humide. C'est un ciel bas et métallique de fin d'automne. Ou alors, il pleut, et nous devons rester à l'intérieur du motel. Le genre de motel auquel nous sommes habitués : une rangée de maisonnettes construites à la hâte, reliées entre elles par des jeux de lumières pour arbres de Noël, jaunes, vertes ou bleues. On les appelle des maisonnettes parce qu'on y trouve une sorte de cuisinière, une ou deux casseroles, une bouilloire pour le thé et une table recouverte de toile cirée. Le parquet est recouvert d'un linoléum incrusté de carrés floraux à demi effacés. Les serviettes sont élimées et en nombre insuffisant. Les draps sont usés au milieu par le frottement d'autres corps. Il y a au mur la reproduction encadrée d'une forêt en hiver et une autre d'une volée de canards. Certains motels ont des cabinets extérieurs, mais ici il y en a de vrais, malodorants, mais avec une chasse d'eau et il y a même une baignoire.

Nous habitons dans ce motel depuis des semaines, ce qui est exceptionnel : nous ne restons jamais dans les motels plus d'une nuit. Nous mangeons de la soupe aux pois Habitant réchauffée dans une casserole cabossée sur une cuisinière à deux ronds, des tranches de pain tartinées de mélasse et de gros morceaux de fromage. Il y a plus de fromage à présent que la guerre est terminée. Nous gardons nos anoraks et, la nuit, nos chaussettes parce que ces maisonnettes non isolées sont prévues uniquement pour la saison touristique de l'été. L'eau chaude ne devient jamais plus que tiède et notre mère doit en faire chauffer dans la bouilloire pour le bain. « Juste assez pour enlever la croûte », dit-elle.

Le matin, nous prenons notre petit déjeuner drapés dans nos couvertures. Il arrive que nous voyions notre haleine même à l'intérieur du motel. Tout cela sort de l'ordinaire et prend un petit air de fête. Et ce n'est pas uniquement dû au fait que nous n'allons pas à l'école. De toute façon, nous n'avons jamais été à l'école plus de trois ou quatre mois de suite. La dernière fois, c'était il y a huit mois, et j'arrive à peine à me rappeler comment c'était.

Le matin, nous travaillons dans nos livres d'exercices scolaires. Notre mère nous indique les pages à compléter. Puis, nous lisons dans notre livre de lecture. Le mien parle de deux enfants qui habitent une maison blanche où il y a des rideaux froncés, une pelouse devant, et une clôture de piquets. Le père part au travail, la mère porte une robe et un tablier, les enfants jouent à la balle sur la pelouse en compagnie de leur chien et de leur chat. Rien, dans ces petites histoires, ne me rappelle ma vie réelle. Il n'y a pas de tentes, pas d'autoroutes, pas de pipi dans les buissons, pas de lacs, pas de motels. Et pas de guerre. Les enfants sont toujours propres et la petite fille, qui s'appelle Jane, porte de jolies robes et des souliers de cuir verni à brides.

Ces livres ont quelque chose d'exotique pour moi. Lorsque Stephen et moi dessinons avec nos crayons de couleur, lui dessine des guerres, des guerres ordinaires et d'autres dans l'espace. Ses crayons rouges, orange et jaunes sont réduits à l'état de chicots par les explosions, ses crayons or et argent sont usés par les carapaces métalliques des chars, des aéronefs, et par les casques et les fusils sophistiqués. Quant à moi, je dessine des filles. Je les habille de vêtements anciens : longues jupes, robes de dentelle et manches bouffantes, ou encore de robes semblables à celles de Jane, assorties de gros nœuds dans les cheveux. C'est l'image délicate et gentille que représentent pour moi ces autres petites filles. Je ne me demande pas ce que je leur dirais si j'en rencontrais quelques-unes pour de vrai. Je n'en suis pas encore là.

Le soir, nous sommes censés faire la vaisselle – « l'expédier », dit ma mère. Nous nous disputons à voix basse, par monosyllabes, pour savoir qui doit laver, car l'essuyage à l'aide d'un torchon humide n'est pas aussi convoité que le lavage, qui permet de se réchauffer les mains. Nous laissons flotter les verres et les assiettes à la surface pour mieux les torpiller avec les couteaux et les cuillers en murmurant : « Les bombes sont lâchées. » Nous essayons de viser au plus près sans les heurter. Ce n'est pas notre vaisselle. Mais ce jeu a le don d'énerver notre mère. Si elle en a assez, elle la fera elle-même, ce qui signifie un reproche.

La nuit, nous dormons dans un lit pliant, affaissé en son centre, et tête-bêche, ce qui en principe doit nous faire dormir plus tôt. Nous nous donnons des coups de pied sous les couvertures ; ou encore, nous essayons de voir jusqu'où nos pieds chaussés peuvent monter dans les jambes du pyjama de l'autre. De temps en temps, la lumière des phares d'une voiture qui passe sur la route éclaire la fenêtre, longe un mur, un autre, et disparaît. Il y a un bruit de moteur, un crissement de pneus sur la route mouillée ; puis le silence.

6.

Je ne sais pas qui a pris cette photographie de moi. Ce doit être mon frère puisque ma mère est à l'intérieur du motel, derrière la porte blanche, habillée de son pantalon gris et de sa chemise à carreaux bleu nuit, occupée à empaqueter nos provisions dans des boîtes de carton et à ranger nos vêtements dans les valises. Elle a son petit système pour emballer : elle se remémore certains détails à voix haute et elle n'aime pas qu'on soit dans ses jambes.

Sitôt après la prise de photographie, il commence à neiger. De petits flocons secs qui tombent un à un du dur ciel nordique de novembre. Jusqu'à cette première neige, une sorte de lassitude et de calme flotte dans l'air, la lumière décline, les dernières feuilles des érables de Pennsylvanie se balancent aux branches telles des algues. Avant la neige, nous étions comme engourdis. À présent, nous sommes tout excités.

Nous courons autour du motel, chaussés seulement de nos vieilles chaussures d'été, les mains tendues vers la neige qui tombe, la tête rejetée en arrière, la bouche ouverte, gobant les flocons. S'il y en avait d'épais sur le sol, nous nous y roulerions comme des chiens dans la boue. Cela nous donne le même genre d'extase, de satisfaction. Mais notre mère regarde par la fenêtre, nous aperçoit, et voit la neige. Elle nous oblige à rentrer. Nous nous essuyons les pieds avec les serviettes élimées. Nous n'avons pas de bottes d'hiver qui nous vont. Pendant que nous sommes à l'intérieur, la neige tourne au grésil.

Notre père arpente la pièce de long en large en faisant tinter les clefs dans sa poche. Il désire toujours hâter les choses, et maintenant il veut partir sur-le-champ. Mais notre mère lui dit de se calmer. Nous sortons pour l'aider à gratter la glace des vitres de la voiture, nous apportons les boîtes, puis nous nous empilons à notre tour dans la voiture et démarrons vers le sud. Je sais que c'est la direction sud à cause de la position du soleil. Il perce timidement au travers des nuages, fait scintiller les arbres givrés, miroiter les flaques glacées des deux côtés de la chaussée et rend la vision difficile.

Nos parents nous apprennent que nous nous dirigeons vers notre nouvelle maison. Cette fois, ce sera vraiment notre maison, pas une maison louée. Elle est située dans une ville qui s'appelle Toronto. Mais ce nom ne veut rien dire pour moi. Je pense à la maison de mon livre de lecture : blanche, entourée d'une clôture de piquets, avec une pelouse et des rideaux aux fenêtres. J'ai hâte de voir à quoi ressemblera ma chambre à coucher.

Nous y arrivons tard dans l'après-midi. Au début, je crois qu'on a dû se tromper ; mais non, c'est bien notre maison puisque mon père ouvre déjà la porte avec une clé. Pour ce qui est du site, on ne peut guère parler d'une rue. On dirait plutôt un champ. Il s'agit d'un bungalow de forme carrée, recouvert de briques jaunes et entouré de boue. Sur l'un des côtés, il y a un immense trou creusé dans le sol et bordé de grosses mottes de terre. La rue aussi est boueuse, non pavée, défoncée. Des blocs de ciment enfoncés dans la boue jalonnent l'entrée jusqu'à la porte.

À l'intérieur, c'est encore plus décourageant. Bien sûr, il y a des portes, des murs, des fenêtres, et même une chaudière qui fonctionne. Dans la salle de séjour, une fenêtre panoramique donne sur un large espace de boue ondulée. Les toilettes fonctionnent aussi, bien que la cuvette soit d'un brun jaunâtre et que de nombreux mégots de cigarettes flottent à la surface. C'est une eau rougeâtre, tiède, qui sort des robinets lorsque je les ouvre. Mais les planchers n'ont pas encore de bois verni, ni même de linoléum. Ils sont faits de larges planches non rabotées, espacées, grises de poussière de plâtre et tachetées de blanc comme par des fientes d'oiseaux. Seules quelques pièces de la maison ont des lampes électriques. Dans les autres, des fils pendent, accrochés au milieu du plafond. Dans la cuisine, il n'y a aucun plan de travail, seulement un évier. Il n'y a pas de cuisinière. Rien n'est peint. La poussière s'est accumulée : sur les fenêtres, les appuis-fenêtres, les installations, le plancher. Il y a des mouches mortes partout.

— Il va falloir retrousser nos manches, dit notre mère. Sous-entendu : je ne veux pas de protestations, nous devons faire de notre mieux. Nous allons devoir finir la maison nous-mêmes puisque l'homme qui devait le faire a fait faillite. « Envolé, l'oiseau ! » rajoute-t-elle. Mais notre père ne montre pas le même entrain. Il va d'une pièce à l'autre, jette un coup d'œil par-ci, tâte un peu par-là, en se murmurant des choses qui sifflent entre les dents. « Espèce de vieille fripouille ; vieux coquin », on entend.

Des profondeurs de la voiture ma mère extirpe le réchaud portatif et l'installe, à défaut d'une table, sur le plancher. Elle fait réchauffer la soupe aux pois. Mon frère sort. Je me doute bien qu'il s'en va escalader le monticule de boue d'à côté, ou imaginer les possibilités qu'offre une si grande excavation. Mais moi, je n'ai pas le courage de le suivre.

Je me lave les mains dans l'eau brunâtre de la salle de bains. Le lavabo montre une fêlure qui, à ce moment-là, m'apparaît comme un désastre pire que tout autre défaut, tout autre manque. Je me regarde dans le miroir poussiéreux. Une ampoule nue installée juste au-dessus me donne l'air malade, des cernes autour des yeux. Je les frotte ; je sais que l'on ne doit pas me voir pleurer. En dépit de sa nudité, la maison me semble trop chaude, peut-être à cause de mes vêtements d'extérieur que je n'ai pas encore enlevés. Je me sens piégée. Je voudrais être au motel, de retour sur la route, renouer avec la vie nomade d'avant, à la fois changeante et rassurante.

Les premières nuits, nous dormons sur le plancher, dans nos sacs de couchage, sur nos matelas gonflables. Puis, des lits de camp apparaissent. Il s'agit d'une toile tendue sur un cadre plus étroit au pied qu'à la tête de sorte que lorsque l'on roule pendant la nuit, on se retrouve sur le plancher avec la toile pardessus. Nuit après nuit je tombe et m'éveille sur le plancher rude et poussiéreux en me demandant où je suis. Mon frère n'est pas là pour ricaner ou me dire de me taire. Je suis seule. Au début, l'idée d'avoir ma propre chambre m'emballait – un espace vide à aménager selon mes désirs, sans égard pour Stephen, ses vêtements en désordre et ses fusils de bois – mais à présent, je me sens isolée. Pour la première fois de ma vie, je me retrouve seule, la nuit, dans une chambre.

Chaque jour, pendant que nous sommes à l'école, de nouvelles choses apparaissent dans la maison : cuisinière, réfrigérateur, table de jeu et quatre chaises pour manger d'une façon normale plutôt qu'assis en tailleur sur un tapis de sol déployé devant la cheminée.

Cette dernière fonctionne ; c'est même une des choses de la maison qui a été terminée. Nous y brûlons les bouts de bois qui restent de la construction.

Pendant ses heures de liberté, notre père joue du marteau dans toute la maison. Le sol se couvre peu à peu : parquet de bois dur pour la salle de séjour, dalles de béton pour nos chambres qui avancent rangée par rangée. La maison prend peu à peu l'allure d'une vraie maison. Mais cela ne va pas aussi vite que je le souhaiterais. Ici, dans notre lagune boueuse d'après-guerre, nous sommes encore bien loin des clôtures ou des rideaux blancs.

7.

Nous avions l'habitude de voir notre père habillé d'un coupe-vent, d'un vieux chapeau de feutre, d'une chemise de flanelle bien boutonnée aux poignets pour empêcher les mouches noires de monter le long des bras et d'un pantalon épais rentré dans ses chaussettes. À part le chapeau de feutre, l'accoutrement de ma mère ne différait pas tellement de celui-là.

À présent, notre père porte un veston, une cravate, une chemise blanche, un manteau de tweed et une écharpe. Il a des couvre-chaussures plutôt que des bottes imperméabilisées à la graisse de lard. Puis les jambes de ma mère sont soudainement apparues, dans des bas nylon marqués d'une couture à l'arrière. Lorsqu'elle sort, elle se dessine une bouche rouge. Elle porte aussi un manteau garni d'un col de fourrure grise et un chapeau dont la forme fait ressortir son nez. Chaque fois qu'elle le met, elle se regarde dans la glace en disant : « Je ressemble à la sorcière d'Endor. »

Notre père occupe un nouvel emploi. Voilà qui explique tout. Au lieu de faire de la recherche entomologique en forêt, il est professeur d'université. Les bocaux malodorants et les fioles sont moins nombreux qu'autrefois. Des piles de dessins coloriés par ses étudiants et éparpillés dans toute la maison sont venues les remplacer. Tous montrent des insectes. Ce sont des sauterelles, des tordeuses des bourgeons de l'épinette, des livrées des bois, des perce-bois, chacun illustré à la grandeur de la page, aux parties nettement identifiées : mandibules, palpes, antennes, thorax, abdomen. Quelques-uns sont en coupe, ce qui signifie qu'ils ont été sectionnés pour que l'on puisse en voir l'intérieur : tunnels, embranchements, bulbes et délicats filaments. Ce sont les croquis que je préfère.

Le soir, mon père s'assoit dans un fauteuil, une planche disposée en travers des accoudoirs, les dessins posés dessus. Il les corrige au crayon rouge. Parfois il rit tout bas, secoue la tête ou réprimande à voix basse.

« Idiot », dit-il, ou encore « Gros bêta ». Je me tiens derrière le fauteuil et j'observe. Il remarque que telle personne a placé la bouche à la mauvaise extrémité, qu'une autre n'a pas prévu d'espace pour le cœur, ou encore qu'il ne sait même pas distinguer le mâle de la femelle. Moi, ce n'est pas ma façon de juger les dessins ; ils sont bons ou mauvais, selon les couleurs choisies par l'étudiant. Les samedis, nous montons en voiture avec lui pour aller à l'endroit où il travaille. De fait, il s'agit de l'Institut de zoologie, mais ce n'est pas ainsi que nous l'appelons. Pour nous, c'est l'Institut.

C'est un immense édifice. Chaque fois que nous sommes là, il est presque désert parce que c'est samedi, et cela le fait paraître encore plus grand. Recouvert de vieilles briques brun foncé, il semble avoir des tours alors qu'il n'en a pas. Du lierre, dénudé à présent par l'hiver, le couvre d'un réseau veineux et squelettique. À l'intérieur, il y a d'immenses corridors aux parquets de bois dur, tachés, usés, mais brillants encore malgré le va-et-vient de générations d'étudiants chaussés de leurs bottes d'hiver boueuses. Il y a des escaliers, de bois aussi, qui craquent lorsqu'on y monte, des rampes sur lesquelles nous ne sommes pas censés glisser, et des radiateurs bruyants qui sont soit complètement froids, soit tout à fait brûlants.

Au deuxième étage, des corridors mènent à d'autres corridors tapissés de tablettes supportant des bocaux pleins de lézards morts et d'yeux de bœuf dans le formol. Dans une pièce, il y a des cages de verre où sont enfermés des serpents, des serpents plus gros que ceux que nous avons jamais vus. L'un d'eux est un boa constricteur apprivoisé et si l'homme chargé d'en prendre soin est sur place, il le sort de sa cage et l'enroule autour de son bras. Il aime nous faire voir comment le boa étouffe ses proies pour mieux les avaler. Nous avons la permission de le flatter. Sa peau est fraîche et sèche. D'autres cages contiennent des serpents à sonnettes et l'homme nous montre comment il s'y prend pour en extraire le venin. D'abord, il doit enfiler un gant de cuir. Les crochets du serpent sont creux et recourbés et le venin qui en tombe est jaune.

Dans la même pièce, il y a un bassin de ciment rempli d'une eau trouble et verdâtre où de grosses tortues restent immobiles en plissant les yeux ou alors elles se hissent pesamment sur les roches prévues à cet effet. Elles sifflent si nous les approchons de trop près. Cette pièce est plus chaude et plus humide que les autres à cause des serpents et des tortues ; cela sent aussi le musc. Dans une autre pièce encore, il y a une cage remplie d'énormes blattes d'Afrique de couleur blanche, et si venimeuses que leur gardien doit les gazer pour les rendre inconscientes lorsqu'il veut les nourrir ou en retirer une de la cage.

Au sous-sol se trouvent des rangées et des rangées d'étagères de rats blancs et de souris noires, d'une race particulière, non sauvage. Ils mangent des boulettes de nourriture distribuées par des trémies placées dans leur cage et boivent à des bouteilles munies d'un compte-gouttes. Ils ont des nids de papier déchiqueté qui grouillent de bébés roses, complètement dépourvus de poils. Ils roulent les uns par-dessus les autres, dorment par monceau et se reniflent de leurs museaux tremblotants. L'homme chargé de les nourrir nous dit que si l'on introduit une souris étrangère dans leur cage, une souris qui n'a pas l'odeur familière, les autres la mordront jusqu'à la mort.

Le sous-sol est imprégné de l'odeur forte des crottes de souris. Cela envahit tous les autres étages, s'atténue au fur et à mesure que l'on monte, puis se mélange à celle du Dustbane vert utilisé pour nettoyer les parquets et aux autres odeurs d'encaustique, de cire, de formol et de serpents.

Pourtant, rien, dans cet édifice, ne nous rebute. L'ensemble, mais non les détails, nous est familier, bien que nous n'ayons jamais vu autant de souris réunies en un seul endroit et que leur nombre et leur puanteur ne cessent de nous étonner. Nous aimerions retirer les tortues de leur bassin pour jouer avec elles, mais elles mordent, sont agressives, et peuvent nous arracher un doigt : nous ne sommes pas si bêtes. Mon frère aimerait aussi obtenir un œil de bœuf de l'un des bocaux ; ce sont des choses qui épatent les autres garçons.

Quelques-unes des pièces aux étages supérieurs sont des laboratoires. Ceux-ci ont de hauts plafonds et des tableaux noirs à l'avant. Ils contiennent des rangées et des rangées de grands pupitres de bois foncé, plutôt des tables que des pupitres, et de hauts tabourets. Chaque pupitre possède deux lampes coiffées d'un abat-jour vert, et deux microscopes, de vieux microscopes, aux oculaires fins et solides, aux garnitures de cuivre.

Nous avons déjà vu des microscopes, mais jamais autant ; nous passons des heures dessus avant de nous en lasser. Parfois, on nous donne des porte-objets à étudier : ailes de papillons, coupes transversales de vers, planaires teintées de rose et de violet qui facilitent l'identification des parties. D'autres fois, nous plaçons le doigt sous l'objectif pour en examiner l'ongle : les parties blanches surélevées, semblables à des collines appuyées contre leur ciel rose foncé, la peau les découvrant, granuleuse et ridée, comme en bordure d'un désert. Ou encore, nous arrachons nos propres cheveux et les observons. Ils sont rigides et brillants comme les poils de la peau chitineuse des insectes, leurs racines semblables à de petits bulbes d'oignons.

Nous apprécions tout particulièrement les escarres, les croûtes. Nous les enlevons – il n'y a pas assez de place sous le microscope pour un bras ou une jambe – et nous les agrandissons le plus possible. Les escarres ressemblent à des cailloux bosselés, recouverts d'un lustre rappelant la silice ou encore une sorte de moisissure. Si nous parvenons à en arracher d'un doigt, nous plaçons ce dernier sous l'objectif et examinons l'endroit d'où surgit le sang : un sang rouge clair, comme un bouton rond, comme une baie. Nous le léchons. Nous examinons aussi la cire d'oreille, la morve ou la crasse d'entre les orteils, mais en nous assurant d'abord qu'il n'y a personne autour : instinctivement, nous savons que ces choses ne seraient pas acceptées. Des limites ont sans doute été fixées à notre curiosité, mais elles n'ont jamais été clairement définies.

Le matin du samedi est consacré à ces activités. Pendant ce temps notre père s'occupe dans son bureau et notre mère fait son marché. Elle dit qu'ainsi nous ne sommes pas dans ses jambes.

L'Institut de zoologie domine University Avenue où il y a des pelouses et des statues de cavaliers rendues vert-de-gris par le temps. Au-delà du boulevard, on trouve l'édifice du Parlement de l'Ontario. Lui aussi a l'air vieux et miteux. Pour moi, il ne fait pas de doute que c'est un édifice comme le nôtre, plein de longs corridors qui craquent et de tablettes chargées de lézards et d'yeux de bœuf conservés dans le formol.

C'est encore de l'Institut que nous regardons notre premier défilé du Père Noël. Nous n'en avons encore jamais vu. Bien sûr, il est possible d'en entendre le déroulement à la radio, mais si on veut réellement le voir, il faut s'emmitoufler de chauds vêtements d'hiver et se tenir sur le trottoir en battant des pieds et en se frottant les mains pour se réchauffer. Des gens grimpent aux statues équestres pour mieux voir. Nous, nous n'avons pas à le faire puisque nous pouvons nous asseoir sur l'appui-fenêtre de l'un des laboratoires principaux, protégés du climat par la vitre sale, les jambes réchauffées par le souffle chaud du radiateur en fonte.

De notre observatoire, nous voyons défiler les gens déguisés en flocons de neige, en lutins, en lapins et en fées de sucre. De cette hauteur, ils apparaissent curieusement déformés. Passent aussi des fanfares de joueurs de cornemuse habillés de kilts et des choses ressemblant à de gros gâteaux glissant sur des roues d'où les gens saluent de la main. Il commence à bruiner. En bas, tous ont l'air d'avoir froid.

Le Père Noël, plus petit que prévu, arrive en queue de défilé. Sa voix et le bruit des clochettes amplifiés par le haut-parleur nous parviennent, assourdis par la vitre sale. Il se balance d'avant en arrière, au rythme de son renne mécanique, l'air empêtré, envoyant des baisers de la main à la foule.

Je sais que ce n'est pas le vrai Père Noël. Seulement quelqu'un qui est habillé comme lui. Mais à partir de ce moment-là, mon idée du Père Noël se modifie, acquiert une nouvelle dimension. Dès lors, il m'est difficile de ne pas l'associer aux serpents, aux tortues, aux yeux dans le formol, aux lézards flottant dans leur bocal de liquide jaune et à l'immense, l'envahissante, la forte, vieillotte et triste, mais ô combien réconfortante odeur de vieux bois, d'encaustique, de formol et de souris lointains.

III. Les culottes bouffantes de l'empire

8.

Il y a des jours où j'arrive à peine à me sortir du lit. Je trouve même difficile de parler. Je mesure mes progrès pas à pas, l'un après l'autre, jusqu'à la salle de bains. Ces pas m'apparaissent comme de grandes victoires. Je m'applique à retirer le bouchon du tube dentifrice, à porter la brosse à mes dents. J'éprouve même de la difficulté à lever le bras pour faire cela. J'ai l'impression d'être inutile, que tout ce que je pourrais faire n'a aucune valeur, surtout à mes yeux.

Eh bien, qu'as-tu à dire pour ta défense ? avait coutume de demander Cordelia. *Rien*, répondais-je. Un mot que je finis par associer à ma personne, comme si je n'étais rien, comme s'il n'y avait rien là.

Hier soir, j'ai senti ce rien qui rôdait. Il n'était pas sur moi, mais il venait, battement d'aile, vent qui se fait plus frais, premier coup que fait la vague de fond qui vous attire à elle. J'ai voulu parler à Ben. J'ai téléphoné à la maison, mais il était sorti, et c'est le répondeur téléphonique qui s'est mis en marche. Ma propre voix, joyeuse et assurée, m'a interpellée. *Allô ! Ben et moi ne pouvons vous répondre en ce moment, mais si vous le voulez bien, laissez-nous votre message, et nous vous rappellerons dès que possible.* Un déclic.

La voix était désincarnée ; on aurait dit la voix d'un ange ondoyant dans les airs. Si je mourais subitement cela resterait ainsi, calme et secourable, comme une après-vie électronique. Entendre cette voix me donne envie de pleurer.

— Grosses bises, dis-je à l'espace vide. Je ferme les yeux, je pense aux montagnes de la côte. C'est chez toi, me dis-je. C'est là où tu vis vraiment : dans ce décor de théâtre, trop beau, comme un décor en carton-pâte au cinéma. Ce n'est pas assez réel, assez morne, assez plat, assez crasseux. Mais l'on s'y applique. Il suffit d'aller quelques kilomètres par-ci, ou par-là, hors des sentiers panoramiques, pour se retrouver au pays des chicots d'arbres.

Vancouver est la capitale du suicide. On court à l'ouest jusqu'à l'épuisement. On parvient à la limite. Puis on tombe.

Je me tire hors de l'édredon. Je suis censée être une personne occupée. Il y a des choses à faire, ici, bien qu'il n'y en ait aucune que j'aie envie d'accomplir. Je regarde ce qu'il y a dans le réfrigérateur de la cuisinette, je prends un œuf, je le fais à la coque, je le laisse tomber dans une tasse à thé et j'en fais une bouillie. Je ne lorgne même pas du côté des tisanes.

Je vais tout droit vers le vrai, l'infâme café. Excitation assurée. Cela me ravigote de savoir que je serai bientôt à cran.

Je marche parmi les bras coupés et les pieds creux, en buvant du noir. J'aime ce studio, je pourrais y travailler. Il y a juste ce qu'il me faut de bricoles et de trucs minables. Les choses en train de crouler me stimulent : quoi qu'il arrive, je me retrouve toujours en meilleure forme qu'elles.

Aujourd'hui, vernissage. Pour être vernie, je suis vernie…

J'enfile mes vêtements, je bouge les bras et les jambes comme s'ils appartenaient à quelqu'un d'autre, à quelqu'un de pas très gros ou de pas très bien. Aujourd'hui encore, il s'agit du survêtement bleu pastel parce que je n'ai pas apporté beaucoup d'affaires. Je n'aime pas faire enregistrer mes bagages ; j'aime pouvoir tout fourrer sous le siège de l'avion. Dans ma petite tête, j'ai l'idée que si quelque chose ne tourne pas rond, là-haut, dans les airs, je pourrai les attraper et sauter par le hublot avec grâce, en n'abandonnant rien derrière moi.

Je sors, je marche rapidement dans la rue, la bouche légèrement entrouverte, et d'un pas cadencé. *Les Joyeux Troubadours… Aimer la vie et ses folies…* Avant je « joggais » mais c'est mauvais pour les genoux. Trop de bêtacarotène donne la jaunisse ; trop de calcium, des calculs rénaux. La santé tue.

Toronto la déserte n'existe plus. C'est bondé à présent. De toute évidence, Toronto est en train de s'éclater. Le trafic est ahurissant, ça klaxonne, ça fonce ; les automobilistes s'arrêtent au milieu des intersections et restent plantés là alors que les feux changent. Je suis contente d'être à pied. Ici, chaque immeuble perdu au milieu des entrepôts semble appeler au secours : Rénovez-moi ! La première fois que j'ai vu le mot Reno dans la rubrique immobilière, j'ai cru qu'il s'agissait de la ville des jeux. La langue va trop vite pour moi.

J'arrive à l'angle de Spadina et de King's Street, je me dirige vers le nord. Cet endroit était celui des vêtements en gros, et c'est toujours le cas mais les vieilles charcuteries juives sont moins nombreuses, remplacées par les bazars chinois de meubles en osier, de nappes en broderie ajourée et de carillons en bambou. Quelques noms de rues sont sous-titrés en chinois, multiculturalisme oblige, d'autres affichent *Quartier de la mode*. Tout se divise en quartiers maintenant. Ce qui n'était pas le cas auparavant.

Il me vient à l'esprit que j'ai besoin d'une nouvelle robe pour le vernissage. Bien sûr, j'en ai une dans mes bagages, je l'ai même déjà repassée avec mon fer de voyage, après avoir débarrassé un coin de l'établi de Jon, une serviette jetée en travers. Une robe noire, qui convient à ce genre d'occasion, une robe noire, sobre et simple, comme celles que portent les violoncellistes dans les orchestres. Il ne faut pas faire plus chic que le client.

Mais finalement l'idée de cette robe me déprime. Le noir attire la peluche et j'ai oublié ma brosse à vêtements. Je me souviens des annonces publicitaires du papier Scotch des années 1940 : Faites une momie de votre main avec du papier Scotch enroulé vers l'extérieur et nettoyez vos vêtements. Je m'imagine au milieu de la galerie, entourée de femmes habillées de vêtements exclusifs et de perles authentiques, l'air d'une veuve, la robe pleine de peluche là où le Scotch a manqué. Il existe pourtant bien d'autres couleurs, le rose, par exemple, qui est censé amadouer vos ennemis et les bien disposer à votre égard, ce qui explique sans doute pourquoi cette couleur est réservée aux bébés-filles. On s'étonne que les militaires ne s'en soient pas encore emparés. J'imagine des casques rose pastel, avec des choux, un régiment entier, tout rose, à l'assaut d'une tête de pont, d'une colline. Il est temps pour moi d'opérer un changement, il me faut du rose, et tout de suite.

Je m'arrête aux vitrines où sont indiqués les soldes. Chacune ressemble à un sanctuaire illuminé de l'intérieur, sa déesse bien en vue, la main sur la hanche ou la jambe bien tendue, le visage pâle et hermétique. Les robes de soirée sont de nouveau à la mode : nœuds et volants flamenco, crinolines et bustiers, manches bouffantes comme des guimauves de tissu, tout ce que je croyais être démodé à jamais. Il y a aussi des mini-jupes, toujours si difficiles à porter, mais là je tire une ligne. Je ne les aimais déjà pas lorsqu'elles sont apparues : elles laissent trop voir les dessous. Je ne porte pas non plus de choses foncées, j'aurais l'air d'un chou, pas plus que de bustiers à cause de mon long cou et de mes coudes maigrichons. J'ai besoin d'un truc allongé, un peu drapé, peut-être.

Une affichette marquée *solde* finit par m'attirer à l'intérieur. *La boutique de l'élégance*, c'est le nom qui désigne ce qui n'est pas vraiment une boutique : c'est rempli à craquer de fins de séries, et il y a peu de personnel. Il y a aussi plein de gens et ça me plaît. Les vendeuses m'intimident : je n'aime pas être surprise à tâter la marchandise. Je farfouille discrètement dans le rayon des soldes, en écartant les paillettes, les roses de laine angora, le fil doré, le cuir blanc sali, à la recherche d'un petit je-ne-sais-quoi. En somme, j'aimerais être transformée. Mais cela devient de plus en plus impossible. Le déguisement s'opère plus facilement lorsque l'on est jeune.

J'apporte trois articles à la cabine d'essayage : un truc couleur saumon, imprimé de gros pois blancs, un autre d'un bleu électrique avec incrustations de satin et, par mesure de précaution, un vêtement noir au cas où rien d'autre ne m'irait. Je préférerais le truc saumon, mais est-ce que les pois m'iront ? J'enfile le vêtement, je monte la fermeture Éclair, j'attache le tout, je me tourne d'un côté, puis de l'autre, devant le miroir, mal éclairé, comme toujours. Si j'étais propriétaire de ce genre de boutique, je peindrais les cabines en rose et je soignerais tout particulièrement les miroirs : les femmes désirent voir je ne sais quoi, mais pas elles-mêmes, surtout pas sous leur pire jour.

Je m'étire le cou, en essayant de capter une vue du dos. Peut-être qu'avec d'autres chaussures, d'autres boucles d'oreilles ? L'étiquette se balance et attire l'attention sur ma croupe. Les pois sont bien là, tanguant sur un large espace. C'est étonnant comme l'on paraît plus grosse vue de dos. Peut-être parce que le regard trouve peu d'obstacles sur l'étendue lisse, arrondie ou plate.

Au moment où je me retourne, j'aperçois mon sac par terre, là où je l'ai mis. Après tant d'années, je devrais être plus avisée. Il est ouvert. Le mur de la cabine n'arrive qu'à cinquante centimètres du sol et, dans l'espace, un bras discret se retire, la main refermée sur mon portefeuille. Les ongles sont peints d'un vert fluorescent.

J'abats mon pied déchaussé sur le poignet. Il y a un cri, des éclats de rire nerveux : des jeunes en virée, des écolières fureteuses. Mon portefeuille retombe, la main se rétracte comme un tentacule.

J'ouvre la porte violemment. *Va au diable, Cordelia !* me dis-je en moi-même.

Mais Cordelia a déguerpi depuis longtemps.

9.

Notre école est à une bonne distance de la maison, au-delà d'un cimetière, de l'autre côté d'un ravin, le long d'une large rue bordée de maisons anciennes. C'est la Queen Mary Public School. Le matin, nous marchons dans la boue gelée chaussés de nos nouveaux couvre-chaussures d'hiver en tenant à la main notre déjeuner dans un sac de papier, et nous descendons au travers des derniers vestiges d'un verger jusqu'à la route pavée la plus proche où nous attendons que l'autobus scolaire vienne, en brinquebalant pour éviter les nids-de-poule, nous chercher en haut de la côte. Je porte mon nouvel ensemble d'hiver. Ma jupe est drapée autour de mes jambes et rentrée dans les jambières ballonnantes de mon pantalon qui claquent l'une contre l'autre quand je marche. À l'école, il est interdit de porter un pantalon ; il faut une jupe absolument. Ce dont je n'ai pas l'habitude ; pas plus que de rester assise tranquille derrière un pupitre.

Nous prenons notre déjeuner dans le sous-sol frais et mal éclairé de l'école, sous surveillance, assis sur de longs bancs de bois éraflé, sous une guirlande de conduites de chauffage. La plupart des enfants rentrent déjeuner à la maison, seuls ceux qui sont amenés par les autobus scolaires doivent y rester. On nous distribue des petites bouteilles de lait que nous buvons à l'aide d'une paille insérée dans le couvercle de carton. Ce sont mes premières pailles et je les trouve tout à fait fascinantes.

L'école elle-même est vaste et ancienne, recouverte de briques rouge sang, avec de hauts plafonds, de longs couloirs, parquetés et sinistres, des radiateurs soit brûlants, soit froids, de sorte que ou nous grelottons ou nous avons trop chaud. Les fenêtres hautes et étroites sont à multiples carreaux et décorées de découpages faits dans du papier pour travaux manuels ; en ce moment, on voit des flocons de neige puisque c'est l'hiver. Devant, il y a une porte d'entrée qui n'est jamais utilisée par les élèves. Derrière, il y a deux entrées imposantes, sculptées sur le pourtour, avec des portes surmontées d'inscriptions au lettrage incurvé et solennel : FILLES ET GARÇONS. Lorsque la surveillante de la cour agite sa clochette de laiton, nous devons former les rangs, deux par deux, selon les classes, les filles d'un côté, les garçons de l'autre, de façon à ce que chacun entre par sa porte respective. Les filles se tiennent par la main, pas les garçons. Qui entre par la mauvaise porte reçoit une correction avec une lanière de cuir. C'est du moins ce que tout le monde raconte.

La porte des GARÇONS m'intrigue. Pourquoi faut-il entrer par une porte spéciale si l'on est un garçon ? Qu'y a-t-il là derrière qui justifie que l'on reçoive la lanière de cuir si on l'a vu ? Selon mon frère, les escaliers à l'intérieur n'ont rien de particulier, ce sont des escaliers bien ordinaires. Les garçons ne vont pas dans des classes à part, ils sont avec nous. Ils entrent par une porte indiquée GARÇONS, et ils se retrouvent au même endroit que nous. Je comprendrais encore pour les toilettes, ils ne font pas pipi comme nous, et aussi pour la cour de récréation à cause de tous les coups de pied et de poing qu'ils se donnent, mais cette porte reste un mystère pour moi. J'aimerais bien voir derrière.

Tout comme il y a des portes séparées pour les filles et les garçons, il y a aussi des parties réservées dans la cour de récréation. À l'avant, devant l'entrée des professeurs, il y a un champ de boue couvert de cendres, c'est le terrain de jeux des garçons. Sur le côté de l'école opposé à la rue, il y a un tertre. Des marches de bois conduisent au sommet, des rigoles érodées se perdent sur le flanc et, tout en haut, on tombe sur quelques chétifs arbustes verts. La coutume veut que cet endroit soit réservé aux filles. Ce sont les plus vieilles qui s'y tiennent, par groupes de trois ou quatre. La tête penchée en avant elles se chuchotent des choses, bien que, de temps à autre, des garçons y montent à l'assaut en criant et en gesticulant. La partie pavée de béton à l'extérieur des entrées FILLES ET GARÇONS est un territoire commun : les garçons doivent la traverser pour parvenir à leur porte.

Je ne vois mon frère à l'école qu'au moment de se mettre en rangs. À la maison, nous avons installé un émetteur-récepteur entre nos deux fenêtres de chambre à coucher, mais il ne fonctionne pas très bien. Nous nous glissons des messages sous la porte, écrits dans un langage secret d'extraterrestre, plein de X et de Z, et qui doit être décodé. Nous nous poussons du coude, nous nous donnons des coups de pied sous la table, en gardant des visages impassibles au-dessus de la nappe. Il nous arrive aussi d'attacher ensemble nos lacets de chaussures pour communiquer. Ces mots grossiers prononcés d'une voix éraillée, ces phrases sans voyelles, le morse des pieds restent mes principaux moyens de communication avec mon frère.

Mais le jour, je le perds de vue dès que nous franchissons la porte. Il prend les devants en lançant des boules de neige, et dans l'autobus scolaire, il s'installe à l'arrière au milieu d'un groupe chahuteur de garçons plus âgés. Après l'école, lorsqu'il en a terminé de toutes les bagarres auxquelles se doit de prendre part tout nouveau venu à l'école, il s'empresse d'aller déclarer la guerre aux garçons de l'école catholique du voisinage. Elle s'appelle Notre-Dame du Perpétuel Secours mais les garçons l'ont rebaptisée Notre-Dame de l'Enfer Perpétuel. On dit que les garçons de cette école sont des durs, qu'ils dissimulent des cailloux dans leurs boules de neige.

Dans ces moments-là, je sais que je ne dois pas parler à mon frère, ni même attirer son attention ou celle des autres garçons. Ils se font taquiner pour avoir des sœurs plus jeunes, ou simplement des sœurs, ou même une mère ; c'est comme porter des vêtements neufs. Mon frère s'empresse de salir les siens pour éviter de se faire remarquer ; et s'il doit aller quelque part en ma compagnie ou celle de ma mère, il marche devant ou traverse la rue. S'il se fait taquiner à mon sujet, il aura à se battre encore plus. Donc, il serait déloyal de ma part de lui faire signe ou même de l'appeler par son nom. Cela, je peux le comprendre et je fais de mon mieux.

Ainsi, je suis abandonnée aux filles, cette fois-ci à de vraies filles, en chair et en os. Mais je n'ai pas l'habitude des filles, leurs façons de faire ne me sont pas familières. Parmi elles, je me sens étrangère ; je ne sais que leur dire. Je connais les règles non écrites des garçons, mais avec les filles j'éprouve toujours le sentiment d'être sur le point de commettre une gaffe inimaginable, épouvantable.

Une fille du nom de Carol Campbell devient mon amie. D'une certaine façon, elle y est obligée parce qu'elle est la seule autre fille de ma classe à prendre l'autobus scolaire. Les enfants qui prennent l'autobus scolaire et qui doivent déjeuner au sous-sol de l'école plutôt que de retourner à la maison sont un peu considérés comme des étrangers et risquent de se retrouver sans partenaire lorsque la cloche annonce la formation des rangs. Donc, Carol s'assoit à côté de moi dans l'autobus scolaire, me tient la main dans les rangs, me chuchote des choses à l'oreille et mange son goûter à côté de moi sur le banc de bois au sous-sol de l'école.

Carol habite dans une des maisons plus anciennes situées de l'autre côté du verger abandonné, plus rapprochées de l'école, une maison de brique jaune à deux étages, avec des fenêtres encadrées de volets verts. C'est une fille trapue et qui rit beaucoup. Elle me raconte que ses cheveux sont blond miel, que sa coupe s'appelle « à la page » et qu'elle doit se rendre chez le coiffeur tous les deux mois pour l'entretenir. J'ignorais qu'il existait des choses comme des coupes « à la page » et des coiffeurs. Ma mère n'y va jamais. Elle porte les cheveux longs, relevés et fixés aux tempes comme ceux des femmes illustrées sur les affiches d'après-guerre, et mes propres cheveux n'ont jamais été coupés.

Carol et sa plus jeune sœur possèdent toutes les deux un ensemble pour le dimanche : un manteau de tweed brun orné d'un col de velours et un chapeau rond de velours brun retenu sous le menton par un élastique.

Elles ont aussi des gants et un petit sac à main bruns. Elle me raconte tout cela et, puisqu'ils sont anglicans, elle s'informe de l'église que nous fréquentons. Je dois lui répondre que je ne le sais pas. En fait, nous n'allons jamais à l'église. Après l'école, Carol et moi revenons à la maison, non pas par le chemin de l'autobus scolaire du matin, mais par une voie différente, par des petites rues écartées et une passerelle de bois décrépit juste au-dessus d'un ravin. On nous a bien averties de ne pas y passer seules et de ne pas descendre dans le ravin. Il pourrait y avoir des hommes, explique Carol. Pour elle, ces hommes ne semblent pas appartenir à une race ordinaire, mais plutôt à celle qui se cache dans l'ombre, inqualifiable et susceptible de nous faire des choses. Elle chuchote et sourit en disant *les hommes*, comme s'il s'agissait d'une plaisanterie particulièrement excitante. Nous traversons la passerelle sur la pointe des pieds en évitant les endroits où les planches sont complètement pourries, toujours à l'affût des hommes.

Après l'école, Carol m'invite chez elle où elle ouvre pour moi son placard. Elle a des tas de jupes et robes ; elle a même une robe de chambre et des pantoufles assorties, duveteuses. Je n'ai jamais vu autant de vêtements de fille au même endroit.

Du seuil de la porte, elle me permet de regarder dans le salon. Nous n'avons pas la permission d'y entrer. Elle-même n'y va que pour pratiquer son piano. Dans ce salon, il y a un canapé, deux fauteuils et des tentures assorties, tout de beige et de rose fleuri, qu'elle appelle du *chintz*. Elle prononce le mot avec respect, comme s'il s'agissait d'une chose sacrée. Je me le répète intérieurement : *chintz*. Cela sonne comme le nom d'une bestiole ou d'un de ces petits êtres sur la planète lointaine de mon frère.

Carol me raconte que son professeur lui tape sur les doigts avec une règle lorsqu'elle fait une fausse note, que sa mère la bat avec le dos d'une brosse à cheveux ou encore une pantoufle. Lorsque c'est sérieux, elle doit attendre le retour de son père qui la fouette avec sa ceinture, en plein sur son derrière nu. Mais toutes ces choses doivent rester secrètes. Elle dit que sa mère chante à la radio, sous un nom d'emprunt, et il nous arrive effectivement de l'entendre faire des gammes au salon d'une voix forte et chevrotante. Elle dit aussi que le soir son père enlève quelques-unes de ses dents et les dépose dans un verre d'eau placé à côté de son lit. Elle me montre le verre, même si les dents n'y sont pas. Il ne semble pas y avoir de limite à tout ce qu'elle pourrait me confier.

Elle me nomme les garçons qui sont amoureux d'elle à l'école en me faisant promettre de n'en rien dire à personne. Elle me demande qui sont ceux qui sont amoureux de moi. Je n'y ai jamais pensé, mais je vois bien que l'on attend une réponse de moi. Alors, je dis que je ne sais pas très bien.

Carol vient chez moi et découvre tout avec une joie incrédule – les murs non peints, les fils qui pendent des plafonds, les planchers non finis, les lits de camp. « C'est là que tu *dors* ? » demande-t-elle. « C'est là que tu *manges* ? » « Ce sont tes *vêtements* ? » La plupart de mes vêtements, qui ne sont pas très nombreux, sont en majeure partie des pantalons et des tricots. J'ai deux robes, l'une pour l'été, l'autre pour l'hiver, une tunique et une jupe de laine pour l'école. Je commence à comprendre qu'il en faudra plus.

Carol s'empresse de dire à toute l'école que ma famille dort sur le plancher. Elle laisse entendre qu'il s'agit là d'une habitude, parce que nous venons de l'extérieur de la ville, une sorte de conviction. Elle est très déçue lorsque nos vrais lits arrivent du garde-meuble, munis de quatre pieds et d'un matelas comme ceux de tout le monde. Elle répand la rumeur que je ne sais pas le nom de l'église où nous allons et que nous mangeons sur une table de jeu. Elle ne rapporte pas ces faits avec mépris, mais plutôt comme des particularités exotiques. Après tout, je suis sa partenaire de rang et elle aime que je sois appréciée à ma juste valeur, ou, pour être plus juste, elle désire être admirée pour révéler des choses aussi étonnantes. C'est comme si elle rapportait des singeries commises par quelque tribu primitive, réelles mais difficiles à croire.

10.

Un samedi, nous emmenons Carol Campbell à l'Institut. Lorsque nous y entrons, elle dit en se plissant le nez : « C'est ici que votre père *travaille* ? » Nous lui montrons les serpents et les tortues. Elle émet un son semblable à « pouah » et dit qu'elle n'aimerait pas y toucher. Je m'étonne : l'on m'interdit depuis si longtemps d'avoir de pareilles réactions que je ne les manifeste jamais plus. Pas plus que Stephen. Il y a peu de choses que nous ne toucherions pas, si l'occasion s'en présentait.

Je pense que Carol Campbell est une poule mouillée. Mais en même temps je suis assez fière de sa fragilité. Mon frère la regarde d'une drôle de façon, avec un peu de mépris il est vrai, et si moi-même je disais ce genre de chose, il se moquerait. Mais il y a dans son regard une nuance, quelque chose d'entendu, comme s'il trouvait dans son comportement la confirmation d'un soupçon tenace.

Après cela, normalement, il devrait l'ignorer. Il la met pourtant à l'épreuve devant les bocaux de lézards et les yeux de bœuf. « Pouah », dit-elle. « Que dirais-tu si on t'en glissait un dans le *dos* ? demande mon frère. Si on t'en servait un pour ton dîner ? » Il fait des bruits de mastication, de déglutition.

— Pouah, dit Carol en faisant la grimace et en se tortillant.

Mais moi, je ne peux prétendre être scandalisée et dégoûtée : je n'arriverais jamais à convaincre mon frère. Pas plus que je ne peux imaginer des plats dégoûtants, par exemple, des hamburgers de crapauds ou de la gomme à mâcher de sangsues, bien que si j'étais avec d'autres garçons, je le ferais sans arrière-pensée. Donc, je ne dis rien.

Après cette visite à l'Institut, je retourne à la maison de Carol. Elle me demande si je veux voir le nouveau « twin set » de sa mère. Je ne sais pas ce que c'est et cela m'intrigue. Je réponds oui. Elle m'amène en tapinois dans la chambre à coucher de sa mère, en me disant qu'elle se fera vraiment gronder si elle y est surprise, et me montre le « twin set » bien rangé sur une tablette. Il ne s'agit que de deux chandails, tous les deux de la même couleur, l'un avec des boutons sur le devant, l'autre sans. J'en ai déjà vu un autre, porté par Mrs Campbell, un beige, les seins pointant dessous, le chandail à boutons drapé autour de ses épaules comme une cape. Ce n'est donc que cela. Je suis déçue. Je croyais découvrir quelque chose en rapport avec des jumeaux.

Les parents de Carol ne dorment pas dans un grand lit comme le font les miens. Ils couchent plutôt dans deux lits étroits, identiques, avec des couvre-lits de chenille rose et des tables de chevet appareillées. On appelle ces lits des lits jumeaux, ce qui m'apparaît plus logique que le « twin set ». Il est pourtant étrange d'imaginer Mr et Mrs Campbell couchés là, le soir, avec deux têtes différentes – l'une avec moustache, l'autre sans – et malgré tout identiques, jumelles sous les draps et les couvertures. J'ai cette impression parce que tout dans cette chambre est en double et assorti ; les couvre-lits, les tables de chevet, les lampes, les commodes. Il n'y a pas pareille symétrie dans la chambre de mes parents, et c'est moins rangé aussi.

Carol dit que sa mère porte des gants de caoutchouc pour laver la vaisselle. Elle me montre les gants ainsi que le bras gicleur rattaché aux robinets. Elle l'ouvre, en asperge l'intérieur de l'évier, puis une partie du parquet accidentellement juste au moment où Mrs Campbell arrive habillée de son « twin set » beige. Elle fronce les sourcils et nous suggère d'aller jouer à l'étage. Mais peut-être n'a-t-elle pas froncé les sourcils. Sa bouche s'affaisse légèrement aux commissures des lèvres, même lorsqu'elle sourit et il est difficile de dire si elle est contente ou pas. Ses cheveux, de la même teinte que ceux de Carol, sont frisés par une permanente. Carol me fait remarquer qu'il s'agit d'une ondulation indéfrisable. Mais une ondulation qui n'a rien à voir avec de l'eau. Cela ressemble plutôt à des cheveux de poupée très bien soignés, plaqués, comme cousus en place.

Plus je me sens désorientée, plus Carol est satisfaite d'elle-même. « Tu ne sais pas ce que c'est qu'une indéfrisable ? » me dit-elle, ravie. Elle veut à tout prix m'expliquer les choses, les nommer, les montrer. Elle me promène dans sa maison comme dans un musée, comme si elle-même avait réuni tout ce qu'il y a là… Dans l'entrée où il y a une patère – « Tu n'as jamais vu une patère ? » –, elle m'assure que je suis sa meilleure amie.

Carol a une autre meilleure amie, qui l'est parfois, et d'autres fois pas. Elle s'appelle Grace Smeath. Carol me la montre dans l'autobus scolaire, de la même façon qu'elle m'a montré le « twin set » et la patère : comme un objet digne d'admiration. Grace a un an de plus et elle est dans la classe au-dessus. À l'école, elle joue avec les autres filles de sa classe. Mais après les cours et les samedis, elle joue avec Carol. Dans sa classe, il n'y a aucune fille qui habite de notre côté du ravin.

Grace demeure dans une maison de brique rouge en forme de boîte à chaussures et dont le porche est soutenu par deux larges colonnes blanches. Elle est plus grande que Carol, a une épaisse chevelure noire nattée et une peau très blanche, comme de la chair sous un maillot de bain, mais couverte de taches de rousseur. Elle porte des lunettes. Elle porte habituellement aussi une jupe grise à bretelles et un chandail rouge parsemé de petites boules de laine. Sur ses vêtements, il y a un peu de l'odeur de la maison des Smeath : un mélange de poudre à récurer, de navets, de vieille lessive et de terre sous le porche. Je la trouve très belle.

Le samedi, je ne me rends plus à l'Institut. Je joue plutôt en compagnie de Carol et de Grace. C'est l'hiver et la plupart du temps cela se passe à l'intérieur. Le fait de jouer avec des filles est différent et au départ, je me sens toute drôle, je garde mes distances, comme si je jouais à être une fille. Mais bientôt, je m'habitue.

Nos jeux s'inspirent surtout des idées de Grace puisque si nous proposons quelque chose qui lui déplaît, elle dit qu'elle a mal à la tête et s'en va chez elle, ou elle nous dit de rentrer chez nous. Elle n'élève jamais la voix, ne se met pas en colère, ni ne pleure ; elle prend tout simplement un air réprobateur, comme si nous étions responsables de sa migraine. Parce que nous désirons jouer avec elle plus qu'elle-même ne veut jouer avec nous, elle finit toujours par gagner.

Nous colorions dans ses cahiers de vedettes de cinéma. Celles-ci sont habillées de différents costumes pour diverses occasions : la promenade du chien, la navigation à voile en costume de marin, la valse en robe du soir dans les réceptions. Esther Williams est la star préférée de Grace. Moi, je n'en ai pas – je ne suis jamais allée au cinéma – mais je dis que c'est Veronica Lake parce que j'aime le nom. Dans le cahier Veronica Lake, il y a Veronica Lake en maillot de bain et dans une bonne autre douzaine de toilettes que l'on peut attacher derrière le cou à l'aide de petites pattes. Grace ne veut pas que nous découpions les costumes. Par contre, nous avons la permission de les essayer et de les enlever lorsqu'elle-même les a découpés. Elle veut bien que nous colorions dans ses cahiers à condition de ne pas dépasser. Elle aime aussi que tous les livres soient coloriés. Elle nous indique les couleurs et sur quelles parties les appliquer. Je sais bien ce que mon frère en ferait – un teint vert et des antennes de coléoptère pour Esther, au moins huit jambes velues pour Veronica – mais je m'abstiens de faire cela. De toute façon, ces vêtements me plaisent.

Nous jouons à l'école. Dans son sous-sol, Grace dispose d'un pupitre, de deux chaises, d'un petit tableau noir et de craie. Tout ceci est installé sous les cordes à linge des Smeath qui y font sécher leurs sous-vêtements lorsqu'il pleut ou qu'il neige. Ce sous-sol n'est pas fini : le plancher est en ciment, les colonnes de soutien en brique, les conduites d'eau et les fils électriques sont apparents, et cela sent la poussière de charbon à cause de la proximité du coffre à charbon situé juste à côté du tableau noir.

Le rôle de professeur revient toujours à Grace, et celui des élèves à Carol et à moi. Nous devons épeler et faire des additions ; cela ressemble à la vraie classe, mais en pire, puisque nous ne faisons jamais de dessins. Nous ne pouvons pas non plus jouer à être dissipées parce que Grace n'aime pas le chahut.

Ou alors, nous nous asseyons sur le parquet de la chambre de Grace parmi les piles de vieux catalogues Eaton. Je connais bien ces catalogues Eaton pour les avoir vus, dans le Nord, en feuilles de papier toilette dans les cabinets extérieurs. Ils me rappellent l'odeur de ces endroits, le bourdonnement des mouches dans le trou aménagé sous le siège, la boîte de chaux et sa petite pelle pour en déposer sur le monticule de crottes, des anciennes et des nouvelles, de toutes les formes et nuances de brun. Mais ici, nous traitons ces catalogues avec respect. Nous en découpons les délicates silhouettes de couleur pour les coller ensuite dans des albums. Puis, nous découpons les autres choses – casseroles, meubles – et les fixons autour des personnages. Ce sont toujours des femmes. Pour nous, des « dames » puisque nous disons : « Ma dame va s'acheter un réfrigérateur. » « Ma dame s'achète ce tapis. » « Ça, c'est le parapluie de ma dame. »

Carol et Grace comparent leurs albums en disant : « Oh ! le tien est tellement beau. Pas le mien. Il est *affreux* ! » Elles disent cela à chaque fois que nous jouons aux albums. Leurs voix sont enjôleuses et fausses. Je sais bien qu'elles ne disent pas la vérité. Chacune pense que sa dame, sur sa page, est celle qui paraît le mieux. Mais il semble bien que ce soit là ce qu'il faille dire et je commence à faire de même.

Je trouve ce jeu épuisant. Tout ce poids, cette accumulation d'objets, de possessions dont il faudra prendre soin, qu'il faudra empaqueter, empiler dans les automobiles, dépaqueter. J'en sais long sur les déménagements. Une réalité que Grace et Carol ignorent. Leurs dames ont chacune leur maison, y ont toujours vécu. Elles peuvent bien accumuler des biens, encore et encore, remplir les pages de leurs albums de salles à manger, de lits, de piles de serviettes, de services de vaisselle, sans se soucier de rien.

Je commence à vouloir des choses que je n'avais jamais imaginées : des rubans, une robe de chambre, un sac à main personnel. Quelque chose se dévoile, m'est révélé. Je vois bien qu'il existe tout un monde de filles et d'habitudes dont j'ignorais jusqu'à l'existence et auquel je peux me joindre sans même avoir à faire d'effort. Je n'ai pas à me mesurer à qui que ce soit, à courir plus vite, à viser plus juste, à faire de gros bruits explosifs, à décoder des messages, à mourir sur commande. Je n'ai pas à me demander si j'accomplis toutes ces choses aussi bien que les garçons. Tout ce que j'ai à faire, c'est de m'asseoir sur le parquet, de découper des poêles à frire du catalogue Eaton, avec des ciseaux à broderie et de dire que je n'ai pas très bien fait cela. Ce qui me procure un certain soulagement.

11.

Pour Noël, Carol m'offre des sels de bains Friendship's Garden et Grace, un cahier à colorier de Virginia Mayo. J'ouvre leurs présents avant ceux de tous les autres.

Je reçois aussi un album photo. Les pages et les couvertures sont noires et rattachées ensemble par une chose qui ressemble à un gros lacet noir ; il y a aussi un paquet de triangles noirs avec colle pour fixer les photographies. Jusqu'à présent, je n'ai utilisé qu'un rouleau de pellicule ; je réfléchis bien avant d'appuyer sur le bouton, je ne veux rien gaspiller. Les photos me reviennent développées accompagnées de leurs négatifs. Je les place dans la lumière : tout ce qui est blanc sur la photographie se révèle noir sur le négatif. La neige, par exemple, mais aussi les yeux et les dents des gens.

Je fixe mes photos dans l'album à l'aide des petits triangles noirs. Certaines montrent mon frère menaçant quelqu'un de ses boules de neige. D'autres sont de Carol, d'autres de Grace. De moi, il n'y a que cette photo prise devant la porte du motel portant le numéro 9, il y a longtemps, un mois. Déjà, cette enfant me semble beaucoup plus jeune, plus pauvre, plus lointaine, une image oubliée de moi, ignorante, ratatinée.

À Noël, je reçois aussi un sac à main en plastique rouge, de forme ovale, avec un fermoir doré et une poignée. À la température de la maison, c'est souple et malléable, mais à l'extérieur, cela durcit et les choses qui s'y retrouvent font un bruit de crécelle. J'y garde mon argent de poche de la semaine : cinq *cents*.

Dans la salle de séjour, nous avons désormais un parquet de bois dur, ciré à genoux par ma mère, poli à l'aide d'une lourde cireuse au long manche qu'elle pousse d'avant en arrière dans un bruit de ressac qui rappelle celui des vagues. La salle de séjour a été peinte, les appliques installées, les plinthes ajoutées. Il y a même des rideaux ; des tentures, dit-on. Les parties exposées, visibles, de la maison ont été finies en premier. Nos chambres à coucher sont restées dans un état plus primaire. Il n'y a pas encore de tentures aux fenêtres. Le soir, de mon lit, je peux observer la neige qui tombe, illuminée par la fenêtre voisine de mon frère.

C'est le temps le plus triste de l'année. Même en plein jour il semble faire sombre et le soir, lorsque les lumières sont allumées, cette obscurité s'insinue partout comme une brume. Dehors, quelques lampadaires espacés ne fournissent qu'un faible éclairage. À l'intérieur, les lampes projettent une lumière jaunâtre, non pas froide et verdâtre, mais bien d'un jaune beurre pâle, teinté de brun. Même les couleurs des objets dans la maison semblent mélangées de cette obscurité : marron pourpré, beige champignon, vert passé, rose cendré. Des couleurs un peu sales, comme celles des cases d'une boîte de couleurs lorsque l'on oublie de nettoyer son pinceau.

Nous avons un sofa bordeaux qui est arrivé du garde-meuble et, posé devant, un tapis de style oriental marron et pourpre. Nous avons aussi une lampe sur pied munie d'une ampoule à trois forces. Dans cette lumière du soir, l'air semble se coaguler comme une crème renversée en train de prendre ; d'autres sédiments plus consistants de lumière s'agglutinent aux coins de la salle de séjour. Le soir, les tentures sont fermées, des plis et des plis d'étoffe tirés contre l'hiver, retenant la faible et lourde lumière, la gardant à l'intérieur.

C'est dans cette lumière que j'ouvre le journal du soir, sur le parquet de bois dur poli, appuyée sur les genoux et les coudes pour lire les bandes dessinées. Il y a des personnages avec des trous ronds à la place des yeux, d'autres qui ont le pouvoir de vous hypnotiser sur-le-champ, d'autres dont l'identité reste secrète ou qui ont la capacité de changer la forme de leur visage à volonté. Autour de moi flotte l'odeur de l'encre d'imprimerie et d'encaustique, l'odeur des tiroirs de commode de mes bas rugueux mélangée à celle des genoux noircis, l'âcre senteur du lainage écossais et l'odeur de litière de chat des petites culottes de coton. Derrière moi, la radio joue un quadrille des Provinces Maritimes : Don Messer and his Islanders, dans l'attente du radio journal de dix-huit heures. L'appareil radio est fait d'un bois verni foncé et doté d'un seul œil vert qui bouge lorsqu'on règle la tonalité à l'aide d'un bouton. Entre les stations, cet œil émet des sons inquiétants venus d'une autre planète. Des ondes radio, dit Stephen.

Il arrive maintenant souvent que Grace Smeath me demande de venir chez elle après la classe, mais sans Carol. Elle lui explique pourquoi elle ne peut l'inviter : c'est à cause de sa mère. Celle-ci est fatiguée et Grace ne peut inviter qu'une meilleure amie aujourd'hui.

La mère de Grace a le cœur malade. Grace n'en fait pas mystère, contrairement à ce que ferait Carol. Elle dit cela froidement, poliment, comme si elle nous demandait d'essuyer nos pieds sur le paillasson. Mais elle le fait aussi d'un air suffisant, comme si elle détenait quelque privilège ou quelque supériorité morale que nous ne possédons pas. Elle montre la même attitude envers le caoutchouc qui trône sur le palier de son escalier. C'est la seule plante de la maison et nous ne devons pas y toucher. Très vieux, il doit être nettoyé feuille par feuille avec du lait. Le cœur de Mrs Smeath est comme lui. À cause de son cœur, nous devons marcher sur la pointe des pieds, lentement, retenir nos rires et faire tout ce que Grace exige. Les cœurs malades ont parfois leur utilité ; même moi, je peux comprendre cela.

Chaque après-midi, Mrs Smeath doit faire la sieste. Elle la fait, non pas dans sa chambre à coucher, mais sur le sofa du salon, délestée de ses chaussures et couverte d'un châle de tricot. C'est toujours dans cette position que nous la retrouvons lorsque nous venons jouer chez elle après la classe. Nous entrons par la petite porte, nous montons quelques marches jusqu'à la cuisine, en essayant de nous faire le plus discrètes possible, puis nous nous rendons jusqu'aux portes-fenêtres de la salle à manger où nous regardons par les carreaux pour voir si elle a les yeux fermés ou ouverts. Elle ne dort jamais. Mais il existe toujours la possibilité – une idée suggérée par Grace, sur ce même ton factuel que pour le reste – qu'elle soit morte.

Mrs Smeath n'est pas comme Mrs Campbell. Par exemple, elle ne possède pas de « twin set » ; elle les considère même avec mépris. Je le sais parce qu'une fois, alors que Carol se vantait des « twin sets » de sa mère, Mrs Smeath lui a dit « vraiment ! », non pas pour l'interroger, mais pour bien la faire taire. Elle ne porte ni rouge à lèvres ni poudre de riz, même lorsqu'elle sort. Elle a de gros os, des dents carrées, espacées entre elles, chacune bien visible, la peau frottée à vif, comme avec une brosse à nettoyer les pommes de terre. Son visage est rond et affable, la peau aussi blanche que celle de Grace, mais sans les taches de rousseur. Comme sa fille, elle porte des lunettes, bien que les siennes soient cerclées d'acier plutôt que de brun. Ses cheveux, grisonnants aux tempes, séparés au milieu par une raie, sont nattés et enroulés autour de la tête comme une couronne plate fixée au moyen d'épingles.

Elle porte des robes d'intérieur imprimées, non seulement le matin, mais la plupart du temps. Sur ses robes, elle met des tabliers à bavette qui retombent en pli sur l'estomac et forment ce qui apparaît comme un unique sein lui barrant tout le torse, se confondant avec la taille. Elle porte des bas de fil d'Écosse avec coutures qui donnent à ses jambes l'air d'être rembourrées et cousues. Elle porte des souliers de ville bruns. Parfois, au lieu de bas, elle met de minces chaussettes de coton au-dessus desquelles ses jambes se révèlent blanches et clairsemées de poils, comme un duvet de femme. Elle en a aussi, bien que peu fourni, juste quelques poils aux commissures des lèvres. Elle sourit beaucoup, les lèvres fermées sur ses dents larges. Comme Grace, elle ne rit jamais.

Elle a de grandes mains noueuses et rougies par les lessives. Il y en a beaucoup à faire puisque Grace a deux jeunes sœurs qui usent ses jupes, ses chemisiers et même ses sous-vêtements. Moi, je porte les tricots de mon frère, mais pas ses sous-vêtements. Ce sont ces mêmes sous-vêtements, amincis et ternis par l'usage, qui pendent et dégouttent des cordes tendues au-dessus de nos têtes lorsque nous jouons à l'école dans le sous-sol de Grace.

À l'école, la veille de la Saint-Valentin, nous devons découper des cœurs rouges dans du papier pour travaux manuels, les décorer de morceaux de petits napperons et les coller aux carreaux des hautes et étroites fenêtres. En découpant le mien, je pense au cœur malade de Mrs Smeath. Qu'est-ce qu'il peut bien avoir ? Je l'imagine, caché sous le châle de tricot, sous la grande lame du tablier à bavette, pompant dans l'obscurité de chair épaisse, à l'intérieur du corps : quelque chose d'inaccessible, de caché. Il serait rouge mais avec une marque roussâtre, comme un bleu, ou une tache sur une pomme. Rien que d'y penser me fait mal. Je ressens un léger pincement douloureux, comme lorsque j'avais vu mon frère se couper le doigt avec un morceau de verre. Mais ce cœur malade est aussi irrésistible. C'est une curiosité, une difformité. Un trésor horrible.

Jour après jour, je presse mon nez contre la vitre des portes-fenêtres pour voir si Mrs Smeath est toujours en vie. C'est ainsi que je l'imaginerai toujours : étendue, immobile comme un objet dans un musée, la tête vissée sur l'appui-bras du sofa, un oreiller sous la nuque, le caoutchouc du palier de l'escalier visible en arrière-plan, elle, tournant la tête pour nous voir, le visage lisse, sans ses lunettes, blanc et étrangement lumineux dans l'espace faiblement éclairé, tel un champignon phosphorescent. À cette époque, elle est de dix années plus jeune que je ne le suis en ce moment. Pourquoi est-ce que je la déteste autant ? Après tout, que m'importe ce qu'il pouvait bien se passer dans sa tête ?

12.

La neige se morcelle, fait place aux nids-de-poule des chemins du voisinage remplis d'une eau boueuse. La nuit, de minces pellicules de glace s'y forment et nous les crevons avec nos talons de bottes. Des glaçons pendent aux avant-toits ; nous les décrochons et les suçons comme des sucettes. Nous laissons aussi pendre nos mitaines. Sur les pelouses, en revenant de l'école, nous apercevons des morceaux de papier détrempé sous les haies, des vieilles crottes de chien, des jonquilles pointant au travers de la neige granuleuse et couleur de suie. Une eau brunâtre court dans les caniveaux ; la passerelle de bois en travers du ravin est lisse, glissante et a repris son odeur de pourriture.

Notre maison ressemble à un vestige de guerre : autour d'elle, il n'y a que débris et dévastation. Mes parents sont dans la cour arrière, les mains sur les hanches, dominant du regard l'étendue de boue, planifiant leur jardin. Déjà, des mottes de chiendent y poussent vigoureusement. Le chiendent pousse dans n'importe quoi, selon mon père. Et il ajoute que l'entrepreneur, le même qui s'est envolé, a pris la lourde terre glaise de l'excavation et l'a étendue autour de la maison sur ce qui aurait dû être la terre arable. « Un idiot et un voleur », ajoute-t-il.

Mon frère surveille le niveau d'eau du grand trou d'à côté, impatient de le voir s'assécher pour en faire un bunker. Il aimerait le recouvrir d'un toit, à l'aide de pieux et de vieilles planches, mais il sait que cela est impossible parce que c'est trop grand et que, de plus, on ne le lui permettrait pas. À la place, il projette de creuser un tunnel dans la paroi et de s'y rendre grâce à une échelle de corde. Il n'en a pas, mais il dit qu'il en fera une dès qu'il mettra la main sur de la corde.

Lui et les autres garçons courent aux alentours dans la boue, de larges mottes de glaise attachées à leurs semelles de bottes et laissant derrière eux des empreintes de monstres. Ils rampent derrière les arbres de l'ancien verger en se visant l'un l'autre :

— T'es mort !

— Non, j'suis pas mort !

— Si, t'es mort !

D'autres fois, ils s'entassent dans la chambre de mon frère et, couchés sur le ventre, sur le lit ou sur le parquet, ils lisent des montagnes de bandes dessinées. Il m'arrive de me joindre à eux, vautrée parmi les pages coloriées, entourée de l'odeur de renfermé des garçons. Car ils ne sentent pas comme les filles. Ils ont plutôt une sous-odeur de cuir, âcre, comme celle de la vieille corde ou des chiens mouillés. Nous gardons la porte fermée parce que ma mère n'approuve pas la lecture des bandes dessinées. Cette lecture se fait dans un silence respectueux, ponctué par les quelques monosyllabes nécessaires aux échanges.

En ce moment, mon frère collectionne les bandes dessinées. Il a toujours collectionné quelque chose. Auparavant, c'étaient des couvercles de bouteilles de lait provenant de douzaines de laiteries différentes. Il en gardait des liasses dans ses poches, liées ensemble par des élastiques. Il les appuyait contre le mur et s'en servait comme cibles pour pouvoir en gagner d'autres. Puis ce furent les capsules de bouteilles d'eau gazeuse, les cartes de paquets de cigarettes, la liste de nombreuses plaques d'immatriculation de provinces et d'États différents. Mais les bandes dessinées ne se gagnaient jamais. On se les échangeait. Une bonne, contre trois ou quatre moins intéressantes.

À l'école, nous découpons des œufs de Pâques dans du papier pour travaux manuels, des roses, des violets, des bleus, que nous collons ensuite aux carreaux des fenêtres. Puis viennent les tulipes, suivies bientôt des vraies. Il semble y avoir une règle qui veut que les choses de papier apparaissent avant les vraies.

Grace exhibe une corde à sauter, puis elle et Carol me montrent comment la faire tourner. En la tournant, nous chantons sur un ton mineur et monotone :

Salome was a dancer, she did the hoochie kootch ;
And when she did the hoochie kootch, she didn't wear very mooch[1]*.*

Grace se place une main sur la tête, l'autre sur la bouche et remue le derrière. Elle fait cela en parfaite harmonie, dans sa jupe à plis plats et à bretelles. Je

1. Salomé était danseuse, elle dansait le houtchie koutch ; Quand elle dansait le houtchie koutch, elle n'était pas plus vêtue qu'une mouche.

sais bien que Salomé est censée ressembler aux vedettes de cinéma de nos cahiers de poupées en papier. J'imagine des jupes de tulle, des souliers à talons hauts garnis d'étoiles aux pointes, des chapeaux couverts de fleurs et de fruits, des sourcils relevés d'un trait mince ; de la gaieté, de l'exubérance. Mais le numéro de Grace dans sa jupe à plis et à bretelles reste impayable.

Notre autre jeu est celui de la balle. Nous le jouons sur le mur latéral de la maison de Carol. Nous lançons notre balle de caoutchouc et l'attrapons en tapant des mains, en tournant sur nous-mêmes au rythme de :

> *Ordinary, moving, laughing, talking, one hand, the other hand, one foot, the other foot, clap front, clap back, back and front, front and back, tweedle, twyddle, curtsy, salute, and roundabout*[1].

À tourniquet, bouquetiquet, il faut lancer la balle et faire un tour complet sur soi-même avant de l'attraper. C'est le plus difficile, même plus difficile qu'avec la main gauche.

---

1. Ordinairement, je bouge, je ris, je parle, une main, l'autre main, un pied, l'autre pied, mains devant, mains derrière, d'arrière en avant, d'avant en arrière, je siffle, bras croisés, révérence, tourniquet, bouquetiquet.

Le soleil s'attarde de plus en plus et se couche, rouge et or. Les saules pleureurs épandent des chatons jaunes sur la passerelle ; les disamares des érables descendent en tournoyant sur les trottoirs. Nous en écartons les ailes membraneuses et collantes pour nous en faire des pince-nez. L'air est chaud et humide, comme une vapeur invisible. Pour aller en classe, nous portons des robes de coton et des cardigans que nous enlevons sur le chemin de la maison. Les vieux arbres du verger sont en fleurs, roses et blanches, nous y grimpons pour y humer l'odeur de lotion pour les mains, ou encore, nous nous asseyons dans l'herbe pour tresser des couronnes de pissenlits. Puis nous dénouons les cheveux de Grace qui retombent sur son dos en épaisses et brunes ondulations. Nous enroulons les tresses de pissenlits autour de sa tête pour en faire une couronne : « Tu es une princesse », dit Carol en lissant les cheveux. Je prends une photographie de Grace que je fixe ensuite dans mon album. Elle est là, assise, souriant d'un petit air sage, couronnée de fleurs.

Dans le champ, face à la maison de Carol, poussent de nouvelles maisons. Le soir, des bandes d'enfants, garçons et filles ensemble, grimpent à l'intérieur dans l'odeur fraîche des copeaux de bois, marchent au travers de murs inexistants, montent aux échelles où il y aura bientôt des escaliers. Mais tout ceci est défendu.

Carol ne veut pas monter aux étages parce qu'elle a peur. Grace ne veut pas y monter non plus ; elle n'a pas peur, mais elle ne veut pas qu'on voie sa petite culotte, surtout pas les garçons. Si à l'école les filles ne doivent pas porter de pantalon, Grace, elle, ne doit jamais en porter. Elles restent donc toutes deux au premier plancher tandis que je grimpe et marche sur les poutres libres de plafonds, que je monte au grenier. Je m'assois au dernier étage, là où il n'y a pas d'étage, parmi les chevrons de cette maison des vents, et je me dore au coucher de soleil rouge et or, en regardant vers le bas. Je n'imagine pas que je puisse tomber. Je ne crains pas encore les hauteurs.

Un jour, quelqu'un se pointe dans la cour de l'école avec un sac de billes. Le lendemain, tous en ont. Les garçons désertent leur coin pour affluer vers la partie mixte des entrées FILLES et GARÇONS ; ils y sont obligés parce que le jeu de billes exige une surface lisse et que leur cour est couverte de cendres.

Au jeu de billes, il y a la personne qui établit la cible et l'autre qui vise la cible. Pour lancer, il faut s'agenouiller, viser et faire rouler sa bille comme une boule de jeu de quilles. Si on vise juste, on garde la cible ainsi que sa bille. Si on la manque, on perd sa bille. Pour établir la cible, il faut s'asseoir sur le ciment, les jambes ouvertes, et placer sa bille dans une fissure devant soi. Il peut s'agir d'une bille ordinaire, mais celles-là n'attirent pas beaucoup d'amateurs, sauf si on en offre deux pour une. D'habitude, les cibles ont plus de valeur que les autres billes ; œil-de-chat, du verre clair enfermant en son centre un bouquet de pétales colorés, rouge ou jaune, vert ou bleu ; pierrottes, cristaux parfaits comme de l'eau colorée, des saphirs ou des rubis ; billes d'eau aux filaments aquatiques et colorés en suspension ; petites billes de métal ; agates ressemblant à des billes mais en plus gros. Toutes ces choses exotiques se passent de gagnant à gagnant. C'est tricher que de les acheter ; il faut absolument les gagner.

Les propriétaires de cibles annoncent leurs marchandises : *cristal, cristal, billette, billette*, mots de deux syllabes chantés sur le mode mineur, ce même ton dont on se sert pour appeler les chiens ou les enfants perdus. Involontairement, ces cris sont mélancoliques. Moi aussi, je m'assois de cette façon, les billes froides roulant entre mes jambes, se ramassant dans ma jupe étalée et je crie : *œil de chat, œil de chat*, comme à regret, sans éprouver d'autres sentiments que ceux d'une avarice et d'une terreur agréables.

Les œils-de-chat sont mes préférés. Lorsque j'en gagne un, j'attends d'être seule, puis je le sors et je l'examine en le retournant, encore et encore, dans la lumière. Les œils-de-chat ressemblent vraiment à des yeux ; mais pas à des yeux de chats. Ce sont plutôt les yeux d'une chose qui, sans être connue, existe tout de même, comme l'œil vert de la radio, comme les yeux d'extraterrestres. Mon favori est bleu. Je le garde bien en sûreté dans mon sac à main de plastique rouge. Je risque tous mes autres œils-de-chat, mais jamais celui-là.

Je ne ramasse pas beaucoup de billes parce que je vise mal. Quant à mon frère, il est champion. Il apporte à l'école cinq billes ordinaires dans une pochette bleue de Crown Royal Whisky et revient à la maison le sac et les poches pleins. Il garde ses acquisitions dans des pots de conserve Crown, donnés par ma mère, qu'il aligne sur son pupitre. Mais il ne se vante jamais de son habileté. Il se contente d'aligner les pots.

Chaque samedi après-midi, il regroupe ses plus belles billes, ses joyaux et autres merveilles – ses cristaux, ses billes d'eau et ses œils-de-chat – dans un pot unique. Puis il l'apporte quelque part au fond du ravin, sous la passerelle de bois, et l'enterre. Ensuite, il dessine une carte très élaborée du site d'enfouissement, la place dans un autre pot et l'enterre à son tour. Il me révèle tout cela, mais sans me dire le pourquoi ni l'endroit où les pots sont enfouis.

13.

La maison nue, son terrain de boue et le monticule de terre qui la jouxte s'éloignent derrière nous ; je les observe de la lunette arrière de l'automobile où je suis coincée parmi les boîtes de nourriture, les sacs de couchage et les imperméables. Je porte le tricot rayé bleu de mon frère et un pantalon élimé de velours côtelé. Grace et Carol se tiennent sous les pommiers, habillées d'une jupe. Elles me font signe de la main, puis disparaissent. Elles doivent encore aller à l'école ; moi pas. Je les envie. Déjà l'odeur du voyage, caoutchouteuse, goudronneuse, m'enveloppe, mais je ne suis pas contente. Je suis arrachée à ma nouvelle vie, au monde des filles.

Je m'installe dans ma perspective familière : l'arrière des têtes, des oreilles et, au-delà, la ligne blanche de l'autoroute. Nous passons au travers des terres cultivées en prairies, avec leurs silos, leurs ormes et leur odeur de foin coupé. Les arbres à larges feuilles se font plus petits, il y a plus de pins, l'air rafraîchit, le ciel prend la teinte d'un bleu plus froid, nous laissons le printemps derrière nous. Nous rencontrons les premières stries de granit, les premiers lacs ; dans l'ombre, de la neige est tapie. Je m'avance au bord du siège et appuie les bras sur la banquette avant. Je me sens comme un chien, les oreilles dressées, flairant l'odeur.

Le nord a une autre odeur que celle de la ville : c'est plus clair, plus léger. Les yeux voient plus loin. Une scierie, une montagne de sciure de bois, la forme wigwam d'un four ; les cheminées des fonderies de cuivre, entourées de rochers sans arbres, comme passés au feu, les monceaux de scories noires. De tout l'hiver, je n'avais pensé à ces choses. Mais les voilà de nouveau. Le fait de les voir me les rappelle, me les fait reconnaître et les saluer comme des choses familières.

Des hommes se tiennent à l'angle des rues, devant l'épicerie du coin, les petites banques, les bars aux murs recouverts de bardeaux d'asphalte gris. Ils gardent les mains enfouies dans les poches de leur coupe-vent. Certains ont un visage brun d'amérindien, d'autres, la peau à peine basanée. Leur démarche diffère de celle des hommes du sud. Elle est plus lente, plus réfléchie ; ils parlent moins et ils mettent plus d'espace entre les mots. Pendant qu'il leur parle, mon père joue avec ses clés et la monnaie de ses poches. Ils parlent de niveau d'eau, de sécheresse en forêt, du poisson qui mord. « Rien que pour se tailler une bavette », dit-il. Il revient à l'auto avec un sac d'épicerie de papier gris qu'il coince derrière mes pieds.

Mon frère et moi nous tenons à l'extrémité d'un quai délabré, au bord d'un long lac bleu aux rives escarpées.

C'est le soir, le coucher de soleil est couleur melon et, au loin, des huards appellent de leur cri traînant et ascendant semblable à celui des loups. Nous pêchons. Il y a des maringouins[1] mais j'en ai l'habitude et je prends à peine le temps de les écraser. La pêche se poursuit en silence : un lancer, le flac du leurre, le son du moulinet. Nous surveillons le leurre pour voir si rien n'est à la traîne. S'il y a un poisson, nous ferons l'impossible pour l'attraper au filet, l'immobiliser avec le pied, le frapper sur la tête, lui enfoncer un couteau derrière les yeux. Moi, je pose le pied, mon frère s'occupe de frapper et d'embrocher. En dépit de son silence, il est d'aplomb, alerte, les lèvres tendues aux commissures. Je me demande si mes yeux brillent autant que les siens, comme ceux de quelque animal, dans ce crépuscule rosé.

Nous vivons dans un camp de bûcherons déserté. Nous dormons sur nos matelas pneumatiques, dans nos sacs de couchage, sur les banquettes de bois où les bûcherons avaient l'habitude de dormir. Malgré le fait qu'il n'ait été abandonné que depuis deux ans, ce camp est déjà délabré. Quelques bûcherons ont laissé des inscriptions, leurs noms, leurs initiales, des cœurs enlacés, de courts mots grossiers et des dessins suggestifs de femmes nues, gravés ou dessinés sur les planches

---

1. Nom donné à diverses espèces de moustiques, de cousins, etc. (*N.d.T.*)

des cloisons. Je trouve une vieille boîte de sirop d'érable au couvercle rouillé. Quand Stephen et moi l'ouvrons, nous y trouvons de la moisissure. Pour moi, cette boîte de conserve représente un vestige ancien, comme un objet retiré d'un tombeau.

Nous rôdons parmi les arbres à la recherche d'os, d'amas de terre qui nous révéleraient des excavations, des fondations de bâtiments, nous retournons les bûches et les roches pour voir ce qu'il y a dessous. Nous aimerions découvrir une civilisation perdue. Nous trouvons un scarabée, de nombreuses petites racines jaunes et blanches, un crapaud. Rien d'humain.

Notre père s'est dépouillé de ses vêtements de ville et est redevenu lui-même. Il porte à nouveau son vieux veston, ses pantalons déformés et son chapeau de feutre garni de ses hameçons de pêche. Il chemine dans la forêt, avec ses lourdes bottes lacées, imperméabilisées à la graisse de lard, sa hache dans son étui de cuir et nous dans son sillage. Il y a une infestation de chenilles, la plus forte depuis des années, et c'est ce qui le remplit de joie et fait briller ses yeux de lutin comme des boutons gris-bleu. Les bois sont remplis de ces chenilles rayées aux poils raides. Elles pendent aux branches par des fils de soie, formant des rideaux volants que nous devons écarter pour passer, couvrent le sol d'un tapis roulant, traversent les routes et se changent en bouillie graisseuse sous les pneus des camions qui transportent le bois. Aux alentours, les arbres sont dénudés comme si un incendie les avait brûlés ; une gaine de soie enveloppe les troncs.

— Rappelez-vous bien de cela, dit notre père. Vous avez là une infestation classique. Vous n'en verrez pas une pareille de sitôt.

J'ai déjà entendu des gens parler de la guerre ou des incendies de forêt de cette façon : avec respect et étonnement, mêlés à un sentiment de catastrophe.

Mon frère reste immobile pour que les chenilles montent sur ses pieds et redescendent de l'autre côté, comme en une vague. « Lorsque tu étais bébé, je t'ai surpris en train de les porter à la bouche, dit notre mère. Tu en avais une pleine poignée que tu écrasais partout. Tu allais les manger lorsque je suis arrivée. »

— Par certains côtés, elles se comportent comme si elles formaient un seul animal, dit mon père.

Assis à la table de planches laissée là par les bûcherons, il mange du Spam[1] frit et des pommes de terre. Durant tout ce repas, il parle des chenilles, de leur nombre, de leur ingéniosité et des différentes façons de les combattre. « Ce n'est pas la bonne manière que de les arroser avec du DDT ou avec

---

1. Sorte de pâté de jambon extrêmement bon marché. (*N.d.T.*)

d'autres insecticides, dit-il. Cela ne fait qu'empoisonner les oiseaux qui sont leurs ennemis naturels. Elles, ce sont des insectes, elles sont donc ingénieuses, de fait, plus ingénieuses que les humains. Elles vont tout simplement s'immuniser contre les arrosages, de sorte que, plus tard, nous nous retrouvons avec des oiseaux morts et encore plus de chenilles. » Il travaille à autre chose, à une hormone de croissance qui déréglera leur système de reproduction et les fera devenir chrysalides avant le temps. Du vieillissement prématuré. À vrai dire, s'il était joueur, il miserait son argent sur les insectes. Les insectes sont là depuis plus longtemps que les humains, ils ont plus d'expérience que nous quant à la survie et ils sont aussi beaucoup plus nombreux. De toute façon, à en juger par la bombe et la façon dont les choses vont, on nous aura fait sauter d'ici à la fin du siècle. L'avenir appartient aux insectes.

— Des cafards, dit mon père. C'est tout ce qu'il restera quand ils en auront fini. Il dit cela joyeusement, en écrasant une pomme de terre.

Je suis là aussi, à manger mon Spam frit et à boire mon lait en poudre. Ce que j'aime le plus, ce sont les grumeaux qui flottent à la surface. Je pense à Grace et à Carol, à mes deux meilleures amies. Mais, en même temps, je n'arrive pas à me les représenter très bien. Me suis-je vraiment assise sur le parquet de la chambre de Grace, sur sa descente de lit tressée, pour découper des images de poêles à frire et de lessiveuses du catalogue Eaton et les coller ensuite dans un album ? Déjà, cela me semble invraisemblable. Et pourtant, c'est bien ce que j'ai fait.

Derrière le camp de bûcherons, là où les arbres ont été coupés, il y a une grande éclaircie. Il n'y reste que des racines et des souches. Mais il y a aussi beaucoup de sable. Des buissons de bleuets, sortes de myrtilles, y ont poussé, comme ils le font toujours après un incendie de forêt : d'abord les épilobes des brûlés, puis les bleuets. Nous les cueillons dans des tasses d'étain et notre mère nous paie un *cent* la tasse. Elle en fait des puddings, des sauces et des conserves dont elle stérilise les bocaux dans une grande bassine sur un feu extérieur.

Le soleil tape et la chaleur arrive par vagues de sable chaud. Je porte un fichu de coton sur la tête, plié en triangle et attaché derrière les oreilles. La partie avant est trempée de sueur. Le bourdonnement des mouches nous entoure. Au travers, au-delà, j'essaie d'être attentive au bruit que feraient les ours. Je ne sais pas très bien à quoi cela ressemblerait, mais je connais leur goût pour les bleuets et leur imprévisibilité. Il se peut qu'ils s'enfuient. Ou qu'ils chargent. Mais s'ils attaquent, il faut faire le mort. C'est ce que me dit mon frère. À ce moment-là, il se peut qu'ils s'éloignent ; ou encore, qu'ils t'éventrent. J'ai déjà vu des entrailles de poissons, je peux facilement imaginer la scène. Mon frère trouve une crotte d'ours, bleue et tachetée, semblable à une crotte d'humain. Il y enfonce un bâton pour en vérifier le degré de fraîcheur.

Les après-midi, quand il fait trop chaud pour cueillir des myrtilles, nous nageons dans le lac, dans cette même eau d'où proviennent les poissons. Je ne dois pas aller là où je ne peux toucher le fond du pied. L'eau est glaciale, brouillée ; plus loin, passé la bande de sable, c'est profond et il y a des vieilles roches couvertes de limon, des souches submergées, des écrevisses, des sangsues et d'énormes brochets aux mâchoires en galoche. Stephen me dit que les poissons flairent les odeurs. Selon lui, ils nous sentiront et ils s'éloigneront.

Nous nous asseyons sur la berge, à même les cailloux qui affleurent sur la plage étroite et nous jetons des miettes de pain dans l'eau pour voir ce que nous risquons d'appâter : des vairons, quelques perches. Nous cherchons des pierres plates et les faisons ricocher sur l'eau, nous nous efforçons de roter à qui mieux mieux, nous plaçons notre bouche contre l'intérieur de notre bras pour imiter des bruits de pets, nous nous remplissons la bouche d'eau et jouons à qui crachera le plus loin. Mais à ces jeux, je ne gagne pas, je me contente du rôle de spectatrice. Quant à mon frère, il ne se vante jamais de ses exploits. Il ferait sans doute la même chose en mon absence.

Parfois, il écrit avec son pipi sur l'étroite bande de sable ou à la surface de l'eau. Il fait cela avec méthode, comme s'il lui importait de le faire bien. Le jet décrit un arc en douce à partir de son maillot, à partir de sa main et de son doigt supplémentaire, l'écriture est saccadée comme sa véritable écriture, et il finit toujours par un point. Il n'écrit pas son nom ou des mots cochons comme les autres garçons le feraient. Je le sais pour en avoir vu sur les bancs de neige. Il écrit plutôt : MARS. Ou, s'il est inspiré, quelque chose de plus long : JUPITER. À la fin de l'été, il a passé au moins trois fois tout le système solaire en pipi.

Nous sommes à la mi-septembre et déjà les feuilles tournent au rouge foncé, au jaune clair. Le soir, lorsque je vais aux cabinets extérieurs, dans l'obscurité et sans lampe de poche parce que j'y vois mieux ainsi, les étoiles scintillent, cristallines, et mon haleine me précède. Je vois mes parents dans la fenêtre, assis près de la lampe à pétrole. Ils ressemblent à une vague photographie encadrée de noir. C'est troublant de les voir ainsi au travers de la fenêtre, de savoir qu'ils ignorent que je peux les voir. C'est comme si je n'existais pas ; ou comme si eux n'existaient pas.

Revenir du nord ressemble à redescendre d'une montagne. Nous descendons au travers de pans de clarté, de fraîcheur, de lumière nette, passons le dernier affleurement de granit, le dernier petit lac aux berges irrégulières, entrons dans l'air plus dense, l'humidité, la lourdeur chaude, le chant des criquets et les odeurs des prairies remplies des mauvaises herbes du sud.

Dans l'après-midi, nous arrivons à la maison. Tout semble étrange, différent, comme enchanté. Des chardons et des verges d'or ont poussé tout autour, comme une haie épineuse sortie de la boue. L'immense trou et la montagne de terre d'à côté ont disparu, remplacés par une nouvelle maison. Comment cela a-t-il pu arriver ? Je ne m'attendais pas à tant de changements.

Grace et Carol se tiennent sous les pommiers, juste à l'endroit où je les avais laissées. Mais elles ne sont plus les mêmes. Elles ne correspondent plus du tout aux images que j'ai portées en moi tout au long de ces quatre mois. Quelques traits seulement ont survécu au changement. D'abord, elles sont plus grandes ; puis, elles portent des vêtements différents.

Elles ne viennent pas en courant vers moi, mais s'arrêtent plutôt de faire ce qu'elles font et regardent comme si nous étions de nouveaux arrivants, comme si je n'avais jamais habité ici. Il y a une troisième fille avec elles. Je la regarde, sans le moindre pressentiment. Je ne l'ai encore jamais vue.

14.

Grace me fait un signe de la main. Après un moment, Carol me salue aussi. Mais pas la troisième fille. Elles restent parmi les asters et les verges d'or, attendant que je vienne à elles. Les pommiers sont couverts de pommes tavelées, des jaunes et des rouges ; quelques-unes sont tombées et pourrissent sur le sol. Dans l'air, il y a une odeur sucrée de cidre doux et le bourdonnement de petites guêpes ivres. Sous mes pieds, les pommes se transforment en bouillie.

Grace et Carol ont le teint plus bronzé, moins terreux, et leurs traits sont comme agrandis, leurs cheveux plus pâles. La troisième fille est la plus grande. Au contraire de Grace et de Carol qui sont habillées de jupes d'été, elle porte un pantalon de velours côtelé et un chandail. Carol et Grace sont courtaudes, mais cette fille est mince, sans être trop délicate : grande et nerveuse. Elle a les cheveux blond foncé, une coupe à la page – avec une frange qui tombe à moitié sur ses yeux tirant sur le vert. Son visage est long, sa bouche légèrement tordue ; quelque chose sur sa lèvre supérieure semble un peu de biais, comme si cela avait été ouvert et mal recousu.

Mais sa bouche s'égalise lorsqu'elle sourit. D'un sourire rappelant celui des adultes, d'un sourire appris, poli. Elle tend la main. « Bonjour, je suis Cordelia. Et toi, tu es… »

Je la fixe du regard. Si elle était une adulte, je lui prendrais la main, je la serrerais et je saurais quoi lui dire. Mais les enfants n'ont pas l'habitude de serrer la main ainsi…

— Elaine, dit Grace.

Cordelia m'intimide. Depuis deux jours, je voyage à l'arrière de la voiture, je dors dans une tente et je suis consciente de ma saleté et de mes cheveux en broussaille. Cordelia regarde au-delà de moi, vers l'endroit où mes parents déchargent la voiture. Ses yeux, amusés, jugent. Sans me retourner, je peux imaginer le vieux chapeau de feutre de mon père, ses bottes, sa barbe de plusieurs jours, les cheveux longs, le chandail plein de graines et le pantalon déformé aux genoux de mon frère, le pantalon gris de ma mère, sa chemise d'homme à carreaux et son visage dépourvu de maquillage.

— Il y a de la crotte de chien sur ta chaussure, dit Cordelia.

Je regarde. « Ce n'est qu'une pomme pourrie. »

— En tout cas, c'est de la même couleur, n'est-ce pas ? dit Cordelia. Pas la sorte qui est dure, plutôt celle qui s'écrase comme du beurre de cacahuète. Cette fois, le ton est celui de la confidence. Comme si elle me parlait d'une chose intime que seules elle et moi partageons, approuvons. Elle crée un cercle à deux, elle m'y fait entrer.

Cordelia habite plus à l'est, dans un endroit où les maisons sont encore plus neuves que les nôtres et campées. dans le même environnement de boue. Par contre, sa maison n'est pas un bungalow. Elle possède deux étages, une salle à manger séparée par un rideau que l'on peut tirer pour faire du salon et de la salle à manger une seule grande pièce, et une salle de bains au rez-de-chaussée, mais sans baignoire, que l'on appelle une toilette pour dames.

Chez Cordelia, les couleurs ne sont pas foncées comme dans les autres maisons. Ce sont plutôt des gris pâles, des verts pâles et des blancs. Par exemple, le sofa est vert pomme. Rien de fleuri, de brun ou de velours. Il y a un portrait des deux sœurs aînées de Cordelia encadré de gris pâle et réalisé au pastel lorsqu'elles étaient plus jeunes, tout habillées de robes brodées au nid d'abeilles, les cheveux flous, le regard voilé. Il y a aussi de vraies fleurs, de nombreuses sortes à la fois, déposées dans de gracieux vases de verre suédois. C'est Cordelia qui nous fait remarquer que ce verre est suédois. Le meilleur, dit-elle.

La mère de Cordelia fait elle-même les arrangements de fleurs, et porte pour cela des gants de jardinage. Ma mère à moi ne fait pas d'arrangements de fleurs. Il lui arrive d'en ficher quelques-unes dans un pot, puis de les déposer sur la table. Ces fleurs, elle les ramasse elle-même au cours de ses promenades d'exercice, habillée de son pantalon, le long de la route ou dans le ravin. À vrai dire, ce sont des mauvaises herbes. Il ne lui viendrait jamais à l'idée de dépenser de l'argent pour des fleurs. Pour la première fois, je me rends compte que nous ne sommes pas riches.

La mère de Cordelia a aussi une femme de ménage. C'est la seule de nos mères à en avoir une. Par contre, cette femme de ménage ne s'appelle pas une femme de ménage. Eux disent plutôt « la femme ». Les jours où elle vient, nous devons rester hors de son chemin.

— Celle qui l'a précédée, nous dit Cordelia d'une voix étouffée, scandalisée, a été prise à voler des pommes de terre. Elle a déposé son sac par terre et elles se sont répandues partout. C'était très gênant. Elle veut dire pour eux, pas pour la femme. « Nous avons dû la congédier. »

La famille de Cordelia ne mange pas ses œufs à la coque écrasés dans un bol, mais dans des coquetiers.

Chaque coquetier porte une initiale, une pour chacun des membres de la famille. Il y a des ronds de serviette, marqués aussi. Je n'ai jamais entendu parler de coquetier. Je remarque que Grace n'en a jamais entendu parler non plus à la façon dont elle se tait. Quant à Carol, elle ne semble pas très assurée lorsqu'elle dit en posséder à la maison.

— Quand on a mangé l'œuf, nous dit Cordelia, il faut percer un trou au fond de la coquille.

— Pourquoi ? demandons-nous.

— Pour que les sorcières ne prennent pas la mer. Elle dit cela sur un ton léger mais méprisant, comme si seulement quelqu'un de stupide pouvait ne pas le savoir. Par contre, il se peut qu'elle blague ou encore qu'elle nous taquine. Ses deux sœurs plus âgées ont aussi cette habitude. Il est difficile de savoir s'il faut les prendre au sérieux. Elles ont une façon moqueuse, extravagante de parler, comme si elles imitaient quelque chose, encore qu'on ne sache pas trop quoi.

— J'ai failli mourir, disent-elles. Ou encore : « J'ai l'air d'une malédiction. » Et parfois : « J'ai l'air d'une vraie sorcière. » « Je ressemble à Haggis McBaggis. » C'est une affreuse vieille femme qu'elles semblent avoir inventée. Mais elles ne croient pas vraiment avoir failli mourir ou être affreuses. Elles sont toutes deux très belles : l'une est noire et vive, l'autre blonde, avec un regard doux et expressif. Cordelia est d'une beauté différente.

Les deux sœurs de Cordelia se nomment Perdita et Miranda, mais personne ne les appelle ainsi. On dit plutôt Perdie et Mirrie. Perdie, la noire, suit des cours de danse classique et Mirrie joue de l'alto. Celui-ci est gardé dans le placard. Cordelia le sort pour nous le montrer, impressionnant et mystérieux dans sa boîte tapissée de velours. Perdie et Mirrie se moquent gentiment de leurs activités réciproques, mais Cordelia dit qu'elles sont douées. Cela sonne comme vaccinées, comme une chose que l'on vous fait et qui vous laisse une marque. Je demande à Cordelia si elle est douée, mais elle fait une moue et se retourne, comme préoccupée par autre chose.

Cordelia devrait normalement s'appeler Cordie, ce qui n'est pas le cas. Elle insiste pour se faire appeler de son nom au complet : Cordelia. Ces trois noms sont étranges ; aucune fille à l'école n'en porte de pareil. Cordelia dit qu'ils sont inspirés de l'œuvre de Shakespeare. Elle semble fière de cela, comme si c'était quelque chose que nous devrions tous admettre. « Une idée de Mama », dit-elle.

Car toutes les trois appellent leur mère Mama. Elles en parlent avec affection et indulgence, comme d'une enfant brillante mais entêtée qu'il faut réconforter. Celle-ci est petite, fragile, distraite et porte des lunettes suspendues au cou par une chaîne d'argent. Elle suit aussi des cours de peinture. Certains de ses tableaux sont accrochés au palier supérieur de l'escalier, des peintures verdâtres de fleurs, de pelouses, de bouteilles et de vases.

Autour de Mama, les filles ont créé un climat de conspiration. Elles s'entendent pour ne pas lui dire certaines choses. « Mama ne doit pas le savoir », qu'elles se disent entre elles. Mais elles n'aiment pas la décevoir. Perdie et Mirrie cherchent à n'en faire qu'à leur tête, sans toutefois heurter Mama. À cela Cordelia se montre moins habile que les deux autres : elle agit de façon moins indépendante, et pourtant elle déçoit davantage sa mère. C'est ce que dit Mama lorsqu'elle est en colère : « Tu me déçois. » Et si elle l'est vraiment, le père de Cordelia devra s'en mêler, ce qui est grave. Aucune des filles ne rigole ou ne traîne la voix avec affectation lorsqu'elles parlent de lui. Il est grand, anguleux, charmant, mais nous l'avons déjà entendu crier en haut de l'escalier.

Nous sommes assises dans la cuisine pour échapper à la cireuse de la femme de ménage. Nous attendons que Cordelia redescende jouer avec nous. Une fois de plus, elle a déçu, elle doit finir de ranger sa chambre. Perdie entre dans la pièce, son manteau de poil de chameau jeté négligemment, gracieusement, sur l'épaule, ses livres d'école en équilibre sur la hanche. « Savez-vous ce que Cordelia veut être lorsqu'elle sera grande ? » dit-elle de sa voix assurée, rauque et faussement sérieuse. « Un cheval ! » Il nous est impossible de dire si cela est vrai ou pas.

Cordelia a un placard rempli de déguisements : des vieilles robes de Mama, des vieux châles, des vieux draps que l'on peut couper et draper autour de soi. Tous ces vêtements ont déjà appartenu à Perdie et Mirrie mais sont à présent trop petits pour elles. Cordelia veut que nous jouions des pièces dans le décor de sa salle à manger et de son rideau. Elle a l'intention de les présenter sur scène et de faire payer les spectateurs. Elle éteint les lumières, place une lampe de poche sous son visage et rit d'une façon étrange : voilà comment il faut faire. Cordelia a vu des pièces de théâtre, et même un ballet : Giselle. C'est ce qu'elle nous dit en passant, comme si nous étions déjà au courant. Mais, quoi qu'il en soit, ces pièces ne prennent jamais la forme qu'elle souhaiterait. Carol rit nerveusement et n'arrive pas à se rappeler ses reparties. Grace n'aime pas se faire dicter ce qu'elle doit faire et dit qu'elle a la migraine. Les histoires inventées ne l'intéressent pas à moins qu'il y ait de vraies choses comme des grille-pain, des planches à repasser, des garde-robes de vedettes de cinéma. Les mélodrames de Cordelia la dépassent complètement.

— Maintenant, dit Cordelia, tu dois te suicider.

— Pourquoi ? demande Grace.

— Parce qu'on t'a abandonnée, explique Cordelia.

— Je ne veux pas, répond Grace.

Carol, qui joue le rôle de la servante, se met à rire bêtement.

Si bien que nous nous contentons de nous déguiser et descendons les escaliers à la queue leu leu pour aller sur la nouvelle pelouse de devant, nos châles à la traîne, ne sachant trop ce qui va se passer après. Personne ne veut des rôles d'hommes parce qu'il n'y a pas assez de vêtements intéressants pour les jouer ; bien que de temps en temps, en dernier recours, Cordelia se dessine une moustache avec le crayon à sourcils de Perdie et s'enveloppe d'un vieux rideau de velours.

Nous sommes maintenant quatre à revenir ensemble de l'école. À mi-chemin se trouve une petite boutique dans une rue écartée où nous dépensons notre argent de poche en boules de gomme à un sou, et lacets de réglisse rouge, et sucettes à l'orange. Nous partageons le tout en parts égales. Dans les caniveaux, il y a aussi des marrons d'Inde brillants et lisses que nous fourrons dans les poches de nos cardigans sans trop savoir ce que nous en ferons. Les garçons de notre école et les garçons catholiques de Notre-Dame du Perpétuel Secours se les lancent à la tête, mais nous ne ferions jamais cela. Nous pourrions nous crever un œil.

Le sentier de terre menant à la passerelle de bois est sec et poussiéreux ; les feuilles des arbres qui le surplombent sont d'un vert éteint, affadi par l'été. En bordure se trouve un fourré rempli de mauvaises herbes : verges d'or, ambrosie, asters, bardanes et vignes de Judas aux baies rouges comme des bonbons de la Saint-Valentin. Cordelia dit que ces dernières sont un bon moyen pour empoisonner quelqu'un. Les vignes de Judas dégagent une odeur de terre moite, glaiseuse, âcre, et de pisse de chat. Il en rôde beaucoup par ici, nous en voyons tous les jours ramper, se tapir, gratter la terre et nous fixer de leurs yeux jaunes comme si nous étions leur proie.

Dans ce fourré, il y a aussi des bouteilles d'alcool vides et des morceaux de Kleenex. Un jour, nous trouvons un préservatif. Cordelia sait que cela s'appelle ainsi parce que Perdie le lui a dit lorsqu'elle était petite et en avait pris un pour un ballon. Elle sait que c'est une chose utilisée par les hommes, le genre d'hommes dont nous devons nous méfier. Par contre, elle ne sait pas pourquoi cela s'appelle ainsi. Nous le soulevons au bout d'un bâton et l'examinons : c'est blanchâtre, mou, caoutchouteux comme une chose à l'intérieur d'un poisson. Carol dit « Pouah ». Nous l'apportons discrètement en haut de la montée et le poussons au travers d'une grille d'égout ; il flotte à la surface de l'eau noire, blême, l'air noyé. Il y a quelque chose de vilain dans le seul fait de faire pareille découverte, ou de cacher une telle chose comme ça.

La passerelle de bois se révèle plus branlante, plus pourrie que dans mes souvenirs. Les endroits où les planches ont cédé sont plus nombreux. D'habitude, nous marchons au milieu, mais aujourd'hui, Cordelia va droit à la rambarde, s'y appuie et regarde en bas. Une à une, avec précaution, nous la suivons. À cette époque de l'année, le cours d'eau est peu profond ; on peut y voir les déchets que les gens y ont jetés : des vieux pneus, des bouteilles cassées, des morceaux de métal rouillés.

Cordelia dit que le ruisseau passe au travers du cimetière et qu'il charrie des morceaux de cadavres dissous. Elle dit que si nous en buvons l'eau, y marchons ou même nous en approchons, des morts en sortiront, tout couverts de brume, et nous entraîneront avec eux. Elle dit que la seule raison pour laquelle cela n'est pas arrivé, c'est que nous sommes sur la passerelle et que la passerelle est faite de bois. Les passerelles sont sûres au-dessus de ce genre de ruisseau qui charrie les morts.

Carol prend peur, ou fait semblant d'avoir peur. Grace dit que Cordelia fait l'idiote.

— Vas-y, va voir ! dit Cordelia. Descends là-dedans. Tu n'es pas cap.

Mais personne ne bronche.

Je sais que cela est un jeu. Ma mère y descend pour faire ses promenades, mon frère y joue avec des garçons plus vieux. Ils pataugent dans les rigoles avec leurs bottes de caoutchouc et se balancent aux arbres ou aux poutres basses de la passerelle. Si le ravin nous est interdit, ce n'est pas tant à cause des morts, qu'à cause des hommes. Mais, en même temps, je me demande à quoi ressemblent les morts. J'y crois, sans trop y croire, les deux à la fois.

Nous cueillons des fleurs sauvages, blanches et bleues, quelques vignes de Judas et les arrangeons autour des bardanes en bordure du sentier. Nous coiffons chacun des arrangements d'un marron d'Inde. Ce sont censés être des repas, mais destinés à on ne sait trop qui. Lorsque nous en avons fini, nous reprenons la montée en abandonnant les arrangements derrière nous, moitié guirlande, moitié repas. Cordelia dit que nous devons nous laver les mains soigneusement à cause des baies mortelles des vignes de Judas ; nous devons nous débarrasser de ce suc poison. Elle dit qu'une seule goutte peut nous changer en zombie.

Le lendemain, sur le chemin du retour, nos repas de fleurs ont disparu. Les garçons ont dû les détruire, c'est le genre de choses qu'ils démolissent ; ou alors, c'est le fait des hommes à l'affût. Mais Cordelia fait de grands yeux, baisse la voix et jette un regard pardessus l'épaule.

— Ce sont les morts, dit-elle. Qui d'autre ?

15.

Quand la cloche sonne, nous formons les rangs devant la porte des FILLES, deux par deux, en nous tenant par la main : Carol et moi, puis Grace et Cordelia derrière puisqu'elles sont dans une classe plus avancée. Mon frère se trouve plus loin, devant la porte des GARÇONS. Pendant la récréation, il disparaît dans le terrain de jeux couvert de cendres où, la semaine dernière, il s'est ouvert la lèvre pendant une partie de soccer, ce qui a nécessité des points de suture. J'ai vu les points, de près : du fil noir entouré de violet boursouflé. Je les admire. Je connais le statut que confèrent les blessures.

Maintenant que j'ai échangé les pantalons pour les jupes, je dois faire attention à mes gestes. Impossible de s'asseoir les jambes écartées, de sauter trop haut ou de se pendre, la tête en bas, sans se couvrir de ridicule. Ainsi, j'ai dû réapprendre le rôle important des sous-vêtements et le cérémonial qui lui est propre :

I see England, I see France,
I can see your underpants[1].

---

1. Équivalent de « Baisse le capot, on voit le moteur. »

Ou bien :

Me no know, me no care,
Me no wear no underwear[1].

Les garçons chantent cela en faisant des singeries.

On parle beaucoup de sous-vêtements, surtout de ceux des professeurs ; mais seulement des professeurs féminins. Les sous-vêtements d'hommes n'ont aucune importance. De toute façon, les professeurs mâles ne sont pas nombreux, et ceux qui sont là sont vieux ; il n'y a pas d'hommes jeunes parce que la guerre les a fauchés. Donc, les professeurs sont en majorité des femmes d'un certain âge, et célibataires. Les femmes mariées n'ont pas d'emplois ; ce sont nos propres mères qui nous l'ont dit. Il y a quelque chose d'étrange, de risible, au sujet de ces femmes plus âgées et non mariées.

À la récréation, Cordelia imagine des dessous pour chacune : avec volants et couleur lavande pour Miss Pigeon qui est grasse et doucereuse ; écossais et bordés de dentelles assorties à ses mouchoirs pour Miss Stuart ; en satin rouge et longs pour Miss Hatchett qui a plus de soixante ans et porte des broches de grenat. Nous ne croyons pas sérieusement que ces

1. Je m'en fiche, je m'en moque
Et d'abord j'ai pas d'culotte.

dessous existent mais, chose sûre, nous éprouvons un vilain plaisir à les imaginer.

Mon professeur s'appelle Miss Lumley. On dit que chaque matin avant que ne sonne la cloche, même au printemps avancé lorsqu'il fait chaud, elle se rend à l'arrière de la classe et enlève sa culotte bouffante, dont la rumeur prétend qu'elle est en laine bleu marine, sent la naphtaline et autres choses moins définissables. On n'en parle pas à tout hasard, ou comme faisant partie du jeu d'imagination sur les dessous, mais bien comme d'une réalité. Quelques filles, en retenue après la classe, affirment avoir vu Miss Lumley remettre sa culotte et, de nombreuses autres, l'avoir vue accrochée au vestiaire. L'aura de la culotte bouffante repoussante, mystérieuse et sombre de Miss Lumley s'attache à elle, colore l'air ambiant dans lequel elle bouge. Cela la rend encore plus terrifiante ; ce qu'elle est de toute façon.

Mon professeur de l'année précédente était gentille mais si banale que Cordelia ne la mentionne même pas au jeu des dessous. Elle avait le visage comme un petit pain au lait, un teint de blanc-manger et régnait par la cajolerie. Miss Lumley règne par la peur. Elle est petite, toute en longueur, de telle façon que son cardigan gris fer tombe tout d'un trait des épaules à la hanche, sans même faire un pli à la taille. Elle le porte constamment, ainsi qu'une succession de jupes foncées qui ne peuvent logiquement être toujours la même. Elle porte aussi des lunettes cerclées d'acier derrière lesquelles il est difficile de voir ses yeux, des chaussures noires à talons bottier et un étroit sourire dépourvu de lèvres. Quant aux corrections, elle n'envoie pas les enfants chez le directeur. Elle les administre elle-même, devant la classe, en ouvrant toute grande la main, en abattant la lanière de caoutchouc noir à coups vifs et efficaces, le visage pâle et frémissant, pendant que nous regardons, les traits crispés, les yeux remplis de larmes irrépressibles. Quelques filles reniflent pendant la correction même si ce n'est pas elles qui la reçoivent. Ce qui n'est pas brillant parce que Miss Lumley n'aime pas entendre renifler et risque de dire : « Je vais vous donner une bonne raison de pleurer. » Nous apprenons à nous tenir droites, le regard en avant, le visage impassible, les deux pieds posés par terre, à écouter le claquement du caoutchouc sur la chair craintive.

La plupart du temps, ce sont les garçons qui se font administrer les corrections. Ils sont censés en avoir plus besoin que les filles. Ils ne tiennent pas en place, surtout pendant les cours de couture où il nous faut coudre des gants à casseroles pour nos mères. Les garçons ne semblent pas y arriver correctement : ils font des points trop grands et maladroits et ils se piquent les uns les autres avec les aiguilles. Miss Lumley arpente les allées et frappe leurs jointures de sa règle.

La classe est haute de plafond, d'une couleur brunâtre, et possède des tableaux noirs à l'avant ainsi que sur l'un des côtés. De l'autre côté, de grandes fenêtres à multiples carreaux s'élèvent au-dessus de calorifères. Sur la porte menant au vestiaire, il y a une grande photographie du couple royal, le roi portant ses médailles, la reine une robe de bal et son diadème. Ça nous donne l'impression d'être surveillés par-derrière. De hauts pupitres de bois prévus pour deux sont disposés en rangées. Cette classe ne diffère pas des autres classes de Queen Mary. Pourtant, elle paraît plus sombre, peut-être à cause du manque de décoration. Dans ses efforts d'apaisement, notre professeur de l'année dernière apportait à l'école des napperons de papier et ses fenêtres étaient couvertes d'une végétation de papier. Bien que Miss Lumley observe elle aussi les saisons, les plantes que nous soumettons à son regard scintillant et cerclé d'acier paraissent plus petites, plus rabougries, si bien qu'il n'y en a jamais suffisamment pour couvrir les espaces nus des murs et des carreaux. Et puis, si nos feuilles d'automne ou nos citrouilles ne sont pas symétriques, elle ne les accroche pas. Elle a des principes.

Tout est plus britannique que l'année dernière. Nous apprenons à dessiner l'Union Jack en utilisant la règle et à mémoriser les différentes croix de saint Georges d'Angleterre, de saint Patrick d'Irlande, de saint André d'Écosse, de saint David du pays de Galles. Notre propre drapeau est rouge avec une représentation de l'Union Jack dans un coin ; par contre, il n'y a pas de saint pour le Canada. Nous apprenons à nommer tout ce qui est en rose sur la mappemonde.

— Le soleil ne se couche jamais sur l'Empire britannique, dit Miss Lumley en donnant des petits coups de sa longue baguette de bois sur la carte qu'un mécanisme fait descendre ou remonter. Dans les pays qui ne font pas partie de l'Empire britannique, on coupe la langue aux enfants, surtout celle des garçons. Avant l'Empire britannique, il n'y avait pas de chemins de fer ou de service postal en Inde. L'Afrique était aux prises avec des guerres tribales qui se faisaient avec des lances, et il n'y avait pas de vêtements décents. Les Indiens du Canada ne connaissaient ni la roue, ni le téléphone et mangeaient le cœur de leurs ennemis, forts de cette croyance barbare que cela donne du courage. Mais l'Empire britannique a changé tout cela. Il a apporté l'électricité.

Chaque matin, Miss Lumley joue une fine note métallique sur son diapason et nous nous levons pour chanter le « God Save the King ».

Puis le :

Rule Britannia, Britannia rules the waves ;
Britons never, never, never shall be slaves.

Comme nous sommes britanniques, nous ne serons jamais des esclaves. Mais comme nous sommes canadiens, nous ne serons jamais de vrais Britanniques. Ce n'est peut-être pas aussi bien, mais cela mérite tout de même un hymne :

In days of yore, from Britain's shore
Wolfe, the dauntless hero, came
And planted firm Britannia's flag
On Canada's fair domain
Here may it wave, our boast, our pride
And join in love together
The thistle, shamrock, rose entwine
The Maple Leaf forever[1].

Lorsque nous chantons cela, les mâchoires de Miss Lumley se mettent à trembler d'une façon inquiétante. Le nom de Wolfe sonne comme celui d'un chien, mais il a tout de même conquis les Français. C'est intriguant parce que j'ai vu des Français. Il y en

1. Au temps jadis, des rives de l'Angleterre / Vint Wolfe, héros sans peur et sans reproche / Qui planta résolument le drapeau de l'Angleterre / Sur la belle terre du Canada / Que flotte ici notre fierté, notre orgueil / Et vénérons ensemble / Le chardon, le trèfle et la rose entrelacés / La feuille d'érable à tout jamais.

a beaucoup plus au nord, et il ne peut les avoir tous conquis. Quant aux feuilles d'érable, elles représentent la partie la plus difficile à dessiner de notre drapeau rouge. Personne n'arrive à les dessiner correctement.

Miss Lumley rapporte des coupures de journaux sur la famille royale qu'elle affiche ensuite au tableau. Quelques-unes sont anciennes et montrent la princesse Élisabeth et la princesse Margaret Rose en uniforme d'éclaireuses, parlant à la radio, faisant des discours pendant les bombardements aériens. Selon Miss Lumley, c'est ce que nous devrions être : décidés, loyaux, courageux, héroïques.

Il y a aussi d'autres coupures montrant des petits enfants maigrichons, des enfants en haillons, photographiés devant des monceaux de débris. Cela est censé nous rappeler qu'il existe des orphelins de guerre affamés en Europe, que nous ne devrions pas l'oublier et qu'il faut manger nos miettes de pain, nos pelures de pommes de terre et tout ce qu'il y a dans notre assiette parce que gaspiller est un péché. De plus, nous ne devrions jamais nous plaindre. Nous n'en avons vraiment pas le droit. Nous avons de la chance : les maisons des enfants anglais ont été bombardées, pas les nôtres. De ces maisons, nous apportons nos vêtements usés que Miss Lumley emballe dans du papier gris pour les expédier en Angleterre. Je ne peux pas en apporter beaucoup parce que ma mère déchire nos vêtements usés pour en faire des torchons. Je m'arrange pour récupérer un pantalon de velours côtelé, autrefois la propriété de mon frère, puis la mienne, et à présent trop petit, et une chemise en Viyella de mon père qui a rétréci au lavage. Ça me fait tout drôle à la peau rien que d'imaginer quelqu'un d'autre, quelqu'un en Angleterre qui se promène avec mes vêtements sur le dos. Car mes vêtements semblent faire partie de moi-même, même ceux qui sont devenus trop petits.

Toutes ces choses – les drapeaux, les chants entonnés au diapason, l'Empire britannique, les princesses, les orphelins de guerre et même les corrections – ont pour toile de fond l'inquiétante et sinistre culotte bouffante bleu marine et invisible de Miss Lumley. Je ne peux dessiner le Union Jack ou chanter le « God Save the King » sans y penser. Existe-t-elle vraiment ? Serai-je jamais dans la classe au moment où elle la mettra ou – chose impensable – lorsqu'elle l'enlèvera ?

Je ne crains ni les serpents ni les vers mais, plus que tout, j'ai peur de cette culotte. Je sais que cela sera terrible pour moi si jamais je la vois. Elle tient du tabou : il y a là quelque chose de sacré, et en même temps, quelque chose de profondément honteux. Et ce qui cloche avec cette culotte cloche peut-être aussi chez moi, car Miss Lumley n'incarne pas vraiment l'image-type de la fille, mais n'est pas non plus un garçon. Et quand la cloche sonne et que nous nous mettons en rangs devant la porte des FILLES, Miss Lumley entre dans notre catégorie, quelle qu'elle soit.

IV. Belladone

16.

Je déambule dans Queen's Street, passe devant les boutiques de bandes dessinées, les vitrines remplies d'œufs de cristal, de coquillages, bourrées de vêtements d'un noir terne. J'aimerais être de retour à Vancouver, devant un feu de cheminée, auprès de Ben. Nous regarderions vers le port tandis que les limaces géantes mâchonneraient la verdure dans le jardin de derrière. Feux de cheminée et jardins derrière les maisons : ce n'est pas à cela que je pensais lorsque je venais ici retrouver Jon au-dessus de la boutique d'articles de voyage en gros. Au coin de la rue, il y avait la Maple Leaf Tavern. J'y buvais de la bière en fût dans l'obscurité, à deux pas de l'école des Beaux-Arts où je dessinais des femmes nues et me rongeais les sangs. Les vitres tremblaient au passage des tramways. Il y a toujours des tramways.

— Je ne veux pas y aller, disais-je à Ben.

— Tu n'as pas à y aller. Annule. Viens au Mexique.

— Elles se sont donné tant de mal. Tu sais à quel point c'est difficile d'obtenir une rétrospective, où que ce soit, surtout quand on est une femme ?

— Pourquoi est-ce que ce serait si important ? Tu vends de toute façon.

— Il le faut. Ce ne serait pas correct. On m'a appris à dire s'il vous plaît et merci.

— Bon, d'accord, alors tu sais ce que tu as à faire. Et il m'avait serrée dans ses bras.

J'aimerais que ce soit vrai.

Voici la galerie Sub-Versions, coincée entre un restaurant-épicerie et un salon de tatouage. Le moment venu, ils disparaîtront : lorsque des boutiques comme Sub-Versions s'amènent, la main s'exprime sur les murs.

J'ouvre la porte de la galerie, j'y entre avec ce même sentiment de noyade éprouvé lors de visites antérieures dans ces endroits. Ce sont les tapis, le silence, le côté faux de l'ensemble qui me font cet effet : les galeries empruntent trop aux églises, il y a trop de vénération, on a l'impression qu'il devrait s'y faire encore des génuflexions. Il y a aussi que je n'aime pas savoir que c'est dans ce genre d'endroit qu'aboutissent les peintures, sur ces murs aux tons neutres, avec leur rampe d'éclairage stérilisée, rendues sûres et acceptables. C'est comme si quelqu'un s'était promené là-dedans et avait aspergé les toiles d'un désodorisant en aérosol pour en neutraliser l'odeur. L'odeur du sang sur les murs.

Pourtant cette galerie n'est pas encore tout à fait aseptisée, il y reste quelques touches d'authenticité :

une conduite de chauffage encore visible, un mur peint en noir. Je ne jette même pas un regard à ce qui est encore accroché ; je déteste ces verts sales, ces orange putrides néo-expressionnistes, post-ceci, post-cela. De nos jours, tout est « post », comme si nous n'étions tous que le renvoi en bas de page d'une chose passée qui avait un poids de réalité suffisant pour avoir son propre nom.

Plusieurs de mes toiles ont été déballées et sont appuyées contre le mur. Elles ont été retrouvées, sollicitées de leur propriétaire, puis regroupées. Je ne suis pas au nombre des propriétaires, et c'est dommage, parce que j'en tirerais un meilleur prix maintenant. Le nom de chaque propriétaire sera inscrit sur un petit carton blanc apposé près de la peinture, en compagnie du mien, comme si le simple fait de posséder égale la création. C'est ce qu'ils croient vraiment de toute façon.

Si je me coupais l'oreille, la valeur au marché augmenterait-elle ? Ou, mieux encore, je me fous la tête dans le fourneau et je me fais sauter la cervelle. Les riches collectionneurs aiment bien acheter un peu de folie par procuration, entre autres choses.

Tourné du bon côté, un tableau que j'ai peint il y a vingt ans : Mrs Smeath, magnifiquement rendue à la détrempe avec sa couronne grise piquée d'épingles, son visage de pain au lait, ses lunettes et, pour tout vêtement, son tablier fleuri à bavette au sein unique.

Elle se repose sur son sofa de velours rouge foncé qui s'élève vers un ciel rempli d'hévéas tandis qu'une lune en forme de napperon dérive dans le ciel. C'est intitulé : L'HÉVÉA : L'ASCENSION. Les anges qui l'entourent sont des collants de Noël des années 1940, de petites filles bien propres, vêtues de blanc, les cheveux frisés par des papillotes. Dans le haut de la peinture le mot CIEL apparaît, imprimé au pochoir d'écolier. À l'époque, j'étais très fière de cette trouvaille.

Je me rappelle m'être fait donner de la merde pour cette toile. Mais pas à cause du pochoir.

Je ne m'attarde pas à ce tableau, ni à aucun autre d'ailleurs. Si je m'y mets, je vais leur trouver des défauts. Je n'aurai qu'une envie, les lacérer au cutter, y mettre le feu, nettoyer les murs. Tout recommencer à zéro.

De l'arrière, une femme se précipite vers moi, coiffée à la porc-épic, variante blonde, habillée d'une combinaison-pantalon de couleur violette et de bottes de cuir vert. Sur-le-champ, je me rends compte que je n'aurais jamais dû mettre mon survêtement bleu pastel. Le bleu pastel fait léger. J'aurais dû porter du noir de bonne sœur, du noir Dracula, comme toute femme peintre qui se respecte. J'aurais dû aussi porter un rouge à lèvres couleur sang de vampire au lieu de me contenter bêtement d'un Rose Parfait. Mais alors là, j'aurais vraiment eu l'air d'Haggis McBaggis la sorcière. À l'âge que j'ai, le teint ne supporte plus ces rouge vin. Cela me donnerait l'air pâle et ridée.

Mais je vais crâner au sujet du survêtement comme si je l'avais choisi délibérément. Après tout, il pourrait s'agir d'un choix provocateur. Un survêtement bleu pastel n'a pas de prétention. Ce qui est passé de mode n'est jamais à la mode, donc vous ne portez jamais le modèle de l'année précédente. C'est ainsi que je justifie ma peinture ; ou du moins était-ce ainsi pendant des années.

— Bonjour, dit la femme. Vous êtes sans doute Elaine ! Vous êtes différente de la photographie. Qu'est-ce qu'elle entend par là, me dis-je : en mieux ou en pire ? « Nous nous sommes souvent parlé au téléphone. Je m'appelle Charna. » Auparavant, à Toronto, il n'y avait pas de noms comme Charna. On m'écrase la main : cette femme porte aux mains dix bagues d'argent solide enfoncées aux doigts comme des coups-de-poing américains. « Nous nous demandions justement au sujet de la commande. » Deux autres femmes sont là ; chacune d'elles a l'air cinq fois plus artiste que moi. Elles ont des boucles d'oreilles de forme abstraite et des coiffures à la mode. Je me sens mal fagotée.

Elles se sont procuré chez un traiteur des sandwiches au cresson et à l'avocat et des cappuccinos que nous mangeons et buvons en planifiant la disposition des tableaux. Je préfère une approche chronologique, mais Charna a d'autres idées. Elle veut que les choses se regroupent par tons, vibrent et établissent des témoignages dont l'impact se renforcera d'un tableau à l'autre. Je m'agite ; ce genre de discours a le don de m'énerver. Je me force à garder le silence, je résiste à l'envie de dire que j'ai la migraine et que je veux m'en aller à la maison. Mais je devrais être reconnaissante, ces femmes sont de mon côté, elles ont tout planifié pour moi, elles me témoignent du respect, elles aiment ce que je fais. Et surtout, je me sens dépassée, comme si elles appartenaient à une espèce dont je ne fais pas partie.

Demain, Jon revient de Los Angeles et de ses meurtres à la scie mécanique. Je peux à peine contenir mon impatience. Nous sèmerons sa femme, nous sortirons pour le déjeuner avec l'impression, tous les deux, d'être sournois. Mais déjeuner avec son ancien mari en bons camarades, c'est la chose à faire, c'est la finale qui convient pour toute la vaisselle cassée et toutes les blessures. Nous nous connaissons depuis Mathusalem et à mon âge, à nos âges, cela prend de l'importance. Là où je suis, la pensée de Jon m'apporte un soulagement.

Quelqu'un arrive, une autre femme. « Andrea ! » dit Charna en s'avançant majestueusement vers elle. « Vous êtes en retard ! » Elle embrasse Andrea sur la joue et la dirige vers moi en la tenant par le bras. « Andrea aimerait écrire un article sur vous », dit-elle. « Pour l'ouverture. »

— On ne m'avait pas dit cela, dis-je. Me voilà piégée.

— Cela s'est présenté à la dernière minute, dit Charna. Nous avons de la chance ! Je vais vous installer toutes les deux dans la pièce arrière, d'accord ? Je vais vous apporter du café. On appelle ça tirer les vers du nez, dit-elle en se tournant vers moi avec un sourire gêné.

Je me laisse entraîner le long du corridor ; je peux encore me laisser mener par des femmes comme Charna.

— Je vous croyais différente, me dit Andrea au moment où nous nous installons.

— Différente comment ? dis-je.

— Plus grande, dit-elle. Je lui souris : « Mais je suis plus grande. »

Andrea examine mon survêtement bleu pastel. Elle-même porte du noir, un noir brillant, comme il se doit, pas un de ces restants des années 1960 comme le mien risquerait de l'être. Elle a des cheveux rouges teints à l'aérosol et, il faut bien le dire, une coupe dont la forme rappelle celle de la cupule d'un gland. Elle est scandaleusement jeune ; elle ne m'apparaît pas plus âgée qu'une adolescente alors que je sais très bien qu'elle est dans la vingtaine. Elle me voit sans doute comme une vieille toupie d'âge mûr, comme un de ses professeurs de collège. Elle est sûrement décidée à m'épingler. Et probablement elle y réussira.

Nous sommes assises de part et d'autre du bureau de Charna et Andrea dépose son appareil photographique, ajuste son magnétophone. Elle écrit pour un journal. « C'est destiné à la rubrique : *Vivre aujourd'hui* », dit-elle. Je sais ce qu'elle veut dire. Auparavant, cela s'intitulait : *Les pages féminines.* C'est amusant de voir qu'à présent ils appellent cela : *Vivre aujourd'hui*. Comme si seules les femmes étaient en vie et que les autres activités, les sports par exemple, étaient destinées aux morts.

— *Vivre aujourd'hui*, n'est-ce pas ? Je suis la mère de deux enfants, je fais des biscuits. C'est vrai. Mais Andrea me jette un regard noir et donne une chiquenaude à sa machine.

— Que représente la célébrité pour vous ? me demande-t-elle.

— Il ne s'agit pas de célébrité, dis-je. La célébrité, c'est l'affaire d'Elizabeth Taylor. Ça, ce n'est qu'une banale affaire de médias.

À cela, elle sourit. « Bon, peut-être pourriez-vous me parler des artistes de votre génération, des artistes féminins de votre génération, de leurs aspirations, de leurs buts ? »

— Vous parlez des peintres ? De quelle génération s'agit-il ?

— J'imagine, celle des années 1970, dit-elle. L'époque où les femmes – où vous avez commencé à être reconnue.

— Je ne suis pas de la génération des années 1970, je réponds.

Elle sourit. « Bon, admettons. Alors, de quelle génération ? »

— Les années 1940.

— Les années 1940 ? Pour elle, cela doit appartenir à la préhistoire. « Mais ce n'est pas possible… »

— C'est l'époque où j'ai grandi, dis-je.

— Oh, je vois, fait-elle, vous voulez parler de vos années de formation. Pourriez-vous me dire comment cela se reflète dans votre œuvre ?

— Les couleurs. Beaucoup de mes couleurs sont des couleurs des années 1940. Je me détends un peu. Au moins, elle ne dit pas constamment *comme qui dirait* ou *t'sais*. « C'est à cause de la guerre. Il y a des gens qui s'en souviennent, d'autres pas. Il y a un temps d'arrêt, une différence. »

— Vous voulez parler de la guerre du Vietnam ?

— Non, dis-je froidement. De la Seconde Guerre mondiale. Elle semble un peu effrayée, comme si je ressuscitais de la mort, même pas encore tout à fait vivante. Elle ne me savait pas vieille à ce point. « Et alors, demande-t-elle. Où est la différence ? »

— Nous avons de la patience, dis-je. Nous mangeons tout ce qu'il y a dans notre assiette. Nous économisons la ficelle. Nous faisons notre possible.

Elle semble déconcertée. C'est tout ce que je veux dire sur les années 1940. Je commence à transpirer. Je me sens chez le dentiste, la bouche ouverte d'une façon disgracieuse pendant qu'un étranger muni d'une lumière et d'un miroir fixe une chose au fond de ma gorge, une chose qu'il m'est impossible de voir.

Vivement, habilement, elle s'éloigne du sujet de la guerre pour revenir à celui des femmes, à ce qui l'intéressait au départ. Est-ce plus difficile pour une femme, m'a-t-on traitée différemment ; sous-évaluée ? Et les enfants ? Mes réponses ne lui sont pas d'un grand secours : tous les peintres se sentent sous-évalués ; on peut travailler tandis qu'ils sont à l'école ; mon mari a été formidable, il m'a grandement soutenue, un soutien en partie financier. Je ne dis pas lequel des maris.

— Donc, vous ne trouvez pas cela humiliant d'être soutenue par un homme ? demande-t-elle.

— Les femmes soutiennent bien les hommes en permanence, dis-je. Quel mal y a-t-il à ce que ça se produise un peu dans le sens contraire ?

Ce que j'ai à dire n'est pas tout à fait ce qu'elle désire entendre. Elle préférerait des histoires d'outrage, bien qu'elle-même ne risque pas beaucoup d'en raconter sur son propre compte, elle est trop jeune.

Tout de même, les femmes de mon âge sont censées avoir des histoires d'outrage à raconter, au moins des histoires d'insultes, d'humiliations. Des histoires de professeurs d'art qui vous ont pincé les fesses, vous ont appelée *chérie*, vous ont demandé pourquoi il n'y avait pas de femmes peintres célèbres, ce genre de choses. Elle aimerait me voir furieuse, et bizarre aussi.

— Y a-t-il des femmes mentors qui vous aient inspirée, demande-t-elle.

— Des femmes quoi ?

— Comme des professeurs ou d'autres femmes peintres que vous avez admirées.

— Ne devrait-on pas dire des mentoresses ? dis-je mesquinement. Il n'y en avait pas. J'avais un homme comme professeur.

— Qui était-ce ? dit-elle.

— Josef Hrbik. Il était très gentil pour moi, m'empressai-je d'ajouter. Il lui conviendrait mais ça n'est pas moi qui vais le lui dire. « Il m'a appris à dessiner des femmes nues. »

Cela l'étonne. « Bon, alors, que pensez-vous du féminisme ? dit-elle. Bien des gens pensent que vous êtes un peintre féministe. »

— Vraiment ? dis-je. J'ai horreur des lignes de parti, des ghettos. De toute façon, je suis trop vieille pour avoir inventé le mouvement et vous êtes trop jeune pour le comprendre, alors à quoi bon en discuter ?

— Donc, vous ne vous mettez pas dans cette catégorie-là, dit-elle.

— J'aime que les femmes aiment mon travail. Et pourquoi pas ?

— Les hommes aiment-ils votre œuvre ? demande-t-elle sournoisement. Elle a dû lire ces articles où on me décrivait comme une sorcière, un démon femelle.

— Quels hommes ? dis-je. « Ce n'est pas tout le monde qui apprécie mes peintures. Et ce n'est pas parce que je suis une femme. Si les gens n'aiment pas l'œuvre d'un homme, ce n'est pas parce qu'il est un homme. Ils n'aiment tout simplement pas cela. » Je suis en terrain peu sûr et cela me rend furieuse. Ma voix est calme ; c'est le café qui bout en moi.

Elle fronce les sourcils, joue avec son magnétophone à cassettes. « Alors, pourquoi peignez-vous toutes ces femmes ? »

— Devrais-je peindre des hommes ? Je suis peintre. Les peintres peignent des femmes. Rubens a peint des femmes, Renoir a peint des femmes, Picasso a peint des femmes. Tout le monde peint des femmes. Qu'y a-t-il de mal à peindre des femmes ?

— Mais pas comme cela, dit-elle.

— Comme quoi ? dis-je. « De toute façon, pourquoi mes femmes devraient-elles ressembler à celles des autres ? » Je me surprends à me ronger les ongles ; j'y mets fin tout de suite. Dans un instant, mes dents vont se mettre à claquer comme celles d'une souris coincée. Sa voix s'éloigne de plus en plus, j'arrive à peine à l'entendre. Mais je la vois, et même très clairement : les côtes de l'encolure de son chandail, le fin duvet de ses joues, le luisant d'un bouton. Ce que j'entends, c'est ce qu'elle ne me dit pas. *Tes vêtements sont tartes. Ton art, c'est de la merde. Assieds-toi droite et tais-toi.*

— Pourquoi peignez-vous ? dit-elle. À nouveau, je l'entends très clairement. Je sais qu'elle est exaspérée, qu'elle en a assez de moi, de mes dérobades.

— Pourquoi fait-on quoi que ce soit ? dis-je.

17.

Le jour finit plus tôt ; sur le chemin de la maison, nous marchons dans la fumée des feux de feuilles. Il pleut et nous devons jouer à l'intérieur. Nous nous asseyons sur le parquet de la chambre de Grace, sages à cause du cœur malade de Mrs Smeath, et découpons des rouleaux à pâtisserie, des poêles à frire que nous collons autour de nos dames en papier.

Mais Cordelia met vite fin à ce jeu. Il semble qu'elle ait deviné tout de suite pourquoi il y a tant de catalogues Eaton chez Grace. C'est que les Smeath achètent les vêtements de toute la famille sur catalogue. Là, dans la Boutique Fillettes, il y a les jupes à bretelles, les manteaux d'hiver portés par Grace et ses sœurs, disponibles en trois couleurs, en laine molletonnée de bon usage, avec des capuchons : vert Kelly, bleu royal, rouge vin. Cordelia laisse entendre qu'elle-même ne porterait jamais un manteau commandé à partir du catalogue Eaton. Mais elle s'abstient de le dire à voix haute. Autant que nous, elle désire rester dans les bonnes grâces de Grace.

Elle ignore la section des casseroles, feuillette les pages. Elle s'arrête aux soutiens-gorge, aux corsets garnis de dentelles compliquées, renforcés de goussets – des vêtements de maintien, appelle-t-on cela – et dessine des moustaches aux mannequins dont la chair semble avoir été recouverte d'une mince couche de plâtre beige. Elle leur dessine des poils aux aisselles et entre les seins. Elle lit tout haut les descriptions en étouffant un rire : « Délicieusement garni de dentelle vaporeuse, renforcé pour taille forte. » Ce qui signifie pour les gros tétons. « Regardez ça : bonnets renforcés, comme pour un fort. »

Les seins fascinent Cordelia, la remplissent de mépris. À présent, ses deux sœurs aînées en ont. Perdie et Mirrie restent dans leur chambre aux lits jumeaux, habillés de volants de mousseline à ramages, à se limer les ongles, à rire doucement ; ou encore, elles chauffent de la cire brune dans des petits pots à la cuisine et l'apportent à l'étage pour se l'appliquer ensuite sur les jambes. Elles se regardent dans le miroir, se font des faces longues – « Je ressemble à Haggis McBaggis la sorcière ! C'est la malédiction ! » Leurs corbeilles à papier dégagent une odeur de fleurs en décomposition. Elles disent à Cordelia qu'elle est trop jeune pour comprendre certaines choses, puis elles les lui disent de toute façon. À voix basse, les yeux agrandis, Cordelia nous transmet ces révélations : la malédiction, c'est quand du sang apparaît entre les jambes. Nous ne la croyons pas. Elle produit pourtant la preuve : une serviette sanitaire souillée provenant de la corbeille à papier de Perdie. Sur le dessus, il y a une croûte brune, comme de la sauce figée. « Ce n'est pas du sang », dit Grace dégoûtée. Elle a raison, ça ne ressemble en rien à une coupure de doigt. Cordelia est indignée. Mais elle est incapable de prouver quoi que ce soit.

Je n'ai pas encore beaucoup réfléchi au corps des femmes adultes. Mais à présent, ces corps me sont révélés dans leur éclairage cru et dérangeant : ils paraissent étranges et bizarres, poilus, mous, monstrueux. Nous nous attardons devant la porte de la chambre où Perdie et Mirrie pèlent la cire de leurs jambes en glapissant de douleur. Nous essayons de regarder par le trou de la serrure et rigolons : nous éprouvons de la gêne sans trop savoir pourquoi. Elles savent que nous rions d'elles et viennent à la porte pour nous chasser. « Cordelia, toi et tes petites amies, décampez ! » Elles sourient d'une façon inquiétante, comme si elles savaient déjà ce qui nous attend. « Tu ne perds rien pour attendre », disent-elles.

Cela nous fait peur. Nous ne savons pas pourquoi elles sont plus rondes, plus douces, pourquoi elles marchent comme avec une laisse invisible au cou plutôt que de courir, mais tout ça risque de nous arriver à nous aussi. Dans la rue, nous regardons à la dérobée les seins des femmes, ceux de nos professeurs, mais jamais ceux de nos mères, elles sont trop proches, nous serions mal à l'aise. Nous nous examinons les jambes et les aisselles pour voir si des poils n'y poussent pas, les seins pour un gonflement. Mais rien n'arrive : jusqu'à présent, nous sommes indemnes.

Cordelia passe aux pages blanches et noires de la fin du catalogue où sont illustrés des béquilles, des bandages herniaires et des prothèses. « Pompes à sein », dit-elle. Vous voyez ? C'est pour pomper les tétons, les faire devenir plus gros, comme une pompe à bicyclette. Et nous, nous ne savons que penser.

Car nous ne pouvons nous en informer auprès de nos mères. Il est même difficile de les imaginer sans vêtements, de penser qu'après tout elles ont un corps sous leur robe. Il y a beaucoup de choses qu'elles ne disent pas. Entre elles et nous, un gouffre, un abîme se creuse de plus en plus. C'est le monde du non-dit.

Elles enveloppent les déchets de plusieurs épaisseurs de papier journal, les attachent avec de la ficelle et, malgré tout, cela coule sur le parquet fraîchement ciré. Leurs cordes à linge sont garnies de petites culottes, de chemises de nuit, de bas, de l'éventail d'une intimité souillée qu'elles ont lavée et rincée en plongeant leurs mains dans l'eau grumeleuse et grise. Elles savent tout des brosses pour cuvette, des sièges de cabinets et des bactéries. Pourtant, malgré tout leur récurage, le monde est sale et elles n'ont que faire de nos petites questions malpropres. Alors, en lieu et place, s'installe parmi nous, d'enfant à enfant, un long murmure qui se nourrit de toutes les horreurs.

Cordelia dit que les hommes ont une carotte entre les jambes. Ce ne sont pas vraiment des carottes, mais quelque chose de pire. Elles sont couvertes de poils. Des graines en sortent, qui vont dans le ventre des femmes, et deviennent des bébés, qu'elles le veuillent ou non. Quelques hommes ont une carotte percée et baguée d'un anneau comme une oreille.

Cordelia ne sait pas très bien comment sortent les graines ou ce à quoi elles ressemblent. Elle dit qu'elles sont invisibles, mais je crois que cela est impossible. S'il y a vraiment des graines, elles doivent ressembler à des graines pour oiseaux ou à des graines de carottes, fines et allongées. Elle ne peut expliquer comment la carotte entre à l'intérieur et plante les graines. Le nombril apparaît comme le lieu tout désigné, cependant il devrait y avoir une coupure, une déchirure. Toute cette histoire est difficile à croire et l'idée que nous-mêmes ayons pu être produites de cette façon est une insulte. Je pense aux lits où tout cela est censé se passer : les lits jumeaux de la maison de Carol, toujours en parfait ordre, l'élégant lit à baldaquin de chez Cordelia, le lit foncé couleur acajou de la maison de Grace, si respectable avec son couvre-lit crocheté et ses épaisseurs de couvertures de laine. De tels lits sont une dénégation en eux-mêmes, un désaveu. Je pense à la vilaine moue de la mère de Carol, à Mrs Smeath et à sa couronne de tresses grisonnantes piquée d'épingles. Elles pinceraient les lèvres, s'éloigneraient, l'air offensé. Elles ne le permettraient jamais.

Grace dit : « Dieu fait les bébés », de cette façon déterminée et sans réplique qui est la sienne. Elle sourit de son sourire crispé et méprisant et nous voilà rassurées. Mieux vaut Dieu que nous.

Mais des doutes subsistent. Par exemple, je sais pas mal de choses sur le sujet. Je sais que « carotte » n'est pas le bon terme. J'ai vu des libellules et des coléoptères voler ensemble, un insecte collé sur le dos de l'autre ; je sais que l'on dit : « s'accoupler ». J'en sais un bout sur les ovopositeurs, l'organe qui sert à pondre les œufs sur les feuilles, les chenilles et à la surface de l'eau ; j'en ai vu, là, en plein sur la plage, clairement identifiés sur les diagrammes d'insectes que mon père corrige à la maison. J'en sais un bout aussi sur les reines fourmis et les mantes religieuses qui dévorent le mâle. Mais tout cela n'est pas bien utile. J'imagine Mr et Mrs Smeath flambant nus, Mr Smeath collé au dos de Mrs Smeath. Une telle image, même en excluant l'idée du vol, ça n'a pas de sens.

Je pourrais toujours m'en informer auprès de mon frère. Mais bien que nous ayons examiné ensemble des escarres et des crottes d'orteil au microscope, que des yeux de bœuf dans le formol, des viscères de poisson et tout ce qui peut se trouver sous le bois mort ne nous effraient pas, lui poser cette question serait indélicat, et peut-être même offensant de ma part. Je pense aux volutes du mot JUPITER écrit sur le sable de son écriture saccadée, de son doigt habile, supplémentaire. Dans la vision de Cordelia, il se couvrira de poils. Peut-être l'ignore-t-il ?

Cordelia dit que les garçons mettent leur langue dans notre bouche lorsqu'ils nous embrassent. Mais pas ceux que nous connaissons. Des plus vieux. Elle dit cela de la même manière que mon frère dit « jus de limace » ou « morve » en présence de Carol. Et Carol fait la même chose, le même plissement de nez, le même tortillement. Grace dit que Cordelia est dégoûtante.

Je pense aux crachats que l'on voit partout en ville sur les trottoirs ou aux langues de bœuf dans les boucheries. Pourquoi voudraient-ils faire une telle chose, mettre leur langue dans la bouche des autres ? Pour être répugnants, bien sûr. Juste pour voir comment nous réagirions.

18.

Je monte l'escalier du sous-sol dont les marches sont pourvues de bandes de caoutchouc antidérapantes. Mrs Smeath, habillée de son tablier à bavette, se tient debout devant l'évier. Elle a terminé sa sieste et, levée à présent, elle prépare le dîner. Elle pèle des pommes de terre ; elle pèle souvent des choses. L'épluchure tombe de ses mains noueuses en une longue spirale pâle. L'usure a si bien aminci le couteau à éplucher que la lame a quelque chose de la tranche fine d'un croissant de lune. La cuisine est remplie de vapeur et d'une odeur de graisse de moelle et d'os à ragoût.

Mrs Smeath se retourne et me regarde, une pomme de terre pelée dans la main gauche, le couteau dans la droite. Elle sourit. « Grace me dit que ta famille ne va pas à l'église », dit-elle. « Aimerais-tu venir avec nous ? À notre église ? »

— Oui, dit Grace qui est montée derrière moi. Et l'idée me plaît. Les dimanches matin, j'aurai Grace pour moi toute seule, sans la présence de Carol et de Cordelia. Car Grace est encore celle que nous désirons, que toutes nous voulons comme amie.

Lorsque je leur fais part de ce projet, mes parents se montrent inquiets. « Es-tu certaine de vouloir y aller ? » dit ma mère. Lorsqu'elle était jeune, on l'a obligée à aller à l'église sans même lui demander son avis. Son père était très sévère. Elle ne pouvait siffler le dimanche. « Tu en es certaine ? »

Mon père dit qu'il ne croit pas au lavage de cerveau pour les enfants. Quand tu as atteint l'âge adulte, tu peux choisir de pratiquer ou non une religion. Selon lui, la religion est responsable de nombre de massacres et de guerres, du fanatisme, de l'intolérance. « Toute personne éduquée devrait connaître la Bible, ajoute-t-il. Mais elle n'a que huit ans. »

— Presque neuf, j'insiste.

— Bon, fait mon père. Mais ne crois pas tout ce que l'on te raconte.

Le dimanche suivant, je m'habille avec les vêtements que ma mère et moi avons choisis : une robe écossaise bleu marine et vert, des bas blancs à côtes attachés à un porte-jarretelles de coton blanc empesé. J'ai plus de robes qu'auparavant, mais je n'accompagne pas ma mère pour les choisir comme Carol le fait. Ma mère déteste courir les magasins et ne sait pas coudre. Mes vêtements de fille sont des vêtements usagés, donnés par une amie lointaine de ma mère qui a une fille plus forte que moi. Aucune de ces robes n'est vraiment ajustée à ma taille ; les ourlets pendouillent ou les manches se ramassent aux aisselles. Je crois que c'est la norme pour les robes. Par contre, les bas blancs sont neufs, et même plus rugueux que les bruns que je porte pour aller à l'école.

Je sors mon œil-de-chat bleu de mon sac de plastique rouge, le range dans mon tiroir de commode et le remplace par la pièce de cinq *cents* que ma mère m'a donnée pour le plateau de la collecte. Je me dirige vers la maison de Grace par les rues pleines d'ornières, en souliers ; le temps des bottes n'est pas encore arrivé. Je sonne et Grace vient m'ouvrir. Elle devait m'attendre. Elle aussi porte une robe, des bas blancs, ainsi que des nœuds de ruban à l'extrémité de ses tresses. Elle me toise. « Elle n'a pas de chapeau », dit-elle.

Mrs Smeath, qui se tient dans l'entrée, me dévisage comme si j'étais une orpheline abandonnée sur le pas de sa porte. Elle envoie Grace à l'étage chercher un autre chapeau et celle-ci redescend avec un vieux chapeau de velours bleu marine garni d'un élastique destiné à le retenir sous le menton. Il est trop petit pour moi, mais Mrs Smeath dit que cela fera l'affaire pour aujourd'hui. « Nous n'allons jamais à notre église la tête découverte », dit-elle. Elle appuie sur le *notre* comme s'il y avait d'autres églises, moins bonnes, où l'on entrait tête nue.

Mrs Smeath a une sœur qui nous accompagne à l'église. C'est tante Mildred. Elle est plus âgée et elle a été missionnaire en Chine. Elle a les mêmes mains noueuses, les mêmes lunettes cerclées d'acier, la même couronne de cheveux gris que Mrs Smeath, et aussi du duvet gris sur les joues, mais en plus abondant. Toutes deux portent des chapeaux qui ressemblent à des paquets de feutre négligemment assemblés et dont plusieurs bouts pointent en l'air. J'ai déjà vu de ces chapeaux dans de très vieux catalogues Eaton, portés par des mannequins aux cheveux lissés vers l'arrière, aux pommettes saillantes, à la bouche rouge foncé et luisante. Ils n'ont pas le même effet sur Mrs Smeath et sa sœur.

Lorsque tous les Smeath ont enfin mis leur manteau et leur chapeau, nous montons dans l'automobile : Mrs Smeath et tante Mildred à l'avant, moi, Grace, et ses deux petites sœurs à l'arrière. J'éprouve encore beaucoup d'affection pour Grace mais il ne s'agit pas d'une affection physique et le fait d'être tassée contre elle à l'arrière de l'automobile me gêne. Juste devant moi, se trouve Mr Smeath qui conduit. Ce dernier est court, chauve et peu visible à la maison. C'est la même chose pour le père de Carol et de Cordelia : dans la vie quotidienne à la maison, les pères sont souvent invisibles.

Nous parcourons les rues presque désertes du dimanche en suivant les voies du tramway vers l'ouest.

À l'intérieur de l'automobile, l'air est saturé de l'haleine recyclée des Smeath, une odeur défraîchie de salive séchée. L'église est grande et recouverte de briques ; sur le dessus, à la place d'une croix, il y a une chose qui ressemble à un oignon et qui tourne sur elle-même. Cela pourrait bien avoir quelque signification religieuse, je m'en informe auprès de Grace. Mais elle me dit qu'il s'agit d'un ventilateur.

Mr Smeath gare l'auto et nous en descendons pour entrer à l'intérieur de l'église. Nous nous asseyons en rangée, sur un long banc de bois foncé verni que Grace appelle un banc d'œuvre. Pour la première fois de ma vie, je suis à l'intérieur d'une église. Il y a un haut plafond, avec des lumières semblables à des liserons suspendus à des longueurs de chaînes et à l'avant, une simple croix d'or décorée d'un vase de fleurs blanches. Derrière cela, se trouvent trois verrières. La plus grande, celle du milieu, montre Jésus habillé de blanc, les mains tendues de chaque côté, un oiseau blanc planant au-dessus de sa tête. Sous l'image, il y a écrit en larges caractères bibliques, séparés par des points : LE.ROYAUME.DE.DIEU. EST.EN.VOUS. Sur la gauche, Jésus est assis, les côtés peints en rouge rosé, deux enfants appuyés sur ses genoux. Et, en dessous : LAISSEZ.VENIR.À. MOI.LES.PETITS.ENFANTS. Ces deux Jésus ont une auréole. De l'autre côté, il y a une femme en bleu, sans auréole, un voile blanc lui cachant en partie le visage. Elle porte un panier et tend la main. Un homme est assis à ses pieds, avec une chose enroulée autour de la tête qui ressemble à un bandage. En dessous encore : LA.PLUS.GRANDE.D'ENTRE. ELLES, C'EST.LA.CHARITÉ. Toutes ces verrières sont bordées d'entrelacs de vignes, de grappes de raisins et de différentes sortes de fleurs. La lumière qui arrive par-derrière les illumine. J'arrive difficilement à en détourner les yeux. Puis il y a de la musique d'orgue, tous se lèvent, et je ne sais plus que faire. J'observe ce que Grace fait, me lève lorsqu'elle se lève, m'assois lorsqu'elle s'assoit. Pendant les chants, elle tient le livre ouvert et me dirige, mais je ne connais aucun des airs. Après un moment, il est temps pour nous d'aller à l'École du dimanche et nous formons les rangs en compagnie des autres enfants pour descendre au sous-sol de l'église.

À l'entrée du local où a lieu cette École du dimanche, il y a un tableau noir où quelqu'un a écrit à la craie blanche : KILROY WAS HERE. À côté, on voit une demi-tête d'homme : deux yeux et un nez regardant par-dessus une palissade.

L'École du dimanche se fait par classes, comme à l'école ordinaire, quoique les professeurs y soient plus jeunes. La nôtre est une grande adolescente coiffée d'un chapeau bleu pastel et d'un voile. Notre classe est strictement composée de filles. Le professeur nous raconte l'histoire de Joseph et de son manteau aux multiples couleurs. Puis elle écoute les filles réciter ce qu'elles sont censées avoir appris par cœur. Je reste assise sur ma chaise à me balancer les jambes dans le vide. Je n'ai rien appris. Le professeur me sourit et me dit qu'elle espère me voir revenir chaque semaine.

Puis, toutes les classes se réunissent dans une grande pièce meublée de bancs de bois gris en rangées, semblables à ceux sur lesquels nous prenons notre déjeuner à l'école. Nous nous asseyons sur les bancs, les lumières s'éteignent et des diapositives de couleur apparaissent sur le mur nu au fond de la pièce. Les diapositives ne sont pas des photographies, mais des peintures. Celles-ci semblent anciennes. La première montre un chevalier sur sa monture, dans la forêt, le visage levé vers un faisceau de lumière coulant au travers des arbres. Le teint de ce chevalier est très blanc, ses yeux aussi grands que ceux d'une fille, et sa main se presse à l'endroit où devrait normalement se situer son cœur, sous une armure semblable à un pare-chocs d'automobile. Sous son large visage illuminé, j'aperçois les interrupteurs de lumière, les planches supérieures du lambris et le coin du petit piano, en avancée.

Le tableau suivant présente le même chevalier, mais en plus petit et souligné de ces quelques mots que nous chantons, accompagnées par les accords martelés du piano invisible.

I would be true, for there are those who trust me,
I would be pure, for there are those who care,
I would be strong, for there is much to suffer,
I would be brave, for there is much to dare[1].

À côté de moi, dans l'obscurité, j'entends la voix de Grace monter, monter, fine et agréable comme celle d'un oiseau. Elle connaît tous les mots ; tout comme elle connaissait ceux du passage de la Bible à mémoriser. Au moment où nous inclinons la tête pour prier, je me sens remplie de bonté, je me sens acceptée, prise en charge, Dieu m'aime, qui qu'il soit.

Après le catéchisme, nous retournons à l'église habituelle pour assister à la dernière partie de la cérémonie et je dépose mes cinq *cents* dans le plateau de

1. Je serai droit, car il y a ceux qui croient en moi, Je serai pur, car il y a ceux qui se soucient de moi, Je serai fort, car il y a beaucoup à souffrir, Je serai brave, car il y a beaucoup à oser.

quête. Puis il se passe quelque chose que l'on appelle Doxologie. Ensuite, nous sortons et nous nous enfournons à nouveau dans l'automobile des Smeath. Grace demande timidement : « Papa, pourrions-nous aller voir les trains ? », et les petites filles enthousiastes de dire en chœur : « Oui, oui. »

Mr Smeath dit : « Avez-vous été sages ? », et les petites de dire encore : « Oui, oui. »

Mrs Smeath émet un vague son. « Ah, bon, d'accord », dit Mr Smeath aux petites filles. Il dirige l'automobile vers le sud par les rues désertes, le long des voies de tramway, dépasse un unique tramway, l'air d'une île à la dérive, jusqu'à ce que nous apercevions enfin le plat lac gris dans le lointain et, au-dessous de nous, passé l'arête d'une côte peu escarpée, le plat champ gris des voies ferrées. Sur cette plaine couverte de métal, de nombreux trains s'avancent, reculent, changent lentement de voie. Parce que c'est dimanche et aussi parce que cela semble faire partie d'une routine des Smeath après la messe, j'ai l'impression que les voies ferrées, les trains massifs et léthargiques ont quelque chose à voir avec Dieu. De plus, il m'apparaît clairement que la personne la plus désireuse de voir les trains n'est pas tant Grace, ni les petites filles, que Mr Smeath lui-même.

Assis dans l'automobile garée, nous restons là à regarder les trains jusqu'à ce que Mrs Smeath dise que son déjeuner sera gâché. Alors, nous retournons à la maison de Grace.

Je suis invitée au déjeuner du dimanche. C'est la première fois que je mange chez Grace. Mais avant de passer à table, Grace me conduit à l'étage pour que nous nous lavions les mains et j'apprends quelque chose de nouveau au sujet de sa maison : ils n'ont droit qu'à quatre morceaux de papier de toilette chacun. Le savon de la salle de bains est noir et rugueux et Grace m'explique qu'il s'agit de savon au goudron.

Le déjeuner se compose de jambon rôti, de fèves, de pommes de terre au four, de courge en purée. Mr Smeath découpe le jambon, Mrs Smeath ajoute les légumes, et les assiettes circulent. À travers leurs lunettes, les deux petites sœurs me dévisagent au moment où je commence à manger.

— Dans cette maison, nous disons les grâces, dit tante Mildred avec un sourire d'autorité.

Je ne comprends pas. Je regarde Grace : pourquoi veulent-ils dire son nom ? Mais ils inclinent tous la tête, se prennent les mains, et Grace dit : « Merci Seigneur pour ce que nous allons recevoir. Amen. » Mr Smeath ajoute : « Bonne nourriture, bonnes boissons, bon Dieu, mangeons » en me faisant un clin d'œil. Mrs Smeath dit : « Lloyd », et Mr Smeath émet un petit rire de connivence.

Après le déjeuner, Grace et moi nous nous asseyons au salon, sur le sofa de velours, là même où

Mrs Smeath fait ses siestes. Je ne m'y suis encore jamais assise et j'ai l'impression d'être en territoire interdit, comme sur un trône ou un cercueil. Nous lisons notre journal de l'École du dimanche. On y raconte l'histoire de Joseph et une autre, plus contemporaine, d'un garçon qui vole de l'argent du plateau de quête mais se repent et collectionne des corbeilles à papiers et des bouteilles vides pour l'église pour réparer ses torts. Les illustrations sont faites avec une plume à dessin, en noir et blanc, mais sur la première page se trouve une image en couleur de Jésus, habillé d'une robe pastel, entouré d'enfants de toutes les couleurs, des bruns, des jaunes, des blancs, tous propres et jolis et dont certains lui tiennent la main tandis que d'autres le regardent avec de grands yeux admiratifs. Ce Jésus n'a pas d'auréole.

Mr Smeath sommeille dans le fauteuil rouge foncé et son ventre rond se soulève. De la cuisine arrive le cliquetis de l'argenterie. Mrs Smeath et tante Mildred font la vaisselle.

Je reviens à la maison en fin d'après-midi avec mon sac à main de plastique rouge et mon journal de l'École du dimanche. « As-tu aimé cela ? » demande ma mère, l'air toujours aussi soucieux.

— As-tu appris quelque chose ? dit mon père.

— Je dois apprendre un psaume par cœur, dis-je d'un air important. Le mot *psaume* sonne comme un message codé. Je leur en veux un peu. Mes parents m'ont caché des choses, des choses que j'aurais dû connaître. Comme les chapeaux, par exemple : comment ma mère a-t-elle pu oublier cela ? L'idée de Dieu ne m'est pas tout à fait étrangère : on en parle à l'école à la prière du matin et même dans le « God Save the King », mais il semble bien qu'il y ait plus de choses à apprendre par cœur, plus de chansons à chanter, plus de cinq *cents* à donner pour qu'Il soit véritablement satisfait. Par contre, l'idée du Ciel m'inquiète. Quel âge aurai-je lorsque j'y arriverai ? Qu'arrivera-t-il si je suis vieille lorsque je mourrai ? Au Ciel, je veux avoir le même âge que j'ai en ce moment.

Grace m'a prêté sa Bible de semaine. Je vais dans ma chambre et commence à réciter :

> *Les cieux racontent la gloire de Dieu, et l'œuvre de Ses mains, le firmament l'annonce. Le jour au jour en publie le récit et la nuit à la nuit transmet la connaissance.*

La fenêtre de ma chambre est toujours dépourvue de rideaux. Je regarde vers le haut du ciel, et vois les étoiles toujours à leur place habituelle. Mais elles ne m'apparaissent plus froides, blanches et distantes comme l'alcool et l'émail des plateaux. Maintenant, on dirait qu'elles montent la garde.

19.

Les filles se tiennent par petits groupes dans la cour de récréation ou sur le tertre et se chuchotent des choses à l'oreille en tricotant sur leur bobine. C'est la mode à présent de posséder une bobine garnie de quatre clous à une extrémité et une pelote de laine. Il faut enrouler la laine autour de chaque clou, deux fois, puis en utiliser un cinquième pour faire passer la boucle du dessous sur celle du dessus. À l'autre extrémité de la bobine sort un cordonnet de laine épais que l'on est censé enrouler comme une plate coquille d'escargot et coudre pour en faire un sous-plat de théière. J'ai ce genre de bobine, ainsi que Carol, Grace et même Cordelia, bien que sa laine soit enchevêtrée de nœuds.

Ces attroupements de filles qui chuchotent, avec leur bobine et leur cordonnet de laine, ont quelque chose à voir avec les garçons, avec l'exclusion des garçons. Chaque groupe de filles exclut d'autres filles, et tous les garçons sans exception. Les garçons nous excluent aussi, mais ils le font délibérément, ils s'en font un point d'honneur. Nous n'avons pas à faire cela.

Il m'arrive encore d'aller dans la chambre de mon frère et de m'y étendre sur le parquet pour lire des bandes dessinées, mais jamais en compagnie d'une autre fille. Seule, je suis tolérée ; comme membre d'un groupe de filles, je ne le serais pas. Cela va de soi.

Autrefois, les garçons faisaient partie de mon univers. J'étais habituée à eux. Mais, à présent, je fais davantage attention parce que je les trouve différents. Par exemple, ils ne prennent pas souvent de bain. Ils sentent la peau sale, le cuir chevelu, le cuir aussi à cause des genouillères de leur pantalon et la laine à cause du pantalon lui-même qui leur arrive en dessous du genou et se lace comme une culotte de football. Sur la partie inférieure de leurs jambes, d'épaisses chaussettes de laine souvent humides qui tirebouchonnent. À l'extérieur, comme couvre-chef, ils portent un bonnet de cuir attaché sous le menton. Leurs vêtements sont de couleur kaki, bleu marine, gris ou vert forêt, des couleurs qui masquent un peu la saleté. Toutes caractéristiques qui évoquent l'armée. Les garçons sont fiers de leur habillement neutre, de leurs chaussettes tombantes, de leur peau salie et tachée d'encre : pour eux, la saleté a autant de valeur que les blessures ou presque. Ils travaillent dur à être des gars. Ils s'appellent les uns les autres par leur nom de famille, attirent l'attention sur tout ce qui est particulièrement malpropre. « Hé, Robertson ! Essuie ta morve ! » « Qui a pété ? » Ils se donnent des coups en disant « J't'ai eu ! Moi aussi ! » Dans la chambre, ils semblent toujours plus nombreux qu'ils ne le sont en réalité.

Mon frère se bagarre et fait des remarques sur les odeurs comme tous les autres, mais il possède un secret. Jamais il ne le confierait aux autres garçons, de peur qu'ils ne rient de lui.

Son secret, c'est qu'il a une petite amie. Cette fille est un secret si bien gardé qu'elle-même ne le sait pas. Je suis la seule à savoir, et il m'a fait jurer solennellement de ne rien dire à personne. Même lorsque nous sommes entre nous, je n'ai pas le droit de mentionner son nom, seulement ses initiales qui sont B W. Parfois, mon frère ira jusqu'à murmurer ces initiales en présence d'autres personnes, de mes parents par exemple. Lorsqu'il les murmure, il me fixe, attendant que j'acquiesce ou encore lui fasse un signe d'entendement, de compréhension. Il m'écrit des petits mots codés qu'il laisse là où je suis susceptible de les trouver, c'est-à-dire sous mon oreiller ou dissimulés dans le tiroir du haut de ma commode. Une fois traduites, ces notes lui ressemblent si peu, sont si peu originales, en fait si bêtes, que je ne peux en croire mes yeux : « Parlé à B W. L'ai vue aujourd'hui. » Il utilise des crayons de couleur, de différentes couleurs, et des points d'exclamation. Un soir, il survient une tempête de neige inattendue, prématurée, et au matin lorsque je m'éveille, que je regarde par la fenêtre de ma chambre à coucher, j'aperçois le tracé irrégulier des initiales, gravées au pipi sur la neige qui est déjà en train de fondre.

Je vois bien que cette fille le tourmente, l'excite, mais je ne peux comprendre pourquoi. Je la connais : son nom est Bertha Watson. Elle se tient souvent sur le tertre en compagnie de filles plus âgées, sous les sapins rabougris. Elle a les cheveux bruns coupés « à la chien » et n'est pas spécialement grande. Je ne lui trouve rien de magique, ni rien d'anormal. J'aimerais bien savoir comment elle s'y est prise pour faire surgir ce double de mon frère, mais en plus bête, en plus agité.

Le fait de connaître ce secret, d'être la seule à le partager, me procure un sentiment d'importance. Mais c'est d'une importance négative qu'il s'agit, c'est l'importance d'une page blanche. Je le sais parce que je ne compte pas. Je suis à la fois élue et dépossédée. Mais aussi protectrice, parce que, pour la première fois de ma vie, je me sens responsable de lui. Il court un risque et j'ai quelque pouvoir sur lui. Il me vient à l'idée que je pourrais le trahir, le faire se couvrir de ridicule ; j'ai ce choix. Il est à ma merci, mais je ne veux pas de cela. Je le veux tel qu'il était avant, inchangé, invincible.

La petite amie fait long feu. Au bout d'un moment, on n'en entend plus parler. Mon frère me taquine ou m'ignore comme avant, il s'est retrouvé. Il reçoit un jeu de chimie et fait des expériences au sous-sol.

Obsession pour obsession, je préfère le jeu de chimie à une amie. Il y a des choses qui bouillent, des odeurs épouvantables, des petites explosions sulfureuses, d'extraordinaires tours de passe-passe. Une écriture invisible apparaît lorsque l'on présente le papier à la lueur d'une bougie. Il est possible de rendre un œuf dur caoutchouteux et de le faire entrer par le goulot d'une bouteille de lait, mais le sortir de là, c'est une autre affaire. *Tournez l'eau en sang*, dit le livret d'instructions et *Étonnez vos amis*.

Il échange encore des bandes dessinées, mais sans trop d'enthousiasme et d'une façon distraite. Parce que son intérêt est moindre, il fait de meilleures affaires. Les bandes dessinées s'empilent sous son lit, des piles et des piles, qu'il lit rarement s'il n'est pas en compagnie des autres garçons.

Mon frère finit par épuiser les ressources du jeu de chimie. À présent, il dispose d'une carte des étoiles épinglée au mur de sa chambre, et le soir, il éteint les lumières, s'assoit près de la fenêtre ouverte sur le noir, au froid, avec son chandail rouge foncé passé sur son pyjama et regarde vers le ciel. Il dispose des jumelles de mon père qui les lui a prêtées à la condition qu'il les accroche à son cou pour qu'elles ne tombent pas. Ce qu'il aimerait vraiment avoir maintenant, c'est un télescope.

Lorsqu'il me permet de le rejoindre, et qu'il a envie de parler, il m'apprend de nouveaux noms et établit les points de référence : Orion, la Grande Ourse, le Dragon, le Cygne. Ce sont des constellations. Chacune d'elles est faite d'innombrables étoiles, cent fois plus grosses et plus chaudes que notre propre soleil. Ces étoiles sont à des milliers d'années-lumière, dit-il. En réalité, nous ne les voyons pas du tout, nous n'en voyons que la lumière qu'elles ont émise il y a des années, des centaines, des milliers d'années auparavant. Une étoile, c'est un écho. Je reste assise là, à frissonner dans mon pyjama de coton. J'ai mal à la nuque à force de regarder vers le haut. Mes yeux louchent à fouiller la nuit froide, d'une profondeur infinie, cette noire chaudière dans laquelle les étoiles embrasées mènent sans arrêt la danse de la fusion. Les étoiles de mon frère diffèrent de celles de la Bible : elles sont muettes, elles flamboient dans un silence écrasant. Je me sens comme si mon corps allait se dissoudre, et je suis aspirée vers le haut comme une brume qui s'évapore peu à peu, attirée par la gravité dans un grand espace vide.

— Arcturus, dit mon frère. C'est un mot étranger, un mot que je ne connais pas. Par contre, je reconnais le ton de sa voix : identification, complément d'information, une chose ajoutée à un ensemble. Je pense à ses pots de billes au printemps, à la façon dont il y laissait tomber les billes, une à une, en comptant. Voilà, mon frère s'est remis à collectionner ; il collectionne les étoiles.

20.

Les chats noirs et les citrouilles s'accumulent aux fenêtres de l'école. Pour la fête de l'Halloween, Grace porte une robe de madame, Carol, un costume de fée et Cordelia un accoutrement de bouffon. Je porte un drap parce que c'est tout ce qu'il y a. Nous allons de porte en porte. Nos sacs de papier gris se remplissent de pommes caramélisées, de boules de maïs, de croquants aux cacahuètes et nous chantons : *Casquez ! Casquez ! Les sorcières sont là !* Dans les fenêtres, les portiques, les grosses têtes orange des citrouilles planent, embrasées, sans corps. Le lendemain, nous apportons nos citrouilles sur la passerelle de bois et les jetons par-dessus bord en les regardant se fracasser sur le sol. Nous sommes en novembre.

Cordelia creuse un trou dans sa cour arrière, là où il n'y a pas de gazon. Elle en a déjà commencé plusieurs, mais sans succès, ils ont abouti sur le roc. Celui-ci semble plus prometteur. Elle creuse avec une pelle pointue et de temps en temps nous l'aidons. Le trou n'est pas petit, il est grand, carré, et il devient de plus en plus profond, au fur et à mesure que la terre s'empile autour. Elle dit que nous pourrons en faire le local du cercle, que nous pourrons installer des chaises au fond et nous y asseoir. Lorsqu'il sera suffisamment profond, elle veut le couvrir de planches en guise de toit. Elle a déjà amassé les planches, des planches de rebut provenant de deux nouvelles maisons construites à proximité de chez elle. Elle est tout à son travail ; cela devient difficile de l'intéresser à un autre jeu.

Dans les rues plus sombres, les coquelicots fleurissent pour l'anniversaire de l'Armistice. Ceux-ci, confectionnés dans un tissu duveteux, sont rouges comme des cœurs de la Saint-Valentin et dotés d'un point noir et d'une épingle au milieu. Nous les portons à la boutonnière de notre manteau. Nous avons aussi appris un poème à leur sujet :

Dans les champs de Flandre fleurissent les coquelicots
Entre les croix qui marquent notre place, rangée après rangée.

À onze heures, nous nous tenons debout auprès de notre pupitre, dans les atomes de poussière de la pâle lumière de novembre, pour garder les trois minutes de silence requis. Miss Lumley, l'air sinistre, se tient à l'avant de la classe, les têtes sont inclinées, les yeux sont clos et nous écoutons les borborygmes de notre propre corps et le tonnerre des canons dans le lointain. *Nous sommes les morts.* J'essaie de garder les yeux clos en m'efforçant de me sentir pieuse et désolée pour les soldats morts pour nous. Mais je n'arrive pas à imaginer les visages. Je n'ai jamais connu de gens morts.

Cordelia, Grace et Carol m'emmènent auprès du trou profond dans la cour de Cordelia. Je porte une robe noire et un manteau provenant de la garde-robe aux costumes. Je suis censée être Mary, reine d'Écosse, déjà décapitée. Elles me prennent par les bras et les pieds et me descendent dans le trou. Puis, elles placent les planches sur le dessus du trou. La lumière du jour disparaît, il y a un bruit de terre heurtant les planches, pelletée après pelletée. À l'intérieur du trou, c'est obscur, froid et humide ; cela sent le terrier de crapaud.

En haut, à l'extérieur, j'entends leurs voix, puis plus rien. Je reste couchée là en me demandant combien de temps cela prendra avant que je puisse sortir. Mais rien ne se passe. Lorsque l'on m'a mise dans ce trou, je savais qu'il s'agissait d'un jeu ; à présent, je sais que cela n'en est pas un. Je suis triste, j'ai l'impression d'avoir été trahie. Alors, je sens l'obscurité descendre sur moi ; puis la terreur.

Quand je pense à ce temps passé dans le trou, je n'arrive pas à me souvenir de ce qui a pu m'arriver. Je ne peux me rappeler ce que j'ai vraiment ressenti. Peut-être rien ne s'y est-il passé, peut-être que les émotions dont je me souviens ne sont pas exactes. Je sais qu'après un moment les autres sont venues me délivrer et que le jeu ou quelque autre a continué. Je n'ai pas d'image de moi-même dans ce trou ; seulement celle d'un carré noir rempli de vide, d'un carré semblable à une porte. Peut-être le carré est-il vide ; peut-être n'est-il qu'un jalon, un jalon dans le temps pour démarquer l'avant et l'après. Le moment où j'ai perdu pied. Pleurais-je lorsqu'elles sont venues me sortir du trou ? C'est probable. Néanmoins, j'en doute. Je n'arrive pas vraiment à me souvenir.

Peu de temps après cet incident, je fêtai mes neuf ans. Je me souviens de mes autres anniversaires, ceux des années qui le suivirent ou le précédèrent, mais pas de celui-là. Il y a bien dû y avoir une fête, la première vraie fête, sinon qui aurait pu venir aux autres ? Il y a bien dû y avoir un gâteau avec des bougies, des vœux, une pièce de vingt-cinq et une de dix *cents* enveloppées dans du papier paraffiné et cachées entre les couches du gâteau pour que quelqu'un s'y heurte la dent, et aussi des cadeaux. Cordelia devait y être, ainsi que Grace et Carol. Ces choses se sont certainement passées, et pourtant, la seule trace qu'elles m'aient laissée est celle d'une vague horreur pour les fêtes d'anniversaire, non pas celles des autres, mais la mienne. Je revois du glaçage de couleur pastel, des bougies roses, brûlant dans la pâle lumière d'un après-midi de novembre, et j'éprouve un sentiment de honte et d'échec.

Je ferme les yeux, j'attends les images. J'ai besoin de remplir le carré noir du temps, de revenir voir ce qu'il y a dedans. C'est comme si je m'étais évanouie à ce moment-là et que j'étais réapparue plus tard, mais différente, ne sachant pas pourquoi je me suis transformée. Si seulement je pouvais voir le dessous des planches au-dessus de ma tête, cela m'aiderait peut-être. Je ferme les yeux, j'attends les images.

Au début, il n'y a rien ; juste du noir, toujours plus loin, comme dans un tunnel. Mais après un certain temps, quelque chose prend forme : un arbrisseau de feuilles vert foncé, de fleurs violettes, d'un violet profond, d'une riche et triste couleur, et des grappes de baies rouges aussi translucides que de l'eau. Les vignes sont entrelacées, si emmêlées au-dessus des autres plants qu'elles en forment une haie. Une odeur de terreau et une autre, plus piquante, monte des feuilles, une odeur de vieilles choses, dense et lourde, oubliée. Il n'y a pas de vent et pourtant les feuilles bougent, il y a une ondulation, comme celle créée par des chats cachés ou comme si les feuilles bougeaient par elles-mêmes.

Des *baies mortelles*, de la belladone, me dis-je. Une sombre image. Il n'y a pas de belladone en novembre. Elles sont d'une espèce commune. On les enlève du jardin et on les jette. Cette plante a quelque chose de commun avec la pomme de terre, c'est ce qui explique la forme similaire de leurs fleurs. Les pommes de terre aussi peuvent être poison si on les laisse verdir au soleil. C'est le genre de choses que je sais.

Je sais qu'il ne s'agit pas du souvenir exact. Mais les fleurs, l'odeur, le mouvement des feuilles persistent, lourds, hypnotiseurs, désolants et imprégnés de regret.

V. Le tordoir

21.

Je quitte la galerie et me dirige vers l'est. Je dois faire des courses, trouver quelque chose de correct à manger, m'organiser. Lorsque je suis seule, je reviens au temps où j'oubliais de me nourrir, où je restais debout toute la nuit à travailler, où je fonctionnais jusqu'à ressentir une étrange sensation que je finissais par identifier à la faim. Puis, tel un aspirateur, je passais en revue le contenu du réfrigérateur et y siphonnais tout ce qui s'y trouvait. C'est-à-dire : des restes.

Ce matin, il y avait des œufs, mais là, il n'y en a plus. Pas plus que du lait ou du pain. Et puis comment se fait-il qu'il y ait eu des œufs, du pain et du lait, au départ ? Il doit s'agir d'une planque pour Jon ; il doit manger là quelquefois. Ou se pourrait-il qu'il ait prévu tout cela pour moi ? C'est difficile à croire.

J'achèterai des oranges et des yaourts nature. Je vais adopter une attitude positive, prendre soin de moi, me nourrir d'enzymes et de bactéries amies. Ces bonnes pensées m'occupent jusqu'à ce que je parvienne au cœur de la ville.

Eaton's était ici, juste au coin, jaune, bien carré. C'est à présent une immense construction que l'on appelle un complexe, comme si faire des courses relevait de la maladie mentale. C'est brillant, couvert de céramique, et vert comme un iceberg.

De l'autre côté de la rue, je suis en terrain familier ; c'est Simpsons, le magasin à rayons multiples. Je sais que quelque part il s'y trouve un rayon alimentation. Dans les vitrines, il y a des piles de serviettes de bain, des sofas, des fauteuils archi-rembourrés et des draps imprimés de motifs abstraits. Je me demande où tout ce linge finit bien par aboutir. Les gens transportent tout ça, en remplissent leur maison ; ce doit être l'instinct de la nidification. Une idée moins attrayante lorsqu'on a vu ça de près. Il doit bien y avoir une limite à ce que l'on peut fourrer dans une seule maison. Mais, bien entendu, c'est jetable. Avant, l'on recherchait la qualité, les choses qui duraient. On gardait ses vêtements jusqu'à ce qu'ils fassent partie de soi, on en vérifiait les coutures, la façon dont les boutons étaient cousus, on en tâtait le tissu entre le pouce et l'index.

Les vitrines suivantes montrent des mannequins à l'air maussade, le bassin projeté vers l'avant, les épaules lancées dans un sens, dans l'autre, ce qui leur donne l'air de meurtriers bossus jouant de la hache. J'imagine que cette humeur rébarbative fait partie du nouveau « look ». Sur les trottoirs, il y a de nombreux androgynes, en chair et en os, des filles habillées de vestes de cuir et de bottes rigides de garçons, les cheveux taillés en brosse ou en queue de canard ; des garçons arborant cette moue boudeuse affichée par les mannequins des pages de couverture des magazines de mode, les cheveux gélifiés en forme de plume. De loin, je n'arrive pas à faire la différence, bien qu'eux-mêmes arrivent sans doute à la faire. En leur présence, je me sens démodée.

Que recherchent-ils ? Chacun est-il l'imitation de l'autre ? Ou me font-ils cette impression parce qu'ils sont si scandaleusement jeunes ? En dépit de leur pose débonnaire, ils affichent leurs appétits insatiables à l'extérieur, comme une pieuvre ses ventouses. Ils veulent tout.

Mais j'imagine qu'à l'époque Cordelia et moi apparaissions ainsi aux gens plus âgés lorsque nous traversions la rue à cet endroit, le col relevé, les sourcils épilés en forme d'arc interrogatif, l'air crâneur dans nos bottes de caoutchouc, en affectant la plus grande nonchalance. Nous nous dirigions vers la gare Union où les trains entraient, pour y déposer vingt-cinq *cents* dans la machine à photographier, et retirer quatre photos en noir et blanc, format portefeuille. Cordelia, cigarette au coin de la bouche, paupières mi-closes, qui joue la provocation. L'ultra-chic, quoi.

Je m'engouffre dans la porte tournante et me retrouve chez Simpsons où je me sens immédiatement perdue. Ils ont tout changé. Là, il y avait de sobres comptoirs de verre encastrés de bois où l'on montrait des gants de modèles classiques, des montres-bracelets convenables, des écharpes-accessoire en tissu fleuri. D'un authentique bon goût. À présent, c'est la foire aux cosmétiques : garnitures d'argent, colonnes dorées, lumières de chapiteau, initiales de marques de la grandeur d'une tête d'homme. L'air est saturé de la puanteur des parfums qui se font concurrence. Sur des écrans vidéo, des visages au teint parfait défilent, se pomponnent, soupirent à travers leurs lèvres entrouvertes, sont caressés. Sur d'autres écrans, ce sont des plans rapprochés de pores, avant et après, des conseils pour le soin d'à peu près tout, les mains, le cou, les cuisses. Puis les coudes, surtout les coudes, car le vieillissement commence aux coudes et progresse ensuite.

Tout cela relève de la religion. Vaudou et sortilèges. Je veux y croire, aux crèmes et lotions pour rajeunir, aux onguents translucides en fiole que l'on applique comme de la colle en tube. « Ne sais-tu donc pas de quoi est faite cette mixture ? » me disait Ben. « De crêtes de coqs moulues. » Mais cela ne me décourage pas, je suis prête à essayer n'importe quoi à condition que cela marche – du jus de limace, du crachat de crapaud, de l'œil de triton, tout ce qui est susceptible de me momifier, d'arrêter le goutte à goutte du temps, de me laisser à peu près telle que je suis.

Mais je possède déjà suffisamment de pâte de ce genre pour tartiner toutes les filles de l'année terminale de mon collège qui doivent en avoir à présent autant besoin que moi. Je m'arrête, le temps de me faire asperger par une fille qui offre des giclées gratuites d'un nouveau parfum venimeux. La femme fatale est de retour. Veronica Lake court encore. Cette substance a une odeur de Kool-Aid. Je ne crois pas que cela puisse séduire autre chose qu'une mouche à fruit.

— Vous aimez cela ? dis-je à la fille. Elles doivent se sentir tellement seules, là, toute la journée, sur leurs talons hauts, à asperger des étrangers.

— C'est très apprécié, dit-elle, le regard perdu. Pour un bref moment, je me vois à travers ses yeux : une rose défraîchie, presque une matrone, à la recherche du miracle. C'est moi, le marché.

Je lui demande où se trouve le rayon alimentation et elle me l'indique. Il faut descendre. Je prends l'escalier mécanique et me retrouve à monter au lieu de descendre. C'est bête, cette erreur d'orientation ou suis-je en train de faire un saut dans le temps, ai-je déjà fait le parcours vers le bas ? Je quitte l'escalier et me retrouve naviguant au travers d'innombrables portemanteaux pleins de robes de fête pour fillettes. Celles-ci ont les cols de dentelle, les manches ballon, les larges ceintures à nœud bouffant de mon passé ; plusieurs de ces robes sont écossaises, aux sombres et authentiques couleurs de drame, des verts foncés rayés de rouge, de bleu-noir, de noir. Black Watch. Ces gens ont-ils donc oublié l'histoire, ne savent-ils rien des Écossais, ne peuvent-ils donc inventer autre chose que d'habiller des petites filles aux couleurs du désespoir, du massacre, de la trahison et du meurtre ? *Et le chemin de ma vie est tombé dans les feuilles jaunies et séchées.* Il fut un temps où nous devions apprendre par cœur. Et l'écossais était déjà à la mode de mon temps. Les bas blancs, les souliers vernis, l'éternel cadeau d'anniversaire inapproprié, roulé dans du papier de soie, les petites filles au regard évaluateur, au petit sourire hypocrite, de vraies Lady Macbeth.

À cette époque interminable où Cordelia avait tant de pouvoir sur moi, je me pelais la peau des pieds. Je faisais cela le soir, au moment où j'étais censée dormir. J'avais les pieds frais et légèrement humides, lisses comme la peau des champignons. Je commençais par les gros orteils. J'amenais mon pied à ma bouche et je pratiquais avec mes dents une petite ouverture dans la partie la plus charnue de la peau, en dessous et sur le bord extérieur. Puis, avec mes ongles, que je ne mordais jamais car à quoi bon mordre quelque chose d'insensible, je pelais la peau en bandes étroites. Je pratiquais la même chose sur l'autre orteil, puis à la demi-pointe et au talon de chaque pied. J'allais jusqu'au sang. Personne ne voyant jamais mes pieds, l'on ne pouvait soupçonner ce que je leur faisais subir. C'était douloureux de marcher, mais pas impossible. La douleur me donnait quelque chose de tangible, une chose sur laquelle me concentrer, à laquelle me raccrocher.

Je mâchouillais aussi l'extrémité de mes cheveux et, par conséquent, j'avais toujours quelque couette mouillée et en pointe. Je rongeais les cuticules de mes ongles de doigts, y laissant des zébrures d'une chair suintante et exposée qui sécherait et se détacherait par squames. Dans la baignoire ou dans l'eau de vaisselle, mes doigts apparaissaient comme rongés par des souris. Je faisais cela constamment, sans même y penser. Quant aux pieds, c'était plus délibéré.

Je me souviens avoir pensé, au moment de la naissance de mes filles, la première et l'autre ensuite, que j'aurais dû avoir plutôt des garçons. Je n'éprouvais aucune attirance pour les filles. J'ignorais comment elles se comportaient. J'ai dû craindre de les détester. Avec des fils, j'aurais su quoi faire : attraper des grenouilles, pêcher, établir des plans de guerre, courir tout autour dans la boue. J'aurais su leur montrer comment se défendre, et contre quoi. Mais le monde des fils a changé ; les garçons maintenant ont davantage le regard étonné du troglodyte qu'aveugle la lumière du soleil. « Faire un homme de toi », aurais-je dit. Je me serais retrouvée en terrain peu sûr.

Quant aux filles, les miennes en tout cas, elles semblent être nées avec quelque couche protectrice, une sorte d'immunité dont j'étais dépourvue. Elles vous regardent droit dans les yeux et jaugent, elles s'assoient à la table de la cuisine et l'air autour semble s'illuminer de leur lucidité. Elles sont saines, ou du moins c'est ce que j'aime croire. Elles sont mon salut.

Elles m'étonnent, et cela depuis le début. Lorsqu'elles étaient petites, je croyais devoir les protéger contre certaines choses qui m'appartenaient : la peur, les aspects les moins glorieux du mariage, les jours de vide. Je ne voulais leur léguer de moi aucune de ces choses dont elles avaient intérêt à se passer. Dans ces moments-là, je m'étendais sur le parquet, dans l'obscurité, les rideaux tirés et la porte close. Je disais : *Maman a la migraine. Maman est occupée*. Mais elles ne semblaient pas avoir besoin de cette protection ; elles semblaient enregistrer, regarder les choses en face, accepter. « Maman est étendue sur le plancher. Elle ira mieux demain », c'est ce que j'ai entendu Sarah dire à Anne quand l'une avait dix ans et l'autre quatre. Donc, j'allais bien. Une telle foi, comme l'on croit au lever du soleil ou aux quatre phases de la lune, me soutenait. C'est ce genre de chose qui doit encourager Dieu à continuer.

Qui sait ce qu'elles feront de moi plus tard, qui sait ce qu'elles ont déjà fait de moi. J'aimerais qu'elles soient la fin heureuse de ma propre histoire. Mais, bien sûr, elles ne peuvent être encore la fin de la leur.

Quelqu'un arrive derrière moi et une voix s'élève soudain dans le silence. Elle me surprend. « Puis-je vous aider ? » Cette fois, il s'agit d'une vendeuse plus âgée. D'âge mûr. De mon âge, me dis-je, découragée. Le mien et celui de Cordelia.

Je suis là, parmi les robes écossaises, une manche entre les doigts. Dieu sait depuis quand je suis là. Ai-je parlé à voix haute ? Ma gorge est serrée et mes pieds me font mal. Mais peu importe ce qui m'attend, je n'ai pas l'intention de dérailler au beau milieu du rayon fillettes de chez Simpsons.

— Je cherche le coin épicerie, dis-je.

Elle me fait un gentil sourire. Elle est fatiguée et je la déçois : je ne veux pas d'écossais. « Oh, il vous faut descendre, dit-elle, au sous-sol. » Et gentiment, elle m'indique le chemin.

22.

La porte noire s'ouvre. Je suis assise dans l'odeur de crottes de souris et de formol de l'Institut, sur l'appui-fenêtre. La chaleur du calorifère monte le long de mes jambes, tandis que je regarde par la fenêtre les fées, les lutins, les boules de neige qui avancent péniblement dans le grésil au rythme de « Jingle Bells » joué par une fanfare. Les fées se présentent écrasées, endommagées et bariolées par la poussière et la pluie sur la vitre où la buée de mon haleine forme des ronds. Mon frère n'est pas là, il se trouve trop grand. C'est ce qu'il a dit. Je dispose donc de tout l'appui-fenêtre.

Sur le bord suivant, Cordelia, Grace et Carol sont assises, collées les unes contre les autres. Elles rigolent et chuchotent. Je dois m'asseoir seule sur cet appui-fenêtre parce qu'elles ne me parlent plus. J'ai dit quelque chose de mal, mais j'ignore ce que c'est puisqu'elles ne veulent rien me dire. Cordelia dit qu'il vaut mieux que je repense à tout ce que j'ai dit dans la journée et que j'essaie de trouver la faute par moi-même. De cette façon, j'apprendrai à ne pas la recommettre. Lorsque j'aurai trouvé, elles me reparleront. Tout ceci est pour mon bien, elles sont mes amies et elles désirent que je m'améliore. C'est à tout cela que je réfléchis tandis que défile la fanfare des joueurs de cornemuse en bonnets de fourrure détrempés, et les majorettes aux jambes nues, au sourire rouge et aux cheveux dégoulinants. Qu'ai-je donc dit de mal ? Je ne me rappelle pas avoir dit autre chose que ce que j'ai l'habitude de dire.

Mon père, habillé de sa blouse blanche de laboratoire, entre dans la pièce. Il travaille dans une autre partie de l'Institut, mais il est venu voir ce que nous faisons. « Ça vous plaît le défilé, les filles ? » dit-il.

— Oh, oui, merci, dit Carol avec un petit rire. « Oui, merci », dit Grace. Moi je ne dis rien. Cordelia descend de son appui-fenêtre et se glisse sur le mien en se collant tout contre moi.

— Nous nous amusons beaucoup, merci beaucoup, dit-elle de sa voix d'adulte. Mes parents trouvent qu'elle a de très bonnes manières. Elle passe un bras autour de moi, me serre un peu, un geste de complicité, de rappel à l'ordre. Tout ira bien à la condition que je ne bouge pas, que je ne dise rien, que je ne révèle rien. Je serai alors épargnée, acceptable encore une fois. Je souris, frémissante de soulagement et de reconnaissance.

Mais dès que mon père a franchi la porte, Cordelia se tourne vers moi. Son expression est plus triste que colérique. Elle secoue la tête : « Comment as-tu pu ? » dit-elle. « Comment as-tu pu être aussi impolie ? Tu sais ce que cela veut dire pour toi, n'est-ce pas ? J'ai bien peur qu'il faille te punir. Qu'as-tu à dire pour ta défense ? » Je n'ai rien à dire.

Je suis debout, devant la porte fermée de la chambre de Cordelia. Cordelia, Grace et Carol sont à l'intérieur. Elles tiennent conseil. Un conseil qui me concerne. Car je ne suis tout simplement pas à la hauteur, bien qu'elles m'en donnent toutes les chances. Je devrai faire mieux. Mais en quoi ?

Perdie et Mirrie montent l'escalier et arrivent dans le couloir, du haut de leur grand âge. J'ai hâte d'être aussi âgée. Je vois bien qu'elles sont les seules personnes à avoir quelque vrai pouvoir sur Cordelia. Je les sens mes alliées ; ou du moins, je pense qu'elles le seraient si elles savaient. Mais savoir quoi ? Moi-même je ne sais pas à quoi m'en tenir.

— Bonjour Elaine, disent-elles. Puis : « Quel est le petit jeu aujourd'hui ? Cache-cache ? »

— Je ne sais pas, dis-je. Elles me sourient, condescendantes et gentilles, puis se dirigent vers leur chambre où elles se couperont les ongles d'orteils et se parleront de choses qui appartiennent au monde des grandes personnes.

Je m'appuie contre le mur. De derrière la porte me parvient le murmure indistinct des voix, des rires, complices, exubérants. La Mama de Cordelia passe en se fredonnant un petit air. Elle porte sa blouse de peintre. Il y a une tache de vert pomme sur sa joue. Elle me sourit, d'un sourire d'ange, doux mais distant.

« Bonjour, ma chérie, dit-elle. Tu diras à Cordelia qu'il y a des biscuits pour vous, les filles, dans la boîte. »

— Tu peux entrer à présent, dit la voix de Cordelia de derrière la porte. Je regarde la porte fermée, la poignée, et ma main qui s'y dirige comme si elle ne m'appartenait pas.

C'est comme ça que les choses se passent. C'est le genre de choses que les filles de cet âge se font les unes aux autres, ou se faisaient alors, mais je n'en avais pas l'habitude. Lorsque mes filles avaient atteint cet âge, l'âge de neuf ans, je me suis mise à les observer avec inquiétude. Je cherchais les morsures sur leurs doigts, j'examinais leurs pieds, leurs cheveux. Je leur posais des questions suggestives : « Est-ce que tout va bien ? Les amies sont-elles gentilles avec vous ? » Elles, elles me regardaient, l'air de ne rien comprendre à mon regard inquiet, et se demandaient pourquoi j'étais si anxieuse. Je me disais qu'un jour ou l'autre elles finiraient par se trahir, par des cauchemars la nuit, par des idées noires. Mais je ne surprenais rien, peut-être parce qu'elles étaient aussi habiles que moi à tout masquer. Lorsque leurs amies arrivaient à la maison pour jouer, je guettais des signes d'hypocrisie sur leur visage. De ma cuisine, j'écoutais les voix qui me parvenaient de la pièce voisine. Je croyais pouvoir les surprendre. Ou peut-être était-ce pire que ce que j'imaginais. Mes filles pratiquaient-elles cela sur quelqu'un d'autre ? Ce qui expliquerait leur suavité, l'absence des doigts rongés, leur regard bleu soutenu.

La plupart des mères s'inquiètent lorsque leur fille arrive à l'adolescence. Pour moi, ce fut le contraire. Je me détendis, je soupirai d'aise. Les petites filles ne sont petites et mignonnes qu'aux yeux des adultes. Entre elles, elles ne sont pas si mignonnes. Elles sont grandeur nature.

Il fait de plus en plus froid. Je me couche en chien de fusil, les genoux rapprochés le plus près possible du corps. Je pèle la peau de mes pieds ; je peux le faire sans même regarder, juste par le toucher. Je m'inquiète de ce que j'ai dit aujourd'hui, de l'expression sur mon visage, de ma façon de marcher, de ce que je porte, parce que toutes ces choses doivent être améliorées. Je ne suis pas normale, je ne suis pas comme les autres filles. C'est Cordelia qui me l'a dit, mais elle va m'aider. Carol et Grace aussi. Mais cela prendra beaucoup de temps et d'efforts.

Le matin, je sors du lit, mets mes vêtements, le porte-jarretelles empesé, les bas à côtes, le chandail de laine usé, la jupe écossaise. Dans mon souvenir, ces vêtements sont froids. Ils l'étaient sans doute.

Je mets mes souliers sur mes bas et mes pieds pelés.

Je vais à la cuisine où ma mère prépare le petit déjeuner. Il y a là une casserole avec du gruau, des céréales Red River, des flocons d'avoine, du Cream of Wheat et une cafetière automatique. J'appuie les bras sur la cuisinière et j'observe la bouillie d'avoine qui bouillonne et s'épaissit. Des bulles molles montent, une à une, puis relâchent leurs petites bouffées de vapeur. Ce gruau ressemble à de la boue en ébullition. Je sais que lorsqu'il sera temps de le manger, j'aurai du mal : mon estomac se contractera, mes mains deviendront froides, ce sera difficile d'avaler. Dans ma cage thoracique, il y a comme une boule. Pourtant, j'avalerai le gruau parce que c'est ce qu'on attend de moi.

Ou bien, je surveille la cafetière automatique. Ce qui est mieux encore parce que je peux tout voir : les bulles minuscules s'amassant sous l'ombrelle de verre renversée, hésitantes, puis la colonne d'eau se précipitant vers le haut à travers la tige, retombant sur le café dans son panier métallique, les gouttes de café tombant une à une dans l'eau claire, la teintant de brun.

Ou bien, assise à la table du grille-pain, je fais les toasts. Dans chacune de nos cuillers, il y a une capsule jaune foncé d'huile de foie de morue dont la forme rappelle celle d'un petit ballon de football. Il y a aussi les assiettes, d'un blanc brillant, et les verres de jus de fruits. Le grille-pain repose sur un sous-plat d'argent. Il y a deux rabats, dotés d'un bouton au bas de chacun, et un élément central qui devient rouge feu. Lorsque la tranche est prête d'un côté, je tourne les boutons, les petits rabats s'ouvrent, et la tranche glisse et se retourne d'elle-même. Il m'arrive d'avoir envie de mettre mon doigt là-dedans, sur la grille rouge feu.

Tout ceci ne fait que ralentir, retarder le moment où je devrai quitter le havre de la cuisine. Mais quoi que je fasse et malgré moi, j'enfile le pantalon de mon ensemble de ski, je tasse ma jupe entre mes jambes, je tire fermement sur les chaussettes de laine épaisse enfilées sur mes chaussures et j'enfonce mes pieds dans mes bottes. Manteau, écharpe, mitaines, bonnet de laine, je suis enchâssée, embrassée, la porte s'ouvre, se referme derrière moi et l'air frais s'engouffre dans mon nez. Je marche comme un canard à travers le verger de pommiers dénudés, les jambes de mon pantalon claquant l'une contre l'autre, et ainsi jusqu'à l'arrêt d'autobus.

Grace s'y trouve déjà, ainsi que Carol, et surtout Cordelia. Une fois hors de la maison, je ne peux leur échapper. Elles sont dans l'autobus où Cordelia se tient près de moi et me murmure à l'oreille : « Tiens-toi droite ! Les gens regardent ! » Carol, qui est dans ma classe, est chargée de rapporter à Cordelia tout ce que je fais et dis au cours de la journée. Je les retrouve à la récréation et au sous-sol pour le déjeuner. Elles observent mon menu, ma façon de tenir mon sandwich, ma façon de mâcher. Sur le chemin de la maison, je dois passer devant elles, ou derrière. Marcher devant est pire parce qu'elles commentent la façon dont j'avance et l'allure que j'ai par-derrière. « Redresse les épaules, dit Cordelia. Ne bouge pas les bras comme ça. »

Mais elles ne font jamais leurs remarques en présence d'autres personnes, même pas devant d'autres enfants : ce qui se passe se passe en secret, entre nous quatre exclusivement. Ce secret est important, ça, je le sais : le révéler serait la plus grande, la plus impardonnable des fautes. Car, si je parle, je serai exclue du groupe pour toujours.

Néanmoins, Cordelia n'agit pas ainsi, ou n'exerce pas ce pouvoir sur moi parce qu'elle est mon ennemie. Loin de là. Et je suis capable d'identifier un ennemi. Il y en a dans la cour de l'école, ils se crient des choses et, si ce sont des garçons, ils se battent. À la guerre, il y avait des ennemis. Nos garçons et ceux de Notre-Dame du Perpétuel Secours sont des ennemis. Aux ennemis, on jette des boules de neige et on se réjouit lorsqu'on les attrape. Face aux ennemis, on peut ressentir de la haine et de la colère. Mais Cordelia est mon amie. Elle m'aime, elle me veut du bien, elles me veulent toutes du bien. Ce sont mes amies, mes amies de cœur, mes meilleures amies. Je n'en ai jamais eu auparavant et je suis terrorisée à l'idée de les perdre. Je veux plaire.

La haine aurait été plus facile. Avec la haine, j'aurais su comment me comporter. Elle est transparente, froide comme le métal, directe, inébranlable, contrairement à l'amour.

23.

Rien de tout cela n'est inexorable.

Certains jours, Cordelia décide que c'est au tour de Carol d'être améliorée. Après l'école, sur le chemin du retour à la maison, je suis invitée à me joindre à Grace et à Cordelia, Carol à la remorque, pour réfléchir aux fautes que cette dernière aurait pu commettre. « Carol est une Mademoiselle Je-sais-tout », dit Cordelia. Dans ces occasions, je n'éprouve aucune pitié pour Carol. Elle mérite ce qui lui arrive à cause de toutes les fois où elle m'a servi la même chose. Je suis heureuse que ce soit son tour plutôt que le mien.

Mais ces moments-là ne durent jamais bien longtemps. Carol pleure facilement, bruyamment, et elle se laisse emporter par ses propres émotions. Elle attire l'attention et on ne peut pas se fier à sa discrétion. Il y a du laisser-aller chez elle, on peut la pousser à bout, son sens de l'honneur est faible, on ne peut se fier à elle que comme informatrice. Si cela est évident pour moi, ce l'est certainement encore plus pour Cordelia.

D'autres jours se déroulent normalement. Cordelia semble oublier d'améliorer qui que ce soit et il m'arrive de croire qu'elle a peut-être démissionné. On s'attend à ce que je me comporte comme si rien ne s'était passé. Mais cela m'est difficile parce que la sensation d'être surveillée ne me quitte jamais. À n'importe quel moment, je risque de franchir quelque ligne dont j'ignore même l'existence.

L'année dernière, après l'école ou les fins de semaine, je ne restais presque jamais à la maison de mon plein gré. À présent, je tiens à rester. Je me trouve des excuses pour ne pas sortir et aller jouer. J'appelle encore cela jouer.

— Je dois aider ma mère, dis-je. C'est un prétexte plausible. Il arrive que les filles doivent aider leur mère ; Grace, entre autres, doit aider sa mère. C'est moins vrai que je ne le souhaiterais. Ma mère ne s'attarde pas beaucoup aux travaux ménagers ; elle préfère ratisser les feuilles à l'automne, pelleter la neige en hiver, sarcler les mauvaises herbes au printemps. Quand je l'aide, je la retarde. Pourtant, je traîne dans la cuisine en disant : « Est-ce que je peux faire quelque chose ? », jusqu'à ce qu'elle me donne un chiffon et me dise d'épousseter les pieds sculptés de la table de la salle à manger ou le bord des étagères des bibliothèques. Ou bien, je coupe des dattes, hache des noix, graisse des moules à muffins avec un morceau de papier paraffiné arraché à l'emballage d'une motte de Crisco[1] ; ou encore je rince le linge de la lessive.

J'aime rincer le linge. La buanderie est petite et renfermée, secrète, souterraine. Sur les tablettes, il y a des paquets de poudres étranges et puissantes : de l'empois en petites formes tordues comme des fientes d'oiseau, du bleu de lessive pour rendre le linge plus blanc, des barres de savon Sunlight, une bouteille d'eau de Javel, illustrée d'un crâne et d'ossements, qui pue les installations sanitaires et la mort.

La machine elle-même est de forme tubulaire en émail blanc, une carcasse montée sur quatre pattes peu solides. Elle danse lentement sur le plancher, *plouc et floc, plouc et floc*, les vêtements et l'eau savonneuse y bougent de façon paresseuse, comme un gruau de tissu. Je surveille le tout, les mains sur le banc du châssis, le menton sur les mains, le corps entraîné par le mouvement giratoire, la tête vide. L'eau devient grise. Et à la vue de cette saleté extirpée, j'éprouve de la fierté. Comme si c'était là mon œuvre, par le simple fait de regarder.

Mon travail consiste à faire passer les vêtements du tordoir dans un premier évier rempli d'eau propre, puis dans un deuxième pour un deuxième rinçage, et enfin dans le panier à lessive qui craque. Après quoi

1. Crisco : graisse végétale.

ma mère emporte le linge dehors pour l'étendre sur une corde avec des épingles de bois. Il m'arrive de faire cela aussi. Sous l'action du froid, les vêtements gèlent dur, aussi dur que du contreplaqué. Un jour, un petit garçon du voisinage ramasse des crottes de cheval sous le passage de la voiture du laitier et les glisse dans la poche que font les draps blancs suspendus pliés en deux, fraîchement lavés. Tous les draps sont blancs, et le lait provient des chevaux !

Le tordoir consiste en deux rouleaux de caoutchouc, couleur chair pâle, et qui tournent et tournent. Ils pressent les vêtements d'où l'eau et le savon giclent comme du jus. Je relève mes manches, je me tiens sur la pointe des pieds, je farfouille dans la lessiveuse et soulève les sous-vêtements, les combinaisons, les pyjamas dégoulinants, avec la sensation d'une chose que l'on pourrait toucher juste avant de s'apercevoir qu'il s'agit d'un noyé. Je ramène les extrémités des vêtements au centre des rouleaux qui les coincent et les avalent, les bras des chemises gonflés par l'air bloqué, les manchettes ruisselantes de savon. On m'a recommandé de faire très attention lorsque je fais cela : des femmes se font happer les mains, d'autres parties du corps aussi, comme les cheveux par exemple. Je pense à ce qui arriverait à ma main si elle se faisait happer : du sang et de la chair remonteraient dans mon bras sous la forme d'une bulle mobile, la main ressortirait de l'autre côté, aussi aplatie qu'un gant et blanche comme du papier. Au début, cela ferait très mal, ça, je le sais. Mais il y a là un attrait irrésistible. Toute une personne pourrait passer dans le tordoir et en ressortir aplatie, propre, entière, comme une fleur mise à sécher dans un livre.

— Tu viens jouer dehors ? demande Cordelia en revenant de l'école.

— Je dois aider ma mère, dis-je.

— Encore ? s'exclame Grace. Comment se fait-il qu'elle doive aider aussi souvent ? Elle n'avait pas l'habitude de faire cela. En présence de Cordelia, Grace parle maintenant de moi à la troisième personne, comme une adulte à une autre adulte.

Je songe à dire que ma mère est malade, mais cette dernière est si évidemment en bonne santé que je ne m'en tirerais pas si facilement.

— Elle se croit trop bien pour nous, observe Cordelia. Puis, en se tournant vers moi : « Te crois-tu trop bien pour nous ? »

— Non, dis-je. Il est vilain de se voir ainsi.

— Nous allons demander à ta mère si tu peux jouer avec nous, décide Cordelia qui reprend sa voix intéressée et amicale. « Elle ne peut te faire travailler tout le temps. Ce n'est pas juste. »

Et ma mère sourit, dit oui, comme si elle était heureuse de me voir aussi populaire. Je suis enlevée à mes moules à muffins, au tordoir de la machine à laver et poussée dehors.

Les dimanches, je me rends à l'église qui a un clocher en forme d'oignon, coincée dans l'automobile des Smeath en compagnie de tous les Smeath, Mr Smeath, Mrs Smeath, tante Mildred et les jeunes sœurs de Grace dont les narines, tout au long de l'hiver, sont constamment obstruées par une morve d'un vert jaunâtre. Mrs Smeath semble satisfaite de cet arrangement. Elle est satisfaite d'elle-même parce qu'elle se donne tant de mal, parce qu'elle fait la charité. Mais elle ne l'est pas tellement de moi. Je le vois à la ride qui se forme entre ses sourcils lorsqu'elle me regarde, même si elle sourit de ses lèvres serrées et qu'elle me demande constamment si je n'aimerais pas emmener mon frère la prochaine fois, ou encore mes parents ? Je me concentre sur sa poitrine, sur son sein unique qui descend jusqu'à la taille, en dessous duquel bat son cœur rouge foncé marqué de noir, haletant, haletant comme un poisson sur la grève, puis je secoue la tête, honteuse. Je n'ai pas réussi à entraîner les autres membres de ma famille, cela ne joue pas en ma faveur.

J'ai appris par cœur les noms de tous les livres de la Bible, dans l'ordre, et les Dix Commandements, le Notre Père et la plupart des Béatitudes. J'ai obtenu dix sur dix pour les questions sur la Bible et pour ce qu'il fallait apprendre par cœur, mais je commence à flancher. À l'École du dimanche, nous devons nous lever et réciter à voix haute devant tous les autres et Grace me surveille. Elle surveille tout ce que je fais le dimanche et raconte tout à Cordelia comme si ça allait de soi.

— Hier, à l'École du dimanche, elle ne s'est pas tenue droite. Ou encore : « Elle a fait sa petite sainte. » Je crois que tout ce qu'elle dit est vrai : mes épaules sont affaissées, ma colonne vertébrale est molle, mon air vertueux a quelque chose de faux, je me vois traîner les pieds, courbée, je fais un effort pour me redresser, le corps raidi par l'angoisse. Encore une fois, c'est vrai, j'ai obtenu dix sur dix tandis que Grace a eu un neuf. Est-ce mal d'avoir réussi ? Jusqu'à quel point devrais-je réussir pour être parfaite ? La semaine suivante, je fais exprès de donner cinq mauvaises réponses.

— Elle n'a obtenu que cinq sur dix pour sa leçon sur la Bible, dit Grace le lundi suivant.

— Elle est de plus en plus stupide, dit Cordelia. « Mais tu n'es pas aussi stupide que tu en as l'air. Il va falloir faire mieux que ça ! »

Aujourd'hui, c'est le dimanche du cadeau blanc. Tous ont apporté de la maison, pour les pauvres, des boîtes de nourriture en conserve enveloppées dans du papier de soie blanc. Les miennes sont des boîtes de soupe aux pois Habitant et du Spam. Je me doute bien que ce n'est pas ce qu'il fallait apporter, mais c'est ce que ma mère avait dans l'armoire à provisions. Cette idée du cadeau blanc m'embête : des cadeaux si durs, rendus uniformes, privés de leur identité et de leurs couleurs. On dirait des choses mortes. Ces paquets, enveloppés de papier de soie, blancs et sinistres, empilés à l'avant de l'église, pourraient contenir n'importe quoi.

Grace et moi sommes assises sur les bancs de bois au sous-sol de l'église, en train de regarder les diapositives lumineuses sur le mur et de chanter les paroles des chants tandis que le piano nous accompagne péniblement dans l'obscurité :

Jesus bids us shine
With a pure, clear light,
Like a little candle
Burning in the night :
In this world is darkness ;
So let us shine,
You in your small corner,
And I in mine[1].

---

1. Comme un petit cierge / Brûlant dans la nuit / Jésus nous commande de briller / D'une pure et limpide lumière / Dans ce monde des ténèbres / Brillons / Toi, dans ton petit coin / Et Moi, dans le mien. /

Je veux briller comme un petit cierge. Je veux être bonne, obéir aux enseignements, faire ce que Jésus commande de faire. Je veux croire que nous devons aimer notre prochain comme nous-mêmes et que le Royaume des cieux est en nous. Mais tout cela m'apparaît de plus en plus impossible.

Dans l'obscurité, j'aperçois une lueur à côté. Ce n'est pas une bougie : c'est la lumière réfléchie dans les lunettes de Grace et qui provient du mur. Elle connaît les mots par cœur, elle n'a même pas à regarder l'écran. Elle m'observe.

Après l'église, je pars en compagnie des Smeath par les rues désertes du dimanche, observer les monotones manœuvres d'aiguillage des trains qui vont et viennent sur la grande plaine grise, auprès du grand lac plat. Puis je retourne avec eux à la maison pour le déjeuner du dimanche. C'est ainsi que cela se passe tous les dimanches. Cela fait partie du rituel de l'église et ce serait très mal de dire non à l'une ou l'autre de ces activités.

J'ai pris les habitudes de la maison. Je monte l'escalier, passe devant le caoutchouc, sans y toucher, me dirige vers la salle de bains des Smeath, compte quatre carrés de papier toilette et me lave ensuite les mains avec le savon noir et rugueux des Smeath. Désormais, on n'a plus à me prévenir : j'incline la tête automatiquement au moment où Grace dit : « Merci Seigneur pour ce que nous allons recevoir. Amen. »

— Fèves au lard, plat musical, plus on en mange, plus on en siffle, dit Mr Smeath en souriant à toute la tablée. Mrs Smeath et tante Mildred ne trouvent pas cela drôle du tout. Les petites le regardent d'un air grave. Elles ont toutes deux des lunettes, un teint blanc marqué de taches de rousseur et des rubans du dimanche à l'extrémité de leurs tresses, tout comme Grace d'ailleurs.

— Lloyd, dit Mrs Smeath.

— Allons, c'est inoffensif, dit Mr Smeath. Puis il me regarde droit dans les yeux. « Elaine trouve ça drôle. Pas vrai, Elaine ? »

Me voilà en mauvaise posture. Qu'est-ce que je pourrais dire ? Si je dis oui, je me range avec lui contre Mrs Smeath, tante Mildred et toutes les filles Smeath, y compris Grace. Je me sens devenir toute rouge, puis pâlir. Mais Mr Smeath continue à me sourire, d'un sourire de conspirateur.

— Je ne sais pas, dis-je. La vraie réponse est non parce qu'en réalité je ne comprends pas cette blague. Pourtant, je ne me résous pas à abandonner Mr Smeath tout à fait. C'est un petit homme chauve et mou, mais c'est tout de même un homme. Et il ne me juge pas.

Le lendemain matin, dans l'autobus scolaire, Grace rapporte l'incident à Cordelia d'une voix à peine audible « Elle a dit qu'elle ne savait pas. »

— Qu'est-ce que c'est que cette réponse ? demande Cordelia sèchement. « Ou tu trouves ça drôle, ou tu ne trouves pas ça drôle du tout. Pourquoi as-tu dit que tu ne savais pas ? »

Je dis la vérité. « Je ne sais pas ce que cela veut dire. »

— Mais de quel *cela* parles-tu ?

— Du plat musical, dis-je. « Plus on siffle. » À présent, mon ignorance me place vraiment dans l'embarras. Ne pas savoir ! Je ne pouvais faire pire.

Cordelia a un rire méprisant. « Tu ne sais pas ce que *cela* veut dire ? dit-elle. Quelle conne ! Ça veut dire péter. Les fèves font *péter*. Tout le monde sait ça. »

Me voilà doublement mortifiée. Non seulement, j'ignorais cela, mais Mr Smeath a prononcé le mot *péter* au déjeuner du dimanche, m'a enrôlée de son côté, et je n'ai pas refusé. Ce n'est pas tant le mot lui-même qui me rend honteuse. J'y suis habituée, mon frère et ses amis l'utilisent souvent en l'absence des adultes. C'est l'emploi du mot à la table des Smeath, bastion de la vertu.

Mais, intérieurement, je ne me repens pas. Ma loyauté envers Mr Smeath ne diffère pas de celle accordée à mon frère : tous deux appartiennent au monde des yeux de bœuf dans le formol, de la crotte d'orteil sous le microscope, au monde de l'outrage et de la subversion. Mais l'outrage envers qui ? La subversion de quoi ? Sont visées Grace et Mrs Smeath, les dames de papier bien soignées et collées dans nos albums. Ce camp auquel Cordelia devrait appartenir. Ce qui est parfois le cas, et d'autres fois pas. C'est difficile de savoir.

24.

Le matin, nous trouvons le lait gelé, la crème pointe hors du goulot en colonnes granuleuses et glacées. Miss Lumley se penche sur mon pupitre, entourée de l'aura triste de son invisible culotte bouffante bleu marine. La peau de son visage s'affaisse de chaque côté du nez, comme les bajoues d'un bouledogue, et il y a un peu de salive séchée au coin de sa bouche. « Votre écriture se détériore », dit-elle. Je regarde ma page, consternée. C'est vrai, elle a raison : les lettres ne sont plus rondes et élégantes mais hachurées, nerveuses et enlaidies par des taches d'encre d'un noir rouillé là où j'ai trop appuyé sur la pointe d'acier. « Appliquez-vous un peu plus. » Mes doigts se rétractent. Je crois qu'elle regarde les bords rongés de la peau. Tout ce qu'elle dit, tout ce que je fais, Carol l'entend, le voit, et elle le rapportera plus tard.

Cordelia joue dans une pièce et nous allons la voir. Pour moi, c'est ma première pièce et je devrais m'en réjouir. Mais au lieu de cela, je me sens remplie d'angoisse parce que je ne connais rien à l'étiquette d'une sortie au théâtre et que je commettrai certainement quelque impair. La pièce se joue à l'auditorium d'Eaton's où les rideaux de scène sont bleus et rayés de bandes de velours noir à l'horizontale. Le rideau s'ouvre sur la pièce : *Le vent dans les saules*. Tous les acteurs sont des enfants. Cordelia est une belette, mais comme elle est habillée d'un costume de belette et d'une tête de belette, il est impossible de la distinguer de toutes les autres belettes. Assise dans le fauteuil de peluche, je me ronge les doigts, je m'étire le cou pour essayer de l'identifier. La savoir là, sans savoir où exactement, et la pire des situations. Elle pourrait se trouver n'importe où.

La radio s'emplit d'une musique sirupeuse : « I'm dreaming of a White Christmas » et « Rudolph the Red-Nosed Reindeer » que nous devons chanter à l'école, debout près de notre pupitre, en compagnie de Miss Lumley qui donne la note sur son diapason et bat la mesure avec cette même règle de bois qui lui sert à taper sur les mains des garçons chahuteurs. Rudolph m'ennuie. Quelque chose chez lui ne va pas.

Mais, en même temps, il me donne de l'espoir car il finit par être aimé.

Nous fabriquons des cloches de papier rouge avec du papier pour travaux manuels. Nous plions le papier en deux avant d'en découper la forme, puis nous procédons de la même façon pour fabriquer des bonshommes de neige. C'est conforme au goût symétrique de Miss Lumley : tout se plie, tout a deux côtés, un gauche et un droit, identiques.

Je participe à ces activités festives dans un état proche du somnambulisme. Je ne m'intéresse ni aux cloches, ni aux bonshommes de neige et encore moins au Père Noël depuis que Cordelia m'a dit qu'il s'agissait de nos parents. Il y a une fête de Noël en classe qui consiste à manger en silence à nos pupitres des biscuits apportés de la maison et des dragées à la gelée de sucre de diverses couleurs, cinq par enfant, fournies par Miss Lumley. Elle connaît les conventions et s'y conforme strictement.

À Noël, je reçois en cadeau une poupée Barbara Ann Scott que j'avais demandée. Il fallait bien demander quelque chose et, d'une certaine façon, je désirais vraiment cette poupée. Jusque-là, je n'ai encore jamais eu de poupée aux formes féminines. Barbara Ann Scott est une patineuse célèbre, très célèbre. Elle a gagné des prix. J'ai bien regardé ses photos dans les journaux.

Sa poupée porte des petits patins de similicuir, un costume garni de fourrure, rose avec de la fourrure blanche, des yeux frangés de cils qui s'ouvrent et se ferment, mais cela ne ressemble en rien à Barbara Ann Scott. D'après les photos, elle est musclée et a de grosses cuisses. La poupée est effilée comme un bâton. Barbara est une femme et la poupée est une fille. Elle est dotée du pouvoir inquiétant des effigies, cette apparence de vie qui me fait frissonner d'horreur. Je la replace dans sa boîte de carton et l'emmaillote dans son papier de soie, jusque sur le visage. Je dis que je fais cela pour la protéger, mais en fait, ce que je désire, c'est me soustraire à son regard.

Au-dessus de notre sofa, il y a un filet de badminton drapé au mur. Dans les mailles, mes parents ont suspendu leurs cartes de vœux pour Noël. Je ne connais personne qui ait un filet de badminton suspendu au mur. L'arbre de Noël de Cordelia ne ressemble à aucun autre : il est couvert de cheveux d'ange aériens, et toutes les décorations et les lumières sont bleues. Elle peut se permettre de tels écarts à la norme, pas moi. Je sais que, tôt ou tard, je devrai payer pour ce filet de badminton.

Nous sommes à table pour le dîner de Noël. Avec nous se trouve un étudiant de mon père qui est venu de l'Inde pour étudier les insectes et qui n'a encore jamais vu de neige. Nous l'avons invité à ce dîner parce qu'il est étranger, qu'il est loin de chez lui, qu'il se sentira seul, et qu'ils n'ont même pas de Noël chez eux. C'est notre mère qui nous a déjà expliqué tout cela. Il est poli, mal à l'aise, et il rit souvent en regardant, avec ce que je perçois comme de la terreur, les plats disposés devant lui : les pommes de terre en purée, la sauce, la salade très colorée au Jello rouge et vert, l'énorme dinde. Ma mère a dit aussi que la nourriture là-bas était différente. Je sais que, malgré ses sourires et sa politesse, il est mal à l'aise. Je commence à reconnaître ce genre de chose, je peux à présent démasquer le malaise caché chez les autres, sans effort ou presque.

Mon père, assis au bout de la table, rayonne de satisfaction comme le Jolly Green Giant. Il lève son verre et ses yeux de farfadet lancent des éclairs. « Très cher Monsieur Banerji », dit-il. Il a toujours donné du Monsieur et Mademoiselle à ses étudiants. « On ne vole pas avec une seule aile. »

Mr Banerji rit nerveusement et dit de sa voix d'annonceur de la BBC : « C'est tout à fait vrai, Monsieur. » Il lève son verre et boit. Dans le verre, il y a du vin. Dans les nôtres, celui de mon frère et le mien, il y a du jus de canneberge. L'an dernier ou l'année d'avant, nous aurions peut-être attaché ensemble nos lacets de chaussures sous la table pour nous faire des signes de connivence à l'aide de petites tractions et de secousses mais, pour diverses raisons, nous n'en sommes plus là.

Mon père recueille la farce avec une louche, répartit les tranches de viande blanche et brune ; ma mère sert les pommes de terre, la sauce de canneberge et demande à Mr Banergi, en articulant bien, s'il y a des dindes dans son pays. Il dit qu'il ne le croit pas. Je suis assise en face de lui, les pieds ballants dans le vide, le dévisageant, captivée. Ses poignets agiles sortent de ses larges manchettes, ses mains sont longues et fines, aux ongles rongés comme les miennes. Avec son teint brun, ses dents blanches et brillantes, ses yeux sombres et impressionnants, je le trouve très beau. Il y a un enfant de cette couleur dans la ronde d'enfants qui illustre la page de couverture du journal de l'École du dimanche. Des enfants jaunes, bruns, tous habillés de costumes différents, et qui dansent autour de Jésus. Mais Mr Banerji porte un veston et une cravate comme tous les autres hommes. Par ailleurs, j'arrive difficilement à le prendre pour un homme. Il n'en a pas tellement l'air. Il est plutôt dans mon genre : distant et inquiet. Il a peur de nous. Il ne sait pas à quoi s'attendre, à quelles choses impossibles nous le soumettrons, ce que nous lui demanderons de manger. Pas étonnant qu'il se ronge les ongles.

— Monsieur, un peu de la viande du sternum ? lui demande mon père. À ce mot, Mr Banerji se rassérène.

— Ah ! le sternum, dit-il. Et je sais que tous deux viennent d'entrer dans leur monde de la biologie.

Celui-ci offre un refuge contre le monde réel et embarrassant des manières et des silences auquel nous participons en ce moment. Au fur et à mesure que mon père dépèce la volaille, il nous indique, mais en s'adressant tout particulièrement à Mr Banerji, les endroits où les muscles élévateurs connectent. Il se sert de la fourchette à dépecer comme d'un indicateur. Évidemment, dit-il, la dinde domestique a perdu son aptitude à voler :

— *Meleagris gallopavo*, dit-il. Mr Banerji se penche ; le latin l'intéresse. « Un animal avec un cerveau de la grosseur d'un pois ou, devrait-on dire, avec une cervelle d'oiseau, et élevé pour sa tendance à prendre du poids, surtout sur les cuisses – il indique celles-ci – mais certainement pas pour son intelligence. Ce sont les Mayas qui les ont domestiquées en premier. » Il raconte l'histoire d'une ferme d'élevage de dindes où toutes les dindes sont mortes parce qu'au cours d'un orage elles ont été trop stupides pour se mettre à l'abri. À la place, elles sont restées dehors, le bec grand ouvert et, gorgées de pluie, elles se sont noyées. Il dit que les fermiers racontent cette histoire, mais qu'ils l'ont probablement inventée, bien que la stupidité de l'animal soit légendaire. Il ajoute aussi que la dinde sauvage, déjà en abondance dans les forêts de feuillus de nos régions, est beaucoup plus intelligente, et peut même leurrer des chasseurs avertis. Elle peut aussi voler.

Assise là, je picore dans mon assiette pendant que Mr Banerji picore dans la sienne. Nous avons tous deux poussé notre purée sur le bord de l'assiette, sans avoir mangé beaucoup. Les choses sauvages sont plus intelligentes que les choses apprivoisées, cela semble assez clair. Les choses sauvages sont insaisissables, astucieuses, et savent prendre soin d'elles-mêmes. Je me dis que les gens appartiennent à deux catégories : l'apprivoisée et la sauvage. Ma mère, à la catégorie sauvage. Mon père et mon frère aussi ; Mr Banerji, à la catégorie sauvage aussi, mais d'une façon plus peureuse. Carol, à la catégorie apprivoisée. Grace aussi, bien qu'avec quelques vestiges de la race sauvage. Cordelia, elle, purement et simplement sauvage.

— Il n'y a pas de limites à l'avidité humaine, dit mon père.

— Vraiment, Monsieur ? dit Mr Banerji alors que mon père poursuit en rapportant qu'il a entendu dire qu'un abruti travaillait à produire une dinde dotée de quatre cuisses au lieu de deux cuisses et deux ailes parce qu'il y a plus de viande sur les cuisses.

— Mais, Monsieur, comment une telle créature marcherait-elle ? demande Mr Banerji. Et mon père d'approuver en disant : « Allez donc savoir ? » Il dit aussi à Mr Banerji que des imbéciles scientifiques travaillent à produire une variété de tomates carrées parce qu'apparemment elles seraient plus faciles à emballer.

— Évidemment, elles n'auraient plus aucune saveur, dit-il. Mais, de cela, ils s'en contrefichent. Ils ont même élevé un poulet nu en croyant qu'ils économiseraient l'énergie de la production des plumes au profit de celle d'œufs plus abondante. Mais les pauvres choses frissonnaient tellement qu'ils ont dû doubler le chauffage du poulailler, ce qui a eu pour effet d'en augmenter les frais.

— C'est tricher avec la nature, Monsieur, dit Mr Banerji. Je sais aussitôt que c'est la bonne réponse. Explorer la Nature est une chose, et l'on peut se défendre contre elle, jusqu'à un certain point, mais tricher, c'est une tout autre affaire.

Mr Banerji dit qu'il a entendu parler d'un chat dépourvu de poils, il l'a lu dans un magazine, mais qu'il n'en voit pas l'utilité. Jusqu'à présent, c'est ce qu'il a dit de plus long.

Mon frère lui demande s'il y a des serpents venimeux en Inde et Mr Banerji, à présent beaucoup plus à l'aise, commence à les énumérer. Ma mère sourit, la situation est plus encourageante qu'elle ne l'aurait cru. Elle n'a aucune objection à ce que l'on parle de serpents, même à la table de la salle à manger, pourvu que les gens s'en trouvent bien.

Mon père a vidé son assiette et fouille à l'intérieur de la dinde à la recherche de farce. La dinde ressemble à présent à un bébé sans tête, les pattes troussées. Je n'y vois plus un repas mais ce qu'elle est, un gros oiseau mort. Je mange une aile. C'est l'aile d'une dinde domestiquée, du plus stupide des oiseaux, si stupide qu'il n'arrive même plus à voler. Je mange un vol perdu.

25.

Après Noël, on m'offre un petit travail. Cela consiste à promener Brian Finestein dans son landau autour du pâté de maisons, une heure au plus s'il ne fait pas trop froid, et une fois par semaine. Pour cela, je suis payée vingt-cinq *cents*, ce qui représente beaucoup d'argent.

Les Finestein habitent dans cette grande maison voisine qui a surgi tout à coup à la place du monticule de boue.

Mrs Finestein est petite pour une femme, grassouillette, elle a les cheveux foncés, frisés, et des dents blanches. Celles-ci se laissent voir souvent parce que Mrs Finestein sourit beaucoup, en retroussant le nez comme un jeune chien et en secouant la tête, ce qui fait tinter ses boucles d'oreilles en or. Sans en être tout à fait certaine, je crois que ces boucles passent au travers de ses oreilles par des petits trous, une chose que je n'ai encore jamais vue.

Je sonne et Mrs Finestein vient ouvrir. « Ma petite planche de salut », dit-elle. J'attends dans l'entrée tandis que mes bottes d'hiver dégoulinent sur les journaux disposés sur le parquet. Mrs Finestein, habillée d'une robe d'intérieur à fleurs roses, chaussée de pantoufles à hauts talons garnies de véritable fourrure monte vite chercher Brian. L'entrée sent l'ammoniaque des couches de Brian qui attendent dans un seau que le service de couches les emporte. L'idée que quelqu'un d'autre puisse venir et emporter votre lessive m'intrigue. Mrs Finestein a toujours un plat d'oranges disposé sur une table à quelques pas du vestibule. Je ne connais personne d'autre qui laisse ainsi des oranges sur une table en dehors des Fêtes. Derrière le plat, il y a un chandelier doré en forme d'arbre. Cette écœurante odeur douceâtre de caca de bébé des couches putrescentes, le plat d'oranges, l'arbre doré, tout cela se mélange dans ma tête pour représenter le fin du fin.

Mrs Finestein redescend l'escalier en claquant des talons, portant Brian emmitouflé dans une combinaison bleue de lapin coiffée de deux oreilles. Elle lui donne un gros baiser sur la joue, le secoue légèrement de haut en bas, le borde dans le landau et presse le protège-voiture imperméable sur le pourtour. « Voilà, Brian », dit-elle. « À présent, maman va pouvoir s'entendre penser. » Elle rit, plisse le nez, secoue ses boucles d'oreilles en or. Sa peau lisse sent le lait. Elle ne ressemble à aucune autre des mères que je connais.

Je pousse le landau de Brian dehors dans l'air froid. Sur la neige crissante, parsemée de cendres des chaudières du voisinage et, ici et là, de crottes gelées de cheval, nous commençons notre tour du pâté de maisons. Je m'imagine mal comment Brian peut empêcher Mrs Finestein de penser puisqu'il ne pleure jamais. Et il ne rit jamais. Jamais il ne fait de bruit, ni ne dort. Il reste là, à me regarder avec sérieux de ses ronds yeux bleus, alors que sa petite boule de nez devient de plus en plus rouge. Je ne fais aucun effort pour le distraire. Mais je l'aime : il est silencieux et il ne trouve rien à redire à ce que je fais.

Lorsque je crois le moment venu, je le ramène à Mrs Finestein qui s'exclame : « Ne me dis pas qu'il est déjà dix-sept heures ! » Je lui demande de me donner des pièces de cinq *cents* au lieu d'une de vingt-cinq parce que cela me donne l'impression d'avoir plus d'argent. Elle rit beaucoup, mais elle le fait. Je garde tout mon argent dans une vieille boîte de thé en fer-blanc. Dessus, il y a une image du désert avec des chameaux et des palmiers. J'aime sortir mon argent et le disposer sur mon lit. Au lieu de le compter, je le range selon les années : 1935, 1942, 1945. Chaque cinq *cents* est illustré d'une tête de roi coupée précisément au niveau du cou ; par contre les rois diffèrent. Ceux qui ont régné avant ma naissance portent la barbe, mais pas les contemporains puisqu'il s'agit du roi George, celui qui est suspendu à l'arrière de la classe. Cela me console étrangement d'empiler ainsi des têtes coupées.

Brian et moi tournons encore et encore autour du pâté de maisons. Il m'est difficile de savoir quand l'heure est passée puisque je ne possède pas de montre. Cordelia et Grace arrivent à l'angle de la rue en face, Carol à leur suite. Elles m'aperçoivent et se dirigent vers moi.

— Qu'est-ce qui rime avec Elaine ? me demande Cordelia. Elle n'attend pas la réponse. « Elaine est une vilaine. »

Carol jette un coup d'œil dans la voiture d'enfant. « Regardez les oreilles de lapin, dit-elle. Comment se nomme-t-il ? » Sa voix est envieuse. Je vois Brian sous un nouveau jour. Ce n'est pas donné à tout le monde d'avoir la responsabilité de promener un bébé.

— Brian, dis-je. Brian Finestein.

— Finestein est un nom juif, dit Grace.

Je ne sais pas ce que veut dire juif. J'ai déjà vu le mot, la Bible en est remplie, mais j'ignorais qu'il en existait vraiment, et surtout dans la maison voisine de la mienne.

— Les Juifs sont des youpins, dit Carol en cherchant le regard approbateur de Cordelia.

— Ne sois pas vulgaire, dit Cordelia de sa voix d'adulte. « On n'emploie pas ce mot. »

Je demande à ma mère de m'expliquer ce qu'est un juif. Elle dit qu'il s'agit d'une religion différente. Mr Banerji aussi est d'une autre confession religieuse mais il n'est pas juif. Il y en a de nombreuses sortes. Quant aux juifs, Hitler en a tué beaucoup pendant la guerre.

— Pourquoi ? dis-je.

— Parce qu'il était fou, dit mon père. « Un mégalomane. » Aucun de ces mots ne m'aide beaucoup.

— Quelqu'un de mauvais, dit ma mère.

Je pousse Brian sur la neige cendreuse en lui évitant les nids-de-poule. Il me roule de gros yeux, son nez est rouge et sa bouche mince ne sourit pas. Brian a pris une nouvelle dimension : il est juif. Quelque chose de plus, d'héroïque, s'attache maintenant à son nom : même ses oreilles bleues de lapin ne pourraient faire oublier cela. La qualité de *juif* se combine non seulement aux couches, aux oranges dans le plat, aux boucles d'oreilles en or de Mrs Finestein et aux vrais trous percés peut-être dans ses oreilles, mais aussi à des sujets importants et très anciens. On ne s'attend pas à voir un juif tous les jours.

Cordelia, Grace et Carol sont à mes côtés. « Comment va le petit bébé aujourd'hui ? » demande Cordelia.

— Il va bien, dis-je sur mes gardes.

— Je ne parle pas de lui, dit Cordelia. Je parle de toi.

— Est-ce que je peux le pousser ? demande Carol.

— Je ne peux pas te le laisser, lui dis-je.

Si elle s'y prend mal, si elle envoie Brian Finestein dans un banc de neige, je serai tenue pour responsable.

— De toute façon, qui veut d'un vieux bébé juif ? dit-elle.

— Les juifs ont tué le Christ, dit Grace d'un air pincé. C'est écrit dans la Bible.

Mais les juifs ne préoccupent pas beaucoup Cordelia. Elle a d'autres idées en tête. « Comment appelle-t-on quelqu'un qui s'occupe à ne rien faire ? Un enfileur de perles. Et comment appelle-t-on quelqu'un qui s'occupe à attraper des insectes ? »

— Je ne sais pas, dis-je.

— Mais ce que tu peux être bête, dit Cordelia. « C'est ce que ton père fait, non ? Allez. Devine. C'est pourtant simple. »

— Un enculeur de mouches, dis-je.

— C'est ce que tu penses de ton père, dit Cordelia, qu'il est un enculeur ? C'est un *entomologiste*, idiote. Tu devrais avoir honte. On devrait te laver la bouche avec du savon.

Sans en connaître la signification exacte, je sais que enculeur est un mot sale. Néanmoins, j'ai trahi, et j'ai été trahie. « Je dois m'en aller », dis-je. Je ramène Brian à Mrs Finestein et je pleure en silence. Le bébé me regarde sans expression. « Au revoir, Brian », lui dis-je à voix basse.

Je dis à Mrs Finestein que je ne pourrai plus m'occuper de Brian parce que j'ai trop de devoirs. Il m'est impossible de lui donner la vraie raison : j'ai le sentiment que Brian n'est plus en sécurité avec moi. Il me vient des images de Brian la tête la première dans un banc de neige ; Brian dans sa voiture dévalant la pente glacée près de la passerelle du ravin, filant droit sur le cours d'eau rempli de gens morts ; Brian lancé dans les airs, ses oreilles de lapin dressées de terreur. Ma seule ressource est de dire non.

— Ça ne fait rien, ma chérie, dit-elle en regardant dans mes yeux rougis et humides. Elle m'entoure de son bras, m'attire vers elle et me donne une pièce supplémentaire. Personne ne m'a encore appelée *ma chérie* de cette façon.

Je retourne à la maison avec le sentiment de l'avoir déçue, de ne pas être à la hauteur. *Enfileur, enculeur*, me dis-je. Je le dis et je le répète jusqu'à ce que le mot se perde dans ses propres syllabes : *ileur, uleur*. C'est un mot sans signification, comme *youpin*, mais rempli de malveillance, doté d'une force. Qu'ai-je fait à mon père ?

Je retire toutes les piécettes de cinq *cents* à tête de roi de leur boîte et les dépense à la boutique de bonbons sur le chemin de l'école à la maison. J'achète des lacets de réglisse, des dragées à la gelée de sucre, des boules noires à plusieurs couches avec des petites graines au centre, des paquets de sorbet mousseux que l'on aspire avec une paille. Ces offrandes, ces rachats, je les partage à parts égales entre les mains tendues de mes amies. Dans l'instant qui précède le don, je suis aimée.

26.

C'est samedi. Rien ne s'est produit de toute la matinée. Des glaçons se forment à l'avant-toit qui surplombe la fenêtre sud, dégoulinant au soleil avec le bruit régulier d'une fuite d'eau. Ma mère cuisine, mon père et mon frère se trouvent ailleurs. Je mange seule mon déjeuner en regardant les glaçons.

Le déjeuner se compose de craquelins, de fromage orange, d'un verre de lait et d'un bol de soupe à l'alphabet. Ma mère croit que la soupe à l'alphabet a le don de réjouir les enfants. Dans cette soupe, il y a des lettres qui flottent, des lettres blanches : A, O, S et parfois X et Z. Quand j'étais plus jeune, je retirais les lettres pour épeler des choses en les alignant au bord de mon assiette, ou je mangeais mon nom, lettre par lettre. À présent, je me contente de manger la soupe sans trop faire attention. Celle-ci est d'un rouge orangé, a de la saveur, mais les lettres elles-mêmes n'en ont aucune.

Le téléphone sonne. C'est Grace. « Veux-tu venir jouer avec nous ? » dit-elle de sa voix neutre, à la fois neutre et sans douceur comme du papier glacé. Je sais que Cordelia est près d'elle. Si je dis non, je serai accusée de je ne sais trop quoi. Si je dis oui, je devrai y aller. Je dis oui.

— Nous allons venir te chercher, dit Grace.

J'ai l'estomac lourd, comme s'il était rempli de terre. J'enfile mon ensemble de ski, mes bottes, mon bonnet de laine et mes mitaines. Je dis à ma mère que je sors pour jouer. « Attention, ne va pas te geler », dit-elle.

Le soleil, sur la neige, m'aveugle. Il y a une croûte glacée sur les congères, là où la couche de surface a fondu, puis gelé à nouveau. Mes bottes laissent des empreintes bien nettes au travers de la croûte. Il n'y a personne aux alentours. Je marche dans l'éblouissement blanc, en direction de chez Grace. L'air vibre, rempli d'ondes lumineuses, trop rempli, j'en entends la pression sur mes yeux. Je me sens transparente, comme la chair d'une main dans le halo lumineux d'une lampe de poche ou comme les images de méduses que j'ai vues dans les magazines, flottant dans la mer comme des ballons de chair remplis d'eau.

Au bout de la rue, j'aperçois les trois formes, très sombres, qui viennent vers moi. Leurs manteaux semblent presque noirs. Même leurs visages, en s'approchant, paraissent trop sombres, comme s'ils étaient dans l'ombre.

Cordelia remarque : « On avait dit qu'on viendrait te chercher. On ne t'a pas dit que tu pouvais venir ici. »

Je ne réponds pas.

Grace rajoute : « Elle devrait répondre quand on lui parle. »

Cordelia demande : « Qu'est-ce que tu as ? Es-tu sourde ? »

Leurs voix m'arrivent de loin. Je me retourne et vomis dans un banc de neige. Je ne fais pas exprès et j'ignorais que ça m'arriverait. Mais chaque matin, j'ai la nausée. À présent, j'y suis habituée, mais voilà, ça y est pour de vrai, de la soupe à l'alphabet, mélangée à des fragments de fromage mâchouillé, étonnamment rouge et orange contre la blancheur de la neige avec, çà et là, une lettre amochée. Cordelia ne dit rien. Grace dit : « Tu devrais retourner à la maison. » Derrière elles, Carol semble sur le point de pleurer. Elle dit : « Il y en a sur son visage. » Je reprends le chemin de la maison, dans l'odeur du vomi qui macule le devant de mon ensemble de ski, le goût dans mon nez et dans ma gorge. On dirait des petits morceaux de carotte.

Je suis au lit, le seau de ménage à côté de moi, ballottée légèrement par les vagues de fièvre. Je vomis à nouveau plusieurs fois jusqu'à ce que seul un jus verdâtre vienne à sortir. Ma mère dit : « J'imagine que nous l'attraperons tous », et elle a raison. Au cours de la nuit, j'entends des pas pressés, des efforts pour vomir et des bruits de chasse d'eau. Je me sens en sécurité, petite, enveloppée dans ma maladie comme dans de la laine cotonneuse.

Il m'arrive d'être malade de plus en plus souvent. Parfois, ma mère regarde au fond de ma gorge avec une lampe de poche, appuie la main sur mon front, vérifie ma température et m'envoie à l'école, mais d'autres fois elle me permet de rester à la maison. Ces jours-là, je suis soulagée comme si j'avais couru longtemps et que j'avais enfin trouvé un endroit où me reposer, non pas pour toujours, mais pour un petit moment. Avoir de la fièvre, c'est agréable, ça donne une sensation de vide. J'apprécie le calme des choses, la boisson non gazeuse au gingembre que l'on me donne à boire, la délicatesse de la saveur, après coup.

Je reste au lit, soutenue par des oreillers, un verre d'eau posé sur une chaise à portée de la main et j'écoute les sons assourdis provenant des activités de ma mère : le batteur à œufs, l'aspirateur, la musique de la radio, le bruit de vagues de la cireuse. La lumière d'hiver tombe obliquement à travers la fenêtre, entre les rideaux à demi tirés. Car à présent j'ai des rideaux. Je regarde le luminaire du plafond, d'un vert jaunâtre et opaque où se profilent les ombres de deux ou trois mouches mortes, surprises là, et qui m'apparaissent comme au travers d'une gelée trouble. Ou bien, je regarde la poignée de la porte.

Parfois, je découpe des choses dans les magazines et les colle dans un album avec de la colle Lepage dont le pot ressemble à un fou de jeu d'échecs. Je découpe les images de femmes dans *Good Housekeeping, Ladies Home Journal*, dans *Châtelaine*. Et lorsque je n'aime pas leurs têtes, je la leur coupe et j'en colle une autre à la place. Ces femmes sont habillées de robes à manches bouffantes, à jupe longue, et de tabliers blancs cintrés à la taille. Elles mettent des germicides sur les germes et dans les cuvettes ; elles font reluire les carreaux ou nettoient leur teint brouillé avec des barres de savon ; elles lavent leurs cheveux gras ; elles se débarrassent de leurs odeurs indésirables, elles enduisent de crème leurs mains rugueuses et ridées ; elles pressent des rouleaux de papier de toilette contre leur joue.

D'autres images montrent des femmes en train de faire ce qu'elles ne sont pas censées faire. Certaines bavardent trop, d'autres sont débraillées ou autoritaires. D'autres encore tricotent trop. « Qu'elle marche, qu'elle monte, debout ou assise, là où elle va, son tricot va », dit l'image. Elle montre une femme qui tricote, assise dans un tramway, l'extrémité de ses aiguilles s'enfonçant dans les côtes de ses voisins, sa pelote de laine courant dans l'allée.

Je me rends compte qu'il n'y aura jamais de fin aux imperfections ou aux façons incorrectes de faire les choses. Même si l'on grandit, si l'on travaille très dur, quoi que l'on fasse, il y aura toujours une tache ou une souillure, un geste stupide et quelqu'un aux sourcils froncés. Mais, d'une certaine façon, cela me fait plaisir de découper ces femmes imparfaites au front ridé révélant à quel point elles sont soucieuses, et de les coller dans mon album.

À midi, les Joyeux Troubadours arrivent à la radio, frappent à la porte.

Knock knock knock.
Who's there ?
It's the Happy Gang !
Well, come ON IN !

Keep happy in the Happy Gang way,
Keep healthy, hope you're feeling okay,

Cause if you're happy, and healthy,
The heck with being wealthy,
So be happy with the Happy Gang[1] *!*

Les Joyeux Troubadours sont pour moi une source d'anxiété. Que nous arrive-t-il si nous ne sommes pas heureux et en bonne santé ? Ils ne le disent pas. Eux sont toujours heureux, ou du moins le disent-ils. Mais moi, je n'arrive pas à croire que l'on puisse être toujours heureux. Donc, ils doivent parfois mentir. Mais quand ? Jusqu'à quel point leur faux rire est-il réellement faux ?

Un peu plus tard, c'est le signal horaire de l'observatoire du Dominion. Il y a d'abord quelques bip-bip intersidéraux, le silence, puis un long trait sonore. Le long trait sonore signifie qu'il est treize heures. Le temps passe ; dans le silence qui précède le long trait, le futur prend forme. J'enfonce ma tête dans l'oreiller. Je ne veux pas l'entendre.

---

1. Toc, toc, toc / Qui est là ? / Les Joyeux Troubadours / Entrez… Entrez…

Soyez heureux comme les Joyeux Troubadours / et en forme, il faut la santé / car si vous êtes heureux et en forme / au diable les richesses / chantez avec nos Troubadours, etc.

27.

L'hiver fond, laisse une couche crasseuse de cendres, de papier mouillé, de vieilles feuilles détrempées. Un gros tas de terre végétale et une pile de carrés de gazon enroulés sont déposés dans la cour arrière. Mes parents, habillés de bottes boueuses et de pantalons souillés de terre, les étendent sur la boue comme des carreaux de salle de bains. Ils arrachent le chiendent et les pissenlits, plantent des oignons et un rang de laitues. Des chats, sortis on ne sait d'où, grattent, s'accroupissent dans la nouvelle terre meuble et mon père leur jette les bottes de chiendent arrachées. « Ces maudits chats », dit-il.

Les bourgeons deviennent jaunes, les cordes à sauter réapparaissent. Nous nous tenons dans l'entrée du garage chez Grace, auprès du pommier sauvage aux fleurs rose foncé. Je fais tourner la corde, Carol tient l'autre bout, et Grace et Cordelia sautent. Nous avons l'air de filles occupées à jouer. Nous chantons :

Not last night but the night before
Twenty-four robbers corne to my back door
And this is what they said… to… me !
Lady turn around, turn around, turn around,
Lady touch the ground, touch the ground,

touch the ground ;
Lady show your shoe, show your shoe,
show your shoe,
Lady, lady, twenty-four skiddoo[1]

Grace, sautant au milieu, tourne sur elle-même, touche l'allée, lève un pied posément, et fait son petit sourire. Elle manque rarement.

La chanson sonne comme une menace à mes oreilles. À mots couverts, elle parle de quelque saleté obscure. Une chose n'est pas très claire : les voleurs et leur étrange comportement, la dame et ses tournoiements, les sauts qu'on l'oblige à faire, comme un chien dressé. Et que signifient donc les « vingt-quatre glissades » de la fin ? Prend-elle ses jambes à son cou alors que les voleurs restent à l'intérieur de la maison, libres de tout prendre, de tout briser, de faire tout ce qu'ils veulent ? Ou en finissent-ils avec elle aussi ? Je l'imagine pendue au pommier sauvage, la corde à sauter autour du cou. Mais je n'éprouve aucun regret pour elle.

1. Non pas la nuit dernière, mais celle d'avant / Vingt-quatre voleurs sont venus chez moi / Et voilà ce qu'ils ont dit… m'… ont dit ! / Madame, tournez, tournez, tournez / Madame, touchez par terre, touchez par terre, / touchez par terre / Madame, montrez v'ot soulier, montrez v'ot soulier, / montrez v'ot soulier, / Madame, madame, vingt-quatre glissades !

Le soleil brille, les billes sortent de leur cachette d'hiver. De nouveau, les voix d'enfants s'élèvent dans la cour de l'école : *cristal, cristal, billette, billette, deux pour une*. Pour moi, ces cris évoquent des fantômes ou des animaux pris au piège : les vagissements d'une douleur à bout de forces.

Sur le chemin de l'école à la maison, nous traversons la passerelle de bois. Je marche derrière les autres. À travers les planches brisées, j'aperçois le sol. Je me rappelle mon frère y enfouissant quelque part ses bocaux de billes de cristal, de billes d'eau, d'œils-de-chat, il y a de cela longtemps. Les bocaux y sont toujours enfouis, brillant dans le noir, en secret. Je me vois en train de descendre, en dépit des hommes cachés là dans de mauvaises intentions, pour y creuser et découvrir le trésor, tenir tout ce mystère entre mes mains. Je ne trouverais jamais de bocal puisque je n'ai pas la carte. Mais il me plaît de songer à des choses dont les autres ne savent rien.

Je retire mon œil-de-chat de l'endroit où il était resté tout l'hiver, c'est-à-dire du coin du tiroir de ma commode. Je l'examine et le tiens de façon à ce que le soleil brille au travers. La partie de l'œil en son centre est si bleue, si pure. On dirait une chose figée dans la glace. Je l'apporte avec moi à l'école, cachée au fond de ma poche, mais jamais je ne la mise. Je la garde, je la fais rouler entre mes doigts.

— Qu'est-ce que tu as dans ta poche ? dit Cordelia.

— Rien, dis-je. Ce n'est qu'une bille.

C'est la saison des billes, tout un chacun en a dans ses poches, et Cordelia laisse passer. Elle ne connaît pas le pouvoir que représente pour ma sécurité cet œil-de-chat. Parfois, lorsqu'il est avec moi, je peux comprendre la façon dont il voit. Je vois les gens bouger comme des poupées animées et lumineuses, leur bouche s'ouvrant et se fermant sans qu'un seul mot en sorte. Je vois leurs formes et leur grandeur, leurs couleurs mais sans rien éprouver d'autre à leur égard. Je vis uniquement par mes yeux.

Nous restons en ville plus tard que de coutume. Nous restons jusqu'à la fin des classes, jusqu'à ce que la lumière s'attarde après l'heure du coucher et qu'une chaleur humide descende sur les rues comme un drap de vapeur. Je bois du jus de raisin Freshie, qui n'a pas le goût de raisin mais d'insecticide, et je me demande quand nous allons partir pour le nord. Je me dis que ça n'arrivera jamais, pour ne pas être déçue. Mais, malgré mon œil-de-chat, je sais que je ne peux pas rester ici beaucoup plus longtemps. Je vais éclater à l'intérieur. J'ai lu dans le *National Geographic* un article sur la plongée sous-marine où on dit qu'il faut porter une épaisse combinaison de métal pour éviter que la pression invisible de l'eau, très forte sous la mer, ne vous écrase comme de la boue, jusqu'à ce que vous implosiez. C'est bien le mot : imploser. Un mot qui rend un son étouffé, comme une porte de plomb qui se referme sur vous.

Je suis assise dans l'auto, empaquetée comme un colis sur le siège arrière. Grace, Carol et Cordelia se tiennent sous les pommiers et m'observent. Je me tasse sur le siège car je ne veux pas les voir. Je n'ai aucune envie de jouer la comédie, de subir les adieux. L'auto s'éloigne, elles agitent la main.

Nous nous dirigeons vers le nord. Toronto est derrière nous, tache d'air brunâtre à l'horizon, comme la fumée d'un feu dans le lointain. Ce n'est qu'à présent que je me retourne pour regarder.

Les feuilles se font plus petites et plus jaunes, se replient vers le bourgeon. L'air est frais. Sur le bord de la route, je vois un corbeau en train de picorer un porc-épic écrasé par une automobile. Ses piquants ressemblent à une grosse capsule épineuse, ses entrailles roses à des œufs brouillés. Je vois la roche granitique du nord qui s'élève tout droit, la route coupée en travers. Je vois un lac aux bords irréguliers et des arbres morts piqués dans le marécage autour des berges. Je vois un four à sciure de bois et une tour de guet contre les incendies.

Trois Indiens se tiennent au bord de la route. Mais ils ne vendent rien, pas de paniers, pas de myrtilles, il est trop tôt. Ils se tiennent là comme s'ils y étaient depuis toujours. Ils me paraissent familiers, ils font partie du décor, sans plus. Me voient-ils les regarder au travers de la glace de la portière ? Probablement pas. Pour eux, je ne suis qu'une tache, un visage de plus dans une automobile qui passe sans s'arrêter. Je n'ai aucun droit sur eux, ni sur rien de tout cela.

Je reste assise à l'arrière de l'automobile, dans l'odeur d'essence et de fromage, tandis que mes parents achètent des provisions. L'automobile est garée près d'un grand magasin construit en bois, délabré, vieilli par le temps, qui tient ensemble par les affiches clouées sur toute la surface du bâtiment : BLACK CAT CIGARETTES, PLAYERS, COCA-COLA. Il ne s'agit pas d'un village, tout au plus d'un large espace qui se greffe sur la grande route à proximité d'un pont, d'une rivière. À une certaine époque, j'aurais cherché à connaître le nom de cette rivière. Stephen est sur le pont, occupé à laisser tomber des morceaux de bois en amont, à calculer le temps qu'il leur faut pour ressortir de l'autre côté, la vitesse du courant. Les mouches noires sont arrivées. Il y en a quelques-unes dans l'auto qui grimpent le long de la glace, sautent puis grimpent à nouveau. J'observe leur manège : je vois leur dos courbé, leur ventre comme de petits bulbes rouge et noir. Je les écrase contre la glace en y laissant des traces de mon propre sang.

Ce que je commence à ressentir, ce n'est pas de la joie, mais un soulagement. Ma gorge s'est relâchée, je ne serre plus les dents, la peau de mes pieds s'est cicatrisée, mes doigts sont partiellement guéris. Je peux marcher sans me demander de quoi j'ai l'air vu de dos, je peux parler sans m'écouter parler. Je reste de longs moments à ne rien dire du tout. Je suis comme libérée des mots, je peux revenir au non-verbal, je peux m'enfoncer dans les rythmes du provisoire, comme dans un lit.

Cet été, nous occupons un chalet loué, sur la rive nord du lac Supérieur. Tout autour, il y a d'autres chalets, mais la plupart sont vides et il n'y a pas d'autres enfants. Le lac est immense, froid, bleu et traître. Des cargos peuvent y sombrer, des gens s'y noyer. Par grand vent, les vagues se fracassent sur la plage comme celles des océans. Pourtant, y nager ne m'intimide pas du tout. Je patauge dans l'eau glacée, je regarde mes pieds, puis mes jambes qui s'y enfoncent, longues, blanches, plus minces que sur terre.

Il y a aussi une grande plage et, à l'une de ses extrémités, une colonie de rochers. Je passe du temps en leur compagnie. Ils sont ronds comme des phoques, seulement plus durs, ils se réchauffent au soleil et restent tièdes le soir lorsque l'air rafraîchit. Je les photographie avec mon appareil photo Brownie. Je leur attribue des noms comme s'ils étaient des vaches.

Derrière la plage, dans les dunes, se trouvent des plantes de bord de mer : des molènes duveteuses, des vesces aux vrilles fleuries pourpres, de minuscules cosses de pois, des herbes coupantes pour les jambes ; et derrière tout ça, une forêt de chênes, d'érables planes, de bouleaux et de peupliers mélangés à des sapins et à des épinettes. On y trouve parfois de l'herbe à la puce. C'est une forêt qui a quelque chose d'alerte, de mystérieux, mais il est difficile de s'y égarer, à cause de la proximité de la rive.

Au cours d'une promenade en forêt, je trouve un corbeau mort. Il me semble plus gros qu'un corbeau vivant. J'y enfonce un bâton, le retourne et aperçois des asticots. Cela sent la pourriture, la rouille et, plus étrangement encore, une sorte de nourriture que j'ai déjà mangée, mais dont j'ai oublié le nom. C'est noir, non pas comme la couleur, mais plutôt comme un trou. Son bec est sale, de la couleur de la corne, comme de vieux ongles d'orteils. Les yeux sont ratatinés.

J'ai déjà vu des animaux morts, des grenouilles mortes, des lapins morts, mais ce corbeau fait plus mort. De son œil ratatiné, il me regarde. Je pourrais y enfoncer mon bâton de part en part. Mais quoi que je lui fasse, il ne sentirait rien. Personne ne peut l'atteindre.

Dans ce lac, il est difficile de pêcher à partir de la berge. Il n'y a aucun endroit où se tenir, aucun quai. On ne nous permet pas d'utiliser un bateau à cause des courants. Et puis de toute façon, nous n'avons pas d'embarcation. Stephen s'occupe à autre chose. Il collectionne les types de cheminée des cargos qui sillonnent les Grands Lacs, et qu'il examine au moyen d'une lunette d'approche. Il se crée des problèmes aux échecs et s'active à les solutionner ; il fend du bois d'allumage ou fait de longues promenades, un livre sur les papillons à la main. Les attraper et les épingler sur une planche ne l'intéresse pas ; il ne veut que les observer, les identifier, les compter. Il en établit la liste, au dos du livre.

J'aime regarder les illustrations des papillons dans son livre. J'aime particulièrement le Papillon Lune qui est immense, vert pâle et possède des croissants sur les ailes. Mon frère en trouve un et me le montre. « Ne le touche pas, dit-il. Sans cela, la poussière de ses ailes va tomber et il ne pourra plus voler. »

Mais je ne joue pas aux échecs avec lui. Je ne dresse pas non plus de listes de cheminées de bateau ou de papillons à moi. Je ne m'intéresse plus aux jeux auxquels je ne peux gagner.

En bordure de la forêt, là où il fait plein soleil, il y a des merisiers de Virginie. Ces cerises à grappes mûrissent et deviennent translucides. Elles sont si aigres qu'elles assèchent la bouche. Je les cueille dans un seau de saindoux vide, je fais le tri des brindilles et des feuilles, puis ma mère en fait de la gelée. Elle les fait bouillir, filtre les noyaux au travers d'un sac à gelée de tissu, ajoute du sucre. Elle verse la gelée dans des bocaux chauds, les cachète avec de la paraffine solide. Je compte les beaux bocaux rouges. J'ai participé à leur confection. On dirait du poison.

Comme si j'en avais reçu la permission, je me mets à rêver. Mes rêves sont brillamment colorés et muets.

Je rêve que le corbeau mort est en vie, mais avec le même air, le même air mort. Il sautille tout autour et bat de ses ailes pourrissantes. Je m'éveille le cœur battant la chamade.

Je rêve qu'à Toronto je mets mes vêtements d'hiver, mais que la robe ne me va pas. Je la passe et me bats avec les manches pour y faire entrer mes bras. Je marche le long de la rue et des parties de mon corps passent au travers de la robe, des parties de ma peau nue. J'ai honte.

Je rêve que mon œil-de-chat bleu brille au firmament comme le soleil, ou comme les illustrations des planètes de notre livre sur le système solaire. Mais au lieu d'être chaud, il est froid. Il commence à se rapprocher, sans toutefois grossir. Il tombe du ciel, droit sur ma tête, brillant et vitreux. Il me frappe, entre en moi sans me faire mal, sauf qu'il est froid. Ce froid me réveille. Mes couvertures sont sur le parquet.

Je rêve que la passerelle de bois au-dessus du ravin se défait. Je me tiens dessus, les planches craquent, se disjoignent, la passerelle oscille. Je marche sur ce qu'il reste, m'accroche à la rambarde, mais je n'arrive pas à atteindre la montée où se trouvent les autres gens parce que la passerelle ne se rattache à rien. Ma mère est sur cette montée, mais elle est occupée à parler aux autres personnes.

Je rêve que je cueille des cerises et que je les dépose dans mon seau de saindoux. Seulement, ce ne sont pas des cerises. Ce sont des baies de vignes de Judas, translucides et d'un rouge brillant. Elles sont remplies de sang, comme le corps des mouches noires. Quand je les touche, elles éclatent, et le sang coule sur mes mains.

Aucun de ces rêves ne concerne Cordelia.

Le soir, notre père joue à chat perché avec nous sur la plage. Il court lentement, comme un ours, tout en riant : *ouf, ouf, ouf*. Des *cents* et des cinq *cents* tombent de ses poches sur le sable. Au loin, les bateaux du lac passent lentement, traînant leur fumée à la remorque, et le soleil se couche à gauche, rose et tranquille.

Je me regarde dans le miroir accroché au-dessus du lavabo : mon visage est brun et plus rond. Ma mère me sourit. Dans la petite cuisine, auprès du poêle à bois, elle me presse contre elle d'un seul bras. Elle me croit heureuse. Certains soirs, nous nous régalons de guimauve.

VI. Œil-de-chat

28.

Le sous-sol de Simpsons était autrefois le coin des soldes de vêtements et des clefs à molette. À présent, c'est resplendissant. Il y a des pyramides de chocolats importés, un comptoir de crème glacée, des allées et des allées de gâteaux de toutes sortes et des boîtes d'aliments fins dont les dates d'expiration sur les emballages marquent le temps comme autant de petites horloges. Il y a même un bar expresso. Tout ceci est de classe internationale ; dans ce sous-sol où j'avais l'habitude de m'acheter des chemises de nuit bon marché, en solde et une taille trop grande, avec le maigre budget vêtements de mon temps de collège, tout est désormais de classe internationale. La vue de tous ces chocolats me comble. Le simple fait de les regarder me rappelle Noël et l'impression écœurante d'en avoir trop mangé, d'une indigestion, d'un excès.

Je m'assois au bar expresso et commande un cappuccino afin de me remettre de la stupeur où me plonge la vue de toute cette complaisance enrobée de sucre. Le bar expresso est recouvert de vrai ou de faux marbre vert foncé ; il est couvert d'une jolie marquise de style italien et entouré de petits tabourets pivotants. Le comptoir de la cordonnerie est juste en face, ce qui n'est peut-être pas de classe internationale, mais a le don de me rassurer. En dépit de tout ce chocolat, les gens font encore réparer leurs chaussures, ils ne les jettent pas à la première marque d'usure.

Je revois les chaussures de mon enfance : les Oxford bruns éraflés à la pointe, demi-semelles, avec de nouveaux talons, les souliers de tennis d'un blanc sale, complètement démolis, et les sandales brunes à deux boucles que l'on portait avec des chaussettes. La plupart des chaussures étaient brunes. Elles allaient de pair avec le rôti braisé de l'autocuiseur, garni de carottes trop molles, de pommes de terre flasques et de rondelles d'oignons luisantes. L'autocuiseur était coiffé d'un petit objet en forme de sifflet. Si on n'y prenait garde, le couvercle sautait comme une bombe et les carottes et les pommes de terre se retrouvaient au plafond où elles adhéraient comme une bouillie. Cela était déjà arrivé à ma mère. Mais par bonheur, elle n'était pas à la cuisine à ce moment-là et elle ne fut pas ébouillantée. Lorsqu'elle vit ce qui était arrivé, elle ne jura pas. Elle rit plutôt et dit : « C'est la meilleure de l'année. »

Ma mère faisait presque toujours la cuisine, mais ce n'était pas son activité préférée. Dans l'ensemble, elle n'aimait pas le travail de maison. Dans une malle, au sous-sol, en compagnie d'une robe de velours frappé des années 1920 et d'un pantalon d'équitation, se trouvaient de nombreux objets en argent véritable : ensembles sel et poivre ouvragés, pinces à sucre en forme de pattes de poulet, somptueuses coupes à fleurs ornées de fleurs d'argent. Toutes ces choses étaient là, enveloppées de papier de soie, qui se ternissaient, à défaut d'être polies. Nos couteaux, fourchettes et cuillers devaient être frottés, et avec une vieille brosse à dents pour les motifs incrustés. Les pieds sculptés de la table de la salle à manger étaient des ramasse-poussière, ainsi que ce genre d'objets – les babioles, disait ma mère – dont les autres gens garnissaient le manteau de leur cheminée. Par contre, elle aimait faire des gâteaux, ou du moins voulais-je le croire.

Qu'aurais-je fait à la place de ma mère ? Elle devait se rendre compte de ce qu'il m'arrivait ou que quelque chose se passait. Même au début, elle devait remarquer mes silences, mes doigts rongés, les escarres noircies de mes lèvres, là où j'avais arraché de la peau. Si cela arrivait à présent à un de mes propres enfants, je saurais quoi faire. Mais alors ? Il y avait moins de possibilités, et l'on parlait beaucoup moins.

Il m'est arrivé de faire une série de tableaux avec ma mère comme sujet. Il s'agissait de six portraits, six panneaux, comme un double triptyque ou un livre de bandes dessinées, répartis en deux groupes, trois au-dessus et trois en dessous. Le premier portrait au crayon de couleur montrait ma mère dans la cuisine de sa maison de ville, dans sa robe de la fin des années 1940. Elle portait un tablier à bavette fleuri bleu bordé d'un galon marine, oui, même elle en portait de temps à autre. Le second portrait présentait la même image, cette fois sous la forme d'un collage réalisé à partir d'anciennes illustrations de vieux *Ladie's Home Journal* et de *Châtelaine*. Pas les photos, mais les éléments de la présentation, les verts acides, les bleus passés et les roses sales. Le troisième montrait le même sujet, blanc sur blanc, les parties en relief tracées par des cure-pipes placés l'un contre l'autre et collés sur un carton entoilé de blanc. Si on lisait de gauche à droite, cela donnait l'impression que ma mère se dissolvait lentement de la vie réelle pour ne devenir qu'une ombre de bas-relief babylonien.

La série de portraits du bas allait dans le sens contraire : d'abord les cure-pipes, puis la même image en collage et enfin le dernier portrait pleine couleur détaillé de façon réaliste. Mais cette fois, ma mère portait un pantalon, des bottes, un blouson d'homme et fabriquait de la gelée de merises sur un feu extérieur. On pouvait voir dans cette séquence le passage à la matière. Depuis l'effet impressionniste du cure-pipe blanc jusqu'à la pleine lumière du jour.

J'ai intitulé toute cette série *L'autocuiseur*. À cause du moment où elle avait été effectuée et de ce qui se passait à cette époque, quelques personnes crurent qu'il s'agissait de la déesse Terre, ce que je trouvai bien comique en raison du dédain de ma mère pour le travail ménager. D'autres gens crurent qu'il s'agissait de l'esclavage féminin, et d'autres encore d'une illustration du stéréotype de la femme confinée à des rôles domestiques négatifs et dérisoires. Pourtant, il ne s'agissait que de ma mère à la cuisine, là où elle avait l'habitude de cuisiner, avec ses méthodes à elle, vers la fin des années 1940.

J'ai fait ces portraits aussitôt après sa mort. Je voulais sans doute la ressusciter, la voir échapper au temps, bien que cela ne soit pas possible ici-bas. Ces portraits d'elle, comme tout le reste, sont noyés dans le temps.

Je termine mon cappuccino, le paye et laisse un pourboire à l'intention de cette réplique de garçon italien qui me l'a servi. Je sais à présent que je n'achèterai rien dans cette Boutique du gourmet parce qu'elle m'intimide trop. D'ordinaire, ou dans une autre ville, je ne le serais pas : je suis une adulte et j'ai l'habitude de faire des emplettes. Mais comment trouverais-je ici, dans ce sous-sol, quoi que ce soit que je puisse désirer maintenant ? En retournant à l'appartement, je m'arrêterai à quelque dépanneur du coin, à quelque endroit où l'on vend, jusqu'à minuit, du lait et du pain blanc en tranches, légèrement rassis. Ces épiceries sont à présent gérées par des gens de la couleur de Mr Banerji ou par des Chinois. Ils ne sont pas forcément plus aimables que les gens au teint pâle qui géraient auparavant ce genre de marchés ; mais, sans comprendre dans le détail le pourquoi de leur désapprobation, il est plus facile de s'en faire une idée.

Je remonte par l'escalier mécanique au rez-de-chaussée, où flottent des relents de parfum. L'air est lourd, il y a trop de musc, l'odeur de l'argent recouvre tout. Je sors à l'air libre et je me dirige vers l'ouest. Je passe devant les mannequins des vitrines, à la mine patibulaire et devant l'Hôtel de Ville bivalve.

Devant moi, il y a un corps allongé sur le trottoir. Les gens le contournent, le regardent, se détournent, puis continuent leur chemin. Je vois les visages qui viennent vers moi, les traits bien composés, l'air de dire : *Ceci ne me regarde pas*.

Lorsque j'arrive à son niveau, je m'aperçois qu'il s'agit d'une femme. Étendue sur le dos, elle fixe son regard sur moi. « Dame, dit-elle, Dame. Dame. »

C'est un mot qui a beaucoup servi. On dit : Noble Dame ; Dame en noir ; C'est une vraie dame ; Vieille dame en dentelles ; Ma chère dame ; Dame, regardez où vous mettez les pieds ; Toilettes pour dames, le mot rayé de rouge à lèvres et remplacé par Femmes. Mais c'est encore le dernier mot pour appeler à l'aide. Pour une demande d'importance, l'on ne dira pas : *Femme*, *Femme*, mais bien, Ma… *Dame*, Ma… *Dame*. Comme elle le fait à présent.

Je me dis : *Et si elle avait eu une crise cardiaque ?* Je regarde : il y a du sang sur son front, pas beaucoup, mais tout de même une coupure. Elle a dû se cogner la tête en tombant. Et pourtant personne ne s'arrête, elle est là, couchée sur le dos, une femme replète de cinquante et quelques années, habillée d'un manteau vert de pauvresse, de la gabardine, ses chaussures dans un état lamentable, toutes craquelées, les bras en croix. Autour de ses yeux bruns, la peau tannée est rougie et gonflée, ses cheveux poivre et sel sont étalés en travers du trottoir.

— Dame, dit-elle, ou quelque chose du genre, un murmure peut-être, mais elle m'a eue.

Je jette un regard par-dessus l'épaule pour voir si personne d'autre ne s'apprête à le faire, mais aucun secouriste n'est en vue. Je m'agenouille et je lui dis : « Vous sentez-vous bien ? » Quelle question stupide. De toute évidence, elle n'est pas bien. Il y a des vomissures et de l'alcool quelque part autour. Je me vois l'emmener boire un café, et puis quoi encore ? Je n'arriverai jamais à m'en débarrasser, elle me suivra au studio, elle vomira dans la baignoire, elle dormira sur le futon. Je me fais prendre à chaque fois, ils me voient venir, me repèrent dans la foule malgré ma mine renfrognée. Poètes adolescents de la rue, disciples de Moonie, jeunes guitaristes qui quêtent des tickets de métro. Aux mains des sans-ressources, je suis sans ressource.

— Elle est seulement soûle, dit un homme en passant. Que veut-il dire par *seulement* ? N'est-ce pas suffisant ?

— Voilà, dis-je. Je vais vous aider à vous relever.

Poule mouillée, me dis-je. À présent, elle va te réclamer de l'argent, tu vas lui en donner, et elle ira se payer du mauvais sherry. Je l'aide à se tenir debout, mais elle s'affaisse sur moi. Si je peux l'entraîner jusqu'au mur le plus proche, je pourrai l'y appuyer, l'épousseter un peu, penser à me sortir de là.

— Voilà, dis-je. Mais elle ne veut pas s'appuyer au mur, elle continue à s'appuyer sur moi. Son haleine empeste. Et à présent, elle pleure, des pleurs d'enfant sans honte et sans retenue ; ses doigts s'accrochent à ma manche.

— Ne me laissez pas, dit-elle. Mon Dieu, ne me laissez pas seule.

Elle a les yeux fermés et sa voix n'exprime que pure indigence, pure affliction. Cela fait appel à la partie la plus faible, la plus compatissante de moi-même ; pourtant je ne suis qu'un substitut à Dieu sait quel manque, quelle perte. Je suis impuissante à faire quoi que ce soit.

— Voilà, dis-je. Je fouille dans mon sac, trouve un vieux billet de dix, le froisse dans sa main et m'en débarrasse ainsi. Je suis une poire, je suis un grand cœur. Il y a une blessure dans mon cœur, il saigne de l'argent.

— Dieu vous bénisse, dit-elle. Sa tête roule d'un côté et de l'autre, s'appuie au mur. « Dieu vous bénisse, ma bonne dame. Que Notre-Dame vous bénisse aussi. »

Une bénédiction marmonnée, mais qui oserait dire que je n'en ai pas besoin ? Elle doit être catholique. Je pourrais trouver une église, l'y glisser comme un paquet. Après tout, elle leur appartient, qu'ils s'en occupent.

— À présent, je dois partir, dis-je. Tout ira bien. Je mens effrontément. Elle ouvre les yeux tout grands pour essayer d'y voir mieux. Son visage se détend.

— Je vous connais, dit-elle. Vous êtes Notre-Dame et vous ne m'aimez pas.

De la folie d'ivrogne pleine mesure et une erreur grave sur la personne. Je retire ma main comme si elle était une douille sous haute tension. « Non », dis-je. Mais elle a raison, je ne l'aime pas. Ses yeux ne sont pas bruns mais verts. Les yeux de Cordelia.

Je m'éloigne d'elle et je me dis, pour me disculper, que je suis une bonne personne. Elle aurait pu mourir. Personne n'a voulu s'arrêter.

Bête de me trouver bonne. Je ne suis pas bonne.

Je suis incapable de bonté. Je me connais.

Je sais que je suis vindicative, avide, cachottière et sournoise.

29.

Nous rentrons en septembre. Dans le nord, les nuits sont froides et les feuilles commencent à jaunir, mais la ville est encore chaude, encore humide. C'est incroyablement bruyant et cela sent l'essence et le goudron des pavages ramollis. À l'intérieur de notre maison, l'air est confiné, fade, tout l'air de l'été enfermé dans une prison de chaleur. Lorsqu'on ouvre les robinets, l'eau est rouillée. Je prends un bain dans cette eau tiède et rougeâtre. Déjà, mon corps se raidit, devient insensible. Le futur se referme sur moi comme une porte.

Cordelia m'attendait. Je le sais dès que je l'aperçois à l'arrêt de l'autobus scolaire. Avant l'été, elle oscillait entre la gentillesse et la méchanceté, avec des périodes d'indifférence, mais à présent, elle se montre plus dure, plus impitoyable. On la dirait motivée par le désir de savoir jusqu'où elle peut aller. Elle me pousse à la limite, comme au bord d'un précipice : un pas en arrière, encore un autre, et je passerai par-dessus bord, je tomberai.

À présent, Carol et moi sommes en cinquième année. Nous avons un nouveau professeur, Miss Stuart. Elle est écossaise et elle a un accent. « Allons, demoiselles », dit-elle. Sur son pupitre, elle a un petit bouquet de bruyère planté dans un pot à gelée, une miniature de Bonnie Prince Charlie qui fut ruiné par les Anglais et porte le même nom qu'elle et, dans son tiroir de pupitre, un flacon de lotion pour les mains qu'elle concocte elle-même.

L'après-midi, elle se fait une tasse de thé, qui ne sent pas tout à fait le thé, mais plutôt quelque chose d'autre qu'elle ajoute en provenance d'un petit flacon d'argent. Elle a les cheveux d'un blanc bleuté, magnifiquement ondulés, et porte des robes de soie mauve qui bruissent, avec, fiché dans la manche, un mouchoir bordé de dentelle. Souvent aussi, elle porte sur la bouche et le nez un masque blanc d'infirmière parce qu'elle est allergique à la poussière de craie. Ce qui ne l'empêche pas de jeter les brosses du tableau noir à la tête des garçons inattentifs. Bien qu'elle lance par en dessous et pas très fort, elle ne rate jamais son coup. Le garçon qu'elle attrape doit lui rapporter la brosse. Les garçons ne lui tiennent pas rigueur de cette pratique, au contraire, ils se font une gloire d'être la cible de la brosse.

Tous aiment Miss Stuart. Carol dit que nous avons de la chance d'être dans sa classe. Si j'en avais l'énergie, je pourrais l'aimer aussi. Mais je suis trop bloquée, comme sous un mauvais charme.

Je garde mon œil-de-chat dans ma poche où je peux m'y accrocher. Il repose dans ma main, aussi précieux qu'un bijou et, de son regard impartial, il voit au travers des os et des vêtements. Grâce à son pouvoir, j'arrive à me retrancher derrière mon propre regard. Devant moi, Cordelia, Grace et Carol. Je regarde ces formes qui marchent, la façon dont l'ombre se déplace d'une jambe à l'autre, les blocs de couleur, un carré rouge de cardigan, un triangle bleu de jupe. Ce sont des marionnettes loin devant de moi, petites et tout à fait distinctes. Je pourrais les faire apparaître ou disparaître, selon mon bon plaisir.

J'atteins le sentier qui mène à la passerelle, m'y engage et passe devant les vignes de Judas aux baies rouges, les feuillages mouvants, les chats rôdeurs. Toutes trois sont déjà sur la passerelle. Elles se sont arrêtées et m'attendent. Je regarde l'ovale de leur visage ainsi que le contour de la chevelure de chacune. Leurs visages sont comme des œufs moisissants. Mes pieds amorcent la descente.

Je veux devenir invisible. Je veux manger les baies mortelles des buissons qui bordent le sentier. Je veux boire l'eau de Javel de la bouteille aux ossements et au crâne de mort de la buanderie, sauter en bas de la passerelle, m'y fracasser comme une citrouille, une moitié d'œil, une moitié de sourire. Je me décomposerais de cette façon, je serais morte, comme les gens morts.

Pourtant, je ne veux pas faire ces choses, j'en ai peur. Mais, je m'imagine Cordelia qui me pousse à agir ainsi, non pas de sa voix méprisante, mais de façon gentille. J'entends cette voix gentille à l'intérieur de ma tête. *Fais-le. Allez.* Je ferais ces choses pour lui faire plaisir.

Je songe à tout dire à mon frère, à lui demander de l'aide. Mais lui dire quoi exactement ? Je n'ai ni œil au beurre noir, ni nez qui saigne : Cordelia ne fait rien de physique. S'il s'agissait de garçons qui poursuivent, agacent, il saurait quoi faire, mais les garçons ne me harcèlent pas de cette façon. Contre les filles et leurs façons détournées, leurs chuchotements, il serait impuissant.

De plus, j'ai honte. J'ai peur qu'il ne se moque de moi, qu'il ne me méprise parce que je me conduis en poule mouillée devant une bande de filles, parce que je fais des histoires à propos de rien.

Je suis dans la cuisine, à enduire de gras les moules à muffins de ma mère. Je vois les motifs que la graisse laisse sur le métal, je vois les lunules de mes ongles et la chair inégale. Mes doigts tournent, tournent.

Ma mère fait la pâte à muffins, mesure le sel, tamise la farine. Le tamis fait un bruit sec, comme du papier de verre. « Tu n'es pas obligée de jouer avec elles, me dit ma mère. Il doit bien y avoir d'autres petites filles avec lesquelles tu puisses jouer. »

Je la regarde. La tristesse m'envahit comme un vent qui s'attarde. Qu'a-t-elle noté, qu'a-t-elle deviné, qu'est-elle sur le point de faire ? Elle pourrait en parler aux autres mères. Mais c'est ce qu'elle pourrait faire de pire. Et je ne peux me l'imaginer. Ma mère ne ressemble pas aux autres mères, elle ne correspond pas à leur image. Elle ne fait pas corps avec la maison comme les autres mères ; elle est désinvolte, elle est difficile à saisir. Les autres ne vont pas patiner sur la patinoire du voisinage ou marcher seule dans le ravin. À mes yeux, ce sont des adultes qui ne ressemblent pas à ma mère. Je pense à la mère de Carol vêtue de son « twin-set », à son sourire sceptique, à celle de Cordelia, à ses lunettes suspendues à une chaîne et à son air distrait, à celle de Grace avec ses épingles à cheveux et son tablier retombant. Ma mère, habillée d'un pantalon, se présentera à leur porte, un bouquet de mauvaises herbes à la main, incongrue. Et elles ne la croiront pas.

— Quand j'étais petite et que les autres enfants nous insultaient, nous avions l'habitude de leur dire : « Vous pouvez me briser les os avec des bâtons et des pierres, mais les injures ne me jetteront jamais par terre. » Son bras tourne vigoureusement, mixe la pâte, efficace et fort.

— Mais elles ne m'injurient pas, dis-je. Ce sont mes amies. Et c'est ce que je crois vraiment.

— Tu dois apprendre à te défendre, dit ma mère. Ne te laisse pas faire. Ne sois pas une chiffe molle. Tu dois faire preuve de cran, montrer que tu as une épine dorsale.

Elle verse la pâte dans les moules.

Je pense aux sardines et à leur arête centrale. On peut la manger. Les os s'émiettent sous la dent ; une petite pression et ils se défont. C'est à cela que doit ressembler mon échine : presque inexistante. Ce qui m'arrive, c'est ma propre faute ; je n'ai pas assez d'épine dorsale.

Ma mère pose le bol et m'entoure de ses bras. « Si seulement je savais ce qu'il faut faire », dit-elle. Ceci constitue un aveu. Je m'en doutais, je le sais maintenant : dans cette affaire, elle est impuissante.

Je sais que les muffins doivent être mis au four dès que la pâte a été versée dans les moules sinon ils risquent de ne pas lever, d'être ratés. Je ne peux m'offrir la distraction du réconfort. Si je le fais, le peu d'épine dorsale qu'il me reste s'émiettera, se réduira à rien.

Je m'éloigne d'elle.

— Il faut les mettre au four tout de suite, dis-je.

30.

Cordelia apporte un miroir à l'école. C'est un miroir de poche, un petit miroir ordinaire, oblong, sans cadre. Elle me le montre, le place devant moi et dit : « Regarde-toi ! Regarde ! » Elle a une voix dégoûtée, irritée, comme si mon visage par lui-même avait commis quelque chose, était allé trop loin. Je regarde dans le miroir mais je ne vois rien d'anormal. Ce n'est que mon visage avec des taches noires aux lèvres, là où j'ai enlevé la peau avec mes dents.

Mes parents organisent des parties de bridge. Ils repoussent les meubles du salon contre les murs et déploient deux tables de bridge en métal et huit chaises. Au milieu de chaque table, il y a deux plats de porcelaine contenant l'un, des noix salées, l'autre, un mélange de bonbons. Ce mélange s'appelle bridge-mix. Il y a aussi deux cendriers sur chacune des tables.

Puis on sonne à la porte et les gens arrivent. La maison se remplit de l'odeur étrangère des cigarettes qui flottera là jusqu'au matin avec les derniers bonbons et noix salées, d'éclats de rire qui iront en s'amplifiant à mesure que le temps passe. Couchée dans mon lit, j'écoute les éclats de rire. Je me sens seule, laissée pour compte. Et je ne comprends pas pourquoi tout ce remue-ménage, tous ces bruits, ces odeurs, ça s'appelle un bridge.

Parfois, Mr Banerji assiste à ces parties de bridge. Je me tapis dans un coin du couloir, vêtue de mon pyjama de flanelle, dans l'espoir de l'apercevoir. Ce n'est pas que je sois amoureuse ou quelque chose de ce genre. Je tiens seulement à partager ses inquiétudes. Je veux voir comment il s'en tire, comment il fait face dans la vie, à manger de la dinde et tout ça. Pas très bien si j'en juge par ses yeux noirs hagards et son rire un peu hystérique. Mais s'il peut s'arranger de ce je ne sais quoi qui le traque, et c'est visiblement le cas, moi aussi, je le peux. C'est du moins ce que je crois.

La princesse Élisabeth vient à Toronto. Elle visite le Canada en compagnie de son mari qui est un duc. C'est donc une visite royale. À la radio, nous entendons des foules en délire et des voix solennelles qui décrivent la couleur des vêtements qu'elle porte, une couleur différente pour chaque jour. Accroupie sur le parquet de la salle de séjour, avec en sourdine à la radio la musique de quadrille des Provinces maritimes, le *Toronto Star* déployé sous mes coudes, j'étudie sa photographie en première page. Elle a l'air plus vieille que l'on pensait, et plus ordinaire aussi : ce n'est plus la Guide en uniforme des jours de raids aériens, pas plus que la jeune fille en robe de cérémonie et diadème comme sur le portrait de la reine suspendu à l'arrière de la classe. Elle porte un simple deux-pièces, des gants et un sac à main comme tout le monde, et elle est aussi coiffée d'un chapeau de dame. Pourtant, elle est toujours princesse. À l'intérieur du journal, il y a une pleine page sur elle, entourée de femmes qui lui font la révérence, de petites filles qui lui présentent des bouquets. Elle leur adresse un sourire affable, l'éternel sourire bienveillant, et on la décrit radieuse.

Jour après jour, accroupie sur le parquet, je tourne les pages des journaux et je la suis sur la carte : en avion, en train, en automobile, de ville en ville. Je mémorise le tracé du parcours proposé pour Toronto. J'aurai une bonne chance de l'apercevoir puisqu'elle doit passer tout près de notre maison, dans ce chemin non pavé, rempli de nids-de-poule, qui longe le cimetière avec ses nouveaux arbres grêles et des amas de terre formés au bulldozer, et une rangée de cinq nouveaux monticules boueux.

Les monticules de boue sont de notre côté du chemin. Apparus dernièrement, ils ont remplacé la bande de terrain couverte de mauvaises herbes qui s'y trouvait. Chaque monticule jouxte son trou qui a la forme approximative de fondations, et dont le fond est rempli d'une eau boueuse. Mon frère a pris possession de l'un d'entre eux ; il projette d'y creuser un tunnel à partir de la surface, puis de la paroi pour y aménager une sortie de côté. Ce qu'il veut y faire reste encore inconnu.

Je ne comprends pas pourquoi la princesse doit être promenée devant ces monticules de boue. Je ne sais pas pourquoi elle tiendrait à les voir, mais j'ai quand même un doute parce qu'elle voit bien d'autres choses qui ne semblent pas présenter beaucoup plus d'intérêt. On la voit devant un hôtel de ville, puis devant une conserverie de poissons. Mais qu'elle désire les voir ou non, les monticules de terre constitueront un excellent poste d'observation.

J'attends cette visite avec impatience. J'espère quelque chose, sans trop savoir quoi. C'est cette même princesse qui a bravé les bombes à Londres, qui a été courageuse, héroïque. Je crois que quelque chose m'arrivera au cours de cette journée, qu'elle va changer quelque chose.

La visite royale arrive enfin à Toronto. Le temps est couvert, il tombe une pluie fine ; du crachin dit-on. Je sors tôt et me plante au sommet du monticule de boue du milieu. Le long du chemin, parmi les herbes écrasées, il y a une ligne éparse de gens, adultes et enfants mêlés. Quelques-uns des enfants arborent l'Union Jack. J'en ai un aussi parce que l'on nous en a remis à l'école. La foule n'est pas importante. Il n'y a pas tellement de gens qui vivent ici et quelques-uns d'entre eux ont dû se diriger vers le centre de la ville où il y a des trottoirs. Le long du chemin, en direction de chez Grace, j'aperçois celle-ci, Carol et Cordelia. Je souhaite qu'elles ne me voient pas.

Je me tiens sur le monticule de boue avec mon Union Jack qui pendouille à son bâton. Il se fait tard et rien n'arrive. Je me dis que je devrais peut-être retourner à la maison pour écouter la radio afin de savoir à quelle distance se trouve la princesse, mais tout à coup une voiture de police débouche sur la gauche, longe le cimetière. Il commence à crachiner. Au loin, on entend des acclamations.

Des motocyclettes arrivent, puis des automobiles. Le long du parcours, je vois des bras qui se lèvent, j'entends des hourras dispersés. En dépit des nids-de-poule, les automobiles passent trop vite. Je ne peux repérer la bonne.

Puis je la vois. C'est l'automobile d'où salue un gant pastel, de gauche à droite, par la glace de la portière. Déjà, c'est en face de moi, déjà, c'est passé. Je n'agite pas mon Union Jack, ni n'acclame parce que je vois bien que c'est trop tard, que je n'aurai pas le temps de faire ce pourquoi j'ai attendu et qui me devient évident juste à ce moment-là. Ce que je dois faire c'est dévaler le monticule les bras en croix pour garder mon équilibre et me jeter devant l'automobile de la princesse. Devant, dessus, ou dedans. Alors, la princesse leur ordonnera d'arrêter l'automobile. Elle y sera bien obligée pour ne pas m'écraser.

Mais je ne m'imagine pas être emmenée dans l'automobile royale, je suis plus réaliste que cela. Et puis, je ne désire pas quitter mes parents. Pourtant les choses changeront, elles seront différentes. Il va se passer quelque chose.

L'automobile au gant s'en va, elle tourne au coin, elle est passée, et moi, je n'ai pas bougé.

31.

Miss Stuart aime l'art. Elle nous fait apporter de la maison les vieilles chemises de notre père pour que nous puissions faire des travaux plus salissants sans tacher nos vêtements. Pendant que nous coupons, peignons et collons, elle arpente les allées, avec son masque d'infirmière et observe par-dessus notre épaule. Mais si quelqu'un, un garçon par exemple, s'avise de faire exprès un dessin stupide, elle le montre très haut pour le ridiculiser. « Ce jeune homme se croit très fin. Vous êtes plus intelligent que cela ! » lui dit-elle en lui donnant une chiquenaude sur l'oreille.

Pour elle, nous fabriquons les objets de papier habituels : les citrouilles, les cloches de Noël. Mais elle nous fait faire d'autres choses aussi. Nous traçons au compas des motifs floraux compliqués, nous collons des matières étranges sur des cartons : des plumes, des paillettes, des morceaux de macaronis de couleurs criardes, des pailles pour boire. En groupe, nous réalisons des fresques sur les tableaux noirs ou sur de larges bandes de papier d'emballage. Nous dessinons des images de pays lointains : le Mexique, ses cactus et ses hommes coiffés d'un énorme chapeau, la Chine, avec ses chapeaux coniques, ses jonques, l'Inde avec ses femmes drapées de soie que nous voulons gracieuses, et qui tiennent des urnes de cuivre en équilibre sur leur tête, le front orné de bijoux.

J'aime ces images étrangères parce que je peux y croire. J'ai désespérément besoin de croire que, quelque part ailleurs, ces autres peuples, ces peuples étrangers existent. Peu importe qu'à l'École du dimanche l'on m'ait dit que ces gens étaient soit affamés, soit païens, ou encore les deux. Peu importe que ma collecte de la semaine passe à les convertir, à les nourrir, à les éduquer. Pour Miss Lumley, ils étaient rusés, mangeaient une nourriture bizarre, répugnante, et ils avaient commis des actes de trahison envers les Britanniques. Moi, je préfère la version de Miss Stuart selon laquelle le soleil au-dessus de leurs têtes est d'un jaune réjouissant, les palmiers d'un vert clair, leurs vêtements fleuris, et leurs chants joyeux. Les femmes bavardent entre elles dans des langues rapides et incompréhensibles, elles rient en laissant voir leurs dents d'un blanc éclatant. Si ces peuples existent vraiment, alors je pourrai y aller un jour. Je n'ai pas à rester ici.

— Aujourd'hui, dit Miss Stuart, vous allez dessiner ce que vous faites après l'école.

Les autres se penchent sur leur pupitre. Je sais ce qu'ils vont dessiner : des cordes à sauter, de joyeux bonshommes de neige, l'écoute de la radio, les jeux avec le chien. Je fixe ma feuille, qui reste blanche. Enfin, je dessine mon lit, et moi dedans. La tête est d'un bois foncé et décoré de fioritures. Je dessine la fenêtre, la commode. Je colore la nuit. Ma main presse sur le crayon noir, de plus en plus fort, jusqu'à ce que le dessin soit presque entièrement noirci, jusqu'à ce que seule l'ombre pâle projetée de mon lit et de ma tête sur l'oreiller subsiste.

Je regarde ce dessin avec consternation. Je n'avais nullement l'intention de faire ce genre de dessin. Il ne ressemble à aucun des autres, ce n'est pas un bon sujet. Miss Stuart sera déçue, elle me dira que je suis plus intelligente que cela. Je la devine derrière moi, qui regarde par-dessus mon épaule ; je sens le parfum de sa lotion pour les mains, et cette autre odeur qui n'est pas celle du thé. Elle s'avance et se tourne de façon à ce que je puisse la voir, ses yeux bleu clair entourés de rides me fixent au-dessus de son masque d'infirmière.

Pendant un moment, elle reste silencieuse. Puis elle dit, mais pas d'une façon rude : « Mon enfant, pourquoi votre dessin est-il si *noir* ? »

— Parce que c'est la nuit, je réponds.

Cette réponse est idiote, et je m'en rends bien compte en la faisant. Ma voix est à peine audible, même pour moi-même.

— Je vois, fait-elle.

Elle ne me dit pas que j'ai choisi le mauvais sujet, ou que je fais certainement autre chose après l'école que d'aller au lit. Elle me touche à l'épaule, légèrement, avant de continuer dans l'allée. Son toucher rayonne brièvement, comme la lueur d'une allumette soufflée.

Les cœurs de papier fleurissent aux fenêtres de la classe. À partir d'une caisse de carton, nous fabriquons une immense boîte à lettres de la Saint-Valentin, recouverte de papier crépon rose et de cœurs rouges bordés de napperons de papier. Dans la fente du dessus, nous déposons nos valentins découpés dans des cahiers achetés chez Woolworth, avec des cartes spéciales, uniques, destinées à ceux que nous aimons tout particulièrement.

Ce jour-là, nous fêtons tout l'après-midi. Miss Stuart adore les fêtes. Elle a apporté des douzaines de sablés en forme de cœur, qu'elle a faits elle-même et décorés d'une glace rose piquée de petites boules argentées, de minuscules cœurs à la cannelle et d'autres de couleur pastel porteurs de messages, d'expressions d'une époque antérieure à la nôtre. « Oh ! là là ! » lit-on. « C'est ma p'tite chérie ! » « Mon petit ! »

Miss Stuart, assise à son pupitre, surveille tandis que plusieurs filles ouvrent la boîte et distribuent les gages d'amour. Sur mon pupitre, les cartes s'empilent. La plupart proviennent de garçons. Je le vois à leur écriture négligée et à ce que nombre d'entre elles ne sont pas signées. D'autres n'ont que des initiales ou des « Devine qui ? » Quelques-unes encore ont des X ou des O. Toutes les cartes de filles sont clairement signées de façon à ce qu'il n'y ait aucune méprise sur l'envoyeur.

Sur le chemin du retour à la maison, Carol montre en rigolant les cartes qu'elle a reçues des garçons. J'ai plus de cartes de la part des garçons que Carol, et plus que toutes celles collectionnées par Cordelia et Grace en classe de sixième. Mais je suis seule à le savoir. J'ai caché les cartes dans mon pupitre pour qu'on ne les voie pas. Lorsque l'on me questionne, je dis que je n'en ai pas reçu beaucoup. Je chéris mon trésor. C'est nouveau, mais je ne suis pas surprise : les garçons sont mes alliés secrets.

Carol n'a que dix ans trois quarts et pourtant elle commence déjà à avoir des seins. Ils ne sont pas très gros, mais les mamelons ne sont plus plats, ils pointent, poussés par un léger gonflement. Il nous est facile de le constater à la façon dont elle bombe le torse et porte des chandails qu'elle étire constamment vers le bas pour les faire paraître davantage. À la récréation, elle se plaint : elle dit qu'ils font mal et qu'elle devra se procurer un soutien-gorge. Cordelia lui dit : « Fous-nous la paix avec tes stupides seins. » Elle est plus âgée, et elle n'en a pas encore.

Carol se pince les lèvres et les joues pour les rendre rouges. Elle trouve un vieux bâton de rouge à lèvres dans la corbeille à papier de sa mère, le cache, et l'apporte à l'école dans sa poche. Après l'école, elle s'en frotte un peu les lèvres avec le bout de son petit doigt. Puis elle l'essuie avec un Kleenex juste avant d'arriver à la maison, sans y réussir tout à fait.

Nous jouons dans sa chambre à l'étage. Lorsque nous allons à la cuisine pour prendre un verre de lait, sa mère dit : « Qu'est-ce que tu as là sur la figure, jeune fille ? » Et, devant nous, elle se met à lui frotter le visage avec un torchon sale. « Que je ne te reprenne plus à faire ce genre de chose vulgaire ! À ton âge, quelle idée ! » Carol gigote, pleure, crie et s'effondre complètement. Nous regardons, horrifiées et fascinées à la fois. « Attends que ton père arrive ! » dit sa mère d'une voix froide et furieuse. « Te donner en spectacle ainsi ! » comme si le simple fait d'être vue constituait une faute en soi. C'est alors qu'elle se rend compte que nous sommes toujours là. « Déguerpissez ! » dit-elle.

Deux jours plus tard, Carol dit que son père l'a battue avec sa ceinture, avec le bout de la boucle, en plein sur son derrière nu. Elle dit qu'elle peut à peine s'asseoir. Ce dont elle semble fière. Dans sa chambre, après l'école, elle retrousse sa jupe, baisse sa petite culotte, et nous voyons réellement les marques, un peu comme des égratignures, pas très rouges, mais là tout de même.

Il est difficile de croire cela du père de Carol, l'aimable Mr Campbell qui a une moustache si douce et qui appelle Grace « Les beaux yeux bruns », et Cordelia « Miss Lobelia ». Il est étrange de l'imaginer en train de frapper qui que ce soit avec une ceinture. Mais les pères et leurs manières sont énigmatiques. Par exemple, je sais, sans qu'on me l'ait dit, que Mr Smeath mène en pensée une vie secrète de trains et d'évasions. Que le père de Cordelia est charmant envers nous les rares fois où nous le rencontrons, qu'il fait des blagues un peu ironiques, que son sourire ressemble à un tableau d'affichage, et que pourtant elle le craint. Parce qu'elle le craint vraiment. Tous les pères, sauf le mien, sont invisibles le jour ; le jour est géré par les mères. Les pères reviennent la nuit. L'obscurité ramène les pères à la maison, avec leur véritable, leur indicible pouvoir. On ne voit pas le dessous de leurs cartes. Et alors, nous croyons à la ceinture.

Carol dit qu'elle a vu une tache sur le drap du lit jumeau de sa mère, un matin, avant que le lit ne soit fait. Nous nous rendons dans la chambre de ses parents sur la pointe des pieds. Le lit, recouvert de son couvre-lit de chenille duveteuse, est si bien fait que nous hésitons à en retourner les couvertures pour voir. Carol ouvre le tiroir de la table de chevet et nous y jetons un coup d'œil. Il y a une chose de caoutchouc, comme une tête de champignon, et un tube de pâte dentifrice qui ne contient pas de la pâte dentifrice. Carol dit que ces choses empêchent d'avoir des bébés. Personne ne rit, personne ne se moque. Nous lisons plutôt la notice. D'une certaine façon, les marques sur le derrière de Carol l'ont investie d'une crédibilité dont elle était dépourvue auparavant.

Carol est étendue sur son propre lit dont le couvre-lit blanc à volants est assorti aux rideaux. Elle joue à être malade, sans savoir trop de quoi. Nous avons humecté un linge, l'avons posé sur sa tête, et lui avons apporté un verre d'eau. Être malade est un de nos jeux préférés à présent.

— Oh, je suis malade, si malade, se lamente Carol en se tordant sur le lit. « Infirmière, faites quelque chose ! »

— Nous devons l'ausculter, dit Cordelia.

Elle remonte le chandail de Carol, puis sa camisole. Nous connaissons toutes les visites chez le médecin et les brusques humiliations qu'elles comportent. « Cela ne fera pas mal. » Il y a les seins, bouffis, leurs mamelons bleuâtres comme un front parcouru de veines. « Ausculte son cœur », me dit Cordelia.

Je ne veux pas. Je ne veux pas toucher à cette chair anormale, gonflée. « Allez, dit Cordelia, fais ce qu'on te dit. »

— Elle est désobéissante, dit Grace.

Je tends la main, la place sur le sein gauche. On dirait un ballon à moitié rempli d'eau, ou du gruau d'avoine tiède. Carol pouffe de rire. « Oh ! ta main est si froide ! » Je suis prise de nausée.

— Son cœur, idiote ! dit Cordelia. Je n'ai pas dit son sein. Tu ne sais pas faire la différence ?

Une ambulance arrive et on emporte ma mère sur une civière. Je ne l'ai pas vu, c'est mon frère Stephen qui raconte. C'était au milieu de la nuit, alors que je dormais. Stephen a pris l'habitude de se lever en secret pour regarder les étoiles par la fenêtre de sa chambre. Il dit que l'on voit mieux les étoiles lorsque les lumières de la ville sont éteintes. Il dit aussi que la meilleure façon de se réveiller la nuit, sans l'aide d'un réveil, est de boire deux verres d'eau avant d'aller au lit. Puis, il s'agit de se concentrer sur l'heure à laquelle on veut se réveiller. C'était la méthode des Indiens.

Donc, il était éveillé, il a écouté, et il s'est glissé furtivement de l'autre côté de la maison pour observer par la fenêtre ce qui se passait dans la rue. Il dit qu'il n'y avait pas de sirène, seulement des feux clignotants. Ce n'est donc pas étonnant que je n'aie rien entendu.

Le matin, lorsque je me lève, mon père est à la cuisine en train de faire frire du bacon. Il sait le faire, bien qu'il ne le fasse jamais en ville, seulement sur des feux de camp. Dans la chambre de mes parents, il y a une pile de draps froissés sur le parquet, les couvertures sont pliées sur une chaise et il y a une immense tache de sang sur le matelas. Mais lorsque je reviens de l'école, les draps ne sont plus là, le lit est refait et il n'y a plus rien à voir.

Mon père dit qu'il y a eu un accident. Mais comment peut-on avoir un accident en étant couchée et endormie dans son lit ? Stephen dit que c'était un bébé, un bébé arrivé trop tôt. Je ne le crois pas : les femmes qui attendent un bébé ont un gros ventre et ma mère n'en avait pas.

Ma mère revient de l'hôpital. Elle est faible. Elle doit se reposer. Personne n'est habitué à cela ; elle-même ne l'est pas. Elle résiste. Le matin, elle se lève comme d'habitude, s'appuie au mur et au bord des meubles pour marcher, se tient penchée au-dessus de l'évier de la cuisine, un cardigan drapé autour des épaules. Au milieu d'une chose qu'elle est en train de faire, elle doit s'arrêter et aller s'étendre. Son teint est pâle, sa peau sèche. On la dirait à l'écoute d'un son, un son à l'extérieur de la maison peut-être, mais il n'y en a pas. Parfois, je dois dire les choses deux fois avant qu'elle ne m'entende. On la dirait partie quelque part ailleurs. Elle m'a abandonnée ; ou elle a oublié que je suis là.

Tout ceci fait peur, même plus que la tache de sang. Mon père nous demande d'aider un peu plus, ce qui signifie qu'il a peur aussi.

Lorsqu'elle va mieux, je découvre une petite chaussette tricotée vert pastel dans sa boîte à couture. Je me demande pourquoi elle n'a tricoté qu'une seule chaussette. Elle n'aime pas tricoter, alors il se peut qu'elle en ait fait une et s'en soit fatiguée.

Je rêve que Mrs Finestein, de la maison voisine, et Mr Banerji sont mes vrais parents.

Je rêve que ma mère a eu un bébé, un d'une paire de jumeaux. Le bébé est gris. J'ignore où se trouve l'autre jumeau.

Je rêve que notre maison a brûlé et qu'il n'en reste rien. À sa place, il y a des souches noircies comme après un incendie de forêt. À côté, un immense monticule de boue.

Mes parents sont morts, mais vivants aussi. Allongés côte à côte dans leurs vêtements d'été, ils s'enfoncent dans la terre qui est dure mais transparente comme de la glace. En s'enfonçant, ils me regardent avec tristesse.

32.

C'est samedi après-midi. Nous allons à l'Institut pour assister à ce qu'on appelle un Conversat. Même si j'ignore de quoi il s'agit, je suis heureuse d'aller à l'Institut où il y a des serpents, des souris, des expériences de laboratoire et pas de filles. Mon père me demande si je désire emmener une amie. Je réponds par la négative. Mon frère, lui, emmène Danny qui a le nez qui coule constamment, porte des vestes de tricot à motifs de losanges et a une collection de timbres. Ils sont assis sur la banquette arrière – mon frère n'a plus le mal de la route – et ils se parlent en langage codé.

OT NÉ OUL
Ê EN ANVÉ
YAM YAM

Je sais que c'est en partie pour m'impressionner, du moins de la part de Danny. Il m'a confondue avec les autres filles, celles qui crient et se trémoussent. Autrefois, j'aurais répliqué en lui servant quelque chose d'aussi dégoûtant mais j'ai perdu l'intérêt pour les choses comme manger de la morve. Je regarde par la vitre, l'air de ne pas entendre.

Le Conversat s'avère être une sorte de musée. C'est le département de zoologie qui s'ouvre au public, dans le but de lui donner un aperçu de la science et de cultiver son esprit. C'est ce que mon père explique, avec ce sourire moqueur qui laisse entendre qu'il blague à moitié. Il dit que l'esprit des gens aurait intérêt à être stimulé. Ma mère dit qu'elle ne croit pas que le sien soit capable d'en absorber plus et qu'elle va plutôt aller faire des achats à l'épicerie.

Au Conversat, il y a beaucoup de monde. Toronto n'offre pas tellement de distractions les fins de semaine. L'Institut a un air de fête et l'odeur habituelle de Dustbane, d'encaustique, d'excréments de souris et de serpents se mélange à celle des vêtements d'hiver, de la fumée des cigarettes et des parfums féminins. Des serpentins de papier coloré sont fixés aux murs et des flèches, fabriquées avec du papier pour travaux manuels, sont placées le long des corridors, dans les escaliers et dans les différentes pièces, de façon à indiquer la voie à suivre.

Chaque pièce présente sa petite exposition regroupée selon ce que l'on est censé apprendre.

Dans la première pièce, il y a des embryons de poulets à différents stades de leur développement. À partir d'un point rouge, d'une grosse tête aux yeux proéminents, jusqu'au poussin aux plumes naissantes, l'air non pas duveteux et joli comme sur les cartes de vœux pour Pâques, mais visqueux, les pattes recourbées sous lui, les paupières entrouvertes sur un croissant d'œil bleu agate. Les embryons ont été mis dans le formol et dégagent une odeur forte. Une autre exposition montre un bocal où se trouvent des jumeaux, de vrais jumeaux humains et identiques dans leur placenta attaché, leur peau grise, flottant dans une chose qui ressemble à de l'eau de vaisselle. Les veines et les artères ont été injectées de caoutchouc coloré, bleu pour les veines, violet pour les artères, afin que l'on puisse mieux observer l'interrelation de leurs systèmes sanguins. Dans une bouteille, il y a un cerveau humain qui ressemble à une immense noix grise ramollie. Je ne peux croire qu'il y ait une telle chose dans ma tête.

Dans une autre pièce, il y a une table où l'on peut faire prendre ses empreintes digitales et se rendre compte à quel point elles diffèrent de celles d'autrui. Des photos d'empreintes agrandies ont été épinglées sur un grand carton de bristol. Mon frère, Danny et moi faisons prendre les nôtres. Danny et mon frère, qui ont blagué sur les poulets et les jumeaux – « Y

EN A OULET OUPER ? EN AGOUT ? » – n'ont pas semblé désireux de s'attarder dans cette pièce. Mais ils font preuve d'un intérêt tapageur pour les empreintes. Avec leurs doigts tachés d'encre, ils s'en impriment mutuellement le milieu du front en disant : « C'est la marque de la Main Noire ! » avec une voix forte et sinistre jusqu'à ce que notre père passe tout près et leur dise de baisser le ton. Le beau Mr Banerji de l'Inde est avec lui. Il me sourit nerveusement et dit : « Comment allez-vous, Mademoiselle ? » Il m'appelle toujours Mademoiselle. Au milieu de tous ces visages pâles d'hiver, il paraît plus foncé que d'habitude et ses dents n'en finissent pas de briller.

Dans la pièce aux empreintes, ils distribuent des morceaux de papier ; il s'agit de les goûter et de dire s'ils ont un goût amer comme des noyaux de pêches, ou acide comme des citrons. Ceci tend à prouver que certaines choses sont innées. Il y a aussi un miroir où l'on fait des exercices avec la langue pour voir si l'on arrive à en relever les côtés ou à lui donner la forme d'un trèfle. Certaines personnes n'arrivent à faire ni l'un ni l'autre. Danny et mon frère monopolisent le miroir et font des grimaces en enfonçant les pouces dans leurs joues ou en s'étirant le bord des paupières vers le bas jusqu'à ce que l'on voie la bordure rouge.

Certaines parties du Conversat sont moins intéressantes ; il y a trop de choses écrites, dont plusieurs cartes, fixées au mur et des observations au microscope, ce que nous pouvons faire en tout temps de toute façon chez nous.

Il y a foule lorsque nous avançons lentement le long des couloirs, guidés par les flèches de papier bleu pastel et jaune, chaussés de nos caoutchoucs. Nous n'avons pas enlevé nos manteaux. Il fait très chaud. Les radiateurs bruyants marchent à fond et l'air s'alourdit de l'haleine des autres.

Nous arrivons dans une pièce où il y a une tortue disséquée. Elle est posée sur un plateau en émail blanc, comme ceux des bouchers. La tortue est vivante ; ou peut-être morte mais avec un cœur qui vit. Cette tortue fait partie d'une expérience servant à démontrer que le cœur d'un reptile continue à battre même après que tout le reste est mort.

On a pratiqué un trou à la scie dans la carapace du dessous. La tortue est retournée sur le dos de façon à ce que l'on puisse voir au travers, jusqu'au cœur qui bat lentement, luit d'un rouge sombre dans sa caverne, se contracte comme l'extrémité d'un ver au toucher, se détend à nouveau, se recontracte. On dirait une main qui se serre et se desserre. On dirait un œil.

Ils ont aussi attaché un fil au cœur qui le relie à un haut-parleur. Le son du battement se fait entendre dans toute la pièce ; mortellement lent, comme le pas d'un vieillard montant un escalier. Je ne peux dire si le cœur tiendra ou non jusqu'au prochain battement. Il y a un pas, une pause, puis un craquement qui ressemble à ce genre de bruit parasite à la radio que mon frère dit provenir de l'espace sidéral, puis un autre battement, une inspiration d'air. La vie s'écoule de la tortue, je l'entends dans le haut-parleur. Bientôt, la tortue sera vidée de toute vie.

J'aimerais sortir de cette pièce mais la foule se presse en ligne devant et derrière moi. Tous sont des adultes ; je ne vois plus mon frère et Danny. Je suis encerclée de manteaux de tweed, les yeux à la hauteur du deuxième bouton. J'entends un autre son, couvrant celui du cœur, comme une brise qui s'approche : un bruissement semblable à celui de feuilles de peupliers, mais en plus petit, en plus sec. Il y a du noir aux angles de ma vision et cela se rétrécit. Ce que je vois ressemble à l'entrée d'un tunnel qui s'éloigne de moi ; ou est-ce moi qui m'éloigne de cette tache de lumière ? Après cela, je vois des tas de caoutchoucs et les planches du parquet en perspective au niveau de l'œil. La tête me fait mal.

— Elle s'est évanouie, dit quelqu'un, et alors je sais ce que j'ai fait.

— Ce doit être la chaleur.

On me transporte à l'air gris et froid ; c'est Mr Banerji qui me porte en émettant des sons désolés. Mon père accourt et me conseille de m'asseoir et de me mettre la tête entre les genoux. Je fais cela, tout en fixant le bout de mes caoutchoucs. Il me demande si j'ai la nausée et je réponds par la négative. Mon frère et Danny sortent, me jettent un regard fixe et ne disent rien. Puis mon frère dit :

« É è nouie », et tous deux rentrent.

Je reste à l'extérieur jusqu'à ce que mon père arrive avec l'automobile et nous ramène à la maison. Je commence à penser que je viens de découvrir une chose qui en vaut la peine. Qu'il est possible de s'échapper d'endroits où l'on ne souhaite pas se trouver et d'où l'on ne peut sortir. S'évanouir ressemble à se ranger de côté, hors de son propre corps, hors du temps ou dans un autre temps. Lorsque l'on s'éveille, il est plus tard. Le temps a passé sans vous.

Cordelia dit : « Pense à dix piles d'assiettes. Ce sont tes dix chances. » Chaque fois que je commets une erreur, une pile d'assiettes s'écrase. Je peux les voir, ces piles. Et Cordelia le peut aussi parce qu'elle est celle qui dit : « Fracas ! » Grace arrive à les voir un peu aussi, mais ses « Fracas » sont timides, elle cherche du regard l'approbation de Cordelia. Carol s'y essaie aussi une ou deux fois, mais elle est intimidée quand on lui dit : « Ça n'était pas un réel fracas ! »

— Il n'en reste que quatre, dit Cordelia. Fais attention.

Je ne dis rien. Alors ?

— Enlève-moi ce sourire, dit Cordelia.

Je ne dis toujours rien.

— Fracas ! dit Cordelia. Il n'en reste que trois.

Personne ne dit jamais ce qu'il arrivera si toutes les piles d'assiettes tombent.

Je suis debout contre le mur, près de la porte des FILLES. Le froid monte le long de mes jambes, s'insinue sous le bord de mes manches. Je ne dois pas bouger. Mais j'ai déjà oublié pourquoi. J'ai découvert que je peux m'emplir la tête de musique : *Avec une aile et une prière, les Joyeux Troubadours*, et oublier presque tout.

C'est la récréation. Miss Lumley patrouille dans la cour avec sa clochette de laiton, le visage tendu par le froid, tout à son affaire. Bien qu'elle ne soit plus mon professeur, je la crains presque autant qu'avant. Des chaînes de filles passent en donnant de la bande et chantent : *Personne ne nous arrêtera*. D'autres filles se promènent plus lentement, bras dessus, bras dessous. Elles me jettent un regard curieux, puis détournent les yeux. On dirait des gens en automobile, sur les autoroutes, qui ralentissent et regardent par la vitre la scène d'un accident sur le bord de la route. Ils ralentissent mais ne s'arrêtent pas. Ils savent quand il y a risque d'ennuis et ils savent se défiler.

Je me tiens debout, un peu à l'écart du mur. Je penche la tête vers l'arrière, regarde vers le ciel gris et retiens ma respiration. J'essaie de m'étourdir. Je vois une pile d'assiettes en déséquilibre, commençant à tomber dans une explosion de tessons de porcelaine. Le ciel se rapetisse jusqu'à ne devenir qu'une pointe d'épingle et un tourbillon de feuilles sèches balaie l'air au-dessus de ma tête. Puis, je vois mon propre corps étendu sur le sol, étendu juste là. Je vois les filles pointer du doigt, se rassembler. Je vois Miss Lumley se tenir à distance, se pencher avec effort pour me regarder. Mais tout cela, je le vois d'en haut, comme si j'étais dans les airs, quelque part au-dessus de la porte près de l'inscription FILLES et que je regardais vers le bas comme un oiseau.

Je reviens à moi avec le visage de Miss Lumley penché sur moi, plus maussade que d'habitude, comme si j'avais fait des dégâts, et le cercle de filles autour d'elle qui se bousculent pour mieux voir.

Il y a du sang, je me suis coupée au front. On m'emmène au bureau de l'infirmière. Celle-ci essuie le sang et applique une bande de gaze à l'aide d'un sparadrap. La vue de mon propre sang sur le linge blanc mouillé me remplit de satisfaction.

Cordelia est réduite au silence : la vue du sang impressionne, impressionne même plus que du vomi. Sur le chemin du retour, Grace et elle sont pleines de sollicitude. Elles me donnent le bras et s'informent de mon état. Ce genre d'attention venant d'elles m'émeut. Je crains de me mettre à pleurer, d'avoir de grosses larmes de réconciliation. Mais je suis devenue bien trop prudente pour cela.

La fois suivante où Cordelia me dit de me tenir contre le mur, je m'évanouis à nouveau. À présent, j'arrive presque à le faire à volonté. Je retiens ma respiration, j'entends le bruit d'un froissement, je vois la noirceur, puis je me glisse de côté, hors de mon corps, et me retrouve ailleurs. Mais je n'arrive pas toujours à tout observer d'en haut comme la première fois. Parfois, il n'y a que du noir.

Je commence à être connue comme la fille qui s'évanouit.

— Elle le fait exprès, dit Cordelia. « Allez, montre-nous comment tu t'évanouis. Allez. Évanouis-toi. » Mais à présent, lorsqu'elle me l'ordonne, je n'y arrive pas.

Je commence à pouvoir m'échapper de mon corps sans m'effondrer. Dans ces moments-là, je me sens comme brouillée, comme s'il y avait deux moi, l'une en surimpression sur l'autre, mais imparfaitement. Il y a une zone de transparence et, à côté, un cercle de chair solide qui est insensible, comme une cicatrice. Je peux voir ce qui arrive, j'entends ce que l'on me dit, mais je n'ai pas à m'en occuper. Mes yeux sont ouverts et pourtant je ne suis pas là. Je suis à côté.

VII. Notre-Dame du Perpétuel Secours

33.

En sortant de chez Simpsons, je me dirige vers l'ouest, toujours à la recherche de quelque chose à manger. Je me décide enfin pour une part de pizza, que je dévore en route, avec les doigts, après l'avoir pliée en deux pour y mordre. Lorsque je suis avec Ben, je mange comme lui à des heures régulières, des choses ordinaires, mais seule, je me nourris selon mes vieilles et singulières habitudes, c'est-à-dire n'importe quoi et des restes. Je sais que c'est mauvais pour moi, mais j'ai besoin de me rappeler ce que c'est. Je pourrais commencer à considérer la présence de Ben comme allant de soi, lui, ses cravates, ses coupes de cheveux et ses pamplemousses au déjeuner. Le contraste me fait l'apprécier davantage.

De retour au studio, je lui téléphone. Je compte le temps à rebours pour me mettre à l'heure de la côte. Mais il n'y a que ma propre voix sur le message enregistré, suivie du trait sonore officiel de l'observatoire du Dominion, qui annonce le temps qui vient. *Je t'aime*, dis-je, pour qu'il puisse éventuellement m'entendre.

Puis, ça me revient : il est au Mexique, il ne sera pas de retour avant moi.

À présent, il fait noir dehors. Je pourrais sortir pour faire ce qui ressemblerait un peu à un dîner ou voir un film, mais au lieu de cela, je rampe sur le futon, m'installe sous l'édredon avec une tasse de café, le bottin téléphonique de Toronto, et je commence à chercher des noms. Il n'y a plus de Smeath, ils ont dû déménager ou mourir, ou se marier. Il y a des Campbell, à n'en plus finir. Je cherche le nom de Jon, son nom était le mien autrefois. Pas de Josef Hrbik, bien qu'il y ait des Hrbek, des Hren, des Hrastnik et des Hriczus.

Il n'y a plus de Risley.

Il n'y a pas de Cordelia.

C'est étrange d'être à nouveau dans le lit de Jon. Je ne le vois pas encore comme le sien parce que je ne l'ai encore jamais vu dedans, mais ça doit l'être. C'est beaucoup plus ordonné qu'autrefois, et beaucoup plus propre. Son premier lit n'était qu'un matelas posé à même le sol et recouvert d'un vieux sac de couchage. Cela m'était égal ; en fait, j'aimais même cela parce que l'on avait l'impression de camper en plein air. D'habitude, il y avait une profusion de tasses vides, de verres et d'assiettes sales tout autour qu'il fallait enjamber, ce que j'aimais moins. Fallait-il ignorer ce désordre ou nettoyer ? À l'époque, c'était là une question importante, une limite à ne pas franchir : l'homme allait-il se sentir envahi, dominé, si vous vous mettiez à ranger ?

Une fois, nous étions étendus sur ce lit, au tout début de notre rencontre, bien avant que je ne me mette à ramasser les assiettes, lorsque la porte s'ouvrit et qu'une femme, que je n'avais jamais vue de ma vie, apparut sur le seuil. Elle portait un jean sale et un T-shirt rose délavé ; son visage était maigre et blême, ses pupilles dilatées. Elle semblait droguée ce qui, à l'époque, commençait à être possible. Elle resta là à ne rien dire, une main derrière le dos, le visage tendu et ahuri pendant que je remontais le sac de couchage sur moi.

— Hé holà, dit Jon.

Alors, elle retira la main de derrière son dos et nous lança quelque chose. C'était un plein sac de spaghettis chauds, sauce comprise. Il éclata en atterrissant et nous éclaboussa tous les deux. Puis elle sortit, toujours aussi silencieuse, en claquant la porte.

J'avais peur, mais Jon se mit à rire. « Qu'est-ce que c'était ? dis-je. Comment diable est-elle entrée ici ? »

— Par la porte, dit Jon en riant toujours. Il détacha un spaghetti de mes cheveux et se pencha pour m'embrasser. Je savais que cette fille avait dû être une amie, ou une ex-amie, et j'étais furieuse contre elle. Il ne me vint pas à l'esprit qu'elle pouvait avoir raison d'agir ainsi. Je n'étais pas encore tombée sur les épingles à cheveux laissées dans la salle de bains comme de la pisse de chien qui délimite un territoire enneigé, ou les marques de rouge à lèvres placées stratégiquement sur l'oreiller. Jon savait couvrir ses pistes, et lorsqu'il ne le faisait pas, c'était parce qu'il y avait une raison. Il ne me vint pas à l'idée non plus qu'elle devait avoir une clé.

— Elle est folle, dis-je. On devrait la mettre à l'asile.

Je n'éprouvais aucune pitié envers elle. D'une certaine façon, je l'admirais plutôt. J'admirais l'absence de retenue, le courage de ses mauvaises manières, la force de sa rage brute. Lancer un sac de spaghettis, c'était un geste direct, un peu fou, d'une noblesse spontanée. Cela réglait le problème. J'étais loin d'être capable d'en faire autant à cette époque.

34.

Grace dit les grâces. Mr Smeath dit : « Béni soit le Seigneur et amenez les munitions », puis il tend la main vers les fèves au lard. Mrs Smeath dit : « Lloyd. » Mr Smeath dit : « Cela ne fait de mal à personne », et il m'adresse un sourire en coin. Tante Mildred pince sa bouche moustachue. Je mâche la nourriture caoutchouteuse des Smeath. Sous le couvert de la nappe, je triture la peau de mes ongles. Un dimanche passe.

Après l'ananas en compote, Grace veut que je descende au sous-sol avec elle pour jouer à l'école. Je la suis, mais je dois remonter pour aller à la salle de bains. Grace m'en a donné la permission de la même manière que les professeurs de l'école le font. En montant les marches, j'entends tante Mildred et Mrs Smeath qui sont dans la cuisine à faire la vaisselle.

— Elle est exactement comme une païenne, dit tante Mildred. Comme elle a été missionnaire en Chine, elle se croit qualifiée. « Tout ce que tu as fait n'a servi à rien. »

— Mais, d'après Grace, elle étudie sa Bible, dit Mrs Smeath. À présent, je sais que c'est de moi qu'elles parlent. Je m'arrête sur la marche du haut d'où je peux voir dans la cuisine : la table où sont empilées les assiettes, le bas du dos de Mrs Smeath et de tante Mildred.

— Ils l'apprennent tous, dit tante Mildred. Jusqu'à l'épuisement. Mais ce n'est que du par cœur, ça n'entre pas vraiment. Dès que l'on tourne le dos, ils redeviennent ce qu'ils étaient auparavant.

L'injustice de ces mots m'accable. Comment peuvent-elles dire cela alors que j'ai gagné une mention spéciale pour mon essai sur la tempérance, sur les hommes ivres qui ont des accidents d'automobile et gèlent à mort dans les tempêtes de neige parce que l'alcool dilate leurs vaisseaux capillaires ? Je sais même ce que sont ces derniers, j'ai même épelé correctement. Je peux réciter des psaumes entiers, des chapitres entiers, je peux chanter toutes les chansons des diapositives couleurs du chevalier blanc de l'École du dimanche, sans même avoir à regarder.

— Que peut-on attendre d'une pareille famille ? dit Mrs Smeath qui ne s'étend pas toutefois sur ce qui ne va pas dans ma famille. Les autres enfants le sentent bien. Ils savent.

— Tu ne crois pas qu'elles sont trop dures avec elle ? Le ton de sa voix dénote de l'intérêt. Elle veut savoir à quel point.

— C'est le châtiment de Dieu, dit Mrs Smeath. Elle n'a que ce qu'elle mérite.

Une bouffée de chaleur m'envahit. Une bouffée de honte, ce que j'ai déjà ressenti, mais accompagnée cette fois de haine, ce que je n'ai jamais ressenti, pas sous cette forme aussi brute. C'est une haine de forme bien définie, celle du sein unique et de l'absence de taille de Mrs Smeath. On dirait une mauvaise herbe charnue dans ma poitrine, à la tige blanche et grasse, comme celle d'une bardane, avec son feuillage dru et ses barbes qui croissent dans la terre imprégnée de pipi de chat le long du sentier menant à la passerelle. Une haine épaisse et lourde.

Je reste là, sur la marche du haut, figée de haine. Ma haine ne vise pas Grace ou même Cordelia. Je suis incapable d'aller jusque-là. Elle va à Mrs Smeath parce que ce que je croyais être un secret, une chose se passant entre filles, entre enfants, n'en est pas un. Cela a déjà été discuté et toléré. Mrs Smeath savait et approuvait. Elle n'a rien fait pour l'empêcher. Elle croit que c'est ce que je mérite.

Elle s'éloigne de l'évier et s'approche de la table de cuisine pour prendre une autre pile d'assiettes sales, dans mon champ de vision. Pendant un bref et intense moment, je l'imagine passant dans le tordoir couleur chair de la lessiveuse de ma mère, les jambes en premier, les os brisés et aplatis, la peau et la chair pressées vers la tête, sur le point d'éclater comme une grosse bulle de sang. Si mes yeux pouvaient émettre des rayons mortels comme ceux des bandes dessinées, je l'assassinerais sur-le-champ. Elle a raison, je suis une païenne. Je ne peux pardonner.

Comme si elle sentait mon regard fixé sur elle, elle se retourne et me voit. Nos yeux se rencontrent : elle sait que j'ai entendu. Mais elle ne bronche pas, n'est ni embarrassée ni honteuse. Elle me fait ce sourire suffisant, les lèvres closes sur les dents. Ce qu'elle dit ne s'adresse pas à moi, mais à tante Mildred. « Les petits enfants ont l'oreille fine. »

Son mauvais cœur flotte dans son corps comme un œil, un mauvais œil qui me voit.

Nous sommes assises sur le banc de bois au sous-sol de l'église, dans l'obscurité, et nous regardons en direction du mur. De la lumière se reflète dans les lunettes de Grace alors qu'elle me regarde de biais.

God sees the little sparrow fall,
It meets His tender view ;
If God so loves the little bird,
I know He loves me too[1].

L'image montre un oiseau mort dans une main énorme, éclairé d'en haut par un faisceau lumineux.

Je bouge les lèvres, mais je ne chante pas. Je suis en train de perdre confiance en Dieu. Mrs Smeath a fait de Lui son affaire, elle connaît Ses façons de punir. Il est de son côté, et c'est un côté dont je suis exclue.

Je pense à Jésus qui est censé m'aimer. Il n'en montre pourtant aucun signe, et je ne crois pas qu'il puisse vraiment m'aider. Contre Dieu et Mrs Smeath,

1. Dieu voit tomber le petit moineau, / Cela accomplit son tendre vœu ; / Si Dieu aime tant le petit oiseau, / Je sais qu'il m'aime aussi.

il est impuissant parce que Dieu est le plus fort. Dieu n'est pas du tout Notre Père. À présent, je le vois immense, dur, intraitable, sans visage et comme propulsé sur des rails. Dieu est une sorte de machine.

Je décide de ne plus prier Dieu. Lorsque vient le temps de dire le Notre-Père, je reste debout, en silence, ne bougeant que les lèvres.

Pardonnez-nous nos offenses, comme nous pardonnons à ceux qui nous ont offensés.

Je me refuse à dire cela. S'il me faut pardonner à Mrs Smeath, ou bien aller en enfer lorsque je mourrai, alors je suis prête à y aller. Jésus devait savoir combien il est difficile de pardonner, c'est pourquoi il a mis cela dans la prière. Il ajoutait toujours des choses impossibles à faire, comme de donner tout son argent.

— Tu ne priais pas, me murmure Grace.

Mon estomac se contracte. Qu'est-ce qui est plus difficile : la contredire ou admettre ? D'une façon ou d'une autre, il y aura des sanctions.

— Mais si, dis-je, je priais.

— Non, tu ne priais pas. Je t'ai écoutée.

Je ne dis rien.

— Tu mens, dit Grace toute contente, oubliant de baisser le ton.

Je ne dis toujours rien.

— Tu devrais demander pardon à Dieu, dit Grace. C'est ce que je fais tous les soirs.

Je reste assise dans l'obscurité, à me ronger les ongles. Je pense à Grace demandant pardon à Dieu. Mais pour quoi ? Dieu nous pardonne lorsque nous avons du remords et elle n'en montre jamais aucun signe. Elle ne croit jamais qu'elle fait quelque chose de mal.

Grace, Cordelia et Carol marchent bien en avant de moi ; je suis à un pâté de maisons derrière. Aujourd'hui, elles ne me permettent pas de marcher avec elles parce que j'ai été insolente. Par contre, elles ne me veulent pas trop loin derrière. Je les suis, au rythme de la chanson des *Joyeux Troubadours... Faire un sourire quand tout chavire. C'est comme ça quand on est heureux...* sans arriver à me souvenir du reste. Je marche la tête basse, je fixe le trottoir et les caniveaux, à la recherche du papier argenté des paquets de cigarettes que je ne collectionne pourtant plus depuis belle lurette. Je sais que tout ce que je pourrais en faire ne vaudrait rien.

Je vois une feuille de journal sur laquelle il y a une image en couleur. Je la ramasse. Je connais cette image : c'est celle de la Vierge Marie. Le journal provient de Notre-Dame du Perpétuel Secours, le Notre-Dame de l'Enfer perpétuel. La Vierge Marie porte une longue robe bleue, on ne voit même pas les pieds sous l'ourlet, un tissu blanc sur la tête et une couronne posée dessus dont le halo jaune émet des rayons semblables à des clous. Elle a le sourire triste d'une personne déçue ; ses mains s'ouvrent dans un geste de bienvenue et son cœur est à l'extérieur de sa poitrine, transpercé de sept épées. Ou du moins, c'est ce à quoi cela ressemble. Le cœur est gros, rouge et très propre, comme un coussinet de satin rouge en forme de cœur ou un valentin. Sous l'image, il est écrit : *Les sept douleurs.*

La Vierge Marie apparaît dans quelques-uns des journaux de l'École du dimanche, mais jamais couronnée, jamais avec un cœur en pelote d'épingles, jamais seule. Elle est toujours plus ou moins en arrière-plan. On en fait peu de cas, sauf à Noël, et même là, l'Enfant Jésus prend plus d'importance qu'elle. Lorsque tante Mildred et Mrs Smeath parlent des catholiques, comme cela leur arrive à la table du dimanche, c'est toujours avec mépris. Les catholiques prient en s'adressant à des statues, boivent du vrai vin à la sainte communion plutôt que du jus de raisin. « Ils vénèrent le pape », disent les Smeath, ou encore « Ils vénèrent la Vierge Marie » ; comme s'il s'agissait là d'une chose scandaleuse.

Je regarde l'image de plus près. Mais comme je sais qu'il serait risqué de la garder, je la jette. C'est le bon réflexe puisque toutes trois se sont à présent arrêtées pour m'attendre. Tout ce que je fais, à part marcher ou me tenir debout, attire leur attention.

— Qu'est-ce que tu as ramassé ? demande Cordelia.

— Un journal.

— Quelle sorte de journal ?

— Juste un journal de l'École du dimanche.

— Pourquoi l'as-tu ramassé ?

Autrefois, j'aurais réfléchi à la question, essayé d'y répondre honnêtement. Mais à présent je dis : « Je ne sais pas. » C'est la seule réponse que je puisse donner, à quoi que ce soit, qui ne sera pas ridiculisée ou critiquée.

— Qu'en as-tu fait ?

— Je l'ai jeté.

— Ne ramasse pas des choses dans la rue, dit Cordelia. Elles sont contaminées. Après cela, elle laisse tomber.

Je décide de faire quelque chose de dangereux, de révolté, peut-être même de blasphématoire. Si je ne peux plus prier Dieu, alors je vais prier la Vierge Marie. Cette décision me rend aussi nerveuse que si je m'apprêtais à voler quelque chose. Mon cœur bat plus fort, j'ai les mains froides. Je sens que je suis sur le point de me faire prendre.

Il me semble indiqué de m'agenouiller. Dans l'église au toit en forme d'oignon nous ne nous agenouillons pas, mais les catholiques, eux, le font. Je m'agenouille près de mon lit et je joins les mains comme les enfants sur les cartes de Noël, sauf que je porte un pyjama de flanelle rayé bleu plutôt que la chemise de nuit blanche qu'on leur voit toujours. Je ferme les yeux, j'essaie de penser à la Vierge Marie. Je veux qu'elle m'aide ou du moins me fasse un signe, mais je ne sais pas quoi dire. Je n'ai pas appris les mots qu'il faut lui adresser, à elle.

J'essaie d'imaginer à quoi elle ressemblerait, par exemple, si je la rencontrais dans la rue : porterait-elle des vêtements comme ceux de ma mère ou la robe bleue et la couronne de l'image et, au cas où ce serait la robe bleue, attirerait-elle une foule ? Ils la penseraient peut-être sortie d'une pièce de théâtre pour Noël ; mais pas si elle avait son cœur épinglé à l'extérieur et tout transpercé d'épées. J'essaie de penser à ce que je lui dirais. Mais elle sait déjà ; elle sait à quel point je suis malheureuse.

Je prie de plus en plus fort. Mes prières sont muettes, provocantes, sans larmes, éperdues, sans espoir. Rien n'arrive. J'enfonce les poings dans mes yeux jusqu'à ce qu'ils fassent mal. Pendant un moment, je crois voir un visage, puis un éclair de bleu, mais à présent, tout ce que je vois c'est le cœur. Il est là, rouge clair, bombé, encerclé d'un halo sombre, une noirceur comme du velours lumineux. Une lumière d'or jaillit de son centre, puis s'atténue. Il s'agit bien du cœur. Il ressemble à mon sac à main de plastique rouge.

35.

C'est la mi-mars. Aux fenêtres de l'école, les tulipes de Pâques commencent à fleurir. Il y a encore de la neige sur le sol, des traces sales, bien que l'hiver soit en train de perdre de sa dureté, et de son éclat. Le ciel devient lourd et semble descendre plus bas.

Nous revenons à la maison sous ce ciel épais et gris, chargé d'humidité. De gros flocons doux tombent, s'amoncellent sur les toits, les branches, puis en glissent de temps en temps dans un bruit cotonneux et mouillé. Il n'y a pas de vent et le son est étouffé par la neige.

Il ne fait pas froid. Je défais les attaches de mon bonnet de laine bleue, le laisse ballotter sur ma tête. Cordelia enlève ses mitaines et roule des boules de neige qu'elle lance aux arbres, aux poteaux de téléphone, au hasard. Elle est dans un de ses bons jours ; elle passe son bras sous le mien, l'autre sous celui de Grace, et nous marchons le long de la rue en chantant : *Personne ne nous arrêtera.* Je chante aussi. Ensemble, nous sautons et glissons.

Je retrouve un peu de l'euphorie ressentie autrefois devant la neige qui tombe ; je veux ouvrir la bouche, la gober. Je me laisse aller à rire, comme les autres, je m'y essaie. Mon rire, qui se veut spontané, naturel, tient de l'exploit.

Cordelia se jette sur le dos dans la neige intacte d'une pelouse de façade, étend les bras, les lève au-dessus de la tête, les redescend de chaque côté, pour former l'empreinte d'un ange de neige. Les flocons se posent sur son visage, dans sa bouche qui rit, fondent, s'accrochent à ses cils. Elle cligne des cils, les ferme contre la neige. Pendant un moment, elle ressemble à quelqu'un que je ne connais pas, à une étrangeté resplendissante, porteuse d'heureux présages. Ou encore à la victime d'un accident de la circulation projetée dans la neige.

Elle ouvre les yeux et tend les mains qui sont moites, rougies, et nous la relevons de façon à ce qu'elle n'abîme pas l'image qu'elle a faite. L'ange de neige a des ailes en plumeau et une petite tête d'épingle. Là où ses mains se sont posées, au bas des hanches, il y a des empreintes de doigts comme celles de petites griffes.

Nous avons oublié le temps et il commence à faire noir. Nous courons le long de la rue qui mène à la passerelle de bois. Même Grace court lourdement, en criant : « Attendez-moi ! » Pour une fois, c'est elle qui est laissée derrière.

Cordelia atteint la montée la première et la descend en courant. Elle essaie de glisser, mais la neige est trop molle, pas assez glacée, et puis il y a de la cendre et du gravier. Elle tombe et roule sur elle-même. Nous croyons qu'elle le fait exprès, tout comme elle a fait l'ange de neige. Nous accourons vers elle, ragaillardies, à bout de souffle, en riant, juste au moment où elle se relève.

Nous cessons tout de suite de rire parce que nous constatons qu'elle est tombée accidentellement, qu'elle ne l'a pas fait exprès. Or elle n'aime faire que ce qu'elle a décidé de faire.

Carol demande : « Tu t'es blessée ? » Sa voix tremble, elle a peur, elle sait déjà que c'est sérieux. Cordelia ne répond pas. Son visage est redevenu dur, ses yeux maléfiques.

Grace se déplace de façon à être près de Cordelia, un peu en retrait. De là, elle me sourit, de son sourire figé.

Cordelia me lance : « Est-ce que tu riais ? » Je crois qu'elle me demande si je riais parce qu'elle est tombée.

— Non, dis-je.

— Elle riait, corrige Grace d'un ton neutre. Carol se range au bord du sentier, loin de moi.

— Je te donne encore une chance, dit Cordelia. Est-ce que tu riais ?

— Oui, dis-je, mais…

— C'est oui ou c'est non ? demande Cordelia.

Je ne dis rien. Cordelia jette un regard à Grace comme pour chercher son approbation. Elle soupire, d'un soupir exagéré, comme celui d'une adulte. « Tu mens encore, dit-elle. Qu'est-ce qu'on va bien faire de toi ? »

Il semble que nous soyons là depuis longtemps. Il fait plus froid à présent. Cordelia élève la main et m'arrache mon bonnet de laine. Elle descend le reste de la côte, arrive sur la passerelle et hésite un moment. Puis, elle va au garde-fou et le jette dans le ravin. Enfin, l'ovale blanc de son visage se tourne vers moi. « Viens ici », dit-elle.

Rien n'a donc changé. Tout va se poursuivre comme avant, sans fin. Après tout mon rire n'était pas réel ; ce n'était qu'une aspiration d'air.

Je me dirige vers le garde-fou où se tient Cordelia, sur la neige qui ne crisse pas mais cède plutôt sous mes pieds comme de la ouate d'emballage. Dans ma tête, cela sonne comme une dent creuse que l'on obture. D'habitude, je crains d'aller si près du bord de la passerelle, mais ce n'est pas le cas cette fois-ci. Je ne ressens rien d'aussi net que la peur.

— Le voilà, ton chapeau ridicule, dit Cordelia. Et en effet, il est là, tout en bas, toujours bleu sur la neige blanche, même dans cette lumière d'entre chien et loup. « Pourquoi ne descends-tu pas le chercher ? »

Je la regarde. Elle veut que je descende dans ce ravin où il y a de méchants hommes, où nous ne sommes pas censées aller. Il me vient à l'idée que je pourrais ne pas le faire. Que ferait-elle alors ?

Je vois bien que Cordelia commence à l'envisager aussi. Peut-être est-elle allée trop loin, peut-être a-t-elle heurté finalement un noyau de résistance en moi. Si je refuse de faire ce qu'elle m'ordonne cette fois, qui sait jusqu'où ira ma révolte ? Les deux autres ont descendu la côte et observent, bien en sécurité au milieu du pont.

— Eh bien, vas-y, dit-elle sur un ton plus gentil, comme si elle m'encourageait au lieu de donner un ordre. Et tu seras pardonnée.

Je ne veux pas descendre là-dedans. C'est défendu et dangereux, et puis il fait noir et l'escarpement sera glissant. Je pourrais avoir du mal à remonter. Mais mon bonnet est là. Si je reviens à la maison sans lui, je devrai m'expliquer, tout dire. Et si je refuse d'y aller, qui sait ce que fera Cordelia ? Elle pourrait se fâcher, ne plus jamais me parler. Me pousser même en bas de la passerelle. Elle n'a jamais rien fait de tel auparavant, n'a jamais frappé ou pincé, mais à présent qu'elle a jeté mon bonnet en bas, qui sait ce qu'elle risque de faire ?

Je me rends au bout de la passerelle. « Lorsque tu l'auras, compte jusqu'à cent, dit Cordelia. Avant de remonter. » Elle ne semble plus en colère à présent. Elle a l'air de quelqu'un qui donne les instructions d'un jeu.

J'entreprends la descente de l'escarpement très raide en me retenant aux branches et aux troncs d'arbres. Le sentier n'est même pas un vrai sentier, ce n'est qu'un passage battu par quiconque monte et descend ici : des garçons, des hommes. Jamais des filles.

Arrivée parmi les arbres dénudés du fond, je lève la tête. Les garde-fous de la passerelle se découpent contre le ciel. J'aperçois les contours de trois têtes qui me regardent.

Mon bonnet bleu est sur la glace de la crique. Je reste dans la neige à le regarder. Cordelia a raison, c'est un chapeau ridicule. Je le regarde et en éprouve du ressentiment parce que ce chapeau ridicule m'appartient et mérite bien d'être ridiculisé. Je ne veux plus jamais le porter.

J'entends l'eau qui coule quelque part, plus bas, sous la glace. Je marche vers la crique, tends la main, attrape le bonnet et passe au travers de la glace. J'y suis à présent jusqu'à la taille et des morceaux de glace brisée s'empilent autour de moi.

Le froid me transperce. Mes caoutchoucs se remplissent, mes chaussures aussi ; l'eau trempe mon pantalon de ski. J'ai dû crier, ou quelque son a dû sortir de moi, mais je ne me rappelle pas avoir entendu quoi que ce soit. Je serre le bonnet et lève les yeux vers la passerelle. Il n'y a plus personne. Elles ont dû s'en aller, se sauver. Cela explique le comptage jusqu'à cent : pour qu'elles puissent se sauver.

J'essaie de bouger les pieds. Ils sont très lourds à cause de l'eau infiltrée dans mes caoutchoucs. Si je le voulais, je pourrais simplement rester là. À présent, il fait tout à fait sombre et la neige au sol est d'un blanc bleuté. Les vieux pneus et les morceaux de ferraille rouillés de la crique sont recouverts ; tout autour de moi ce ne sont qu'arches bleues, cavités bleues aux formes pures, figées. L'eau de la crique est froide et calme, elle provient tout droit du cimetière, des fosses et de leurs os. C'est de l'eau faite avec les morts, dissous, transparents, et je me retrouve dans cette eau-là. Si je ne bouge pas, je serai bientôt figée dans cette crique. Je ferai partie des morts, sereine et transparente comme eux.

Je patauge dans l'eau et les bords de la glace se brisent à mesure que j'avance. Il est difficile de marcher avec des caoutchoucs remplis d'eau ; je pourrais glisser et tomber tout au fond. J'agrippe une branche, me hisse sur la berge, m'assois dans la neige bleue, retire mes caoutchoucs et les vide de leur eau. Les manches de mon blouson de ski sont mouillées jusqu'aux coudes, mes mitaines sont trempées. À présent, des couteaux transpercent mes bras, mes jambes et des larmes de douleur coulent sur mon visage.

J'aperçois les lumières en bordure du ravin, des maisons sont là, si lointaines à atteindre. Car je ne sais pas comment je vais arriver à remonter l'escarpement avec mes mains et mes pieds qui me font si mal ; je ne sais pas comment je vais rentrer à la maison.

Ma tête s'emplit d'une sciure noire ; des petites taches sombres s'insinuent dans mes yeux. On dirait que les flocons de neige sont noirs, de la même façon que le blanc est noir sur un négatif. À présent, la neige tombe sous la forme de minuscules pastilles qui se rapprochent de plus en plus du verglas. Cela fait un bruissement au travers des branches comme le mouvement, le murmure de gens dans une pièce bondée qui savent qu'ils doivent être silencieux. Ce sont les morts, qui sortent invisibles de l'eau et se rassemblent autour de moi. Chut ! Chut ! disent-ils.

Je suis couchée sur le dos à côté de la crique et je regarde vers le ciel. Rien ne me fait plus mal. Le ciel est teinté de rouge. La passerelle semble différente ; elle apparaît plus haute au-dessus de moi, plus solide, comme si les garde-fous avaient disparu ou s'étaient fondus dans le tout. Et elle brille. Il y a des trouées de lumières tout au long, d'un jaune verdâtre, une lumière différente de toutes celles que je connais. Je m'assois pour mieux voir. Mon corps est en apesanteur, comme dans l'eau.

Il y a quelqu'un sur le pont, j'en distingue le contour sombre. Au début, je crois que c'est Cordelia qui est revenue pour moi. Puis, je comprends que ce n'est pas une enfant, qu'il est trop grand. Je n'arrive pas à voir le visage, seulement une forme. L'une des lumières jaune verdâtre l'éclaire par-derrière et forme ainsi des rayons autour de sa tête.

Je sais que je devrais me lever et m'en aller à la maison, mais il est plus facile de rester ici, dans la neige, avec les petites pastilles de glace qui caressent doucement mon visage. Et puis j'ai trop sommeil. Je ferme les yeux.

J'entends quelqu'un qui me parle. On dirait une voix qui appelle, mais très doucement, comme ouatée. Je ne suis pas du tout certaine de l'avoir entendue. J'ouvre les yeux avec effort. Le personnage qui se tenait sur la passerelle marche à travers le garde-fou, ou se confond avec lui. C'est une femme, à présent je vois la longue jupe, ou est-ce un long manteau ? Elle ne tombe pas, elle vient vers moi comme si elle marchait, même s'il n'y a rien sur quoi elle puisse marcher. Je n'ai pas assez d'énergie pour avoir peur. Je reste étendue dans la neige. J'observe d'un œil lourd, avec un intérêt engourdi. J'aimerais pouvoir marcher ainsi sur l'air.

À présent, elle est assez proche. Je peux voir la lueur blanche de son visage, le foulard noir ou le capuchon sur sa tête, ou est-ce sa chevelure ? Elle me tend les bras, et je ressens une grande joie. À l'intérieur de son manteau entrouvert, il y a une tache de rouge. C'est son cœur, je crois. Ce doit être son cœur, à l'extérieur de son corps, lumineux comme un néon, comme un charbon.

Puis, je n'arrive plus à la voir. Mais je la sens autour de moi, non pas ses bras, mais comme un léger souffle d'air plus chaud. Elle me dit quelque chose.

Tu peux rentrer à la maison maintenant, dit-elle. *Tout ira bien. Va à la maison.*

Ces mots, je ne les entends pas à voix haute et pourtant, c'est vraiment ce qu'elle dit.

36.

Au-dessus de la passerelle, les lumières se sont éteintes. Je remonte l'escarpement dans l'obscurité, le verglas craque autour de moi, je me hisse aux branches, aux troncs d'arbres et mes chaussures dérapent sur la neige tassée et glacée. Rien ne me fait mal, pas même mes pieds, ni mes mains. J'ai l'impression de voler. Le vent léger bouge avec moi, un contact chaud sur mon visage.

Je sais qui j'ai vu. C'est la Vierge Marie, sans aucun doute. Même lorsque je la priais, je n'étais pas certaine qu'elle était réelle, mais à présent je le sais. Qui d'autre pourrait marcher ainsi sur l'air, qui d'autre aurait un cœur lumineux ? Bien sûr, il n'y avait pas de robe bleue, pas de couronne ; sa robe semblait être noire. Mais aussi, il faisait noir. Peut-être que la couronne était là et que je ne la distinguais pas. Et puis, de toute façon, il se peut qu'elle ait d'autres vêtements, différentes robes. Mais rien de tout cela n'a d'importance puisqu'elle est venue me chercher. Elle ne voulait pas que je gèle dans la neige. Elle est encore avec moi, invisible, m'enveloppant de chaleur et d'absence de douleur ; après tout, elle m'a entendue.

Je suis maintenant presque arrivée au sentier principal ; au-dessus de moi et de chaque côté, les lumières des maisons se rapprochent. Je peux à peine garder les yeux ouverts. Je n'arrive même pas à marcher droit. Pourtant, mes pieds continuent à avancer, l'un devant l'autre.

Plus haut devant moi, il y a la rue. Au moment où j'y débouche, je vois ma mère qui avance très vite. Son manteau n'est pas boutonné, elle n'a pas de fichu sur la tête, ses caoutchoucs sont à moitié attachés et ballottent. Lorsqu'elle me voit, elle commence à courir. Je m'arrête net, je regarde sa silhouette qui court, les pans de son manteau qui battent à ses côtés et les caoutchoucs encombrants, comme s'il s'agissait d'une autre personne, d'une participante à une course. Elle me rejoint sous un lampadaire et je vois ses yeux, agrandis et brillants d'humidité, ses cheveux saupoudrés de verglas. Elle n'a pas de mitaines. Elle m'entoure de ses bras et, au moment où elle fait cela, la Vierge Marie disparaît. La douleur et le froid me reviennent. Je suis prise d'un violent frisson.

— Je suis tombée, dis-je. Je voulais reprendre mon bonnet. J'ai la voix épaisse, je bafouille. Ma langue fourche.

Ma mère ne me demande pas. *Où étais-tu ?* ou *Pourquoi arrives-tu si tard ?* Elle dit : « Où sont tes caoutchoucs ? » Ils sont dans le ravin, en train de se couvrir de neige. Je les ai oubliés, tout autant que mon bonnet.

— Ils sont tombés de la passerelle, dis-je. Il vaut mieux me débarrasser de ce mensonge tout de suite. Le fait de dire la vérité au sujet de Cordelia m'apparaît encore comme impensable.

Ma mère enlève son manteau pour m'en couvrir les épaules. Elle a les lèvres serrées, le visage apeuré et colérique à la fois. L'air qu'elle avait lorsque nous nous blessions, il y a longtemps, là-haut dans le nord. Elle me prend sous le bras et m'entraîne. À chaque pas, mes pieds me font mal. Je me demande si je serai punie pour être descendue dans le ravin.

Lorsque nous arrivons à la maison, elle enlève mes vêtements trempés, à moitié gelés, et m'installe dans un bain tiède. Ensuite, elle examine minutieusement mes doigts, mes orteils, mes lobes d'oreilles. « Où étaient Grace et Cordelia ? me demande-t-elle. Est-ce qu'elles t'ont vue tomber ? »

— Non, dis-je. Elles n'étaient pas là.

Quoi que je dise ou fasse, je sais qu'elle songe à téléphoner à leurs mères, mais je suis bien trop épuisée pour m'en préoccuper. « Une dame m'a aidée », dis-je.

— Quelle dame ? demande ma mère. Mais je me garde bien de le lui dire. Si je dis qui c'était vraiment, on ne me croira pas. « Une dame », dis-je.

Ma mère dit que j'ai de la chance de ne pas avoir d'engelures graves. Je sais ce que sont les engelures : les orteils et les doigts peuvent tomber, c'est la punition des gens qui boivent. Elle me donne un thé au lait à boire et me met au lit avec une bouillotte et des draps de flanelle ; puis elle étend deux couvertures par-dessus. Je frissonne toujours. Mon père est rentré à la maison et je les entends de l'entrée où ils parlent à voix basse et inquiète. Puis, mon père vient, place sa main sur mon front, et se fond comme une ombre.

Je rêve que je cours le long de la rue devant l'école. Que j'ai commis une faute. C'est l'automne, les feuilles brûlent. Des tas de gens me poursuivent. Ils crient.

Une main invisible prend la mienne et me tire vers le haut. Il y a des marches dans les airs, et je les monte. Personne ne peut voir ces marches. À présent, je m'y tiens, hors d'atteinte, au-dessus des visages levés. Ils crient encore mais je ne les entends plus.

Leurs bouches s'ouvrent et se referment dans le silence, comme celles des poissons.

On me garde à la maison deux jours. Le premier jour, je reste au lit, bercée dans la fine clarté vitreuse de la fièvre. Puis, le deuxième, je repense à ce qui est arrivé. Je revois Cordelia jetant mon bonnet bleu par-dessus la passerelle, je me revois passant au travers de la glace, puis ma mère courant vers moi avec ses cheveux couverts de givre. Toutes ces choses sont bien arrivées, et pourtant entre elles, il y a du flou. Les morts et la femme au long manteau sont là, mais comme dans un rêve. Je suis moins sûre à présent qu'il s'agissait de la Vierge Marie. J'y crois, mais je ne le sais plus.

Je reçois, de la part de Carol, une carte de Prompt Rétablissement ornée de violettes, glissée dans la boîte aux lettres. Au cours de la fin de semaine, Cordelia me téléphone. « Nous ne nous sommes pas aperçues que tu étais tombée dans l'eau, dit-elle. Nous nous excusons de ne pas avoir attendu. Nous pensions que tu étais juste derrière nous. » Elle s'exprime d'une façon prudente, précise, étudiée, sans trace de remords.

Je sais qu'elle a inventé quelque histoire pour masquer la réalité, tout comme je l'ai fait moi-même. Je sais que l'on a exigé d'elle des excuses et que j'aurai à le payer plus tard. Mais c'est la première fois qu'elle m'en fait. Ces excuses, bien que fausses, au lieu de me remonter, m'affaiblissent un peu plus. Je ne sais que dire. Je laisse tomber : « C'est d'accord. » Et je crois que je le pense vraiment.

Lorsque je retourne à l'école, Cordelia et Grace sont polies mais distantes. Carol est plus manifestement craintive, ou intéressée. « Ma mère dit que tu es presque morte de froid, me murmure-t-elle alors que nous attendons en rang que la cloche sonne. J'ai reçu une volée avec la brosse. Une *vraie*. »

La neige fond sur les pelouses ; la boue réapparaît sur les parquets de l'école, dans la cuisine de la maison. Cordelia tourne autour de moi prudemment. Je capte son regard sur moi, un regard calculateur au moment où nous revenons à la maison. Nous feignons de converser normalement. Nous nous arrêtons à la boutique pour acheter des lacets de réglisse que Carol paye. Alors que nous déambulons, en suçant la réglisse, Cordelia dit : « Je crois qu'Elaine devrait être punie pour nous avoir données. Ne pensez-vous pas ? »

— Je ne vous ai pas données, dis-je. Je n'éprouve plus l'effondrement intérieur, la poussée des larmes retenues qu'une telle accusation mensongère aurait produite il y a quelque temps. Ma voix est neutre, posée, raisonnable.

— Ne me contredis pas, dit Cordelia. Explique donc pourquoi ta mère a téléphoné aux nôtres ?

— Ouais, dis-le ? demande Carol à son tour.

— Je ne sais pas, et je m'en fiche, dis-je. Je m'étonne moi-même.

— Tu fais l'insolente, dit Cordelia. Enlève-moi ce sourire.

Je suis toujours lâche, toujours craintive ; rien de tout cela n'a changé. Et pourtant, je me retourne et je m'éloigne d'elles. C'est comme descendre d'un nuage et croire que l'air nous soutiendra. Et c'est bien ce qui m'arrive. Je m'aperçois que je n'ai pas à faire ce qu'elle m'ordonne et, pour le pire et pour le mieux, que je n'ai jamais eu l'obligation de faire ce qu'elle dit. Je peux faire ce que je veux.

— Que je ne te voie pas chercher à nous plaquer ! dit Cordelia derrière moi. Reviens ici tout de suite !

J'entends cela pour ce que c'est. Du pastiche. Du théâtre. C'est la mauvaise imitation d'une personne beaucoup plus âgée. C'est un jeu. Il n'y a jamais eu chez moi quelque chose à améliorer. Cela n'a jamais été qu'un jeu où je me suis fait avoir. J'ai été stupide. Ma colère se dirige contre moi autant que contre elles.

— Dix piles d'assiettes, dit Grace.

Avant, cela m'aurait réduite en miettes. À présent, je trouve cela enfantin.

Je continue à marcher. Je me sens brave, la tête légère. Elles ne sont pas mes meilleures amies, ou même mes amies. Rien ne me lie à elles. Je suis libre.

Elles me suivent et font des commentaires sur la façon dont je marche, sur ce dont j'ai l'air vue de dos. Si je me retournais, je les verrais en train de m'imiter. « Poseuse ! Snobinarde ! snobinarde ! » crient-elles. Je perçois la haine, mais aussi le besoin. Elles ont besoin de moi à ce jeu, et moi, je n'ai plus besoin d'elles. Elles m'indiffèrent. En moi, il y a quelque chose de dur, de cristallin, un noyau de verre. Je traverse la rue et continue tout du long, en mangeant ma réglisse.

Je cesse d'aller à l'École du dimanche. Après l'école, je refuse de jouer avec Grace ou Cordelia, ou même avec Carol. Je ne retourne plus à la maison par le chemin de la passerelle. J'emprunte plutôt le chemin le plus long, celui du cimetière. Lorsqu'elles se présentent en groupe à la porte de derrière pour me chercher, je leur dis que je suis occupée. Pour m'attirer, elles essaient la cajolerie, mais je ne m'y laisse plus prendre. Je détecte le calcul dans leurs yeux. C'est comme si je pouvais voir au travers. Pourquoi en étais-je incapable auparavant ?

Lorsque mon frère n'est pas là, je passe beaucoup de temps à lire des bandes dessinées dans sa chambre.

J'aimerais pouvoir escalader les gratte-ciel, voler avec une cape, percer des trous dans le métal, du bout de mes doigts fulgurants, porter un masque et voir au travers des murs. J'aimerais pouvoir frapper des gens, des criminels, chaque coup de poing produisant un éclair rouge ou jaune. Boum ! Crac ! Reboum ! Je sais que je possède la volonté de faire ces choses. Et, d'une façon ou de l'autre, j'ai bien l'intention de les faire.

À l'école, je me fais une autre amie qui se nomme Jill. D'autres jeux l'intéressent, des jeux de papier et de bois. Nous allons chez elle et jouons à Old Maid, Snap, et Pick up Sticks. Grace, Cordelia et Carol s'accrochent aux confins de ma vie, séductrices, railleuses, leur image un peu plus pâle chaque jour, de moins en moins réelles. Je ne les entends presque plus, parce que je ne les écoute presque plus.

VIII. Moitié de visage

37.

Pendant longtemps, j'entrai dans les églises. Je me disais que c'était pour l'art ; j'ignorais que j'étais à la recherche de quelque chose. Je ne faisais aucun effort pour les trouver, même si elles étaient mentionnées dans le guide touristique et présentaient un intérêt historique. Je n'y entrais jamais au cours d'un service, en fait, je n'aimais pas du tout l'idée : c'était ce qu'elles représentaient qui m'attirait et non pas ce qui s'y déroulait. La plupart du temps, je les trouvais par hasard et y entrais sous l'impulsion du moment.

Une fois à l'intérieur, je prêtais peu d'attention à l'architecture, même si j'étais au courant des détails techniques pour avoir déjà rédigé des compositions sur les claires-voies et les nefs. S'il y en avait, je m'attardais aux vitraux et je préférais les églises catholiques aux protestantes. Plus la décoration était soignée, mieux cela valait puisqu'il y avait plus à voir. J'aimais les fantaisies un peu folles : les feuilles d'or et les enflures baroques ne me déroutaient nullement.

Je lisais les inscriptions sur les murs et les sols, un faible particulier aux riches anglicans, convaincus que d'avoir leur nom gravé leur vaudrait des points auprès de Dieu. Ces anglicans avaient aussi un faible pour les drapeaux militaires troués et pour d'autres sortes de monuments aux morts de la guerre.

Mais je m'intéressais surtout aux statues. Statues de saints, de croisés ou de pseudo-croisés sur leurs tombeaux, effigies de toutes sortes. Je gardais les statues de la Vierge Marie pour la fin. Je m'en approchais remplie d'espoir, mais j'étais toujours déçue. Aucune de ces statues ne représentait quelque chose que je reconnaissais. C'étaient des poupées parées, fades dans leurs tons de bleu et de blanc, des objets pieux. À cette époque-là, je ne savais pas pourquoi je m'attendais à mieux.

C'est avec Ben que je suis allée au Mexique pour la première fois. C'était aussi notre premier voyage ensemble, notre premier tête-à-tête. Je pensais que ça ne serait qu'un interlude. Je n'étais même pas certaine de vouloir encore un homme dans ma vie ; car, à ce moment-là, je ne croyais plus que la solution était de remplacer un homme par un autre, et j'étais à bout de souffle. Mais je me sentais soulagée d'être en compagnie de quelqu'un d'aussi peu compliqué, d'aussi facile à contenter.

Nous étions seuls dans ce voyage de deux semaines qui s'avéra avoir un rapport avec les affaires de Ben.

Sarah était restée chez sa meilleure amie. Nous avons commencé par Vera Cruz, trouvé crevettes, hôtels et blattes, puis nous avons pris un car en direction des montagnes, à la recherche, comme toujours, d'endroits pittoresques et peu fréquentés par les touristes.

Il y avait une petite ville au bord d'un lac… Un lieu discret, pour le Mexique, pays qui m'avait frappée comme viscéral, un corps retourné comme un gant, avec le sang à la surface. Peut-être avais-je eu ce sentiment à cause de la fraîcheur, à cause du lac.

Pendant que Ben parcourait le marché, à la recherche d'images à photographier, j'entrai dans une église. Elle n'était pas grande et avait l'air pauvre. C'était désert et il y flottait une odeur de vieille pierre, d'abandon, de moisissure. Je me promenai dans les allées extérieures et examinai les images du Chemin de croix, gauches, maladroites, peintes avec une huile crasseuse, quelque chose comme une peinture sur dessin numéroté. Elles étaient laides, mais authentiques : c'était un ouvrage d'auteur.

Puis j'aperçus la Vierge Marie. Tout d'abord, je ne la reconnus pas parce qu'elle n'était pas vêtue de l'or, du bleu et du blanc traditionnels, mais plutôt de noir. Elle ne portait pas non plus de couronne. La tête était penchée, le visage dans l'ombre, les mains ouvertes tendues de chaque côté. Autour de ses pieds, il y avait des bouts de cierges et sur l'entière surface de sa robe noire étaient piqués ce que je pris d'abord pour des étoiles, mais qui étaient en fait des petits bras, des jambes, des mains, des moutons, des ânes, des poulets et des cœurs de cuivre ou d'étain.

Je voyais bien pourquoi : elle était la Vierge des objets perdus, celle qui rendait ce qui était perdu. Elle était la seule de toutes ces Vierges de bois, de marbre ou de plâtre qui m'ait jamais semblé réelle. Il valait peut-être la peine de la prier, de s'agenouiller, d'allumer un cierge. Mais je ne le fis pas car j'ignorais ce que j'aurais pu lui demander. Ce qui était perdu, ce que j'aurais pu épingler à la robe.

Après un moment, Ben entra et m'aperçut. « Qu'est-ce qu'il y a ? dit-il. Qu'est-ce que tu fais par terre ? Est-ce que tu vas bien ? »

— Oui, dis-je. Ce n'est rien. Je me reposais.

J'étais transie à cause de la pierre, j'avais les muscles ankylosés et raidis. J'avais oublié comment j'en étais arrivée à me retrouver sur le plancher.

Mes filles, les deux, ont connu une période où elles disaient : *Et alors ?* dans le sens de : *Et puis après ?* À cette époque, la plus vieille avait douze ou treize ans. Elles se croisaient les bras et me dévisageaient, moi ou leurs meilleures amies, ou encore se le faisaient entre elles. *Et alors ?*

— Ne faites pas cela, leur disais-je. Cela me rend folle.

— *Et alors ?*

À cet âge, Cordelia faisait la même chose… Avec les mêmes bras croisés, le même visage imperturbable, le même regard vide et fixe. Cordelia ! Mets tes gants, il fait froid dehors. *Et alors ?* Je ne peux venir, je dois terminer mes devoirs. *Et alors ?*

— Cordelia, me dis-je. Tu m'as fait croire que je n'étais rien.

Et alors ?

La question est demeurée sans réponse.

38.

L'été arrive, l'été s'en va, c'est l'automne et c'est l'hiver. Et le roi meurt. Je l'apprends aux nouvelles de midi. Par les rues enneigées, je m'en retourne à l'école en me disant : *Le roi est mort*. À présent, tout ce qui est arrivé lors de son vivant est chose du passé : la guerre, les avions avec une seule aile, la boue à l'extérieur de notre maison, beaucoup de choses. Je pense à toutes ces têtes qu'il avait, aux milliers d'entre elles imprimées sur la monnaie et qui sont à présent les têtes d'une personne morte plutôt que vivante. On devra remplacer cette monnaie, ainsi que les timbres, et on y verra maintenant la tête de la reine. La reine qui était jusqu'ici la princesse Élisabeth. Je me souviens de l'avoir vue en photo, alors qu'elle était beaucoup plus jeune. J'ai aussi d'autres souvenirs à son sujet, mais cela reste vague et provoque chez moi un léger malaise.

Cordelia et Grace ont toutes deux sauté une classe. Elles sont à présent en huitième, même si elles n'ont que onze ans, alors que les autres élèves en ont treize. Carol Campbell et moi ne sommes qu'en sixième. À présent, nous allons toutes à une nouvelle école, une qui a fini par être bâtie de notre côté du ravin. Par conséquent, nous n'avons plus à prendre l'autobus scolaire du matin, à manger notre déjeuner au sous-sol et à revenir à la maison par la passerelle de bois branlante. Cette école est un édifice moderne à un étage recouvert de briques jaunes et elle ressemble à un bureau de poste. Il y a des tableaux à texture douce d'un vert qui ménage la vue, contrairement aux autres tableaux noirs crissants, et des parquets de carreaux pastels plutôt que les vieux parquets de bois craquant de Queen Mary. Il n'y a pas non plus de portes réservées aux FILLES et aux GARÇONS, pas plus que de terrains de jeux séparés. Même les professeurs y sont différents : plus jeunes, plus décontractés. Quelques-uns d'entre eux sont de jeunes hommes.

J'ai oublié des choses, j'ai oublié que je les ai oubliées. Je me souviens de ma vieille école, mais seulement un peu, comme si je l'avais fréquentée il y a cinq ans plutôt que cinq mois. Je me souviens d'avoir assisté à l'École du dimanche, sans toutefois me rappeler les détails. Je sais que je n'aime pas me souvenir de Mrs Smeath, mais j'ignore pourquoi. J'ai oublié aussi le fait de m'être évanouie, les piles d'assiettes, la chute dans la crique, et la vision de la Vierge Marie. J'ai oublié toutes les mauvaises choses qui me sont arrivées. Même si je vois Cordelia, Grace et Carol tous les jours, je ne me souviens d'aucune de ces choses ; sauf qu'elles étaient mes amies, lorsque j'étais jeune, avant que je n'aie d'autres amies. Il y a quelque chose à voir avec elles, une phrase en caractères minuscules sur une page lissée, passés de ton – un peu comme les dates d'anciennes batailles. Leurs noms sont comme les noms dans les renvois en bas de page, ou ceux écrits en pattes d'araignée à l'encre brune, sur la page de garde d'une Bible. Des noms qui ne suscitent aucune émotion. Comme ceux de cousins éloignés, de gens qui vivent très loin, que je connais à peine. Il y a un trou dans le temps.

Personne ne me parle jamais de ce trou, sauf ma mère. De temps à autre, elle dit : « Cette mauvaise période que tu as eue », et je m'étonne. De quoi parle-t-elle au juste ? Je trouve ces références à de mauvais moments vaguement inquiétantes, vaguement insultantes : je ne suis pas du genre à connaître de mauvais moments, je n'en ai que de bons. Là, me voici sur la photo de la classe de sixième, toute souriante. *Heureuse comme un clam*, dit ma mère pour décrire le bonheur. Je suis heureuse comme un clam ; la coquille dure, fermée hermétiquement.

Mes parents n'en finissent pas de travailler à la maison. Pendant le temps libre de mon père, ils jouent de la scie et du marteau et construisent par étapes, au sous-sol, une chambre noire, un garde-manger pour les conserves, les gelées et les confitures. À présent, nous avons une vraie pelouse. Dans le jardin, ils ont planté un pêcher, un poirier, un lit d'asperges et des rangs et des rangs de légumes. Les bordures sont luxuriantes : tulipes et jonquilles, iris, pivoines, œillets, chrysanthèmes, des fleurs pour chaque temps de floraison. Quelquefois, je dois aider, mais la plupart du temps, je me contente d'observer avec détachement pendant qu'ils se morfondent dans la boue, creusant et désherbant, les genoux de leur pantalon tachés d'argile. On dirait des enfants dans un tas de sable. J'aime les fleurs, mais pas à ce point, pas au prix de tant d'efforts, de tant de saleté pour arriver à les faire pousser.

On démolit la passerelle du ravin. Tous disent qu'il est à peu près temps, qu'elle était devenue très dangereuse. On a l'intention de la remplacer par un pont de béton. Un jour, je m'y rends, et du haut de l'escarpement, de notre côté, j'en observe la démolition. Dans la crique, il y a un amoncellement de planches pourries. Les montants tiennent toujours, comme des troncs d'arbres morts, une partie des traverses y est toujours attachée, mais les garde-fous ont disparu. J'éprouve un sentiment étrange, comme s'il y avait quelque chose d'enterré en bas, une chose sans nom, d'importance cruciale, ou encore comme s'il y avait quelqu'un sur la passerelle, abandonné là, dans les airs, incapable d'atteindre la terre ferme. C'est pourtant bien évident qu'il n'y a personne.

Cordelia et Grace reçoivent leur diplôme et s'en vont ailleurs. Cordelia va, à ce qu'il paraît, à St. Sebastian, une école privée pour filles, et Grace à un collège plus au nord où on fait beaucoup de mathématiques. Elle a le don de faire des additions sur des petites lignes bien propres. Lorsqu'elle reçoit son diplôme, elle porte encore ses longues tresses. Pendant la récréation, Carol tourne autour des garçons et se fait souvent pourchasser par deux ou trois d'entre eux. Ils aiment la faire tomber dans les bancs de neige et lui en frotter le visage ou, à défaut de neige, l'attacher avec de la corde à sauter. Lorsqu'elle les fuit en courant, elle agite sans cesse les bras. Elle court d'une drôle de façon, en se tortillant, assez lentement pour être rattrapée, et crie très fort dès qu'on l'attrape. Elle porte aussi un soutien-gorge de sport. Les autres filles ne l'aiment pas tellement.

En Sciences humaines, je rédige un essai sur le Tibet où il y a des moulins à prières, la croyance à la réincarnation, des femmes bigames et, dans le cours de sciences, je fais différentes sortes de semis. Comme la coutume le veut, j'ai aussi un petit ami. À l'occasion, il me fait parvenir un message en travers de l'allée, écrit au crayon très noir. Parfois, il y a des fêtes avec de drôles de danses, des éclats de rire gênés, des jeux de mains de la part des garçons et des baisers mouillés, malhabiles, où il y a trop de dents. Mon petit ami grave mes initiales sur le couvercle de son pupitre neuf, ce qui lui vaut une correction à la lanière de cuir. On lui en a administré pour d'autres choses encore. C'est très bien vu. Je vois pour la première fois un appareil de télévision, semblable à un théâtre de marionnettes en noir et blanc, mais sans grand intérêt.

Carol Campbell déménage et je le remarque à peine. Je saute ma septième année pour m'en aller tout droit en huitième. Je manque ainsi l'histoire des rois d'Angleterre par ordre chronologique, l'appareil circulatoire, et je laisse mon petit ami. Je me fais couper les cheveux. Cela, je le voulais. Je suis lasse d'avoir ces longs cheveux en vagues qui doivent être retenus par des barrettes ou des bandeaux, je suis fatiguée d'être une enfant. Je regarde avec satisfaction mes cheveux tomber autour de moi comme un rideau de brume et ma tête émerger, les traits plus fins, mieux définis. Je suis prête pour le collège, j'ai hâte d'y aller.

En attendant, je réorganise ma chambre. Je retire mes vieux jouets du placard, je vide tous les tiroirs de mon bureau. Au fond de l'un d'eux, je trouve un œil-de-chat solitaire, quelques vieux marrons séchés, ainsi qu'un sac à main de plastique rouge que je me rappelle avoir reçu à l'occasion d'un Noël. C'est un sac de petite fille. Lorsque je le prends, il fait du bruit à l'intérieur : il y a une pièce de cinq *cents*. Je m'en empare pour la dépenser, et je la remplace par l'œil-de-chat. Puis je jette les marrons.

Je trouve aussi mon album photo aux pages noires. Depuis longtemps, je n'ai pas pris de photos avec mon Brownie et c'est pourquoi l'album a dû être oublié là. À l'intérieur, fixées à l'aide de triangles noirs, se trouvent des photos que je ne me rappelle même plus avoir prises. Par exemple, il y en a plusieurs de ce qui semble être de gros rochers au bord d'un lac. En dessous, au crayon blanc, il y a écrit :

Daisy, Elsie. C'est mon écriture, mais je ne me souviens pas d'avoir écrit cela.

J'emporte ces choses au sous-sol et je les range dans la malle en compagnie des vieilles choses que l'on désire garder. S'y trouvent la robe de mariée de ma mère, de nombreuses pièces d'argenterie ouvragées, quelques portraits sépia de gens qui me sont inconnus, un paquet de feuillets de pointage pour le bridge, garnis de glands de soie et datant d'avant la guerre. Je tombe sur quelques-uns de nos vieux dessins : les vaisseaux spatiaux de mon frère, les explosions en rouge et or, mes petites filles à l'ancienne. Je regarde avec mépris leurs tabliers, les rubans dans leurs cheveux, leurs visages et leurs mains rudimentaires. Je n'aime pas regarder ces choses liées si intimement à ma vie d'enfant. Je trouve ces dessins tout à fait ratés. Je peux faire beaucoup mieux à présent.

La veille de la rentrée au collège, le téléphone sonne. C'est la maman de Cordelia ; elle désire parler à ma mère. J'imagine qu'il s'agit d'affaires ennuyeuses entre adultes et je retourne à mes journaux étalés sur le parquet de la salle de séjour. Mais après avoir posé l'appareil, ma mère entre dans la pièce.

— Elaine, fait-elle.

Ce qui est inhabituel puisqu'elle ne m'appelle pas souvent par mon nom. Elle a un air solennel.

Je lève les yeux de Mandrake le Magicien. Elle me regarde. « C'était la mère de Cordelia, dit-elle. Elle va fréquenter le même collège que toi. Elle demande si vous ne pourriez pas faire le trajet ensemble. »

— Cordelia ? dis-je. Je ne l'ai pas vue et je ne lui ai pas parlé depuis un an. Pour moi, elle a complètement disparu. J'ai choisi cette école parce que je peux m'y rendre à pied, pour ne pas avoir à prendre l'autobus scolaire ; alors, pourquoi ne pas marcher en compagnie de Cordelia ? « D'accord », dis-je.

— En es-tu sûre ? demande ma mère, l'air un peu inquiet.

Elle ne me dit pas pourquoi Cordelia ira désormais à mon collège et je ne le lui demande pas.

— Pourquoi pas ? dis-je. Je commence déjà à me montrer désinvolte, attitude propre au collège, mais je ne vois vraiment pas ce qui la préoccupe. On me demande de rendre à Cordelia, à la mère de Cordelia un petit service. D'habitude, ma mère pense qu'on doit toujours se rendre service. Alors, pourquoi hésite-t-elle tout d'un coup ?

Elle ne répond pas. Au lieu de cela, elle semble réfléchir. Et je retourne à mes bandes dessinées. « Alors, est-ce que je dois rappeler sa mère ou aimerais-tu parler à Cordelia toi-même ? » demande-t-elle.

— Tu peux la rappeler. Et j'ajoute : S'il te plaît. Je n'ai pas spécialement envie de parler à Cordelia pour l'instant.

Le lendemain, je passe prendre Cordelia dont la maison est située sur le chemin de l'école. La porte s'ouvre, Cordelia est là, mais elle n'est plus la même. Elle n'est plus ni anguleuse ni élancée ; elle a des seins et est plus ronde des hanches et du visage. Ses cheveux sont à présent plus longs et non pas coiffés à la Jeanne d'Arc. Elle les porte plutôt en queue-de-cheval retenue à l'aide d'un élastique entouré d'un ruban de fleurs de muguet. Elle s'est fait des mèches à l'eau oxygénée. Elle porte aussi un rouge à lèvres orangé et du vernis à ongles assorti. Mon propre rouge à lèvres est rose pâle. En voyant Cordelia, je me rends compte que je n'ai pas l'air d'une adolescente, mais plutôt d'une enfant qui en imite une. Je suis toujours aussi mince, aussi plate. J'ai un désir féroce d'être plus vieille.

Ensemble, nous marchons vers l'école, en parlant peu au début, nous passons devant une station-service, un établissement de pompes funèbres, puis longeons des magasins sur un bon kilomètre : Woolworth, pharmacie, marchand de fruits et légumes, quincaillerie, les uns à la suite des autres dans des bâtiments à deux étages de brique jaune, aux toits plats. Nous tenons nos livres à hauteur de poitrine et nos jupes froncées en coton battent nos mollets nus. C'est la fin de l'été, toutes les pelouses sont d'un vert gris ou jaunes et fatiguées.

Je croyais que Cordelia aurait une année d'avance sur moi. Ce qui n'est pas le cas puisqu'elle se retrouve dans ma classe. On l'a renvoyée de St. Sébastian parce qu'elle a dessiné un pénis sur une chauve-souris. Du moins, c'est ce qu'elle dit. Elle explique qu'il y avait un grand dessin de chauve-souris au tableau noir, les ailes grandes ouvertes, et juste une petite protubérance entre les pattes. Alors, elle est allée au tableau pendant l'absence du professeur, elle a effacé la petite protubérance et en a dessiné une plus longue, une plus grosse – « pas beaucoup plus grosse » –, puis le professeur est rentré et l'a surprise.

— C'est tout ? dis-je.

Pas tout à fait. Elle a aussi écrit, bien clairement, *Mr Malder* en dessous de la protubérance. C'était le nom du professeur.

Ce n'est sans doute pas tout ce qu'elle a fait, mais c'est tout ce qu'elle veut bien dire. Après réflexion, elle ajoute qu'elle a raté son année. « J'étais trop jeune », dit-elle. J'entends ces mots comme un écho de ce que d'autres lui ont dit, sa mère probablement. « Je n'avais que douze ans. Ils n'auraient pas dû me faire sauter une année. »

À présent, elle a treize ans et moi douze. Moi aussi, j'ai sauté une année. Je commence à me demander si j'en arriverai comme elle à dessiner des pénis sur des chauves-souris et à rater mon année scolaire.

39.

Notre école s'appelle le Burnham High School. C'est une construction récente, de forme rectangulaire, au toit plat, sans décorations, sans caractère propre, quelque chose comme une usine. C'est tout ce qu'il y a de plus moderne. À l'intérieur, il y a de longs couloirs aux sols marbrés, apparemment du granit, mais ce n'est pas du vrai. Les murs jaunâtres sont bordés de casiers vert foncé, il y a un auditorium et un système de haut-parleurs.

C'est par ce système que sont faites les annonces chaque matin. Il y a d'abord lecture de la Bible et des prières. J'incline la tête mais, je ne sais pas pourquoi, je refuse de prier. Ensuite, le directeur nous fait part du calendrier des événements et nous recommande de ramasser nos papiers de chewing-gum et de ne pas traîner dans les corridors comme de vieux couples. Il se nomme Mr McLeod, mais tous l'appellent en cachette « vélodrome à mouches », parce qu'il est chauve sur le dessus de la tête ; et il est d'ascendance écossaise. Burnham High possède son tartan, un écusson avec un chardon et une paire de ces couteaux écossais que l'on enfonce dans les chaussettes, ainsi qu'une devise en gaélique. Le tartan, l'écusson, la devise et les couleurs de l'école appartiennent tous au clan personnel de Mr McLeod.

Dans le hall d'entrée, à côté de celui de la reine, se trouve le portrait de Dame Flora McLeod et de ses deux petits-fils qui jouent de la cornemuse devant Dunvegan Castle. On nous encourage à considérer ce château comme notre maison ancestrale et Dame Flora comme notre conseillère spirituelle. En chœur, nous chantons : « The Skye Boat Song » où l'on parle de Bonnie Prince Charlie fuyant les Anglais génocides. Nous apprenons aussi : « Scots Wha' Hae » et un poème à propos d'une souris, la cause de quelques ricanements puisqu'on y parle de « poitrine ». J'imagine que toute cette ferveur écossaise est propre à la vie de collège puisque c'est mon premier collège. Même les quelques Arméniens, Grecs et Chinois de notre école perdent un peu de leur différence, enveloppés qu'ils sont comme nous dans tout ce tartan.

À cette école, je connais peu de gens, et il en est de même pour Cordelia. Lorsque j'ai reçu mon diplôme de l'école publique, nous n'étions que huit dans la classe, et il y en avait quatre dans celle de Cordelia. C'est donc une école pleine d'étrangers. Et comme nous n'assistons pas aux cours dans la même salle, nous ne pouvons nous soutenir mutuellement.

Tous les élèves dans ma salle de cours sont plus grands que moi. C'est normal puisqu'ils sont tous plus âgés. Les filles ont des seins et cette odeur enveloppante de journée chaude, poussiéreuse, somnolente ; la peau de leur visage est moite, comme enduite d'un liquide huileux. Je me méfie d'elles et j'appréhende le moment où nous passons au vestiaire pour enfiler le costume de gymnastique à culotte bleu marine avec le nom de chacune brodé sur la poche. Là-dedans, j'ai l'impression d'être encore plus maigre. Quand je me regarde dans le miroir, je vois mes côtes. Au cours des parties de volley-ball, ces filles tourbillonnent et hurlent autour de moi, avec leurs voix rauques et trop fortes, leur chair toute neuve et qui ballotte. Si je me garde d'elles, c'est qu'elles sont plus grandes et qu'elles pourraient me faire tomber. Car je n'en ai pas vraiment peur. Dans un sens, je les méprise parce qu'elles ressemblent tellement à Carol Campbell lorsqu'elles crient et gesticulent.

Parmi les garçons, il y a encore quelques gringalets dont la voix n'a pas mué, mais nombre d'entre eux sont gigantesques. Quelques-uns ont quinze ans, d'autres approchent de seize. Ils ont des favoris, le reste des cheveux coiffé en toupet fixé à la brillantine, et ils se rasent. Certains semblent se raser souvent. Ils s'assoient au fond de la pièce et allongent leurs grandes jambes dans l'allée. Ils ont déjà raté une année au moins une fois ; ils ont abandonné, ont été abandonnés, et ils ne font qu'attendre le moment de quitter le collège. Bien qu'ils fassent des remarques aux autres filles dans les corridors, des bruits de baisers, ou s'attardent près de leurs casiers, ils ne font pas attention à moi. Pour eux, je ne suis qu'une enfant.

Pourtant, je ne me sens pas plus jeune qu'eux. D'une certaine façon, je me sens plus âgée. Dans notre carnet de santé, il y a un chapitre sur les émotions des adolescents. On y lit que je suis censée passer rapidement d'une émotion à l'autre, rire puis pleurer, être prise dans un tourbillon d'émotions. Ce sont leurs propres mots. Néanmoins, cette description ne me concerne pas. Je suis calme ; j'observe avec un mélange de curiosité scientifique et une indulgence presque adulte les singeries de mes camarades d'études qui se comportent selon le scénario prévu. Quand Cordelia me dit : « Ne crois-tu pas qu'il est merveilleux ? » j'ai du mal à comprendre ce qu'elle veut dire. Bien sûr, je pleure quelquefois sans raison, comme on l'attend de moi. Mais je n'arrive pas à croire à ma propre tristesse, à la prendre au sérieux. Je me regarde pleurer devant le miroir, intriguée à la vue de mes propres larmes.

À l'heure du déjeuner, je m'assois en compagnie de Cordelia à la cafétéria peinte en clair et meublée de longues tables blanchâtres. Nous mangeons notre repas qui a transpiré dans notre casier toute la matinée, sent un peu les espadrilles, buvons du chocolat au lait avec une paille et faisons des remarques que nous croyons spirituelles, sarcastiques, sur les autres enfants et les professeurs de l'école. Cordelia, qui a déjà l'expérience d'une année de collège, sait comment s'y prendre. Elle porte le col de son chemisier remonté et affecte un rire méprisant. « C'est un cerveau », dit-elle dans le sens d'ennuyeux, ou encore : « Quel personnage répugnant. » Mais ces épithètes ne s'appliquent qu'aux garçons. Les filles sont dures, snobinardes, mesquines, timides ou folles des garçons ; ou encore, des cerveaux, des pétasses et des emmerdeuses comme les garçons si l'on considère qu'elles étudient trop.

Cordelia collectionne des photos glacées de vedettes de cinéma et de chanteurs. Elle les fait venir par la poste en obtenant les adresses par l'entremise des clubs de fans des magazines dans lesquels on annonce au dos les vêtements transparents de chez Frederick's of Hollywood et les tablettes au goût de chocolat pour maigrir. Elle épingle les photos au panneau accroché au-dessus de son bureau et les colle à l'aide de ruban scotch aux murs de sa chambre. Chaque fois que je suis là, j'ai l'impression d'être surveillée par une foule d'yeux noirs, blancs et glacés qui m'épient tout autour de la chambre. Quelques-unes de ces photos sont dédicacées et nous les examinons à la lumière pour voir si la plume a buriné le papier. Sinon, elles ne sont qu'imprimées. Cordelia aime June Allyson, mais aussi Frank Sinatra et Betty Hutton. Selon elle, c'est Burt Lancaster qui est le plus sexy.

Sur le chemin du retour à la maison après l'école, nous nous arrêtons au magasin de disques et faisons jouer des 78 tours dans la minuscule cabine tapissée de liège. Parfois, Cordelia achète un disque avec son argent de poche qui est plus important que le mien mais, la plupart du temps, elle se contente de les écouter. Elle s'attend à ce que je me montre très impressionnée, tout comme elle l'est elle-même ; elle s'attend à ce que je pousse des gémissements. Elle connaît les rites, elle sait comment nous devons nous comporter maintenant que nous sommes inscrites au collège. Pour moi, ces choses restent mystérieuses, fausses et je ne peux m'y adonner sans avoir le sentiment de jouer la comédie.

Nous apportons les disques chez Cordelia et les mettons sur le tourne-disque de la salle de séjour en montant le son. Frank Sinatra apparaît avec sa voix désincarnée qui patine sur l'air de la chanson à la façon de quelqu'un qui glisse sur un trottoir boueux. Il se hisse jusqu'à la note, s'y heurte, l'agite, se reprend et se laisse couler vers une autre note.

— T'aimes pas la façon dont il chante ça ? demande Cordelia. Elle se jette sur le sofa, les jambes sur l'accoudoir, la tête renversée. Elle mange un beignet saupoudré de sucre ; il y en a sur son nez. « J'ai l'impression qu'il est ici, qu'il me passe la main dans le dos. »

— Ouais, dis-je.

Perdie et Mirrie entrent, et Perdie dit : « Encore en train de rêver à lui. » Mirrie ajoute : « Cordelia, chérie, voudrais-tu baisser le son s'il te plaît ? » Ces temps-ci, elle s'adresse à Cordelia sur un ton d'une douceur appuyée et lui sert des *« chérie »* à tout propos.

Perdie est à l'université. Elle va à des soirées organisées par les étudiants. Mirrie est dans sa dernière année de collège, mais pas dans le nôtre. Elles sont toutes deux plus charmantes, plus belles, plus sophistiquées que jamais. Elles portent des chandails de cachemire, des boucles d'oreilles de perle et fument des cigarettes. Elles parlent de sèches, de p'tit dej, d'amphi. Mais elles appellent encore leur mère, Mama. Elles restent assises à fumer des cigarettes, à se parler d'une façon détendue et un peu méprisante de leurs amis qui ont des noms du genre : Mickie, Bobbie, Poochie et Robin. À partir de ces noms, il est difficile de dire s'il s'agit de garçons ou de filles.

— Es-tu suffisamment repue ? demande Perdie à Cordelia. C'est une expression nouvelle qu'elles ont adoptée. Cela veut dire : as-tu assez mangé ? « Ils étaient prévus pour le dîner. » Elle parle des beignets.

— Il y en a encore beaucoup, dit Cordelia, la tête toujours renversée, s'essuyant le nez.

— Cordelia, dit Perdie. Ne remonte pas ton col comme cela, cela fait vulgaire.

— C'est pas vulgaire, dit Cordelia. C'est chic.

— Chic ! dit Perdie. Elle roule les yeux, elle renvoie de la fumée de cigarette par le nez. Elle a une petite bouche charnue et retroussée aux commissures. « On croirait entendre une réclame pour brillantine. »

Cordelia se redresse, s'assoit, place la langue au coin de la bouche et regarde Perdie. « Et alors ? finit-elle par dire. Qu'est-ce que tu en sais ? T'as déjà passé le cap. »

Perdie, qui est suffisamment âgée pour prendre l'apéritif en compagnie des adultes avant le dîner, mais non pas dans les bars, fait la moue. « Je crois que le collège ne lui va pas, dit-elle à Mirrie. Elle devient dure comme le roc. » Elle prononce cela avec une nonchalance moqueuse, pour montrer qu'elle-même n'emploie plus ce genre d'expression. « Remonte tes chaussettes, Cordelia, ou tu échoueras encore cette année. Tu sais ce que papa a dit la dernière fois. »

Cordelia devient toute rouge et ne sait que répondre.

Cordelia se met à piquer dans les magasins. Elle n'appelle pas cela voler, elle dit piquer. Elle pique des bâtons de rouge à lèvres chez Woolworth's, des paquets de réglisse au drugstore. Elle y entre pour acheter quelques menus articles, comme des épingles à cheveux, et lorsque la vendeuse a le dos tourné pour prendre la monnaie dans le tiroir-caisse, elle dérobe quelque chose du comptoir et le dissimule sous son manteau ou dans sa poche. Nous sommes en automne et nous portons de longs manteaux qui nous battent les mollets, des manteaux garnis de grandes poches cousues à l'extérieur, utiles pour qui veut subtiliser des choses. Dehors, elle me montre ce qu'elle a piqué. Elle ne semble y voir aucun mal ; elle est toute joyeuse, elle a les yeux qui brillent, les joues rouges. L'air d'avoir gagné un prix.

Woolworth's a de vieux parquets de bois, tachés depuis des années par la gadoue laissée par les bottes d'hiver, et est éclairé faiblement par des lampes suspendues à des tiges métalliques. Rien ne nous y attire vraiment, sauf peut-être les bâtons de rouge à lèvres. On y trouve des encadrements pour photos de vedettes de cinéma qui ont une teinte étrange et montrent à quoi ressemblerait le cadre avec une photo. Ces vedettes se nomment Ramon Novarro et Linda Darnell, des vedettes d'il y a plusieurs années. Il y a des chapeaux miteux, des chapeaux de vieille dame garnis d'une voilette, et des peignes ornés de strass. À peu près tout ce qui est ici est l'imitation de quelque chose. Nous déambulons dans les allées, nous nous aspergons de l'eau de Cologne des échantillons, nous testons sur le dos de la main les bâtons de rouge à lèvres mis à la disposition des clients, nous tâtons la marchandise pour l'écarter ensuite à voix haute tandis que les vendeuses d'âge mûr nous regardent d'un air indigné.

Cordelia pique un fichu de nylon rose et pense qu'elle a été vue par une des vendeuses à l'œil menaçant. Nous décidons de ne plus y aller pendant quelque temps. Nous entrons au drugstore pour acheter deux glaces et pendant que je passe à la caisse, Cordelia en profite pour s'approprier deux bandes dessinées d'horreur. En route, vers la maison, nous les lisons à voix haute, tour à tour, en dramatisant certaines parties comme dans les radio-feuilletons et nous nous arrêtons pour lancer des rires aigus. Devant la maison des pompes funèbres, nous nous asseyons sur le muret de pierre pour mieux lire et rire ensemble.

Ces bandes sont dessinées avec un grand souci du détail et des couleurs criardes. Le vert, le violet et le jaune sulfureux y dominent. Cordelia lit l'histoire de deux sœurs, l'une jolie, et l'autre dont le visage est à moitié marqué par une brûlure. La brûlure est d'une teinte violacée et ratatinée comme une vieille pomme. La jolie a un petit ami et va danser tandis que la brûlée déteste sa sœur et aime le petit ami. De jalousie, la brûlée se pend devant un miroir. Mais son esprit s'empare de la psyché et lorsque la jolie s'y présente pour se brosser les cheveux, elle regarde et aperçoit la brûlée qui lui renvoie son image. Cela lui cause un choc, elle s'évanouit et la brûlée sort du miroir pour s'insinuer dans le corps de la jolie. En possession de celui-ci, elle dupe l'ami et l'amène même jusqu'à l'embrasser. Mais bien que son visage soit à présent parfait, le reflet qu'elle reçoit du miroir lui montre son véritable, son vrai visage abîmé. Et l'ami s'en aperçoit. Heureusement, il sait quoi faire. Il brise le miroir.

— « Snif, snif, dit Cordelia. Oh ! Bob… c'était… horrible. Ne t'en fais pas, ma chérie, c'est fini à présent. Elle est repartie… là d'où elle venait… pour toujours. Nous serons heureux désormais, et sans crainte. Ils s'embrassent. Fin. » Beurk !

Je lis l'histoire d'un homme et d'une femme noyés en mer, mais qui découvrent que finalement ils ne sont pas tout à fait morts. Ils sont plutôt enflés, gras, et vivent sur une île déserte. Ils ne s'aiment pas parce qu'ils sont trop gras. Vient à passer un navire auquel ils font des signes. « Ils ne nous voient pas ! Ils passent tout droit ! Ah non… cela signifie que nous sommes condamnés à vivre ensemble pour *toujours* ! Comment s'en sortir ? »

Au dessin suivant, ils se sont pendus. Les deux gros corps se balancent à l'un des palmiers tandis que leurs corps minces d'autrefois, tout petits et habillés de maillots en lambeaux, se tiennent par la main et marchent dans l'océan. « Ils s'étreignent. Fin. »

— Beurk de beurk ! dit Cordelia.

Cordelia en lit une au sujet d'un homme décédé qui revient d'un marais, dégoulinant de boue, la chair en lambeaux, pour étrangler le frère qui l'y a poussé au départ. J'en lis une autre où l'on parle d'un conducteur bon samaritain envers une belle autostoppeuse qui s'avère être morte depuis dix ans. Cordelia en lit une à propos d'un homme soumis à la malédiction d'un sorcier vaudou et dont la main devient une immense pince de homard qui se retourne contre lui pour l'attaquer.

Lorsque nous arrivons au domicile de Cordelia, cette dernière refuse de garder les bandes dessinées d'horreur avec elle. Elle prétexte que quelqu'un pourrait les trouver et se demander où elle les a prises. Et même si on acceptait l'idée qu'elle ait pu les acheter, on pourrait lui faire des ennuis. C'est donc moi qui dois les apporter à la maison. Il ne nous vient pas à l'idée que nous pourrions tout simplement les jeter.

Arrivée à la maison, je me rends compte que je ne désire pas les garder dans la même pièce que moi pour la nuit. C'est une chose d'en rire le jour, mais cela en est une autre de les avoir là, la nuit, dans ma chambre, pendant que je dors. Je les imagine dans l'obscurité, projetant une lumière d'un jaune sulfureux, sinistre ; j'imagine les volutes de brouillard qui en émaneraient, se matérialiseraient sur mon bureau. J'ai peur de découvrir qu'il y a une autre personne enfermée dans mon corps ; de regarder dans le miroir de la salle de bains et d'y voir le visage d'une autre jeune fille, semblable à moi, mais dont une moitié du visage serait noire, la peau emportée, brûlée.

Je sais bien que ces choses-là n'arriveront jamais, mais je n'aime pas avoir à y penser non plus. Pas plus que je n'ai envie de jeter les bandes dessinées : ce serait les laisser s'échapper et elles pourraient devenir incontrôlables. Alors, je les apporte dans la chambre de Stephen et je les glisse au milieu de ses propres bandes dessinées qui sont toujours là, empilées sous son lit. Il ne les lit plus et il ne trouvera donc pas celles-ci. Quelles que soient les émanations susceptibles d'en sortir la nuit, il leur restera insensible. À mon avis, il est capable de beaucoup de choses et cela inclut des choses comme celles-ci.

40.

Dimanche soir. Un feu brûle dans la cheminée ; les rideaux sont tirés sur la lourde obscurité de novembre. Mon père, assis dans son fauteuil, trace l'esquisse de la tordeuse de l'épinette, en coupe pour mieux laisser voir le système digestif, et ma mère a fait des carrés de pain au fromage grillé avec du bacon sur le dessus. La radio diffuse le « Jack Benny Show ». Il est entrecoupé de réclames chantées pour les cigarettes Lucky Strike. Dans ce show, un homme parle d'une voix râpeuse. Un autre dit : « Le cornichon au milieu et la moutarde dessus. » J'ignore complètement que le premier est censé être un noir et le second, un juif ; je trouve seulement les voix amusantes.

Notre ancien appareil radio à l'œil vert a disparu et un autre, un coffret de bois blond aux lignes sobres, qui renferme aussi une platine pour disques longue durée, l'a remplacé. Nous avons aussi, pour déposer nos assiettes de carrés de pain au fromage, des petites tables gigognes ; elles sont aussi de bois blond, et leurs pattes, qui sont larges du haut, rétrécissent vers le bas sans renflement, sans enjolivure, sans ramasse-poussière. Elles ressemblent aux jambes de ces grosses femmes que l'on voit dans les bandes dessinées : dépourvues de genoux et de chevilles. Tout ce bois blond provient de la Scandinavie. Nos couverts ont été descendus dans la grosse malle. Les nouveaux qui les ont remplacés ne sont pas en argent, mais en acier inoxydable.

Tous ces articles ont été choisis non pas par ma mère, mais par mon père. Il choisit même ses robes habillées et ma mère, en riant, dit qu'elle n'a de goût que pour ce qui se mange. Pour elle, une chaise est faite pour s'asseoir et ça lui est parfaitement égal qu'il puisse y avoir dessus des pétunias roses ou des pois violets pourvu qu'elle soit solide. On dirait que, comme un chat, elle ne voit pas les choses tant qu'elles ne bougent pas. Elle devient encore plus indifférente à la mode et se promène avec ce qui lui tombe sous la main : un anorak, un vieux châle, des gants dépareillés. Elle dit qu'elle se fiche de son apparence, pourvu qu'elle soit protégée du vent.

Pis encore, elle suit des cours de patinage artistique ; elle se rend à la patinoire couverte et danse le tango, la valse, sur une musique au son métallique, en tenant d'autres femmes par la main. C'est mortifiant mais au moins elle pratique à l'intérieur, là où personne ne la voit. Je ne peux qu'espérer qu'elle n'ait pas l'idée, lorsque l'hiver sera vraiment arrivé, de pratiquer sur la patinoire extérieure où l'une de mes connaissances pourrait la voir. Mais elle ne se rend même pas compte de la peine qu'elle pourrait causer. Elle ne dit jamais : « Qu'est-ce que les gens vont penser ? » comme les autres mères le disent ou sont censées le dire. Elle dit qu'elle s'en *fiche* éperdument.

Je crois que son attitude est irresponsable. Mais, en même temps, le mot *fiche* me plaît bien. Cela fait de ma mère une non-mère, une sorte de hibou mutant. À présent, je choisis mes vêtements avec soin et je me regarde même par-derrière avec une glace à main : il se peut que je paraisse bien par-devant, mais on ne sait jamais, par-derrière, je pourrais être trahie : un fil perdu, un ourlet défait. *S'en ficher* serait un luxe. Il décrit bien le je-m'en-foutisme irrévérencieux, subtil, que j'aimerais cultiver moi-même en ce qui concerne ces aspects et d'autres aussi.

Mon frère est assis sur une des chaises de bois blond aux pieds fuselés assorties aux tables. Sans que j'y prenne garde, il est devenu subitement plus grand, plus vieux. À présent, il a un rasoir. Parce que nous sommes en fin de semaine et qu'il ne s'est pas rasé, il a une fine ligne de duvet autour de la bouche. Il a mis ses mocassins, les vieux qu'il porte à la maison, troués sous les gros orteils, et son chandail rouge foncé à l'encolure en V et effiloché aux coudes. Il s'oppose à ce que ma mère le reprise ou le remplace. Même si elle répète souvent qu'elle se fiche des vêtements, cette indifférence ne va pas jusqu'à ignorer les trous, les bords effilochés ou la saleté.

Mon frère porte le chandail effiloché et ses mocassins troués comme une passoire pour étudier. Les jours de semaine, il doit porter le veston, la cravate et le pantalon de flanelle grise exigés par l'école. Il ne peut porter les cheveux en queue de canard, comme les garçons de mon école, pas même en brosse : ses cheveux sont coupés ras sur le cou et séparés par une raie de côté comme ceux des garçons dans les chœurs anglais. Cela aussi est une exigence de l'école. Avec cette coupe de cheveux, il ressemble à une illustration d'un livre d'aventures des années 1920, ou même d'avant, dont nous avons quelques exemplaires au sous-sol, ou encore à un officier de l'armée de l'air alliée dans une bande dessinée. Il a ce genre de nez, ce genre de menton, mais en plus fin : soigné, beau garçon et démodé. Même ses yeux ont cet air-là : un regard bleu perçant, un brin fanatique. Son mépris pour les garçons qui accordent de l'importance à leur apparence est dévastateur. Il les appelle des tapettes déguisées.

Son école, bien qu'elle soit privée et réservée aux garçons doués, n'est pas coûteuse ; on y entre si on réussit des examens très difficiles. Mes parents m'ont demandé, avec un peu d'anxiété, si je désirais fréquenter une école privée pour filles ; ils croyaient que je me sentirais lésée s'ils n'en faisaient pas autant pour moi. Mais je connais ces écoles où l'on doit porter le kilt et jouer au hockey sur gazon. Et je leur ai répondu qu'elles étaient pour les snobs et que le niveau était faible, ce qui se révéla vrai. Mais la véritable raison était que je ne voulais pas me retrouver enfermée avec une bande de filles. Cette simple idée me rend claustrophobe : une école fréquentée uniquement par des filles ressemblerait trop à un piège.

Mon frère écoute aussi Jack Benny. Tout en écoutant, il se sert de carrés au fromage de la main gauche tandis que la droite tient un crayon ; cette main ne s'arrête jamais. Il regarde à peine le carnet de brouillon sur lequel il griffonne, mais de temps à autre, il en arrache une feuille et la chiffonne en boule.

Ces notes chiffonnées restent sur le parquet. Lorsque je les ramasse après le show pour les mettre dans la corbeille à papier, je vois qu'elles sont couvertes de chiffres, de longues colonnes de chiffres et de symboles qui s'allongent, s'allongent comme une écriture, une lettre codée.

Parfois, mon frère invite des amis à la maison. Ils s'assoient dans sa chambre, la table du jeu d'échecs placée entre eux, sans bouger, sauf pour la main qui se lève, plane au-dessus de l'échiquier, puis s'abaisse. Parfois ils grognent ou disent : ha ! ha ! « J't'échange », « J't'reprends » ; ou alors ils s'interpellent avec des insultes amicales : « Espèce de racine irrationnelle ! » « Racine carrée ! » « Arriéré ! » Les pièces prises, les cavaliers, les tours et les fous s'alignent au bord de l'échiquier. De temps à autre, pour voir comment se déroule la partie, j'apporte des verres de lait et des biscuits roulés à la vanille et au chocolat que j'ai faits moi-même selon une recette du *Livre de recettes illustrées de Betty Crocker*. J'espère ainsi signaler ma présence, mais je n'obtiens pas beaucoup de succès. Ils grognent, boivent leur lait de la main gauche, et enfournent les biscuits sans jamais quitter l'échiquier des yeux. Les fous trébuchent, la reine tombe, le roi se fait encercler. « Échec et mat en deux coups », disent-ils. Un doigt s'abat, donne une chiquenaude au roi. « La meilleure en cinq. » Et ils recommencent.

Le soir, mon frère étudie. Parfois, il le fait d'une curieuse façon. Il se tient sur la tête pour améliorer la circulation au cerveau ou il projette des boulettes de papier mâché au plafond. Le pourtour du luminaire est moucheté par cette mitraille de papier humide. En d'autres temps, il se livre à une activité physique intense : il fend des montagnes de bois de chauffage, bien plus qu'il n'en faut, ou s'en va courir dans le ravin, habillé d'un pantalon trop grand, d'un chandail vert sapin encore plus effiloché que le rouge foncé, et d'espadrilles grisâtres du genre dont on trouve un exemplaire égaré dans les terrains vagues. Il dit qu'il s'entraîne pour le marathon.

La plupart du temps, il ne semble pas avoir conscience que j'existe. Il pense à autre chose, à des choses sérieuses qui ont de l'importance. Assis à la table, la main droite toujours active, il fait des petites boulettes avec le pain et fixe le mur derrière ma mère où se trouve accroché un tableau de trois asclépiades dans un vase tandis que mon père explique pourquoi la race humaine est condamnée. Cette fois, c'est parce que l'on a découvert l'insuline. Les diabétiques ne meurent plus autant qu'avant et ils vivent assez longtemps pour transmettre la maladie à leurs enfants. Bientôt, selon la loi de la progression géométrique, nous serons tous diabétiques et puisque l'insuline est produite à partir de panse de vache, le monde entier sera couvert de vaches productrices d'insuline, dans les endroits non encore occupés par les humains, qui se reproduisent eux-mêmes trop vite pour leur propre bien de toute façon. Les vaches rotent du gaz méthane. Et il y en a déjà trop dans l'atmosphère, cela va étouffer l'oxygène et peut-être faire de la terre une immense serre. Les mers polaires vont fondre et New York va se retrouver sous six pieds d'eau, sans parler de bien d'autres villes côtières. Et puis, il y a les déserts et l'érosion. Si les vaches ne parviennent pas à nous avoir avec leurs rots de gaz méthane, nous finirons comme le désert du Sahara, dit mon père joyeusement, en terminant le pain de viande.

Mon père n'en veut pas aux diabétiques, pas plus qu'aux vaches d'ailleurs. Il n'aime que poursuivre ses idées jusqu'à leur conclusion logique. Ma mère dit qu'il y a du soufflé au café pour dessert.

Autrefois, mon frère aurait montré plus d'intérêt pour le sort de la race humaine. À présent, il dit que si le soleil explosait, cela prendrait huit minutes avant que nous nous en apercevions. C'est avec détachement qu'il voit les choses. Tôt ou tard, nous retournerons en cendres, croit-il, alors que peuvent bien faire quelques vaches de plus ou de moins ? Bien qu'il établisse encore des listes de papillons aperçus, il s'éloigne de plus en plus de la biologie. Sur un grand plan, nous ne sommes qu'un petit peu de mouchetures vertes à la surface, dit mon frère.

Mon père mange son soufflé au café en fronçant les sourcils un peu. Ma mère lui sert délicatement une tasse de thé. Je vois que le futur de la race humaine fait partie d'un enjeu, que mon frère a gagné un point, et que mon père en a perdu un. Le perdant sera le plus inquiet.

Je connais un peu mieux mon père, maintenant : je sais qu'il voulait être pilote pendant la guerre, mais que cela n'a pas été possible parce que l'on considérait son travail comme essentiel à l'effort de guerre. Je n'ai pas encore très bien compris comment la tordeuse de l'épinette pouvait l'être, mais apparemment, elle l'était. Peut-être est-ce la raison pour laquelle il conduit si vite, il s'apprête toujours à décoller.

Je sais qu'il a grandi dans une ferme dans une région perdue de la Nouvelle-Écosse où il n'y avait ni eau courante ni électricité. C'est pourquoi il peut construire des choses et scier du bois : là-bas, tous savaient manier la hache et la scie. Il a fait ses études secondaires par correspondance, assis à la table de la cuisine, à la lumière d'une lampe à pétrole ; il a payé ses études universitaires en travaillant comme bûcheron, en nettoyant des clapiers, et il était si pauvre qu'il vivait sous la tente l'été pour économiser son argent. Il jouait aussi du violon dans les soirées de quadrilles et n'a pas entendu d'orchestre avant l'âge de vingt-deux ans. Tout cela est vrai, mais bien difficile à imaginer. Et puis, j'aimerais autant ne rien savoir. Je veux que mon père soit simplement mon père, comme il l'a toujours été, et non pas cette autre personne au passé mythologique. Le fait d'en savoir trop long sur les autres nous place sous leur emprise, ils ont un droit sur nous, nous sommes forcés de comprendre les raisons qui motivent leurs actes et cela nous rend vulnérables.

Je me durcis face au sort de la race humaine et calcule mentalement combien il me faut encore économiser pour acheter un nouveau chandail de laine d'agneau. Dans les cours d'économie familiale – en réalité des cours de couture et de cuisine – j'ai appris à poser une fermeture Éclair, à faire une couture rabattue, si bien que je fais moi-même la plupart de mes vêtements parce que c'est plus économique, même si le résultat n'est pas toujours à la hauteur de l'illustration qui accompagne le patron. Au point de vue mode, j'attends peu d'aide de ma mère parce que quoi que je porte, elle dit toujours que c'est charmant pourvu qu'il n'y ait pas d'accrocs évidents.

Je consulte plutôt notre voisine, Mrs Finestein dont je garde l'enfant les fins de semaine. « Ta couleur c'est le bleu, ma chérie, dit-elle. Magnifique. Et cerise aussi. Tu serais ravissante en cerise. » Puis elle sort, en compagnie de Mr Finestein, les cheveux remontés, la bouche éclatante, en marchant à petits pas sur ses fins souliers à talons hauts, accompagnée par le tintement de ses bracelets et de ses pendants d'oreilles en or. Et je lis *The Little Engine That Could* à Brian Finestein que je borde.

Il nous arrive parfois, à Stephen et à moi, d'être obligés de faire la vaisselle ensemble. À ce moment-là, il se rappelle qu'il est mon frère. Je lave, il essuie, et il me pose des questions exaspérantes, paternalistes, condescendantes, par exemple sur mes impressions de la neuvième année. Il est en onzième et tellement plus avancé que moi ; il n'a pas à me le rappeler sans cesse.

Mais quelquefois, au cours de ces soirées de lavage et d'essuyage, il redevient lui-même. Il me dit les surnoms des professeurs de son école qui sont tous des expressions triviales du genre Aisselle ou Merdeux. Ou encore, nous inventons ensemble des jurons évocateurs de quelque grossièreté : « compote de merde » et je rétorque « fourcheur » en lui précisant qu'il s'agit là d'un verbe. Nous nous appuyons sur l'évier, pliés en deux de rire, jusqu'au moment où notre mère entre dans la cuisine et demande : « Qu'est-ce que vous fabriquez, les enfants ? »

Parfois, il décide qu'il est de son devoir de m'éduquer. Il semble avoir une assez piètre opinion de la plupart des filles et il ne veut pas que je devienne tout à fait quelconque. Il ne veut pas que je sois une tête de linotte. Il croit que je risque de devenir vaniteuse.

Le matin, devant la porte de la salle de bains, il me demande comment j'arrive à m'arracher au miroir.

Il croit aussi que je devrais développer mes facultés intellectuelles. Et pour m'y aider, il fabrique à mon intention un ruban de Möbius. Il découpe une longue bande de papier, lui fait faire un demi-tour, puis colle les extrémités ensemble. Ce ruban de Möbius n'a qu'un côté. On le vérifie en passant son doigt sur la surface. Selon Stephen, c'est une façon de voir l'infini. Il me dessine un vase de Klein qui n'a ni intérieur, ni extérieur, ou plutôt dont l'intérieur et l'extérieur forment une seule surface. J'éprouve plus de difficulté à comprendre le vase de Klein que le ruban de Möbius, peut-être parce que c'est un vase et que je ne peux m'imaginer qu'il puisse ne rien contenir. Je n'en vois pas l'utilité.

Stephen dit qu'il s'intéresse aux problèmes des univers bidimensionnels. Il me demande d'imaginer à quoi ressemblerait un univers tridimensionnel pour quelqu'un qui serait parfaitement plat. Placé dans un univers à deux dimensions, l'on ne serait perçu qu'au point d'intersection, comme deux disques allongés, deux vues en coupe, bidimensionnelles de ses propres pieds. Puis il y a les univers à cinq dimensions, à sept dimensions. Je m'efforce de les imaginer, mais je n'arrive pas à dépasser trois.

— Pourquoi trois ? demande Stephen. C'est une de ses techniques d'apprentissage favorites : poser des questions auxquelles il connaît déjà la réponse, ou d'autres réponses.

— Parce que c'est ce qu'il y a, dis-je.

— Celles que tu perçois, dit-il. Nous sommes limités par nos propres facultés sensorielles. Comment crois-tu qu'une mouche voit le monde ? Je sais comment une mouche voit le monde pour avoir étudié de nombreux yeux de mouches sous le microscope. « À facettes, dis-je. Mais chaque facette n'aurait toujours que trois dimensions. »

— Un bon point pour toi, dit-il, ce qui me donne l'impression d'être une adulte digne de cette conversation. Mais en réalité, nous en percevons quatre.

— Quatre ? dis-je.

— Le temps est une dimension, dit-il. On ne peut le dissocier de l'espace. Nous vivons dans l'Espace-Temps. Mon frère explique encore qu'il n'existe pas de choses comme des objets discrets qui restent inchangés, épargnés par l'écoulement du temps. Que l'Espace-Temps est courbe et que dans celui-ci le trajet le plus court entre deux points n'est pas la ligne droite mais celle qui épouse la courbe. Il dit que le temps peut être allongé ou raccourci et qu'il s'écoule plus vite en certains endroits qu'en d'autres. Que si, pendant une semaine, l'on place un jumeau identique dans une fusée à grande vitesse, celui-ci retrouvera son frère de dix ans plus âgé que lui. Je dis que je pense que ce serait triste.

Mon frère sourit. Il dit que l'univers est comme un ballon parsemé de taches qu'on gonfle. Les taches sont les étoiles ; elles s'éloignent de plus en plus les unes des autres. Il dit que l'une des questions les plus intéressantes est de savoir si l'univers est infini, illimité, ou infini, mais limité, comme dans l'idée du ballon. La seule idée qui me vient en rapport avec un ballon est le bruit qu'il fait lorsqu'il éclate.

Il dit que l'espace est presque entièrement vide et que la matière n'est pas réellement solide. Ce n'est qu'un amas d'atomes très espacés entre eux et qui se déplacent à des vitesses plus ou moins grandes. De toute façon, la masse est un aspect de l'énergie et vice versa. Comme si tout était fait de lumière solide. Il dit aussi que si nous avions suffisamment de connaissances, nous pourrions passer au travers des murs comme s'ils n'étaient que de l'air, que nous pourrions aller plus vite que la lumière et, à ce moment-là, que l'espace deviendrait le temps, et le temps, l'espace, et que nous pourrions ainsi voyager à travers le temps et remonter dans le passé.

C'est la première fois qu'une de ses idées m'intéresse vraiment. J'aimerais voir des dinosaures et bien d'autres choses encore, comme les anciens Égyptiens. Néanmoins, cette notion a un côté menaçant. Je ne suis pas certaine de vouloir remonter dans le temps. Pas plus que je ne suis certaine de vouloir me laisser impressionner par tout ce qu'il dit. Cela le place un peu trop à son avantage. Et puis, ce n'est pas une façon sensée de parler. Bien de ces choses me semblent inspirées des bandes dessinées, celles des fusils aux rayons mortels.

— Et alors, dis-je, à quoi cela servirait-il ?

Il sourit. « Si tu pouvais le faire, tu le saurais », me répond-il.

Je rapporte à Cordelia que Stephen dit que nous pourrions traverser les murs si nous en savions suffisamment. C'est la seule de ses plus récentes idées que je puisse me permettre d'exposer pour le moment. Le reste est trop compliqué, ou trop bizarre.

Cordelia rit. Elle dit que Stephen est un cerveau et que, s'il n'était pas aussi charmant, il serait bien ennuyeux.

Cet été, Stephen a un petit boulot. Il enseigne à canoter dans un camp pour garçons. Moi, je n'en ai pas, parce que je n'ai que treize ans. J'accompagne mes parents dans le nord, près de Sault-Ste-Marie où mon père observe une colonie expérimentale de livrées des bois dans des cages grillagées.

Stephen m'écrit des lettres, au crayon, sur des pages de cahier d'écolier, dans lesquelles il ridiculise tout ce qu'il peut, y compris ses collègues moniteurs et les filles autour desquelles ils bêtifient pendant les jours de congé. Il dit des moniteurs qu'ils ont des pustules sur la peau, des crocs dans la bouche, la langue pendante comme celle des chiens, et les yeux qui louchent, réduits qu'ils sont à une stupidité permanente à cause des filles. Cela me porte à croire que je possède un certain pouvoir. Ou que j'en aurai éventuellement : après tout, moi aussi, je suis une fille. Je vais à la pêche en solitaire, principalement pour avoir quelque chose à lui raconter dans mes lettres. Car, en dehors de cela, je n'ai pas grand-chose à dire.

Les lettres de Cordelia sont écrites à l'encre véritable, de couleur noire. Elles sont bourrées de superlatifs et de points d'exclamation. Elle coiffe ses « i » de petits cercles, comme les yeux d'Orphan Annie ou de bulles. Elle les signe de « Bien amicalement à toi, jusqu'à Niagara Falls », « À toi jusqu'à ce que le monde crève », ou « Bien amicalement jusqu'à ce que la mer porte une culotte de caoutchouc pour se garder le fond au sec. »

Elle écrit : « *Je m'ennuie tellement !!!* » souligné par trois fois. Elle parle même de son ennui avec enthousiasme. Cependant, son style inarticulé sonne faux. Il m'est déjà arrivé de l'observer lorsqu'elle croyait que je ne la voyais pas : son visage devient immobile, distant, fermé. Comme si elle ne l'habitait plus. Mais bientôt elle se retourne en riant et dit : « Tu trouves pas que c'est *chouette* quand ils retroussent leurs manches et qu'ils y glissent leur paquet de cigarettes ? Ça fait de ces biceps ! » Puis, elle revient à la normale.

J'ai l'impression de passer simplement le temps. Je nage dans le lac qui est là, je mange des raisins et des craquelins tartinés d'une épaisse couche de beurre d'arachide et de miel en lisant des romans policiers et en boudant parce qu'il n'y a personne de mon âge aux alentours. La constante bonne humeur de mes parents n'y change rien. Il vaudrait peut-être mieux qu'ils soient aussi revêches que moi, ou même plus ; je me sentirais plus normale.

IX. Lèpre

41.

En fin de matinée, le téléphone me réveille. C'est Charna. « Écoutez ça, dit-elle, nous avons fait la une des pages *Arts et Spectacles* et il y a trois, comptez-les bien, trois photos ! C'est une critique dithyrambique ! »

Je frémis d'horreur à la pensée de ce que doit être une critique dithyrambique pour elle ; et que signifie ce *nous* ? Mais elle est heureuse : je suis passée de la section *Vivre aujourd'hui* à celle des *Arts et Spectacles*, ce qui est bon signe. Je me rappelle le temps où je rêvais de célébrité éternelle, où je voulais être Leonardo da Vinci. À présent, je suis en compagnie de groupes rock et du dernier film. Quelqu'un a dit, ou l'ai-je entendu quelque part ? qu'avec l'art on s'en tire toujours, ce qui peut tout aussi bien se rapporter au vol à l'étalage ou à quelque autre crime mineur. Et peut-être qu'au fond, ce n'est que cela : un genre de vol. Du piratage visuel.

Je sais que ce ne sera pas bon. Pourtant, je ne puis y résister. Je m'habille et je descends à la recherche du kiosque à journaux le plus proche. J'ai tout de même la décence d'attendre d'être remontée pour ouvrir le journal.

En caractère gras, il y a ceci : UNE ARTISTE AU CARACTÈRE FANTASQUE DÉRANGE TOUJOURS. Je note : on dit *artiste* plutôt que *peintre*, et il y a ce sinistre *toujours* qui indique la voie vers la sénilité. Andrea, l'ingénue à la tête en forme de gland, prend sa revanche. Je m'étonne qu'elle ait employé un mot aussi démodé que *fantasque*. Tant qu'à faire, elle aurait pu utiliser : manie, toquade, lubie et appuyer sur l'idée de sénilité. Mais elle n'est probablement pas responsable du titre.

Il y a effectivement trois photos. L'une montre ma tête, prise à un angle légèrement inférieur, ce qui me donne un double menton. Les deux autres sont de mes peintures. L'une représente Mrs Smeath, toute nue, volant sans grâce dans les airs. En arrière-plan, il y a la flèche de l'église en forme d'oignon. Mr Smeath est collé à son dos comme un criocère de l'asperge, souriant, l'air d'un fou ; tous deux ont des ailes brunes et luisantes d'insectes dessinées à l'échelle, et peintes avec minutie. Cela s'intitule : *Erburg, L'Annonciation*. L'autre est de Mrs Smeath, seule, un couteau à éplucher réduit à un éclat de métal, une pomme de terre sans pelure à la main et déshabillée de la taille jusqu'en haut et des cuisses jusqu'au bas. Ce tableau appartient à la série de *Les culottes bouffantes de l'empire*. Les photos du journal, en noir et blanc, ne rendent pas justice aux peintures. Celles-ci ressemblent trop à des instantanés. Je sais qu'en réalité, la culotte de Mrs Smeath est d'un bleu indigo soutenu qu'il m'a fallu des semaines pour rendre correctement, un bleu évocateur d'une lumière dure et sombre.

J'épluche le premier paragraphe : « Cette semaine, l'éminente artiste Elaine Risley revient à Toronto, sa ville natale, pour assister à la rétrospective longuement attendue de ses œuvres. » *Éminente*, un mot qui sent déjà le musée. Mieux vaut m'étendre tout de suite sur la dalle de marbre et tirer le suaire sur ma tête. Les habituelles citations inadéquates sont là, et même mon survêtement bleu pastel n'échappe pas aux commentaires. « Elaine Risley, qui a une allure formidable dans un survêtement bleu pastel quelque peu défraîchi, nous étonne encore par quelques commentaires caustiques, délibérément provocateurs, sur les femmes d'aujourd'hui. »

J'avale un peu de café et je vais droit au dernier paragraphe : il y a l'inévitable *éclectique*, l'incontournable *post-féministe*, un *de quelque manière que* et un *quoi qu'elle en dise*. Cette bonne vieille retenue hypocrite de Toronto. Une attaque en règle aurait été préférable, des plumes qui volent, un brin de flamme, une odeur de roussi. De cette façon, je saurais que je suis toujours en vie.

Je me concentre hardiment sur le vernissage. Je devrais peut-être me montrer délibérément provocatrice, confirmer leurs pires attentes. Je pourrais me munir de quelques effets spéciaux des meurtres à la hache de Jon, le visage brûlé et son œil à nu injecté de sang, le bras de plastique sanguinolent. Ou chausser les moules creux de pieds et m'amener là, pesamment, comme sortie de quelque film sur un scientifique fou.

Je sais bien que je ne le ferai pas, mais rien que d'y penser me fait du bien. Cela me permet de prendre du recul, réduire tout cela à une blague, à une frasque où mon seul parti est celui de la raillerie.

Cordelia lira cet article et elle en rira peut-être. Même si son nom n'apparaît pas dans le bottin téléphonique, elle doit bien se trouver encore quelque part par ici. Cela lui ressemblerait d'avoir changé de nom. Ou encore, peut-être s'est-elle mariée ; peut-être même plus d'une fois. Il est difficile de garder contact avec la plupart des femmes. Elles prennent un autre nom et disparaissent sans laisser de trace.

En tout cas, elle verra ceci. Elle reconnaîtra Mrs Smeath et elle en rira bien. Elle saura que c'est moi, et elle viendra. Elle se pointera à la porte et elle se verra aussi, titrée, encadrée, datée et pendue au mur. Elle ne pourra pas ne pas se reconnaître : la longue ligne du menton, la bouche légèrement en coin. Elle semble seule dans une pièce ; une pièce aux murs vert pâle.

C'est la seule peinture que j'aie jamais faite de Cordelia, de Cordelia en solo. Cela s'intitule : *Une moitié de visage.* Un titre étonnant puisque le visage de Cordelia est visible en entier. Mais derrière elle, pendu au mur, comme ces écussons de la Renaissance, ou ces têtes d'animaux, caribou ou ours que l'on retrouvait dans les bars du nord, il y a un autre visage couvert d'un linge blanc. Cela donne l'effet d'un masque de théâtre. Peut-être.

Cette toile m'a donné un mal fou. Il m'était difficile de fixer Cordelia à une époque, à un âge. Je la voulais à treize ans avec ce regard provocant, presque belligérant qui était le sien. *Et alors ?*

Mais les yeux m'ont échappé. Ils ne ressortent pas très bien ; ils donnent plutôt au visage un regard flou, hésitant, réprobateur. Comme apeuré.

Sur cette toile, Cordelia a peur de moi.

Et j'ai peur de Cordelia.

Je n'ai pas peur de voir Cordelia. J'ai peur d'être Cordelia. Parce que, d'une certaine façon, nous avons interchangé les rôles, et j'ai oublié quand cela s'est produit.

42.

L'été fini, je passe en dixième année. Bien que je sois encore plus petite, plus jeune que les autres, je me suis développée. Oui, j'ai des seins. Et aussi des règles, comme toute fille normale ; je fais désormais partie de celles qui savent des choses, qui peuvent être dispensées d'une partie de volley-ball, aller voir l'infirmière pour une aspirine et marcher cahin-caha le long des corridors avec une serviette hygiénique en forme de queue de lapin aplatie entre les cuisses et trempée d'un sang couleur de foie. Cela procure certaines satisfactions. Je me rase les jambes, non pas qu'il y ait beaucoup à raser, mais parce que cela me fait plaisir. Je m'assois dans la baignoire, je me rase les mollets que je voudrais plus formés, plus ronds, comme ceux des majorettes, tandis qu'à l'extérieur mon frère murmure : « Miroir, miroir, dis-moi qui est la plus belle ? »

— Va-t'en, lui dis-je calmement. À présent, j'ai ce privilège.

À l'école, je suis attentive et silencieuse. Je fais mes devoirs. Cordelia s'épile les sourcils en deux traits, plus étroits que les miens, et se peint les ongles avec Fire and Ice. Elle égare des choses, comme des peignes, ainsi que son devoir de français. Elle rit à gorge déployée dans les corridors. Elle invente des jurons compliqués : *Excrément d'ongulé*, dit-elle, ce qui signifie *merde*, et *Tête-chauve-de-crisse-d'yeux-bleus-incandescents*. Elle se met à fumer et se fait prendre dans les toilettes des filles. Ce doit être difficile pour les professeurs d'imaginer comment il se fait que nous soyons amies, ce que nous fabriquons ensemble.

Aujourd'hui, sur le chemin du retour à la maison, il neige. Comme de froides phalènes, de gros flocons caressants se posent sur notre visage ; l'air s'emplit de plumes. Cordelia et moi sommes ravies. Dans le demi-jour, nous déambulons bruyamment tandis que des automobiles nous dépassent, silencieuses et ralenties par la neige. Nous chantons :

Remember the name
Of Lydia Pinkham,
Whose remedies for women brought her FAME[1] !

C'est une réclame chantée à la radio. Nous ignorons ce que sont les remèdes de Lydia Pinkham, mais tout ce qui comprend les mots « pour femmes » a rapport

1. N'oubliez pas / Lydia Pinkham / Dont firent le renom les remèdes pour femmes !

avec les menstruations ou quelque chose d'aussi ignoblement féminin et nous trouvons cela drôle.

Nous chantons aussi :

Leprosy,
Night and day you torture me,
There goes my eyeball
Into my highball[1]*…*

Ou encore :

Part of your heart,
That's what I'm eating now,
Too bad we had to part[2]*…*

Nous chantons celles-ci et d'autres parodies de chansons populaires que nous croyons très spirituelles. Nous courons, glissons dans nos bottes de caoutchouc au bord retourné et fabriquons des boules de neige que nous lançons aux lampadaires, aux bornes-fontaines. Nous nous attaquons hardiment aux autos qui circulent et, d'aussi près que notre courage nous le permet, aux gens qui marchent sur le trottoir, la

---

1. Ah ! lèpre / qui me ronge / jour et nuit. Voici mon œil / qui plonge / dans mon whisky…

2. J'en suis à dévorer / un morceau de ton cœur. / Dommage qu'il faille se quitter…

plupart du temps des femmes avec des sacs de courses ou un chien. Nous devons déposer nos sacs d'école pour fabriquer des boules. Nous ne visons pas très juste, nous n'atteignons pas grand-chose, sauf une femme en manteau de fourrure, dans le dos, et par erreur. Elle se retourne et nous semonce. Nous prenons la poudre d'escampette, tournons un coin et enfilons une petite rue en riant si fort de peur et de gêne que nous arrivons à peine à tenir debout. Cordelia se jette à la renverse sur une pelouse couverte de neige. « L'œil du mal ! » crie-t-elle. Pour quelque obscure raison, je n'aime pas la voir étendue ainsi, les bras en croix sur la neige.

— Lève-toi, dis-je. Tu vas prendre froid.

— Et alors ? dit-elle. Mais elle se lève.

Les lumières des rues s'allument même s'il ne fait pas encore noir. Nous arrivons à l'endroit où commence le cimetière, du côté opposé de la rue.

— Tu te souviens de Grace Smeath ? dit Cordelia.

Je dis que oui. Je me souviens d'elle, mais pas de façon précise, continue. Je me souviens d'elle à l'époque où je l'ai rencontrée, puis plus tard, assise dans le verger, la tête couronnée de fleurs ; et encore beaucoup plus tard, lorsqu'elle était en huitième, à la veille de son départ pour le collège. Je ne sais même plus lequel c'était. Je me souviens de ses taches de rousseur, de son petit sourire, de ses longues tresses épaisses comme le crin des chevaux.

— Ils rationnaient le papier toilette, dit Cordelia. Quatre feuilles, même pour le Numéro Deux. Le savais-tu ?

— Non, dis-je.

Mais il me semble l'avoir déjà su.

— Tu te rappelles leur savon noir ? dit Cordelia. Tu te rappelles ? Ça sentait le goudron.

Je sais très bien ce que nous sommes en train de faire : nous sommes en train de ridiculiser la famille Smeath. Cordelia se souvient de toutes sortes de choses : des sous-vêtements grisâtres qui dégoulinaient de la corde à linge au sous-sol, du couteau à éplucher de la cuisine réduit à un éclat de métal, des manteaux d'hiver du catalogue Eaton's. Selon Cordelia, c'est chez Simpson's qu'il faut aller. C'est là où nous nous rendons à présent, les samedis matin, tête nue, trimbalées d'arrêt en arrêt par le tramway jusqu'au cœur de la ville. Et le fait de commander par l'intermédiaire du catalogue Eaton's est bien plus méprisable que d'acheter directement chez Eaton's.

— La Famille Grumeau ! hurle Cordelia dans l'air enneigé. C'est cruel et approprié : nous rions par courts éclats. « Que mange la famille Grumeau au dîner ? Des plats de croquant ! »

Le jeu s'amplifie. De quelle couleur sont leurs sous-vêtements ? De la couleur grume. Pourquoi Mme Grumeau a-t-elle un sparadrap sur le visage ? Parce qu'elle se rase. On peut tout dire à leur sujet, tout inventer. Ils sont sans défense, à notre merci. Nous imaginons les deux adultes Grumeau en train de faire l'amour, mais c'en est trop, ça ne se peut pas, c'est à se faire vomir. Se faire vomir est une nouvelle expression de Perdie.

— Que fait Grace Grumeau pour occuper ses loisirs ? Elle crève ses boutons. Cordelia rit tellement qu'elle se penche en avant et manque de tomber. « Arrête, arrête, je vais faire pipi dans ma culotte », dit-elle. Elle dit que Grace a commencé à avoir des boutons en huitième : à présent, ils ont dû doubler en nombre. Ce dernier détail n'est pas inventé, mais bien vrai. Nous nous en réjouissons.

Dans notre interprétation, les Smeath manquent de charme, sont pingres, aussi lourdauds que de la pâte, aussi ennuyeux que de la margarine blanche que sans doute ils mangent au dessert. Nous ridiculisons leur piété, leurs petites économies, la grandeur de leurs pieds et leur caoutchouc qui les résume bien. Nous parlons d'eux au présent comme si nous les fréquentions encore.

Ce jeu me procure une grande satisfaction. Je ne peux justifier ma propre férocité ; je ne me demande pas pourquoi j'y prends autant de plaisir ou pourquoi Cordelia y joue, j'insiste pour y jouer, le remettant sur le tapis chaque fois que l'intérêt semble en diminuer. Cordelia me regarde en coin, comme si elle jaugeait jusqu'où, jusqu'à quel point je suis prête à aller dans ce que nous savons toutes deux, de façon certaine, être une vile trahison. J'ai une dernière vision passagère de Grace entrant dans sa maison par la grande porte, habillée de sa jupe à bretelles, de son chandail à petites boules. Toutes, nous l'adorions. Mais ce n'est plus le cas. Et dans la version que propose maintenant Cordelia, ça n'a jamais été le cas.

Dans la neige qui tombe, nous traversons la rue, ouvrons la petite barrière de fer forgé de la clôture du cimetière et y pénétrons. Nous n'avons jamais fait cela.

Nous nous trouvons à l'extrémité. Les arbres sont encore jeunes et ils ont l'air encore plus provisoires dépourvus de leurs feuilles. Le sol, qui ne semble pas avoir été remué, a tout de même des cicatrices comme des marques géantes de griffes, de creusage, de travaux terrassiers. Les pierres tombales sont peu nombreuses et récentes : blocs de granit rectangulaires brillant d'un éclat presbytérien, lettres gravées nettement et sans enjolivures. Cela me rappelle les paletots d'hommes.

Nous marchons parmi les pierres tombales en pointant du doigt celles qui – particulièrement mornes, particulièrement rustres – seraient choisies par la famille Grumeau pour s'enterrer les uns par-dessus les autres. D'ici, nous pouvons voir au travers de la clôture en treillis les maisons de l'autre côté de la rue.

Celle de Grace Smeath y est. C'est étrange et singulièrement agréable de penser qu'à ce moment précis, elle pourrait se trouver à l'intérieur de cette boîte de brique d'allure banale avec ses colonnes de portique blanches et ignorer totalement ce que nous venons juste de dire à propos d'elle. Mrs Smeath pourrait aussi bien s'y trouver, étendue sur le sofa de velours, couverte d'un afghan ; c'est tout ce que j'arrive à me rappeler. Le caoutchouc serait sur le palier, pas tellement plus haut qu'il ne l'était. Les caoutchoucs poussent lentement. Néanmoins, nous sommes plus grandes et la maison semble petite.

Au-devant de nous, le cimetière s'étale sur des centaines de mètres carrés. Le ravin se trouve à présent sur notre gauche et le nouveau pont de béton est à peine visible. Il me vient une brève vision de la vieille passerelle et de la crique en dessous : sous nos pieds, les morts se dissolvent, se changent en eau, coulent au bas de la pente. Mais j'efface cela tout de suite. Rien dans ce cimetière n'est inquiétant, me dis-je. C'est trop fonctionnel, trop laid, trop ordonné. C'est trop comme une tablette d'armoire de cuisine, un endroit où l'on range des choses.

Pendant un long moment, nous marchons sans parler, sans savoir où nous allons, ou pourquoi nous y allons. Les arbres sont plus grands, les pierres tombales plus vieilles. Il y a maintenant des croix celtiques et l'ange de circonstance.

— Comment sort-on d'ici ? dit Cordelia, avec un petit rire.

— Si nous continuons, nous tomberons sur la route. Ça n'est pas le bruit de la circulation qu'on entend ?

— J'ai besoin d'une sèche, dit Cordelia. Nous trouvons un banc et nous nous asseyons pour que Cordelia puisse protéger la flamme du vent à l'aide de ses mains nues.

Elle ne porte ni gants, ni foulard sur la tête. Elle sort un tout petit briquet noir et or.

— Regarde-moi toutes ces petites maisons des morts, dit-elle.

— Des mausolées, dis-je, avec un brin de suffisance.

— Le mausolée de la famille Grumeau, dit-elle en s'efforçant de reprendre le fil de la blague.

— Pas leur genre, dis-je. Trop tape-à-l'œil.

— Eaton, lit Cordelia. Ce doit être le magasin. C'est écrit pareil. Les Eaton des catalogues sont enterrés ici.

— Mr et Mrs Catalogue, dis-je.

— Je me demande s'ils portent des gaines de soutien, dit Cordelia en inspirant. Nous essayons de revenir à notre hilarité première, mais sans grand succès. Je pense aux Eaton, aux deux ou peut-être plus, rangés pour l'entreposage comme des manteaux de fourrure ou des montres en or, dans leur caveau privé, d'autant plus insolite qu'il a la forme d'un temple grec. Où sont-ils en réalité ? Là-dedans ? Sur des catafalques ? Dans des cercueils au couvercle de pierre, tapissés de toiles d'araignées, comme dans les bandes dessinées d'horreur ? Je pense à leurs bijoux, brillant dans le noir – parce que, bien sûr, ils porteraient des bijoux – et à leurs longs cheveux secs. Ceux-ci continuent à pousser après la mort, et les ongles aussi. J'ignore comment je sais cela.

— Tu sais, c'est vrai, Mrs Eaton est un vampire, dis-je lentement. La nuit, elle sort. Elle porte une longue robe de bal blanche. Cette porte s'ouvre en grinçant et elle apparaît.

— Pour boire le sang des Grumeau qui sont sortis après l'heure, dit Cordelia, sur un ton encourageant, en écrasant sa cigarette.

Je me refuse à rire. « Non, sérieusement, dis-je. Elle sort vraiment. Je le sais. »

Cordelia, l'air nerveuse, me regarde. La neige continue à tomber dans la pénombre et, à part nous, il n'y a personne ici. « Ouais ? » dit-elle, dans l'attente d'une blague.

— C'est vrai, dis-je. Parfois, nous sortons ensemble. Car moi aussi je suis un vampire.

— C'est pas vrai, dit Cordelia qui se lève et se débarrasse de la neige. Mais elle a un sourire mal assuré.

— Comment le sais-tu ? demandé-je. Hein, comment peux-tu en être sûre ?

— Tu te promènes le jour, dit Cordelia.

— Ce n'est pas moi. C'est ma jumelle. Tu l'ignorais, mais je suis jumelle. Identiques, impossible de nous différencier. De toute façon, je n'ai qu'à éviter le soleil. Des jours comme aujourd'hui sont tout à fait sûrs. Là où je dors, j'ai un cercueil rempli de terre ; c'est en bas, tout en bas – je cherche un endroit plausible – de la cave.

— T'es folle, dit Cordelia.

Je me lève aussi.

— Folle ? demandé-je. Je baisse la voix. Je te dis simplement la vérité. Tu es mon amie et je crois qu'il est temps que tu saches. Je suis réellement morte. Je suis morte depuis des années.

— Cesse de jouer à cela, dit Cordelia sèchement. Je m'étonne de sentir à quel point je prends plaisir à la voir si mal à l'aise, à comprendre que j'ai autant de pouvoir sur elle.

— Jouer à quoi ? demandé-je. Je ne joue pas. Mais ne t'inquiète pas. Je ne sucerai pas ton sang. Tu es mon amie.

— Arrête ton numéro, dit Cordelia.

— Dans une minute, dis-je, nous serons enfermées ici.

Et nous nous rendons brusquement compte que ça pourrait bien être le cas. Nous courons dans l'allée, essoufflées et rieuses, et nous trouvons une grande grille qui, heureusement, est encore ouverte. Au-delà c'est Yonge Street, noire de la circulation de l'heure de pointe.

Cordelia veut me montrer les voitures typiques de la famille Grumeau, mais j'en ai assez. Je nourris un petit triomphe plus dense, plus malveillant : le courant est passé entre nous, et je suis la plus forte.

43.

Je suis maintenant en onzième année et aussi grande que la plupart des filles, ce qui n'est pas très grand. Je porte une jupe droite gris anthracite qui gêne la marche en dépit du pli creux dans le dos et un chandail à manches chauve-souris, rouge et rayé à l'horizontale de tons gris dégradés. J'ai aussi une large ceinture d'élastique noir munie d'une boucle à agrafe en faux or, et des ballerines en daim qui s'éraflent et bâillent aux côtés lorsque je marche. Un manteau court complète la jupe droite. C'est l'allure à la mode : évasée et rembourrée aux épaules, mince et serrée aux cuisses et aux jambes. Et j'ai une langue de vipère.

Au point que je m'en suis fait une réputation. Je ne m'en sers que si on me provoque, mais là s'échappent de ma bouche des remarques courtes et dévastatrices. J'ai à peine le temps d'y penser, qu'elles sont déjà là comme des bulles de réflexion éclairées de l'intérieur par une ampoule. « *M'embête pas* » et « *Il en faut deux pour faire la paire* » sont les remarques habituelles entre filles. Mais je vais beaucoup plus loin que cela. Je n'hésite pas à dire : *T'es une emmerdeuse*, ce qui frôle le mauvais goût, ou à inventer des choses aussi méprisantes que : Point noir ambulant et Aisselle négligée d'avant la pub. Si une fille m'appelle un cerveau, je dis : « *Vaut mieux être un cerveau qu'une petite tête d'idiote comme toi* », « *T'utilises beaucoup de brillantine ?* » ou encore : « *T'as beaucoup sucé ?* » Je connais les points faibles. « Sucer » est un terme particulièrement satisfaisant, particulièrement dévastateur. Ce sont surtout les garçons qui l'emploient, entre eux ; il évoque le pouce, le bébé. Je n'ai pas encore pensé qu'on pouvait sucer autre chose, ni dans quelles circonstances.

Les filles de l'école apprennent à se méfier de ma langue de vipère. Dans les couloirs, je déambule entourée d'une aura de danger verbal imminent et l'on prend des gants avec moi, ce qui me convient tout à fait. Assez curieusement, mon comportement méchant ne me vaut pas moins d'amis, mais, en apparence, plus. Les filles me craignent et savent reconnaître l'endroit le plus sûr, c'est-à-dire, à mon côté, un demi-pas en arrière. « Elaine a un succès fou », disent-elles, sans trop insister. Certaines collectionnent déjà de la vaisselle, des objets ménagers et possèdent un coffre de mariée. J'éprouve une sorte de dédain moqueur pour ces choses. Et pourtant, cela m'ennuie d'apprendre que j'ai pu heurter les sentiments de quelqu'un sans le vouloir. Je veux que tous mes coups soient voulus.

Mais je n'ai pas l'occasion de me servir de ma langue de vipère contre les garçons puisqu'ils ne me provoquent pas. À part Stephen, bien entendu. Ces jours-ci, nous échangeons des mesquineries verbales comme une sorte de jeu, une partie de badminton. *J't'ai eu. J't'ai repris.* D'habitude, je le fais taire par : « D'où sors-tu cette coupe de cheveux ? Du coin de la tondeuse à gazon ? » Sur ce sujet, il est très chatouilleux. Ou encore, lorsqu'il est sur son trente et un, habillé de son pantalon gris et de son veston d'école privée : « Hé, t'as l'air d'un mannequin de chez Simpsons. » Ce sont les petits merdeux qui apparaissent dans les almanachs de collège avec l'écusson sur la poche de leur veston, tous bien coiffés, pour la réclame Simpsons.

Mon père remarque : « Un jour, ma petite demoiselle, ta langue te jouera de vilains tours. » Quand il m'appelle sa petite demoiselle, c'est que je suis allée trop loin, que j'ai franchi quelque barrière mais, bien que cela me fasse taire pour un moment, cela ne me décourage pas. J'ai pris goût au risque, à la sensation de vertige lorsque je me rends compte que j'ai visé au-delà de la limite acceptée en société, que je marche sur de la glace mince, dans les airs.

Celle sur qui j'exerce le plus mes talents, c'est Cordelia. Elle n'a même pas à me provoquer, c'est sur elle que je m'entraîne. Nous nous asseyons sur le terre-plein qui domine le terrain de foot, habillées de nos jeans qui ne sont permis à l'école que les jours de match et dont les revers, trop larges, sont retenus par des épingles de kilt, la dernière mode. Les majorettes sautillent tout autour dans leurs jupettes à mi-cuisse et agitent leurs pompons de papier ; elles ne ressemblent pas aux blondes à longues jambes que l'on voit au dos du magazine *Life*. Elles sont plutôt mal assorties, lourdaudes et brunes. Pourtant, j'envie toujours leurs mollets. L'équipe de football poursuit sa partie. Cordelia dit : « Ce Gregory ! Quelle bête ! » et je dis : « À cornes ». Cordelia me jette un regard outré. « Je le trouve très chou. » « Si on les aime couverts d'huile de maïs », dis-je. Et lorsqu'elle me dit qu'il ne faut jamais s'asseoir sur le siège des cabinets sans l'avoir essuyé parce que l'on pourrait attraper une maladie, je dis : « Qui t'a dit cela ? Ta Mama ? »

Je me moque de ses chanteurs préférés. « Love, love, love, dis-je, ils ne savent que gémir. » J'ai développé un mépris implacable pour les débordements et la mièvrerie. Frank Sinatra est la Guimauve Chantante ; Betty Hutton, la Meule Humaine. De toute façon, ces gens sont passés de mode, ce ne sont que des sentimentaux à l'eau de rose. La vraie vérité se trouve plutôt dans le rock'n'roll : « Hearts made of Stone », c'est plus mon genre.

Parfois, Cordelia trouve des répliques et d'autres fois pas. Elle dit alors : « Que c'est cruel ! » Ou elle place la langue au coin de la bouche et change de sujet. Ou bien, elle allume une cigarette.

J'assiste au cours d'histoire en faisant de petits dessins dans la marge. Nous étudions la Seconde Guerre mondiale. Debout devant la classe, le professeur trépigne d'enthousiasme, agite les bras et sa règle. Il est petit, a une mèche de cheveux rebelle, et il boite. Lui aussi pourrait avoir été à la guerre, ou du moins le croit-on. Au tableau, il a dessiné à la craie une grande carte de l'Europe, avec un pointillé jaune pour marquer les frontières. Les armées d'Hitler avancent par l'entremise de flèches de craie rose. Là, c'est l'Anschluss, puis la Pologne qui tombe, et ensuite la France. Je dessine des tulipes et des arbres, souligne le pourtour du sol d'un trait et dessine le réseau des racines dans chaque cas. Dans l'English Channel, des sous-marins apparaissent en vert. Je dessine le visage de la fille assise de l'autre côté de l'allée. C'est le bombardement aérien. Des bombes dérivent dans les airs comme des anges d'argent sinistres, Londres se désagrège, quartier par quartier, maison par maison, des âtres, des cheminées, des lits à deux places sculptés à la main, gardés de génération en génération, explosent en éclats de bois enflammés, l'histoire se réduit en fragments. « Ce fut la fin d'une époque, dit le professeur. Pour nous, c'est difficile à comprendre, mais rien ne sera plus jamais pareil. » Il est très ému par tout ceci, cela se voit et c'est gênant. Plus pareil à quoi ? Je me le demande.

Il me semble incroyable que j'aie pu exister alors que tous ces événements de craie se produisaient, que toutes ces statistiques mortuaires étaient compilées. J'existais quand les femmes portaient ces vêtements ridicules trop rembourrés aux épaules, une taille de guêpe, des péplums sur leur derrière comme des tabliers mis à l'envers. Je dessine une femme avec de larges épaules et un chapeau extravagant. Je dessine ma propre main. Les mains, c'est le plus compliqué. Il est difficile d'éviter qu'elles ne ressemblent à un paquet de saucisses.

Je sors avec des garçons. Je ne le fais pas exprès, cela arrive tout simplement. Mes relations avec les garçons se nouent sans effort, ce qui signifie que je me donne peu de mal. C'est avec les filles que je ne suis pas à l'aise, ce sont les filles qui provoquent ma défiance ; pas les garçons. Je reste assise dans ma chambre, occupée à extirper les petites boules qui se forment sur mes chandails de laine, et le téléphone sonne. C'est un garçon. J'emporte le chandail dans l'entrée où se trouve le téléphone, je m'assois sur la chaise, le récepteur niché entre l'oreille et l'épaule, et je continue à enlever les petites boules de laine tandis qu'une longue conversation, pleine de silences, s'installe.

Les garçons, de par leur nature, souhaitent ces silences ; ils ne doivent pas être alarmés par trop de mots, prononcés trop vite. Et ce qu'ils disent en réalité n'est pas si important. Ce sont les silences entre les mots qui le sont. Je sais que ce que nous recherchons tous deux est la fuite. Eux désirent échapper aux adultes, aux autres garçons, moi aux adultes et aux autres filles. Nous recherchons des îles désertes, transitoires et irréelles, mais bien là.

Mon père arpente la salle de séjour, faisant tinter ses clés et la petite monnaie dans sa poche. Il est impatient, il ne peut s'empêcher d'entendre ces monosyllabes, ces murmures, ces silences. Il vient dans l'entrée et fait le geste des ciseaux avec les doigts, ce qui signifie que je dois couper court. « Je dois te quitter, à présent », dis-je. Le garçon émet un son comme une chambre à air qui se dégonfle. Je comprends cela.

J'en sais des choses sur les garçons. Et je sais ce qui se passe dans leur tête au sujet des filles et des femmes, des choses qu'ils ne peuvent admettre devant les autres garçons, ou devant qui que ce soit. Ils craignent leur propre corps, ils sont timides dans ce qu'ils disent, ils ont peur d'être ridiculisés. Je sais quel genre de propos ils tiennent lorsqu'ils se bousculent au vestiaire, lorsqu'ils grillent une cigarette derrière le centre de loisirs. *Connasse*, *chienne*, *traînée* et *garce* sont les mots qu'ils appliquent aux filles, et d'autres pires encore. Mais je ne le leur reproche pas. Je sais que ces mots sont une autre version des yeux de bœuf dans le formol, de la crotte de nez mangée, des mots qu'ils s'échangent pour se prouver, pour montrer qu'ils sont forts et qu'on ne la leur fait pas. Ces mots ne signifient pas nécessairement qu'ils n'aiment pas les vraies filles, ou une vraie fille. Car, parfois, ces dernières sont une alternative à ces mots, parfois leur incarnation vivante, et d'autres fois un simple bruit de fond.

Je ne crois pas qu'aucun de ces mots s'applique à moi. Ils conviennent à d'autres filles, aux filles qui déambulent dans les couloirs du collège, ignorant les garçons, qui secouent leur chevelure, se déhanchent comme si elles se croyaient séduisantes, se parlent trop fort et indifféremment l'une à l'autre en ne trompant personne ; ou alors qui jouent les saintes nitouches. Et pendant tout ce temps, ces nuages de mots silencieux les entourent : *connasse*, *chienne*, *traînée*, *garce*, et les désignent, les réduisent à une dimension accessible. Le truc, avec ces mots silencieux, est de passer par les espaces vides, de les contourner dans sa tête, de s'évader. C'est passer au travers d'un mur.

Voilà, en gros, ce que je sais des garçons. Mais rien de cela ne concerne un garçon en particulier ou ceux avec lesquels je sors. Parce que ceux-ci sont généralement plus âgés que moi, bien qu'ils ne soient pas du genre à porter beaucoup de cuir et les cheveux en queue de canard gommée à la brillantine ; ils sont mieux que cela. Quand je sors avec eux, je dois être rentrée à l'heure. Sinon, mon père m'explique en long et en large que rentrer à temps à la maison, c'est comme arriver à l'heure pour prendre un train. Si j'étais en retard pour le train, je le manquerais, n'est-ce pas ? « Mais cette maison n'est pas un train ! dis-je. Elle ne va nulle part. » Mon père s'impatiente, il agite les clés dans sa poche. « Là n'est pas la question », dit-il.

Ma mère dit : « Nous nous inquiétons. » « Mais de quoi ? demandé-je. Pour moi, c'est s'inquiéter pour rien. »

Dans ce genre d'affaire, comme dans d'autres, mes parents se montrent très responsables. Ils ne veulent pas de télévision, comme les autres gens, parce que mon père dit que cela fait de nous des crétins, que cela émet des radiations nocives tout autant que des messages subliminaux. Lorsque les garçons viennent me chercher, mon père émerge du sous-sol coiffé de son vieux chapeau de feutre gris, un marteau ou une scie à la main, puis leur serre la main de sa grosse patte d'ours. Il les salue de ses petits yeux ironiques, brillants, et leur donne du « Monsieur » comme s'ils étaient ses élèves. Ma mère se comporte comme une grande dame affable et ne dit presque rien. Ou encore, elle me dit, devant les garçons, à quel point je suis jolie.

Au printemps, ils apparaissent au coin de la maison dans leurs vieux pantalons de jardinage tachés de boue pour me voir partir. Ils entraînent les garçons dans la cour où se trouve à présent une haute pile de blocs de ciment accumulés par mon père pour de futurs projets. Ils désirent montrer leurs iris aux garçons, comme si ces derniers étaient de vieilles dames, et ceux-ci doivent faire leurs commentaires bien qu'ils se moquent des iris comme de l'an quarante. Ou mon père essaie d'engager une conversation intéressante sur des sujets d'actualité, ou encore il leur demande s'ils ont lu tel ou tel livre en les sortant des étagères de la bibliothèque tandis que les garçons se dandinent sur un pied, sur l'autre. « Ton père est un original », disent les garçons plus tard, mal à l'aise.

Mes parents sont comme deux galopins, un petit frère et une petite sœur aux visages barbouillés et qui lancent de façon imprévisible et incontrôlable des phrases qui me font honte. Je soupire et j'essaie de m'en sortir le mieux possible. Je me sens plus vieille qu'eux, beaucoup plus vieille. C'est moi l'antiquité.

Ce que je fais avec les garçons n'a rien d'inquiétant. C'est dans l'ordre des choses. Nous allons au cinéma, nous nous asseyons dans la section des fumeurs et nous nous pelotons ; ou encore nous allons au ciné de plein air, nous mangeons du maïs soufflé et nous nous tripotons. Mais il y a des règles à observer : tu m'approches, je te repousse, tu m'approches, je te repousse. Le fait d'atteindre le porte-jarretelles et le soutien-gorge est vraiment trop entreprenant. Pas de fermeture Éclair non plus. La bouche des garçons a le goût du sel et des cigarettes, leur peau sent l'après-rasage Old Spice. Nous allons danser, nous tournoyons sur la musique rock'n'roll, nous louvoyons dans la pénombre bleue, entourés par d'autres couples qui louvoient. Après les danses de circonstance, nous allons chez quelqu'un, ou au St. Charles Restaurant et, après cela, nous nous pelotons encore, bien que ce soit pour peu de temps parce qu'en général l'heure est passée. Pour ces bals de circonstance, je porte des robes que je fais moi-même puisque je ne peux me permettre de les acheter. Elles ont plusieurs épaisseurs de tulle, sont soutenues par une crinoline, et je m'inquiète des agrafes qui pourraient se défaire. J'ai des souliers d'un satin assorti ou aux brides argentées. Et des boucles d'oreilles qui pincent terriblement. Dans ces occasions, les garçons nous font parvenir des bouquets de corsage que, plus tard, je repasse et garde dans mon tiroir de commode : œillets écrasés et boutons de rose cernés de brun, pelotes de végétation morte, comme une collection de têtes florales ratatinées.

Mon frère Stephen traite ces garçons avec mépris. Pour lui, ce ne sont que des faibles d'esprit, indignes de ma sérieuse considération. Il rit d'eux dès qu'ils ont le dos tourné et se moque de leur nom. Ce n'est pas George, mais Georgie-Porgie, et non pas Roger, mais plutôt Rover. Il parie sur leur durée. « Trois mois pour celui-ci », dit-il, alors qu'il ne l'a vu qu'une seule fois, ou encore : « Quand vas-tu te débarrasser de celui-là ? »

Je n'en veux pas à mon frère. C'est ce à quoi je m'attends de sa part, parce qu'il a en partie raison. Je n'éprouve pas pour ces garçons les mêmes sentiments que ceux exprimés dans les bandes dessinées d'amour vrai. Je ne reste pas là assise à attendre leur coup de téléphone. Je les aime mais je n'en suis pas amoureuse. Je ne ressemble en rien à ces filles en larmes des magazines pour adolescentes. Une larme comme une perle sur chaque joue. Donc, dans un sens, les garçons ne comptent pas pour moi. Mais, en même temps, ils comptent.

Leur corps constitue la partie sérieuse de l'affaire. Lorsque je suis assise dans l'entrée, le récepteur niché entre l'oreille et l'épaule, je suis à l'écoute de leur corps. Je ne suis pas attentive aux mots, mais aux silences dans lesquels leur corps se recrée, est recréé par moi, prend forme. Lorsque je m'ennuie des garçons, c'est à leur corps que je pense. J'observe la main soulevant la cigarette dans l'obscurité du cinéma, la courbe d'une épaule, l'angle d'une hanche. En les regardant de biais, je peux les observer sous différents éclairages. Mon amour pour eux est visuel : c'est cette part d'eux que j'aimerais posséder. *Ne bouge pas*, me dis-je. *Reste ainsi. Donne-moi ça*. Le pouvoir qu'ils ont sur moi passe par les yeux et lorsque je suis fatiguée d'eux, l'épuisement est d'une part physique, d'autre part visuel.

Il y a quelque chose de sexuel dans tout cela, mais ça n'est pas l'essentiel. Certains garçons ont des automobiles, d'autres pas, et avec eux je circule en autobus, en tramway, dans le nouveau métro de Toronto qui est propre, sûr, et ressemble à une longue salle de bains carrelée pastel. Ces garçons me ramènent à la maison par le chemin le plus long. Selon la saison, l'air sent le lilas, le gazon frais coupé ou les feux de feuilles. Nous passons par la nouvelle passerelle de béton avec des saules penchés au-dessus et le bruit du ruisseau en dessous. Nous nous tenons dans la pâle lumière des lampadaires, nous nous appuyons au garde-fou, leurs bras passés autour de moi, les miens autour d'eux. Nous soulevons nos vêtements, passons une main le long du dos, et je sens l'épine dorsale de l'autre raidie et tendue à se briser. Je sens la longueur de tout le corps, je touche le visage, étonnée. Les visages des garçons changent tellement, ils s'adoucissent, ils s'ouvrent et ils font mal. Leur corps est pure énergie, de la lumière solide.

44.

Une fille est retrouvée assassinée dans le ravin. Pas celui près de chez nous, mais un de ses embranchements plus larges, plus au sud, passé les maçonneries où la Don River, bordée de saules, crasseuse et parsemée de déchets, serpente paresseusement vers le lac. De telles choses ne sont pas censées se produire à Toronto où les gens laissent leur porte arrière déverrouillée et leurs fenêtres ouvertes la nuit ; mais il semble bien qu'elles arrivent. Et c'est à la une de tous les journaux.

Cette fille a notre âge. On a trouvé sa bicyclette près d'elle. Elle a été étranglée et molestée. Nous savons ce que « molestée » veut dire. Il y a des photos d'elle de son vivant ; elles montrent déjà ce regard hanté que de telles photos n'acquièrent d'ordinaire qu'avec les années, ce regard du temps passé, irrécupérable, inachevé. On y décrit aussi en détail ses vêtements. Elle portait un chandail d'angora et un petit col de fourrure avec des pompons, ce qui est à la mode ces temps-ci. Moi-même, qui n'en ai pas, j'aimerais bien en avoir un. Le sien était blanc, mais il y en a aussi en vison. Sur son chandail, elle portait une broche en forme de deux oiseaux avec des pierres rouges à la place des yeux. C'est ce que n'importe quelle fille mettrait pour aller à l'école. Je trouve tout à fait injuste cette abondance de détails sur ses vêtements ; mais je les dévore. Il me semble aussi complètement injuste qu'un jour l'on puisse sortir, porter des vêtements ordinaires, être tuée sans avertissement et avoir tous ces gens qui vous regardent, vous examinent. Le meurtre devrait être un événement plus solennel.

Il y a longtemps que je ne pense plus aux méchants hommes tapis dans le ravin. Pour moi, ils font partie de ces histoires d'épouvante inventées par les mères. Mais il semble bien qu'elles soient vraies, en dépit de ce que je pense.

Cette fille assassinée me hante. À l'école, le premier choc passé, personne n'en parle plus tellement. Même Cordelia ne désire pas en parler. Comme si cette fille avait commis quelque faute en se faisant tuer. Comme ça, elle va à cet endroit où il se passe des choses innommables, avec ses cheveux blonds, son chandail d'angora, son air de tous les jours. Elle remue quelque chose, des feuilles mortes. Je songe à une poupée que j'avais autrefois et dont la jupe était bordée de fourrure blanche. Je me rappelle avoir eu peur de cette poupée. Je n'ai pas pensé à cela depuis des années.

Cordelia et moi sommes assises à la table de la salle à manger, occupées à faire nos devoirs du soir. J'aide Cordelia, j'essaie de lui expliquer l'atome, mais elle refuse de prendre cela au sérieux. Le diagramme de l'atome montre un noyau et les anneaux d'électrons qui l'encerclent. Ce noyau ressemble à une framboise, les électrons et leurs anneaux à la planète Saturne. Cordelia place la langue au coin de la bouche et examine le noyau en fronçant les sourcils. « Cela ressemble à une framboise », dit-elle.

« Cordelia, dis-je. L'examen est pour demain. » Les molécules ne l'intéressent pas, elle semble incapable de comprendre le tableau périodique des éléments. Elle refuse d'essayer d'imaginer la masse de l'atome, elle refuse d'essayer de comprendre pourquoi les bombes atomiques explosent. Dans le livre de physique, il y a la photo d'une explosion atomique, le nuage en forme de champignon et tout, et tout. Pour elle, ce n'est qu'une bombe de plus. « La masse et l'énergie sont des aspects différents, lui dis-je. C'est pourquoi $E = mc^2$. »

— Ce serait plus facile si Percy le Prude n'était pas si chiant, dit-elle. Percy le Prude est le professeur de physique. Il a les cheveux roux et droits sur la tête comme ceux de Woody Woodpecker, et il zézaye.

Stephen entre dans la pièce et regarde par-dessus notre épaule. « Alors, ils vous enseignent encore la physique comme à des bébés, dit-il condescendant. Ils vous présentent encore l'atome sous la forme d'une framboise. »

— Tu vois ? dit Cordelia.

Je suis ébranlée. « Ça, c'est l'atome qui va être présenté à l'examen. Tu ferais mieux de l'étudier », dis-je à Cordelia. Mais à Stephen, je dis : « Alors, à quoi ça ressemble ? »

— À beaucoup d'espace vide, dit Stephen. C'est à peine là. Ce ne sont que quelques points retenus en place par des forces. Au niveau subatomique, on ne peut même pas dire que la matière existe. On peut seulement dire qu'elle a tendance à exister.

— Tu embrouilles Cordelia, dis-je. Elle a allumé une cigarette et regarde par la fenêtre où plusieurs écureuils se font un chassé-croisé sur la pelouse. Elle ne prête aucune attention à tout cela.

Stephen la regarde, songeur. « Cordelia a tendance à exister », dit-il.

Cordelia ne se comporte pas avec les garçons de la même manière que moi, bien qu'elle sorte aussi avec eux. De temps à autre, j'organise un rendez-vous à quatre par l'entremise du garçon qui m'accompagne ce jour-là. L'ami de Cordelia est toujours un garçon moins intéressant, elle le sait, et elle ne l'accepte pas.

Elle ne semble pas savoir quel genre de garçon ferait l'affaire. Ceux qui sont coiffés comme mon frère sont des casse-pieds et des ennuyeux, mais les autres, coiffés en queue de canard, sont poisseux bien que sexy. Elle trouve que mes amis, qui osent tout au plus se coiffer en brosse, sont trop jeunes pour elle. Elle a remplacé son rouge à lèvres très rouge, son vernis à ongles et ses cols remontés par des rose moyen, des régimes amaigrissants et une tenue très soignée. C'est ce dont les magazines parlent : une tenue soignée, comme pour les chevaux. Un cheval bien pansé, bien soigné. Ses cheveux sont plus courts, sa garde-robe plus conventionnelle.

Mais quelque chose en elle met les garçons mal à l'aise. On dirait qu'elle leur porte trop d'attention, qu'elle est trop polie, compassée et excessive. Elle rit lorsqu'elle croit qu'ils ont fait une blague et dit : « C'est très spirituel, Stan. » Elle le dira même s'ils n'ont pas eu l'intention d'en faire une, et alors, ils ne sauront plus si elle se moque d'eux ou pas. Parfois, c'est le cas, d'autres fois, non. Des mots inappropriés lui échappent. Lorsque nous en avons terminé avec nos hamburgers et nos frites, elle se tourne vers eux et dit : « Êtes-vous suffisamment repus ? », et ils la regardent bouche bée. Ils ne sont pas du genre à se servir d'un rond de serviette à la maison.

Elle leur pose des questions pièges, essaie de les entraîner dans une conversation comme une grande personne le ferait, et ne semble pas comprendre que le mieux à faire en leur compagnie est de respecter leurs silences, de ne les regarder que du coin de l'œil. Cordelia s'applique à les regarder franchement, à visage découvert ; et, aveuglés par l'éclat du regard, ils se figent sur place comme un lièvre dans la lumière d'un phare d'automobile. Lorsqu'elle est assise en leur compagnie sur la banquette arrière, je peux deviner, à la respiration et aux halètements, qu'elle en remet là aussi. « Ton amie est plutôt étrange », me disent-ils, sans pouvoir s'expliquer davantage. Je décide que c'est parce qu'elle n'a pas de frère, seulement des sœurs. Elle croit que ce qui compte avec les garçons c'est ce qu'on dit ; elle n'a jamais appris les complexités, les nuances du silence mâle.

Par ailleurs, je sais que Cordelia ne s'intéresse nullement à ce que les garçons ont à dire parce qu'elle-même me l'a déjà avoué. En général, elle les croit nuls. Ses tentatives de conversation avec eux tiennent du spectacle, de l'imitation. Son rire, lorsqu'elle est en leur compagnie, est voilé, sophistiqué comme un rire de femme à la radio, sauf si elle s'oublie. Alors, il est trop fort. Elle imite quelque chose, quelque chose qui est dans sa tête, un rôle, une image qu'elle seule peut voir.

Les Earle Grey Players viennent à notre école comme ils le font chaque année. Ils vont de collège en collège, et c'est pour cela qu'ils sont connus. Chaque année, ils jouent une pièce de Shakespeare, toujours la pièce que l'on retrouve aux examens du Ministère en treizième, ceux que nous devons passer pour être admis à l'université. Les théâtres, à Toronto, ne sont pas très nombreux ; en fait il n'y en a que deux, et les gens viennent en grand nombre assister à ces pièces. Les enfants y vont pour pouvoir passer l'examen et les parents parce qu'ils n'ont pas souvent la chance de voir des pièces de théâtre.

Les Earle Grey Players se composent de Mr Earle Grey qui tient toujours les premiers rôles, Mrs Earle Grey qui tient le premier rôle féminin, et de deux ou trois autres acteurs que l'on croit être les cousins Grey qui, éventuellement, doubleront et joueront deux ou plusieurs rôles. Les autres rôles sont remplis par les étudiants du collège que la troupe visite cette semaine-là. L'année dernière, la pièce était *Jules César* et Cordelia devait faire partie de la foule. Elle avait dû se passer le visage au bouchon de liège brûlé pour imiter la saleté, se draper d'un drap apporté de chez elle et dire : *Soulevons-nous, soulevons-nous*, avec la foule dans la scène où Marc Antoine dit : *Romains, amis, concitoyens, prêtez l'oreille…*

Cette année, il s'agit de *Macbeth*. Cordelia joue le rôle d'une servante ainsi que celui d'un soldat dans la scène de la bataille finale. Cette fois, elle doit apporter de chez elle un plaid écossais. Elle a de la chance parce qu'elle possède aussi un kilt, un vieux de Perdie du temps où celle-ci fréquentait une école privée pour filles. Mais, en plus de ses rôles, Cordelia doit veiller aux accessoires. Après chaque représentation, elle doit les ranger dans l'ordre, toujours le même pour que les acteurs puissent sortir de scène rapidement, s'en emparer sans y regarder à deux fois et revenir à leur jeu illico.

Au cours des trois jours de répétition, Cordelia est très excitée. Je le vois à la façon dont elle fume cigarette après cigarette sur le chemin du retour à la maison et se montre ennuyée, désinvolte. De temps en temps, elle se réfère aux vrais acteurs professionnels par leur prénom. Les plus jeunes se donnent tellement de mal pour être drôles, dit-elle. Ils appellent les Sorcières, les Trois Girouettes ; Cordelia, le Huard à face blanche, et menacent de mettre un œil de triton et un orteil de crapaud dans son café. Ils disent que lorsque Lady Macbeth s'exclame : « Va-t'en, damnée tache ! » pendant la scène de folie, elle parle de son chien Spot qui a pissé sur le tapis. Elle rapporte que les acteurs ne prononcent jamais le nom de Macbeth tout haut parce que cela porte malheur. Au lieu de cela, ils disent : « Les Tartans ».

— Tu viens de le prononcer, lui dis-je.
— Quoi ?
— Macbeth, dis-je.

Cordelia s'arrête net au milieu du trottoir. « Ah ! mon Dieu ! dit-elle. Je l'ai dit, n'est-ce pas ? » Elle a beau prendre un air désinvolte, on voit bien que cela l'inquiète.

À la fin de la pièce, on coupe la tête de Macbeth et Macduff doit l'apporter sur la scène. La tête est un chou enveloppé dans une serviette de table ; Macduff la jette par terre où elle atterrit dans un bruit sourd d'os et de chair, à vous faire frémir. C'est ce qui s'était produit lors de la répétition. Mais la veille de la première – il y aurait trois représentations – Cordelia se rend compte que le chou est en mauvais état, qu'il est mou, spongieux et dégage une odeur de choucroute. Elle le remplace par un autre, tout frais.

La pièce a lieu dans l'auditorium de l'école où se tiennent tous les rassemblements et les répétitions de la chorale. Lors de la première, la salle est bondée. Tout se déroule assez normalement, à part les ricanements déplacés et une voix anonyme qui dit : « Vas-y ! Qu'est-ce que t'attends ? » lorsque Macbeth hésite à la porte de l'appartement de Duncan, et les miaulements, les sifflements du fond de la salle quand Lady Macbeth apparaît en chemise de nuit. Je surveille pour voir Cordelia dans la scène de la bataille ; elle est bien là, courant en arrière-scène avec son kilt, son épée de bois et son plaid en tartan sur les épaules. Mais lorsque, à la fin, Macduff entre et jette le chou enveloppé de la serviette de table sur la scène, ce dernier ne fait pas que tomber, et rester là. Il rebondit, rebondit sur les planches comme une balle de caoutchouc et va tomber par-dessus bord. Cela atténue l'effet tragique du moment et le rideau tombe dans l'hilarité générale.

Cordelia avait commis l'erreur de remplacer le chou. Elle en est humiliée. « Il fallait qu'il soit pourri, se lamente-t-elle dans les coulisses où je l'ai rejointe pour la féliciter. Et c'est maintenant qu'ils me le disent ! » Les acteurs le prennent à la rigolade et lui disent que c'est d'un effet tout à fait original. Mais bien que Cordelia rie, rougisse et essaie de prendre tout cela à la légère, je vois bien qu'elle est au bord des larmes.

Je devrais avoir pitié, mais non. Au contraire, le lendemain, sur le chemin du retour à la maison, je dis : boum, badiboum, badiboum, boum, boum ! et Cordelia me dit : « Je t'en prie, ne fais pas cela. » Sa voix est blanche, morte. Il n'y a pas de quoi rire. Pendant un moment, je me demande comment il se fait que je sois si dure avec ma meilleure amie. Car c'est ce qu'elle est vraiment.

Le temps passe, nous sommes plus âgées, nous sommes les plus âgées, nous entrons en treizième année. Nous pouvons regarder de haut les étudiants qui arrivent, ceux qui sont encore presque des enfants comme nous l'avons été avant eux. Nous pouvons nous permettre de leur sourire. Nous sommes suffisamment âgées pour suivre le cours de biologie qui est donné au laboratoire de chimie. Pour cela, nous devons nous séparer de notre groupe de classe et nous intégrer à d'autres groupes. Cordelia se retrouve donc ma partenaire de laboratoire, à la table de chimie qui est noire et dotée d'un évier. Elle n'aime pas plus la biologie qu'elle n'aimait la physique dont elle a passé l'examen de justesse, mais il lui faut faire un choix dans la section des sciences pures et la biologie apparaît plus facile qu'un certain nombre d'autres choses qu'elle aurait eu à choisir.

On nous remet un nécessaire à disséquer avec des couteaux genre scalpel qui pourraient être mieux aiguisés, des plateaux dont le fond est recouvert de paraffine et un paquet d'épingles, comme en classe de couture. Il s'agit, d'abord, de disséquer un ver. Chacun de nous en reçoit un. Nous étudions le diagramme de l'intérieur du ver dans le manuel de zoologie : c'est ce que nous devrions voir, une fois le ver ouvert. Les vers gigotent, s'enroulent dans les plateaux recouverts de paraffine et se faufilent le long des parois pour essayer d'en sortir. Ils dégagent une odeur de trou dans la terre.

J'épingle mon ver à chacune de ses extrémités et je lui fais une coupure bien nette à la verticale ; le ver se tortille comme ils le font tous au bout d'un hameçon. J'épingle la peau du ver de chaque côté. Je peux voir le cœur, qui n'a pas la forme d'un cœur, l'artère centrale qui pompe du sang et l'appareil digestif rempli de boue. « Oh, dit Cordelia. Comment peux-tu ? » Elle devient de plus en plus poule mouillée, me dis-je. Elle est de plus en plus nouille. Je dissèque son ver pendant que le professeur regarde ailleurs. Puis je dessine un diagramme du ver ouvert, magnifiquement décrit.

Puis, c'est au tour de la grenouille. Elle donne des coups de pattes, elle est plus difficile à retenir que le ver et elle ressemble trop à un humain qui nage. Selon les directives, je l'assomme avec du chloroforme, la dissèque avec dextérité en la fixant avec les épingles. J'en dessine l'intérieur, sans oublier les petits détails, les bulbes, les poumons minuscules et le cœur d'amphibie à sang froid.

Cordelia se sent aussi incapable de faire la grenouille. Elle dit qu'elle a mal au cœur rien qu'à la pensée d'introduire un couteau dans la chair. Elle me regarde, pâle, les yeux agrandis. L'odeur de la grenouille l'incommode. Je dissèque aussi la sienne. Je m'y connais.

Je mémorise les statocystes de l'écrevisse, les branchies et les parties de la bouche. J'apprends par cœur tout l'appareil circulatoire du chat. Le professeur, qui d'habitude est l'entraîneur de l'équipe de football des garçons, a suivi récemment un cours d'été en zoologie pour pouvoir nous l'enseigner et commande un chat mort dont les veines et les artères ont été injectées de latex bleu et rose. Lorsque le chat arrive, il est déçu parce que ce dernier sent définitivement le rance en dépit du formol. Ce qui fait que nous n'avons pas à le disséquer. Nous devons nous contenter de l'illustration du manuel.

Mais les vers, les grenouilles et les chats ne me suffisent pas. Les samedis après-midi, je me rends au département de zoologie pour pouvoir me servir des microscopes dans les laboratoires déserts. J'étudie des lamelles, des planaires en section avec leur tête triangulaire, leurs yeux croches, les bactéries coloriées de teintes vives : roses vifs, violets criards, bleus lumineux. Éclairées par en dessous, ces bactéries sont à vous couper le souffle, tels des vitraux colorés. Je les dessine en délimitant les contours avec des crayons de couleur, mais je n'arrive jamais à obtenir la même luminosité.

Mr Banerji, qui est maintenant le Dr Banerji, découvre à quoi je m'occupe. Il m'apporte des lamelles qu'il croit intéressantes pour moi et me les offre avec timidité, empressement et un petit rire complice, comme si nous participions à un rite exquis, pour initiés, ou en rapport avec la religion. « Le parasite de la livrée des bois », dit-il en déposant la lamelle avec précaution sur un morceau de papier propre à ma table. « L'œuf de la tordeuse. »

— Merci, lui dis-je, alors qu'il examine mes dessins en les soulevant par un coin de ses doigts habiles et rongés. « Très bon, très très bon, Miss, dit-il. Bientôt, vous me remplacerez. »

Il a maintenant une femme, venue de l'Inde, et un petit garçon. Il m'arrive de les voir dans l'encadrement de la porte, le petit garçon bien élevé et hésitant, la femme, l'air anxieux. Elle porte des boucles d'oreilles en or et un châle pailleté. Son sari rouge dépasse de son manteau brun d'hiver canadien et ses caoutchoucs pointent par en dessous.

Cordelia vient chez moi, je l'aide à faire son travail de zoologie, et elle reste à dîner. Mon père, qui sert le ragoût de bœuf, dit qu'une espèce par jour disparaît. Que nous empoisonnons les fleuves et ruinons les réservoirs génétiques de la planète. Que lorsque des espèces s'éteignent, d'autres viennent occuper cette niche écologique parce que la nature a horreur du vide. Que les choses qui s'installent à la place sont des herbes de variétés communes ainsi que des blattes et des rats : bientôt, il n'y aura plus que des pissenlits comme fleurs. Il dit aussi, en agitant sa fourchette, que si nous continuons à surpeupler la terre en tant qu'espèce, une nouvelle épidémie se pointera pour rétablir l'équilibre. Tout ceci surviendra parce que les gens ont négligé les données scientifiques essentielles, qu'ils se sont occupés de politique, de religion, de guerre et se sont cherché des raisons fanatiques de s'entretuer. La science, par contre, ignore les passions et les opinions préconçues, c'est le seul langage qui soit universel. Un langage mathématique. Et lorsque, enfin, nous en aurons soupé de la mort et des déchets, nous nous retournerons vers la science pour nettoyer nos dégâts.

Cordelia écoute tout cela avec un sourire en coin. Elle trouve mon père bizarre. Je l'entends comme elle doit l'entendre : ce n'est pas ce dont les gens doivent parler à table.

Je vais dîner chez Cordelia. Les dîners chez Cordelia se classent en deux catégories : lorsque son père est présent, et lorsqu'il est absent. Lorsqu'il n'est pas là, les choses vont au petit bonheur. Mama s'amène à table l'air distrait, toujours vêtue de sa blouse de peintre, Perdie et Mirrie, ainsi que Cordelia, se présentent en jeans, une chemise d'homme par-dessus la ceinture et des bigoudis sur la tête. Elles se lèvent de table, s'attardent dans la cuisine pour chercher le beurre ou le sel qui ont été oubliés. Elles parlent toutes ensemble, d'une façon nonchalante, rieuse, et renâclent lorsque c'est leur tour de desservir tandis que Mama dit : « Là, là, les filles », sans trop de conviction. Elle n'a plus la force de se désoler.

Par contre, lorsque le père de Cordelia est là, tout est différent. Il y a des fleurs sur la table, et aussi des chandelles. Mama porte des perles, les serviettes de table sont bien enroulées dans leur anneau au lieu d'être chiffonnées et glissées sous le bord des assiettes. Rien n'a été oublié. Il n'y a ni bigoudis, ni coudes sur la table et même les colonnes vertébrales sont plus droites.

Aujourd'hui c'est un jour de chandeleur. Le père de Cordelia préside la table, avec ses sourcils taillés à la serpe, son air vorace. Il m'impose la pleine force de son charme terrifiant, ironique et pesant. Il arrive à vous convaincre que ce qu'il pense de vous a de l'importance parce que ce sera juste, alors que ce que vous pensez de lui n'a aucune importance.

— Je suis éreinté, dit-il, l'air faussement triste. « Seul homme dans cette maison de femmes. Le matin, elles m'empêchent d'entrer dans la salle de bains pour me raser. » Narquoisement, il sollicite ma complicité, ma sympathie. Mais je ne trouve rien à dire.

Perdie dit : « Il devrait se féliciter que nous tolérions sa présence. » Celle-ci peut se permettre un peu d'impertinence, de désinvolture. Elle a la coupe de cheveux qu'il faut pour cela. Mirrie, lorsque très embarrassée, a un regard réprobateur. Désinvolture, réprobation, Cordelia ne donne pas facilement dans l'une ou l'autre de ces attitudes. Mais, en sa présence, toutes jouent le jeu.

— Qu'étudies-tu en ce moment ? me demande-t-il. C'est une de ses questions habituelles. Tout ce que je pourrai lui dire l'amusera.

— L'atome, dis-je.

— Ah ! l'atome, s'exclama-t-il. Je me souviens de l'atome. Et qu'est-ce que l'atome a à dire pour sa défense ces temps-ci ?

— Lequel ? je demande, et il rit.

— Lequel, en effet, dit-il, excellent.

C'est ce qu'il désire peut-être : le genre donnant, donnant. Mais Cordelia n'arrive jamais à saisir cela parce qu'elle a trop peur de lui. Elle a peur de ne pas lui plaire. Et malgré tout, elle ne lui plaît pas. Souvent, j'ai constaté ses pauvres et tremblants efforts pour l'amadouer. Mais rien de ce qu'elle dit ou fait ne sera jamais à la hauteur parce que, de toute façon, elle sera toujours celle qu'il ne faut pas.

Je vois tout cela et ça me met en colère. J'ai envie de la frapper. Comment peut-elle être si pitoyable ? Quand donc apprendra-t-elle enfin ?

Cordelia échoue à son examen semestriel de zoologie. Elle n'en semble pas affectée. Elle a passé la moitié du temps de l'examen à faire en cachette le portrait des différents professeurs de l'école. Elle me les montre, en riant de son rire exagéré, sur le chemin du retour à la maison.

Parfois, il m'arrive de rêver aux garçons. Ces rêves muets sont des rêves du corps. Après mon réveil, ils durent quelques minutes. Je m'y complais, mais je les oublie vite.

J'ai aussi d'autres rêves.

Je rêve que je suis incapable de bouger. Que je suis dans un poumon d'acier. Qui enferme mon corps comme une peau dure et cylindrique. C'est cette peau d'acier qui respire pour moi, aspire, expire. Massive et lourde, je ne sens rien d'autre que cette lourdeur. Ma tête pointe à l'une des extrémités. Je regarde au plafond où le luminaire a la forme d'une masse givreuse et jaunâtre.

Je rêve que j'essaie un col de fourrure devant le miroir de ma commode. Quelqu'un se tient derrière moi. Si je bouge d'une certaine façon, je serai capable de voir par-dessus l'épaule sans avoir à me retourner. Je pourrai voir qui est là.

Je rêve que j'ai trouvé un sac à main de plastique rouge caché dans un tiroir ou une malle. Je sais qu'il s'y trouve un trésor, mais je n'arrive pas à ouvrir le sac. J'essaie, j'essaie encore et brusquement il éclate, comme un ballon. Il est rempli de grenouilles mortes.

Je rêve que l'on m'a donné une tête enveloppée dans une serviette de table blanche. À travers le tissu, je vois les contours du nez, du menton, des lèvres. Je pourrais la dénouer pour voir à qui la tête appartient, mais je ne le fais pas parce que je sais que la tête se mettrait alors à vivre.

45.

Cordelia me raconte que lorsqu'elle était plus jeune, elle avait brisé un thermomètre et mangé un peu du mercure de l'intérieur pour se rendre malade et éviter l'école. Qu'elle se faisait vomir en plaçant son doigt au fond de la gorge, ou encore qu'elle tenait le thermomètre contre une ampoule électrique pour faire croire qu'elle avait de la température. Sa mère l'avait démasquée parce qu'elle avait exposé le thermomètre trop longtemps et que le mercure était monté à cent dix degrés. Après cela, il lui avait été plus difficile de réussir ses petits trucs.

— Quel âge avais-tu à cette époque ? lui demandé-je.

— Oh, je ne sais pas. C'était avant le collège, dit-elle. Tu sais, l'âge où on fait ces choses-là.

C'est mardi et nous sommes au beau milieu du mois de mai. Nous sommes assises dans un box chez Sunnysides. Chez Sunnysides, il y a un bar pour glaces et rafraîchissements dont le dessus est tacheté couleur de sang, garni de chrome, avec une rangée de tabourets pivotants vissés au plancher. Le rembourrage noir des sièges, probablement pas de cuir, fait un léger bruit de succion lorsqu'on s'y assoit. Cordelia, moi et les filles préférons les boxes. Ils sont de bois foncé et le dessus de la table entre les banquettes est du même rouge que le bar. C'est ici que viennent, après les cours, les étudiants de Burnham pour fumer une cigarette et boire un verre de Coca-Cola avec une cerise au marasquin au fond. On dit que l'on peut se rendre soûl si l'on boit du Coke mélangé à deux comprimés d'aspirine. Cordelia, qui a essayé, dit que ça n'a rien à voir avec le fait d'être vraiment soûl.

Au lieu de Coke, nous buvons du lait frappé à la vanille avec deux pailles. Nous dépouillons les pailles de leur enveloppe de papier de façon que cette enveloppe se plisse pour en faire une chenille de papier. Puis nous versons dessus de l'eau de nos verres et les chenilles de papier se dilatent et semblent ramper. Les tables, chez Sunnysides, sont couvertes de bandes de papier détrempé.

— Que disent les poulets lorsque la poule pond une orange ? dit Cordelia pour ajouter aux vieilles blagues sur les poulets qui ont cours en ce moment au collège. Des blagues sur les poulets et les débiles. *Pourquoi est-ce qu'un fou jette son horloge par la fenêtre ? Pour voir passer le temps.*

— Regarde la marmelade d'oranges, je réponds d'une voix lasse. Que dit le fou en voyant trois trous dans le sol ?

— Quoi ? demande Cordelia qui a peine à se rappeler les blagues qu'elle a déjà entendues.

— Et puits, et puits, et puits, dis-je.

— Haha, dit Cordelia. Une partie de ce rituel se veut une légère moquerie des blagues des autres.

Cordelia fait des dessins sur la table avec l'eau répandue.

— Tu te souviens de ces trous que je creusais ? dit-elle.

— Quels trous ? je demande. Je ne me souviens d'aucun trou.

— Ces trous dans l'arrière-cour. Bon Dieu, j'en voulais vraiment un. Je l'avais commencé mais le sol était trop dur, plein de pierres. Alors j'en ai creusé un autre. J'y travaillais après l'école, journée après journée. J'avais des ampoules aux mains, à force de manier la pelle. Ce souvenir s'accompagne d'un sourire pensif.

— Que voulais-tu en faire ? dis-je.

— Je voulais y installer une chaise et m'asseoir là. Toute seule.

Je ris. « Et pourquoi ? »

— Je ne sais pas. J'imagine que je voulais un endroit qui soit à moi, où personne ne pourrait m'ennuyer. Quand j'étais petite, je m'asseyais souvent sur une chaise dans l'entrée. Je croyais qu'à force de rester tranquille, hors du chemin des autres, à ne rien dire, je serais à l'abri.

— À l'abri de qui ? dis-je.

— Simplement à l'abri. Quand j'étais vraiment très petite, j'imagine que j'ai dû souvent être dans le pétrin, avec mon père. À l'abri, au cas où il se laisserait aller à une explosion de colère. Et on ne savait jamais quand ça allait arriver. « Enlève-moi ce sourire de ta face », disait-il. Parce que je lui tenais tête. Elle écrase sa cigarette qui s'est consumée dans le cendrier. Tu sais, j'ai détesté notre arrivée dans cette maison. J'ai détesté les enfants de Queen Mary's, et toutes ces choses stupides comme de sauter à la corde. Je n'avais pas vraiment d'amis à cette école, à part toi.

Le visage de Cordelia se défait, se reforme : je vois l'autre de neuf ans en filigrane. Tout ceci se passe en un clin d'œil. Comme si je m'étais tenue à l'extérieur dans le noir, qu'un store s'était relevé sur une fenêtre éclairée, me révélant ainsi la vie en cours à l'intérieur, dans toute sa clarté et ses menus détails. Il y a cette vision momentanée. Puis, plus rien.

Une bouffée de sang me monte à la tête et mon estomac se contracte comme si une chose dangereuse avait failli me frapper. Comme si l'on m'avait surprise à voler, à mentir ; ou encore, comme si j'avais surpris des gens à parler de moi en mal, derrière mon dos.

C'est la même bouffée de honte, de culpabilité, de terreur et de froid dégoût pour moi-même. J'ignore pourtant d'où proviennent ces sentiments, ce que j'ai pu faire.

Je ne veux pas le savoir. Quoi que ce soit, je n'en ai pas besoin, je ne le désire pas. Je veux être ici, un mardi, au mois de mai, assise dans une cabine chez Sunnysides, où les dessus de table sont rouges, et observer Cordelia siphonner délicatement son lait frappé avec ses pailles. Elle ne s'est aperçue de rien.

— J'en ai une, dis-je. Pourquoi n'y a-t-il jamais de salles de bains dans les poulaillers ?

— Je donne ma langue au chat, dit Cordelia.

— Parce que les petits coqs détestent les poules mouillées.

Cordelia lève les yeux au ciel, comme Perdie. « Très drôle » !

Je ferme les yeux. Dans ma tête apparaît l'image d'un carré d'obscurité et de fleurs pourpres.

46.

Je commence à éviter Cordelia. J'ignore pourquoi.

Je n'organise plus de sorties à quatre en sa compagnie. Je dis que le garçon avec lequel je sors n'a pas d'ami qui soit intéressant. Je dis que je dois rester après les cours, ce qui est vrai, car je peins les décors pour la prochaine danse : des palmiers et des filles habillées d'un pagne.

Certains jours, Cordelia m'attend et je suis bien obligée de rentrer avec elle. Elle parle, parle, comme si de rien n'était, et moi, je dis peu ; mais je n'ai jamais beaucoup parlé. Au bout d'un certain temps, elle dit, trop gaiement : « Mais je parle tout le temps de moi. Et toi, alors, que t'arrive-t-il ? » Je souris et réponds : « Pas grand-chose. » Parfois, elle tourne cela à la blague et dit : « Mais en voilà assez sur moi. Et *toi*, que penses-tu de moi ? » Je poursuis la blague en disant : « Pas grand-chose. »

Cordelia échoue de plus en plus souvent aux examens. Cela ne semble pas tellement l'inquiéter, ou du moins ne veut-elle pas en parler. Je ne l'aide plus pour ses devoirs parce que, de toute façon, elle ne m'écoutera pas. Elle a du mal à se concentrer. Même lorsqu'elle ne fait que parler, sur le chemin du retour à la maison, elle change de sujet au beau milieu d'une phrase, ce qui rend sa conversation difficile à suivre. Elle se néglige aussi, elle revient à ses vieilles habitudes de laisser-aller des années antérieures. Elle oublie ses mèches oxygénées qui sont à présent de deux tons plutôt bizarres. Ses bas sont filés, il manque des boutons à ses chemisiers. Son rouge à lèvres semble ne pas aller avec sa bouche.

Il est décidé que Cordelia doit à nouveau changer d'école, alors elle change. Après cela, elle me téléphone souvent, puis de moins en moins fréquemment. Elle souhaite que nous nous rencontrions bientôt. Je ne dis pas non, mais je ne fixe jamais de rendez-vous non plus. Après un moment, je dis : « Je dois raccrocher maintenant. »

La famille de Cordelia déménage dans une plus grande maison, dans un quartier plus huppé, situé plus au nord. Des Hollandais emménagent dans leur maison. Ils y plantent beaucoup de tulipes. Il semble bien que ce soit la fin de Cordelia.

Je rédige les examens finals de la treizième année, sujet après sujet, jour après jour, assise à un pupitre installé dans le gymnase. Les feuilles des arbres sont à leur maturité, les iris ont fleuri, il y a une vague de chaleur ; le gymnase est un four et nous sommes tous là, assis, surchauffés, écrivant, écrivant, tandis que le gymnase laisse échapper l'odeur de générations d'athlètes. Les professeurs vont et viennent dans les allées. De nombreuses filles s'évanouissent. Un garçon tombe dans les pommes et on apprend plus tard qu'il a bu par mégarde tout un pot de Bloody Mary que sa mère avait préparé pour son club de bridge. Au moment où l'on emmène les corps, je lève à peine la tête de ma feuille.

Je sais que j'aurai de bonnes notes aux deux examens de biologie. Je peux dessiner n'importe quoi : l'oreille interne d'une écrevisse, l'œil humain, les parties génitales d'une grenouille, la floraison du muflier (Antirrinum majus) en coupe transversale. Je sais la différence entre un racème et un rhizome, j'explique la photosynthèse, je sais orthographier *Scrofulariaciae*. Mais au beau milieu de l'examen de botanique, il me vient à l'idée, comme dans une crise soudaine d'épilepsie, que je ne serai pas biologiste comme je le croyais. Je serai peintre. Je regarde la page où le cycle de la vie du champignon, du spore au frugifère, est en train de prendre forme, et j'en acquiers l'absolue certitude. Ma vie vient d'être changée, dans le silence, instantanément. Je poursuis mon explication des racines tubéreuses, des bulbes et des légumes comme si de rien n'était.

Un soir, juste après les examens, le téléphone sonne. C'est Cordelia. Je m'aperçois que je m'y attendais.

— J'aimerais te voir, dit-elle.

Personnellement, je ne le désire pas, mais je sais que je serai au rendez-vous. Ce que j'entends n'est pas, *j'aimerais*, mais bien, *j'ai besoin*.

L'après-midi suivant, je prends le métro, puis l'autobus, en direction du nord, à travers la ville chaude, vers l'endroit où Cordelia habite à présent. Je ne suis jamais montée jusqu'ici. Les rues tournent et tournent, les maisons sont grandes, imposantes, d'inspiration géorgienne et érigées au milieu d'épais massifs. Je vois, ou je crois voir, le visage de Cordelia, pâle et flou, derrière la porte d'entrée, pendant que je remonte l'allée. Elle m'ouvre avant que je n'aie le temps de sonner.

— Salut, dit-elle. « Il y a longtemps que je ne t'ai vue. » Son entrain sonne faux, ce dont nous avons conscience toutes deux puisque Cordelia est une loque. Ses cheveux sont ternes, son visage terreux. Elle a pris beaucoup de poids, non pas une graisse solide, musclée, mais plutôt molle, gonflée, pleine d'eau. Elle a remis son rouge à lèvres trop orangé qui lui donne un teint jaune. « Je sais, dit-elle. Je ressemble à Haggis McBaggis, la sorcière. »

À l'intérieur, la maison est fraîche. Le carrelage de l'entrée est blanc et noir ; il y a un élégant escalier central. Un arrangement de fleurs composé de glaïeuls est disposé sur une table vernie qui le jouxte. La maison est silencieuse, à l'exception du carillon de l'horloge du salon. Il ne semble y avoir personne d'autre.

Nous n'allons pas au salon, mais vers le fond, passé l'escalier, par une porte qui conduit à la cuisine. Cordelia me fait une tasse de café soluble. La cuisine est magnifique, parfaitement équipée, d'une couleur pâle et reposante. La cuisinière et le réfrigérateur sont blancs. À présent, les gens ont un réfrigérateur vert pâle ou rose, mais je n'aime pas ces couleurs et je suis heureuse de découvrir que la mère de Cordelia ne les aime pas non plus. Il y a un cahier ligné d'écolier ouvert sur la table. C'est l'ancienne table de la salle à manger de l'autre maison, moins les deux rallonges du milieu. Ce qui signifie qu'ils ont une nouvelle table de salle à manger. Cela me consterne de découvrir que j'ai plus envie de voir cette nouvelle table que Cordelia elle-même.

Cordelia farfouille dans le frigo et en sort une boîte entamée de beignets. « Je me cherchais justement une excuse pour terminer la boîte », dit-elle. Mais tout de suite après en avoir pris une bouchée, elle allume une cigarette.

— Alors, dit-elle, que fais-tu ces temps-ci ?

Elle a sa voix trop claire, celle qu'elle avait avec les garçons. Tout d'un coup, cette voix me fait peur.

— Oh, les mêmes choses, dis-je. Tu sais, passer les examens. Nous nous regardons. De toute évidence, les choses ne vont pas bien pour elle. J'ignore si elle désire que je le note ou pas. « Et toi ? » dis-je.

— J'ai une préceptrice, dit-elle. Je suis censée étudier. Pour les cours d'été.

Sans qu'il soit nécessaire de le dire, nous savons bien toutes deux qu'elle a dû rater son année en dépit de la nouvelle école. Qu'elle a dû la rater complètement. Et à moins qu'à la prochaine session, ou à d'autres moments, elle ne rattrape chacune des matières où elle a échoué, elle sera exclue à jamais de l'université.

— Elle est gentille, ta préceptrice ? dis-je sur un ton identique à celui que j'emploierais pour m'informer d'une nouvelle robe.

— J'imagine, dit Cordelia. Elle se nomme Miss Dingle. Sans blague. Elle cligne des yeux constamment, elle larmoie. Elle vit dans un appartement miteux. Elle porte des sous-vêtements couleur saumon, je les vois suspendus à la tringle du rideau de douche de sa salle de bains crasseuse. J'arrive toujours à la faire sortir du sujet en m'informant de sa santé.

— De quel sujet ? je lui demande.

— Oh, de n'importe quel sujet, dit Cordelia. Physique, Latin. N'importe lequel.

Elle semble un peu honteuse d'elle-même, mais aussi fière et troublée. On se croirait à l'époque où elle piquait des choses. Ces temps-ci, elle s'emploie à tromper sa préceptrice. « Je ne sais pas pourquoi ils s'imaginent que j'étudie toute la journée, dit-elle. Je dors beaucoup. Ou bien je bois du café, je fume et j'écoute des disques. Parfois je prends un peu de whisky à la carafe de papa. Je le remplace par de l'eau. Il ne s'en est pas encore aperçu ! »

— Mais Cordelia, dis-je. Tu dois faire *quelque chose* !

— Pourquoi ? dit-elle, en reprenant un peu de son ancienne agressivité. Elle ne fait pas que plaisanter.

Et je ne trouve aucune raison à lui donner. Je ne peux pas dire : « Parce que tout le monde le fait. » Je ne peux même pas dire : « Tu dois gagner ta vie », puisque, de toute évidence, ce n'est pas le cas, elle vit dans cette grande maison et elle ne gagne certainement pas sa vie. Elle pourrait très bien continuer ainsi, comme une femme des temps anciens, une tante vieille fille, une sorte de fleur attardée qui ne quitte jamais la maison. Car il est peu probable que ses parents la jetteraient à la rue.

En fin de compte, je dis : « Tu t'ennuieras. »

Cordelia se met à rire, trop fort. « Et si j'étudie ? dit-elle. Je passe mes examens. Je vais à l'université. J'apprends tout. Et je deviens une Miss Dingle. Merci bien. »

— Ne sois pas stupide, dis-je. Qui a dit que tu devrais être une Miss Dingle ?

— Peut-être que je suis stupide, dit-elle. Je ne peux me concentrer sur la matière. J'arrive à peine à regarder la page, je ne vois que des petits points noirs.

— Tu pourrais peut-être t'inscrire à un cours de secrétariat ? En disant cela, je me sens traître. Elle sait ce que nous pensons toutes deux des filles promises aux cours de secrétariat, avec leurs sourcils épilés en pattes d'araignées et leurs chemisiers de nylon rose.

— Merci bien. Il y a un silence. Mais ne parlons pas de ça, dit-elle en reprenant sa voix trop pointue. Parlons plutôt de choses drôles. Tu te rappelles le chou ? Celui qui rebondissait ?

— Oui, dis-je. Il me vient à l'idée qu'elle pourrait bien être enceinte, ou qu'elle l'a été. C'est ce que l'on se demande à propos des filles qui quittent l'école. Mais je me dis que c'est improbable.

— J'étais si mortifiée, dit-elle. Tu te rappelles quand nous allions dans le centre de la ville et que nous nous photographiions à la gare Union ? Nous nous croyions tellement brillantes !

— Juste avant que le métro ne soit construit, dis-je.

— Nous jetions des boules de neige aux vieilles dames. Et nous chantions des chansons si bêtes.

— Ah, « Lèpre », dis-je.

— Et « Une partie de ton cœur », dit-elle. Nous nous prenions pour la fin du monde. À présent, quand je vois des enfants de cet âge, je me dis : des *petits morveux* !

Elle évoque ce temps comme s'il s'agissait de son âge d'or ; ou peut-être le voit-elle ainsi parce que c'était mieux que maintenant. Mais je ne veux plus la voir retourner en arrière. Je veux me protéger contre ces souvenirs plus lointains, plus sombres, me sortir d'ici élégamment avant que quelque chose d'embarrassant ne survienne. Elle est au bord d'un état d'hilarité, à la limite d'un enthousiasme factice qui pourrait se changer à tout moment en son contraire, en larmes et en désespoir. Je ne veux pas la voir s'effondrer ainsi parce que je n'ai rien à lui offrir en guise de consolation.

Je me durcis face à elle. Elle se comporte d'une façon stupide. Elle n'a pas à rester enfermée ici, dans cette misère de bas étage, triste et prolongée. Elle a de nombreux choix et possibilités, seul un manque de volonté l'en tient éloignée. Je voudrais lui dire : *Reprends-toi. Remonte tes chaussettes.*

Je dis que je dois repartir, que je dois sortir plus tard. C'est faux et elle s'en doute. Bien qu'elle soit dans le pétrin, son instinct pour déceler le prétexte s'est aiguisé. « Bien sûr, dit-elle. Ça se comprend tout à fait. » Elle a sa voix hautaine, sa voix de grande personne.

Maintenant que je me dépêche, que je fais semblant d'être affairée, je m'aperçois que l'une des raisons qui me fait fuir est que je ne veux pas être là au retour de sa mère. Cette dernière me regarderait avec reproche, comme si j'étais responsable de l'état actuel de Cordelia, comme si elle était déçue, non pas de Cordelia, mais de moi. Pourquoi devrais-je subir ce regard, pour une chose dont je ne suis pas responsable ?

— Au revoir, Cordelia, lui dis-je dans l'entrée. Je lui serre le bras brièvement, je m'éloigne avant qu'elle n'ait le temps de m'embrasser sur la joue. C'est ce qu'ils ont l'habitude de faire dans sa famille. Je sais qu'elle attendait quelque chose de moi, un lien avec son ancienne vie, ou avec elle-même. Je sais que j'ai été incapable de le lui fournir. Je m'étonne de moi-même, de ma cruauté et de mon indifférence, de mon manque de gentillesse. Mais, en même temps, j'éprouve un soulagement.

— Je te téléphonerai bientôt, dis-je.

Je mens, mais elle choisit de ne pas le remarquer.

— Ce serait gentil, dit-elle en nous entourant de trop de politesse.

J'emprunte l'allée qui mène à la rue et je me retourne pour regarder. Son visage est là, à nouveau, la réflexion embrouillée d'une lune, derrière la fenêtre.

X. Dessin d'après nature

47.

Il peut arriver que nous perdions complètement tout souvenir de notre passé. Nous repartons à neuf, nous réapprenons à lacer nos chaussures, à manger avec une fourchette, à lire, à chanter. Nous retrouvons parents et vieilles connaissances comme si nous les voyions pour la première fois. C'est une chance, cela vaut mieux que le pardon, nous renouons avec eux sur une base tout à fait nouvelle. Il peut arriver aussi que nous perdions la mémoire immédiate, alors que le passé éloigné demeure présent à notre esprit. Nous oublions ce qui s'est passé cinq minutes plus tôt. Un ami de toujours sort de la pièce et revient, nous l'accueillons comme s'il était parti depuis vingt ans. Et nous fondons en larmes, de joie, de soulagement, comme si nous retrouvions un mort.

Parfois, je me demande laquelle de ces amnésies m'affectera plus tard ; parce que je sais que l'une ou l'autre me frappera.

Pendant des années, j'ai voulu être plus vieille, eh bien, à présent, je le suis.

Je suis assise dans l'austère décor noir d'encre du Quasi, à boire du vin rouge et à regarder fixement par la fenêtre. Derrière la vitre, Cordelia passe à la dérive ; puis se fond et se reconstitue, devient une autre. Une nouvelle erreur sur la personne.

Pourquoi l'a-t-on nommée ainsi ? Lui a-t-on fait porter ce lourd fardeau ? Cœur de lune, joyau de la mer, tout dépend sur quelle langue étrangère on se base. La troisième sœur, la seule qui ait été honnête. L'entêtée, la rejetée, celle que l'on n'entendait pas. Si on l'avait nommée Jane, les choses auraient-elles été autres ?

Ma mère m'a donné le nom de sa meilleure amie, comme c'était la pratique chez les femmes de cette époque. Elaine, que je trouvais autrefois trop gnangnan. J'aurais préféré quelque chose de plus net, une monosyllabe : Dot ou Pat, comme quand on tape du pied. Rien de flou, rien qui porte à la mièvrerie. Mais avec le temps, mon nom a pris forme autour de moi. Je le vois dur, mais souple aussi, comme un gant qui a résisté à l'usure.

Ici, à l'intérieur, il y a beaucoup de ce noir à la mode, moitié cuir, moitié simili. Cette fois, je me suis préparée, je porte mon col roulé de coton noir et mon imperméable noir avec le capuchon amovible, mais je ne suis pas de la bonne étoffe. Et je n'ai pas le bon âge non plus : tous ici ont douze ans. Cet endroit était une idée de Jon. Lorsqu'il s'agit de s'accrocher à la planche de surf qui se dresse à la crête de la dernière vague, il faut lui faire confiance.

Il s'est toujours fait un devoir d'être en retard pour montrer à quel point sa vie était remplie de beaucoup de choses toutes plus importantes que moi, et aujourd'hui il ne fait pas exception. Trente minutes après l'heure convenue, il entre en coup de vent. Cette fois pourtant, il s'excuse. A-t-il appris, ou sa nouvelle femme l'a-t-elle mis au pas ? C'est amusant de voir que je la considère toujours comme la nouvelle.

— Ça va, dis-je, j'avais prévu. Je suis heureuse de voir que l'on t'a permis de venir jouer dehors. Une première petite flèche décochée à l'épouse.

— Je doute que le fait de déjeuner avec toi puisse être qualifié de jeu, répond-il en souriant.

Il sait encore encaisser. Nous nous toisons. En quatre ans, les rides se sont accentuées, les favoris et la moustache ont un peu plus grisonné. « Ne me parle pas de ma calvitie », dit-il.

— De quelle calvitie parles-tu ? dis-je, en lui signifiant par là que j'oublierai ses marques de dégénérescence physique s'il consent à oublier les miennes. Il encaisse une fois de plus.

— Tu m'as l'air en grande forme, observe-t-il. La réussite te va bien.

— Oh, je me défends, dis-je. C'est tellement mieux que d'arroser à droite, à gauche et de tronçonner des femmes pour des films de cul. Autrefois, cette remarque l'aurait fait bondir, mais à présent il doit avoir accepté son lot dans la vie. Il hausse les épaules, bon enfant ; mais il semble fatigué.

— Si tu vis assez longtemps, tu verras que l'arroseur devient l'arrosé, réplique-t-il. Depuis l'œil qui explose, je ne peux rien faire de mal. En ce moment, je salive de la tête aux pieds.

Il s'agit peut-être d'une allusion sexuelle particulièrement grossière, mais je me dérobe. À la place, je me dis : il a raison : nous sommes des gens connus à présent, si l'on peut dire. Ou du moins, c'est ce à quoi nous devons ressembler. Il y eut un temps où les gens que je connaissais se suicidaient, mouraient d'un accident de motocyclette ou d'autres formes de violence. Mais à présent, il s'agit de maladies : crise cardiaque, cancer, trahisons du corps. Le monde est gouverné par des gens de mon âge, des hommes de mon âge qui perdent leurs cheveux, ont des ennuis de santé et cela me terrifie. Lorsque les dirigeants étaient plus âgés que moi, je pouvais croire en leur sagesse, je pouvais croire qu'ils avaient surmonté la colère, la maladie et le besoin d'être aimés. À présent, je suis plus avertie. Je regarde leurs visages dans les journaux, dans les magazines et je me demande : quels besoins voraces, quelles folies frénétiques les poussent ?

— Comment vont les affaires ? dis-je plus doucement, pour lui laisser savoir que je le prends encore au sérieux.

Cela le gêne. « Très bien, répond-il. Je n'ai pas eu le temps de m'en occuper beaucoup ces derniers temps. »

Nous restons silencieux, à faire l'examen de nos insuffisances. Il ne nous reste plus beaucoup de temps pour devenir ce que nous avions l'intention d'être. Jon avait du potentiel, mais c'est un mot que l'on ne peut plus utiliser en toute quiétude. Le potentiel est rangé sur une étagère.

Nous parlons de Sarah, aisément et sans concurrence, comme si nous étions un oncle et une tante pour elle. Nous parlons de mon exposition.

— J'imagine que tu as lu cette descente en règle dans les journaux, dis-je.

— Était-ce vraiment une descente ?

— C'est ma faute. J'ai été impolie envers la journaliste, dis-je, l'air faussement contrit. Je suis bien partie pour devenir une vieille sorcière acariâtre.

— Tu me décevrais si tu n'en étais pas une. Faisles suer ; c'est pour ça qu'ils sont payés. Nous rions ensemble. Il me connaît. Il sait à quel point je peux être vache.

Je le regarde avec cette affection nostalgique que les hommes, dit-on, éprouvent pour leurs guerres, leurs compagnons d'armes. Je me dis : j'ai déjà lancé des choses à cet homme. J'ai lancé un cendrier de verre très bon marché qui ne s'est pas brisé. J'ai lancé une chaussure (la sienne) et un sac (le mien) sans même prendre le soin de le fermer, ce qui eut pour effet de l'asperger d'une pluie métallique de clés et de petite monnaie. La pire chose que j'aie jamais lancée, ce fut un appareil portatif de télévision, debout sur le lit dont les ressorts amplifiaient mon mouvement, bien qu'au moment où je le projetai, je me dis : *Mon Dieu, faites qu'il se baisse !* J'ai déjà pensé pouvoir le tuer. Aujourd'hui, je regrette seulement que nous n'ayons pu être plus civils l'un envers l'autre. Il reste que toutes ces explosions, cette témérité, ce naufrage en technicolor étaient étonnants. Étonnants, navrants et quasiment mortels.

À présent que je suis plus ou moins hors de sa portée, et lui de la mienne, je peux me le rappeler avec tendresse, et même dans certains détails, ce que je ne saurais faire avec bien d'autres. Les anciens amants s'effacent comme d'anciennes photographies ; ils blanchissent peu à peu dans un lent bain d'acide : d'abord les verrues et les boutons, puis les ombres, le visage lui-même, jusqu'à ce qu'il ne reste plus que le modelé. Que restera-t-il d'eux lorsque j'aurai soixante-dix ans ? Rien de l'extase excentrique, rien de la contrainte ridicule. Un mot ou deux en suspension dans le vide intérieur. Peut-être un orteil par-ci, une narine par-là, ou une moustache flottant comme un frison d'algue parmi les autres épaves.

En face de moi à la table noir-de-nuit, Jon, bien que s'affadissant, bouge et respire toujours. En moi, il y a comme un éclat de douleur, de désir : *Ne t'en va pas maintenant ! Il n'est pas encore temps ! Ne t'en va pas !* Comme toujours, ce serait stupide de ma part de lui laisser voir ma propre sentimentalité, ma faiblesse à son égard.

Ce que nous mangeons est vaguement Thaï : du poulet épicé et succulent, une salade de laitues exotiques, feuilles rouges, petites lamelles pourpres. De la nourriture à l'éclat trompeur. C'est ce que les gens mangent à présent, les gens qui fréquentent des endroits comme ceux-ci : Toronto n'est plus le pays du pâté de poulet, du ragoût de bœuf et des légumes trop cuits. Je me rappelle mon premier avocat quand j'avais vingt-deux ans. C'était comme pour mon père avec son premier orchestre symphonique. D'une façon perverse, j'ai la nostalgie des desserts de mon enfance, des desserts du temps de la guerre, simples, peu coûteux et doux : le tapioca au lait avec ses yeux gélatineux de poisson, le pudding au caramel Jello, le lait caillé. Ce lait caillé était fait à partir de cachets blancs qui provenaient d'un tube et que l'on servait nappé d'une bonne cuillerée de confiture de raisins. On n'en fait probablement plus à présent.

Jon a commandé une bouteille. Pour lui, pas question de vin au verre. Comme au bon vieux temps, quand il se pavanait, et c'est rassurant.

— Comment va ta femme ? je demande.

— Oh, répond-il, en baissant les yeux, Mary Jean et moi avons décidé de nous séparer pour un temps.

Cela pourrait expliquer les tisanes : une influence plus jeune, plus végétarienne, au studio, en catimini : « J'imagine que tu as toujours une poire pour la soif, dis-je. As-tu remarqué qu'elles disent : "J'y vais" au lieu de "Je dis" ? »

— En réalité, dit-il, c'est Mary Jean qui est partie.

— Je suis désolée, dis-je. Et, instantanément, je le suis, je suis indignée qu'elle ait pu lui faire cela, cette garce froide et sans cœur. Je me range de son côté en dépit du fait qu'il y a quelques années je lui ai fait la même chose.

— J'imagine que j'en suis en partie responsable, avoue-t-il. Voilà une chose qu'il n'aurait jamais admise auparavant. Elle a dit qu'elle n'arrivait pas à me comprendre.

Je parierais que ce n'est pas tout ce qu'elle lui a dit. Il a perdu quelque chose, quelque illusion que je lui croyais nécessaire. Il a fini par comprendre qu'il était humain lui aussi. Ou s'agit-il là d'un petit numéro pour me montrer qu'il est dans le vent ? Peut-être n'aurait-on jamais dû faire connaître aux hommes leur propre humanité. Cela n'a servi qu'à les rendre plus astucieux, sournois, fuyants et difficiles à comprendre.

— Si tu n'avais pas été si fou, dis-je, cela aurait pu marcher entre nous.

Cela l'asticote. « Qui était fou ? demande-t-il, en souriant à nouveau. Qui a conduit qui à l'hôpital ? »

— Si cela n'avait pas été à cause de toi, je n'aurais jamais eu à être conduite à l'hôpital.

— Ce n'est pas juste et tu le sais.

— Tu as raison, dis-je. Ce n'est pas juste. Je suis heureuse que tu m'aies conduite à l'hôpital.

Pardonner aux hommes est tellement plus facile que de pardonner aux femmes.

— Je vais t'accompagner là où tu vas, dit-il lorsque nous sommes dehors sur le trottoir. Cela me plairait.

Nous nous entendons si bien depuis qu'il n'y a plus rien en jeu. Je comprends pourquoi j'étais tombée amoureuse de lui. Mais à présent, je n'en ai plus l'énergie.

— Non merci, ça va aller, dis-je. Je ne veux pas avouer que je ne sais pas où je vais. « Merci pour le studio. Fais-moi savoir si tu as besoin de quoi que ce soit qui s'y trouve. » Bien que je sache pertinemment qu'il n'y viendra pas tant que je serai là, ce serait encore trop difficile, trop risqué de se retrouver tous deux derrière une porte qui se ferme.

— Peut-être pourrions-nous prendre un verre ensemble plus tard ? demande-t-il.

— Peut-être bien, dis-je.

Après avoir quitté Jon, je marche vers l'est dans Queen's Street, passe les vendeurs de « T-shirt » osés, les vitrines de petites culottes de satin et de porte-jarretelles. Je revois une de mes peintures, faite il y a des années, qui s'intitulait : *Femmes déchues*. Beaucoup de mes peintures d'alors s'inspiraient de mots que je confondais.

Il n'y avait pas d'hommes dans ce tableau, mais il les concernait tout de même puisqu'il s'agissait du genre qui cause la perte des femmes. Je ne leur prêtais aucune intention particulière. Ils étaient comme le temps qu'il fait, ils ne pensaient pas. Ils nous soumettaient seulement à une bonne averse, ou nous frappaient d'un éclair, puis continuaient leur petit bonhomme de chemin, aussi insouciants que des tempêtes. Ou alors, ils étaient comme des rocs, une longue ligne de rochers glissants, pointus et aux rebords acérés. Nous choisissions de marcher avec précaution entre eux, de bien trouver les points d'appui, et si nous tombions, si nous nous blessions, il ne nous servait à rien de nous en prendre à eux.

C'est probablement ce que le titre signifiait. Les femmes déchues étaient des femmes qui s'étaient heurtées à des hommes et s'étaient blessées. Ce qui suggérait l'idée d'une descente, contre son propre gré, et sans la volonté de qui que ce soit d'autre. Les femmes déchues n'étaient pas des femmes renversées ou bousculées, simplement déchues. Bien sûr, il y a eu Ève et la Chute ; mais il n'y avait pas de vraie chute dans cette histoire. On n'y parlait que de manger comme dans la plupart des contes pour enfants.

Femmes déchues montrait des femmes, trois d'entre elles, tombant d'un pont comme par accident, jupes ouvertes comme des cloches, cheveux au vent. Elles tombaient, tombaient sur les hommes qui étaient étendus tout en bas, cachés, menaçants et sombres, sans volonté.

48.

J'ai les yeux fixés sur une femme nue. Dans une peinture, ce serait un nu, mais elle n'est pas dans une peinture. C'est la première femme nue que je vois en vrai, à part moi-même dans le miroir. Les filles, au vestiaire du collège, portaient toujours leurs sous-vêtements, ce qui n'est pas pareil, et les baigneuses que l'on voyait dans les réclames de magazines avaient un maillot une pièce en Lycra avec jupette.

Même cette femme n'est pas entièrement nue puisqu'elle a un tissu drapé sur la cuisse gauche et ramassé entre les jambes : aucun poil ne paraît. Elle est assise sur un tabouret, le postérieur aplati sur le siège ; son dos court et large est penché ; sa jambe droite croisée sur la jambe gauche à la hauteur du genou, son coude droit repose sur son genou droit, son bras gauche est placé derrière elle, une main est appuyée sur le tabouret. Elle a un regard ennuyé, la tête inclinée en avant, comme on l'a placée. Elle semble mal à l'aise et engourdie par le froid : j'aperçois de la chair de poule sur ses avant-bras. La nuque est épaisse. Ses cheveux sont courts, frisés, roux, avec des racines plus foncées et je crois qu'elle mâche de la gomme : de temps à autre, il y a un lent, un discret mouvement latéral de la mâchoire. Elle n'est pas censée bouger.

J'essaie de dessiner cette femme au bâtonnet de fusain. J'essaie de saisir la fluidité de la ligne. C'est ainsi que le professeur l'a assise, pour que nous puissions capter la fluidité de la ligne. Je préférerais utiliser un crayon à mine dure ; le fusain salit les doigts, s'étale et ne vaut rien pour la chevelure. Et puis cette femme me fait peur. Il y a beaucoup de chair autour d'elle, surtout au bas de la taille ; il y a des plis sur son estomac, ses seins tombent et ont d'énormes mamelons foncés. La lumière crue fluorescente qui l'éclaire directement lui fait des yeux caverneux, accentue les lignes affaissées du nez au menton ; mais l'aspect massif de son corps fait comme si sa tête avait été placée après coup. Elle n'est pas belle et j'ai peur de devenir comme cela.

C'est un cours du soir. Un cours de Dessin d'après nature donné tous les mardis au Toronto College of Art, dans une grande pièce nue au bout de laquelle il y a un escalier de service qui débouche sur ce qui fut McCaul Street, à présent Queen Street, avec ses ivrognes, ses rails de tramways et, au-delà, le Toronto bon chic bon genre. Nous sommes une douzaine dans cette pièce avec nos planches à dessin Bristol presque neuves, et le bout de nos doigts tachés de noir : deux femmes plus âgées, huit jeunes hommes, une autre fille de mon âge, et moi-même. Je ne suis pas étudiante à ce collège, mais même ceux qui ne le sont pas peuvent s'inscrire à ce cours, à certaines conditions. Ces conditions consistent essentiellement à convaincre le professeur de sa détermination. Néanmoins, je ne sais pas encore très bien combien de temps je durerai.

Le professeur s'appelle Mr Hrbik. Il est dans la mi-trentaine, a des cheveux noirs, épais et ondulés, une moustache, un nez aquilin, et des yeux qui ont presque l'air d'être violets, comme des mûres. Il a l'habitude de vous regarder droit dans les yeux, sans rien dire, et apparemment sans ciller.

Lors de ma première entrevue avec lui, ce sont ses yeux qui m'ont d'abord frappée. Il était assis dans ce minuscule bureau rempli de paperasses, appuyé contre le dossier de sa chaise, et il mâchonnait le bout d'un crayon. En m'apercevant, il l'a déposé.

— Quel âge avez-vous ? demande-t-il.

— Dix-sept ans, presque dix-huit, dis-je.

— Ah, fait-il en soupirant comme s'il s'agissait d'une mauvaise nouvelle. Et qu'avez-vous fait ?

C'est comme s'il m'accusait d'une faute. Puis je compris ce qu'il voulait dire : j'étais censée lui avoir apporté un « carton de mes récents travaux » d'après lesquels il pourrait me juger. Mais je n'avais pas grand-chose à lui montrer. Le peu que je savais de l'art, je l'avais connu dans le cours de dessin obligatoire de la neuvième année où nous écoutions la Sonate à la lune en l'interprétant à l'aide de lignes ondulées au crayon, ou dessinions une tulipe dans un vase. Je n'avais jamais visité une galerie d'art, bien que j'eusse déjà lu un article sur Picasso dans le magazine *Life*.

Pendant l'été dernier, alors que je faisais les lits et que je nettoyais les salles de bains dans un centre de villégiature à Muskoka pour gagner de l'argent de poche, je m'étais procuré un nécessaire de peinture à l'huile rudimentaire dans une boutique pour touristes.

Les noms apposés sur les tubes ressemblaient à des mots de passe : Bleu de cobalt, Terre d'ombre brûlée, Lac cramoisi. Dans mes heures libres, je l'apportais sur la grève et je m'asseyais, le dos appuyé contre un arbre. Les aiguilles de pin me piquaient par en dessous, les maringouins s'affairaient autour de moi et je regardais la nappe métallique de l'eau sur laquelle glissaient des bateaux motorisés d'acajou verni, un petit drapeau à leur poupe. Dans ces bateaux se trouvaient parfois d'autres femmes de chambre, le genre qui allait à des parties fines dans les chambres, buvait du whisky et de la bière au gingembre dans des verres de carton, et avait la réputation d'être facile. Il y avait eu d'amères confrontations au-dessus des piles de draps dans la lingerie.

Je ne savais pas comment peindre ou même quoi peindre, mais je savais que je devais essayer. Au bout d'un certain temps, j'avais fini par peindre une bouteille de bière sans l'étiquette, un arbre dont la forme rappelait un fouet endommagé et de nombreuses et vagues peintures de rochers couleur de boue, avec en arrière-plan un lac d'un bleu soutenu. Et aussi un coucher de soleil qui ressortit comme une chose que l'on renverserait sur soi.

Je déballai toutes ces choses du carton noir dans lequel je les avais apportées. Mr Hrbik fronça les sourcils, tripota son crayon et ne dit rien. J'étais découragée, mais aussi frappée de respect parce qu'il avait du pouvoir sur moi, le pouvoir de m'exclure. Je voyais bien qu'il trouvait mes peintures mauvaises. Et elles l'étaient.

— Autre chose ? dit-il. Des dessins ?

En désespoir de cause, j'avais inclus quelques-uns de mes vieux dessins du cours de biologie réalisés au crayon de plomb et ombragés de couleur. Je savais que je dessinais mieux que je ne peignais parce que je m'y exerçais depuis plus longtemps. N'ayant rien à perdre, je les avais apportés.

— Comment appelez-vous cela ? dit-il en tenant celui du dessus la tête en bas.

— C'est l'intérieur d'un ver.

Il ne marqua aucune surprise. « Et cela ? »

— Une planaire. En coupe teintée.

— Et cela ?

— C'est le système reproducteur d'une grenouille. Une grenouille mâle, ajoutai-je.

Mr Hrbik me regardait de ses yeux violets et brillants. « Pourquoi voulez-vous suivre ce cours ? » dit-il.

— C'est le seul auquel je puisse m'inscrire, dis-je. En disant cela, je réalisai à quel point c'était déplacé. « C'est mon seul espoir. Je ne connais personne d'autre qui puisse m'enseigner. »

— Pourquoi voulez-vous apprendre ?

— Je ne sais pas, dis-je.

Mr Hrbik ramassa son crayon, en ficha la pointe au coin de la bouche, comme une cigarette. Puis, il le retira. Ensuite, il se passa les doigts dans les cheveux. « Vous êtes vraiment un amateur, dit-il. Mais parfois cela vaut mieux. Nous pouvons partir de zéro. » Pour la première fois, il me sourit. Ses dents étaient inégales. « Nous allons voir ce que nous pouvons faire de vous », dit-il.

Mr Hrbik arpente la pièce. Il désespère de nous, ainsi que du modèle dont les mouvements subreptices des mâchoires le mettent en colère. « Ne bougez pas, lui dit-il en se tirant sur les cheveux. Assez de ce chewing-gum. » Le modèle lui lance un regard malveillant, et resserre les mâchoires. Il lui prend les bras, la tête au visage maussade, et les réarrange comme si la femme était un mannequin. « Essayons encore. »

Il va de l'un à l'autre, jette un regard par-dessus l'épaule et se marmonne des choses à lui-même tandis que la pièce s'emplit du bruit râpeux du fusain sur le papier. « Non, non, dit-il à un jeune homme. Il s'agit d'un *corps.* » Il a un drôle d'accent. « Pas d'une automobile. Pensez aux doigts qui touchent la chair, ou à la main qui court dessus. Cela doit être tactile. » J'essaie de penser comme il le souhaite, mais je m'y refuse. Je n'ai aucune envie de faire courir mes doigts sur la chair de poule de cette femme.

À l'une des femmes plus âgées il dit : « Nous ne voulons rien de joli. Le corps n'est pas joli comme une fleur. Dessinez ce qu'il y a là. » Il s'arrête derrière moi et je courbe les épaules, dans l'expectative. « Nous ne faisons pas un manuel de médecine, me dit-il. Ce que vous avez fait là est un cadavre, pas une femme. »

Je regarde ce que j'ai dessiné et je dois admettre qu'il a raison. Je suis attentive et précise, mais ce que j'ai fait là est une bouteille à la forme humaine, apathique et sans vie. Le courage, qui m'a conduite jusqu'ici, m'abandonne. Je n'ai aucun talent.

Mais à la fin du cours, alors que le modèle s'est levée avec raideur, a ramassé le drap autour d'elle, a trottiné vers ses vêtements et que je range mes fusains, Mr Hrbik vient près de moi. J'arrache les dessins que j'ai faits dans l'intention de les froisser et il place vivement sa main sur la mienne. « Gardez-les », dit-il.

— Pourquoi ? dis-je. Ils ne sont pas bons.

— Plus tard, vous les regarderez et vous verrez le chemin parcouru. Vous dessinez très bien les objets. Mais vous ne pouvez pas encore dessiner la vie. Dieu a d'abord créé le corps avec de la boue, puis il a insufflé l'esprit. Les deux sont nécessaires. La boue et l'âme. Il me fait un bref sourire et me serre l'avant-bras : il faut y mettre de la passion, dit-il.

Je le regarde, incertaine. Ce qu'il dit est abusif : les gens ne parlent du corps que pour discuter maladie, de l'âme, qu'à l'église, ou encore de passion lorsqu'ils veulent parler de sexe. Mais Mr Hrbik est un étranger et l'on ne s'attend pas à ce qu'il sache cela.

— Vous êtes une femme incomplète, ajoute-t-il à voix basse, mais ici, vous serez finie.

Il ignore que *finie* veut dire fichue. Il se veut encourageant.

49.

Je suis assise dans l'auditorium noir au sous-sol du Royal Ontario Museum, appuyée au dos d'un siège dur recouvert de peluche raide et je respire dans l'odeur de poussière, d'air confiné, de capitonnage défraîchi et de poudre de riz douceâtre des autres étudiantes. Je sens mes yeux s'agrandir, mes pupilles se dilater comme celles d'un hibou : depuis une heure, je regarde des diapositives jaunâtres, parfois floues, de statues de femmes en marbre blanc aux dessus de tête aplatis. Ces têtes soutiennent des entablements de pierre qui semblent être très lourds ; ce n'est pas étonnant qu'elles aient la tête plate. On appelle ces femmes de marbre, des cariatides. À l'origine elles rappelaient les prêtresses d'Artémis à Carie. Mais ce ne sont plus des prêtresses ; elles ne sont plus que des formes ornementales servant à soutenir des colonnes.

Il y a tout autant de diapositives de colonnes, des colonnes différentes de diverses époques : dorique, ionique, corinthienne. Les colonnes doriques sont les plus simples et les plus solides, les corinthiennes, les plus gracieuses, les plus ornées, agrémentées qu'elles sont de rangées de feuilles d'acanthe d'où partent de gracieuses volutes et spirales. Une longue baguette, surgie de la bordure sombre de l'écran, va de l'une à l'autre, indique quoi est quoi. Plus tard, j'aurai besoin de ces mots, lorsque j'aurai à les régurgiter pour les examens. J'essaie donc de les écrire dans mon cahier de notes, la tête rapprochée du papier, pour y voir. Je passe désormais beaucoup de temps à écrire des mots hermétiques dans le noir.

J'imagine que les choses iront mieux le mois prochain, lorsque nous délaisserons les Grecs et les Romains pour les périodes du Moyen Âge et de la Renaissance. Le terme *classique* a fini par signifier pour moi : brisé, effacé. La plupart des choses grecques et romaines ont des parties de corps manquantes, et l'absence générale de bras, de jambes, de nez commence à m'énerver, sans parler des pénis arrachés. Et puis il y a tout ce gris, ce blanc, bien qu'à ma grande surprise, j'aie appris que toutes ces statues avaient été peintes au départ de couleurs brillantes, avec des cheveux jaunes, des yeux bleus, des tons chair et portaient parfois même des vrais vêtements, comme des poupées.

Cette classe est un cours préparatoire. Il a pour but de nous orienter dans le temps, de nous préparer à de futurs cours plus spécialisés. Il est dispensé par le département d'Art et d'Archéologie de l'Université de Toronto et constitue la seule voie officielle pour me rapprocher du monde de l'art. C'est aussi la seule que je puisse me permettre : j'ai gagné une bourse universitaire, ce à quoi l'on s'attendait. « Tu devrais utiliser l'intelligence que Dieu t'a donnée », avait l'habitude de dire mon père, même si nous savions tous deux qu'il se croyait en fait l'auteur de ce don. Si je quittais l'université, refusais ma bourse, il ne verrait pas très bien comment il pourrait débourser pour autre chose.

Lorsque je prévins mes parents qu'en fin de compte, je ne m'inscrivais pas en biologie, mais que je voulais plutôt devenir une artiste, ils réagirent avec inquiétude. Ma mère dit qu'elle approuvait si réellement c'était ce que je désirais, mais qu'ils s'inquiétaient de la façon dont je gagnerais ma vie. On ne pouvait compter sur l'Art, même si c'était correct de le pratiquer comme passe-temps, comme la décoration en coquillages ou la sculpture sur bois. Mais Art et Archéologie les rassuraient : je pourrais m'orienter vers l'archéologie et me mettre à creuser pour découvrir des choses, ce qui était tout de même plus sérieux.

J'en sortirais au moins avec un diplôme, et avec un diplôme on peut toujours enseigner. À cet égard, j'ai mes réticences personnelles : je pense à Miss Creighton du cours d'Initiation à l'Art au Burnham High, boulotte et persécutée, qui se faisait constamment enfermer dans le placard à fournitures où le papier et les peintures étaient sous la responsabilité de quelques garçons particulièrement loubards.

L'une des amies de ma mère dit que l'on peut toujours pratiquer l'art à la maison, dans ses moments perdus.

Les autres étudiants en Art et Archéologie sont tous des filles, sauf un, comme les professeurs sont tous des hommes, sauf une. L'étudiant qui n'est pas une fille, et le professeur qui n'est pas un homme sont vus comme bizarres ; le premier a une malencontreuse maladie de peau, la seconde bégaie de nervosité. Aucune des filles ne souhaite devenir une artiste ; elles désirent plutôt être professeurs d'art dans un collège ou, dans un cas, conservatrice dans un musée d'art. Ou alors, elles restent vagues quant à leurs ambitions, ce qui signifie qu'elles comptent bien se marier avant que l'une de ces autres choses ne soit nécessaire.

Elles portent des « twin-sets » de cachemire, des manteaux en poil de chameau, des jupes de bon tweed, et des boucles d'oreilles de perle. Elles portent aussi des souliers à talons moyens bien tenus, des chemisiers tailleur, des robes à bretelles ou encore des petites vestes avec jupes et boutons assortis. Je porte aussi ces choses, j'essaie de me fondre dans le groupe. Entre les cours, je bois des tasses de café en leur compagnie et je mange des beignets, dans des lieux de rencontre, des offices, des cafés. Elles discutent vêtements ou elles parlent des garçons qu'elles fréquentent en léchant le sucre des beignets sur leurs doigts. Deux d'entre elles se sont déjà fait coincer. Au cours de ces conversations, leurs yeux paraissent humides, troubles, gonflés, sensibles comme des yeux de chatons aveugles ; mais aussi fuyants, méditatifs, pleins d'avidité et de duperie.

En leur présence, je suis mal à l'aise, comme si je me trouvais là sous de faux prétextes. Mr Hrbik et le corps tactile n'ont pas leur place en Art et Archéologie ; mes pauvres études de nu seraient considérées ici comme une perte de temps. L'art a été porté à la perfection, ailleurs. Tout ce qui reste à faire est un travail de mémorisation. Le groupe entier du cours de Dessin d'après nature serait vu comme prétentieux, tout autant que ridicule.

Mais il s'agit désormais de ma sauvegarde, de ma vraie vie. De plus en plus, je commence à éliminer tout ce qui ne lui convient pas, je mue. Au premier cours, j'ai commis l'erreur de porter une robe à bretelles écossaise et un chemisier à col Peter Pan, mais j'ai vite appris. J'adopte ce que les garçons et l'autre fille portent : des cols roulés noirs et des jeans. Ce vêtement ne se veut pas un déguisement, comme un autre vêtement, mais une sorte de code. Peu à peu, je trouve le courage de porter ces vêtements le jour, pour les cours d'Art et d'Archéologie ; sauf les jeans que personne ne porte. Je mets plutôt une jupe noire. Je laisse pousser mes cheveux coupés à la chien de mon temps de collège pour les attacher vers l'arrière dans l'espoir de faire austère. À l'université, les filles qui portent du cachemire et des perles font des plaisanteries au sujet des artistes beatniks et me parlent moins.

Les deux femmes d'âge mûr du cours de Dessin d'après nature notent aussi ma transformation. « Hé, qui est-ce qui est mort ? » me demandent-elles. Elles se nomment Babs et Marjorie et ce sont des artistes de profession. Elles font toutes deux des portraits. Babs, des portraits d'enfants, et Marjorie, de chiens et de leurs propriétaires ; elles suivent ce cours de Dessin d'après nature dans le but de se perfectionner. Elles-mêmes ne portent pas de cols roulés. Plutôt des blouses comme des femmes enceintes. Elles s'appellent l'une et l'autre « mon petit », font des commentaires âpres sur leur travail, et fument dans les toilettes comme s'il s'agissait d'un acte polisson. Parce qu'elles ont l'âge de ma mère, cela me gêne d'être dans la même pièce qu'elles en compagnie du modèle nu. En même temps, je trouve qu'elles manquent de dignité.

Toutefois, elles me rappellent moins ma mère que ma voisine, Mrs Finestein.

Cette dernière porte maintenant des tailleurs rouges ajustés et des petits chapeaux ronds coquins garnis de cerises assorties. Elle m'aperçoit dans mon nouvel attirail et elle est déçue. « Elle ressemble à une veuve italienne, dit-elle à ma mère. Elle se laisse aller. Quel malheur ! Avec une bonne coupe de cheveux, un peu de maquillage, elle serait magnifique. » Ma mère me rapporte ces propos, en souriant comme si c'était amusant, mais je sais que c'est sa façon de montrer sa préoccupation. Je suis à la limite de la négligence. Se laisser aller a quelque chose d'inquiétant ; c'est ce que l'on dit des femmes d'âge mûr qui deviennent peu soignées et grosses, ainsi que des choses que l'on vend au rabais.

Bien sûr qu'il y a du vrai. Je me laisse aller.

50.

Je suis assise dans une taverne à boire de la bière en fût à dix *cents* le verre, en compagnie des autres étudiants du cours de Dessin d'après nature. Le serveur grognon s'amène, un plateau de verres en équilibre sur une main, qu'il dépose lourdement. Les verres ressemblent à des verres à eau ordinaires, sauf qu'ils sont remplis de bière. De la mousse en déborde. Je n'aime pas beaucoup le goût de la bière, mais j'ai appris à la boire. J'ai même appris à saupoudrer du sel sur le dessus pour en diminuer la mousse.

Cette taverne a un tapis rouge défraîchi, des tables bancales, des chaises recouvertes de similicuir noir, un éclairage insuffisant et des cendriers qui puent ; les autres tavernes que nous fréquentons lui ressemblent. Elles ont des noms comme Lundey's Lane, Maple Leaf Tavern et sont sombres, même pendant la journée parce que la loi exige qu'il n'y ait aucune fenêtre de façade à travers laquelle on puisse voir l'intérieur, ceci pour ne pas corrompre les mineurs. Moi-même, je suis mineure – l'âge légal pour boire est de vingt et un ans – mais aucun des serveurs ne me demande jamais de carte d'identité. Jon dit que j'ai l'air si jeune qu'ils croient que je n'aurais jamais le culot de m'y essayer si je n'étais pas réellement plus âgée.

Les tavernes ont deux sections. Dans celle qui est réservée aux hommes, on trouve les ivrognes chahuteurs et les robineux ; les planchers y sont recouverts de sciure de bois et une odeur de bière répandue, de vieille pisse et de maladie s'en dégage. Parfois, on y entend des cris, du bruit de verre cassé et on voit un homme se faire éjecter par deux fiers-à-bras, le nez qui saigne, les bras battant l'air.

La section réservée aux dames avec escorte est plus propre, plus calme, plus civilisée et sent meilleur. Si on est un homme, on ne peut y entrer sans être accompagné d'une femme, et si on est femme, on ne peut entrer dans la section réservée aux hommes. Ceci dans le but d'empêcher les prostituées d'ennuyer les hommes et les ivrognes d'embêter les femmes. Colin, qui est originaire d'Angleterre, nous parle des pubs anglais où il y a un feu de bois, où l'on peut jouer aux fléchettes, déambuler et même chanter, mais ici, rien de tout cela n'est permis. Les tavernes sont prévues pour boire de la bière, un point c'est tout. Et si on y rit trop fort, on risque de se faire inviter à la sortie.

Les étudiants du cours de Dessin d'après nature préfèrent la section des dames avec escorte, mais il leur faut une femme pour y entrer. C'est pourquoi ils m'invitent et m'offrent même des bières. Je leur sers de passeport. Parfois, je suis la seule disponible après le cours parce que Susie, celle qui a mon âge, décline souvent l'invitation et que Marjorie et Babs rentrent chez elles. Elles ont un mari et on ne les prend pas au sérieux. Les garçons les qualifient de « dames-peintres ».

— Si ce sont des « dames-peintres » qu'est-ce que je suis alors ? dis-je.

— Une « fille-peintre », dit Jon, l'air blagueur.

Colin, qui a un peu de bonnes manières, explique : « Si tu es mauvaise, tu es une “dame-peintre”. Autrement, tu es simplement un peintre. Ils ne disent jamais “artiste”. Selon eux, n’importe quel peintre qui se qualifierait “d’artiste” serait un imbécile. »

Je ne sors plus avec les garçons comme j’avais l’habitude de le faire : je ne sais pourquoi mais ce n’est plus une chose sérieuse à faire. Il faut bien dire que les invitations se sont faites plus rares depuis que je porte des cols roulés noirs : les garçons du genre veston-chemise blanche savent ce qui leur convient. Et puis, de toute façon, ce sont des jeunes gens et non pas des hommes. Leurs joues roses et leurs ricanements en groupe, leurs sélections de bonnes ou de mauvaises filles, leurs tentatives avides et maladroites de repousser la frontière du porte-jarretelles et du soutien-gorge ne retiennent plus mon attention. Ce qui m’attire maintenant, ce sont les moustaches de longue date, les doigts tachés de nicotine ; les rides d’expérience, les paupières lourdes, une tolérance revenue de tout ; des hommes capables d’expirer la fumée de cigarette par la bouche et de la respirer à nouveau par le nez, l’air de rien. Je ne sais pas très bien d’où m’est venue cette image. Elle semble être sortie tout droit de nulle part, déjà toute formée.

Les étudiants du cours de Dessin d’après nature ne lui correspondent pas, bien qu’ils ne portent pas de veston non plus. Avec leurs vêtements effilochés et délibérément tachés de peinture, leur barbe naissante, ils sont d’une espèce en transition. Bien qu’ils parlent, ils méprisent les mots ; l’un d’entre eux, Reg, qui est originaire de la Saskatchewan, est si peu loquace qu'il est pratiquement muet, et cette absence de mots lui donne un statut particulier comme si le côté visuel avait mangé une partie de son cerveau et avait fait de lui un imbécile heureux. Colin, l'Anglais, provoque la méfiance, non pas parce qu'il parle trop, mais trop bien. Les vrais peintres sont censés grogner, comme Marlon Brando.

Pourtant, ils arrivent à manifester leurs sentiments. Il y a des haussements d'épaules, des murmures, des phrases à moitié dites, des mouvements de main : coups secs, coups de poing, ouverture de doigts, figures élaborées et sculptées dans les airs. Il arrive que ce langage gestuel s'applique aux peintures des autres : « C'est à chier », disent-ils ou, très occasionnellement, « pan-fichtrementastique ». Peu de choses rencontrent leur approbation. Ils trouvent aussi que Toronto est un cimetière. « Il ne se passe rien ici », disent-ils souvent. Et nombre de leurs conversations tournent autour de projets d'évasion. Paris, c'est fini, et même Colin, l'Anglais, ne désire pas retourner au pays. « Là-bas, ils peignent tout d'un vert jaunâtre, dit-il. Vert jaunâtre, caca d'oie, déprimant. » D'après eux, rien n'égale New York. C'est là que tout se passe, qu'il y a de l'action.

Après quelques bières, il leur arrive de parler des femmes. Ils se réfèrent à leurs amies, et ils disent « ma vieille » pour désigner celles qui ont emménagé avec l'un ou l'autre. Ou encore, ils blaguent au sujet des modèles du cours de Dessin d'après nature qui changent de soir en soir. Ils parlent de coucher avec elles comme si cela ne dépendait que de leur bon vouloir. C'est alors qu'ils ont deux attitudes : un bruit de baiser retentissant ou une moue de dégoût. « Quelle vache », disent-ils. « Elle est moche » « Un vrai déchet ». Parfois, ils le disent en m'observant du coin de l'œil. Lorsque les descriptions des parties du corps sont par trop précises – « Un con comme un cul d'éléphante » « Comment le saurais-tu, hein, t'as baisé beaucoup d'éléphantes ? » – ils se font taire les uns les autres, comme s'ils étaient en présence d'une mère ; comme s'ils n'avaient pas encore décidé de mon statut.

Je ne m'offense de rien. J'ai plutôt l'impression d'être privilégiée. Je fais exception à quelque règle que je n'ai même pas identifiée.

Je reste assise dans la moiteur, l'air empesté de bière et de fumée de cigarette, devenant peu à peu étourdie, gardant la bouche fermée, les yeux ouverts. Je pense les voir tels qu'ils sont parce que je n'attends rien d'eux. Mais en fait, j'en attends beaucoup. Je veux être acceptée.

Il y a une chose qui me déplaît chez eux : ils se moquent de Mr Hrbik. Son prénom est Josef et ils l'appellent Oncle Joe parce qu'il a une moustache, un accent d'Europe de l'Est et des opinions bien tranchées. C'est injuste puisque je sais – ce qu'à présent nous savons tous – qu'il a été ballotté dans quatre pays différents à cause des bouleversements de la guerre, s'est fait prendre derrière le rideau de fer, a dû fouiller dans les poubelles, est presque mort de faim, et s'est échappé pendant la Révolution hongroise, probablement au péril de sa vie. Il n'a jamais parlé des circonstances exactes. En fait, il n'a jamais parlé de tout cela en classe. Pourtant cela se sait.

Mais cela n'impressionne guère les garçons. Pour eux, dessiner est stupide, et Mr Hrbik, un attardé. Ils disent de lui que c'est un d p, une *personne déplacée*, vieille insulte que nous-mêmes utilisions au collège. Nous appelions ainsi les réfugiés d'Europe et ceux considérés comme stupides, gauches et qui détonnaient. Ils imitent son accent et la façon dont il parle du corps humain. Ils ne suivent le cours de Dessin d'après nature que parce que celui-ci est obligatoire. Le dessin d'après nature n'est pas ce qui est à la mode en ce moment, ce serait plutôt la peinture-action et, pour cela, il n'est vraiment pas nécessaire d'apprendre à dessiner. Surtout, il n'est pas nécessaire de savoir dessiner une vache sans vêtements. Pourtant, ils restent au cours de Dessin d'après nature, reproduisant dessin après dessin des seins, des fesses, des cuisses, des cous et, certains soirs, des pieds en solo, tout comme je le fais, tandis que Mr Hrbik arpente la salle en s'arrachant les cheveux, désespéré.

Le visage des garçons demeure impassible. Leur mépris, qui me semble évident à moi, ne l'est pas à Mr Hrbik. J'ai pitié de lui et je lui suis reconnaissante de m'avoir acceptée dans ce cours. Et puis, je l'admire. La guerre est suffisamment loin à présent pour être romantique, et il l'a subie. Je me demande s'il a des traces de blessures par balle sur le corps ou d'autres marques qui l'honorent.

Ce soir, dans la section des dames avec escorte du Maple Leaf Tavern il n'y a pas que les garçons et moi. Susie est là.

Susie a des cheveux jaunes que je sais qu'elle roule sur des bigoudis, met en place, permanente, puis ébouriffe et teint de blond cendré aux pointes. Elle porte aussi des cols roulés noirs et des jeans, mais ces derniers lui collent à la peau. Elle a aussi l'habitude de porter une chaîne d'argent ou un médaillon autour du cou. Elle se maquille les yeux d'un lourd trait noir à la Cléopâtre, et utilise du mascara noir et de l'ombre à paupières bleu foncé cendré, de sorte que ses yeux sont cernés de bleu, couleur de meurtrissure, comme si quelqu'un lui avait donné un coup. Elle utilise aussi du rouge à lèvre rose pâle, ce qui lui donne l'air malade comme si elle s'était couchée très tard chaque soir depuis des semaines. Elle a les hanches rondes et les seins trop gros pour sa taille, comme un jouet de caoutchouc malléable que l'on aurait aplati par la tête et qui se serait élargi à ces endroits. Elle a aussi une voix essoufflée et un petit rire étonnant ; même son nom ressemble à une houppette. Je la vois comme une fille un peu fofolle qui s'amuse à l'École des Beaux-Arts, trop stupide pour être admise à l'université, même si je ne me permets pas ce genre de jugement au sujet des garçons.

— Oncle Joe délirait ce soir, dit Jon. Ce dernier est haut de taille, a des favoris et de grandes mains. Il porte un veston de denim muni de nombreux boutons à pression. À part Colin, l'Anglais, c'est celui qui s'exprime le mieux. Il utilise des mots du genre « pureté » et « organisation picturale » mais seulement en compagnie de deux ou trois étudiants, jamais avec tout le groupe.

— Oh, dit Susie avec un petit rire haletant, comme si l'air entrait dans ses poumons plutôt que d'en sortir, c'est mesquin ! Tu ne devrais pas l'appeler comme ça !

Ceci m'irrite : car elle vient de dire une chose que j'aurais dû avoir le courage de dire moi-même, mais sa façon de prendre sa défense ressemble à une chatte en train de se frotter à une jambe, une main caressante posée sur le biceps.

— Un vieux con suffisant, dit Colin pour détourner un peu de son attention vers lui.

Susie le regarde de ses grands yeux bordés de bleu. « Il n'est pas vieux, dit-elle pompeusement. Il n'a que trente-cinq ans. » Tout le monde rit.

Mais comment le sait-elle ? C'est la question que je me pose en la regardant. Je me rappelle le soir où j'étais arrivée en avance au cours. Le modèle n'était pas encore là, j'étais seule dans la salle et Susie était entrée, déjà débarrassée de son manteau, juste après Mr Hrbik.

Susie m'avait rejointe là où j'étais assise et m'avait dit : « Quelle horreur cette neige ! » Elle n'avait pas l'habitude de me parler. Et moi j'étais celle qui avait été dehors dans la neige : elle avait l'air aussi chaude qu'une caille.

51.

À la lumière du jour, c'est février. L'auditorium gris du musée s'embue sous l'effet des manteaux humides et de la gadoue coulant des bottes d'hiver. On tousse beaucoup.

Nous avons terminé la période médiévale, ses reliquaires, ses saints allongés et passons vite sur celle de la Renaissance en ne nous arrêtant qu'aux points d'intérêt. On dirait qu'une énorme Vierge Marie a mis au monde une progéniture de filles dont la plupart lui ressemblent, mais pas tout à fait. Elles se sont dépouillées de leur halo à la feuille d'or, elles ont perdu le long buste aplati qu'elles avaient lorsqu'elles étaient de pierre et de bois, elles se sont épanouies. Elles montent au ciel moins souvent. Certaines ont un teint de plâtre et un air solennel, assises près de la cheminée ou sur une chaise d'époque, ou encore près de fenêtres ouvertes avec, en arrière-plan des travaux sur les toits ; quelques-unes ont un air anxieux, d'autres ont des joues de bébé et le teint rosé, avec des halos ténus, de fines mèches de cheveux d'or échappées de leurs voiles et des cieux italiens radieux en fond de scène. Elles se penchent sur le berceau de la Nativité, ou tiennent Jésus sur leurs genoux.

Ce dernier a quelque difficulté à avoir l'air d'un vrai bébé parce que ses bras et ses jambes sont trop longs et fuselés. Même lorsqu'il a l'air d'un bébé, ce n'est jamais un nouveau-né. J'ai déjà vu des nouveau-nés avec leur air d'abricot séché, ratatiné, et ces Jésus-là ne leur ressemblent d'aucune façon. On les dirait nés à l'âge d'un an, ou alors, ce sont des hommes qui se sont ratatinés. Dans ces représentations, il y a beaucoup de rouge et de bleu, ainsi que d'allaitements au sein.

La voix sèche surgie de l'obscurité se concentre sur les règles de la composition, la disposition des plis du vêtement qui accentuent le mouvement, le rendu des textures, les utilisations de la perspective dans les portes cintrées et les carreaux des sols. Nous ne nous arrêtons pas à l'allaitement au sein : la baguette surgie de nulle part ne s'attarde jamais à ces seins nus dont quelques-uns sont d'un vert rosé déplaisant ou veinés, ou ont une main pressée sur le mamelon et même du vrai lait. Ce qui provoque quelques mouvements sur les sièges : personne ne veut penser à l'allaitement au sein, ni le professeur, ni les filles. Elles en frissonnent en prenant leur café : elles-mêmes sont dédaigneuses : elles nourriront au biberon, qui de toute façon est plus hygiénique.

— Ce qui est remarquable au sujet de l'allaitement au sein, dis-je, c'est que la Vierge est assez humble pour le faire. La plupart des femmes, à cette époque, mettaient leurs enfants en nourrice lorsqu'elles en avaient les moyens. J'ai lu cela dans un livre déniché sous des piles à la bibliothèque.

— Oh, Elaine, disent-elles. Tu es si perspicace.

— Il faut penser aussi que le Christ est né mammifère, dis-je. Je me demande comment Marie se débrouillait pour les couches ? Ce serait à présent une relique : la Sainte Couche. Comment se fait-il qu'il n'y ait pas de représentation de Jésus sur le petit pot ? Je sais qu'il y a quelque part une relique du Saint Prépuce, pourquoi n'y en aurait-il pas de la Sainte Merde ?

— Tu es terrible.

Je souris, je croise la cheville sur le genou, je place les coudes sur la table. J'adore choquer les filles de cette façon inoffensive, et frivole : cela leur montre que je suis différente d'elles.

C'est une part de ma vie, ma vie de jour, L'autre, ma vraie vie, se passe la nuit.

J'ai surveillé étroitement Susie, j'ai bien observé ce qu'elle fait. En réalité, elle n'a pas mon âge, elle a deux ans de plus que moi, elle a presque vingt et un ans. Elle ne vit plus avec ses parents. Elle habite un studio dans l'un de ces nouveaux gratte-ciel de l'avenue Road, au nord de la rue St. Clair. Ses parents sont censés payer. Comment pourrait-elle autrement se l'offrir ? Ces édifices ont un ascenseur, de grandes entrées décorées de plantes et sont baptisés de noms tels que « Le Monte Carlo ». Le fait d'y habiter est vu comme osé et sophistiqué, bien que ridiculisé par les peintres : des infirmières, à trois par appartement, y logent. Les peintres vivent dans Bloor Street ou Queen's Street, au-dessus de quincailleries, d'endroits où l'on vend des articles de voyage en gros, ou encore dans des rues transversales habitées par des immigrants.

Susie reste après le cours, arrive tôt, et traîne dans le coin ; pendant le cours, elle regarde Mr Hrbik uniquement de côté, à la dérobée. Je la rencontre à la sortie de son bureau, elle sursaute et me sourit, puis elle se retourne et dit d'une façon empruntée et trop forte : « Merci, Mr Hrbik ! À la semaine prochaine ! » Elle lui fait un petit signe, bien que la porte soit à moitié fermée et qu'il ne puisse la voir : le salut m'est destiné. Je devine à présent ce que j'aurais toujours dû savoir : elle a une histoire d'amour avec Mr Hrbik. Et elle croit que personne ne s'en est aperçu.

Mais elle se trompe. J'ai entendu Marjorie et Babs en parler de façon détournée : « Écoute, mon petit, c'est une façon comme une autre de réussir le cours. J'aimerais bien, disent-elles, en faire autant, juste à me coucher sur le dos. T'aimerais pas ? Mais ces jours sont loin, hélas ! » Et elles rient, détendues, comme si ce qui se passe n'avait aucune importance, ou était seulement amusant.

Mais moi, je ne trouve pas cette histoire d'amour amusante du tout ; je ne peux détacher le mot *histoire* de celui d'*amour*, bien qu'il me soit difficile de déterminer lequel des deux partenaires est amoureux de l'autre. Je décide que c'est Mr Hrbik qui est amoureux de Susie. Ou qu'il ne l'aime pas réellement ; qu'il est entiché d'elle. J'aime ce mot *entiché*, évocateur de saturation, de mollesse, de mouches gorgées de sirop. Susie elle-même est incapable d'aimer, elle est trop superficielle. Je l'imagine comme la plus consciente des deux, celle qui domine : elle flirte avec lui d'une façon dure, brillante, inspirée directement des affiches cinématographiques des années 1940. Dure comme les ongles dont je connais même la couleur : Feu et Glace. Et tout cela, en dépit de son air aisément offensé, de ses manières engageantes. Elle se défait de la culpabilité comme on sème un arôme suave, et Mr Hrbik chancelle, envoûté, impuissant face à son sort.

Lorsqu'elle se rend compte que les gens du cours sont au courant – Babs et Marjorie ont leur façon particulière de faire connaître ce qu'elles savent – Susie s'enhardit. Elle commence à appeler Mr Hrbik par son prénom et à le glisser dans la conversation : Josef croit… Josef dit… Elle sait toujours où il se trouve. Parfois, il est à Montréal où il y a de bien meilleurs restaurants et des vins buvables en fin de semaine. Elle en est certaine, bien qu'elle n'y soit jamais allée. Elle laisse tomber des bribes d'informations sur son compte : il a été marié en Hongrie, mais sa femme ne l'a pas accompagné et il est maintenant divorcé. Il a deux filles dont il garde les photographies dans son portefeuille. Cela le rend malade d'être séparé d'elles. « Ça le *tue* littéralement », dit-elle doucement, les yeux voilés.

Marjorie et Babs gobent tout. Déjà, auprès d'elles, elle perd son statut de pouffiasse ; elle est au bord de la domesticité. Elles l'incitent à parler : « Écoute, je ne te blâme pas ! Je le trouve beau comme un cœur !

Je pourrais le croquer ! Mais il est bien trop jeune pour moi, eh ? » Aux toilettes, les deux s'assoient côte à côte dans des cabines séparées, parlent au-dessus du pipi jaillissant, alors que, debout devant le miroir, j'écoute leur conversation. « J'espère seulement qu'il sait ce qu'il fait. Une gentille fille comme elle. » Ce qui revient à dire qu'elles souhaitent qu'il l'épouse. Ou peut-être, qu'il devrait l'épouser si elle tombe enceinte. Ce serait honnête de sa part.

Par ailleurs, les peintres durcissent leur attitude à son égard. « Doux Jésus, fous-nous la paix avec ton Josef ! T'imagines-tu qu'il a le cul en or ? » Pourtant, elle ne peut s'arrêter d'en parler. Elle recourt au petit rire faussement gêné mais elle n'arrive qu'à les irriter davantage, et moi aussi. J'ai déjà vu ce regard intense, saturé.

J'ai l'impression que Mr Hrbik aurait besoin d'être protégé, ou même sauvé. J'ignore encore qu'un homme peut être admirable de bien des façons, mais nul par ailleurs. Je n'ai pas encore appris que la chevalerie chez les hommes n'est que de l'idiotie chez les femmes : les hommes peuvent se tirer d'un sauvetage beaucoup plus aisément une fois qu'ils y sont pris.

52.

J'habite toujours à la maison, ce que je trouve humiliant ; mais pourquoi devrais-je payer pour vivre dans un foyer d'étudiants alors que l'université se trouve dans la même ville ? C'est le point de vue de mon père, et il a raison à ce qu'il semble. Il ne devine pas que ce n'est pas à un foyer d'étudiants que je pense, mais plutôt à un appartement délabré, sans ascenseur, un endroit au-dessus d'une boulangerie ou d'un bureau de tabac, avec des tramways qui passent tout près bruyamment et des plafonds tapissés de boîtes d'œufs peintes en noir.

Mais je ne dors plus dans ma chambre d'enfant où il y a le plafonnier couleur vanille et des rideaux à la fenêtre. Je me suis retranchée au sous-sol, prétextant que j'y étudierais mieux. En bas, dans une pièce d'entreposage faiblement éclairée, adjacente à la chaudière, j'ai monté un décor de fausse misère. Du placard rempli du vieil équipement de camping, j'ai extrait l'un des lits de camp des surplus de l'armée et un vieux sac de couchage kaki, coupant court ainsi au projet de ma mère de descendre mon lit au sous-sol pour que j'aie un matelas convenable. Aux murs, j'ai collé des affiches du théâtre local – *En attendant Godot* de Beckett, *Huis clos*, de Sartre – sur lesquelles il y a des empreintes de doigts intentionnelles, du lettrage barbouillé d'encre noire et des personnages fantomatiques, l'air d'avoir été passés à la lessive ; il y a aussi plusieurs de mes dessins de pieds faits avec application. Ma mère trouve que les affiches sont lugubres et elle ne comprend absolument pas les pieds : les pieds doivent appartenir à un corps. Je ferme à demi les yeux, je sais mieux qu'elle.

Quant à mon père, il trouve mon talent pour le dessin impressionnant, mais gaspillé. Il aurait été plus utile que je l'emploie aux vues en coupe de tiges et de cellules d'algues. Pour lui, je suis une botaniste manquée.

Sa vision du monde s'est assombrie depuis que Mr Banerji est reparti en Inde. Cette histoire est obscure : on n'en parle pas beaucoup. Ma mère dit qu'il avait le mal du pays, elle parle à mots couverts de dépression nerveuse, mais il y a plus que cela. « Ils refusaient de lui donner une promotion », dit mon père. Ce *ils* laisse entendre bien des choses, ce n'est pas un *nous*. « On ne l'a pas apprécié à sa juste valeur. » Je crois savoir ce que cela signifie. La vision de mon père de la nature humaine a toujours été peu encourageante, mais elle excluait la communauté scientifique, et ce n'est plus le cas. Il se sent trahi.

Les pas de mes parents résonnent au-dessus de ma tête ; les bruits de la vie domestique, le mixeur, le téléphone et le bulletin d'informations filtrent en sourdine vers moi comme lorsque l'on garde le lit. Pour les repas, j'émerge en clignant des yeux, je m'assois, engourdie, à demi muette, je picore dans ma fricassée de poulet et mes pommes de terre en purée, tandis que ma mère me fait des remarques sur mon manque d'appétit, ma pâleur et que mon père m'entretient de choses utiles et intéressantes, comme si j'étais encore une enfant. Est-ce que je me rends compte que les fertilisants composés d'azote détruisent la vie marine en favorisant la croissance anormale d'algues ? Ai-je entendu parler de cette nouvelle maladie qui fera de nous des idiots difformes à moins que les usines de papier ne soient contraintes d'arrêter de jeter du mercure dans les rivières ? Je ne m'en rends pas compte, je n'en ai pas entendu parler.

— Dors-tu suffisamment, ma chérie ? dit ma mère.

— Oui, dis-je en mentant.

Mon père a noté dans les journaux l'annonce d'un film qui a pour protagoniste un insecte radio-actif monstrueux. « Comme tu le sais, dit-il, ces sauterelles géantes seraient impossibles à concevoir. À cette échelle, leur système respiratoire s'affaisserait. »

Je n'en sais rien.

En avril, alors que j'étudie pour passer mes examens, que les bourgeons n'ont pas encore éclaté, mon frère Stephen se fait arrêter. Cela devait arriver.

Stephen n'a pas été là pour m'aider à desservir la table après les repas comme il se devait, il a été absent de la maison toute l'année. Au lieu de cela, il court de par le vaste monde. Il étudie l'astrophysique dans une université californienne puisqu'il a obtenu son diplôme du collège en deux ans au lieu de quatre. À présent, il prépare des études supérieures.

Je n'imagine pas très bien la Californie puisque je n'y suis jamais allée. Mais je la vois ensoleillée et chaude à longueur d'année. Le ciel y est d'un bleu aniline radieux et les arbres d'un vert surnaturel. Je la peuple de beaux hommes bronzés à lunettes noires, à chemises sport imprimées de palmiers, de vrais palmiers, et de jeunes femmes blondes aux longues jambes, tout aussi bronzées, dans des décapotables blanches.

Parmi ces gens sophistiqués à lunettes noires, mon frère est une anomalie. Après voir quitté son école de garçons, il est revenu à ses anciennes manières débraillées et se promène dans ses mocassins et ses chandails troués aux coudes. Il ne se fait couper les cheveux que si on le lui rappelle. Et qui est là pour le lui rappeler ? Il déambule parmi les palmiers, inconscient de ce qui se passe, en sifflotant, la tête entourée d'un halo de chiffres invisibles. De quoi a-t-il l'air pour ces Californiens ? Ils doivent le prendre pour une sorte de vagabond.

Ce jour-là, il emporte ses jumelles, son livre sur les papillons et se dirige vers la campagne avec sa bicyclette usagée, à la recherche de papillons californiens. Il parvient à un champ qui promet, descend et cadenasse sa bicyclette : il est tout de même prudent. Il s'engage dans le champ où il doit y avoir de l'herbe haute et quelques buissonnets. Il voit deux papillons californiens exotiques et se lance à leur poursuite en s'arrêtant de temps à autre pour les étudier avec ses jumelles, mais, à cette distance, il ne peut les identifier et chaque fois qu'il avance, ils s'envolent.

Il les poursuit jusqu'au bout du champ où se trouve une clôture en maillons de chaîne. Ils la survolent, il l'enjambe. De l'autre côté, c'est toujours un champ, en plus plat, avec moins de végétation. Un chemin de terre le traverse, mais il l'évite pour suivre les papillons aux couleurs rouge, blanche et noire, et une forme de sablier sur les ailes, ce qu'il n'a encore jamais vu. À l'autre extrémité de ce champ il y a une autre clôture, plus haute, qu'il escalade aussi. Puis, quand enfin les papillons se sont posés sur un buissonnet tropical de fleurs roses, et qu'il a un genou par terre, qu'il est occupé à ajuster ses jumelles, trois hommes en uniforme dans une jeep s'amènent.

— Que faites-vous ici ? demandent-ils.

— Où ? dit mon frère. Il se montre impatient avec eux, ils ont dérangé les papillons qui se sont envolés à nouveau.

— N'avez-vous pas vu les pancartes ? disent-ils. Celle qui dit : *Danger. N'entrez pas ?*

— Non, dit mon frère. Je poursuivais ces deux papillons.

— Des papillons ? dit l'un. Le second fait un mouvement rotatif avec le doigt près de l'oreille pour montrer qu'il est fou. « Cinglé », dit-il. Le troisième dit : « Vous espérez que l'on va croire cela ? »

— Croyez ce que vous voulez, dit mon frère, ou quelque chose du genre.

— « Petit malin », disent-ils. J'ajoute à l'histoire quelques cigarettes au coin de la bouche, quelques pistolets et autres quincailleries, et des bottes.

Il s'est trouvé qu'il s'agissait de la police militaire et d'un champ de tir de l'armée. Il emmènent mon frère à leur quartier général et l'emprisonnent. Ils lui confisquent aussi ses jumelles. Ils refusent de croire qu'il est étudiant en astrophysique parti à la chasse aux papillons et ils sont persuadés qu'il est un espion, bien qu'ils s'expliquent mal pourquoi il s'en est si peu caché. Les romans d'espionnage, comme moi et les militaires le savons bien, contrairement à mon frère, fourmillent d'espions qui prétendent être des amateurs de papillons.

On lui permet enfin de placer un appel téléphonique et son directeur doit venir de l'université pour se porter garant. Lorsque mon frère vient reprendre sa bicyclette, on la lui a fauchée.

J'obtiens le fin mot de cette histoire, autour d'un ragoût de bœuf, de la bouche de mes parents. Ils ne savent trop s'ils doivent s'en amuser ou s'en inquiéter. Par ailleurs, de mon frère, je n'apprends rien à ce sujet. Je reçois plutôt une lettre écrite au crayon mine sur le feuillet arraché d'un carnet de notes. Ses lettres commencent toujours sans salutation et se terminent sans signature, comme si elles ne faisaient partie que d'une seule et même lettre déroulée dans le temps à la façon d'un rouleau de papier essuie-tout sans fin.

Il écrit cette lettre, me dit-il, perché au sommet d'un arbre d'où il observe une partie de football pardessus le mur d'un stade – C'est moins cher qu'un billet d'entrée – et en mangeant un sandwich au beurre d'arachide, ce qui est moins cher que de manger au restaurant : il n'aime pas les échanges monétaires. De fait, il y a de nombreuses taches de graisse sur le feuillet. Il dit qu'il peut apercevoir une bande de chapons couverts de pompons qui sautillent. Ce sont probablement des majorettes. Il vit dans un foyer d'étudiants en compagnie d'un tas de membranes muqueuses qui ne font rien d'autre que baver d'admiration devant les filles et se soûler à la bière américaine. À son avis, il faut en boire beaucoup puisque ce breuvage est moins fort que du shampooing, et qu'il en a le goût de surcroît. Le matin, il mange des œufs frits pré-congelés et réchauffés qui ont une forme carrée et des cristaux de glace dans le jaune. Une grande réussite de la technologie moderne, dit-il.

En dépit de tout cela, il s'amuse et il travaille fort sur la Nature de l'Univers. La question primordiale étant de savoir si l'univers est plus un dirigeable géant toujours en expansion, ou est-ce qu'il palpite, se dilate et se contracte ? Il est probable que cette question m'angoisse, mais que je devrai attendre quelques années avant que son travail n'apporte la réponse définitive. RESTEZ À L'ÉCOUTE POUR UNE SUITE PALPITANTE, écrit-il en lettres majuscules.

J'entends dire que tu es entrée dans le monde de l'image, continue-t-il de son écriture ordinaire. *J'avais l'habitude de faire ce genre de choses quand j'étais plus jeune. J'espère que tu prends ton huile de foie de morue et que tu ne te mets pas dans l'embarras*. C'est la fin de la lettre.

J'imagine mon frère assis en haut d'un arbre, en Californie. Il ne sait plus à qui il écrit parce que, certainement, j'ai changé au point qu'il ne me reconnaîtrait pas. Et moi-même je ne sais plus qui écrit. Je l'imagine resté le même, mais cela, bien sûr, ne peut être vrai. À présent, il doit savoir des choses qu'il ignorait auparavant, tout comme moi.

De plus : s'il mange un sandwich et écrit une lettre en même temps, comment fait-il pour ne pas tomber ? Il semble assez heureux, là-haut, sur son perchoir de tireur d'élite. Pourtant, il devrait faire plus attention.

Ce que j'ai toujours pris chez lui pour de la bravoure n'est peut-être qu'une ignorance des conséquences. Il se croit en sûreté parce qu'il est ce qu'il dit qu'il est. Mais il est là dehors, entouré d'étrangers.

53.

Je suis assise dans un restaurant français en compagnie de Josef à boire du vin blanc et à manger des escargots. Ce sont mes premiers escargots et c'est le premier restaurant français où je suis jamais entrée. Selon Josef, c'est l'unique restaurant français de Toronto. Cela s'appelle La Chaumière, ce qui, d'après Josef, se veut un rappel du « cottage au toit de chaume ». Néanmoins, La Chaumière n'est pas un cottage au toit de chaume. C'est plutôt un immeuble très ordinaire, sans élégance, comme bien d'autres immeubles de Toronto. Les escargots eux-mêmes ressemblent à de gros morceaux de crottes de nez foncées que l'on mange avec une fourchette à deux dents. Je les trouve assez bons, quoique un peu caoutchouteux.

Josef dit que ce ne sont pas des escargots frais. Ils sortiraient plutôt d'une boîte de conserve. Il dit cela tristement, avec résignation, comme si c'était la fin, mais la fin de quoi, cela n'est pas clair ; il parle ainsi de bien des choses.

Comme lorsqu'il avait prononcé mon nom pour la première fois. C'était au mois de mai, lors de la dernière semaine du cours de Dessin d'après nature. Chacun de nous devait rencontrer Mr. Hrbik pour une évaluation personnelle, pour discuter des progrès faits durant l'année, Marjorie et Babs se tenaient devant moi dans le couloir en buvant des cafés dans des gobelets en carton. « Bonjour, mon petit », dirent-elles. Marjorie racontait comment un homme lui avait fait de l'exhibitionnisme à Union Station où elle s'était rendue pour rencontrer sa fille qui arrivait par le train de Kingston. Sa fille avait mon âge et elle allait à Queen's.

— Il portait un imperméable, le croirais-tu ? dit Marjorie.

— Ô mon Dieu, dit Babs.

— Alors, je l'ai bien regardé dans les yeux – *Les yeux* – et j'ai dit : « Vous ne savez donc pas faire mieux que cela ? » Je veux parler des petits pénis. Pas étonnant que le pauvre idiot coure les gares pour le montrer à quelqu'un !

— Et alors ?

— Écoute, tout ce qui monte doit redescendre, pas vrai ?

Elles s'esclaffent, crachant des gouttes de café, s'étouffent avec la fumée de cigarette. Comme d'habitude, je les trouve un peu tarées : à plaisanter sur des choses qui ne sont pas drôles du tout.

Susie sortit du bureau de Mr Hrbik. « Salut, les copines », dit-elle, le sourire forcé. Son ombre à paupières s'était étalée, elle avait les yeux rouges. J'avais déjà lu des romans français contemporains et William Faulkner. Je savais ce que l'amour était censé être : de l'obsession, et une sensation de nausée. Susie était le genre de fille à rechercher ce genre d'amour. Méprisable, elle s'accrocherait et elle ramperait. Elle resterait étendue au sol, se lamenterait en s'agrippant aux jambes de Mr Hrbik, les cheveux répandus comme de blondes algues sur le cuir noir de ses chaussures (il porterait ses chaussures, prêt à prendre la porte). Vu de cet angle, Mr Hrbik se trouvait coupé aux genoux et le visage de Susie était invisible. Elle serait écrasée par la passion, anéantie.

Pourtant, je n'éprouvais aucune pitié pour elle. J'étais un peu envieuse.

— Pauvre petit lapin, dit Babs derrière son dos.

— Ces Européens, dit Marjorie. Je ne crois pas une minute qu'il ait jamais été divorcé.

— Écoute, il n'a peut-être jamais été *marié*.

— Et que fais-tu de ses enfants ?

— Probablement des nièces, ou quelque chose du genre.

Je les regardai de travers. Elles parlaient trop haut ; Mr Hrbik pourrait entendre.

Après leur départ, ce fut mon tour. J'entrai et me tins debout alors que Mr Hrbik, assis, examinait mon portfolio ouvert sur son pupitre. Je croyais que c'était cela qui me rendait nerveuse.

Il feuilleta les pages de mains, de têtes, de fesses, en silence, mâchonnant son crayon. « C'est bon, dit-il enfin. Vous avez fait des progrès. C'est plus détendu, là, cette ligne ici. »

— Où ? dis-je, la main sur le pupitre, me penchant en avant. Il tourna la tête de côté, vers moi, et il y eut ses yeux. Après tout, ils n'étaient pas violets mais brun foncé.

— Elaine, Elaine, dit-il tristement. Il plaça sa main sur la mienne. Un coup de froid jaillit dans mon bras, gagna mon estomac ; je restai là, figée, révélée à moi-même. Était-ce là ce que je visais, avec toutes mes idées de sauvetage ?

Il secoua la tête comme s'il se rendait ou qu'il n'avait pas d'autre choix, puis m'attira entre ses genoux. Il ne se leva même pas. Je me retrouvai donc au sol, à genoux, la tête renversée en arrière tandis que ses mains caressaient ma nuque. Je n'avais jamais été embrassée comme cela auparavant. On aurait dit une réclame de parfum : exotique et risqué, potentiellement dégradant. Je pouvais me lever et partir en courant, mais si je restais, même une minute de plus, il n'y aurait plus de tâtonnements sur les banquettes d'automobile ou de cinéma, plus de tiraillements à propos d'agrafes de soutien-gorge. Plus d'enfantillages, plus de plaisanteries.

Nous nous rendîmes à l'appartement de Josef en taxi. Dans la voiture, Josef s'assit assez loin de moi, bien qu'il gardât une main sur mes genoux. À cette époque, je n'étais pas habituée aux taxis et pensais que le chauffeur nous observait dans le rétroviseur.

L'appartement de Josef se trouvait dans Hazelton Avenue. Ce n'était pas tout à fait un taudis, mais presque. Les maisons, à cet endroit, sont vieilles, rapprochées, avec en façade de pauvres petits jardins, des toits pointus et des vérandas ornées de moulures en volutes de bois décrépit. Le long du trottoir, les automobiles étaient garées pare-chocs à pare-chocs. La plupart des maisons étaient jumelées, reliées par un mur mitoyen sur un côté. C'était dans une de ces maisons croulantes, jumelées, aux toits pointus, que Josef habitait. À l'étage.

Un vieil homme grassouillet, en manches de chemise et bretelles, se berçait sur la véranda de la maison rattachée à celle de Josef. Il dévisagea Josef qui payait le taxi. Quand nous empruntâmes le trottoir menant à l'entrée, il dit : « Belle journée ? »

— N'est-ce pas ? dis-je. Josef l'ignora. Il plaça légèrement la main sur ma nuque alors que nous montions l'étroit escalier intérieur. Partout où il me touchait, une sensation de lourdeur s'imprimait.

Dans son appartement, il y avait trois pièces : une en façade, une au milieu avec cuisinette et une autre à l'arrière. Elles étaient petites et peu meublées. On aurait dit qu'il venait d'emménager, ou qu'il s'apprêtait à partir. Sa chambre était peinte en mauve. Sur les murs, de nombreuses estampes représentaient des silhouettes allongées, aux couleurs ténébreuses. Il n'y avait rien d'autre dans cette pièce qu'un matelas posé à même le sol et couvert d'une couverture mexicaine. Je regardai cela et je me dis que je contemplais la vie adulte.

Josef m'embrassa, debout cette fois, mais j'étais mal à l'aise. Je craignais que quelqu'un nous vît par la fenêtre. Je craignais qu'il me demande d'enlever mes vêtements, et qu'il me fasse faire un tour sur moi-même pour me regarder en prenant du recul. Je n'aimais pas être vue de dos : une vue sur laquelle je n'exerçais aucun contrôle. Mais s'il le demandait, je devrais m'exécuter parce que toute hésitation de ma part me placerait en état d'infériorité.

Il se coucha sur le matelas et leva les yeux vers moi, comme s'il était en attente de quelque chose. Après un moment, je me couchai auprès de lui et il m'embrassa à nouveau, déboutonnant lentement la grande chemise de coton qui avait remplacé les cols roulés depuis qu'il faisait chaud. Je l'entourai de mes bras et je me dis : il a fait la guerre.

— Et Susie là-dedans ? Aussitôt que j'eus posé la question, je réalisai à quel point c'était celle d'une collégienne.

— Susie ? demanda Josef l'air de chercher le nom. Il avait la bouche collée contre mon oreille et j'entendis le nom comme un soupir de regret.

La couverture mexicaine était rugueuse, mais cela ne m'embarrassait pas : la première fois, le sexe était censé être désagréable. Je m'attendais aussi à une odeur de caoutchouc, à une douleur ; mais il n'y en eut pas beaucoup et pas autant de ce sang dont tous parlaient.

Josef ne s'attendait pas à cette douleur. « Ça te fait mal ? » dit-il à un moment. « Non », dis-je en grimaçant, et il ne s'arrêta pas. Il ne s'attendait pas non plus à voir du sang. Il aurait à faire nettoyer sa couverture, mais il n'en parla pas. Il était prévenant, et me caressa la cuisse.

Josef a continué tout l'été. Parfois, il m'emmène dans des restaurants où il y a des nappes à carreaux et une chandelle fichée dans une bouteille de Chianti ; d'autres fois, dans des petits cinémas peu fréquentés où l'on présente des films étrangers sur les Suédois, les Japonais. Mais nous aboutissons toujours à son appartement, sous ou sur la couverture mexicaine. Sa façon de faire l'amour est imprévisible : parfois il est avide, parfois routinier, d'autres fois distrait comme s'il gribouillait en pensant à autre chose. C'est en partie cette imprévisibilité qui me retient. Cela, et son besoin qui m'apparaît à certains moments désemparé et incontrôlable.

— Ne me quitte pas, dit-il en me caressant ; toujours avant, pas après. « Je ne pourrais pas le supporter. » C'est une façon bien démodée de s'exprimer et chez un autre homme, je la trouverais plutôt comique, mais pas chez Josef.

Je suis amoureuse de son besoin de moi. Rien que d'y penser me fait rougir, me rend aussi apathique que la chair d'un melon d'eau. Pour cette raison, j'ai annulé mes projets de retourner au Centre de villégiature Muskoka pour y travailler comme l'été précédent. Je me suis plutôt trouvé un emploi au Swiss Chalet de Bloor Street. On n'y sert que du poulet « grillé-rôti », tel que la réclame l'indique. Du poulet, une sauce trempette, de la salade de chou, des petits pains au lait et une seule sorte de crème glacée : Cerise de Bourgogne, d'une teinte violette saisissante. Je porte un uniforme avec mon nom cousu sur la pochette, comme en classe de gymnastique au collège.

Parfois, Josef vient m'y chercher après le travail. « Tu sens le poulet », me murmure-t-il dans le taxi, le visage posé contre le mien. En taxi, j'ai perdu toute pudeur ; je m'appuie contre lui, sa main autour de moi, sous mon bras, sur mon sein, ou je me couche sur la banquette, la tête appuyée sur ses genoux.

J'ai aussi quitté la maison. Les soirs où je suis avec lui, Josef désire que je passe la nuit. Il veut s'éveiller avec moi endormie à ses côtés, et commencer à me faire l'amour sans m'éveiller. J'ai dit à mes parents que ce n'était que pour l'été, pour être plus près du Swiss Chalet. Ils trouvent que c'est de l'argent gaspillé. Ils mènent la belle vie quelque part dans le nord et moi j'aurais la maison à moi toute seule ; mais mon image personnelle et celle que mes parents ont de moi ne concordent plus désormais.

Si j'étais allée à Muskoka, je ne vivrais pas plus à la maison cet été, mais ne pas vivre à la maison alors que l'on est dans la même ville est différent. À présent, j'habite avec deux autres filles du Swiss Chalet, des étudiantes comme moi, dans un appartement tout en couloirs de Harbour Street. La salle de bains est encombrée de bas et de petites culottes ; des bigoudis s'entassent sur le plan de travail de la cuisine comme des chenilles hérissées et la vaisselle s'encroûte dans l'évier.

Je vois Josef deux fois par semaine et je suis assez lucide pour ne pas tenter de lui téléphoner ou de le voir à d'autres moments. Ou il ne sera pas là, ou il sera avec Susie parce qu'il n'a pas cessé de la voir, absolument pas. Mais nous ne devons pas lui parler de moi ; nous devons garder le secret. « Elle en aurait tellement de peine », dit-il. C'est la dernière personne en ligne qui portera le fardeau : si quelqu'un doit souffrir, ce devra être moi. Mais je sens qu'il s'en remet à moi : dans cette affaire, nous sommes ensemble pour protéger Susie. C'est pour son bien. En cela, il y a la satisfaction de tous les secrets : je sais quelque chose qu'elle ne sait pas.

D'une manière ou d'une autre, elle a découvert que je travaillais au Swiss Chalet – c'est probablement Josef qui le lui a dit, d'un air détaché, en faisant l'étonné ; il trouve peut-être excitant de nous imaginer ensemble – et, de temps à autre, elle s'amène pour prendre un café en fin d'après-midi, quand il y a peu de clients. Elle a pris un peu de poids et la peau de ses joues est bouffie. Je vois déjà à quoi elle ressemblera dans quinze ans si elle ne se surveille pas.

Je suis plus gentille avec elle que je ne l'ai jamais été. Et puis, je me méfie un peu. Si jamais elle découvre la vérité, peut-être perdra-t-elle tout contrôle sur elle-même, et me poursuivra-t-elle avec un couteau à steak ?

Elle veut parler. Elle désire que nous nous rencontrions de temps en temps. Elle dit encore : « Josef et moi. » Elle a l'air perdu.

Josef me parle de Susie comme il me parlerait d'une enfant difficile. « Elle veut se marier », dit-il. Il laisse entendre ainsi qu'elle n'est pas raisonnable, mais en même temps, que le fait de lui refuser cette chose, ce jouet trop coûteux, le chagrine profondément. Je n'ai aucun désir de me placer dans cette catégorie : irrationnelle et susceptible. Je ne veux surtout pas épouser Josef, ni qui que ce soit d'autre. J'en suis arrivée à voir le mariage comme une chose déshonorante, un compromis stupide plutôt qu'un présent. Et même l'idée du mariage rabaisserait Josef, gâcherait son image ; dans l'échelle des valeurs, ce n'est pas sa place. Son rôle est celui d'un amant avec ses cachotteries, ses pièces pratiquement vides, ses souvenirs lugubres et ses mauvais rêves. De toute façon, j'ai dépassé l'idée du mariage comme je le voyais autrefois, innocente et enrubannée comme une poupée d'enfant : irrécupérable. Au lieu du mariage, je me dédierai à ma peinture. Je finirai avec des cheveux teints, habillée de vêtements bizarres et de bijoux d'argent, exotiques et massifs. Je voyagerai beaucoup. Et je boirai peut-être aussi.

(Il y a bien sûr le spectre d'une grossesse. On ne peut obtenir un diaphragme sans être mariée et les préservatifs ne sont vendus qu'aux hommes, sous le comptoir. Il y a de ces filles qui sont allées trop loin sur la banquette arrière d'une automobile, qui se sont fait coincer, ont quitté le collège, ou ont eu d'étranges accidents, jamais éclaircis. Il existe des termes comiques pour décrire ces situations : être en cloque, avoir le ballon. Mais de telles préoccupations de salle de bains ne concernent pas Josef et sa chambre mauve d'homme expérimenté. Elles ne me concernent pas non plus, moi qui suis plongée dans cet enchantement intense en mineur. Ce qui ne m'empêche pas d'inscrire quelques points de repère sur mon calendrier de poche.)

Les jours où j'ai congé, quand je n'ai pas rendez-vous avec Josef, j'essaie de peindre. Parfois, je dessine aux crayons de couleur. Je dessine les meubles de l'appartement : le sofa trop rembourré des puces couvert de vêtements épars, la lampe de forme bulbeuse prêtée par la mère d'une compagne de chambre, le tabouret de cuisine. Mais la plupart du temps, je n'en ai pas l'énergie et je finis par lire des romans policiers dans la baignoire.

Josef ne veut pas me parler de la guerre ou de la manière dont il est sorti de Hongrie pendant la Révolution. Il dit que tout cela le perturbe trop et il ne souhaite qu'oublier. Il dit qu'il y a plusieurs façons de mourir et qu'il y en a de moins agréables que d'autres. Que j'ai de la chance parce que je n'aurai jamais à vivre ce genre d'événements. « Ce pays ne compte pas de héros, dit-il. Vous devriez garder les choses ainsi. » Il me dit aussi que je suis intacte. Et que c'est ainsi qu'il me veut. En disant ces choses, il me passe les mains sur la peau comme s'il m'effaçait, me ponçait.

Mais il me parle aussi de ses rêves. Ceux-ci l'intéressent beaucoup et, de fait, ils ne ressemblent à aucun autre rêve dont j'aie jamais entendu parler. Il s'y trouve des rideaux de velours rouge, des sofas rouges et des chambres en rouge. Il y a des cordes de soie blanche garnies de pompons à leur extrémité ; on y voit beaucoup de tissu. Il y a des tasses à thé en train de se couvrir de moisissure.

Il rêve d'une femme enveloppée de cellophane, y compris le visage, d'une autre qui marche le long de la rambarde d'un bateau, habillée d'un linceul blanc, et d'une autre encore, couchée à plat ventre dans une baignoire. Quand il me raconte ces rêves, il ne me regarde pas tout à fait ; on dirait qu'il regarde un point situé à plusieurs centimètres à l'intérieur de ma tête. Je ne sais pas comment réagir, alors je souris vaguement. Je suis un peu jalouse des femmes de ses rêves : je ne suis aucune d'entre elles. Josef soupire et me tapote la main. « Tu es si jeune », dit-il.

Il n'y a rien à répondre à cela, bien que je ne me sente pas du tout jeune. En ce moment même, je me sens vieille, surmenée et en nage. L'odeur constante du poulet rôti-grillé me coupe l'appétit. Nous sommes à la fin de juillet, l'humidité de Toronto s'accroche à la ville comme une émanation de marais, et le climatiseur au Swiss Chalet est tombé en panne aujourd'hui. Il y a eu des plaintes. Quelqu'un a renversé un plateau de quarts de poulet, de petits pains au lait et de sauce trempette sur le sol de la cuisine, ce qui a causé des glissades. Le chef m'a traitée de garce.

— Je n'ai pas de patrie, dit Josef tristement. Il me touche la main tendrement, me regarde dans les yeux. C'est toi ma patrie à présent.

Je mange un autre escargot en conserve, inauthentique. Tout à coup, sans que rien m'en ait avertie, je me rends compte que je suis misérable.

54.

Cordelia s'est enfuie de la maison. Mais ce n'est pas ainsi qu'elle présente les choses.

Elle a retrouvé ma trace par ma mère. Je la rencontre pour prendre un café durant la pause de l'après-midi, mais pas au Swiss Chalet. Le café serait gratuit, mais je veux être là le moins possible, je suis lasse de l'odeur écœurante du poulet cru de l'arrière-cuisine, des rangées de poulets nus comme des bébés morts, des déchets tièdes en bouillie de chien des repas des clients. Alors, nous nous retrouvons chez Murray's, en bas de la rue, au Park Plaza Hotel. C'est assez propre et, s'il n'y a pas de climatiseur, il y a par contre des ventilateurs au plafond. Ici, au moins, j'ignore ce qui se passe à la cuisine.

À présent, Cordelia est plus mince, plus décharnée. Les pommettes de son long visage ressortent, ses yeux gris-vert semblent agrandis. Chacun d'eux est souligné d'un trait vert. Elle est bronzée et elle a les lèvres d'un rose orangé moyen. Ses bras sont anguleux, son cou élégant ; ses cheveux tirés vers l'arrière comme ceux d'une ballerine. Bien que l'on soit en été, elle porte des bas noirs, des sandales, même si celles-ci ne sont pas d'élégantes sandales d'été, mais plutôt des sandales à semelles épaisses d'artiste avec de grosses boucles paysannes. Elle porte aussi un débardeur de jersey noir dont le décolleté laisse entrevoir les seins, une ample jupe de coton d'un bleu-vert terne imprimé de volutes et de carrés noirs abstraits, ainsi qu'une large ceinture noire. Elle a deux grosses bagues, l'une avec turquoise, de lourdes boucles d'oreilles et un bracelet d'argent : de l'argent mexicain. On ne pourrait pas dire qu'elle est belle. Mais on la dévisagerait comme je le fais en ce moment : pour la première fois de sa vie, elle a l'air distingué.

En nous voyant, nous nous sommes saluées avec les mains tendues, les demi-étreintes, les cris de surprise et de ravissement que les femmes sont censées manifester lorsqu'elles ne se sont pas vues depuis un certain temps. À présent, je suis effondrée chez Murray's, à boire du café lavassse tandis que Cordelia parle et que je me demande pourquoi j'ai accepté cela. La situation n'est pas à mon avantage : je porte mon uniforme froissé, taché de la sauce du Swiss Chalet, mes aisselles dégagent une odeur de sueur, mes pieds me font mal, mes cheveux, dans cette touffeur, sont rebelles, humides, et frisent comme de la laine roussie. J'ai des cernes noirs sous les yeux parce qu'hier soir était l'un des soirs de Josef.

Cordelia, de son côté, me fait son cinéma. Elle veut me montrer ce qu'elle est devenue depuis ses jours de fainéantise, d'embonpoint, d'échecs. Elle s'est réinventé un moi. Elle est d'un sang-froid imperturbable et déborde de petites nouvelles banales.

En ce moment, elle travaille au festival Shakespeare de Stratford. Elle y joue de petits rôles. « De *très* petits rôles », dit-elle en agitant son bracelet et ses bagues trop lâches. Ce qui signifie encore plus petits que ce qu'elle en dit. « Tu sais, porter les lances, bien qu'en réalité je n'en porte pas vraiment. » Elle rit et allume une cigarette. Je me demande si Cordelia a déjà mangé des escargots et je décide qu'elle doit plutôt bien les connaître ; une pensée déprimante.

Le festival Shakespeare de Stratford est désormais célèbre. Il a débuté, il y a quelques années, dans la petite ville de Stratford traversée par la rivière Avon où nagent des cygnes de deux couleurs. Je sais tout cela par les magazines. Les gens s'y rendent en train, en autobus, en automobile, avec des paniers de pique-nique ; il leur arrive d'y passer même la fin de semaine et de voir trois ou quatre pièces de Shakespeare, d'affilée. Au début, ce festival avait lieu sous une grande tente, comme pour un cirque. Mais à présent, il y a un vrai théâtre, un bâtiment étrange et bizarre, de forme circulaire. « Il faut donc que la voix porte sur trois côtés à la fois. C'est un véritable exploit. » Cordelia dit cela avec un sourire désapprobateur comme si elle projetait et forçait sa voix comme un acteur. Elle fait penser à quelqu'un qui se forgerait une image au fur et à mesure. Elle improvise.

— Qu'en pensent tes parents ? dis-je. Cela me préoccupe moi-même depuis quelque temps : ce que pensent les parents.

Un instant, son visage se ferme. « Ils sont heureux que je m'occupe à autre chose », dit-elle.

— Et que deviennent Perdie et Mirrie ?

— Tu connais Perdie, dit-elle l'air tendu. Toujours le mot pour rabattre. Mais assez parlé de moi. Comment me trouves-*tu* ? » C'est une de ses vieilles blagues et j'en ris. « Non, sérieusement, à quoi t'occupes-tu ? » c'est le ton dont je me souviens : poli, sans être trop intéressé. « Depuis la dernière fois que je t'ai vue. »

J'évoque cette dernière fois avec remords. « Rien de spécial, dis-je. Je vais aux cours. Tu connais. » Le fait de dire cela semble anodin. Qu'ai-je réellement fait cette année ? J'ai acquis quelques notions en histoire de l'art, barbouillé un peu au fusain. Je n'ai rien à montrer. Il y a bien Josef, mais il n'est pas ce que l'on pourrait appeler un succès et je décide de ne pas en parler.

— L'école ! dit Cordelia. Qu'est-ce que j'étais contente d'en avoir fini avec *l'école*. Dieu, quel ennui.

Par contre, les activités à Stratford ne durent que l'été. Elle devra inventer autre chose pour l'hiver. Peut-être se joindra-t-elle à la troupe des Earle Grey Players pour la tournée des collèges. Peut-être sera-t-elle prête pour cela.

Elle a obtenu son emploi à Stratford grâce à l'un des cousins de Earle Grey qui se la rappelait du temps où elle jouait drapée d'un drap de lit à Burnham. « Des gens qui en connaissent d'autres », dit-elle. Elle est un des esprits qui accompagnent Prospero dans *La Tempête* et elle doit porter un maillot de corps et un costume diaphane par-dessus, parsemé de feuilles séchées et de paillettes. « Obscène », dit-elle. Dans la première scène, elle personnifie aussi un marin ; elle arrive à se faire accepter à cause de sa haute taille. Elle est une dame de cour dans *Richard III* et la sœur supérieure dans *Mesure pour mesure*. Dans ce dernier rôle, elle dit même quelques vers. Elle les récite pour moi, avec un doux accent britannique :

Then, if you speak, you must not show your face,
Or, if you show your face, you must not speak[1].

— Aux répétitions, je m'embrouillais tout le temps, dit-elle. Elle compte sur les doigts. Parler, cacher le visage, montrer le visage, se taire. Elle joint les mains dans une attitude de prière, se penche en avant, baisse la tête. Puis elle se lève et fait une révérence complète inspirée de la pièce de Richard III tandis que les dames qui prennent le thé chez Murray's la regardent,

1. Alors, si vous parlez, ne montrez pas votre visage / Ou, si vous montrez votre visage, ne parlez pas.

ébahies. « Ce que j'aimerais faire l'année prochaine, ce serait de jouer le rôle de la Première Sorcière dans “les Tartans” :

> *“When shall we three meet again,*
> *in thunder, lightning, or in rain*[1] *?”*

Le Vieux a dit que je serais peut-être prête pour le jouer. Il dit que ce serait fantastique d'avoir une *jeune* Première Sorcière. »

Le Vieux c'est Tyrone Guthrie, un directeur originaire de l'Angleterre et si célèbre qu'il est impossible que je n'en aie pas entendu parler. « C'est merveilleux », dit-elle.

— Tu te rappelles « les Tartans » à Burnham ? Tu te rappelles le chou ? dit-elle. J'étais si humiliée.

Je ne veux pas m'en souvenir. Le passé n'apparaît plus comme une ligne continue, mais comme des cailloux lancés à la surface de l'eau, comme des cartes postales : je me revois en images : un vide, une image, un vide. Ai-je vraiment porté des chandails à manches chauve-souris et des ballerines de daim, des robes comme des boules de guimauve colorées à de grands bals, ai-je vraiment dansé à pas lents avec un étranger dont le ventre se collait au mien ? Les bouquets de

1. Quand nous retrouver réunies / Dans tonnerre, éclairs, ou pluies ?

corsage séchés ont été jetés il y a longtemps, les diplômes, les épingles de promotion et les photos doivent être maintenant au sous-sol chez ma mère, dans la malle, en compagnie de l'argenterie qui se ternit. J'entrevois ces photos, des rangs et des rangs d'enfants aux lèvres maquillées de rouge, aux mèches de cheveux en accroche-cœur. Pour ces photos, je ne souriais jamais. Le visage impassible, je regardais au loin, par-delà ces passe-temps d'adolescentes.

Je me souviens de ma langue de vipère, je me rappelle à quel point je me croyais avisée. Mais je ne l'étais pas. Aujourd'hui je le suis.

— Tu te rappelles comment nous avions l'habitude de piquer des choses ? dit Cordelia. De tout ce temps-là, c'est la seule chose dont je me souvienne avec plaisir.

Je lui demande pourquoi. Parce que moi, je n'avais pas tellement aimé cela. J'avais toujours peur d'être prise.

— C'était quelque chose que je pouvais avoir, dit-elle. Je ne suis pas certaine de comprendre ce qu'elle veut dire.

Cordelia sort ses lunettes noires de son sac en bandoulière et les met. Je me retrouve dans ses yeux-miroirs, en double, monochrome et beaucoup plus petite que nature.

Cordelia m'obtient un billet gratuit pour Stratford afin que je puisse la voir en action. Je m'y rends en autobus. C'est une matinée : je peux aller voir le spectacle, reprendre l'autobus et revenir à temps pour mon travail du soir au Swiss Chalet. La pièce est *La Tempête*. J'essaie de voir Cordelia, mais lorsque la suite de Prospero arrive, avec la musique et tous ces effets de lumière étonnants, je scrute, j'essaie de la distinguer sous le déguisement du costume, mais je n'y arrive pas.

55.

Josef me transforme. « Tu devrais laisser tes cheveux libres », dit-il. Il enlève les épingles de mon chignon croulant et passe les doigts au travers pour ébouriffer ma chevelure. « Tu as l'air d'une magnifique gitane. » Il m'embrasse dans le cou, défait le drap dans lequel il m'a drapée.

Je ne bouge pas, je le laisse faire. Je lui laisse faire ce qu'il veut. C'est le mois d'août et il fait trop chaud pour bouger. La brume voile la ville comme une fumée humide, recouvre ma peau d'une pellicule huileuse, s'infiltre dans ma chair. Je traverse les journées comme un zombie, laissant passer les heures sans but.

Je ne dessine plus les meubles de l'appartement ; je remplis la baignoire d'eau fraîche et m'y installe, mais je n'y lis plus. Bientôt, il faudra reprendre les cours. J'arrive à peine à y penser.

— Tu devrais porter des robes pourpres, dit Josef. Ce serait une amélioration.

Il me place contre le demi-jour de la fenêtre, me fait pivoter, recule un peu tout en caressant ma hanche de haut en bas. Je ne me soucie plus de ce que l'on puisse voir à l'intérieur. Je sens mes genoux fléchir, ma bouche se desserrer. Lorsque nous sommes ensemble, il ne fait plus les cent pas, ne tire plus sur ses cheveux ; il bouge lentement, doucement, avec beaucoup de précaution.

Josef m'emmène à la terrasse au dernier étage du Park Plaza Hotel dans ma nouvelle robe violette. Elle a un corsage ajusté, un décolleté et une jupe ample dont le tissu bruit contre mes jambes nues lorsque je marche. J'ai les cheveux libres et humides. Une vraie tignasse. Mais, alors que nous montons, je m'aperçois dans le miroir fumé de l'ascenseur et pendant un moment je vois ce que Josef voit : une femme mince aux cheveux flous, aux yeux pensifs, dans un délicat visage blanc. Je reconnais le style : fin XIXe. Préraphaélique. Je devrais tenir un coquelicot.

Nous nous asseyons dehors sur le patio et buvons des Manhattan en regardant par-dessus la balustrade de pierre. Josef s'est récemment découvert un goût pour les Manhattan. Nous sommes dans l'un des édifices les plus élevés des alentours. À nos pieds, Toronto s'étale telle une plaie suppurante dans la chaleur du soir, les arbres s'étendent comme une mousse rongée, au loin le lac est couleur de zinc.

Josef me raconte qu'il a déjà tué un homme d'une balle dans la tête et que ce qui l'avait surtout troublé, c'était la facilité de son geste. Il déteste le cours de Dessin d'après nature, il ne le fera plus très longtemps, il se sent à l'étroit dans cet enseignement primaire de province pour des faibles d'esprit. « Je viens d'un pays qui n'existe plus, dit-il, et vous êtes d'un pays qui n'existe pas encore. » Il fut un temps où j'aurais trouvé cela profond. À présent, je me demande ce qu'il veut dire.

— Quant à Toronto, dit-il, elle ne possède ni joie de vivre, ni âme. De toute façon, la peinture elle-même n'est qu'un relent du passé européen. Ce n'est plus important, dit-il, chassant l'idée d'un geste de sa main. Il veut faire du cinéma, il veut être metteur en scène, aux États-Unis. Il y partira dès que possible. Il a de bonnes relations. Il existe tout un réseau de Hongrois, de Polonais et de Tchécoslovaques là-bas et il y a plus de chances de faire du cinéma. C'est le moins que l'on puisse dire puisque les seuls films qui soient réalisés ici sont des courts métrages présentés avant le vrai film et qui ont pour seul sujet des feuilles qui tombent en tournoyant dans des étangs ou des fleurs qui s'ouvrent au rythme du déclenchement de la caméra sur une musique de flûte. Les gens qu'il connaît réussissent bien aux États-Unis. Ils le feront entrer, ils s'occuperont de lui.

Je tiens la main de Josef. Ces jours-ci, sa façon de faire l'amour est méditative, comme s'il pensait à autre chose en le faisant. Je m'aperçois que je suis un peu soûle ; et aussi que j'ai le vertige. Je n'ai jamais été si haut perchée dans les airs. Je me vois approchant de la balustrade, basculant lentement par-dessus. D'ici, l'on peut voir les États-Unis, une fine ligne à l'horizon. Josef ne parle pas de m'emmener avec lui. Et je ne demande rien.

— Tu es bien silencieuse, me dit-il plutôt. Il me touche la joue. Mystérieuse.

Je ne me sens pas mystérieuse, je me sens vide.

— Serais-tu prête à n'importe quoi pour moi ? dit-il en me regardant dans les yeux.

Je me penche vers lui, oubliant tout le reste. Dire *oui* serait si facile.

— Non, dis-je. Et cela me surprend. Je ne sais d'où me vient cette franchise têtue et inopinée. Cela manque de raffinement.

— Je ne le croyais pas non plus, dit-il tristement.

Un après-midi, Jon se présente au Swiss Chalet. Au début, je ne le reconnais pas parce que je ne le regarde pas. Je m'occupe à essuyer la table avec un torchon, chaque mouvement me demandant un effort, le bras lourd de léthargie. La nuit dernière, j'étais avec Josef, mais ce soir je ne le serai pas parce que c'est le tour de Susie.

Josef mentionne rarement Susie ces temps-ci. S'il le fait, c'est avec nostalgie, comme si elle était déjà chose du passé ou morte en beauté, comme quelqu'un dans un poème. Mais il ne s'agit peut-être que de sa manière de parler. Parce qu'ils passent probablement de très prosaïques soirées ensemble, lui, à lire le journal, elle, à lui servir un plat cuisiné. Même s'il m'assure que je demeure un secret, il se pourrait bien qu'ils parlent de moi de la même façon dont Josef et moi avons l'habitude de parler de Susie. Ce qui n'est pas une pensée très réconfortante.

Je préfère imaginer Susie comme une femme enfermée dans une tour, là-haut au Monte-Carlo de Avenue Road, qui regarde par la fenêtre au-delà du panneau métallique peint de son balcon et pleure doucement en attendant que Josef apparaisse. Je n'arrive pas à imaginer qu'elle ait une autre vie que celle-là. Je ne la vois pas, par exemple, laver ses petites culottes, les essorer dans une serviette de bain et les suspendre au porte-serviettes comme je le fais. Je ne l'imagine pas non plus en train de manger. Elle est molle, sans volonté, rendue veule par l'amour ; comme moi.

— Il y a longtemps que je ne t'ai vue, dit Jon. Il apparaît dans l'angle de mon bras qui essuie, me sourit, les dents blanches dans un visage que j'imaginais moins bronzé. Il est appuyé à la table que j'essuie, vêtu d'un T-shirt gris, d'un vieux jean coupé au-dessus du genou et d'espadrilles sans chaussettes. Il a l'air plus en forme que l'hiver dernier. C'est la première fois que je le vois de jour.

Je suis consciente de mon uniforme taché, de mon odeur de transpiration, de poulet.

— Comment es-tu arrivé ici ? dis-je.

— À pied, dit-il. Que dirais-tu d'un café ?

Il a un emploi d'été au Département des Travaux publics. Cela consiste à remplir les nids-de-poule de la chaussée, à étendre du goudron dans les fissures causées par le gonflement du gel ; il dégage une faible odeur de goudron. On ne pourrait pas dire qu'il soit très propre. « Que dirais-tu d'une bière, un peu plus tard ? » dit-il. C'est une chose qu'il m'a souvent demandée : pour avoir son entrée à la section des dames avec escorte. Comme je ne suis pas occupée, je lui dis : « Pourquoi pas ? Mais je dois me changer. »

Après le travail, je prends soin de me doucher et d'enfiler ma robe violette. Puis je vais le rejoindre au Maple Leaf Tavern où nous entrons dans la section des dames avec escorte. Nous nous asseyons dans la pénombre, au moins il y fait frais, et nous buvons de la bière en fût. C'est bizarre de me retrouver seule avec lui, alors qu'autrefois, c'était toujours en groupe. Jon me demande à quoi je me suis occupée tout ce temps et je réponds qu'il n'y a rien de spécial. Il me demande si j'ai vu l'oncle Joe quelque part, et je dis que non.

— Il a probablement disparu dans les knickers de Susie, dit-il. Le vieux veinard. Il me traite toujours comme un copain en disant des grossièretés sur les femmes. Ce mot de « knickers » me surprend. Il a dû l'apprendre de Colin, l'Anglais. Je me demande s'il en sait tout autant sur moi, s'il fait des remarques sur mes knickers en mon absence. Mais comment pourrait-il savoir ?

Il dit que le Département des Travaux publics paie bien, mais qu'il ne veut pas avouer aux autres gars qu'il est peintre, surtout pas aux plus anciens. « Ils pourraient croire que je suis une tapette ou quelque chose du genre », dit-il.

Je bois plus de bière que je ne le devrais, puis les lumières s'éteignent, se rallument, et c'est la fermeture. Nous marchons dans la rue d'une chaude nuit d'été et je ne veux pas rentrer seule à la maison.

— Est-ce que tu pourras rentrer seule ? demande Jon. Je ne réponds pas. « Viens, je te raccompagne », dit-il. Il met la main sur mon épaule, je respire son odeur de goudron, de poussière de la rue, de peau bronzée et je me mets à pleurer. Je reste plantée dans la rue, avec les ivrognes qui sortent en titubant de la section hommes seuls, à presser mes mains sur la bouche, à pleurer et à me sentir ridicule.

Jon s'étonne. « Eh, eh, ma copine ! Qu'est-ce qui ne va pas ? » me dit-il en me tapotant l'épaule.

— Rien, dis-je. Le fait de me faire appeler *ma copine* redouble mes pleurs. Je me sens comme une chaussette trempée ; je me sens affreuse. J'espère qu'il croira que j'ai trop bu.

Il m'entoure de son bras, me serre. « Viens, dit-il. Je t'offre un café. »

Alors que nous marchons dans la rue, je cesse de pleurer. Nous arrivons à la porte de service d'une boutique d'articles de voyage en gros, il sort une clé et, dans l'obscurité, nous montons les marches. Derrière la porte de l'escalier intérieur, il m'embrasse et sa bouche sent la bière et le goudron. Il n'y a pas de lumière. Je lui entoure la taille de mes bras, je m'y accroche comme si je m'enfonçais dans la boue, il me soulève dans cette position, m'emporte à travers la pièce noire en se cognant contre les murs, les meubles, et nous tombons tous deux sur le sol.

XI. Femmes déchues

56.

Je continue vers l'est, le long de Queen's Street, encore un peu étourdie par le vin du déjeuner. Éméchée, aurait-on dit autrefois. L'alcool déprime, bientôt il m'abattra, mais pour le moment je me sens insouciante, je turlute, la bouche légèrement entrouverte.

Dans ce coin je tombe sur un groupe de statues vert-de-gris, des taches noires coulent comme du sang de métal : une femme assise tient un sceptre, trois jeunes soldats au pas de marche sont groupés autour d'elle, les jambes entourées de bandes molletières. Partis à la défense de l'Empire, ils ont le visage grave, condamné, comme figé dans le temps. Au-dessus d'eux, sur un entablement de pierre, se tient une autre femme, mais cette fois, elle a des ailes d'ange : La Victoire ou la Mort, ou les deux à la fois. Ce monument commémore la guerre d'Afrique du Sud d'il y a environ quatre-vingt-dix ans. Je me demande si quelqu'un se souvient de cette guerre, ou si quelqu'un, dans ces voitures qui foncent, regarde parfois ce monument.

Sur University Avenue, je me dirige vers le nord, au-delà de la zone déserte des hôpitaux, le long de l'ancienne voie empruntée par la parade du Père Noël. L'Institut de Zoologie a été démoli, il y a probablement des années de cela. Disparu le rebord de l'appui-fenêtre sur lequel je m'asseyais pour regarder les fées dégoulinantes, les flocons de neige crispés, et où je respirais l'odeur des serpents, des produits antiseptiques et des souris. Qui d'autre se rappelle cet endroit ?

À présent, des fontaines, des carrés de fleurs, de nouvelles et étranges statues parsèment la voie, d'une extrémité à l'autre. Je suis la courbe, le long de l'édifice du Parlement dont la forme rappelle celle d'une douairière victorienne accroupie, rose foncé, aux flancs gonflés, impassible. Le drapeau que je n'arrivais pas à dessiner, réduit au rang de celui d'une province, flotte devant, rouge vif, l'Union Jack dans le coin supérieur et, plus bas, cette armoirie compliquée avec ses castors et ses feuilles. Le nouveau drapeau national y flotte aussi, deux bandes rouges et une feuille d'érable rouge plaquée sur du blanc, rappelant davantage la marque d'une margarine bon marché ou un massacre de hibou sur la neige. Après tant d'années, je ne m'y habitue toujours pas.

Je traverse la rue, prends un raccourci derrière une petite église qui a été oubliée là alors que le quartier s'est transformé tout autour. Le sermon du dimanche est annoncé sur un tableau d'affichage identique à ceux dont on se sert pour proposer des offres spéciales dans un supermarché : croire c'est voir. Un pan de verre épais bat contre le tableau. Derrière les façades lisses : des arrangements de tissu, du cuir frappé, de fines breloques en argent. Et des péchés de gourmandise. La théologie s'est modifiée au fil des années, qui promettait des récompenses accordées aux mérites. Aujourd'hui, c'est un restaurant qui fait dans les gâteaux. Abolie la culpabilité.

Une fois le coin tourné, j'entre dans une rue transversale bordée de chaque côté de boutiques de luxe. Lainages faits main, ensembles de maternité français, savons enveloppés de rubans, tabacs importés, restaurants chics où le pied des verres est fin et la note à l'avenant. Entrepôt de jeans haute couture, magasin de bibelots en papier de Venise, boutique de bas avec la jambe en néon qui s'y balance.

Ces maisons étaient presque des taudis à l'époque, elles faisaient partie de l'ancienne enclave de Josef. De gros hommes saturés de bière s'asseyaient sur la véranda et y suaient dans la torpeur du mois d'août, les enfants criaient, les chiens étaient couchés, pantelants, attachés par une mauvaise corde à la clôture, la peinture des constructions en bois s'écaillait, les pauvres marguerites couleur de pipi-de-chat se fanaient le long des trottoirs lézardés. À cette époque, quelques milliers de dollars bien investis et aujourd'hui l'on serait millionnaire, mais qui aurait pu prévoir ? Certainement pas moi lorsque je montais l'étroit escalier menant à l'étage de Josef, ma respiration haletante et sa main posée sur mes reins, dans la lumière faiblissante des soirs d'été aux rythmes paresseux, interdits et délicieusement tristes.

Je sais plus de choses sur Josef aujourd'hui que je n'en savais alors. Parce que je suis plus âgée. Je comprends sa mélancolie, son ambition, son désespoir, le besoin de combler les vides en lui. Je mesure mieux les risques.

Par exemple, que faisait-il avec deux femmes de quinze ans plus jeunes que lui ? Si l'une de mes filles s'amourachait d'un tel homme, je serais furieuse. Ce serait comme cette fois où Sarah et sa meilleure amie étaient rentrées de l'école en me racontant qu'elles avaient croisé au parc leur premier exhibitionniste. « Maman, maman, un homme avait les culottes baissées ! »

Chez moi, cela avait déclenché une peur terrible, et une colère épouvantable. *Touche-les et je te tue.* Mais pour elles, il ne s'agissait que d'une affaire anodine, et hilarante.

Ou encore, cette première fois où j'étais rentrée de l'hôpital après la naissance de Sarah. Où j'avais regardé ma cuisine en me disant : *Tous ces couteaux, toutes ces choses aiguisées, brûlantes.* Je voyais tout ce qui pourrait la blesser.

Peut-être qu'une de mes filles a dans sa vie un homme comme Josef, ou comme Jon, bien caché, en secret. Qui sait quels crasseux ou quels hommes plus âgés elles plient à leurs caprices ou fréquentent pour me contrarier. Tout ce temps à me protéger d'elles-mêmes puisqu'elles savent que je serais horrifiée.

À la une des journaux, je vois des mots que l'on ne prononçait jamais à voix haute, et que l'on n'imprimait encore moins – *relations sexuelles, avortement, inceste* – et je voudrais détourner leur regard même si elles sont des adultes, ou passent pour telles. Parce que je suis une mère, je suis susceptible d'être bouleversée comme je ne l'ai jamais été lorsque je n'en étais pas une.

Je devrais acheter à chacune d'elles un petit cadeau. Ce que je faisais toujours lorsqu'elles étaient plus jeunes et que je m'absentais. Il fut un temps où je devinais ce qu'elles désiraient. Plus maintenant. Il m'est difficile de me rappeler quel âge elles ont exactement. J'étais irritée lorsque ma mère oubliait que j'étais une adulte, mais je m'approche moi-même de cette phase radoteuse où l'on sort les photos jaunies des bébés, où l'on rêvasse sur des mèches de cheveux.

Je lorgne du côté d'une vitrine où sont exposés des foulards italiens de teintes indéfinissables et magnifiques :

gris-bleu, vert d'eau, lorsque je sens une main sur mon bras. Mon cœur bondit.

— Cordelia, dis-je en me retournant.

Mais ce n'est pas Cordelia. Ce n'est pas une connaissance. C'est une femme, une fille plutôt, du genre Moyen-Orient : une longue jupe de coton imprimé descendant aux chevilles, des bottes canadiennes à semelles épaisses et incongrues qui dépassent ; une courte veste boutonnée jusqu'au cou, un foulard sur le front replié de chaque côté, comme une guimpe. La main qui me touche est difforme dans sa mitaine nordique, la peau du poignet, entre la mitaine et la manchette de la veste, couleur café crème. Les yeux sont grands comme ceux d'une statuette d'enfant abandonné.

— S'il vous plaît, dit-elle. Ils tuent de nombreuses personnes. Elle ne dit pas où. Ce pourrait être à bien des endroits, ou dans un lieu quelconque. L'errance, c'est une nationalité aujourd'hui. D'une certaine façon, la guerre n'a jamais cessé, elle n'a fait que se fragmenter, s'éparpiller. Elle s'infiltre partout, on ne peut l'arrêter. Ce carnage n'a plus de fin, c'est une industrie rentable et on arrive mal à distinguer le bon côté du mauvais.

J'approuve. C'est cette guerre qui a tué Stephen.

— Quelques-uns sont ici. Ils n'ont rien. Ils seraient tués…

— Oui, dis-je, je sais.

Voilà ce qu'il m'arrive lorsque je marche. En voiture, nous sommes mieux protégés. Et comment saurais-je qu'elle est ce qu'elle prétend être ? Elle pourrait être droguée. Au marché des naïfs, les fripouilles sont rois.

— J'ai avec moi une famille de quatre. Deux enfants. Qui sont sous ma responsabilité.

Elle hésite un peu sur le mot responsabilité, mais elle finit par le sortir. Elle est timide, elle n'aime pas ce qu'elle fait, ce geste d'aborder les gens dans la rue.

— Oui ?

— J'en prends soin.

Nous nous regardons. Elle en prend soin.

— Vingt-cinq dollars suffisent à nourrir une famille de quatre pendant un mois.

Qu'est-ce qu'ils peuvent bien manger ? Du pain rassis, des beignets rassis ? Veut-elle dire une semaine ? Si elle le croit, elle mérite mon argent. J'enlève mon gant, fouille dans mon sac, feuillette les billets, des roses, des bleus, des rouges. C'est obscène d'avoir autant de pouvoir ; et aussi de se sentir si impuissant. Elle me déteste probablement.

— Voilà, dis-je.

Elle incline la tête. Elle n'est pas reconnaissante, simplement confirmée dans son opinion sur moi, ou sur elle-même. Elle enlève sa grosse mitaine pour recevoir l'argent. Je regarde nos mains, la sienne, douce, les ongles aux pâles lunules, les miennes aux cuticules arrachées, à la peau de crapaud naissant. Elle range les billets entre les boutons, à l'intérieur de sa veste. Elle doit y avoir un sac, à l'abri des voleurs. Puis elle remet la mitaine, d'un rouge foncé et brodée d'une feuille de laine rose.

— Dieu vous bénisse, dit-elle. Elle ne dit pas Allah. À Allah, je pourrais peut-être croire.

Je m'éloigne, remettant mon gant. Tous les jours, il y en a un peu plus, plus de cris silencieux, plus de mains suppliantes, tendues et affamées, *besoin, besoin, à l'aide, à l'aide*. Il n'y a pas de fin.

57.

Au mois de septembre, je quitte le Swiss Chalet pour retourner en classe. Je retourne aussi habiter au sous-sol chez mes parents parce que je ne peux pas faire autrement. Ces deux endroits sont risqués : ma vie est multiple à présent et je me disperse. Néanmoins, je ne souffre plus de léthargie. Au contraire, je suis alerte, je marche à l'adrénaline en dépit d'une chaleur de fin d'été. C'est la trahison qui me met dans cet état. Je peux ainsi mener une vie de mensonge : je dois cacher l'existence de Josef à mes parents, et celle de Jon à tous. Je louvoie, le cœur dans la gorge, je crains les indiscrétions ; j'évite de rentrer trop tard, je m'esquive sur la pointe des pieds. Étrangement, je n'en suis pas plus anxieuse pour autant, mais plus sereine.

Deux hommes valent mieux qu'un, ou du moins, me font-ils m'en trouver mieux. Je me dis que je suis amoureuse des deux et que cela m'évite d'avoir à en choisir un.

Josef m'offre ce qu'il m'a toujours offert, et avec la peur en prime. Il me dit, avec détachement, de la même façon qu'il m'avait raconté avoir tiré une balle dans la tête de quelqu'un que, dans la plupart des pays, sauf dans celui-ci, une femme appartient à un homme : s'il la trouve en compagnie d'un autre homme, il les tue tous les deux et tout le monde lui pardonne. Il ne dit rien de ce qu'une femme fait lorsqu'il s'agit d'une autre femme. Il me dit cela tout en caressant mon bras, mon épaule, ma nuque légèrement, et je me demande s'il se doute de quelque chose. Il a pris l'habitude de me demander de parler ; ou alors il place sa main sur ma bouche. Je ferme les yeux et je le sens comme une source de pouvoir, nébuleuse et changeante. J'imagine que je lui trouverais quelque chose d'un peu idiot si j'arrivais à le voir objectivement. Mais je ne le peux pas.

Quant à Jon, je sais ce qu'il offre. Il offre l'évasion, la fuite des adultes. Il offre le plaisir et le désordre. Il offre la discorde.

Je pense à lui révéler l'existence de Josef pour voir ce qu'il arriverait. Mais le risque ne serait pas nécessairement celui qui vous vient d'abord à l'esprit. Il se moquerait de moi parce que je fais l'amour avec Josef qu'il trouve ridicule tout autant que vieux. Il ne comprendrait pas que je puisse prendre un tel homme au sérieux, il ne comprendrait pas cette attirance. Il me mépriserait.

L'appartement de Jon, situé au-dessus de la boutique d'articles de voyage, est étroit et long, sent l'acrylique, les chaussettes sales et n'a que deux pièces et une salle de bains. Cette dernière est pourpre, avec des empreintes de pied peintes en rouge qui montent sur le mur, traversent le plafond et redescendent sur le mur opposé. La pièce en façade est peinte d'un blanc cru, l'autre – la chambre – d'un noir luisant. Jon dit que c'est pour se venger du propriétaire qui est un crétin. « Quand je déménagerai, il lui faudra quinze couches de peinture pour arriver à couvrir ça », dit-il.

Parfois Jon vit seul dans son appartement, et parfois il y a une autre personne, ou même deux, dans des sacs de couchage sur le parquet. Ce sont d'autres peintres chassés par des propriétaires furieux ou des gens entre deux emplois. Lorsque je sonne à la porte, je ne sais jamais qui viendra ouvrir ou ce qui sera en train de s'y passer : s'il s'agit d'un lendemain d'une nuit de fête, ou d'un débat échevelé ou de quelqu'un qui dégobille dans les toilettes. Dégobille est un mot de Jon. Il trouve ça drôle.

Toutes sortes de femmes me croisent dans l'escalier, qui montent ou descendent ; ou qui rôdent à l'extrémité de la pièce blanche où se trouve une cuisinette improvisée avec plaque chauffante et bouilloire électrique. On ne sait jamais avec qui elles sont liées. Parfois il s'agit d'étudiants en art, qui s'arrêtent ici pour bavarder. Ils ne se parlent pas beaucoup cependant. Les garçons parlent aux garçons, ou se taisent.

Les peintures de Jon sont accrochées dans la pièce blanche ou entassées contre les murs. Elles changent presque toutes les semaines : Jon est prolifique. Il peint rapidement, dans des acryliques voyants, rouges, roses et violets, de grandes boucles nerveuses et des tourbillons. Je sens que je devrais admirer ces peintures parce que moi-même je suis incapable de peindre de cette façon, et je les admire, par monosyllabes. Mais, en secret, je ne les aime pas beaucoup : j'ai déjà vu des images semblables à proximité des autoroutes, quand une chose se faisait écraser.

Néanmoins, ces peintures ne sont pas censées représenter quoi que ce soit. Elles ne sont qu'un moment de créativité ; capté sur la toile. De la pure peinture.

Jon attache beaucoup d'importance à cette pureté, mais seulement en art : cela ne s'applique pas à sa maison qui se veut une protestation manifeste contre toutes les mères, et surtout contre la sienne. Il lave la vaisselle, lorsqu'il la lave, dans la baignoire où l'on peut voir des parcelles de croûtes de pain, des grains de maïs en conserve pris dans le tuyau de vidange. Le sol de sa salle de séjour ressemble à une plage le lundi matin, les toilettes à celles des stations-service, celles des routes écartées, là-haut dans le nord : un cerne brun autour de la cuvette, qui contient à l'occasion des mégots de cigarettes, des empreintes de mains sur les serviettes, s'il y en a, et des morceaux de papier douteux ici et là sur le plancher.

En ce moment, je ne fais aucun effort de propreté. Le faire serait aller contre un tabou, et faire preuve d'un zèle bourgeois. « Qui es-tu, ma mère ? » l'avais-je entendu dire à une des femmes en rade qui s'efforçait timidement de se débarrasser des ordures les plus décomposées. Je ne désire pas être sa mère, plutôt une copine, une inspiratrice.

Faire l'amour avec Jon ne ressemble pas à cette lente, à cette agonisante transe comme avec Josef, c'est plutôt turbulent comme de jeunes chiots dans la boue. C'est la foire, ça tient de la bataille de rue, de la rigolade. Après, nous restons couchés sur le dessus de son sac de couchage, à manger des pommes chips et à rigoler à propos de rien. Jon ne croit pas que les femmes soient des fleurs fragiles, ou des formes que l'on dispose et contemple comme le croit Josef. Il les classe en deux catégories : intelligentes et stupides.

« Écoute, ma copine, me dit-il. Tu es plus intelligente que la moyenne. » Voilà qui me flatte et m'éconduit en même temps. Pas besoin qu'on s'occupe de moi.

Josef commence à s'informer de mes allées et venues, de ce que je fais. J'affiche un air malin, détaché. Mon atout, c'est Jon : s'il peut être de mauvaise foi, alors moi aussi. Pourtant, il ne me parle plus de Susie.

La dernière fois que j'ai vu celle-ci, c'était en août, avant que je ne quitte le Swiss Chalet. Elle était venue s'asseoir et avait mangé en solitaire un demi-poulet et de la crème glacée Cerise de Bourgogne. Elle négligeait ses cheveux qui étaient plus foncés et plus raides ; elle avait pris du poids, son visage était rond. Elle mangeait machinalement, comme s'il s'agissait d'un pensum, mais elle avait quand même tout fini. Peut-être mangeait-elle pour se consoler de Josef : quoi qu'il arrive il ne l'épouserait pas, et en son for intérieur, elle le savait bien. Je pris pour acquis qu'elle était là pour me parler de Josef et l'évitai en lui faisant un sourire contraint. On ne m'avait pas assignée à sa table.

Mais avant de partir, elle vint droit vers moi. « As-tu vu Josef ? » me demanda-t-elle d'une voix larmoyante, ce qui me déplut.

Je mentis, mais pas très bien. « Josef ? dis-je en rougissant. Non. Pourquoi est-ce que je l'aurais vu ? »

— Je pensais seulement que tu saurais où il est, dit-elle. Elle n'avait pas une attitude de reproche, seulement découragée. Elle sortit, la démarche lourde comme celle d'une femme d'âge mûr. Avec un derrière pareil, me dis-je, ce n'est pas étonnant que Josef se tienne loin. Il n'aimait pas les femmes maigres, mais il ne prisait guère l'excès contraire non plus. Susie se laissait aller.

Mais maintenant, elle m'appelle. C'est la fin de l'après-midi et je suis en train d'étudier au sous-sol lorsque ma mère me demande de venir au téléphone.

La voix de Susie dans l'appareil n'est qu'un gémissement faible, désespéré. « Elaine, dit-elle. Viens, je t'en prie. »

— Qu'y a-t-il ? dis-je.

— Je ne peux pas t'en parler au téléphone. Viens.

Des somnifères, me dis-je. Ce serait son genre. Et pourquoi moi, pourquoi n'a-t-elle pas téléphoné à Josef ? J'éprouve l'envie de la frapper.

— Est-ce que tu vas bien ? lui dis-je.

— Non, dit-elle d'une voix plus forte. Je ne vais pas bien. Quelque chose a mal tourné.

Il ne me vient pas à l'idée d'appeler un taxi. Les taxis sont l'affaire de Josef ; j'ai l'habitude d'aller partout en autobus, tramway et métro. Cela me prend plus d'une heure pour arriver au Monte Carlo. Susie ne m'a pas donné le numéro de son appartement et je n'ai pas pensé à le lui demander. Je dois trouver le concierge. Quand je frappe à la porte de Susie, personne ne répond et je dois de nouveau faire appel à lui.

— Je sais qu'elle est là, dis-je alors qu'il hésite à m'ouvrir la porte. Elle m'a téléphoné. C'est urgent.

Quand finalement, nous entrons, c'est dans un appartement obscur ; les rideaux sont tirés, les fenêtres fermées et il y flotte une odeur bizarre. Ici et là, des vêtements éparpillés, des jeans, des bottes d'hiver, un châle noir que j'ai déjà vu Susie porter. Les meubles semblent avoir été achetés par ses parents : un sofa vert pâle, un tapis couleur blé, une table d'appoint, deux lampes aux abat-jour encore recouverts de leur pellicule en cellophane. Rien qui corresponde à l'image que j'avais de Susie.

Sur le tapis, il y a des traces de pieds sombres.

Susie est derrière le rideau qui sépare la chambre du salon. Elle est couchée sur le lit dans sa courte chemise de nuit de nylon rose, aussi blanche qu'un poulet cru, les yeux fermés. Les couvertures et le couvre-lit matelassé rose sont sur le parquet. Sous son corps, en travers du drap, il y a une grande tache de sang frais qui s'étale de chaque côté comme des ailes brillantes et rouges.

Une grande tristesse m'envahit : j'ai l'impression, sans raison valable, d'avoir été abandonnée.

Puis, j'ai la nausée. Je me précipite dans la salle de bains pour vomir. Ce qui est pire parce que sa cuvette est déjà rougie de sang. Il y a des traces de pieds sanglantes sur le carrelage blanc et noir, des empreintes de doigts sur le lavabo. La corbeille à papier est bourrée de serviettes hygiéniques trempées.

Je m'essuie la bouche sur la serviette bleu pastel de Susie et je me lave les mains dans le lavabo maculé de sang. Je ne sais plus que faire ; quoi qu'il se passe ici, je ne veux pas y être mêlée. Il me vient l'idée saugrenue et passagère que si elle est morte, je serai accusée de meurtre. Je pense à me glisser hors de l'appartement, à en refermer la porte, à effacer mes empreintes.

Mais au lieu de cela je retourne vers le lit pour prendre le pouls de Susie. Je crois que c'est ce que l'on doit faire. Susie est encore en vie.

Je trouve le concierge, qui appelle une ambulance. J'appelle aussi Josef qui n'est pas chez lui.

J'accompagne Susie à l'hôpital, à l'arrière de l'ambulance. À présent, elle est à demi consciente et je lui tiens la main qui est petite et froide. Elle me murmure : « Ne le dis pas à Josef. » La chemise de nuit rose m'a ouvert les yeux : elle n'est rien de ce que j'imaginais, elle ne l'a jamais été. Elle n'est qu'une gentille fille qui joue des rôles.

Mais ce qu'elle a fait la situe dans un monde à part. Dans ce monde submergé des choses jamais dites, dissimulé sous le langage ordinaire comme des collines sous l'eau. N'importe qui de mon âge les connaît. Mais personne n'en parle. C'est un monde de rumeurs, de tables de cuisine, d'argent échangé en secret, de vieilles femmes sinistres, de médecins hors-la-loi, de déshonneur, de boucherie. Un monde de terreur.

Les deux médecins de service sont indifférents et méprisants. Ils en ont vu d'autres.

— Qu'est-ce qu'elle a utilisé ? Une aiguille à tricoter ? dit l'un d'eux.

Le ton est accusateur. Il croit peut-être que je l'ai aidée.

— Je n'en ai aucune idée, dis-je. Je la connais à peine.

Je n'ai aucune envie d'être mêlée à cette histoire.

— C'est ce dont elles se servent d'habitude, dit-il. Les folles. Elles n'ont aucun bon sens.

Comme lui, je pense qu'elle a été stupide. Mais en même temps, je sais qu'à sa place j'en aurais fait autant. J'aurais fait ce qu'elle a fait, pas par pas. Comme elle, j'aurais paniqué, comme elle je n'en aurais pas parlé à Josef, comme elle, je n'aurais pas su où aller. Tout ce qui lui est arrivé aurait tout aussi bien pu m'arriver.

Pourtant, une autre voix se fait entendre ; une petite voix mesquine, qui vient du fond du temps, du fond de moi-même : *Elle n'a que ce qu'elle mérite.*

Lorsqu'enfin je retrouve Josef, il se montre atterré.

— La pauvre enfant, la pauvre enfant, dit-il. Pourquoi ne me l'a-t-elle pas dit ?

— Elle a cru que tu lui en voudrais, dis-je froidement. Comme ses parents. Elle a cru que tu la quitterais parce qu'elle était enceinte.

Nous savons tous deux que c'est une chose possible. « Non, non, dit Josef d'un ton mal assuré. Je me serais occupé d'elle. » Ce qui peut vouloir dire bien des choses.

Il appelle l'hôpital, mais Susie refuse de le recevoir. Il y a en elle quelque chose de changé, de plus dur. Elle lui dit qu'elle ne pourra probablement plus avoir d'enfant. Elle ne l'aime plus. Elle ne veut plus le voir.

À présent, Josef se lamente. « Que lui ai-je fait ? » gémit-il en se tiraillant les cheveux.

Il devient encore plus mélancolique ; il ne veut pas sortir pour dîner, il ne veut pas faire l'amour. Il reste dans son logement, qui n'est plus désormais propre et vide, mais rempli de sa vie en morceaux : cartons de restes de plats du Chinois, draps sales.

Il dit qu'il ne se remettra jamais de ce qu'il a fait à Susie. C'est ainsi qu'il le voit : une chose qu'il a faite à Susie, à sa chair passive et innocente. Mais aussi, elle l'a blessé : comment a-t-elle pu le traiter ainsi, l'exclure de sa vie ?

Il s'attend à ce que je le console, de sa propre culpabilité et de ce qu'on lui a fait. Mais je ne suis pas d'humeur à le faire. Je commence à le détester.

— C'était mon enfant, dit-il.

— L'aurais-tu épousée ? dis-je. La vue de sa souffrance me hérisse plutôt que de me rendre compatissante.

— Ce que tu peux être cruelle, dit Josef.

C'était ce qu'il me disait avant, dans un contexte sexuel, pour taquiner. Maintenant, il le croit vraiment. Et il a raison.

Sans Susie, tout ce qui équilibrait notre relation a disparu. Tout le poids de Josef repose sur moi, et il m'est trop lourd. Je ne peux pas le rendre heureux, et je m'en veux de cet échec : je ne lui suffis pas, je ne suis pas à la hauteur. À présent, il m'apparaît faible, collant, mollasson. Il m'est impossible de respecter un homme qui se laisse anéantir de cette façon par les femmes. Je vois son regard larmoyant et j'en éprouve du mépris.

Au téléphone, je me défile. Je lui dis que je suis très occupée. Un soir, je lui fais faux bond. C'est si gratifiant, que je recommence. Il me poursuit à l'université, non rasé, soudainement trop vieux, et il plaide sa cause alors que je me rends d'un cours à l'autre. Cet empiètement d'un monde sur l'autre me met en colère.

— Qui c'était ? demandent les filles au « twin-set » de cachemire.

— Oh, juste une vieille connaissance, dis-je, l'air détaché.

Josef me coince à la sortie du musée et m'annonce que je l'ai conduit au désespoir : à cause de la façon dont je l'ai traité, il quitte Toronto pour toujours. Je ne suis pas dupe : de toute façon, il en avait l'intention. Ma méchante langue prend le dessus.

— Très bien, dis-je.

Il me jette un regard affligé, plein de reproches et s'enveloppe dans l'attitude figée, théâtrale, orgueilleuse du matador.

Je m'éloigne de lui et c'est un geste qui me satisfait énormément. C'est comme de faire apparaître et disparaître les gens à volonté.

Je ne rêve pas de Josef. Je rêve plutôt de Susie dans son col roulé noir et son jean, mais plus petite qu'en réalité, les cheveux coupés à la Jeanne-d'Arc. Elle est dans une rue qui m'est familière mais que je ne reconnais pas, au milieu d'amas de feuilles d'automne qui se consument lentement ; elle tient une corde à sauter enroulée à la main et lèche une moitié de sucette glacée à l'orange.

Elle n'est pas livide et inerte comme je l'ai vue la dernière fois. Elle a plutôt un air fuyant, calculateur. « Tu ne sais donc pas ce qu'est un "twin-set" ? » dit-elle, méprisante.

Elle continue à lécher sa sucette. Je sais que j'ai fait quelque chose de mal.

58.

Le temps passe, et Susie s'efface. Josef ne réapparaît pas.

Me reste Jon. J'ai le sentiment qu'il manque un presse-livres sur deux, que Jon, à lui seul, ne suffit pas. Mais je me sens vertueuse parce que je n'ai plus rien à lui cacher. Ce qui l'indiffère de toute façon, puisqu'il ignorait au départ que je lui cachais quelque chose. Il ignore pourquoi je m'intéresse davantage à ce qu'il fait le reste du temps.

Je décide que je suis amoureuse de lui bien que je sois trop secrète pour le lui dire : il pourrait ne pas apprécier ce genre de vocabulaire, ou se croire pris au piège.

Je me rends toujours à son long appartement blanc et noir, je me retrouve toujours sur le dessus de son sac de couchage, encore que ce soit au petit bonheur puisque ce n'est pas le fort de Jon de s'organiser d'avance ou de se souvenir. Il m'arrive de trouver visage de bois. Ou que sa ligne téléphonique soit coupée parce qu'il n'a pas réglé la facture. D'une certaine façon, nous formons un couple, même si rien n'a été dit entre nous. Lorsqu'il est avec moi, il est avec moi : c'est à peu près tout ce qu'il accepte de définir de ce qui ne s'appelle pas encore notre relation.

Il y a des soirées enfumées, ténébreuses, avec les lumières éteintes et des bougies qui vacillent dans des bouteilles. Les autres peintres y assistent, ainsi que différentes femmes en col roulé qui ont commencé d'apparaître, avec de longs cheveux raides séparés au milieu par une raie. Ils s'assoient en groupe, à même le sol, dans l'obscurité, pour écouter des chansons de folklore où des femmes se font poignarder et ils fument des cigarettes de marijuana comme cela se fait à New York. Ils appellent ça de la « dope » ou du « pot » et prétendent que ça stimule leur créativité.

N'importe quelle cigarette me fait tousser, alors je n'en fume pas. Certains soirs, je me réfugie dans le fond de l'appartement avec l'un ou l'autre des peintres pour ne pas voir ce que Jon fabrique peut-être avec les filles aux cheveux raides. Quoi qu'il en soit, je préférerais qu'il le fasse plus discrètement. Mais il n'éprouve aucun besoin de le dissimuler : l'exclusivité sexuelle fait bourgeois et n'est qu'un reliquat de vieilles notions sur le caractère sacré de la propriété privée. Personne ne possède personne.

Il ne dit pas tout cela. Tout ce qu'il dit, c'est : « Hé là, je ne suis pas ton bien. »

Souvent, les autres peintres ne font que se soûler ou se droguer, mais parfois, ils désirent me parler de leurs problèmes. Ils le font maladroitement, avec des départs, des ratés, et des raccourcis. Ce sont avant tout des problèmes de filles. Bientôt, ils m'apporteront leurs chaussettes à repriser, leurs boutons à recoudre. Ils me donnent l'impression d'être leur tante. Je préfère jouer ce rôle plutôt que de m'adonner à la jalousie dans laquelle il n'y a pas d'avenir. Du moins, c'est ce que je crois.

Jon a délaissé ses peintures de tourbillons et de viscères. Il les trouve trop romantiques, trop émotives, trop négligées, trop sentimentales. À présent, il ne fait que des peintures où toutes les formes sont, soit des lignes droites, soit des cercles parfaits. Il utilise du papier-cache pour garder les lignes parfaitement droites. Il travaille par blocs de couleur mate et non pas en pleine pâte.

Il donne à ces peintures des titres comme *Énigme en bleu et rouge*, *Variation en soir et blanc*, ou encore

Opus 36. Les regarder irrite les yeux et Jon dit que, justement, c'est l'objectif visé.

Le jour, je vais aux cours.

En Art et Archéologie, c'est plus sombre, plus feutré que l'an dernier, c'est le travail en pleine pâte qui domine et les clairs-obscurs. Il y a toujours des madones, mais leur corps n'est plus baigné de lumière diffuse comme avant et elles sont campées le plus souvent dans un décor de fin de journée. Il y a toujours des saints, bien qu'ils ne soient plus assis dans des endroits sereins ou dans des déserts, avec leur tête de mort et leurs lions domestiqués à leurs pieds ; ils se contorsionnent plutôt, criblés de flèches ou attachés à des poteaux. Les sujets bibliques penchent vers la violence : Judith coupant la tête d'Holopherne, voilà à présent un thème populaire. Il y a aussi beaucoup plus de dieux et de déesses de la période classique. Il y a encore des guerres, des batailles et des massacres, mais en plus confus et avec plus de membres emmêlés. Il y a toujours des portraits de gens riches, mais habillés de costumes plus sobres.

Au fur et à mesure que passent les siècles étudiés, de nouvelles choses apparaissent : des navires en solo, des animaux en solo, des chiens, des chevaux. Des paysans en solo. Des paysages, avec ou sans maison. Des fleurs en solo, des plats de fruits et des pièces de viande, avec ou sans homard. Les homards sont très prisés à cause de la couleur.

Des femmes nues.

Beaucoup de choses font double emploi : une déesse nue enguirlandée de fleurs, accompagnée de deux chiens ; des personnages des temps bibliques, avec ou sans vêtements, avec ou sans animaux, arbres, bateaux. Des gens riches personnifient des dieux ou des déesses. Fruits et massacres ne vont habituellement pas de pair, pas plus que dieux et paysans. Les femmes nues sont présentées de la même manière que les plats de viande et les homards morts, avec la même attention accordée aux effets de lumière sur la peau, la même douceur extrême, le même souci du détail riche et sensuel, le même ravissement tactile de l'artiste (souci du détail riche et sensuel, ravissement tactile de l'artiste, dis-je bien). Elles semblent apprêtées pour le repas.

Je n'aime pas ces peintures sombres et visqueuses. Je préfère les plus anciennes, avec leur clarté diurne, les gestes calmes, en suspens… De plus, je ne m'intéresse plus aux peintures à l'huile ; j'en suis venue à en détester la consistance, l'effaçage de la ligne, l'apparence de pourlèchement, l'attention dévolue aux coups de pinceau du peintre. Je ne peux rien en faire. À leur place, je veux des peintures qui existent par elles-mêmes. Je désire des objets lumineux, une surface plate et lumineuse.

Je dessine aux crayons de couleur. Ou je peins en détrempe, la technique des moines. Comme personne ne l'enseigne, je dois fouiller à la bibliothèque pour connaître la façon de procéder. La peinture à la détrempe à l'œuf est salissante et difficile, exigeante au début, rebutante. Je salis la cuisine et les casseroles de ma mère en chauffant le gesso et gâche panneau après panneau avant d'imaginer comment les appliquer pour obtenir une surface douce sur laquelle travailler. Ou encore, j'oublie mes contenants de jaune d'œuf et d'eau qui s'avarient et imprègnent le sous-sol d'une puanteur de soufre. J'utilise beaucoup de jaunes d'œuf. Je prends soin de séparer les blancs et de les monter à ma mère qui en fait des biscuits à la meringue.

Quand personne n'est à la maison, je dessine près de la fenêtre panoramique, ou encore dans la lumière de la fenêtre du sous-sol. Le soir, j'utilise deux lampes à monture en col de cygne dont chacune nécessite trois ampoules. Rien de tout cela n'est adéquat, mais c'est ce que je peux m'offrir. Plus tard, me dis-je, j'aurai un vaste atelier, avec des grandes baies vitrées ; bien que je ne sache pas du tout ce que j'y peindrai. Peu importe ce que je ferai, tout cela paraîtra, même avec du retard, dans les livres sous la forme de planches de couleur ; comme les œuvres de Leonardo da Vinci dont j'étudie les études de mains, de pieds, de chevelures et de gens morts.

Je suis de plus en plus fascinée par les effets du verre et autres surfaces réfléchissantes. J'étudie des peintures qui présentent des perles, des cristaux, des miroirs et des accessoires brillants de cuivre. J'étudie longuement les époux Arnolfi de Van Eyck, j'en examine à la loupe la reproduction inadéquate de mon manuel ; ce n'est pas tant les personnages pâles et délicats aux épaules nues, aux mains entrelacées qui me fascinent, que le trumeau placé derrière eux et dont la surface convexe renvoie non seulement leurs dos nus, mais deux autres personnes qui ne sont pas du tout présentes dans la peinture. Ces personnages réfléchis dans le miroir sont légèrement de biais comme si une autre loi de la gravité, un arrangement différent de l'espace, existait à l'intérieur, enfermé, scellé dans le verre comme dans un presse-papier. Ce miroir rond est comme un œil, un œil unique et susceptible d'en voir plus que n'importe qui ; au-dessus, il y a une inscription : « Johannes de Eyck fuit hic. 1434. » C'est troublant comme un graffiti de toilettes, une chose que l'on écrirait à la peinture en aérosol sur un mur.

Dans notre maison, il n'y a pas de trumeau sur lequel m'exercer. Je peins donc des bouteilles de bière au gingembre, des verres à vin, des cubes de glace du réfrigérateur, la théière émaillée, les boucles d'oreilles en fausses perles de ma mère. Je peins du bois poli et du métal : sur une poêle à frire à fond de cuivre, vue d'en bas, un bain-marie en aluminium. Je fignole les détails. Penchée sur mes peintures, j'applique les clairs avec de minuscules pinceaux.

Je suis bien consciente que mes goûts sont démodés et c'est pourquoi je poursuis mes essais en cachette. Jon, par exemple, appellerait ça de l'illustration. Tout tableau d'une chose identifiable n'est que cela pour lui. Il dirait qu'il n'y a aucun élan spontané dans ce genre de travail. Pas de processus. Je pourrais tout aussi bien être photographe ou Norman Rockwell. Certains jours, je suis de son avis parce que je me demande ce que j'ai accompli. Jusqu'ici rien qui ne ressemble pas à un article choisi au hasard de la quincaillerie du catalogue Eaton's. Mais je persiste.

Les mercredis soir, j'assiste à un autre cours : non pas de Dessin d'après nature qui, cette année, est donné par un Yougoslave séduisant, mais un de Dessin et Illustration. Les étudiants sont très différents de ceux du cours de Dessin d'après nature. Ils viennent surtout des arts appliqués du Art College et non pas des Beaux-Arts. Encore une fois, ce sont en majorité des garçons. Quelques-uns ont de sérieuses ambitions artistiques, mais ils ne boivent pas autant de bière. Ils sont plus propres, plus sérieux, et ils désirent un emploi payant quand ils auront leur diplôme. Tout comme moi.

Le professeur est un homme âgé, maigre, l'air abattu. Il a le sentiment d'avoir échoué dans la vraie vie, bien qu'il ait signé une illustration célèbre pour des fèves au lard en conserve dont je me souviens du temps de mon enfance. Durant la guerre, nous mangions beaucoup de fèves au lard. Sa spécialité, ce sont les sourires : le truc est de réussir les dents, de belles dents blanches uniformes, sans espace entre elles parce que le sourire serait trop canin, ou aurait l'air d'un dentier (ce qu'il porte lui-même). Il me dit que je suis habile dans les sourires et que cela peut me mener loin.

Jon me taquine un peu au sujet de ce cours, mais pas autant que je l'aurais cru. Il appelle le professeur Monsieur Fève et Saucisse, et s'en tient là.

59.

J'obtiens mon diplôme de l'université et je découvre qu'il ne me sert pas à grand-chose. Ou à rien que j'aimerais faire vraiment. Je ne veux pas poursuivre mes études jusqu'au doctorat, je ne veux pas enseigner dans un collège ou être le laquais d'un conservateur de musée.

J'ai maintenant à mon crédit cinq cours du soir du Art College, quatre de la section commerciale, et je les porte, ainsi que mon portfolio de sourires, de pudding au caramel et de moitiés de pêches en conserve aux différentes agences publicitaires. En vue de ces démarches, je me suis acheté un ensemble de laine beige (en solde), des souliers à talons bottiers assortis, des boucles d'oreilles de perles et une écharpe de soie élégante (en solde) de chez Simpsons ; ceci sur le conseil de mon dernier professeur de cours du soir, Mise en page et dessin, qui était une femme. Elle m'avait aussi conseillé une coupe de cheveux, mais je n'allai pas plus loin que le rouleau français, tenu en place par de gros rouleaux, du gel à coiffer et de multiples épingles à cheveux. Je finis par obtenir un petit emploi de dessinatrice de maquettes, un petit appartement de deux pièces avec une cuisinette et une entrée privée dans une grande maison croulante du quartier de l'Annex, au nord de Bloor. J'utilise la deuxième chambre à coucher comme atelier et j'en garde la porte fermée.

Cet endroit a un vrai lit et un vrai évier de cuisine. Jon vient dîner et me taquine au sujet des serviettes que j'ai achetées (en solde), des plats pour le four que je me suis procurés, mon rideau de douche. « Hé, c'est *Maison et jardin* », dit-il. Il me taquine aussi au sujet du lit, mais il aime bien y dormir. À présent, il vient beaucoup plus chez moi que moi chez lui.

Mes parents vendent leur maison et s'installent plus au nord. Mon père a quitté l'enseignement à l'université et est retourné à la recherche ; il est à présent directeur du Forest Insect Laboratory à Sault-Ste-Marie. Il dit que Toronto devient surpeuplée et polluée. Que les Grands Lacs sont le plus gros égout du monde et que si nous étions au courant de tout ce qui aboutit dans l'eau potable, nous deviendrions tous alcooliques. Pour ce qui est de l'air, c'est tellement plein de produits chimiques que nous devrions porter des masques. Au nord, on peut encore respirer.

Ma mère regrettait un peu de quitter son jardin, mais elle a fini par se faire une raison : « Ce sera l'occasion de jeter toutes ces vieilleries qui traînent au sous-sol », dit-elle. À Sault, même si la saison est plus courte, ils ont commencé un autre jardin. L'été, par contre, ils sont le plus souvent sur la route et vont d'une infestation à l'autre. La vie des insectes ne s'arrête jamais.

Mes parents ne me manquent pas. Pas encore. Ou plutôt, je ne souhaite pas vivre avec eux. Je suis heureuse d'être abandonnée à mes propres moyens, à mes propres gâchis. Je peux à présent enfin me nourrir au petit bonheur, manger sur le pouce des choses sans valeur nutritive ou déjà préparées sans m'inquiéter d'un régime équilibré, aller au lit quand ça me plaît, laisser mon linge sale moisir, oublier la vaisselle.

J'obtiens de l'avancement. Après un certain temps, je vais travailler au service de design d'une compagnie de publicité où je crée des jaquettes de livres. Le soir, quand Jon n'est pas là, je peins. Parfois j'oublie d'aller au lit et je découvre que c'est l'aube et je dois me changer pour aller travailler. Ces jours-là, je suis comme sonnée et j'ai du mal à me concentrer sur ce que l'on me dit ; mais personne ne semble s'en apercevoir.

Je reçois des cartes postales et, par intervalles, une courte lettre de ma mère d'endroits comme Duluth et Kapuskasing. Elle me dit que les routes commencent à être trop encombrées. « Trop de remorques », dit-elle. Je lui réponds en parlant de mon travail, de mon appartement et du temps qu'il fait. Je ne parle pas de Jon parce qu'il n'y a rien à signaler. Ce serait du nouveau s'il y avait quelque chose de précis, de respectable. Des fiançailles, par exemple.

Mon frère Stephen est toujours par monts et par vaux. Il est devenu plus taciturne : lui aussi communique à présent par cartes postales. L'une arrive d'Allemagne. On y voit un homme en culottes courtes de cuir et ce message : *Grand accélérateur de particules* ; une autre du Nevada avec un cactus et cette note : *Formes de vie intéressantes*. Il va en Bolivie, pour ce que je crois être des vacances, et m'envoie une carte illustrée d'une femme fumant un cigare et coiffée d'un chapeau à haute calotte : *Magnifiques papillons. T'espère en santé.* À un certain moment, il se marie. Ce qui m'est annoncé par une carte postale de San Francisco où on voit le Golden Gate Bridge, un coucher de soleil et ce message : *Me suis marié. Annette vous présente ses sincères amitiés.* Pendant de longues années, ce seront les seules nouvelles que j'aurai de lui, jusqu'au jour où arrive une carte postale de la Statue de la Liberté à New York avec seulement : *Ai divorcé.* Je présume que les deux événements l'ont troublé, comme si lui-même n'y était pour rien, qu'il ne l'avait pas fait exprès, ou que ces choses lui étaient arrivées par hasard, comme de se cogner un orteil. Je l'imagine entrant dans le mariage comme dans un parc, en pays étranger, la nuit, dans l'ignorance des dangers potentiels.

Il se retrouve à Toronto pour y donner une conférence et me le fait savoir à l'avance par une carte d'une statue de Paul Revere, datée de Boston : Arrive. Dim. 12. Conf. lundi. Espère te voir.

J'assiste à la conférence, non pas dans l'espoir d'y apprendre quelque chose : « Les Premières Picosecondes et Recherche pour une Théorie d'un Champ Unifié : Quelques conjectures mineures » en sont les sujets, mais parce qu'il est mon frère. Je reste assise à me ronger les ongles tandis que l'auditorium de l'université se remplit d'un public composé en majorité d'hommes. La plupart d'entre eux ne sont pas du genre que j'aurais fréquenté de mon temps au collège.

Puis mon frère arrive en compagnie de son présentateur. Je ne l'ai pas vu depuis des années ; il est plus mince et il a une calvitie naissante. Il a aussi besoin de lunettes pour lire son texte ; je les aperçois qui dépassent de la poche de sa veste. Quelqu'un a amélioré sa garde-robe. Il porte un costume et une cravate. Cependant, ces modifications ne lui donnent pas un aspect plus normal, mais bien plus insolite encore, celui d'une créature d'une planète étrangère déguisée en être humain. Son regard est étonnamment brillant, comme si tout à coup sa tête allait s'illuminer, devenir transparente et révéler un immense cerveau brillamment coloré à l'intérieur. En même temps, il semble chiffonné et perdu comme s'il venait juste de se réveiller d'un rêve agréable et qu'il se retrouvait entouré de petits lutins.

Le présentateur dit que mon frère n'a pas besoin de présentation, puis il décline la liste des articles qu'il a écrits, des prix qu'il a gagnés, des contributions qu'il a faites.

Il y a des applaudissements et mon frère monte sur le podium. Il se tient devant l'écran blanc de projection, s'éclaircit la gorge, passe d'un pied à l'autre, met ses lunettes. À présent, il montre l'image d'une personne qu'on retrouvera éventuellement sur un timbre-poste. Il est mal à l'aise et je suis nerveuse pour lui.

Je pense qu'il va marmonner. Mais dès qu'il commence, tout va bien.

— « Lorsque nous regardons le ciel de la nuit, dit-il, nous regardons les fragments du passé. Non seulement dans le sens où les étoiles, telles que nous les voyons, sont des rappels d'événements survenus il y a des années-lumière dans le temps et dans l'espace, mais parce que tout là-haut, et certainement tout ici-bas, est un fossile, une survivance des premières picosecondes de la création lorsque l'univers se dissociait en cristaux du plasma originel homogène. Dans les premières picosecondes, les conditions étaient à peine imaginables. Si nous pouvions remonter dans le temps jusqu'à ce moment d'explosion, nous nous retrouverions dans un univers gorgé d'une énergie incompréhensible pour nous et de forces aux comportements bizarres, déformées au-delà de toute reconnaissance possible. Plus nous sondons dans le temps, plus ces conditions deviennent exceptionnelles. Les moyens expérimentaux actuels ne nous permettent pas d'aller très loin dans cette recherche. Au-delà de nos connaissances, seule la théorie nous guide. » Puis il continue dans un langage qui semble être de l'anglais, mais n'en est pas puisque je ne comprends rien.

Par bonheur, il y a quelque chose à regarder. La pièce s'obscurcit, l'écran s'illumine et l'on voit l'univers, ou des parties de celui-ci : un vide noir parsemé de galaxies et d'étoiles, chauffées à blanc, chauffées au bleu, au rouge. Sur l'écran, une flèche se déplace parmi elles, cherche, trouve. Puis il y a des schémas, des colonnes de chiffres et des références à des choses que tous ici semblent reconnaître, sauf moi. Apparemment, il existe beaucoup plus que quatre dimensions.

Des murmures d'intérêt traversent la pièce ; il y a des chuchotements, des bruits de papier. À la fin, les lumières revenues, mon frère reprend son langage normal. « Mais que dire du moment au-delà du moment initial ? dit-il. Ou encore, y a-t-il même un sens à utiliser le mot *avant* puisque le temps ne peut exister sans l'espace, l'espace-temps sans les événements, et les événements sans la matière-énergie. Il doit pourtant y avoir eu quelque chose auparavant. Ce quelque chose est le canevas théorique, les paramètres à l'intérieur desquels les lois de l'énergie doivent opérer. À en juger par l'évidence, insuffisante mais toujours plus grande dont nous disposons maintenant, si l'univers fut créé par l'ordre : *fiat lux*, ce ne fut pas donné en latin, mais en un langage universel : les mathématiques. » Tout ceci me semble bien être de la métaphysique, mais personne dans l'auditoire ne semble s'en étonner. On applaudit.

Après, j'assiste à la réception qui, comme toutes les réceptions universitaires, offre un mauvais sherry, un thé trop infusé, et des petits gâteaux du commerce. Les hommes-mathématiques murmurent en groupes, se serrent la main. Au milieu d'eux, je me sens trop visible et déplacée.

Je repère mon frère. « C'était magnifique », lui dis-je.

— Heureux que tu en aies saisi quelque chose, dit-il ironiquement.

— Eh bien, les mathématiques n'ont jamais été mon point fort, comme tu le sais. Il sourit, condescendant.

Nous échangeons des nouvelles de nos parents qui, paraît-il, se trouvaient à Kenora, en route vers l'ouest. « J'imagine qu'ils sont en train de compter les mêmes bonnes vieilles tordeuses », dit mon frère.

Je me rappelle l'habitude qu'il avait de vomir sur le bord de la route, son parfum de crayons en bois de cèdre. Je me rappelle notre vie sous la tente et dans les campements de bûcherons, l'odeur de bois coupé, de la gazoline, de l'herbe foulée et du fromage rance, la façon que nous avions de nous glisser ensemble dans l'obscurité. Je me souviens de ses épées de bois au sang orangé, de sa collection de bandes dessinées. Je le revois ramper sur le sol marécageux, ordonner : *Couche-toi ; t'es morte*. Je le revois bombardant les assiettes avec les fourchettes. Toutes mes premières images de lui sont claires, nettes et en technicolor : son short mal ajusté, son « T-shirt » à rayures, ses cheveux négligés, décolorés par le soleil, son pantalon d'hiver, son casque de cuir. Puis, il y a un intervalle, et il réapparaît à nouveau de l'autre côté, inexplicablement, de deux ans plus âgé.

— Tu te souviens de cette chanson que tu chantais ? dis-je. Pendant la guerre. Parfois tu en sifflais l'air. « Avec une prière et une aile en moins. »

Il me regarde, perplexe, sourcille un peu.

— Je ne peux pas dire que je m'en souvienne, dit-il.

— De toutes ces explosions que tu dessinais ? Tu avais emprunté mon crayon rouge parce que le tien était usé.

Il me regarde, non pas parce que lui-même ne s'en souvient pas, mais il semble étonné que moi je m'en souvienne. « Pourtant, tu étais encore toute petite », dit-il. Je me demande ce que c'était pour lui d'avoir une petite sœur pendue à ses basques. Pour moi, il était une donnée : il n'y eut jamais de moment où il n'existât pas. Mais pour lui, mon arrivée n'allait pas de soi. Il fut un temps où il était enfant unique et ma venue représentait une intrusion. Peut-être m'a-t-il considérée comme un trouble-fête. Il n'y a pas de doute qu'il l'ait pensé quelquefois. Mais, tout compte fait, je crois qu'il s'en est bien accommodé.

— Tu te rappelles les pots de billes que tu avais enterrés sous la passerelle ? dis-je, Tu n'as jamais voulu me dire pourquoi tu l'avais fait.

Les plus belles, celles en cristal rouge, bleu, les billes d'eau et les œils-de-chat mises en terre, hors de portée. Il avait même aplati le sol de ses pieds et éparpillé des feuilles par-dessus.

— Je pense me souvenir de cela, dit-il.

Il ne semble pas tout à fait certain de vouloir se faire rappeler son premier, son plus jeune moi. Cela me trouble qu'il puisse se souvenir de certaines choses qui le concernent, et non pas d'autres ; que les souvenirs qu'il a perdus ou égarés n'existent à présent que pour moi. S'il a oublié à ce point, alors moi, qu'ai-je oublié ?

— Peut-être sont-elles encore là ? dis-je. Je me demande si quelqu'un les a trouvées lorsqu'on a construit le nouveau pont. Tu avais enterré la carte aussi.

— Ah oui, dit-il.

Il me sourit, de sa manière ancienne, secrète et exaspérante. Il n'avoue toujours pas, et cela me rassure : en dépit de sa nouvelle apparence, de sa calvitie naissante et de son costume provisoire, là-dessous, il est toujours le même.

Après qu'il est parti pour je ne sais trop où, je pense à faire nommer une étoile à son nom pour son anniversaire. J'ai vu que l'on annonçait cela quelque part : il suffit de faire parvenir de l'argent et, en échange, l'on reçoit une attestation accompagnée d'une carte des étoiles où la vôtre est proprement identifiée. Il trouverait peut-être cela amusant. Mais je ne suis pas certaine que le mot « anniversaire » ait encore quelque signification pour lui.

60.

Jon a abandonné ses formes géométriques irritantes pour l'œil et peint à présent des toiles qui ressemblent à des illustrations commerciales : d'énormes sucettes, des salières poivrières géantes, des moitiés de pêches dans le sirop, des cornets de carton débordant de frites. Il ne parle plus de pureté, mais de la nécessité d'utiliser un code de symboles culturels qui reflète la banalité iconique de notre époque. Je crois bien qu'il profiterait de quelques conseils venant de mon expérience professionnelle : par exemple, ses moitiés de pêches gagneraient à être plus luisantes. Mais je m'abstiens de lui en parler.

De plus en plus, Jon peint ces choses dans ma salle de séjour. Petit à petit, il a apporté ses affaires, en commençant par ses tubes de peinture et la toile. Il dit qu'il ne peut peindre chez lui parce que trop de gens y habitent, ce qui est tout à fait juste : la pièce du devant est encombrée d'objecteurs de conscience américains, une population changeante dont tous les membres semblent être les amis d'amis. Jon doit les enjamber pour se rendre aux confins de la pièce parce qu'ils traînent dans leur sac de couchage, l'air perdu, à fumer de la marijuana, à se demander quoi faire. Ils sont déprimés parce que Toronto n'est pas les États-Unis sans la guerre comme ils le croyaient, mais plutôt quelque terre perdue sur laquelle ils se sont égarés et dont ils n'arrivent pas à sortir. Toronto est nulle part, et il ne s'y passe rien.

Jon reste trois ou quatre nuits par semaine. Les autres nuits, je ne lui demande pas où il va.

Il croit qu'il se sacrifie beaucoup pour quelque chose qu'il pense que je désire. Et c'est peut-être le cas. Lorsque je suis seule, je laisse la vaisselle s'accumuler dans l'évier, je laisse une moisissure colorée s'installer dans les casseroles sales, je porte jusqu'à la dernière minute mes petites culottes avant d'en laver une. Mais la présence de Jon fait de moi un modèle d'ordre et de propreté. Le matin, je me lève et je lui fais son café. Je mets deux couverts avec ma nouvelle vaisselle de céramique blanc cassé, moucheté, allant au four. Je vais même jusqu'à laver son linge à la laverie automatique avec le mien.

Jon n'a pas l'habitude d'avoir autant de linge propre. « Tu serais presque bonne à marier », me dit-il un jour, alors que j'apparais avec une pile de jeans et de chemises pliés. Je me dis qu'il pourrait bien s'agir là d'une insulte, mais je n'en suis pas certaine.

— Alors, lave-le toi-même ton linge, dis-je.

— Hé là, dit-il, ne le prends pas comme ça !

Les dimanches, nous dormons tard, nous faisons l'amour et nous nous promenons en nous tenant la main.

Un jour, alors que rien n'a changé, que rien n'a été fait ou ne s'est produit d'inhabituel, je découvre que je suis enceinte. Tout d'abord, je n'y crois pas. Je compte et recompte, j'attends une journée de plus, puis une autre, je suis à l'écoute de l'intérieur de mon corps comme à l'écoute d'un bruit de pas. Je finis par entrer furtivement dans une pharmacie avec ma bouteille d'urine et l'impression d'être une criminelle. Les femmes mariées consultent leur médecin. Les femmes non mariés font cela.

Le préposé de la pharmacie m'informe que le test est positif. « Félicitations », dit-il, avec une ironie désapprobatrice. Il devine tout.

J'ai peur de l'annoncer à Jon. Il s'attendra à ce que j'aille me le faire extraire, comme une dent. Il l'appellera : « ça ». Ou bien, il exigera que j'aille dans la baignoire tandis qu'il y versera de l'eau bouillante ; il voudra que je boive du gin. Ou alors, il disparaîtra. Il a assez souvent dit que les artistes ne peuvent vivre comme les autres, attachés à une famille exigeante, à des biens matériels coûteux.

Je pense aux solutions dont j'ai entendu parler : une grande consommation de gin, des aiguilles à tricoter, des cintres ; mais pour faire quoi exactement ? Je revois Susie et ses ailes de sang rouge. Quoi qu'elle ait pu faire, je ne le ferai pas. J'ai trop peur. Je ne veux pas finir comme elle.

Je retourne à l'appartement et je m'étends sur le parquet. Mon corps est engourdi, inerte, dépourvu de sensations. Je peux à peine bouger, à peine respirer. J'ai l'impression d'être au centre de nulle part, d'un carré noir tout à fait vide ; que j'explose lentement vers l'extérieur, dans le froid vide et brûlant de l'espace.

Quand je m'éveille au milieu de la nuit, j'ignore où je me trouve. Je me vois dans mon ancienne chambre au plafonnier nuageux, dans la maison de mes parents, couchée sur le parquet parce que je suis tombée comme au temps où nous avions des lits de camp du surplus de l'armée. Je sais pourtant que la maison a été vendue, que mes parents n'y sont plus. D'une manière ou d'une autre, on m'a oubliée, on m'a abandonnée.

Tout ceci n'est que la fin d'un rêve. Je me lève, j'allume les lumières, je me fais chauffer du lait et je m'assois à la table de la cuisine en tremblant de froid.

Jusqu'à présent, j'ai toujours peint ce qui était là, devant moi. À présent, je commence à peindre des choses qui n'y sont pas.

Je peins un grille-pain argenté, du genre ancien avec des boutons et des rabats. L'une d'elles est entrouverte et laisse voir à l'intérieur l'élément rouge de chaleur. Je peins une cafetière où des bulles se forment dans l'eau claire ; une goutte de café est tombée et commence à s'étaler.

Je peins une machine à laver avec un tordoir. Celle-ci est un cylindre compact de fer émaillé blanc. Le tordoir lui-même a une couleur chair qui dérange.

Je sais que ces choses s'inspirent de souvenirs, mais elles n'en ont pas la qualité. Elles ne sont pas floues, mais plutôt claires et nettes. Elles surgissent hors de tout contexte, elles sont juste là, isolées, comme un objet aperçu en passant.

Je ne me vois pas en relation avec elles. Elles émettent une anxiété qui n'est pas la mienne. Elles sont à la source même de l'anxiété.

Je peins trois sofas. L'un est recouvert de chintz rose sale ; l'autre, de velours rouge foncé avec des petits napperons. Celui du milieu est vert pomme. Sur le coussin du milieu du sofa vert, il y a un coquetier cinq fois plus grand que nature avec un morceau de coquille d'œuf à l'intérieur.

Je peins un bocal de verre d'où s'élève, comme une fumée, comme une obscurité sortie de la bouteille d'un génie de conte arabe, un bouquet de vignes de Judas. Les tiges se tordent et s'entrelacent, les branches se chargent de baies rouges, de fleurs pourpres. Et, à peine visibles, loin derrière l'enchevêtrement touffu des feuilles luisantes, apparaissent des yeux de chats.

Le jour, je pars au travail, je rentre, je parle et je mange. Jon s'amène, il mange, il dort, et il s'en va. Je le regarde avec détachement ; il ne remarque rien. Chacun de mes mouvements est imprégné d'irréalité. Quand il n'y a personne, je me ronge les ongles. J'ai besoin d'éprouver une douleur physique, de m'accrocher à la vie ordinaire. Mon corps a sa vie propre. Il tictaque comme une horloge ; le temps y est enfermé. Il m'a trahi et il me dégoûte.

Je peins Mrs Smeath. Elle surgit à la surface sans avertir, comme un poisson mort, elle se matérialise sur le sofa que je dessine : d'abord ses jambes aux poils rares et dépourvues de chevilles, puis sa taille épaisse, sa face de pomme de terre, ses yeux cerclés d'acier. L'afghan est drapé en travers de ses hanches, le caoutchouc dressé derrière elle comme un éventail. Sur sa tête, il y a le chapeau, l'air d'un paquet mal ficelé, qu'elle portait le dimanche.

Elle me regarde de la surface plane de la peinture, en trois dimensions à présent, et elle me sourit de son demi-sourire suffisant et accusateur. Ce qui m'arrive est ma propre faute, et la faute est en moi.

Mrs Smeath sait de quoi il retourne. Elle n'a pas à le dire.

Une peinture de Mrs Smeath en amène une autre. Elle se multiplie sur les murs comme des bactéries, debout, assise, volant, avec ou sans vêtements, elle me suit de ses nombreux yeux comme ceux des images d'un Jésus en trois dimensions que l'on trouve dans les vieilles épiceries du coin. Il m'arrive de retourner ces visages contre le mur.

61.

Dans sa poussette, je promène Sarah le long des rues en évitant les amas de neige fondante. Bien qu'elle ait plus de deux ans, elle ne marche pas encore assez vite dans ses petites bottes rouges pour tenir le pas lorsque nous allons faire des courses. Et puis, de cette façon, je peux accrocher les sacs d'épicerie aux poignées de la poussette ou les ranger autour d'elle. Je connais désormais un tas de petits trucs concernant les objets, les gadgets et l'aménagement de l'espace que je n'avais pas besoin de connaître avant.

Nous habitons maintenant tous trois dans un endroit plus grand : deux étages supérieurs d'une maison de brique rouge au porche de bois décrépit, aux colonnes carrées et située dans une rue latérale à l'ouest de Bloor. Il y a beaucoup d'Italiens par ici. Les femmes plus âgées, celles qui sont mariées ou veuves, portent des vêtements noirs et pas de maquillage, comme moi autrefois. Dans les derniers mois de ma grossesse, il leur arrivait de me sourire, comme si j'étais presque de la famille, mais à présent c'est à Sarah qu'elles sourient d'abord.

Moi, je porte des mini-jupes aux couleurs vives, avec des collants, des bottes et, par-dessus, un manteau à la cheville. Cette tenue ne me satisfait pas vraiment. Il n'est pas facile de s'asseoir. Depuis que j'ai eu Sarah, j'ai pris du poids. Ces petites jupes et ces corsages étroits ont été confectionnés pour des femmes beaucoup plus minces que moi. Et celles-ci semblent s'être multipliées par douzaines, par centaines : les filles au visage de fouine, aux cheveux longs jusqu'aux fesses, à la poitrine plate comme du bois pressé et qui, par comparaison, ont le don de me faire sentir boulotte.

Elles ont aussi donné naissance à un nouveau vocabulaire. *Super. Cosmique. S'éclater. Coincé. Laisse tomber.* Je me trouve trop vieille pour utiliser ces mots : ils sont réservés aux jeunes, et je ne suis plus jeune. Derrière l'oreille gauche, je me suis trouvé un cheveu blanc. Dans deux ans, j'aurai la trentaine. J'aurai passé le cap.

Je pousse Sarah dans l'entrée, détache la ceinture et la dépose au pied des marches du perron, je retire et soulève les sacs d'épicerie, je plie la poussette. Je fais monter les marches à Sarah jusqu'à la porte d'entrée : ces marches peuvent être parfois glissantes. Je reviens prendre les sacs et la poussette, les hisse en haut des marches, fouille dans mon sac à main pour trouver la clé, j'ouvre la porte, je pose Sarah à l'intérieur, puis les sacs et la poussette, je ferme et cadenasse la porte. Je monte l'escalier intérieur avec Sarah, ouvre la porte, je la dépose à l'intérieur, je referme la barrière d'enfant, je redescends pour chercher les paquets, les emporte en haut, j'ouvre la barrière, j'entre, je referme la barrière, je vais à la cuisine, dépose les paquets sur la table et commence à déballer les œufs, le papier hygiénique, le fromage, les pommes, les bananes, les carottes, les hot dogs et les petits pains au lait. Je m'inquiète de servir trop de hot dogs : quand j'étais jeune, on les réservait aux fêtes. Ils étaient réputés mauvais pour la santé. On pouvait attraper la polio.

Sarah a faim, alors je cesse de déballer pour lui donner un verre de lait. Je l'adore, mais elle m'irrite souvent.

L'année qui a suivi l'accouchement, j'étais toujours fatiguée, l'esprit embrouillé par les hormones. Mais je commence à m'en sortir, à regarder autour de moi.

Jon arrive, prend Sarah dans ses bras, l'embrasse, lui chatouille le visage avec sa barbe, l'emporte au salon alors qu'elle pousse des cris aigus. « Cachons-nous de maman », dit-il. Il a une façon de les ranger tous deux dans le même camp, dans une prétendue ligne contre moi qui me dérange plus que cela ne devrait. Et puis, je n'aime pas qu'il m'appelle maman. Je ne suis pas sa mère, je suis celle de Sarah. Pourtant lui aussi je l'aime. Et c'est la surprise dont je lui suis toujours reconnaissante. Je ne vois pas encore Sarah comme un cadeau que je lui ai fait, mais plutôt comme celui qu'il m'a permis d'avoir. C'est à cause d'elle que nous nous sommes mariés à l'hôtel de ville, pour la plus ancienne des raisons. Presque désuète. Mais cela, nous ne le savions pas.

Jon, qui est un luthérien non pratiquant de Niagara Falls, pensait qu'il fallait y retourner en lune de miel. C'est l'expression « lune de miel » qui l'a fait délirer. Voilà une bonne blague : et d'une superbe banalité, comme un tableau d'une bouteille de Coke géante. Du visuel surprenant, disait-il. Il voulait m'emmener au musée de cire, à l'horloge fleurie, dans le bateau *Maid of the Mist*. Il voulait qu'on s'achète des chemises de satin avec nos noms brodés sur les poches et *Niagara Falls* en travers du dos. Mais au fond de moi, j'étais blessée par cette façon de concevoir notre mariage. Quelle qu'ait été la voie dans laquelle nous nous engagions, au fur et à mesure que les semaines passaient et que mon corps gonflait lentement comme un ballon de chair paresseux, ce n'était pas une blague. Finalement, nous n'y allâmes pas.

Tout de suite après notre mariage, je sombrai dans une flemme voluptueuse. Mon corps était comme un lit de plumes chaud, mou, et profondément réconfortant où je me lovais. C'était peut-être dû à la grossesse qui pompait toute mon énergie. Ou peut-être à une sorte de soulagement. À cette époque, Jon rayonnait pour moi comme une prune dans la lumière du soleil, riche de couleur et parfaite de forme. Couchée dans le lit à ses côtés ou assise en face de lui à la table de la cuisine, je le caressais des yeux comme des mains. Mon adoration était physique et muette. Je me disais : ah… et rien de plus. Comme un profond soupir. Ou encore, comme un enfant, je me disais : À moi il est *à moi*. En sachant bien que ce n'était pas vrai. *Reste ainsi*, pensais-je. Mais cela lui était impossible.

Jon et moi avons commencé à nous quereller. Ces querelles se passent en secret, la nuit, lorsque Sarah dort : une altercation à voix basse. Nous les lui cachons parce que si elles nous effraient – comme elles le font – qu'en serait-il pour elle ?

Nous pensions échapper aux adultes et nous voilà des adultes : tout est là. Aucun de nous ne veut en assumer la responsabilité, en tout cas, pas entièrement. Nous nous concurrençons pour montrer, par exemple, lequel est le plus mal en point. Si j'affiche un mal de tête, il a la migraine. Si son dos lui fait mal, ma nuque me fait mourir. Ni l'un ni l'autre ne veut s'occuper des pansements. Nous nous battons pour conserver notre droit de rester des enfants.

Au début, parce que je suis amoureuse, je n'entends pas gagner ces batailles. Ou du moins, c'est ce que je me dis. Si jamais je gagnais, l'ordre du monde en serait changé, ce à quoi je ne suis pas prête. Alors, j'accepte de perdre et je mets au point des stratégies nouvelles. Je hausse les épaules, je serre les lèvres, je boude, au lit je lui tourne le dos et je ne réponds pas aux questions. Je dis : « Fais comme tu veux », ce qui a le don de le déchaîner. Car ce n'est pas uniquement une capitulation qu'il désire, il veut de l'admiration, de l'enthousiasme pour lui et ses idées, et quand il ne les obtient pas, il se sent trahi.

Désormais, Jon a un emploi. Il supervise à temps partiel une coopérative d'arts graphiques. J'ai moi aussi un emploi à temps partiel. À nous deux, nous arrivons à couvrir les frais du loyer.

Jon ne peint plus sur toile ou sur quoi que ce soit de plat. En fait, il ne peint plus. Pour lui, les surfaces plates couvertes de peinture ne sont que de l'art-au-mur. Et il n'y a pas de raison pour que l'art soit au mur, pas plus qu'il ne soit encadré ou qu'il y ait de la peinture dessus. Au lieu de cela, il fait de la sculpture constructiviste à partir de ce qu'il trouve dans les dépotoirs, n'importe où. Il fabrique des boîtes de bois avec compartiments, chacun contenant un article différent : trois paires de petites culottes d'une taille démesurée et de couleurs fluorescentes, une main de plâtre aux longs faux ongles collés, un appareil à lavement, un faux toupet. Il monte une pantoufle de fourrure motorisée qui se promène toute seule sur le parquet et une famille de pessaires avec des yeux de film d'épouvante, des bouches, des pattes, qui sautillent sur la table comme des huîtres endommagées par les radiations. Il a décoré notre salle de bains en rouge et orange, avec des sirènes de couleur violette qui nagent sur les murs et le siège de la cuvette est raccordé afin que l'on entende « Jingle Bells » lorsqu'on le soulève. Tout cela au profit de Sarah. Il lui fabrique des jouets et la laisse s'amuser avec des bouts de bois, des restes de tissu et quelques outils pas dangereux lorsqu'il travaille.

Tout ça, quand il est là. Ce qui est loin d'être le plus clair de son temps.

Au cours de l'année qui suivit la naissance de Sarah, je ne peignis pas. Je travaillais à la pige, et exécuter les commandes de jaquettes de livres que j'avais acceptées de faire était déjà un exploit. Je me sentais entravée, comme le fait de nager avec des vêtements. Maintenant, je travaille une demi-journée à l'extérieur et je m'en porte mieux.

Je travaille aussi un peu pour moi, bien que d'une façon mal assurée : mes mains manquent de pratique, mes yeux ont perdu l'habitude d'observer. Je dessine surtout parce que la préparation de la couche du dessous, et l'attention fastidieuse que demande la détrempe à l'œuf exigent trop de moi. J'ai perdu confiance : il se pourrait que je ne sois jamais autre chose que ce que je suis maintenant.

Je suis assise sur une chaise de bois pliante, sur une scène. Les rideaux sont ouverts et je vois la salle qui est petite, délabrée et vide. Sur la scène, il y a le décor encore intact d'une pièce qui vient d'être jouée. Cela se veut une représentation du futur qui sera peu meublé mais contiendra un bon nombre de colonnes noires, cylindriques, et de nombreuses volées d'escaliers austères.

Placées autour des colonnes sur d'autres chaises de bois, ou assises ici et là sur les marches d'escaliers, se trouvent dix-sept femmes. Chacune d'elles est une artiste, ou quelque chose du genre. Il y a de nombreuses actrices, deux danseuses et trois peintres en plus de ma personne. Il y a une rédactrice de magazine et une directrice de la maison qui m'emploie. Une femme est commentatrice à la radio (programme de musique classique, de jour), une autre, monteuse de spectacles de marionnettes pour enfants, et une troisième, clown de profession. Parmi nous, il y a une décoratrice de théâtre, ce qui explique pourquoi nous sommes ici : elle nous a obtenu cet endroit pour la rencontre. Si je sais tout cela, c'est qu'à tour de rôle, nous avons dû décliner notre nom et notre occupation. Non pas celle qui nous sert à vivre, ce qui n'est pas la même chose, surtout pas pour les actrices. Comme pour moi.

Ceci est une rencontre. Ce n'est pas la première du genre à laquelle j'assiste, mais je m'étonne encore. Par exemple, il n'y a que des femmes. Ce qui en soi a quelque chose d'inhabituel, de clandestin, et un côté vaguement sale et séduisant : la dernière rencontre de femmes à laquelle j'ai assisté se passait au collège, dans le cours de sciences naturelles, où les filles avaient été séparées des garçons pour que l'on puisse leur expliquer la malédiction. Non pas que ce mot fût utilisé. « Ces jours-là » était l'expression consacrée, acceptée. On expliquait que les tampons, bien que non recommandables pour les jeunes filles, que nous savions être vierges, ne pouvaient se perdre en nous et aboutir à nos poumons. Il y avait eu beaucoup de rires nerveux, et lorsque le professeur épela sang – S A N G – une fille s'évanouit.

Aujourd'hui, il n'y a ni rire nerveux, ni évanouissement. C'est de colère qu'il s'agit.

On exprime ici des choses auxquelles je n'avais jamais encore vraiment pensé. Certaines sont sévèrement critiquées. Par exemple, pourquoi nous rasons-nous les jambes ? Portons-nous du rouge à lèvres ? Nous habillons-nous de vêtements serrés ? Modifions-nous notre silhouette ? Qu'y a-t-il de mal à être ce que nous sommes ?

C'est Jody, l'une des peintres, qui pose toutes ces questions. Elle ne s'attife pas, ne modifie pas sa silhouette. Elle porte des bottes de travail, des salopettes rayées, l'ourlet du pantalon relevée pour bien montrer sa jambe, ostensiblement, magnifiquement poilue. Je pense honteusement aux miennes, à mes jambes lisses et me sens endoctrinée parce que je sais ne pas pouvoir aller jusqu'au bout. Je ne vais pas jusqu'aux aisselles.

Pour nous, ce qui ne va pas, ce sont les hommes.

Beaucoup de choses sont dites sur les hommes. Par exemple, deux de ces femmes ont été violées. L'une a été battue. Certaines ont subi la discrimination au travail, un passe-droit, l'indifférence ; ou encore, leur art a été ridiculisé, écarté parce que trop féminin. D'autres ont commencé à comparer leur salaire à celui des hommes et se sont aperçues qu'il était très inférieur.

Je suis certaine que toutes ces choses existent. Les violeurs existent, et ceux qui molestent les enfants et étranglent les jeunes filles. Ils restent dans l'ombre comme ces hommes sinistres qui hantent les ravins, même si je n'en ai jamais vu un seul. Ils sont violents, mercenaires, meurtriers. Ils travaillent moins et gagnent plus. Ils refilent le travail de maison aux femmes.

Ils sont insensibles et refusent de faire face à leurs émotions. On les berne aisément, et ils désirent l'être ; par exemple, avec quelques halètements et respirations bruyantes, il est possible de leur faire croire qu'ils sont des champions au lit. Ce sujet provoque des petits rires de connivence. Je commence à me demander si, sans m'en rendre compte, je n'aurais pas simulé l'orgasme.

Pourtant, dans ce procès aux hommes, je suis en terrain instable puisque je vis avec un. Les femmes comme moi, avec un mari et un enfant, ont été qualifiées de façon méprisante d'*atomisées* en référence à la *famille nucléaire. Pro-nataliste* est subitement devenu un mot à proscrire. Dans ce groupe, il y a d'autres atomisées, mais elles ne sont pas la majorité et elles ne se défendent pas. Il semble qu'il soit plus estimable d'être une femme seule avec un enfant, mais sans homme. De cette façon, nous avons fait notre part. Si nous restons avec l'homme, quels que soient nos problèmes, nous en sommes responsables.

Mais rien de tout cela n'est vraiment dit.

Ces rencontres sont faites pour me redonner confiance et, d'une certaine façon, elles y réussissent. La colère déplace les montagnes. De plus, ces femmes me sont toujours un sujet d'étonnement : c'est à la fois choquant et excitant d'entendre de telles choses sortir de leur bouche. Je commence à penser que les femmes que je croyais stupides, sans caractère, ne font peut-être que dissimuler les choses, tout comme moi.

Pourtant, sans que j'en connaisse la raison, ces rencontres me rendent aussi nerveuse. J'y parle peu, j'y suis mal à l'aise, timide parce que tout ce que je pourrais dire serait probablement inadéquat. Je n'ai pas encore assez souffert, je n'ai pas encore fait ma part, je n'ai pas le droit de parole. J'ai l'impression d'être à l'extérieur d'une porte close tandis que derrière l'on prend des décisions, l'on passe des jugements désapprobateurs sur moi. Et en même temps, je désire plaire.

Je me dis que si je conçois difficilement la sororité des filles, c'est peut-être parce que je n'ai pas eu de sœur. J'ai moins de mal pour la fraternité des garçons.

Je travaille le soir, alors que Sarah dort, ou encore tôt le matin. En ce moment, je peins la Vierge Marie. Je la peins en bleu, voilée du blanc habituel, mais avec la tête d'une lionne. Le Christ, couché sur ses genoux, a la forme d'un lionceau. Si, dans l'iconographie traditionnelle, le Christ a pu être un lion, pourquoi la Vierge Marie ne serait-elle pas une lionne ? De toute façon, cela me semble correspondre mieux à la maternité que les anciennes Vierges émaciées de l'Histoire de l'Art. Ma Vierge Marie est féroce, en alerte, sauvage. De ses yeux jaunes de lionne, elle fixe le spectateur. Un os rongé à ses pieds.

Je peins la Vierge Marie descendant sur la terre couverte de neige et de gadoue. Sur sa robe bleue, elle a un manteau d'hiver et un sac en bandoulière. Elle porte deux sacs de papier gris bourrés d'articles d'épicerie. De nombreuses choses en sont tombées : un œuf, un oignon, une pomme. On la dirait lasse.

Je l'intitule : *Notre-Dame du Perpétuel Secours*.

Jon n'aime pas que je peigne le soir. « Mais quand est-ce que tu veux que je le fasse ? » dis-je. « Dis-le-moi. »

À cela, il ne peut y avoir qu'une seule réponse, celle qui n'impliquerait aucune perte de son temps. *Ne peins pas*. Mais cela, il ne le dit pas.

Il ne dit pas non plus ce qu'il pense de mes peintures, ce que de toute façon je sais. Il trouve qu'elles manquent d'à-propos. Dans son esprit, il les associe aux peintures de fleurs faites par les femmes : associer est bien le mot. Le temps s'écoule, chassant un concept après l'autre, et moi je regarde passer le train, je m'amuse à la détrempe et aux surfaces unies, comme si le XXe siècle n'avait jamais existé.

Il y a là une certaine liberté : si ce que je fais n'a aucune importance, je peux faire ce que je veux.

Nous avons commencé à claquer des portes et à lancer des choses. Je lance mon sac à main, un cendrier, un paquet de pépites au chocolat qui éclate sous le choc. Pendant des jours, nous en ramassons. Jon lance un verre de lait, le lait, et non pas le verre, car, contrairement à moi, il connaît sa propre force. Il lance une boîte de céréales Cherrios encore scellée.

Les choses que je lance manquent leur but, bien qu'elles soient plus graves. Les choses qu'il lance atteignent leur but, mais elles sont inoffensives.

Je commence à voir où se situe la ligne de démarcation entre la comédie et le meurtre.

Jon brise des choses et en recolle les morceaux selon le dessin crée par l'impact. J'en vois l'intérêt.

Dans la salle de séjour, il boit une bière en compagnie d'un des peintres. Je suis à la cuisine, à malmener les casseroles.

— Qu'est-ce qu'elle a ? dit le peintre.

— Elle est furieuse parce qu'elle est une femme, dit Jon.

Voilà quelque chose que je n'ai pas entendu depuis des années, depuis mon temps de collège. À l'époque, c'était une chose honteuse à dire, et humiliante si un homme la disait à votre sujet. Cela impliquait la bizarrerie, une difformité, une anomalie sexuelle.

Je me pointe dans l'entrée de la salle de séjour. « Je ne suis pas en colère parce que je suis une femme, dis-je. Je suis en colère parce que t'es un connard. »

62.

Quelques-unes d'entre nous organisent une exposition collective, de femmes seulement. C'est une opération délicate, et nous en sommes bien conscientes. Jody dit que nous pourrions être écartées de façon cavalière, rejetées par les critiques d'art masculins. Ils ont tendance à croire ces temps-ci que le grand art transcende le sexe. Jody, elle, croit que jusqu'à présent l'art a été le fait de mâles portés à s'encenser les uns les autres. Une femme artiste ne peut être admirée par eux que comme un à-côté, une sorte de curiosité. « Merveilles sans tétons », dit Jody.

Il se pourrait que nous soyons écrasées tout autant par les femmes parce que nous nous singularisons, que nous nous mettons en valeur. Il se pourrait aussi que l'on nous qualifie d'élitistes. Nombreux sont les pièges.

Nous sommes quatre à participer à cette exposition. Carolyn, qui a un visage rond et angélique encadré de boucles noires coupées au carré, se définit comme une artiste du tissu. Quelques-unes de ses pièces sont des courtepointes aux dessins originaux. L'un a des préservatifs bourrés de tampons (non utilisés) collés de façon à former les lettres de : QU'EST-CE QUE L'AMOUR ? Une autre est faite de fleurs, avec ce message en appliqué :

ALLEZ
EN
BANDE !

Ou encore, elle fabrique des pièces murales faites de papier hygiénique enroulé comme de la corde, tressé et tissé avec de vieilles bobines de films de fesse de l'époque, du genre que l'on appelait « art et essai ». « De la porno usagée, dit-elle joyeusement. Pourquoi ne pas la recycler, hein ? »

Jody s'approvisionne en mannequins tronçonnés dont elle recolle les morceaux dans des poses troublantes. Elle les assemble à l'aide de peinture, de collages et de laine d'acier plaquée aux bons endroits. L'un pend à un crochet de boucher, transpercé au travers du plexus solaire, un autre a des branches et des fleurs peints sur tout le visage comme un fin tatouage, d'une délicatesse dont je n'aurais jamais cru Jody capable. Un autre encore a les têtes de six ou sept vieilles poupées attachées à l'estomac. J'en reconnais quelques-unes : Sparkel Plenty, Betsy Witsy, Barbara Ann Scott.

Zillah est blonde et mince comme les fragiles filles-fleurs d'il y a quelques années. Elle intitule ses pièces : *Études de charpie*. Celles-ci sont fabriquées à partir des rondelles de charpie qui s'accumulent au filtre des sèche-linge et se pèlent comme des feuillets. Moi-même j'en ai déjà admiré la texture, les fines couleurs au moment de les jeter au panier. Zillah a acheté plusieurs serviettes de différentes couleurs et les a mises à sécher de nombreuses fois pour obtenir des teintes de rose, de vert-de-gris, de blanc cassé et de ce gris-mouton-de-poussière-sous-le lit. Elle a coupé, donné une forme et collé soigneusement le tout sur une toile de fond pour créer des compositions à niveaux multiples, évocatrices d'études de nuages. Elles m'emballent et j'aurais aimé y avoir pensé avant elle. « C'est comme de faire un soufflé, dit Zillah. Une bouffée d'air frais et tout s'effondre. »

Jody, qui a plus de responsabilités que les autres, a examiné mes toiles et en a choisi pour l'exposition. Elle a pris quelques-unes des natures mortes : LE TORDOIR, LE GRILLE-PAIN, LES VIGNES DE JUDAS et LES TROIS SORCIÈRES. Les Trois Sorcières font partie du groupe des trois différents sofas.

Sauf pour les natures mortes, ce que j'expose est en grande partie figuratif, bien qu'il y ait quelques montages faits à partir de pailles, de macaronis non cuits, et un autre intitulé : *Papier d'argent*. Je ne voulais pas les inclure, mais Jody les aimait. « Matériaux domestiques », dit-elle. Font aussi partie de l'exposition, les tableaux sur la Vierge Marie, ainsi que tous ceux concernant Mrs Smeath. Je croyais qu'il y en aurait trop de cette dernière mais Jody les voulait. « C'est l'antithèse de la femme charme et cuisses », dit-elle. Pourquoi est-ce que ce serait toujours de jeunes et jolies femmes ? Pour une fois, c'est bon de voir le corps de la femme vieillissante traité avec compassion. » C'est ce qu'elle a écrit, en plus sophistiqué, dans le catalogue de l'exposition.

Celle-ci a lieu dans un petit supermarché désaffecté, à l'ouest de la rue Bloor. Sous peu, il sera converti en paradis du hamburger, mais en attendant il est vide, et une des femmes qui connaît la cousine de la femme du propriétaire entrepreneur s'est débrouillée pour le convaincre de nous prêter le local pendant deux semaines. Elle lui a dit qu'à l'époque de la Renaissance, les ducs les plus célèbres étaient reconnus pour leur goût esthétique et leur mécénat dans le domaine des arts. Il ignore qu'il s'agit d'une exposition réservée aux femmes ; seulement quelques artistes, lui a-t-elle affirmé. Il a dit qu'il était d'accord pour autant que nous ne salissions pas l'endroit.

— Qu'est-ce que l'on pourrait bien salir ? se demande Carolyn en regardant autour. Elle a raison, c'est déjà suffisamment sale comme ça. Les comptoirs d'alimentation et les étagères ont été arrachés, des morceaux de l'antique linoléum à carreaux l'ont été aussi, laissant voir les larges planches du plancher, les lumières pendent dans des cages de fil de fer ; seules quelques-unes fonctionnent. Par contre, les comptoirs de la caisse sont toujours là et quelques affiches pendouillent aux murs : Spécial 3/.95. Frais, de Californie. Viande apprêtée à votre goût.

— Nous pouvons tirer avantage de cet endroit, estime Jody qui arpente la place, les mains dans les poches de sa salopette.

— Comment ? demande Zillah.

— Je n'ai pas suivi des cours de judo pour rien, dit Jody. Profitons de l'élan de l'adversaire pour le renverser.

Dans la pratique, cela signifie qu'elle s'approprie l'affichette VIANDE APPRÊTÉE À VOTRE GOÛT et l'incorpore à l'un de ses montages, un démembrement particulièrement brutal où le mannequin, habillé uniquement de cordes et de courroies de cuir, a fini par aboutir avec sa propre tête fichée à l'envers sous son aisselle.

— Si tu étais un homme, tu te ferais botter le cul pour ça, lui dit Carolyn.

Jody lui fait un sourire suave : « Mais je ne suis pas un homme. »

Pendant trois jours nous travaillons, aménageant et réaménageant. Lorsque tout est en place, il ne nous reste qu'à assembler les tables sur tréteaux que nous avons louées pour le bar, à acheter la gnôle et la bouffe. Ces mots appartiennent au vocabulaire de Jody. Nous nous procurons du vin canadien en gallon, des tasses de styrolène pour le servir, des bretzels, des chips, des morceaux de fromage de cheddar entourés d'une pellicule de plastique et des craquelins Ritz. C'est ce que nous pouvons nous permettre ; mais il existe aussi une sorte d'accord tacite entre nous qui veut que la nourriture soit résolument vulgaire.

Notre catalogue consiste en deux feuilles polycopiées agrafées en haut. Toutes sont censées y avoir participé, mais en fait c'est Jody qui l'a presque entièrement rédigé puisqu'elle sait s'y prendre. Carolyn fabrique une banderole avec des draps teints de façon à faire croire que quelqu'un y a répandu du sang, puis elle l'accroche à l'extérieur :

QUATRE POUR TOUTES

— Qu'est-ce que ça veut dire ? dit Jon qui s'est pointé, soi-disant pour me raccompagner, mais en réalité pour espionner. Il se demande ce que je peux fabriquer avec des femmes. Pourtant, il ne s'abaisserait jamais à me le demander. Il ne parle d'elles qu'en termes de « filles ».

— C'est un rappel de la devise : *Tous pour un*, lui dis-je, en sachant très bien qu'il le sait.

Il ne commente pas.

C'est la banderole qui attire les médias : ce genre de chose est nouveau, c'est une attraction, et ça promet. Un journal envoie un photographe, à l'avance, qui dit à la blague en prenant les photos : Allez hop, les filles, les soutiens-gorge !

— Cochon, dit Carolyn à voix basse.

— Attention, dit Jody. Ils adorent ça quand tu t'énerves.

Avant même l'ouverture, je débarque à la galerie. Je déambule à travers l'exposition, le long des anciennes allées, autour des comptoirs-caisse sur lesquels les sculptures de Jody posent comme des mannequins sur une piste, devant le mur où les courtepointes de Carolyn défient le spectateur. Je me dis qu'il s'agit là d'un travail qui a de la portée. Plus que le mien. Même les montages cotonneux de Zillah me semblent avoir une certitude, une subtilité, une assurance qui manquent à mes peintures : dans ce contexte, elles sont trop léchées, trop décoratives, elles font tout simplement joli.

J'ai fait fausse route, j'ai échoué à transmettre le message. Je suis restée en rade.

Je bois un peu de ce vin horrible, et puis encore un peu, et je me sens mieux ; non sans ignorer que plus tard, je me sentirai moins bien. Ce breuvage a le goût de quelque chose que l'on utiliserait pour attendrir la viande.

Je me tiens contre le mur, près de la porte, je m'accroche à mon verre de styrolène. Je me tiens là parce que c'est la sortie. Et puis l'entrée : des gens arrivent, d'autres encore.

Plusieurs, la plupart en fait, sont des femmes. Il y en a de toutes sortes. Elles ont de longs cheveux, portent une longue jupe, un jean ou une salopette, des boucles d'oreilles, un casque d'ouvrier de la construction, un châle couleur lavande. Quelques-unes sont des peintres, quelques autres en ont seulement l'air. Carolyn, Jody et Zillah sont maintenant arrivées et il y a des salutations, des pressions de bras, des baisers sur les joues, des cris de ravissement. Toutes semblent avoir plus d'amis que je n'en ai, plus d'amies intimes. Et c'est la première fois que je prends conscience de cette absence ; j'ai toujours cru que les autres femmes étaient comme moi. Elles étaient. Elles ne le sont plus.

Bien sûr, il y a Cordelia. Mais je ne l'ai pas vue depuis des années.

Jon n'est pas encore là, bien qu'il ait dit qu'il viendrait. Nous avons même pris une baby-sitter pour cela. Je vais flirter avec quelqu'un, quelqu'un qui ne me convient pas, juste pour voir ce qu'il adviendra ; mais je vois peu d'occasions puisqu'il n'y a pas beaucoup d'hommes. Je me fraye un chemin dans la foule, avec un autre verre de styrolène rempli de cette affreuse marinade rouge, en essayant de ne pas me sentir esseulée.

Juste derrière moi, une voix de femme dit : « Eh bien, voilà qui est vraiment *différent.* » C'est le jugement rabat-joie typiquement classe moyenne de Toronto, celui de la désapprobation ultime. Ce que l'on dirait d'un quartier de taudis. Ce qu'elle veut dire, c'est que ce ne serait pas joli au-dessus du sofa. Je me retourne et la regarde : un tailleur gris de bonne coupe, des perles, un foulard aux teintes doucereuses, des souliers de daim de qualité. Elle est sûre de son opinion, d'avoir le droit de dire : Moi et mes semblables sommes là par tolérance.

— Elaine, dit Jody, j'aimerais te présenter ma mère. Le simple fait de penser que cette femme puisse être la mère de Jody est proprement inimaginable. « Maman, Elaine a peint le tableau aux fleurs. Celui que tu aimes. »

Elle veut parler des *Vignes de Judas*. « Ah oui, dit la mère de Jody qui sourit avec chaleur. Vous, les filles, vous avez tellement de talent. C'est vrai que je l'ai apprécié. Les couleurs sont si jolies. Mais qu'est-ce que tous ces yeux font là-dedans ? »

C'est tellement ce que ma mère aurait dit, que je me sens submergée par une grande nostalgie. J'aimerais que ma mère soit là. Elle n'apprécierait peut-être pas la plupart des choses qui sont ici, tout spécialement les mannequins démembrés, incompréhensibles pour elle, mais elle sourirait et trouverait quelque chose de gentil à dire. Encore récemment, je me serais moquée de ces talents. À présent, j'en ai besoin.

Je vais me chercher un autre verre de vin, un craquelin Ritz recouvert de fromage et je me mets à la recherche de Jon, de n'importe qui. Mais au-dessus des têtes, c'est Mrs Smeath que je vois.

Mrs Smeath me regarde. Elle est étendue sur le sofa avec son chapeau du dimanche, façon turban, et drapée d'un afghan. J'ai titré celui-ci, *Torontodalisque : Hommage à Ingres* à cause de la pose et du caoutchouc placé en éventail derrière elle. Elle est assise devant un miroir, une moitié de visage en train de peler comme la méchante fille d'une bande dessinée d'épouvante d'autrefois, et cela s'intitule : *Lèpre.* Elle est debout devant l'évier, son méchant couteau de cuisine dans une main, une pomme de terre à demi pelée dans l'autre. Celui-ci s'intitule *œil-pour-œil.*

Juste à côté se trouvent les quatre panneaux de *Offrande blanche.* Dans le premier, Mrs Smeath est enveloppée de papier de soie blanc comme une boîte de Spam. On dirait une momie dont seule la tête émergerait, un demi-sourire sur le visage. Dans les trois autres, elle s'expose graduellement : sa robe d'imprimé et son tablier à bavette, des vêtements de soutien couleur chair des dernières pages du catalogue Eaton's – bien que je ne croie pas qu'elle en ait porté – et enfin dans sa culotte bouffante de coton, une partie de son grand sein unique sectionnée pour laisser voir le cœur. C'est celui d'une tortue mourante : reptilien, rouge foncé, malade. Au bas du tableau, il y a inscrit au pochoir : LE.ROYAUME.DE.DIEU.EST.EN.VOUS.

Je ne comprends pas pourquoi je la déteste autant.

Sitôt mon regard détourné de Mrs Smeath, j'en aperçois une autre. Mais cette fois elle marche. Elle vient de passer la porte et se dirige vers moi. Elle a toujours le même âge. On dirait qu'elle vient tout juste de descendre du mur, des murs : c'est le même visage rond et glabre comme une pomme de terre crue, la charpente massive, les lunettes brillantes, la couronne d'épingles à cheveux. J'éprouve d'abord un sentiment de terreur ; puis une vieille haine qui resurgit.

Mais, bien sûr, ce ne peut pas être Mrs Smeath, qui doit être beaucoup plus vieille à présent. Et ce n'est pas elle. La couronne d'épingles n'était qu'une illusion optique : ce ne sont que des cheveux grisonnants et taillés court. C'est Grace Smeath dépourvue de charme et collet monté ; habillée de vêtements sans coupe, sans âge et ternes ; elle ne porte ni bague, ni bijou d'aucune sorte. Par la façon dont elle s'avance à grands pas, raide et frémissante, les lèvres pincées, les taches de rousseur plaquées sur sa peau couleur de racine déterrée comme des morsures de punaises, je vois bien que tout cela ne pourra pas être transformé en une simple rencontre sociale et banale par mon pauvre petit sourire.

Néanmoins, j'essaie. « N'est-ce pas Grace ? » dis-je. De nombreuses personnes autour de nous se sont tues. Cette femme n'est pas de celles qui fréquentent habituellement les vernissages, n'importe quelle sorte de vernissage.

À pas lourds, Grace s'avance toujours. Le visage plus rond qu'il ne l'était autrefois. Je repense aux souliers orthopédiques, aux bas en filoselle, aux sous-vêtements gris et usés, aux caves à charbon. J'ai peur d'elle. Non pas de ce qu'elle pourrait me faire, mais de son opinion. Et la voilà.

— Vous êtes dégoûtante, dit-elle. Vous blasphémez le nom de Dieu en vain. Pourquoi voulez-vous blesser les gens ?

Que dire ? Que Mrs Smeath n'est pas la mère de Grace, mais une composition d'imagination. Qu'il s'agit de valeurs de base, d'une utilisation étudiée de la couleur. Mais les tableaux de la série *Offrande Blanche* ne sont pas une composition, ce sont des portraits de Mrs Smeath, et même des portraits scandaleux. Ce sont des graffiti de salles de bains en plus sophistiqué.

Grace regarde le mur derrière moi : il n'y a pas qu'une ou deux peintures susceptibles de plonger le public dans la consternation, il y en a plusieurs de Mrs Smeath en pleine métamorphose, d'un cadre à l'autre, nue, exposée et profanée en compagnie du sofa de velours rouge, du caoutchouc consacré, des anges de Dieu. Je suis allée trop loin.

Les mains de Grace sont des poings, son double menton tremblote, ses yeux sont rouges et humides comme ceux d'un lapin de laboratoire. Est-ce une larme ? Je suis consternée, et profondément satisfaite. Elle se donne en spectacle, enfin, et c'est moi qui ai la main haute.

Mais j'y regarde de plus près : cette femme n'est pas Grace. Elle ne lui ressemble même pas. Cette dernière a mon âge, elle ne pourrait pas être aussi vieille. Il n'existe qu'une ressemblance générique, et c'est tout. Cette femme est une étrangère.

— Vous devriez avoir honte, dit la femme qui n'est pas Grace. Derrière ses lunettes, ses yeux se rapetissent. Elle lève le poing et je lâche mon verre de vin. Du rouge macule le mur et le plancher.

Dans son poing fermé, elle tient une bouteille d'encre. D'une main mal assurée, elle dévisse le couvercle et je retiens ma respiration, de crainte mais aussi de curiosité : est-ce à moi qu'elle la lancera ? Parce qu'elle en a vraiment l'intention. Autour de nous, il y a des hoquets de surprise, tout se passe si vite, Carolyn et Jody s'amènent en vitesse.

La femme qui n'est pas Grace lance l'encre, avec la bouteille et tout sur *Offrande Blanche*. La bouteille bascule et tombe sur le tapis, l'encre jaillit sur le ciel de fond, voile Mrs Smeath d'Encre Bleue Délébile Parker. La femme me fait un sourire triomphant et se retourne, se frayant un chemin vers la porte, elle décampe en toute hâte.

J'ai les mains sur la bouche, comme pour m'empêcher de crier. Carolyn m'entoure de son bras, me console. Elle a l'odeur d'une mère. « Je vais appeler la police », dit-elle.

— Non, dis-je. Ça va partir. Et c'est ce qui se produira vraisemblablement parce que *Offrande Blanche* est peint sur bois et verni. Il n'y aura probablement aucune trace.

D'autres femmes se rassemblent autour de moi, le bruissement de leurs plumes, un roucoulement. Je suis apaisée et consolée, caressée, choyée, comme si j'étais en état de choc. Elles sont peut-être sincères, après tout, peut-être m'aiment-elles. C'est si difficile de savoir, avec les femmes.

— Qui était-ce ? demandent-elles.

— Quelque fana religieuse, dit Jody. Une réac.

On me regardera désormais avec respect : des peintures susceptibles de recevoir des bouteilles d'encre, qui inspirent une telle violence indignée, un tel tumulte et un tel exhibitionnisme doivent avoir un étrange pouvoir révolutionnaire. Je passerai désormais pour audacieuse et brave. J'acquiers une certaine dimension héroïque.

DES PLUMES VOLENT DANS UN HAPPENING FÉMINISTE, annonce le journal. On m'y voit les épaules courbées, les mains sur la bouche et, en arrière-plan, Mrs Smeath dénudée et dégoulinante d'encre. C'est ainsi que j'apprends que la violence féminine arrive à faire les manchettes. C'est excitant, ça n'a pas de sens, c'est rigolo comme des hommes en chemise de nuit et talons hauts. *Combat de poules*, dirait-on.

L'exposition elle-même attire quelques qualificatifs malveillants : abrasif, agressif et criard. Ce sont surtout les statues de Jody et les courtepointes de Zillah qui écopent. Les études de charpie de Zillah sont dites : « subjectives », « introverties » et « superficielles ». En comparaison aux autres, je m'en tire assez bien : du surréalisme naïf avec une touche d'acide féminin.

Carolyn fabrique une banderole d'un jaune éclatant avec ces mots en lettres rouges : Abrasif, Agressif, Superficiel, et la déploie à l'extérieur. Les gens viennent nombreux.

63.

J'attends dans une salle d'attente. Celle-ci est meublée de chaises de bois blond sans style, aux sièges recouverts d'un tissu vert olive, et de trois tables d'appoint. Un ameublement qui se veut la pâle imitation des premiers meubles scandinaves en vogue il y a dix ou quinze ans, et maintenant tout à fait démodés. Sur l'une des tables, il y a des vieux numéros fatigués du

Reader's Digest, du *Maclean's* et, sur une autre, un cendrier blanc avec une bordure de boutons de roses. Le tapis est d'un vert orangé, les murs d'un jaune cassé. Il n'y a qu'un tableau, une gravure de deux enfants timides en faux costume paysan, vaguement autrichien, portant un champignon en guise de parapluie.

La pièce sent la vieille fumée de cigarette, le vieux caoutchouc, le tissu porté trop longtemps contre la chair. Et, par-dessus tout, une odeur d'encaustique à parquets provenant des corridors. Il n'y a pas de fenêtre. Cette pièce me rend aussi nerveuse et irritée que le crissement des ongles sur un tableau noir, une salle d'attente de dentiste, l'antichambre d'un endroit où l'on vous interviewe pour un emploi que vous ne souhaitez pas obtenir.

C'est un asile de fous, privé et discret. Une maison de repos, dit-on : la fondation Dorothy Lyndwick. Le genre d'endroit où les gens riches envoient les membres de leur famille qu'ils jugent inaptes à se produire en société. Pour éviter qu'ils ne soient conduits au 999 Queen qui n'est ni discret, ni privé.

Le 999 Queen est à la fois une vraie adresse et un nom de code de collégiens pour désigner tous les asiles imaginables pour toqués, détraqués et aliénés. À l'époque, il fallait les imaginer puisque nous n'en avions jamais vu. « 999 Queen », disions-nous, la langue pendante au coin de la bouche, louchant et l'index en vrille autour de l'oreille. La folie nous paraissait drôle comme toutes ces choses qui, en réalité, étaient menaçantes et profondément honteuses.

J'attends Cordelia. Ou, est-ce que j'imagine que ce sera Cordelia : sa voix au téléphone ne lui ressemblait pas, elle était plus lente et, d'une certaine façon, endommagée. « Je t'ai vue », m'avait-elle dit, comme si nous nous étions parlé cinq minutes auparavant. Mais, en fait, il y avait sept, huit, neuf ans de cela : l'été où elle avait travaillé au Festival Shakespeare de Stratford, l'été de Josef. « Dans les journaux », avait-elle ajouté. Puis il y avait eu une pause, comme s'il s'agissait d'une question.

— Bon, dis-je. Et, parce que je me sentais obligée : Est-ce que tu veux que nous nous voyions ?

— Je ne peux pas sortir, dit Cordelia de sa même voix au ralenti. Tu dois venir ici.

Je suis donc ici.

À l'extrémité de la pièce, Cordelia entre par une porte, marche avec précaution, comme si elle cherchait son équilibre, ou boitait. Pourtant, elle ne boite pas. Derrière elle, il y a une autre femme au sourire emprunté et faussement optimiste de l'escorte payée.

Il me faut un moment pour reconnaître Cordelia parce qu'elle ne paraît plus la même du tout. Ou plutôt, elle n'a pas la même allure qu'elle avait lors de notre dernière rencontre quand elle portait son ample jupe de coton et son bracelet exotique ; élégante et confiante en elle-même. Elle est d'une époque antérieure, ou d'une autre à venir : celle des tweed vert tendre et des chemisiers faits sur mesure de son milieu raffiné qui lui donnent à présent l'air d'une matrone parce qu'elle a pris du poids. Mais, en a-t-elle vraiment pris ? De la chair s'est ajoutée, qui a glissé jusqu'au milieu du corps, comme de la boue glisse au bas d'une pente. Les longs os sont apparus à la surface du visage, la peau est tirée vers le bas comme par l'attirance irrésistible des lois de la gravité. Je vois ce à quoi elle ressemblera plus vieille.

Quelqu'un l'a coiffée. Ce n'est certainement pas elle. Elle ne se ferait pas une tête à petites vagues comme ça.

Cordelia se tient là, incertaine, elle louche un peu, la tête penchée vers l'avant et se balance imperceptiblement d'un côté, de l'autre, comme le ferait un éléphant ou quelque animal désorienté qui ménage son pas. « Cordelia », dis-je en me levant.

— Voici votre amie, dit la femme au sourire figé. Elle prend Cordelia par le bras et la pousse un peu dans la bonne direction. « Te voilà », dis-je, tout de suite prise au piège du langage enfantin. Je m'avance et je l'embrasse gauchement. À ma grande surprise, je suis heureuse de la voir.

— Mieux vaut tard que jamais, dit Cordelia avec la même hésitation, le même empâtement dans la voix qu'au téléphone. La femme la dirige vers la chaise qui fait face à la mienne et l'y assoit d'office comme s'il s'agissait d'une femme âgée, entêtée.

Soudain je suis révoltée. Personne n'a le droit de traiter Cordelia ainsi. Je menace la femme du regard et celle-ci me dit : « Comme c'est gentil à vous d'être venue ! Cordelia aime recevoir des visiteurs, n'est-ce pas, Cordelia ? »

— Tu peux me sortir, dit Cordelia en cherchant du regard l'approbation de la femme.

— Oui, c'est exact, dit la femme. Pour le thé ou quelque chose comme ça. Si vous promettez de la ramener, n'est-ce pas ! Elle rit de bon cœur, comme s'il s'agissait d'une bonne blague.

Je sors Cordelia. La fondation Dorothy Lyndwick est située à High Park, une banlieue où je ne suis jamais venue, que je ne connais pas. Mais, plus loin, il y a le café du coin à quelques pâtés de maisons. Cordelia le connaît, ainsi que le chemin pour s'y rendre. J'ignore si je devrais lui prendre le bras ou non. Je laisse tomber ; je marche à ses côtés, attentive aux carrefours comme si elle était aveugle, mon pas accordé au sien.

— Je n'ai pas d'argent, dit Cordelia. Ils ne m'en laissent pas. Ils achètent même mes cigarettes.

— Ça va, dis-je.

Nous nous installons dans un box, nous commandons du café et deux brioches danoises grillées. Je passe la commande : je désire éviter le regard fixe de la serveuse. Cordelia farfouille dans son sac, sort une cigarette. En l'allumant, sa main tremble. « Grandes-couilles-bleues-de-Jésus, dit-elle en martelant les syllabes. Ça fait du bien d'être ici. » Elle essaie de rire, et je ris avec elle, avec l'impression d'être aussi coupable qu'accusée.

Je devrais me montrer curieuse. De toutes ces années que nous avons manquées. De ses rôles au théâtre, de ce qu'il en est advenu ? S'est-elle mariée ? A-t-elle eu des enfants ? Qu'est-il arrivé au juste pour qu'elle aboutisse ici ? Mais tout cela est hors de propos. Ce n'est qu'accessoire, superflu. L'important, c'est Cordelia, ce qu'elle est à présent.

— Veux-tu me dire quelles saloperies ils te donnent ? demandé-je.

— Des calmants, dit-elle. Je déteste ça. Ils me font radoter.

— Alors pourquoi ? demandé-je. Et comment as-tu abouti dans cet asile de fous ? Tu n'es pas plus folle que moi.

Cordelia me regarde en expirant la fumée de sa cigarette. « Les choses n'allaient pas très bien », dit-elle au bout d'un moment.

— Et alors ?

— Alors, j'ai essayé les pilules.

— Ah non, Cordelia. Quelque chose me transperce, comme le fait de regarder un enfant tomber, la bouche sur un rocher. « Mais pourquoi ? »

— Je ne sais pas. Ça m'a pris comme ça. J'étais fatiguée, dit-elle.

C'est inutile de lui dire qu'elle n'aurait pas dû faire cela. Je fais ce que l'on fait au collège : je m'informe des détails. « Alors, t'as calé ? »

— Oui, dit-elle. J'avais pris une chambre d'hôtel. Mais ils y ont pensé – le gérant ou quelqu'un d'autre. J'ai dû me faire vider l'estomac. C'était écœurant. Comme de se faire vomir.

Elle émet quelque chose qui pourrait être un rire, mais son visage est si figé. J'ai peur de me mettre à pleurer. Et puis aussi je lui en veux, sans trop savoir pourquoi. Comme si Cordelia m'avait devancée, s'était mise hors de ma portée, là où je ne peux l'atteindre. Elle a oublié son idée d'elle-même. Elle s'est égarée.

— Elaine, dit-elle, sors-moi de là.

— Quoi ? dis-je, prise au dépourvu.

— Aide-moi à sortir de là. Tu sais pas ce que c'est. On n'a aucune intimité.

Elle n'a jamais été aussi près de supplier.

Une phrase me revient, un souvenir des garçons, les samedis après-midi quand nous lisions des bandes dessinées : Ne pas s'en prendre à plus petit que soi. « Comment pourrais-je faire cela ? » dis-je.

— Viens me voir demain et nous prendrons un taxi. Elle me voit hésiter. Ou prête-moi seulement de l'argent. C'est tout ce que tu as à faire. Le matin, je peux dissimuler les pilules, je ne les prendrai pas. Je serai normale. Je sais que ce sont les pilules qui me rendent comme ça. Je n'ai besoin que de vingt-cinq dollars.

— Je n'ai pas beaucoup d'argent sur moi, dis-je, ce qui est vrai, mais n'est quand même qu'une piètre excuse. Ils vont te rattraper. Ils sauront que tu n'as pas pris les pilules. Ils devinent.

— Je peux les tromper n'importe quand, dit Cordelia, sa vieille bravoure revenue. Bien sûr, me dis-je, c'est une actrice. Ou du moins elle l'était. Elle inventerait n'importe quoi. « De toute façon, ces médecins sont si stupides. Ils passent leur temps à poser toutes sortes de questions, ils croient tout ce que je leur dis et ils notent tout. »

Donc, il y a des médecins. Et plus d'un.

— Cordelia, comment pourrais-je prendre cette responsabilité ? Je n'ai pas parlé, je n'ai pas parlé à qui que ce soit.

— Ce sont tous des connards, dit-elle. Je n'ai rien, tu l'as dit toi-même.

Derrière ce visage affaissé, fermé, il y a une enfant aux abois.

Il me vient une image de Cordelia enlevée, sauvée par moi comme par enchantement. Je pourrais le faire, tenter quelque chose du genre ; mais alors, où aboutirait-elle ? Elle se cacherait dans mon appartement, elle dormirait sur un lit de fortune comme les réfractaires au service, une réfugiée ; ce serait une personne déplacée qui fumerait dans la cuisine tandis que Jon se demanderait qui elle peut bien être et ce qu'elle fait là. Les choses sont déjà difficiles entre nous ; je ne suis pas certaine de pouvoir me permettre Cordelia. Elle me serait comptée comme une faute de plus à ajouter au compte mental qu'il tient. Et moi, est-ce que je peux dire que je suis tout à fait moi-même ?

Et puis, il y a Sarah. Accepterait-elle cette tante Cordelia ? Comment se comporte-t-elle avec les petits enfants ? De toute façon, jusqu'à quel point est-elle folle ? Combien de temps faudrait-il avant que je revienne à la maison pour la trouver inconsciente sur le sol de la salle de bains, ou pire encore, au milieu d'un coucher de soleil rouge sang ? La table de travail de Jon est un véritable arsenal, il y a toutes sortes de petites scies qui traînent, et de petits ciseaux. Il ne s'agirait peut-être que d'un peu de mélodrame, d'une ou deux coupures superficielles, de son ancien goût pour le théâtre, bien que les gens affectés ne soient peut-être pas moins à risque, mais plus. Ils sacrifieraient n'importe quoi aux besoins du rôle.

— Je ne peux pas, Cordelia, dis-je gentiment.

Pourtant, je n'éprouve aucune gentillesse envers elle. Intérieurement, je bous avec une fureur que je ne peux ni m'expliquer, ni exprimer. *Comment oses-tu ?* J'aimerais lui tordre le bras, lui frotter le visage dans la neige.

La serveuse apporte l'addition. « Veux-tu autre chose ? » dis-je à Cordelia dans l'espoir d'alléger l'atmosphère et de détourner le sujet de la conversation. Mais Cordelia n'a jamais été stupide.

— Donc, tu ne le feras pas, dit-elle. Et elle ajoute tristement : Je sais que tu m'as toujours détestée.

— Non, dis-je. Pourquoi ? Jamais de la vie !

Je suis bouleversée. Pourquoi dit-elle cela ? Je ne me rappelle pas avoir jamais détesté Cordelia.

— Je m'en sortirai de toute façon, dit-elle.

À présent, sa voix n'est ni empâtée, ni hésitante. Elle a cet air défiant, entêté, celui dont je me souviens. D'il y a des années. *Et alors ?*

Je la raccompagne, je la dépose à la porte. « Je viendrai te voir », dis-je. J'en ai l'intention, mais en même temps, je sais qu'il est peu probable que je le fasse. Elle ira bien, me dis-je. Elle était comme cela à la fin du collège et les choses se sont mises à aller mieux. Ce pourrait être le cas à nouveau.

Dans le métro du retour, je regarde les panneaux publicitaires : une bière, une tablette de chocolat, un soutien-gorge changé en oiseau. Je m'essaie au soulagement. Je me sens libre et très légère.

Mais je ne suis pas libérée de Cordelia.

Je rêve de Cordelia qui tombe d'une falaise ou d'un pont sur un fond de demi-jour, les bras ouverts, la jupe soulevée comme une cloche, un ange de neige dans l'espace vide. Elle ne tombe ni n'atterrit jamais ; elle ne fait que tomber, tomber, et je me réveille le cœur battant, la gravitation soufflée sous moi comme dans un ascenseur en chute libre.

En rêve, je la revois dans la cour de la vieille école Queen Mary. Celle-ci n'est pourtant plus là, il n'y a rien d'autre qu'un champ et le tertre aux maigres ifs verts. Elle porte sa veste d'ensemble de ski, mais elle n'est plus une enfant, elle a l'âge qu'elle a maintenant. Elle sait que je l'ai abandonnée et elle est fâchée.

Au bout d'un, de deux, de trois mois, j'écris un petit mot à Cordelia sur un papier à fleurs du genre à laisser peu de place aux mots. Je l'achète exprès dans ce but. Mon mot fait preuve d'un enthousiasme si hypocrite que j'ai peine à lécher le rabat de l'enveloppe. Je lui propose une autre rencontre.

Mais le mot me revient avec, griffonné en travers : Inconnue à cette adresse. J'examine cette écriture sous tous les angles, j'essaie d'imaginer s'il s'agit de l'écriture déguisée de Cordelia. Si ce ne l'est pas, si elle n'est plus à la maison de repos, alors où se trouve-t-elle ? Elle pourrait sonner à la porte n'importe quand, appeler au téléphone. Elle pourrait être n'importe où.

Je rêve d'un mannequin-statue, comme l'un de ceux de Jody dans l'exposition, tronçonné et recollé en place. Qui ne porte rien d'autre qu'un costume de gaze recouvert de paillettes. Il se termine au cou. Sous son bras, enveloppée d'un tissu blanc, il y a la tête de Cordelia.

XII. Une seule aile

64.

Dans le coin d'un parc de stationnement, au milieu des boutiques de luxe, ils ont reconstruit un petit restaurant des années 1940. Cela s'appelle le 4-D'S Diner. Ce n'est pas une rénovation, c'est flambant neuf.

Il fut un temps où ils n'avaient de cesse de démolir ce genre de chose.

À l'intérieur, le style est assez fidèle, sauf que ça m'a l'air trop propre ; et c'est plus début années 1950 que 1940. Ils y ont mis un bar pour glaces et rafraîchissements, des tabourets aux dessus vert pomme et des boxes tapissés de skaï violet luisant qui rappelle une ancienne décapotable profilée comme un requin à nageoires. Et un juke-box, des patères chromées, des photos sur papier mat noir et blanc d'authentiques *diners* des années 1940. Les serveuses portent un uniforme blanc bordé de noir, mais la teinte de leur rouge à lèvres n'est pas tout à fait dans le ton et elles auraient dû en appliquer jusqu'aux commissures des lèvres. Les serveurs portent la casquette propre aux types qui servent à ce genre de comptoir, posée de travers, et la bonne coupe de cheveux, rasée net sur la nuque. Ils font des affaires d'or. La plupart ont vingt ans.

On dirait vraiment que c'est Sunnysides transformé en musée. On ne détonnerait pas ici, Cordelia et moi, dans nos chandails à manches kimono, nos ceintures serrées, toutes deux rembourrées, montées ou moulées dans la cire, en train de boire notre lait frappé, l'air le plus ennuyé du monde.

La dernière fois que j'ai vu Cordelia, elle passait la porte de la maison de repos. C'est aussi la dernière fois que je lui ai parlé. Mais ce n'est pas la dernière fois qu'elle m'ait parlé.

Ici, il n'y a pas de sandwiches à l'avocat et au cresson, le café n'est pas expresso, la tarte est à la crème de noix de coco et pas plus mauvaise qu'elle ne l'était à l'époque. C'est ce que je prends en ce moment, du café et une part de tarte, assise dans un des boxes violets, regardant les jeunes s'exclamer sur ce qu'ils croient être la bizarrerie du passé.

Le passé n'est pas si bizarre quand nous y sommes. Il ne l'est que bien plus tard, à bonne distance, lorsque nous le voyons comme décor et non pas comme le monde où notre vie a pris forme.

À présent, ils ont des moules de courgette Elvis Presley : quand la courgette est jeune, on fixe un moule autour et, en grossissant, elle prend la forme de la tête d'Elvis. Est-ce pour cela qu'il a chanté ? Pour devenir une courgette ? Le végétarisme et la réincarnation sont dans l'air, il est vrai, mais là ça va trop loin. Personnellement, je préférerais revenir sous la forme d'un cloporte ; ou d'une crevette frite. Mais j'imagine que cette idée est moins effrayante que l'Enfer.

— C'est bien, ici, dis-je à la serveuse. Mais, évidemment, les prix ne sont pas les mêmes. À l'époque, c'était dix *cents* pour un café.

— Ah bon, dit-elle sur un ton neutre.

Elle me fait un sourire forcé : *Vieille toupie, va, emmerdeuse*. Elle a la moitié de mon âge et vit déjà une vie qu'il m'est impossible d'imaginer. Quelles que soient ses culpabilités, ses haines et ses terreurs, ce ne sont pas les mêmes. Comment ces filles s'arrangent-elles du sida ? Elles ne peuvent rouler dans l'herbe comme nous le faisions. Existe-t-il un code séduction qui comprend un échange de numéros de téléphone de médecins ? Pour nous, la grossesse constituait la grande peur, le piège sexuel, la chose susceptible de nous achever. Ce n'est plus le cas.

Je paye l'addition, je donne un trop gros pourboire et je ramasse mes paquets : un foulard italien pour chacune de mes filles, un stylo-plume pour Ben. Ils sont de nouveau à la mode. Quelque part, dans les limbes, tous les vieux trucs, les accessoires et les costumes sont alignés, attendant leur tour de réapparaître.

Je remonte la rue, jusqu'au coin. La prochaine est celle de Josef. Je compte les maisons : celle-ci doit être la sienne. La façade a été enlevée et vitrée, la pelouse pavée. Dans la vitrine, il y a un vieux cheval à bascule, une courtepointe élimée, une poupée au visage de bois meurtri. On les jetait autrefois, on en fait commerce maintenant. Aucun prix n'est indiqué, ce qui signifie que cela coûte très cher.

Je me demande ce qu'il est advenu de Josef. S'il vit encore, il doit bien avoir soixante-cinq ans, ou plus. S'il était un vieux cochon à l'époque, qu'est-ce qu'il doit être à présent ?

Il a fait un film. Je crois que c'était de lui ; en tout cas, le nom du metteur en scène était identique. Je l'ai vu par hasard, à un festival de cinéma. C'était beaucoup plus tard, alors que je vivais déjà à Vancouver.

Il s'agissait de deux femmes à la personnalité trouble et aux cheveux flous. Elles se promenaient par les champs où le vent plaquait leur mince robe à leurs cuisses, le regard perdu dans le vide. L'une d'elles démontait un appareil-radio et en jetait les pièces dans un ruisseau, mangeait un papillon, coupait le cou à un chat parce qu'elle était folle. Ces choses n'auraient sans doute pas eu le même intérêt si la fille n'avait pas été blonde et éthérée. L'autre s'infligeait de petites coupures sur la cuisse avec un rasoir antique qui avait appartenu à son grand-père. Vers la fin, elle se jetait en bas d'un viaduc, dans une rivière, sa robe flottant au vent comme un rideau à la fenêtre. Mis à part la couleur de leurs cheveux, il était difficile de les différencier.

Le héros de ce film était amoureux des deux mais il n'arrivait pas à se décider. De là leur folie. C'est ce qui me convainquit qu'il s'agissait de Josef : il ne lui serait jamais venu à l'esprit qu'en dehors des hommes, ces femmes aient pu avoir des raisons personnelles d'être folles.

Dans ce film, le sang n'était pas du vrai sang. Pour Josef, les femmes n'étaient pas vraies, comme lui ne l'était pas pour moi. C'est pourquoi je pouvais traiter ses souffrances avec autant de mépris et de désinvolture : il n'était pas vrai. La raison pour laquelle il a toujours été absent de mes rêves était qu'il appartenait déjà au monde des rêves : il était erratique, irrationnel et obsessionnel.

Bien sûr, j'étais injuste envers lui, mais où serais-je allée sans cette injustice ? En esclavage, en domesticité. Les jeunes femmes ont besoin de faire preuve d'injustice, cela fait partie de leurs rares moyens de défense. Elles ont besoin de leur manque de cœur, de leur ignorance. Elles marchent dans l'obscurité, au bord de hautes falaises, elles se fredonnent un petit air, elles se croient invulnérables.

Je ne peux blâmer Josef pour son film. Il avait droit à ses versions à lui, à ses propres évocations ; tout comme moi. J'ai peut-être servi ses fins, mais il a aussi servi les miennes.

Par exemple, ce tableau *Dessin d'après nature* accroché à présent au mur de la galerie représente Josef conservé dans un aspic et bon à manger. Il est à la gauche du tableau, nu comme un ver, mais légèrement de biais par rapport au spectateur, de façon à laisser voir la chute des reins et le torse de profil. À droite, il y a Jon dans une position identique. Leur corps est quelque peu idéalisé : moins poilu qu'ils ne l'étaient en réalité, les muscles rehaussés, la peau lumineuse. J'avais pensé leur mettre un caleçon par déférence pour Toronto, mais j'ai changé d'idée. Tous les deux ont un derrière magnifique.

Chacun d'eux peint un tableau, chaque tableau est posé sur un chevalet. Celui de Josef montre une femme aux formes voluptueuses mais non excessives, assise sur un tabouret, un drap entre les jambes, les seins exposés ; le visage est préraphaélique, rêveur, délibérément mystérieux. Le tableau de Jon représente une série de tourbillons, semblables à des intestins, d'un rose soutenu et ondulé de rouge framboise et de violet-cerise-de-Bourgogne.

Le modèle est assis sur une chaise entre eux deux, elle fait face, les deux pieds nus posés sur le plancher. Elle a un drap blanc drapé autour d'elle sous les seins. Ses mains sont sagement croisées sur ses genoux. Sa tête est une sphère de verre bleuté.

Je suis assise à une table, en compagnie de Jon, au bar du dernier étage de l'hôtel Park Plaza, à boire des cocktails au vin blanc. C'était mon idée : je tenais à revoir cet endroit. À l'extérieur, l'horizon a changé : le Park Plaza n'est plus l'édifice le plus élevé des alentours, plutôt un reste accroupi, dont le nanisme frappe à cause des tours de verre élancées qui se dressent autour. Plein sud, la tour du CN s'élève, comme une immense chandelle de glace inversée. Le genre d'architecture que l'on voyait uniquement dans les bandes dessinées de science-fiction. Et, à la voir ainsi plaquée contre le morne panorama du lac, j'ai l'impression, non pas d'avoir avancé dans le temps, mais d'être en marge, dans un univers à deux dimensions.

Néanmoins, à l'intérieur du bar, peu de choses ont changé. L'endroit ressemble toujours à un bordel Régence sophistiqué. Même les serveurs, avec leurs cheveux bien coupés et leur air discret et affairé semblent toujours les mêmes, et ils le sont probablement. La direction gardait toujours une cravate au vestiaire à la disposition des gentlemen qui auraient pu oublier la leur. Il ne pouvait s'agir que d'un oubli, puisqu'aucun gentleman n'aurait choisi délibérément de sortir sans. Ce fut un événement ici lorsque les femmes y pénétrèrent en ensemble-pantalon. Une mannequin noire, très chic, fut la première : ils ne pouvaient lui refuser l'entrée puisqu'elle les aurait accusés de racisme. Même ce souvenir me rend démodée, ainsi que le petit frisson de triomphe qui l'accompagne : quelle femme imaginerait aujourd'hui un ensemble-pantalon comme moyen de libération ?

Je ne venais pas ici en compagnie de Jon. À l'époque, il se serait gaussé des fauteuils d'époque, des tentures retenues par des embrasses. Des hommes et des femmes sortis tout droit d'une belle réclame de whisky. C'est avec Josef que j'y venais, Josef dont je touchais la main par-dessus la table. Pas celle de Jon comme maintenant.

Ce n'est pas que du bout des doigts, un simple effleurement. Cette fois, nous parlons peu : cela n'a rien de la conversation agressive du déjeuner. Notre vocabulaire commun, monosyllabes, silences ; nous savons pourquoi nous sommes là. Dans l'ascenseur qui descend, je regarde dans la cloison de verre fumé et je vois mon visage dans la glace obscurcie par le temps, comme une roche mangée d'herbes. Je pourrais avoir n'importe quel âge.

Nous revenons à l'entrepôt en taxi, nos mains côte à côte sur la banquette. Nous montons l'escalier jusqu'au studio, lentement, de façon à ne pas nous surprendre l'un et l'autre dans l'essoufflement de l'âge mûr. La main de Jon s'appuie à ma taille. À cet endroit, c'est familier, c'est un peu comme savoir où se trouve l'interrupteur dans une maison que l'on a déjà habitée, où l'on n'est pas venu depuis des années. Lorsque nous atteignons la porte, avant d'entrer, il me tapote l'épaule dans un geste d'encouragement et de résignation rêveuse.

— N'allume pas, dis-je.

Jon met ses bras autour de moi, son visage dans mon cou. Un geste moins inspiré par le désir que par la fatigue.

Le studio a le gris violacé d'un petit jour d'automne. Les moules de plâtre de bras et de jambes émettent une lumière blanchâtre, qui n'est pas sans rappeler celle de statues brisées dans une ruine. Mes vêtements sont éparpillés dans un coin, des tasses vides traînent ici et là, sur le plan de travail, sur la fenêtre, marquant ainsi mes allées et venues quotidiennes, mon occupation de l'espace. Cette pièce semble à présent m'appartenir comme si j'y avais toujours vécu, sans égard aux autres lieux que j'aurais pu occuper ou à ce que j'aurais pu faire auparavant. C'est Jon qui aurait été absent, et il est enfin revenu.

Nous nous déshabillons l'un l'autre, tout comme nous en avions l'habitude au début ; mais d'une façon plus timide. Je ne veux pas être malhabile. Je suis heureuse qu'il fasse sombre ; le dos de mes cuisses me préoccupe, les plis au-dessus des genoux, le léger bourrelet du ventre qui n'est pas tout à fait de la graisse, mais forme un pli tout de même. Sur son thorax, les poils sont gris et c'est un choc pour moi. J'évite de regarder la brioche de buveur de bière qu'il a maintenant, bien que je sois consciente des changements de son corps, comme il doit l'être certainement du mien.

Lorsque nous nous embrassons, c'est avec un sérieux que nous n'avions pas alors. Avant, nous étions avides et égoïstes.

Nous faisons l'amour pour le réconfort que cela apporte. Je reconnais Jon, je le reconnaîtrais dans l'obscurité totale. Chaque homme a son propre rythme, qui demeure toujours le même. En cela, il y a le soulagement des retrouvailles.

Je n'ai pas l'impression d'être déloyale envers Ben, seulement loyale à quelque chose d'autre ; à une chose qui le précède, qui n'a rien à voir avec lui. À de vieilles dettes.

Et puis, je sais que c'est une chose que je ne ferai plus. C'est le dernier regard avant de m'éloigner définitivement d'un endroit déjà visité, extravagant. Comme une vue de nuit sur Niagara Falls.

Nous restons couchés sous l'édredon, enlacés. Il est difficile d'imaginer pourquoi nous nous bagarrions. L'ancienne colère est partie et, avec elle, ce désir jaloux, exacerbé que nous éprouvions l'un pour l'autre. Il en reste de la tendresse, et du regret. Un diminuendo.

— Viens au vernissage, dis-je. Ça me ferait plaisir.

— Non, dit-il. Je ne veux pas.

— Pourquoi ?

— Je n'y serais pas à l'aise, dit-il. Je n'aimerais pas te voir de cette façon.

— De quelle façon ? dis-je.

— Avec tous ces gens qui bavent sur toi.

Ce qu'il veut dire, c'est qu'il n'y assisterait qu'en spectateur, qu'il n'a pas sa place dans tout cela, et il a raison. Il ne désire pas être uniquement mon ex-mari. Il se sentirait dépossédé, de moi et de lui-même. Je me rends compte que je ressens la même chose, je ne veux pas vraiment qu'il soit là. J'ai besoin qu'il y soit, mais je ne le veux pas.

Je me tourne, m'appuie sur un coude, je l'embrasse encore, sur la joue cette fois. Derrière les oreilles, les cheveux grisonnent déjà. Je me dis que nous avons fait cela juste à temps. Il était presque trop tard.

65.

Avec Jon, cela ressemble à une chute dans l'escalier. Jusqu'à présent, il y a eu des premiers faux pas, des redressements, des mains tendues. Maintenant, tout équilibre est rompu et nous plongeons tête baissée, tous deux, avec bruit et sans grâce, en prenant de la vitesse et des éraflures au cours de la descente.

Je m'endors en colère, craignant de m'éveiller, et lorsque je le suis pour de bon, je reste couchée près du corps endormi de Jon, dans notre lit, à écouter le rythme de sa respiration et à lui en vouloir pour la faculté d'oubli dont il est encore capable.

Depuis des semaines, il a été plus silencieux que d'habitude et moins présent à la maison. C'est-à-dire quand moi je n'y suis pas.

Car lorsque je suis au travail, il est bien là, même quand Sarah est à la maternelle. J'ai commencé à trouver des indices, des petits signes laissés sur ma piste comme des miettes de pain tombées dans un sentier : une cigarette marquée d'une empreinte de bouche rose, deux verres utilisés dans l'évier, une épingle à cheveux qui ne m'appartient pas, c'est-à-dire sous l'oreiller. Je nettoie sans rien dire, je retiens ces choses pour plus tard, quand j'en aurai besoin.

— Une certaine Monica a appelé pour toi, lui dis-je.

Nous sommes le matin et toute une journée reste à passer. Une journée d'évasion, de colère rentrée, de calme apparent. Nous avons dépassé, et de loin, le temps où nous nous lancions des choses.

Il lit le journal. « Ah, bon, dit-il. Qu'est-ce qu'elle voulait ? »

— Elle m'a dit de te dire que Monica avait appelé, dis-je.

Il revient tard le soir alors que je suis au lit et que je feins de dormir, la tête en feu. Je pense à des subterfuges : examiner ses chemises pour y découvrir un parfum, le suivre dans la rue, me cacher dans le placard pour le surprendre, rouge de honte. Je pense aux autres solutions. Je pourrais partir vers une destination inconnue avec Sarah. Ou je pourrais demander que nous nous parlions. Ou encore prétendre que rien ne se passe et continuer à vivre notre relation comme si de rien n'était. Il y a dix ans, c'est ce que les magazines féminins recommandaient : attendre que cela passe.

Je vois ces choses comme des scénarios à jouer avant de les écarter, ou peut-être les deux à la fois. L'un n'empêche pas l'autre.

Dans la vraie vie, les jours se passent comme d'habitude, s'assombrissent avec l'hiver, s'alourdissent des choses non dites.

— T'as eu une aventure avec l'oncle Joe, hein ? dit Jon, mine de rien. Nous sommes un samedi et nous nous essayons à la vie normale en emmenant Sarah à Grange Park pour jouer dans la neige.

— Qui ? dis-je.

— Tu sais. Josef, machin. Le vieux gâteux.

— Oh, lui, dis-je.

Sarah se trouve près des balançoires en compagnie d'autres enfants. Nous sommes assis sur un banc que nous avons déneigé. Je me dis que je devrais faire un bonhomme de neige ou quelque chose que toute bonne mère est censée faire. Mais je suis trop fatiguée.

— C'est pourtant vrai, non ? dit Jon. En même temps que tu étais avec moi.

— Où as-tu pris cette idée ? dis-je. Je sais reconnaître une attaque ; je passe en revue mes munitions : les épingles à cheveux, le rouge à lèvres, les appels téléphoniques, les verres dans l'évier.

— J'suis pas imbécile, tu sais. J'ai trouvé.

Donc, lui aussi a ses propres jalousies, ses propres blessures à lécher. Des choses que je lui ai infligées. Je devrais mentir, tout nier. Mais je ne le veux pas. Cette affaire avec Josef, en ce moment, me donne un peu de fierté.

— C'était il y a des années, dis-je. Des milliers d'années. Ce n'était pas important.

— Merde, dit-il.

Il m'était déjà arrivé de penser qu'il rirait de moi s'il découvrait ma liaison avec Josef. Mais qu'il le prenne au sérieux me bouleverse.

Ce soir-là, nous faisons l'amour, s'il est encore possible d'appeler cela ainsi. Cela n'a ni la forme, ni la couleur de l'amour. C'est âpre, couleur de temps de guerre et métallique. Nous nous prouvons des choses. Ou nous les répudions.

Au matin, il dit : « Qui d'autre y a-t-il eu ? » Ça lui prend comme ça. « Qui me dit que tu ne t'envoyais pas en l'air avec tous les vieux qui te tournaient autour ? »

Je soupire : « Jon, dis-je. Sois sérieux. »

Mais il insiste :

— Eh, dis donc. À propos de Monsieur Saucisse et Fève ?

— Allons, dis-je. On ne peut pas dire que tu étais un ange. Avec toutes ces filles maigrichonnes dans ton appartement. Tu ne voulais pas d'attaches. Tu te rappelles ?

Sarah dort toujours dans son petit lit. Nous sommes en sécurité ; nous pouvons nous en donner à cœur joie, nous dire nos quatre vérités, qui ne sont pas tout à fait vraies. Une fois la bombe amorcée, il est difficile de l'arrêter. On y trouve même une sorte de satisfaction.

— Au moins, j'm'en cachais pas, rétorque-t-il. J'm'défilais pas. Je prétendais pas être pur et fidèle comme toi.

— Peut-être est-ce que je t'aimais ? Je note le temps passé. Lui aussi.

— Tu reconnaîtrais pas l'amour même s'il t'arrivait en pleine figure.

— Pas comme Monica ? dis-je. Tu n'es pas très franc en ce moment. J'ai trouvé des épingles à cheveux dans mon propre lit. Tu pourrais au moins avoir la décence de faire ça ailleurs.

— Et toi ? Tu sors tout le temps, t'es toujours à droite et à gauche.

— Moi ? dis-je. Je n'en ai pas le temps. Je n'ai pas le temps de penser, je n'ai pas le temps de peindre, j'ai à peine le temps de respirer. Je suis trop occupée à payer ce maudit loyer.

Voilà ! Je viens de dire la pire des choses, je suis allée trop loin. « Et voilà, dit Jon. C'est toujours toi, ta contribution, tes problèmes. C'est jamais moi. » Il cherche son veston, se dirige vers la porte.

— Tu vas voir Monica ? je demande, avec le plus de fiel possible. Je déteste ça, ces chamailleries de cour d'école. J'aimerais des embrassades, des larmes, du pardon. Je voudrais que tout cela arrive sans effort de ma part, comme les arcs-en-ciel.

— Trisha, corrige-t-il. Monica n'est qu'une amie.

C'est l'hiver. Le chauffage s'arrête, repart, revient, au hasard. Sarah a un rhume. La nuit, elle tousse et je me lève pour lui donner des cuillerées de sirop pour la toux, lui apporter des verres d'eau. Le jour, nous sommes toutes les deux exténuées.

Moi-même, cet hiver, je suis souvent malade. J'attrape ses rhumes. Les matins de fin de semaine, je reste au lit, à regarder le plafond, la tête lourde et cotonneuse. J'ai envie de verres de boisson au gingembre, de jus d'oranges pressées, du bruit de la radio en sourdine. Mais ces choses ont disparu depuis longtemps, plus rien n'arrive sur un plateau. Si je veux de la boisson au gingembre, il faut que j'aille à l'épicerie ou à la cuisine me l'acheter ou me la verser. Dans la même pièce, Sarah regarde des dessins animés.

Je ne peins plus du tout. Je ne peux pas penser à la peinture. Même si j'ai reçu une bourse de maîtrise d'un programme d'art du gouvernement, je n'arrive pas à m'organiser suffisamment pour reprendre les pinceaux. Je me traîne au travail, à la banque, au supermarché pour acheter la nourriture. Il m'arrive durant la journée de regarder des feuilletons télévisés où il y a plus de crises et plus de beaux vêtements que dans la vie réelle. Je m'occupe de Sarah.

Je ne fais rien d'autre. Je n'assiste plus aux rencontres entre femmes parce qu'elles me mettent encore plus mal à l'aise. Judy me téléphone pour me donner rendez-vous, mais je l'envoie promener. Elle m'encouragerait, elle me ferait des suggestions tonifiantes et positives que je sais être incapable de suivre. Je me sentirais encore plus ratée.

Je ne veux plus voir personne. Je reste étendue dans la chambre, les rideaux tirés, et une sensation de vide m'envahit comme une vague paresseuse. Tout ce qu'il m'arrive est ma propre faute. J'ai commis une erreur, une chose si immense que je n'arrive même pas à la voir, une chose qui me noie. Je suis inadéquate et stupide, sans aucune valeur. Je serais aussi bien morte.

Une nuit, Jon ne revient pas. Ce n'est pas l'habitude, cela ne fait pas partie de notre entente tacite : même s'il veille tard, il est toujours rentré à minuit. Aujourd'hui, nous ne nous sommes pas querellés ; nous avons à peine parlé. Il n'a pas téléphoné pour dire où il était. Son intention est claire : m'abandonner, me laisser dans le froid.

Je m'accroupis dans la chambre, dans l'obscurité, enveloppée du vieux sac de couchage de Jon, à l'écoute du sifflement gras de la respiration de Sarah et du susurrement de la neige fondant contre la fenêtre. L'amour nous rend aveugle ; mais lorsqu'il s'en va, il nous permet d'y voir plus clair que jamais. Comme une vague qui se retire et révèle ce qui a été jeté, a sombré : des bouteilles cassées, de vieux gants, des canettes rouillées de boissons gazeuses, des squelettes de poissons rongés, des os. C'est le genre de choses que l'on peut voir si l'on reste assis dans le noir, les yeux ouverts, ignorant du futur. Le désastre que l'on a créé.

Mon corps est inerte, sans volonté. Je devrais bouger pour faire circuler le sang, comme il convient de le faire dans une tempête de neige pour ne pas mourir gelé. Je me force à me lever. Je vais aller à la cuisine et me faire du thé.

Au-dehors de la maison, une auto glisse dans la neige bourbeuse, une course assourdie. La pièce principale est sombre, sauf pour la lumière des lampadaires de la rue qui éclaire la fenêtre. Dans cette demi-obscurité, les objets sur la table de travail de Jon miroitent : la lame plate d'un ciseau, la tête d'un marteau. Je sens la traction de la terre sous moi, l'attirance de sa gravité noire incurvée, les espaces entre les atomes où l'on pourrait tomber si facilement.

C'est alors que j'entends la voix, non pas à l'intérieur de ma tête, mais, distinctement, dans la pièce : *Fais-le. Allez. Vas-y.* Cette voix n'offre aucun choix ;

elle a la force d'un commandement. C'est la différence entre sauter et être poussée.

J'utilise un couteau Exacto pour faire l'entaille. Cela ne fait même pas mal puisque tout de suite après il y a un murmure, l'espace se referme, et je tombe sur le parquet. C'est ainsi que Jon me trouve. Dans l'obscurité, le sang est noir, n'a aucun reflet, et il ne le voit pas jusqu'à ce qu'il allume.

Au service des urgences de l'hôpital, je raconte que c'était un accident. Je suis peintre, dis-je. Je coupais de la toile et ma main a glissé. Comme il s'agit du poignet gauche, c'est plausible. J'ai peur, je désire cacher la vérité : je n'ai aucune envie d'être envoyée au 999 Queen's Street, pas maintenant, ni jamais.

— Au milieu de la nuit ? dit le médecin.

— Je travaille souvent la nuit, dis-je.

Jon me soutient. Il a aussi peur que moi. Il a pansé mon poignet à l'aide d'une serviette et m'a conduite à l'hôpital. J'ai saigné au travers de la serviette, sur la banquette avant.

— Sarah, dis-je en me la rappelant.

— Elle est en bas, dit Jon. En bas, il y a la propriétaire qui est une veuve italienne d'âge mûr.

— Que lui as-tu dit ?

— Je lui ai dit que c'était ton appendice, dit Jon.

Je ris un peu.

— Bon Dieu, qu'est-ce qui t'a pris ?

— Je ne sais pas, dis-je. Il va falloir que tu fasses nettoyer cette voiture.

Je me sentais émaciée, vidée de mon sang, entourée, purifiée. En paix.

— Êtes-vous certaine de ne pas vouloir parler à quelqu'un ? demande le médecin des Urgences.

Je lui dis que je me sens bien. La dernière chose que je désire, c'est bien de parler. Je sais ce qu'il entend par *quelqu'un* : un psy. Quelqu'un qui me dira que je suis folle. Je sais quel genre de personnes entendent des voix : des gens qui boivent trop, qui se brûlent la cervelle avec des drogues, qui perdent la raison. Je me sens tout à fait sûre de moi, je ne me sens même plus anxieuse. J'ai déjà décidé de ce que je ferai, après, demain. Je porterai mon bras en écharpe et je dirai que je me suis cassé le poignet. Donc, je n'ai pas à lui parler, pas plus qu'à Jon, ou à qui que ce soit d'autre, de la voix.

Je sais qu'elle n'était pas vraiment là. Comme je sais aussi que je l'ai entendue.

Ce n'était pas une voix inquiétante en soi. Non pas menaçante, mais excitée, comme si elle proposait une escapade, une farce, une récompense. Quelque chose de précieux et de secret. La voix d'une enfant de neuf ans.

66.

La neige a fondu. À sa place, un filigrane sale. Le vent tournoie autour du sable laissé par l'hiver, les crocus pointent la tête à travers la boue des tristes pelouses ravagées. Si je reste ici, je vais mourir. C'est cette ville que je dois quitter autant que Jon, me dis-je. C'est cette ville qui me tue.

Elle me tuera subitement. Je marcherai le long de la rue, en ne pensant à rien de particulier et, tout à coup, je ferai un saut de côté, je plongerai dans une courbe et serai happée par une automobile en excès de vitesse. Je tomberai devant un wagon de métro sans autre avertissement, je plongerai d'un pont sans le vouloir. Tout ce que j'entendrai sera cette voix tentante et conspiratrice, joyeuse, qui me pressera de le faire. Je sais que je suis capable d'une telle chose.

(Pire : bien que je sois effrayée par cette idée, que j'en aie honte, et que durant le jour je la trouve mélodramatique, risible et me refuse à y croire, je la chéris aussi. C'est comme la bouteille planquée des alcooliques ; je n'en ai pas nécessairement envie pour le moment, mais cela me rassure de la savoir là. C'est un recours, un vice, une porte de sortie. C'est une arme.)

La nuit, je m'assois près du lit de Sarah et je regarde bouger ses paupières au moment où elle rêve, je l'écoute respirer. Elle restera seule. Ou non pas seule, parce qu'elle a Jon, mais sans mère. Cela est impensable.

J'allume dans la salle de séjour. Je sais que je dois me mettre à faire ma valise, mais je ne sais pas quoi prendre. Des vêtements, des jouets pour Sarah, son lapin de fourrure. Cela me semble si difficile que je vais me mettre au lit. Jon est déjà là, le dos tourné. Nous avons simulé la trêve, le changement de conduite, et nous avons abouti tout droit à l'impasse. Je ne l'éveille pas.

Au matin, après son départ, j'emmitoufle Sarah dans la poussette et je vais retirer à la banque une partie de l'argent de ma bourse. Je ne sais pas où aller. Tout ce que je sais, c'est que je désire partir. Je nous achète des billets pour Vancouver qui a l'avantage d'avoir un climat chaud, ou du moins c'est ce que j'imagine. Je fourre mes affaires dans des sacs de campeur achetés au magasin du surplus de l'armée.

J'aimerais que Jon arrive pour m'en empêcher parce que maintenant que j'agis, je n'arrive pas à croire que je suis en train de le faire. Mais il ne vient pas.

Je laisse un mot, je fais un sandwich au beurre de cacahuète. Je le partage en deux et j'en donne une moitié à Sarah avec un verre de lait. J'appelle un taxi. Nous restons assises à la table de la cuisine, habillées de nos manteaux, à manger notre sandwich, à boire notre lait en attendant.

C'est à ce moment que Jon arrive. Je continue à manger.

— Et où t'en vas-tu comme ça ? demande-t-il.

— Vancouver, dis-je.

Il s'assoit à la table et me regarde fixement. Il a l'air de quelqu'un qui n'a pas dormi depuis des nuits, bien qu'il ait beaucoup dormi, trop dormi. « Je ne peux pas t'en empêcher », dit-il. C'est une constatation, pas une manœuvre : il nous laissera partir sans faire d'histoires. Lui aussi, est épuisé.

— Je crois que le taxi est là, dis-je. J'écrirai.

Dans les départs, j'excelle. Il suffit de se débrancher. De ne pas voir, de ne pas entendre. Et surtout de ne pas regarder en arrière.

Nous n'avons pas de couchette parce que je dois économiser l'argent. Je reste assise toute la nuit, Sarah étendue et ronflant sur mes genoux. Elle a pleuré un peu, mais elle est trop jeune pour comprendre ce que j'ai fait, ce que nous faisons. Les autres passagers s'étendent dans le couloir central ; les bagages se déploient, de la fumée flotte dans l'air croupi, des papiers gras obstruent les toilettes. Une partie de cartes se joue à l'avant du train, accompagnée de bière.

Le train file vers le nord-ouest, à travers des centaines de kilomètres de forêts d'arbres rabougris et d'affleurements de granit, le long de centaines de petits lacs bleus anonymes bordés de marécages, de quenouilles, d'épinettes mortes et de vieille neige dans les coins d'ombre. Je regarde par la fenêtre du wagon striée de poussière et de pluie, et j'y vois le paysage de ma petite enfance barbouillé, sans odeur, intouchable, en marche arrière.

À de longs intervalles, le train traverse une route de gravier, ou unie et pavée avec une ligne blanche au milieu. Ça ressemble au vide et au silence, mais pour moi ce ne l'est pas. Au contraire, c'est rempli d'échos.

Chez moi, pensai-je. Mais il n'y a pas d'endroit où je puisse retourner.

C'est pire que ce que j'avais imaginé, mais c'est mieux aussi.

Certains jours, je me dis que je suis folle d'avoir fait cela ; et d'autres, que c'est le geste le plus sensé que j'aie jamais fait depuis des années.

À Vancouver, la vie est moins chère. Après un court séjour dans un Holiday Inn, je trouve une maison à louer sur une élévation derrière Kitsilano Beach, une de ces maisons de poupées qui sont plus grandes à l'intérieur qu'elles ne le paraissent à l'extérieur.

Avec une vue sur la baie, des montagnes de l'autre côté et, durant l'été, une lumière sans fin. Je trouve une maternelle en coopérative pour Sarah. Pendant un certain temps, je vis de l'argent de la bourse. Je fais un peu de pige, puis j'obtiens un emploi à temps partiel. Je restaure des meubles pour un antiquaire. J'aime cela parce que c'est un travail mécanique : les meubles ne parlent pas. Je suis avide de silence.

Je reste étendue sur le parquet, sans penser à rien, je ne fais que m'accrocher. La nuit, je pleure. J'ai peur d'entendre des voix, ou une voix. Je suis arrivée à la limite, à la limite du pays. On arriverait à m'y faire basculer.

Je me dis que je devrais peut-être voir un psy, maintenant qu'on croit que c'est la chose à faire pour les gens qui ne sont pas stables. Ce qui est mon cas.

Finalement, je me décide. Le psy est un homme, sympathique. Il veut que je lui parle de tout ce qu'il m'est arrivé avant six ans – rien après. Une fois cet âge atteint, vous êtes de bronze, prétend-il. Ce qui vient après n'est pas important. J'ai une bonne mémoire. Je lui raconte la guerre. Je lui parle du couteau Exacto et de mon poignet, mais pas de la voix. Je ne veux pas qu'il pense que je suis une cinglée. Je veux qu'il pense du bien de moi.

Je ne lui raconte rien.

Il demande si j'ai des orgasmes. Je dis que ce n'est pas le problème. Il pense que je lui cache des choses. Après quelque temps, je cesse d'y aller.

Peu à peu, je me reprends en main. Je commence à me lever tôt pour peindre avant que Sarah ne s'éveille. Je découvre que j'ai une petite réputation un peu ambiguë, datant de l'exposition de Toronto, et l'on m'invite à des soirées. Au début, je remarque un peu de ressentiment à mon égard parce que je viens de ce que l'on appelle *là-bas dans l'Est*, ce qui implique quelques privilèges non mérités, mais après un certain temps, on me connaît assez pour m'accepter, et après cela je peux en faire autant avec les gens de l'Est, et tirer mon épingle du jeu.

Je suis aussi invitée à participer à de nombreuses expositions de groupe, la plupart de femmes : elles ont entendu parler de mes tableaux maculés d'encre, elles ont lu les mauvaises critiques, ce qui me donne une sorte de légitimité, même si celle-ci vient de l'Est. Ici, les femmes artistes de tout genre, les femmes tout court, sont dans un état d'agitation, bouillantes de l'énergie retenue sous les forces explosives confinées dans un espace restreint ; elles ont la ferveur de tous les mouvements religieux à leur premier début rigoriste. Il ne suffit pas de faire semblant et de croire au salaire égal : une conversion sincère s'impose. Du moins, le laissent-elles entendre.

La confession est à la mode, non pas celle de nos faiblesses, mais celle de nos souffrances aux mains des hommes. La souffrance est importante, mais seulement un certain type de souffrance : la souffrance des femmes, pas celle des hommes. Parler de nos souffrances s'appelle partager. Mais je ne veux pas partager de cette façon ; et puis je n'ai pas suffisamment de cicatrices. J'ai mené une vie privilégiée, je n'ai jamais été battue, ni violée, je n'ai jamais eu faim. Bien sûr, il y a la question de l'argent, mais Jon était aussi pauvre que moi.

Il y a Jon. Pourtant, je n'ai pas l'impression qu'il m'ait mise en état d'infériorité. Quoi qu'il m'ait fait, je le lui ai rendu, et peut-être en pire. À présent, il souffre. Sarah lui manque. Il appelle de loin, sa voix s'efface et revient comme ces émissions radio en temps de guerre. Une voix abattue par la défaite, teintée d'une tristesse archaïque qui semble de plus en plus celle des hommes en général.

Pas de pitié pour lui, diraient les femmes. Je n'en ai pas non plus, mais cela ne m'empêche pas d'être désolée.

Certaines de ces femmes sont lesbiennes, nouvellement déclarées ou reconverties. C'est à la fois courageux et bien vu. Selon certaines, c'est la seule relation d'égal à égal possible pour les femmes. Autrement, nous ne pouvons pas être vraies.

J'ai honte de ma propre hésitation, de mon absence de désir ; mais, en vérité, je serais terrifiée d'aller au lit avec une femme. Les femmes accumulent les griefs, gardent rancune et sont changeantes. Elles assènent des jugements durs, justifiés, contrairement aux vagues explications des hommes, voilées de romantisme, d'ignorance, de parti pris et de désir. Les femmes en savent trop, on ne peut ni les décevoir, ni leur faire confiance. Je comprends pourquoi elles font peur aux hommes, ce qu'on leur reproche.

Dans les réunions, elles se mettent à poser des questions pièges marquées du sceau de l'Inquisition ; elles s'intéressent à mes vices, à mes croyances. Je suis coupable d'en avoir si peu : je sais que je ne suis pas orthodoxe, je suis irrémédiablement hétérosexuelle, mère et, au fond, poule mouillée et traître. Au mieux, mon cœur est un objet douteux, abîmé et déloyal. Et je me rase toujours les jambes.

J'évite ces rencontres de femmes par peur d'être sanctifiée ou brûlée vive. Je crois qu'elles parlent de moi, derrière mon dos. Elles me rendent plus nerveuse que jamais parce qu'elles ont une façon de me voir autre que je ne suis. Elles veulent m'améliorer. Parfois, je me sens agressive : de quel droit me disent-elles quoi penser ? Je ne suis pas la Femme et personne ne m'obligera à tenir ce rôle. Espèce de garce, me dis-je intérieurement. Fiche-moi la paix.

Mais j'envie aussi leur conviction, leur optimisme, leur je-m'en-foutisme, leur absence de crainte vis-à-vis des hommes et leur camaraderie. C'est comme si je me trouvais au bord de la route, agitant peureusement un mouchoir alors que les troupes partent en guerre d'un pas mâle en chantant des chants courageux.

J'ai quelques amies, mais pas intimes. Des mères célibataires comme moi. Je les rencontre à la maternelle. Nous nous échangeons les enfants lorsque l'une veut sortir, et nous rouspétons pour la forme. Nous évitons de parler de nos blessures les plus profondes. Nous ressemblons à Babs et Marjorie de mon ancien cours de Dessin d'après nature, nous avons le même sens de la triste comédie. Il est vrai qu'il s'agit d'un modèle plus ancien pour les femmes, mais voilà, maintenant nous sommes réellement plus vieilles.

Jon vient chez nous, en vue d'une tentative de réconciliation que je crois souhaiter aussi. Mais cela ne se produit pas et nous finissons par divorcer, de loin.

Mes parents viennent aussi. Sarah leur manque, beaucoup plus que moi, je crois. Je me suis trouvé des raisons pour ne pas aller dans l'Est à Noël. Contre la toile de fond des montagnes, ils paraissent déplacés, un peu rapetissés. Dans leurs lettres, ils se ressemblent davantage. Ils sont tristes à cause de moi et de ce qu'ils voient probablement comme mon ménage brisé. Je ne sais pas comment leur expliquer. « Tu sais, ma chérie, dit ma mère en parlant de Jon. Je l'ai toujours trouvé très entier. » Un terme négatif, synonyme d'ennuis.

Je les emmène à Stanley Park où il y a de grands arbres. Je leur montre l'océan en barbotant dans le varech. Je leur montre aussi une limace géante.

Mon frère Stephen envoie des cartes postales. Il envoie aussi un dinosaure rembourré pour Sarah. Un pistolet à eau. Un livre de calcul ayant pour héros une fourmi et une abeille. Et le système solaire sous la forme d'un mobile en plastique et d'étoiles que l'on colle au plafond et qui s'allument.

Après un certain temps, je découvre dans le petit monde de l'art (petit, parce que qui le connaît en réalité ? On n'en parle pas à la télévision) que les tourbillons, les carrés et les hamburgers géants sont passés de mode, que d'autres choses le sont désormais, et que je suis tout à coup propulsée à l'avant d'une petite vague. Il y a un peu d'agitation, comme c'est le cas en l'occurrence. Mes peintures se vendent mieux et à meilleur prix. Je suis désormais représentée par deux galeries officielles. L'une à l'Est, l'autre à l'Ouest. Après avoir confié Sarah à l'une de mes amies mère célibataire, je fais un court séjour à New York, pour une exposition de groupe organisée par le gouvernement canadien où se retrouvent de nombreuses personnes travaillant pour la Délégation commerciale. Je porte du noir. Je marche dans les rues avec le sentiment d'être normale en comparaison des gens d'ici qui ont l'air de parler tout seuls. Je reviens.

Je prends des amants, rarement, et par une sorte de désespoir. Ce sont des liaisons précipitées et frustrantes : je n'ai pas de temps à consacrer à la subtilité. Même ces brefs intermèdes semblent trop exiger de moi.

Aucun de ces hommes ne me rejette. Je ne leur en laisse pas le temps. Je sais ce qui est dangereux et je me garde de l'aspérité des choses. De tout ce qui est trop brillant, trop tranchant. Du manque de sommeil. Lorsque je commence à me sentir chancelante, je m'étends, je fais le vide et je le sens venir, cela me submerge comme une vague remplie d'espace noir. Mais je sais que je peux survivre à cela.

Un peu plus tard, je rencontre Ben qui m'accoste de la façon la plus banale, c'est-à-dire au supermarché. En fait, il me demande s'il peut porter mes sacs d'épicerie qui ont l'air d'être lourds, et qui le sont, et je le laisse faire en me sentant un peu stupide, vieux jeu et en m'assurant d'abord que d'autres femmes ne regardent pas.

Des années auparavant, je l'aurais trouvé trop simpliste, trop ennuyeux, pratiquement simple d'esprit. Et des années plus tard, macho tout ce qu'il y a de charmant. Il est tout cela ; mais il est aussi comme une pomme après un long festin boulimique.

Il vient chez moi réparer la véranda avec sa scie et son marteau comme dans les magazines féminins d'il y a des années. Puis il prend une bière sur la pelouse comme dans les réclames. Il me raconte des blagues que je n'ai pas entendues depuis le collège. Ma reconnaissance pour ces menus plaisirs m'étonne. Mais je n'ai pas besoin de lui, ce n'est pas un problème vital. Au lieu de cela, il me plaît. C'est un bonheur d'être si aisément comblée.

Il m'emmène à Mexico, comme dans les romans que l'on trouve au drugstore. Il vient tout juste d'acquérir une petite agence de voyages, plus comme passe-temps que pour autre chose : il a déjà fait fortune dans l'immobilier. Mais il aime faire de la photographie et s'asseoir au soleil. Faire ce qu'il aime, et de l'argent en même temps, c'est tout ce qu'il a jamais désiré.

Au lit, il est timide, aisément étonné et facilement comblé.

Nous unissons nos ménages dans une plus grande, une troisième maison. Quelque temps après, nous nous marions. Cela se fait tout simplement. À lui, cela semble approprié, à moi, excentrique : c'est un défi à la convention, à une convention dont il n'a jamais entendu parler. Il ne s'imagine pas à quel point je me trouve bizarre.

Il a dix ans de plus que moi. Un divorce et un fils déjà grand. Ma fille Sarah devient la fille qu'il espérait et bientôt nous avons Anne. Je vois celle-ci comme ma deuxième chance. Elle est moins rêveuse que Sarah, plus entêtée. Sarah sait déjà que l'on ne peut pas toujours avoir tout ce que l'on désire.

Ben me trouve bonne et je ne le contredis pas dans cette opinion : il n'a aucun besoin des aspects moins plaisants de ma personnalité. Il me voit aussi comme un être fragile parce qu'artiste : il faut prendre soin de moi comme d'une plante en pot. Un peu d'émondage par-ci, un peu d'eau par-là, un peu de désherbage, de redressage pour en tirer la meilleure part. Il dresse un livre de comptabilité pour ma peinture : ce qui a été vendu, et pour combien. Il me dit ce que je peux déduire de mes impôts. Il remplit les déclarations. Il range les pots d'épices par ordre alphabétique, sur une étagère spéciale dans la cuisine, qu'il fabrique lui-même.

Je pourrais vivre sans cela. Je l'ai déjà fait. Mais c'est bien agréable quand même.

Il regarde mes toiles avec de l'étonnement, et aussi de l'appréhension, comme un petit enfant qui regarde une chandelle. Ce qu'il retient surtout, c'est à quel point je fais bien les mains. Il sait qu'elles sont difficiles à réussir. Lui aussi aurait aimé faire quelque chose du genre, mais il n'a jamais pu parce qu'il a dû gagner sa vie. Cela ressemble beaucoup à ce que les gens m'ont dit lors de vernissages, mais à lui, je pardonne.

À des intervalles judicieux, il voyage pour affaires, me donnant ainsi l'occasion de voir qu'il me manque.

Je m'assois devant le feu de cheminée, son bras passé autour de moi, aussi solide qu'un dossier de chaise. Je marche le long de la jetée dans la bruine bienfaisante de Vancouver, les demi-teintes de la plage, la caresse des petites vagues. Devant moi, il y a le Pacifique qui envoie coucher de soleil par-dessus coucher de soleil, gratuitement ; dans mon dos, les montagnes invraisemblables et, derrière elles, une immense barricade de terre.

Toronto est derrière, à une grande distance, qui flambe en imagination comme Gomorrhe. Et que je n'ose regarder.

XIII. Picosecondes

67.

Je me réveille tard. Je mange une orange, un peu de pain grillé, un œuf que j'écrase dans une tasse. Le trou percé au fond de la coquille n'était pas destiné à empêcher les sorcières de prendre la mer, comme le disait Cordelia, mais bien à créer un vide entre le coquetier et la coquille, de façon à extraire celle-ci. Comment se fait-il que j'aie mis quarante ans pour trouver cela ?

J'enfile mon autre survêtement, celui couleur cerise, et je fais des exercices d'élongation, sans méthode, sur le sol de Jon. Encore une fois, c'est celui de Jon et non le mien. J'ai l'impression de le lui avoir restitué avec des fragments de sa propre vie, de notre vie commune gardés par moi jusqu'alors. Je me souviens de toutes ces peintures médiévales, la main levée, ouverte pour montrer qu'il n'y avait aucune arme : *Allez en paix*. Renvoi et bénédiction. Ma façon de faire n'était peut-être pas exactement celle des saints, mais elle semble avoir fonctionné tout aussi bien. La paix revient aussi au donateur.

Je descends chercher le journal du matin. Je le feuillette sans trop le lire. Je sais que je ne fais que passer le temps. J'ai presque oublié la raison de ma présence ici et je suis impatiente de retourner vers la côte ouest, vers cette zone du temps où se passe ma vie à présent. Mais je ne le peux pas encore. Je suis en suspens, comme dans un aéroport ou une antichambre de dentiste, dans l'attente d'un intervalle qui sera sans contexte et sans désir tel un analgésique ou l'intérieur d'un avion. C'est ainsi que je vois la soirée en perspective, le vernissage : une chose à traverser sans catastrophe.

Je devrais me rendre à la galerie pour voir si tout est en place. Je devrais au moins faire cette élémentaire visite de courtoisie. Mais au lieu de cela, je prends le métro, je descends à l'entrée principale du cimetière, j'erre vers le sud, vers l'est, je me traîne les pieds dans les feuilles mortes en scrutant les caniveaux, les yeux fixés sur le trottoir pour dénicher les papiers d'argent, les pièces de cinq *cents*, les fruits tombés. Je crois toujours que ces choses existent et que je pourrais les trouver.

Avec un peu d'aide, un faux pas au-delà d'une limite mal définie, je pourrais devenir une vagabonde. C'est le même instinct : fouiller dans les monceaux de rebuts, tripoter dans les déchets. À la recherche d'une chose jetée parce qu'inutile, mais susceptible d'être récupérée, réutilisée. L'accumulation de petites choses, d'espace dans son cas à elle, de temps dans le mien.

Ceci est la vieille route de l'école à la maison. J'avais l'habitude de marcher sur ce trottoir, derrière ou devant les autres. Entre ces lampadaires, mon ombre sur la neige de l'hiver se prolongeait devant moi, se doublait, se rapetissait à nouveau, et disparaissait, les lampadaires projetant leur auréole autour d'eux comme la lune dans le brouillard. Ici, se trouve la pelouse où Cordelia était tombée à la renverse et avait formé un ange de neige. Ici, elle avait couru.

Les maisons sont les mêmes, bien qu'elles ne soient plus garnies de ce blanc écaillé tirant sur le gris, qu'elles n'aient plus un air négligé ou d'après-guerre. Les ravaleurs sont passés par ici, et les poseurs de lanterneaux ; à l'intérieur, les benjamina et les lierres tropicaux ont remplacé les violettes africaines minables qu'on faisait pousser autrefois sur les rebords des fenêtres de cuisine. Je connais ces maisons de fond en comble, ce qu'elles étaient ; je revois la couleur des murs, rose cendré, vert sauge, champignon, et les tentures de chintz à présent disparues. À quel temps appartiennent-elles vraiment, au leur, ou au mien ?

Je marche le long de la rue, légèrement en côte, croisant des groupes de jeunes enfants qui rentrent à la maison pour le déjeuner. Bien que les filles portent un jean, signe de liberté, elles ne sont pas aussi bruyantes qu'auparavant ; il n'y a pas de chansons, pas de chahut. Elles avancent résolument, ou est-ce que je me l'imagine ? C'est peut-être que je ne suis plus à leur niveau : je suis plus grande et le son me parvient amorti. Ou peut-être est-ce ma personne, la présence parmi elles de quelqu'un perçu comme un adulte, et qui a du pouvoir.

Certaines me regardent fixement, d'autres pas du tout. Qu'y a-t-il à voir ? Une femme d'âge mûr, les mains dans les poches de son manteau, les jambes de son pantalon de jogging relevées au-dessus de ses bottes, pas plus bizarre que d'autres et vite oubliée.

Quelques-uns des porches, sont décorés de citrouilles aux visages heureux, tristes ou menaçants, en attente de la soirée. C'est la veille de la Toussaint où les esprits des morts visiteront les vivants, déguisés en ballerines, en bouteilles de Coca, en astronautes, en Mickeys, et à qui ces derniers offriront des bonbons pour les empêcher de devenir mauvais. Je garde encore le goût de cette fête : l'air piquant, le caramel dans la bouche, l'espoir devant la porte, la conviction d'obtenir quelque chose pour rien, ce à quoi tous les enfants croient. Néanmoins, ils ne récolteront plus de pop corn fait maison ni de pommes. Il y a rumeur de lames de rasoir ou même de poison insérés à l'intérieur. Même du temps de mes propres enfants, nous

nous inquiétions au sujet des pommes. Un vent de malice souffle.

Au Mexique, ils savent encore célébrer cette fête sans déguisements. Des crânes en sucre illuminés, des pique-niques en famille sur les tombes, un couvert pour chaque invité, une bougie pour chaque âme. Tous s'en retournent heureux, y compris le mort. Nous avons rejeté ce passage facile entre les dimensions : nous voulons oublier les morts, nous refusons d'en parler, nous refusons de les nourrir. Résultat, nos morts sont plus maigres, plus blêmes, plus difficiles à entendre et plus affamés.

68.

Mon frère Stephen est mort il y a cinq ans. Je ne devrais pas dire, mort, plutôt tué. J'essaie de ne pas le voir comme un meurtre, même si c'en était bien un, mais comme une sorte d'accident, un train qui explose. Ou encore, comme une catastrophe naturelle, un glissement de terrain. Ce que l'on appelle, dans les assurances, un cas de force majeure.

Il est mort de la loi du talion, ou de l'idée que quelqu'un s'en faisait. Il est mort de trop de justice.

Il était assis dans un avion. Près d'un hublot. C'est tout ce que l'on sait.

Dans la pochette en filet de nylon placée devant lui, il y avait un magazine de la compagnie d'aviation avec un article sur les chameaux, qu'il avait lu, et un autre sur la façon de mettre à la page sa garde-robe d'affaires, qu'il n'avait pas lu. Il y avait aussi une paire d'écouteurs et un sac pour vomir.

Sous le siège avant, devant ses pieds nus – il a enlevé ses chaussettes et ses chaussures – il y a son porte-documents qui contient un mémoire rédigé par lui sur la composition probable de l'univers. L'univers, pensait-il autrefois, pourrait bien être constitué de morceaux infinitésimaux de corde, de trente-deux couleurs différentes. Ces morceaux sont si petits que le terme « couleurs » ne peut être qu'une façon de parler. Mais il a des doutes : il y a aussi d'autres possibilités théoriques, dont deux qu'il expose à grands traits dans son mémoire. L'univers est difficile à cerner ; il change quand on le regarde, comme s'il résistait à l'idée d'être connu.

Il était censé faire sa conférence avant-hier à Francfort. Il aurait entendu d'autres discours. Il aurait appris des choses.

Son veston, l'un des trois qu'il possède, est rangé sous le siège avec son porte-documents. À présent, ses manches de chemise sont relevées, ce qui ne résout pas grand-chose : l'air climatisé est hors de service et l'avion surchauffé. Et puis ça sent mauvais : il y a au moins une des toilettes hors d'usage, et les gens en avion pètent plus, comme mon frère a pu remarquer puisqu'il a déjà fait de nombreux voyages en avion. À présent, c'est la panique qui en est la cause puisqu'elle empêche la digestion. Deux sièges plus loin, un gros homme chauve ronfle la bouche ouverte et dégage un nuage invisible de mauvaise haleine.

Les stores des hublots sont baissés. Mon frère sait que s'il relevait le sien, il verrait une piste miroitante sous le soleil et, plus loin, un paysage brun grisâtre aussi étrange que celui de la lune, une mer aveuglante en arrière-plan et quelques bâtiments bruns rectangulaires aux toits plats d'où viendra ou non un sursis. Il a vu tout cela avant que les stores ne soient baissés. Il ignore dans quel pays se situent ces bâtiments.

Il n'a rien mangé depuis le matin. Des sandwiches ont été apportés de l'extérieur, faits d'un étrange pain granuleux, de beurre liquéfié, d'une sorte de pâté de viande beige sentant le cadavre. Et puis un pâle morceau de fromage qui a transpiré sous sa pellicule de plastique. Il a mangé ce fromage, et le sandwich, et à présent ses mains sentent les vieux pique-niques, les déjeuners du bord de la route en temps de guerre.

La dernière gorgée d'eau a été distribuée parcimonieusement il y a quatre heures. Sur lui, il a un rouleau de pastilles à la menthe : il en emporte toujours avec lui en cas de turbulences. Il en a donné une à sa voisine d'âge mûr qui portait des lunettes extra-larges et un ensemble-pantalon à carreaux. Il est quelque peu soulagé qu'elle soit partie : ses pleurs étouffés, renifleurs et monotones commençaient à l'agacer. Les femmes et les enfants ont tous eu la permission de descendre, mais il n'est ni femme, ni enfant. Dans l'avion, il ne reste que des hommes.

Ils ont été espacés, deux par deux, un siège vide entre chacun. On a pris leurs passeports. Dans les allées de l'avion, ceux qui les ont ramassés se tiennent à distance les uns des autres ; ils sont trois avec des petites mitraillettes et trois avec des grenades bien en vue. Ils portent tous sur la tête une taie d'oreiller de la compagnie d'aviation avec des trous aménagés pour les yeux et la bouche qui, dans cette lumière atténuée, projettent des reflets blancs, des miroitements roses. Sous ces taies rouges, leurs vêtements sont ordinaires : une tenue de sport, un pantalon de flanelle grise, avec une chemise blanche rentrée, le bas d'un costume bleu marine classique.

Évidemment, ils sont montés à bord comme des passagers ordinaires ; mais comment ils ont pu déjouer la surveillance des gardes de sécurité reste un mystère. Ils ont dû recevoir de l'aide, quelqu'un de l'aéroport, pour qu'ils puissent ainsi, quelque part au-dessus de la Manche, bondir dans le couloir, donner des ordres et brandir des armes. Ou alors ces armes étaient déjà cachées à bord de l'avion parce que, de nos jours, rien de métallique n'échappe aux rayons X, dit-on.

Il y a deux, ou peut-être trois autres hommes dans la cabine de pilotage qui négocient avec la tour de contrôle par l'entremise de la radio. Ils n'ont pas encore dit aux passagers qui ils sont ou ce qu'ils veulent ; tout ce qu'ils ont bien voulu dire, dans un anglais fortement accentué mais intelligible, était que tous dans l'avion vivraient, ou alors mourraient ensemble. Le reste ne fut que monosyllabes et pointages de doigt. *Toi, ici.* Il est difficile d'évaluer leur nombre parce que toutes les taies d'oreiller sont identiques. Ils ressemblent à ces personnages de vieilles bandes dessinées porteurs d'une double identité. Ceux-ci ont été surpris à la moitié de leur transformation : un corps ordinaire, mais surmonté d'une tête surnaturelle, puissante, déformée par l'héroïsme ou la vilenie.

Je ne sais pas si c'est ce que mon frère a pensé. Mais c'est ce que je pense pour lui à présent.

Contrairement à l'homme à la bouche ouverte assis à côté de lui, mon frère est incapable de dormir. Alors il s'occupe à imaginer les stratagèmes possibles : que ferait-il à leur place ? À la place des hommes à la tête en taie d'oreiller ? C'est leur tension, leur surexcitation, leur adrénaline bloquée qui remplit l'avion en dépit des corps avachis des passagers, de leur fatigue, de leur résignation.

S'il était à leur place, il serait bien sûr prêt à mourir. Sans cette donnée, toute l'opération serait inutile et impossible à imaginer. Mais mourir pour quoi ? Il existe probablement un motif religieux, mais en premier lieu, il doit y avoir quelque chose de plus immédiat : de l'argent, la libération de leurs frères emprisonnés dans quelque trou pour avoir fait plus ou moins la même chose : Faire sauter quelque chose ou menacer de le faire. Ou tuer quelqu'un.

D'une certaine façon, tout cela lui est familier. Comme s'il avait déjà vécu cela quelque part, il y a longtemps ; et, en dépit de l'inconfort, de l'irritation, de l'ennui et de la peur, il éprouve une certaine sympathie. Il espère que ces hommes vont garder la tête froide et réussir, quel que soit leur but. Il espère qu'il n'y aura pas de pleurnicheries, de culottes mouillées parmi les passagers, que personne ne deviendra fou furieux et commencera à crier, pour déclencher un massacre dû à la nervosité. De l'aplomb et un œil averti, voilà ce qu'il leur souhaite.

Un homme est entré par une porte à l'avant de l'appareil et parle avec deux autres. Il semble y avoir une discussion : des gestes de la main, un mot plus haut que l'autre. Les autres hommes à leur poste se tendent, leurs têtes carrées rouges scrutent les passagers comme d'étranges radars. Mon frère sait qu'il doit éviter un contact direct des yeux et il garde la tête baissée. Il fixe la pochette en filet de nylon placée devant lui et ouvre discrètement un bonbon à la menthe.

L'homme nouvellement arrivé s'engage dans l'allée, sa tête oblongue aux trois trous se tourne d'un côté, de l'autre. Un autre homme le suit. Étrange, une musique enregistrée parvient de l'intercom, doucereuse et soporifique. L'homme s'arrête ; sa tête hors de proportion se déplace lourdement vers la gauche, comme celle d'un monstre à l'esprit lent, à la vue basse. Il étend un bras, fait un geste de la main : *Debout*. C'est mon frère qu'il désigne.

Ici, j'arrête d'inventer. J'ai parlé avec les témoins, les survivants, alors je sais que mon frère s'est levé, s'est frayé un chemin devant l'homme dans le siège côté couloir en disant : « Excusez-moi. » L'expression sur son visage en est une de curiosité stupéfaite : ces hommes sont un mystère insondable, mais n'est-ce pas le cas de tous les hommes ? Peut-être l'ont-ils pris pour quelqu'un d'autre ? Ou désirent-ils qu'il les aide à négocier parce qu'ils se dirigent ensemble vers l'avant de l'avion où une autre taie d'oreiller attend.

C'est celle-ci qui ouvre la porte, comme un portier d'hôtel déférent et laisse ainsi pénétrer la pleine clarté du jour. Après la demi-obscurité, il fait terriblement clair et mon frère reste là, à cligner des yeux, alors que l'image s'ajuste au sable et à la mer, comme un joyeux paysage de carte postale de vacances. Puis, il tombe, à une vitesse plus rapide que celle de la lumière.

C'est ainsi que mon frère entre dans le passé.

Pour parvenir jusque-là, j'ai dû passer plus de quinze heures dans les avions et les aéroports. Après, j'ai vu les bâtiments, la mer, l'étendue de la piste ; l'avion lui-même était reparti. Tout ce qu'ils avaient fini par obtenir était un sauf-conduit.

Je ne voulus pas identifier le corps, ou même le voir. Si on ne voit pas le corps, il est plus facile de croire que personne n'est mort. Par contre, je voulais savoir si on l'avait tué avant de le pousser dans le vide, ou après. Je voulais que ce soit après parce qu'il aurait eu un bref moment d'évasion, de soleil ou de vol simulé.

Au cours de ce voyage, je ne me levai pas la nuit. Je ne voulais pas voir les étoiles.

Le corps a ses propres défenses, sa propre façon d'occulter les choses. Les gens du gouvernement dirent après que j'avais été admirable, voulant dire par là peu gênante. Je ne m'évanouis pas, ni ne me donnai en spectacle ; je parlai avec les journalistes, signai les formulaires, pris des décisions. Il y eut beaucoup de choses que je ne vis ou ne compris que bien plus tard.

L'idée qui me vint à ce moment-là, fut celle du jumeau dans l'espace, celui qui fit un voyage interplanétaire et en revint au bout d'une semaine pour retrouver son frère de dix ans plus âgé.

À présent, je serai plus vieille, pensai-je. Et lui pas.

69.

Mes parents ne comprirent rien à la mort de Stephen parce qu'elle n'avait aucune raison d'être, ou alors des raisons qui n'avaient rien à voir avec lui. Ils ne s'en remirent jamais non plus. Avant, ils étaient actifs, alertes et vigoureux ; après, ils se sont laissés aller.

— L'âge n'a pas d'importance, dit ma mère. Ce sont toujours vos enfants. Elle me dit cela comme une chose que j'aurai besoin de savoir plus tard.

Mon père devint plus petit et plus maigre ; de toute évidence, il se ratatinait ; il restait assis pendant de longues périodes à ne rien faire, contrairement à son habitude. C'est ce que ma mère me dit par l'entremise d'un téléphone interurbain.

Les fils ne devraient jamais mourir avant leur père. Ce n'est pas naturel, ce n'est pas dans l'ordre des choses. Parce qu'après, qui prendra la relève ?

Quant à mes parents, ils moururent de la façon habituelle, de choses dont les gens âgés meurent ordinairement, de ce dont moi-même je mourrai plus tôt que je ne le crois : mon père, subitement, ma mère un an plus tard, d'une maladie plus longue et plus pénible. « C'est une bonne chose que ton père soit mort de cette façon, dit-elle. Il aurait détesté ce qui m'arrive. » Elle ne dit rien de ses propres sentiments à ce sujet.

Les filles vinrent passer une semaine, à la fin de l'été ; ma mère était encore dans sa maison de Sault-Sainte-Marie et nous pouvions tous prétendre qu'il s'agissait d'une visite normale. Après leur départ, je restai. Je désherbai le jardin, j'aidai pour la vaisselle puisque ma mère n'eut jamais de machine, je fis la lessive en bas dans le lave-linge automatique, mais je dus étendre le linge sur la corde puisque ma mère avait décidé que les sécheuses consommaient trop d'électricité. Je graissai les moules à muffins. Je jouai à l'enfant.

Ma mère est lasse, mais aussi agitée. Elle ne veut pas faire de sieste l'après-midi, elle insiste pour marcher jusqu'à l'épicerie du coin. « Je peux me débrouiller », dit-elle. Elle ne veut pas que je fasse la cuisine pour elle. « Tu ne trouveras jamais rien dans cette cuisine », dit-elle, en me signifiant par là qu'elle-même n'y trouvera plus rien si je commence à y mettre mon désordre. J'introduis subrepticement des plats surgelés dans le réfrigérateur et je l'amène à les manger en lui disant qu'ils se perdront. Le gaspillage est toujours une hantise chez elle. Je l'emmène au cinéma en ayant soin de vérifier d'abord s'il n'y a ni violence, ni sexe, ni morts, puis au restaurant chinois. Autrefois, dans le nord, les restaurants chinois étaient les seuls sur lesquels on pouvait compter. Les autres servaient du pain blanc et des sandwiches nappés de sauce, des fèves au lard tièdes, des tartes faites de carton et de colle.

Elle prend des calmants, puis d'autres encore plus forts. Elle se couche plus souvent. « Je suis heureuse de ne pas avoir à subir d'opération à l'hôpital, dit-elle. La seule fois où j'y suis allée, c'était pour vous, les enfants. Pour Stephen, on m'a fait respirer de l'éther. Je me suis éteinte comme une lumière et lorsque je me suis éveillée, il était là. »

Bien des choses qu'elle raconte se rapportent à Stephen. « Tu te rappelles ces odeurs qu'il nous fabriquait avec sa boîte de chimie ? Le jour où je recevais mon club de bridge ! Nous avions dû ouvrir les portes et ça en plein hiver. » Et encore : « Tu te rappelles toutes ces bandes dessinées qu'il entassait sous son lit ? Il y en avait trop. Après son départ, je m'en suis débarrassée. Je ne croyais pas qu'elles étaient utiles à quoi que ce soit. Mais j'ai lu quelque part que les gens les collectionnaient ; elles vaudraient maintenant une fortune. Nous avons toujours cru qu'elles ne valaient rien. » Elle dit cela comme si elle se moquait un peu d'elle-même.

Lorsqu'elle parle de Stephen, il n'a jamais plus de douze ans. Après cela, il la devança. J'en suis venue à l'idée qu'elle était, ou est, craintive à son égard, un peu apeurée. Elle ne voulait pas donner naissance à un tel être.

— Ces filles t'ont fait passer un mauvais moment, dit-elle. Je nous ai fait du thé – elle l'a permis – et nous sommes assises à la table de la cuisine à le boire. Elle est toujours étonnée de me voir boire du thé et m'a demandé à plusieurs reprises si je ne préférerais pas du lait.

— Quelles filles ? je demande. Mes doigts sont affreux ; je m'arrache la peau en douce, hors de la vue, sous la table, comme je le fais lorsque je suis stressée ; une vieille habitude dont je n'arrive pas à me défaire.

— Ces filles. Cordelia, Grace, et cette autre, Carol Campbell. Elle me regarde, un peu de biais, comme pour me tester.

— Carol ? dis-je.

Je revois une fille courtaude en train de faire tourner une corde à sauter.

— Bien sûr, Cordelia était ta meilleure amie de collège, dit-elle. Je n'ai jamais cru qu'elle était derrière tout cela. C'était cette Grace, pas Cordelia. J'ai toujours pensé que Grace l'avait entraînée. Qu'est-elle devenue ?

— Je n'en sais rien, dis-je.

Je n'ai pas envie de parler de Cordelia. Je me sens toujours coupable de l'avoir laissée tomber et de ne pas l'avoir aidée.

— Je ne savais pas quoi faire, dit-elle. Ce jour-là, elles sont venues me voir et elles m'ont dit que tu avais été retenue après l'école parce que tu avais été impolie envers la maîtresse. C'était Carol qui avait dit cela. Je ne les ai pas crues. Dans la mesure du possible, elle évite de prononcer le mot *mensonge*.

— De quel jour parles-tu ? je demande prudemment. J'ignore de quoi elle veut parler. À cause des médicaments elle commence à embrouiller les choses.

— Ce jour où tu as presque gelé. Si je les avais crues, je ne serais jamais partie à ta recherche. J'ai pris le chemin qui longeait le cimetière, mais tu n'étais pas là. Elle me regarde avec anxiété, l'air de se demander ce que je vais dire.

— Ah oui, dis-je, en prétendant saisir ce dont elle parle. Je ne veux pas l'embrouiller. Mais je commence à l'être moi-même. Ma mémoire s'agite, comme une eau sur laquelle on souffle. Pendant un instant, je vois Cordelia, Grace et Carol qui marchent vers moi à travers la neige incroyablement blanche, leurs visages dans l'ombre.

— J'étais si inquiète, dit-elle.

Elle s'attend à ce que je lui pardonne, mais quoi ?

Certains jours, elle est plus forte et donne l'illusion d'aller mieux. Aujourd'hui, elle veut que je l'aide à ranger la cave. « Comme ça, plus tard, tu n'auras pas à trier toute cette vieille camelote », dit-elle gentiment. Elle ne parle pas de *mort* ; elle veut ménager mes sentiments.

Je n'aime pas les caves. Celle-ci n'est pas finie : du béton gris, des traverses au plafond. Je m'assure que la porte en haut de l'escalier reste ouverte. « Tu devrais faire poser une rampe », dis-je. Les marches sont étroites, peu sûres.

— Je me débrouille, dit ma mère.

Cela vient tout droit du temps où le fait de se débrouiller suffisait.

Nous trions de vieux magazines, le monceau de boîtes de carton de différentes grandeurs, les étagères de pots vides. Elle en a jeté bien moins qu'elle ne l'aurait pu lorsqu'ils ont déménagé ; ou alors, elle en a accumulé encore plus. J'emporte les choses en haut et les range dans le garage. Là elles semblent enfin reléguées.

Il y a toute une rangée de bottes et de souliers de mon père, alignés par paires : souliers de ville aux pièces de renfort trouées, couvre-chaussures, bottes de caoutchouc, cuissardes pour la pêche, bottes à semelles épaisses pour marcher dans la forêt, patinées de graisse de lard et munies de lacets de cuir. Quelques-unes d'entre elles ont au moins cinquante ans d'usage, et plus. Ma mère ne les jettera pas, je le sais ; mais elle n'en parle pas. Je devine la retenue qu'elle attend de moi. J'ai fait mon propre deuil lors des funérailles. Elle n'a pas besoin d'une enfant en pleurs, pas maintenant.

Je revois le vieil Institut de Zoologie où nous avions l'habitude d'aller les samedis, les corridors trop chauffés qui craquaient sous les pas, les bocaux remplis d'yeux, les odeurs familières du formol et des souris. Je me souviens de m'être assise à la table de la salle à manger en compagnie de Cordelia, des avertissements de mon père qui nous pleuvaient dessus : l'eau polluée, les arbres empoisonnés, une espèce après l'autre éteintes comme des fourmis piétinées. Nous ne pensions pas qu'il était prophétique. À l'époque, nous trouvions tout cela ennuyeux, une forme de prêchi-prêcha adulte sans intérêt pour nous. Aujourd'hui, tout est devenu vrai, mais en pire. Je vis dans son cauchemar qui n'est pas moins vrai parce qu'invisible. Nous pouvons encore respirer, mais pour combien de temps ?

Contre ses noires prédictions, se démarque la bonne humeur de ma mère qui, en rétrospective, m'apparaît profondément voulue.

Nous entreprenons de fouiller la malle. Je me rappelle l'avoir vue dans la maison de Toronto ; pour moi, elle est toujours aussi mystérieuse, comme une malle au trésor. Ma mère aussi voit tout cela comme une aventure : elle dit qu'elle ne l'a pas ouverte depuis des années, qu'elle n'a aucune idée de ce qui s'y trouve. Elle n'est pas moins en vie parce qu'elle se meurt.

J'ouvre la malle et une odeur de naphtaline en remonte. Voici les vêtements de bébé enveloppés dans du papier de soie, les pièces d'argenterie incrustées de fleurs, d'un noir jaunâtre. « Garde cela pour les filles », dit-elle. Prends celui-ci. La robe de mariée, les photos de mariés, celles de parents couleur sépia. Un paquet de plumes. Des feuilles de marque pour le bridge avec des glands, deux paires de gants de chamois blanc. « Ton père était un merveilleux danseur, dit-elle. Avant que nous nous mariions. » Je n'ai jamais su cela.

Nous passons en revue les différentes couches, déterrant de nouvelles choses : mes photos de collège, mon sourire figé, les cheveux de quelqu'un dans une enveloppe, un unique chausson de bébé. De vieilles mitaines, de vieilles cravates aussi. Un tablier. Certaines choses doivent être gardées, d'autres jetées ou données. D'autres encore que j'emporterai avec moi. Nous en avons plusieurs piles.

Ma mère est excitée, et peu à peu son excitation me gagne : on dirait une chaussette de Noël. Même si tout n'est pas rose.

Il y a la collection de cartes d'avions de Stephen qui sont retenues par des élastiques desséchés. Ses albums de découpages, ses dessins d'explosions, ses vieux livrets scolaires. Tout cela, elle le met de côté.

Il y a mes propres dessins et albums. Voici les dessins de petites filles qui me reviennent en mémoire, avec leurs manches bouffantes, leur jupe rose et leurs nœuds dans les cheveux. Puis, dans les albums, quelques images oubliées découpées dans des magazines : des corps féminins, habillés de vêtements des années 1940, surmontés de têtes collées appartenant à d'autres femmes.

— Tu adorais ces magazines, dit ma mère. Quand tu étais malade, tu n'arrêtais pas de les feuilleter.

Sous ces albums de découpages, il y a mon vieil album de photographies, les pages noires retenues par un cordonnet semblable à un lacet de chaussure.

À présent, je me rappelle l'avoir déposé dans la malle avant d'aller au collège.

— Nous te l'avions offert, dit ma mère. Pour Noël, pour compléter l'usage de ton appareil photo. À l'intérieur, il y a mon frère, une boule de neige à la main, et Grace Smeath couronnée de fleurs. Une paire de gros rochers avec un nom inscrit sous chacun d'eux au crayon blanc. Moi, dans un veston aux manches trop courtes, adossée à la porte d'une chambre de motel. Le numéro 9.

— Je me demande ce que cet appareil photo est devenu ? dit ma mère. J'ai dû le donner. Il a fini par ne plus t'intéresser.

Je suis consciente d'une barrière entre nous. Qui est là depuis longtemps. Une chose que j'ai eue sur le cœur. Je voudrais la prendre dans mes bras. Mais j'en suis empêchée.

— Qu'est-ce que c'est que ça ? dit-elle.

— Mon vieux sac à main, dis-je. Je le prenais pour aller à l'église.

C'est vrai. À présent, je revois l'église, l'oignon au bout de sa flèche, les bancs d'œuvre, les vitraux.

LE-ROYAUME-DE-DIEU-EST-EN-VOUS.

— Eh bien, j'ignore vraiment pourquoi j'ai gardé cela, dit ma mère avec un petit rire. Mets-le sur la pile des choses à jeter.

C'est complètement aplati ; le plastique rouge est fendillé aux côtés le long de la couture. Je le ramasse, j'essaie de lui faire reprendre sa forme. Une chose cliquette. Je l'ouvre et j'en sors mon œil-de-chat.

— Une bille, dit ma mère, ravie comme une enfant. Tu te rappelles de toutes ces billes que Stephen collectionnait ?

— Oui, dis-je. Mais celle-ci était à moi.

Je la regarde et j'y vois ma vie entière.

70.

En bas de cette rue, il y avait la boutique. Nous y achetions les lacets de réglisse rouge, les chewing-gum, les sucettes à l'orange, les boules dures et noires qui enfermaient des graines. Des choses à un *cent* gravé de la tête du Roi. *Georgius VI Dei Gratis*.

Je ne me suis jamais habituée à l'idée d'une reine qui avait grandi. Chaque fois que je vois sa tête coupée sur la monnaie, je l'imagine à l'âge de quatorze ans dans son uniforme d'éclaireuse, le dos droit comme nous étions censés l'avoir, me regardant du haut des coupures des vieux journaux épinglées au tableau noir de la classe de quatrième de Miss Lumley ; debout devant le micro disgracieux de la radio en forme de diamant, le regard soucieux et rempli d'une crainte bien dissimulée, pour rallier les forces alors que les bombes tombaient sur Londres et que nous chantions : « There' ll Always Be an England » sous la baguette menaçante de Miss Lumley, lors d'une distorsion temporelle huit ans plus tard.

Depuis, la Reine a eu des petits-enfants, a remisé des milliers de chapeaux, pris de la poitrine et (ô hérésie) un soupçon de double menton. Mais rien de tout cela ne me trompe. Quelque part, l'autre reste présente.

Je longe les quelques pâtés de maisons suivants, je tourne le coin et je m'attends à voir le rectangle bancal et familier de l'école recouverte de vieilles briques couleur de foie séché. La cour de l'école recouverte de cendre, de pyrite, les hautes et étroites fenêtres décorées de citrouilles, de papier orange et de chats noirs à l'occasion de l'Halloween, le lettrage gravé au-dessus des entrées, GARÇONS et FILLES, semblable aux inscriptions des mausolées de la fin du XIXe siècle.

Mais l'école a disparu. À la place, une autre s'est élevée spontanément, comme un mirage : de couleur pâle, d'une forme carrée, brillante et moderne.

J'ai l'impression de recevoir un coup au creux de l'estomac. La vieille école a été rasée, effacée de l'espace qu'elle occupait. Comme si elle n'avait jamais existé. Je m'appuie à un poteau de téléphone, abasourdie comme si on avait déconnecté quelque chose dans mon cerveau. Tout à coup, je suis épuisée. Je voudrais m'endormir.

Après un certain temps, je m'approche de la nouvelle école, je m'y dirige en franchissant la grille de l'entrée, j'en fais le tour lentement. Les entrées FILLES et GARÇONS n'existent plus. C'est évident, bien qu'il y ait toujours une clôture en maillons de chaîne. La cour de récréation est meublée de balançoires, de barres d'exercices et de toboggans aux couleurs primaires et glacées ; quelques enfants sont revenus tôt du déjeuner et y grimpent.

Tout cela est si net, si ouvert. Sûrement que, derrière ces portes avenantes et tout de verre, il n'y a plus de longues baguettes de bois, plus de courroie de cuir noir, plus de rangées de pupitres en bois dur ; plus de roi et de reine portant leurs insignes royaux, plus d'encriers ; plus de ricanements contenus à propos de bloomers ; plus de vieilles femmes acariâtres, moustachues. Plus de méchants secrets. Tout cela a disparu.

Je tourne au coin du bâtiment et j'y retrouve le tertre érodé et ses quelques arbres perdus. Cela n'a pas changé au moins.

Il n'y a personne.

Je monte les marches de bois et je me tiens là où j'avais l'habitude de me tenir. Je m'y tiens toujours parce que je ne m'en suis jamais éloignée. En bas, dans la cour, les voix d'enfants pourraient être celles de n'importe quels enfants, de n'importe quelle époque.

La lumière sous les arbres s'assombrit, devient malveillante. Le mal m'encercle. Il m'est difficile de respirer. J'ai l'impression d'être en train de pousser contre quelque chose, une pression sur moi, une porte dans une tempête de neige.

— Sors-moi de là, Cordelia. Je suis enfermée.

Je ne veux pas toujours avoir neuf ans.

L'air est doux, automnal, le soleil brille. Je ne bouge pas. Et pourtant, je marche, la tête baissée, dans le vent immobile.

XIV. Théorie du champ unifié

71.

Je mets ma robe neuve, j'enlève l'étiquette avec les pinces coupantes de Jon. J'ai finalement opté pour du noir. Puis je vais dans la salle de bains et je me regarde furtivement dans le miroir crasseux et inadéquat : à présent que j'ai la chose sur le dos, cela ressemble à toutes les autres robes noires que j'ai jamais portées. Je m'assure qu'elle est impeccable, j'applique mon bâton de rose et je finis par n'être pas trop mal, pour autant que je puisse en juger. Banale et passe-partout.

Si je voulais, je pourrais m'attifer un peu. Je pourrais me procurer des pendants d'oreilles, quelques bracelets, un nœud papillon d'argent avec une petite chaîne, une longue écharpe-suicidaire-Isadora Duncan, une épingle de strass des années 1930 frôlant le mauvais goût. Mais je ne possède rien de tel et il est trop tard pour aller en acheter. Je devrai faire l'affaire. Avant l'on disait : venez-comme-vous-êtes. Eh bien, c'est ce que je vais faire.

J'arrive à la galerie une heure à l'avance. Charna n'est pas encore là, pas plus que les autres ; elles sont peut-être sorties pour manger, ou plus probablement pour se changer. Par contre, tout est prêt, les verres loués au pied solide, les bouteilles d'alcool bon marché, les eaux minérales pour les incorruptibles, car qui oserait servir du chlore à l'état pur du robinet ? Les fromages en train de durcir sur les bords, les grappes de raisin abondamment arrosées de soufre, voluptueuses et brillantes comme de la cire, gorgées du sang des travailleurs agricoles californiens en train de mourir. Il n'est pas bon d'être trop au courant de ces choses ; à la fin, on ne peut plus rien se mettre sous la dent sans goûter la mort.

La serveuse, une femme à l'œil sévère, aux cheveux gominés et aux vêtements noirs mal agencés fait briller les verres derrière la longue table qui sert de bar. Je lui en soutire un. Elle tient ce bar pour l'argent et sa nonchalance indique que ses véritables ambitions sont ailleurs. Elle pince les lèvres en me versant à boire : je ne lui plais pas. Elle veut peut-être devenir peintre et elle croit que j'ai tué père et mère pour réussir. Moi aussi je réglais mes comptes de cette façon ; comme c'était facile à l'époque.

Je déambule lentement dans la galerie en sirotant mon verre de vin ; c'est la première fois que je vois vraiment l'exposition. Ce qui est là, et ce qui n'y est pas. Il y a un catalogue rédigé par Charna, une chose très professionnelle faite à l'ordinateur et à l'imprimante à laser. Je me rappelle le catalogue de la première exposition réalisé à la machine à ronéotyper, taché et illisible, sa pauvre allure en gage d'authenticité. Je me souviens du bruit du rouleau qui tournait, de l'odeur âcre de l'encre, de la douleur dans le bras.

En fin de compte, c'est l'ordre chronologique qui l'a emporté : les premières toiles sont sur le mur est, ce que Charna appelle la période médiane sur le mur du fond, et cinq tableaux récents non encore exposés sur le mur ouest. C'est tout ce que j'ai réussi à faire au cours de ces dernières années. Ces temps-ci, je travaille plus lentement.

Ici, sont les natures mortes. « Premières incursions de Risley dans le domaine du symbolisme féminin et de la nature charismatique des objets domestiques », dit Charna. En d'autres mots : le grille-pain, le percolateur automatique, la lessiveuse au tordoir de ma mère. Les trois sofas. Le papier d'argent.

Un peu plus loin se trouvent Jon et Josef. Je les regarde avec une certaine tendresse, eux, leurs muscles et leurs idées obscures sur les femmes. Leur jeunesse fait peur. Comment ai-je pu me mettre entre les mains d'une telle inexpérience ?

À côté d'eux, il y a Mrs Smeath ; plusieurs d'entre elles. Mrs Smeath assise, debout, étendue devant son sacro-saint caoutchouc, en vol avec Mr Smeath collé à son dos et se faisant apparier comme un coléoptère ; Mrs Smeath habillée de la culotte bouffante bleu marine de Miss Lumley qui, d'une certaine façon, lui ressemble par une sorte de symbiose terrifiante. Mrs Smeath sortant d'un papier de soie blanc, feuille par feuille. Mrs Smeath plus grande que nature, plus grande qu'elle ne le fut jamais. Oblitérant Dieu.

J'ai mis beaucoup de travail dans ce corps imaginaire, aussi blanc qu'une tige de bardane, aussi mollasse que de la graisse de lard. Aussi poilu que l'intérieur d'une oreille. J'y ai peiné avec ce que je vois à présent comme beaucoup de malice. Pourtant, ces tableaux ne sont pas que pure moquerie, pure désacralisation. J'y ai aussi ajouté de la lumière. Chaque jambe pâle, chaque œil cerclé d'acier est là, tel quel, aussi évident que du pain. J'ai dit : *Regardez*. J'ai dit : *Je vois*.

À présent, ce sont les yeux que je regarde. J'ai déjà pensé qu'ils étaient pharisaïques, porcins et suffisants derrière leur monture d'acier ; ce qu'ils sont. Mais ce sont aussi des yeux frustrés, incertains et mélancoliques, lourds du devoir haï. Les yeux de quelqu'un pour qui Dieu était un vieil homme sadique ; les yeux d'une décence provinciale usée jusqu'à la corde. Mrs Smeath était un plant repiqué dans la ville, elle provenait d'un endroit beaucoup plus petit. C'était une personne déplacée ; comme moi.

À présent, il m'est possible de me voir à travers les yeux peints de Mrs Smeath : une petite sauvage aux cheveux ébouriffés, venue d'on ne sait où, pratiquement une saltimbanque avec un père païen et une mère étourdie qui traînait ici et là habillée d'un pantalon et ramassait des mauvaises herbes. Je n'étais pas baptisée, j'étais un nid à démons : qui sait quels germes blasphématoires, quel manque de foi couvaient en moi ? Et pourtant, elle m'avait accueillie.

Une partie de cela doit être vraie. Je n'ai pas rendu justice, ou plutôt, je n'ai pas pardonné. Au lieu de cela, j'ai poursuivi ma vengeance.

Œil pour œil ne mène qu'à plus d'aveuglement.

Je me dirige vers le mur ouest où se trouvent les nouveaux tableaux. Ils sont plus grands que mon format habituel et garnissent le mur harmonieusement.

Le premier s'intitule : *Picosecondes.* « Un jeu d'esprit, écrit Charna, qui va au-delà du Groupe des Sept et reconstruit leur vision du paysage à la lumière de l'expérience contemporaine et du pastiche postmoderne. »

En fait, il s'agit d'un paysage réalisé à l'huile, avec l'eau bleue, le fond pourpré, les rochers escarpés, les arbres déchiquetés, battus par les vents et le travail en pleine pâte épaisse des années 1920 et 1930. Ce paysage occupe la majeure partie du tableau. Dans le coin inférieur droit, placés un peu en retrait comme les jambes fuyantes d'Icare dans le tableau de Bruegel, mes parents préparent le déjeuner. Ils ont allumé un feu de camp et suspendu la bouilloire au-dessus. Ma mère, habillée de sa chemise à carreaux, se penche au-dessus, elle touille, mon père ajoute un morceau de bois au feu. Garée en arrière-plan, notre Studebaker.

Ils sont peints dans un style différent : lisse, finement modulé, aussi réaliste qu'un cliché. Comme si une autre lumière les atteignait ; comme s'ils étaient vus au travers d'une fenêtre ouverte sur le paysage lui-même qui laisserait voir ce qu'il y a derrière ou à l'intérieur.

Au-dessous d'eux, comme une plate-forme souterraine les soutenant, il y a une rangée de symboles semblables à des icones peintes dans le style sans relief des fresques des tombeaux égyptiens, chacun d'eux enfermé dans une sphère blanche : une rose rouge, une feuille d'érable orange, un coquillage. Qui sont, en fait, les logos des vieilles pompes à essence des années 1940. Par leur nature artificielle, ils remettent en cause la réalité du paysage, ainsi que celle des personnages.

Le deuxième tableau s'intitule : *Trois Muses*. Celui-ci a donné du mal à Charna. « Risley poursuit sa remise en question déroutante du sexe et de sa relation au pouvoir, tel qu'on le perçoit, surtout en regard des images sacrées. » Si je retiens mon souffle et que je regarde un peu de biais, j'arrive à comprendre ce qu'elle veut dire : toutes les Muses sont censées être femmes et l'une d'entre elles ne l'est pas. J'aurais peut-être dû intituler le tableau : *Les Danseurs*, ce qui lui aurait évité de se donner tout ce mal. Mais ce ne sont pas des danseurs.

À droite, il y a une petite femme vêtue d'une robe de chambre et de mules avec de la vraie fourrure. Elle est coiffée d'un chapeau rouge, genre bibi avec des cerises. Elle a les cheveux noirs, de gros pendants d'oreilles en or, et elle porte un objet rond de la grosseur d'un ballon de plage, qui est en fait une orange.

À gauche, il y a une femme plus âgée, aux cheveux gris-bleu, habillée d'une longue robe de soie couleur lavande. Un mouchoir de dentelle dépasse de sa manche ; un masque d'infirmière couvre sa bouche et son nez. Juste au-dessus, les yeux bleus et brillants sont aux aguets et entourés de pattes-d'oie aussi pointues que des aiguilles. Dans ses mains, elle tient un globe terrestre.

Au milieu, il y a un homme mince à la peau couleur café au lait, aux dents blanches et au sourire incertain. Il porte un costume oriental rouge et or richement brodé, semblable à celui du Balthazar de l'Adoration des Mages de Jan Gossaert, mais sans la couronne et l'écharpe. Lui aussi tient un objet rond :

c'est plat comme un disque et semble fabriqué d'un verre teinté violet. Sur sa surface, sont disposés, en apparence au hasard, de nombreux objets d'un rose brillant qui ne diffèrent pas tellement de ceux que l'on retrouve dans les peintures abstraites. En fait, ce sont les œufs de la tordeuse de l'épinette disséqués et je ne m'attends pas à ce que quelqu'un, sauf un biologiste peut-être, les reconnaisse.

La disposition des personnages rappelle les Grâces de l'époque classique ou encore, les enfants de différentes couleurs assemblés autour du Jésus de la page de couverture de mon ancien Journal de l'École du dimanche. Mais ceux-là faisaient face, et ceux-ci tournent le dos. Ils tendent leurs présents comme s'ils les présentaient à quelqu'un qui se tient ou est assis à l'extérieur du tableau.

Mrs Finestein, Miss Stuart de l'école, Mr Banerji. Non pas comme eux se percevaient : Dieu sait ce qu'ils virent vraiment de leur propre vie, ou en pensèrent. Qui sait quel vent de cendres concentrationnaires souffla quotidiennement dans la tête de Mrs Finestein au cours de ces années d'après-guerre ? Mr Banerji ne put probablement jamais arpenter une rue sans craindre un coup ou quelque mot murmuré ou crié. Miss Stuart était en exil d'une Écosse pillée qui sombrait de l'autre côté de l'océan. Pour eux, je n'étais que très secondaire dans leur vie, leur gentillesse à mon endroit était désinvolte et mineure ; je suis certaine qu'ils n'y pensèrent jamais ou qu'ils n'eurent aucune idée de son importance. Mais pourquoi ne pas les remercier si j'en éprouve le besoin ? Jouer à Dieu, les rendre glorieux, comme dans une après-vie de peinture. Non pas qu'ils le sauront jamais. À présent, ils doivent être morts, ou âgés. Ailleurs.

Le troisième tableau s'intitule : *Une seule aile*. Je l'ai peint pour mon frère, après sa mort.

C'est un triptyque. Deux panneaux plus petits jouxtent un panneau central. Sur l'un d'eux, il y a un avion de la Deuxième Guerre mondiale dans le style d'une carte de paquet de cigarettes ; sur l'autre, un grand Papillon Lune vert pâle.

Sur le plus grand panneau, un homme tombe du ciel. Sa position indique clairement qu'il tombe, qu'il ne vole pas puisqu'il est presque la tête en bas, légèrement de biais avec les quelques nuages ; néanmoins, il apparaît calme. Il porte l'uniforme de la RCAF de la Seconde Guerre mondiale. Il n'a pas de parachute. Dans sa main, il tient une épée de bois d'enfant.

C'est le genre de chose que nous faisons pour calmer la douleur.

Charna croit qu'il s'agit d'un constat sur les hommes et la nature juvénile de la guerre.

Le quatrième tableau s'intitule : *Œil-de-chat.* Jusqu'à un certain point, c'est mon portrait. Ma tête se trouve à droite au premier plan, bien qu'elle ne soit montrée qu'à partir du milieu du nez : seule la partie supérieure de celui-ci, les yeux tournés vers l'extérieur, le front et le dessus de la chevelure. J'ai ajouté les rides naissantes, les petites pattes-d'oie au coin des paupières. Quelques cheveux blancs. Mais j'avoue tricher parce qu'en réalité je les arrache au fur et à mesure.

Derrière ma moitié de tête, au centre du tableau, pend dans le ciel vide une glace en trumeau convexe et cerclée d'un cadre surchargé. À l'intérieur, se trouve une partie de mon crâne ; mais la chevelure semble différente, plus jeune.

À distance, et rapprochés par l'espace incurvé du miroir, trois petits personnages habillés de vêtements d'hiver féminins des années 1940. Ils s'avancent, le visage ombré contre un champ de neige.

Le dernier tableau s'intitule : *Théorie du Champ Unifié.* C'est un rectangle à la verticale plus grand que les autres tableaux. Coupant en travers, un peu au-dessus du tiers supérieur, il y a une passerelle de bois. De chaque côté, des faîtes d'arbres dénudés, couverts de neige comme après une chute lourde et humide. Cette neige apparaît aussi sur les garde-fous et les montants.

Dressée au-dessus du garde-fou de la passerelle, mais de façon à ce que ses pieds n'y touchent pas tout à fait, une femme habillée de noir qui a la tête couverte d'un voile ou d'un capuchon noir. Ici et là sur le noir de sa robe ou de son manteau apparaissent de minuscules points de lumière. Le ciel, derrière elle, est un ciel entre chien et loup ; en haut apparaît le dernier quartier de la lune. Une partie du visage de la femme est dans l'ombre.

C'est la Vierge des objets perdus, elle tient un objet de verre : un immense œil-de-chat au centre bleu.

Sous la passerelle, c'est un ciel de nuit vu au télescope. Étoile contre étoile, rouge, bleue, jaune, et blanche, nébuleuses tourbillonnantes, galaxie après galaxie : l'univers dans son incandescence et son obscurité. Du moins, le dirait-on. Mais il s'y trouve aussi des roches, des scarabées et des petites racines parce qu'il s'agit du dessous de la terre.

Au bord inférieur du tableau, l'obscurité s'estompe et se fond en un ton plus clair, dans le bleu transparent de l'eau puisque le ruisseau coule, ici, sous la terre, sous la passerelle, en provenance du cimetière. La terre des morts.

Je vais au bar et je demande un autre verre de vin. C'est meilleur que le tord-boyaux que nous avions l'habitude d'acheter pour ce genre d'occasions.

Je déambule dans la pièce entourée par le temps que j'ai créé ; ce n'est pas un lieu, ce n'est qu'un brouillard, la frontière changeante à l'intérieur de laquelle nous vivons ; qui est fluide, qui se retourne sur elle-même comme une vague. J'ai peut-être cru protéger quelque chose du temps ; sauvegarder quelque chose ; comme tous ces peintres d'il y a des siècles qui croyaient apporter le ciel sur la terre, les enseignements de Dieu, les étoiles éternelles, pour ne finir que par se faire voler leurs panneaux de bois et de gypse, égarés, brûlés, mis en pièces, détruits par la pourriture et la moisissure.

Un plafond percé, une allumette et un peu d'essence en finiraient avec tout ça. Pourquoi cette idée me vient-elle, non pas inspirée par la peur, mais comme une tentation ?

Parce que je n'ai plus aucun contrôle sur ces toiles, que je ne peux leur imposer un sens. Tout ce qu'elles ont d'énergie est sorti de moi. Je suis ce qu'il reste.

72.

À présent, Charna se hâte vers moi vêtue de cuir mauve, en faisant tinter tout son faux or. Elle m'entraîne dans le bureau du fond : elle ne veut pas me voir flâner dans la galerie vide, l'air perdu alors que les premiers noceurs se pointent un à un, elle ne veut pas que j'aie l'air insignifiant et trop avide de succès. Elle fera une entrée avec moi plus tard, lorsque le brouhaha aura gagné en intensité.

— Vous pourrez vous détendre ici, dit-elle.

Ce qui est peu probable. Dans son bureau, je bois mon deuxième verre en marchant de long en large. On dirait une fête d'anniversaire quand tous les serpentins et les ballons sont prêts, que les « hot dogs » attendent à la cuisine, et que l'on se demande si quelqu'un viendra. Qu'est-ce qui sera pire ? Que l'on vienne ou que l'on ne vienne pas ? Bientôt les portes s'ouvriront et à l'intérieur se rassemblera une horde de petites filles fausses et traîtres qui chuchoteront et pointeront du doigt tandis que moi je me montrerai servile et reconnaissante.

Je commence à transpirer des mains. Je pense qu'un autre verre me calmera, ce qui est mauvais signe. Je vais me mêler à la foule et flirter juste pour m'amuser, pour voir si je peux encore intéresser quelqu'un. Mais il n'y a peut-être personne avec qui flirter. Dans ce cas, je vais me soûler. Peut-être même que je vomirai dans les toilettes, et pas forcément à cause de l'alcool.

Ailleurs, je ne me comporte pas comme cela, pas aussi mal. Je n'aurais pas dû revenir ici ; c'est cette ville qui en est responsable. Je pensais pouvoir l'asservir. Mais elle me subjugue toujours comme un miroir qui ne renverrait que la moitié dévastée du visage.

Je pense à me défiler par la porte du fond. Plus tard, je pourrais toujours envoyer un télégramme prétextant une maladie. Ce pourrait être le départ d'une rumeur utile : une maladie longue et invisible qui me sortirait à jamais de ce genre de situation.

Mais Charna se pointe à la porte juste à temps, rouge d'excitation. « Il y a déjà beaucoup de monde, dit-elle. Ils meurent d'envie de vous connaître. Nous sommes tous très fiers de vous. » Cela ressemble tellement à ce qu'une famille dirait, une mère ou une tante, que je suis prise de court. Où est-elle cette famille, et la famille de qui ? On m'a eue : c'est l'enfant récalcitrant devant le piano de concert ou, plus vraisemblablement, le soldat aguerri qui a pris part à d'anciennes guerres dont on se souvient à peine et à qui l'on s'apprête à donner la montre en or, la poignée de main et des remerciements chaleureux. Un halo pâlissant d'encre bleue s'accroche à moi.

Tout à coup, Charna se penche sur moi et m'étreint machinalement. Cette démonstration d'amitié est peut-être sincère, je devrais peut-être avoir honte de mon caractère ombrageux, de mes pensées cyniques. Elle m'aime peut-être vraiment, elle me veut du bien. J'arrive presque à y croire.

Je suis dans la galerie principale, noire de la tête aux pieds, mon troisième verre de vin à la main. Charna s'est éloignée pour chercher parmi la foule les gens qui meurent d'envie de me rencontrer. Je suis à sa disposition. Je tends le cou, je scrute la foule qui masque à présent les peintures ; seuls quelques crânes restent visibles, quelques cieux, quelques arrière-plans et nuages. J'espère toujours, ou je crains que des gens que je devrais connaître, ai connus, resurgissent et que je ne les identifie qu'à moitié. Ils vont s'avancer à grands pas, mains tendues, camarades de classe, bouffis ou ratatinés, la peau ridée, les traits crispés, les amis d'il y a trente ans à la peau fraîche devenus chauves, portant des moustaches, ou rabougris. *Elaine. Mon Dieu ! Quel plaisir de te voir !* Ils auront un avantage sur moi ; c'est mon visage qui est sur l'affiche. Mon sourire sera accueillant, mon imagination affolée par l'effort de fouiller le passé, pour retrouver leur nom.

En réalité, c'est Cordelia que j'attends, Cordelia que je souhaite voir. Il y a des choses que je désire savoir. Non pas ce qui est arrivé alors, dans ce temps ancien que j'ai perdu, parce que cela, je le sais à présent. J'ai besoin de lui demander pourquoi.

Si elle s'en souvient. Car peut-être a-t-elle oublié les mauvaises choses, ce qu'elle m'a dit, ce qu'elle m'a fait. Ou peut-être, se les rappelle-t-elle, mais d'une façon amusée comme on se souvient d'un jeu, ou d'une seule farce, d'un seul secret insignifiant du genre que les fillettes se racontent, puis oublient.

Elle aura sa propre version. Je ne suis pas le centre de son histoire parce que c'est elle-même qui l'est. Mais je pourrais lui donner une chose que l'on ne peut jamais obtenir, sauf d'une autre personne : un regard extérieur sur soi. Un reflet. C'est la partie d'elle-même que je pourrais lui rendre.

Nous sommes comme ces jumelles de contes anciens, chacune de nous a en sa possession une moitié de clé.

Cordelia s'avancera vers moi à travers la foule qui s'écartera : une femme d'un âge incertain, habillée de tweed irlandais d'un vert discret, de boucles d'oreilles en nacre cerclées d'or, de belles chaussures, une tenue impeccable, bien mise, dirait-on. Elle prend soin d'elle-même, comme je le fais de moi. Ses cheveux seront légèrement laqués, son sourire railleur. Je ne la reconnaîtrai pas.

Dans cette pièce, il y a beaucoup de femmes, plusieurs autres peintres et quelques gens riches. La plupart des gens que Charna m'amène sont riches. Je leur serre la main, je regarde leur bouche s'ouvrir, se fermer. Ailleurs, je fais preuve de plus de résistance pour ce genre de choses, pour ces numéros d'exhibitionnisme ;

je pourrais les dévisager hardiment. Mais, ici, je me sens mise à nu.

Par une ouverture, une jeune fille se fraie un chemin parmi les gens riches. Elle est peintre, cela va de soi, mais elle le dit tout de même. Elle porte une mini-jupe, des collants et de lourdes chaussures noires lacées et à talons plats. Elle a les cheveux rasés sur la nuque comme mon frère avait l'habitude de les porter, la coupe classique des garçons de la fin des années 1940. Elle est l'après de toute chose, elle est l'après de l'*après*. Elle est ce qu'il adviendra après moi.

— J'adorais vos premières œuvres, dit-elle. *Femmes déchues*, j'adorais ça. En fait, cela résumait toute une époque, non ? Ce n'est pas son intention d'être cruelle, elle ne se rend pas compte qu'elle vient juste de me reléguer sous un tas de poussière avec les téléphones à manivelle et les baleines de corset. Autrefois, je lui aurais servi quelque chose de dévastateur, quelque remarque cuisante, mesquine, mais sur le moment, je ne trouve rien à répondre. Je manque d'entraînement, je manque de nerf. Et puis, à quoi bon ? Son admiration au passé est sincère. Je devrais lui en être reconnaissante. Je reste là, mon sourire se fige, s'officialise. La renommée me monte le long des jambes comme la gangrène.

— J'en suis ravie, finis-je par dire.

En cas de doute, mentez en serrant les dents. Encore heureux que j'aie encore des dents pour mentir.

J'ai le dos collé au mur avec un énième verre de vin bien rempli. Le cou tendu, je cherche parmi la foule, par-dessus les têtes bien coiffées : c'est l'heure pour Cordelia d'apparaître, mais elle n'est toujours pas là. Je commence à éprouver de la déception, et de l'impatience ; et puis de l'anxiété. Elle a dû se mettre en route pour venir ici. Quelque chose a dû lui arriver en chemin.

Je passe par tous les stades tout en serrant d'autres mains, en prononçant d'autres paroles jusqu'à ce que, petit à petit, la pièce se vide.

— Ça s'est très bien passé, dit Charna avec ce que je crois être un soupir de soulagement. Vous avez été merveilleuse.

Elle est contente parce que je n'ai mordu personne, ni répandu mon vin sur leurs jambes, ni tout ce qu'on fait quand on joue à l'artiste. « Que diriez-vous de venir dîner avec nous ? »

— Non, dis-je. Non merci. J'ai les os usés. Je crois que je vais simplement rentrer chez moi.

Je regarde une dernière fois autour de moi : Cordelia n'y est pas.

Les os usés, une vieille expression de ma mère. Encore que les os ne s'usent jamais. Ils sont forts, ils ont beaucoup de vigueur ; ils peuvent durer des années et des années, après que tout le reste du corps a cédé.

Je suis en route pour un futur où je suis vautrée dans un fauteuil d'infirme, perdant mes cheveux et radotant, tandis qu'un jeune inconnu me fait manger à la cuiller de la nourriture hachée et que j'attends, j'attends et j'attends dans la neige sous la passerelle. Tandis que Cordelia s'éloigne, et s'éloigne.

Je sors de la galerie, dans la pénombre du trottoir. Je veux héler un taxi mais j'arrive à peine à soulever la main. J'étais préparée à presque tout ; sauf à l'absence, sauf au silence.

73.

Je prends un taxi pour me rendre au studio, je monte les quatre étages faiblement éclairés comme toujours le soir, en m'arrêtant à chaque palier. J'écoute mon cœur qui bat vite et fort sous les couches de vêtements. Un cœur endommagé en déclin. Je n'aurais pas dû boire tout ce vin. Il fait froid ici, ils font des économies de chauffage. Le bruit de ma respiration me parvient comme un halètement désincarné, comme si quelqu'un d'autre respirait.

Cordelia a tendance à exister.

J'introduis maladroitement la clé dans la serrure, je cherche le commutateur. Je me passerais bien de toutes les parties de corps démembrés qui se trouvent ici. Je me dirige d'un pas incertain vers la cuisinette, toujours habillée de mon manteau à cause du froid.

C'est de café dont j'ai besoin, j'en fais un peu, place mes mains en coupe autour de la tasse chaude, l'apporte sur l'établi, en nettoie un coin pour y poser mes coudes parmi les fils de fer et les outils coupants. Demain, je serai hors de cette ville, et ce ne sera pas trop tôt. Il y a trop de ce vieux temps ici.

Alors, Cordelia. C'est moi qui t'ai eue, cette fois.

Ne réclamez jamais justice. On pourrait vous prendre au mot.

Je bois mon café, la tasse tremble dans ma main, du liquide chaud coule sur mon menton. Heureusement que je ne suis pas dans un restaurant. Ce n'est pas convenable pour une femme d'être ivre. On excuse mieux les hommes, on leur pardonne, mais pourquoi ? On pense sûrement qu'ils ont de meilleures raisons.

Je m'essuie du revers de la manche de mon manteau, je le passe sur mon visage qui est mouillé parce que je pleure. C'est le genre de chose dont je devrais me garder : pleurer sans raison, me donner en spectacle.

Parce que, même si personne ne me regarde, j'ai l'impression de me donner en spectacle.

T'es morte, Cordelia.

Non, j'suis pas morte.

Si. T'es morte. Couche-toi.

XV. Le Pont

74.

J'ai la tête légère, comme si j'étais en convalescence. J'ai dormi enroulée dans l'édredon, toujours habillée de ma robe noire que je n'ai pas eu le courage d'enlever. Je me suis éveillée à midi, la tête lourde, cotonneuse et martelée par la migraine, pour m'apercevoir que j'avais raté mon avion. Il y a longtemps que je n'ai pas bu autant. Et comme pour bien des choses, je devrais être plus raisonnable.

C'est déjà la fin de l'après-midi. Le ciel est velouté et gris, bas, trempé et brouillé comme un papier buvard. La journée semble vide comme si tout un chacun s'en était retiré, comme s'il n'y avait plus rien d'autre à attendre.

J'arpente le trottoir, je m'éloigne de l'ancienne école démolie. C'est mon chemin d'autrefois, que je pourrais parcourir les yeux fermés. Comme toujours dans ces rues, je me sens rejetée.

Plus bas, se trouve la passerelle. D'ici, elle apparaît très ordinaire. Je m'arrête au bord de la pente, je respire profondément, puis j'entreprends la descente.

C'est étonnant de voir à quel point ce coin a peu changé. De chaque côté, les maisons sont semblables à ce qu'elles étaient, bien que le sentier boueux ait disparu : à la place, on y a installé un trottoir de ciment bien net et une élégante main courante. L'odeur des feuilles mortes y est toujours présente, l'odeur forte de leur lente décomposition, mais les vignes de Judas avec leurs fleurs cramoisies, leurs baies rouge sang, les mauvaises herbes, les débris éparpillés ont été enlevés. Tout est élagué, civilisé.

Néanmoins, il y a un froissement, un rappel en sourdine des chats, de leur chasse et de leurs coups de griffe furtifs qui se poursuivent encore sous ce bon ordre trompeur. Un autre paysage, plus sauvage, plus enchevêtré, s'élève sous celui-ci.

Nous nous souvenons surtout par les odeurs, comme les chiens.

Les saules pleureurs au-dessus du sentier sont les mêmes. Bien qu'ils soient plus grands, moi aussi j'ai grandi, et la distance entre eux et moi est toujours la même. Bien sûr, la passerelle est différente ; elle est faite de béton et éclairée le soir, elle n'est plus de bois décrépit et sentant la pourriture. Néanmoins, c'est la même passerelle.

Le bocal de lumière de Stephen est enterré quelque part là-dessous.

À cette époque de l'année, il fait nuit de bonne heure. C'est silencieux, sans voix d'enfants ; il n'y a que le monotone croassement d'une corneille et derrière, au loin, la rumeur de la circulation semblable à un bruit d'océan. Je pose les bras sur le parapet de béton et je regarde en bas au travers des branches dénudées qui ressemblent à du corail sec. J'ai déjà pensé que si je sautais, cela ne serait pas comme si je tombais, mais plutôt comme si je plongeais ; que si je mourais de cette façon, ce serait doux, comme de se noyer. Bien que tout en bas, sur le sol, il y ait une citrouille jetée et écrabouillée qui rappelle désagréablement un crâne.

Le ravin est plus fourni de buissons et d'arbres qu'avant. Au milieu de tout ça le cours d'eau avec son eau claire et non potable. Ils ont enlevé les débris, les pièces d'automobiles rouillées et les pneus usagés ; ce n'est plus un dépotoir caché mais une piste pour ceux qui font du jogging. Sous mes pieds, le sentier de gravier bien ordonné des coureurs remonte jusqu'à la route distante et au cimetière où les défunts attendent, s'oublient eux-mêmes atome par atome, se dissolvent comme des glaçons, coulent au bas de la côte jusque dans la rivière.

C'est là que je suis tombée dans l'eau, là que se trouve la berge que j'ai montée à quatre pattes. Là que je me suis tenue alors que la neige me tombait dessus, incapable de me décider à bouger. C'est là que j'ai entendu la voix.

Il n'y a jamais eu de voix. Personne n'est descendu de la passerelle en marchant dans les airs, il n'y a jamais eu de dame vêtue d'un long manteau noir penchée sur moi. Même si je me la rappelle parfaitement, dans tous ses détails, le contour de sa silhouette à capuchon contre les lumières de la passerelle, le rouge de son cœur sous le manteau, je sais que cela ne s'est jamais produit. Il n'y avait qu'obscurité et silence. Il n'y avait rien, ni personne.

Il y a un bruit : un soulier contre une roche dégagée.

Il est temps de rentrer. Je m'éloigne du parapet de béton et le ciel bouge latéralement.

Je sais que si je me retourne en ce moment même et que je regarde devant moi le long du sentier, il y aura quelqu'un. D'abord, j'imagine que ce sera moi dans ma vieille veste et mon bonnet de laine bleue. Mais alors, je m'aperçois que c'est Cordelia. Elle se tient à mi-côte, elle regarde fixement par-dessus l'épaule. Elle porte la veste grise de son ensemble de ski, mais le capuchon en est rejeté et elle a la tête nue. Elle a les mêmes chaussettes de laine qui tire-bouchonnent aux chevilles, les souliers d'école bruns éraflés aux pointes, un lacet cassé et noué, les cheveux brun clair aux mèches qui tombent sur ses yeux gris-vert.

Il fait froid, de plus en plus froid. J'entends le bruissement du grésil, l'eau qui coule sous la glace.

Je sais qu'elle me regarde, la bouche légèrement asymétrique, en souriant un peu, le visage fermé et défiant. Dans mon corps, je ressens la même honte, le même malaise physique, la même conscience d'être en faute, la même gêne et faiblesse ; le même désir d'être aimée ; la même solitude ; la même peur. Mais ces émotions ne sont plus les miennes désormais. Elles sont celles de Cordelia ; comme elles l'ont toujours été.

Maintenant, je suis la plus vieille, la plus forte. Si elle reste ici plus longtemps, elle va geler à mort ; elle sera abandonnée dans la mauvaise époque. Il est presque trop tard.

Je lui tends les bras et me penche pour lui montrer que je n'ai pas d'arme. *Ça va aller*, lui dis-je. *Tu peux rentrer à la maison, maintenant.*

La neige se retire de mes yeux comme de la fumée.

Lorsqu'enfin je me retourne, Cordelia n'est plus là. Il n'y a qu'une femme d'âge mûr, les joues roses et tête nue, qui descend la pente vers moi, vêtue d'un jean et d'un épais chandail blanc. Elle tient un chien au bout d'une laisse verte, un terrier. Elle me dépasse, me sourit d'un sourire civil et neutre.

Il n'y a plus rien à voir ici pour moi. Le pont n'est qu'un pont, la rivière, une rivière, le ciel, un ciel. À présent, ce paysage est vide, un endroit pour coureurs du dimanche. Ou alors il n'est pas vide, mais rempli de ce qu'il contient par lui-même, lorsque je ne regarde pas.

75.

Je suis dans l'avion, qui me propulse vers l'ouest, vers la côte mouillée et les montagnes de carte postale. Devant moi, de l'autre côté du hublot, le soleil s'enfonce, sanguinaire et criard, dans un glorieux étalage de rouge, de violet et d'orange, traître, impossible à peindre ; derrière moi, la nuit ordinaire roule de l'avant. En bas, les prairies se déroulent, vastes, sublunaires, aussi plausibles que des mirages, déjà saupoudrées de neige et griffées de rivières tortueuses.

Je suis assise près du hublot. Dans les deux sièges près de moi, deux dames âgées, deux vieilles femmes en tricot de laine. Leurs cheveux sont d'un blanc jaunâtre et leurs grosses lunettes retenues par une chaînette autour du cou, leur bouche aux lèvres desséchées brillamment rougies dans un geste de bravade. Elles ont abaissé leur tablette, elles boivent du thé et jouent au Snap en maniant gauchement les cartes glissantes et, lorsqu'elles trichent ou se trompent, rient avec un bruit de pneus qui crissent sur du gravier. De temps à autre, elles détachent leur ceinture avec difficulté, se lèvent, et trottinent vers l'arrière de l'avion pour fumer une cigarette et faire la queue aux toilettes. Lorsqu'elles en reviennent, elles font des blagues un peu polissonnes sur le fait de mouiller sa culotte, de manquer de papier hygiénique, tout en me regardant de biais. Je me demande quel âge elles croient avoir sous leur corps déguisé ; ou quel âge elles me donnent. Je leur rappelle peut-être leur mère.

Elles me paraissent étonnamment insouciantes. Elles ont économisé pour faire ce voyage et sont bien décidées à en profiter au maximum malgré l'arthrose de l'une, des jambes enflées de l'autre. Elles sont turbulentes et pleines d'entrain ; elles sont aussi obstinées qu'à treize ans, elles sont naïves et sales, elles s'en moquent éperdument. Elles ont laissé derrière elles les obligations, les vieilles rancunes et les griefs ; à présent, pour un temps, elles peuvent s'amuser comme des enfants, mais cette fois, sans risquer de se faire mal.

C'est ça qui me manque, Cordelia ; pas ce qui n'est plus, mais ce qui ne sera jamais. Deux vieilles femmes qui pouffent de rire devant une tasse de thé.

À présent, c'est la nuit pleine, claire, sans lune et remplie d'étoiles qui ne sont pas éternelles comme on le croyait, qui ne sont pas là où nous croyons. Si elles étaient des sons, il y aurait des échos d'une chose qui s'est produite il y a des millions d'années : un mot fait de chiffres. Des échos de lumière, brillant au milieu de nulle part.

C'est une lumière vieille et faible. Mais elle suffit pour y voir clair.

Remerciements

Ont droit à ma gratitude : Graeme Gibson qui a subi ce roman ; mon agent Phoebe Larmore ; mes agents anglais Vivienne Schuster et Vanessa Holt ; ceux qui ont collaboré à l'édition et à la publication, Nan Talese, Nancy Evans, Ellen Seligman, Adrienne Clarkson, Avie Bennett, Liz Calder, et Anna Porter ; mon infatigable assistante, Mélanie Dugan ; ainsi que Donya Peroff, Michael Bradley, Alison Parker, Gary Foster, Cathy Gill, Kathy Minialoff, Fanny Silberman, James Polk, Coleen Quinn, Rosie Abella, C.M. Sanders, Gene Goldberg et Dorothy Goulbourne.

Table

Pavillons Poche

Titres parus

Peter Ackroyd
Un puritain au paradis

Woody Allen
Destins tordus

Niccolò Ammaniti
Et je t'emmène

Sherwood Anderson
Le Triomphe de l'œuf

Margaret Atwood
Faire surface
La Femme comestible
Mort en lisière
Œil de chat
La Servante écarlate
La Vie avant l'homme

Dorothy Baker
Cassandra au mariage

Nicholson Baker
À servir chambré
La Mezzanine

Ulrich Becher
La Chasse à la marmotte

Saul Bellow
La Bellarosa connection
Le Cœur à bout de souffle
Un larcin

Robert Benchley
Le Supplice des week-ends

Adolfo Bioy Casares
Journal de la guerre au cochon
Le Héros des femmes
Un champion fragile
Nouvelles fantastiques

William Peter Blatty
L'Exorciste

Jorge Luis Borges, Adolfo Bioy Casares
Chroniques de Bustos Domecq
Nouveaux Contes de Bustos Domecq
Six problèmes pour Don Isidro Parodi

Mikhaïl Boulgakov
Le Maître et Marguerite
Le Roman théâtral
La Garde blanche

Vitaliano Brancati
Le Bel Antonio

Anthony Burgess
L'Orange mécanique
Le Testament de l'orange
Les Puissances des ténèbres

Dino Buzzati
Bestiaire magique
Le régiment part à l'aube
Nous sommes au regret de…
Un amour
En ce moment précis
Bàrnabo des montagnes
Panique à la Scala
Chroniques terrestres

Lewis Carroll
Les Aventures d'Alice sous terre

Michael Chabon
Les Mystères de Pittsburgh
Les Loups-garous dans leur jeunesse
La Solution finale

Upamanyu Chatterjee
Les Après-midi d'un fonctionnaire très déjanté

John Collier
Le Mari de la guenon

Sir Arthur Conan Doyle
Sherlock Holmes : son dernier coup d'archet

William Corlett
Deux garçons bien sous tous rapports

Avery Corman
Kramer contre Kramer

Helen DeWitt
Le Dernier Samouraï

Joan Didion
Maria avec et sans rien
Un livre de raison
Démocratie

E. L. Doctorow
Ragtime

Roddy Doyle
La Femme qui se cognait dans les portes
The Commitments
The Snapper
The Van

Andre Dubus III
La Maison des sables et des brumes

Lawrence Durrell
Affaires urgentes

F. Scott Fitzgerald
Un diamant gros comme le Ritz

Zelda Fitzgerald
Accordez-moi cette valse

E. M. Forster
Avec vue sur l'Arno
Arctic Summer

Carlo Fruttero
Des femmes bien informées

Carlo Fruttero et Franco Lucentini
L'Amant sans domicile fixe

Graham Greene
Les Comédiens
La Saison des pluies
Le Capitaine et l'Ennemi

Rocher de Brighton
Dr Fischer de Genève
Tueur à gages
Monsignor Quichotte
Mr Lever court sa chance, nouvelles complètes 1
L'Homme qui vola la tour Eiffel, nouvelles complètes 2
Un Américain bien tranquille
La fin d'une liaison

Kent Haruf
Colorado Blues
Le Chant des plaines
Les Gens de Holt County

Jerry Hopkins et Daniel Sugerman
Personne ne sortira d'ici vivant

Bohumil Hrabal
Une trop bruyante solitude
Moi qui ai servi le roi d'Angleterre
Rencontres et visites

Henry James
Voyage en France
La Coupe d'or

Erica Jong
Le Complexe d'Icare

Thomas Keneally
La Liste de Schindler

Janusz Korczak
Journal du ghetto

Jaan Kross
Le Fou du Tzar

D. H. Lawrence
Le Serpent à plumes

John Lennon
En flagrant délire

Siegfried Lenz
La Leçon d'allemand
Le Dernier Bateau
Une minute de silence

Ira Levin
Le Fils de Rosemary
Rosemary's Baby

Norman Mailer
Le Chant du bourreau
Bivouac sur la Lune
Les vrais durs ne dansent pas
Mémoires imaginaires de Marilyn
Morceaux de bravoure
Prisonnier du sexe

Dacia Maraini
La Vie silencieuse de Marianna Ucrìa

Guillermo Martínez
Mathématique du crime
La Mort lente de Luciana B
La Vérité sur Gustavo Roderer

Tomás Eloy Martínez
Santa Evita
Le Roman de Péron

Richard Mason
17 Kingsley Gardens

Somerset Maugham
Les Trois Grosses Dames d'Antibes
Madame la Colonelle
Mr Ashenden, agent secret
Les Quatre Hollandais

James A. Michener
La Source

Arthur Miller
Ils étaient tous mes fils
Les Sorcières de Salem
Mort d'un commis voyageur
Les Misfits
Focus
Enchanté de vous connaître
Une fille quelconque
Vu du pont *suivi de* Je me souviens de deux lundis

Pamela Moore
Chocolates for breakfast

Daniel Moyano
Le Livre des navires et bourrasques

Vítězslav Nezval
Valérie ou la Semaine des merveilles

Geoff Nicholson
Comment j'ai raté mes vacances

Joseph O'Connor
À l'irlandaise

Pa Kin
Le Jardin du repos

Katherine Anne Porter
L'Arbre de Judée

Mario Puzo
Le Parrain
La Famille Corleone (avec Ed Falco)

Mario Rigoni Stern
Les Saisons de Giacomo

Saki
Le Cheval impossible
L'Insupportable Bassington

J. D. Salinger
Dressez haut la poutre maîtresse, charpentiers,
suivi de Seymour, une introduction
Franny et Zooey
L'Attrape-cœur

Roberto Saviano
Le Contraire de la mort (bilingue)

Sam Shepard
Balades au paradis
À mi-chemin

Robert Silverberg
Les Monades urbaines

Johannes Mario Simmel
On n'a pas toujours du caviar

Alexandre Soljenitsyne
Le Premier Cercle
Zacharie l'Escarcelle
La Maison de Matriona
Une journée d'Ivan Denissovitch
Le Pavillon des cancéreux

Robert Louis Stevenson
L'Étrange cas du Dr Jekyll et de Mr Hyde

Quentin Tarantino
Inglourious Basterds

Edith Templeton
Gordon

James Thurber
La Vie secrète de Walter Mitty

John Kennedy Toole
La Bible de néon

John Updike
Jour de fête à l'hospice

Alice Walker
La Couleur pourpre

Evelyn Waugh
Retour à Brideshead
Grandeur et décadence
Le Cher Disparu
Scoop
Une poignée de cendres
Ces corps vils
Hommes en armes
Officiers et gentlemen
La Capitulation

Tennessee Williams
Le Boxeur manchot
Sucre d'orge
Le Poulet tueur et la folle honteuse

Tom Wolfe
Embuscade à Fort Bragg

Virginia Woolf
Lectures intimes

Richard Yates
La Fenêtre panoramique
Onze histoires de solitude
Easter Parade
Un été à Cold Spring
Menteurs amoureux
Un dernier moment de folie

Stefan Zweig
Lettre d'une inconnue *suivi de* Trois nouvelles de jeunesse

Titres à paraître

Roddy Doyle
Paula Spencer

Rome, escapades littéraires

Saint-Pétersbourg, escapades littéraires

J. D Salinger
Nouvelles

Siegfried Lenz
Le Bureau des objets trouvés

Composition et mise en pages
Nord Compo à Villeneuve-d'Ascq

Dépot légal : février 2017
N° d'édition : 55849/01 – N° d'impression : 57069
Achevé d'imprimer en janvier 2017 en Espagne par Liberdúplex